昭苏·彩虹之都

鹏 鸣◎著

作家出版社

图书在版编目（CIP）数据

昭苏·彩虹之都 / 鹏鸣著 . -- 北京：作家出版社，2025.3.

-- ISBN 978-7-5212-3478-7

Ⅰ . I25

中国国家版本馆 CIP 数据核字第 2025R4U368 号

昭苏·彩虹之都

作　　者：鹏　鸣

责任编辑：韩　星

装帧设计：刘红刚

出版发行：作家出版社有限公司

社　　址：北京农展馆南里 10 号　　　邮　　编：100125

电话传真：86 - 10 - 65067186（发行中心）

　　　　　86 - 10 - 65004079（总编室）

E – mail: zuojia@zuojia . net . cn

http: // www . zuojiachubanshe . com

印　　刷：唐山嘉德印刷有限公司

成品尺寸：170 × 240

字　　数：500 千

印　　张：30

印版印数：001-42000

版　　次：2025 年 4 月第 1 版

印　　次：2025 年 4 月第 1 次印刷

ISBN 978 - 7 - 5212 - 3478 - 7

定　　价：58.00 元

关于作者

鹏 鸣

英文名Peter，1956年生，陕西白水人。定居北京，从事专业创作与文学研究。已出版有选集、文集、文艺理论、诗歌、散文、小说、文学评论、纪实文学等专著多部，部分作品被译成多语种版本。

目 录

序章　择一城而居

人择山水而居，鸟择茂林而栖。

著名作家冯骥才深情地写道："择一城终老，遇一人白首。"

在我国广袤辽阔的土地上，屹立着许多大大小小的美丽城市，有的车水马龙，繁华喧嚣；有的世外桃源，宁静祥和；有的现代气息浓郁，有的历史文化厚重，每个人对城市的向往和追求各不相同。

从古至今，中国人对居住地和房屋的选择是极其慎重讲究的，故有"安居乐业"之说。寻寻觅觅，或是漂洋过海，或是偏安一隅，每个人都在寻找一座属于自己的城市，那是人们肉身的栖息地，是心灵的港湾，是灵魂的归宿。在这纷繁复杂的世界上，能找到一座愿意终老的城市，无疑是一种幸运。

2023年的秋天，我第三次来到巍巍天山脚下的边陲小城昭苏，足迹遍及四乡六镇，诚如有人所言："在昭苏，抬头看，眼前就是一幅画；侧耳听，耳畔就有一首歌；驻足闻，不是花香就是美味。"昭苏，多美的名字，轻轻一声呼唤，在峡谷回荡，在草原飞翔，在典籍的字里行间回眸。《礼记·乐记》里记载："蛰虫昭苏，羽者妪伏。"诗人曹植在《冬至献袜履颂表》里道："四方交泰，万物昭苏。"范成大赋诗："荷风拂簟昭苏我，竹月筛窗慰藉君。"古人给予昭苏美好的寓意，万物复苏，恢复生机。

其实，昭苏城因圣佑庙而得名，哈萨克语称之为"蒙古库热"，汉语则叫"喇嘛昭"，都是"蒙古庙宇"的意思；有学者考据称，昭苏是取了喇嘛昭的"昭"字与六苏木的"苏"字，合并而成。还有人说在蒙古语里，昭苏是"晨曦照耀的地方"，赋予它诗情画意和美好希冀。

众说纷纭，给昭苏笼罩上一层令人向往的神秘色彩。这里风光独特的山川地貌，历史悠久的游牧文化，历经千年风雨留下的众多古迹，驰骋在雪域高原上的十万匹"天马"，每年夏秋出现多达一百五十多次的彩虹景观，为昭苏赢得"天马之乡""彩虹之都"的美誉，世界各地的游人纷至沓来。

欧阳修曾云："朝而往，暮而归，四时之景不同，而乐亦无穷也。"这句话用在形容昭苏的四季上，恰如其分，像是量身定做。

昭苏四季分明，每个季节都有独特的魅力，不同的美景。

昭苏的春天，春寒料峭，万物悄然复苏，草芽在肥沃的泥土里萌动。成群结队的骏马在广袤的旷野上奔跑，油亮的鬃毛随风飘扬，它们是那么自由，那么欢快。白马像洁白的云，枣红马像热情的火，黑马像神奇的闪电，由远而近席卷而来，震耳欲聋的马蹄声仿佛节奏铿锵的战鼓，敲醒了沉睡的山脉，惊动了洞穴里的旱獭，激动着牧人的雄心……中国人的那种"龙马精神"，在疾驰的昭苏天马身上彰显得酣畅淋漓！

在2024年元宵晚会上，国际巨星成龙将令人热血沸腾的画面呈现给亿万观众，只见成龙骑着新疆汗血宝马在昭苏广阔的雪原驰骋，身边是万马奔腾，雪山、草原、森林、冰湖等一闪而过……场面十分壮观震撼。成龙慷慨激昂地演唱《龙马精神》：

汗血马飞踏红尘

播满天七彩祥云

茶香陶醉丝绸裹着的温柔

瓷器飘逸东方神韵

听到你　谁能淡定

看见你　一见钟情

真龙才配伴你比翼去齐飞

横空出世龙马精神

龙马精神逐梦飞奔

叩醒丝绸之路盛世雄魂

龙马精神逐梦飞奔

佑我乾坤日月星辰

龙马精神逐梦飞奔

叩响苍生心中和平回声

龙马精神逐梦飞奔

阅尽春色共享天伦

……

春夏之交，是昭苏最美的时候，成千上万亩的野生郁金香如期而至，绽放在昭苏高原上，分布于喀夏加尔镇、巴勒克苏草原、喀尔坎特草原、喀拉苏草原及特克斯河湿地沿岸，争奇斗艳，绚丽多彩；在天山皑皑雪峰的映衬下，百万亩油菜花和向日葵竞相盛开，如同"金黄色的巨毯"铺天盖地延展到天边，蔚为壮观，绝对是一场视觉的饕餮盛宴，撼人心魄。

两千多年前，昭苏是乌孙王公贵族"夏宫"所在地，几代乌孙王曾带着家眷——细君公主和解忧公主浩浩荡荡地来昭苏消夏避暑。蓝天白云下，他们在绿草如茵的草地上铺好毛毯，喝着美酒，吃着烤肉，欣赏着歌舞，吹着凉爽的风，骑马射猎，享受着大自然的美景……

让人唏嘘感叹的是，斯人已逝留青冢，白云千载空悠悠。

盛夏，昭苏有很多好去处，最让人流连忘返的当数夏塔。6月，夏塔河谷青草碧绿，野花盛开，木扎尔特河蜿蜒流淌在山间，像一条银色飘带令人遐想翩翩；远处的山峰戴着银冠，那满山遍野的高大松树像是它的卫兵。

夏塔在蒙古语里为"阶梯"之意，是中国最美的古道，深受徒步爱好者青睐。夏塔是南北疆重要的交通要道，汉唐时丝绸之路上最为险峻的古隘道。据说，唐玄奘西行取经时翻越的"凌山"，就是天山第二高峰——汗腾格里峰（海拔6995米），有人戏称夏塔为"唐僧古道"。

夏塔是昭苏向全世界游客亮出的一张名片，这条山谷集雪山、冰川、河流、温泉、峡谷、森林、草原和花海等于一体，形成了世外桃源般的如画风景。迷人的自然风光和厚重的历史故事，吸引了成龙的目光，他将夏塔作为电影《传说》的外景地，跟昭苏结下了不解之缘；著名作家张承志来到夏塔更是激情难抑，写下广为流传的《夏台之恋》。

昭苏的秋天略感短暂，时有阴雨，气候寒凉，虽是旅游淡季，却有别样的韵致。高原的天空湛蓝如洗，草原坦荡辽阔，处处呈现出一种豁达壮丽之美。昭苏是候鸟的迁徙通道，每年秋天都有大量的候鸟来到湿地栖息，尤其是上万只灰鹤翩然飞来，引得人豪情万丈、诗意大发。正如唐朝诗人刘禹锡所云："自古逢秋悲寂寥，我言秋日胜春朝。晴空一鹤排云上，便引诗情到碧霄。"

昭苏大草原的秋天，牛马羊膘肥体壮，秋风吹黄了原野，河流清澈见底，湖泊水鸟潜行，金雕翱翔于蓝天。丘陵山坡层林尽染，色彩斑斓，以金黄为主色调，将昭苏染上了一层金色的光辉。又到了牧民最忙碌的时候——转场，牧民像是威武的将军，率领着溜圆水滑的牲畜大军，声势浩荡地转到秋牧场。昭苏大地上，有的人忙着打草，有的人收割油菜，有的人将麦田里金黄的麦秸秆打成或方或圆的垛子，到处都是一派丰收景象。

深秋既是收获又是享受的季节，大快朵颐地吃"拉克"，大杯喝酒，围着篝火载歌载舞，不醉不休。拉克是哈萨克语，指出生七个月至十二个月的山羊羔。这些山羊喜欢攀岩，吃的是长在峭壁上的野生中草药，喝的是纯净山泉，肉质结实鲜美，有保健养生的功能……

昭苏冬天来得早，10月初就供暖了，长达半年的冬季在一场大雪后拉开了序幕。昭苏千里冰封，万里雪飘，原驰蜡象；高原碧空如洗，银装素裹，群山如雄伟的银色宫殿，俨然是童话故事里的冰雪世界，等着游客演出一段冰雪奇缘。

为了"燃动"昭苏冰雪节，当地人邀请台湾歌手孟庭苇声情并茂地演唱了《冬季到昭苏来看雪》：

你说你喜欢冬季

为此我不远万里

在那候鸟栖息的河堤

为你寻得一片冰雪天地

你说你喜欢看雪

在那雪花飘落的日子

你看雪的洁白

我看你的美丽

冬季到昭苏来看雪

我在最美的夏塔等你

雪那么大

和你一路到白头

我愿意就这样一辈子

……

　　这首 MV 画面优美、歌声悠扬，用一对恋人相约昭苏的故事，完美诠释了西域雪原的自然风光，浪漫而深情。歌曲一经推出，受到广大听众的喜爱。画面里闻名遐迩的"玉湖"披上洁白的纱衣，周围是云雾缭绕的雪峰，在这如仙境般的地方穿上冰刀滑雪，真是心旷神怡。

　　昭苏县冬季旅游蓄势而发，雪圈、单板和双板滑雪、雪地摩托……各类滑雪项目应有尽有；因雪质好、拥有得天独厚的丘陵和雪道，游客体感极佳。滑雪爱好者马志元说："我特别喜欢滑雪，每年冬季都会来这里感受酣畅淋漓的滑雪狂欢。我体验了雪地香蕉船和雪地摩托，感觉非常刺激。"

　　鉴于昭苏独特的气候地貌，中国气象服务协会授予昭苏"天山雪都"称号，昭苏还被文化和旅游部评为全国十大冰雪旅游精品线路。壮美雄奇的雪景，使冬季旅游日益成为昭苏吸引八方游客的"金字招牌"。

　　游走在昭苏，放下繁华世界的重负和忧烦；静下心来，听风吹过，看繁星闪烁，感受人与自然的和谐共处，内心油然而生"生活真美好"

的感慨。

为了体验小城的烟火气息，傍晚时分，我和当地朋友漫步在街道。小城没有高楼大厦，没有豪华会馆，却是秩序井然，街道纵横交错，建筑错落有致，出行购物很是方便。我们边走边聊，空中突然飘落小雨，我们既为避雨也为理发，走进西唯理发店。这家理发店门面不是很大，但干净整洁，设施齐全，在当地小有名气。老板姓蒋，三十出头，祖籍四川，在昭苏出生长大。蒋老板给我安排了一个年轻的哈萨克族女理发师，见我有些疑虑，他笑着说："放心吧，巴合达尔·古丽是我们店的金牌理发师。"

巴合达尔·古丽清秀文静，普通话说得很好，柔声细气的；她技术娴熟，一边跟我聊天，一边理发。巴合达尔·古丽祖祖辈辈生活在昭苏，她学的是幼师，曾到哈萨克斯坦首都阿斯塔纳留学了两年。当地的亲戚劝她留下来，在都城阿斯塔纳谋求更好的发展，她觉得家乡越建设越来越漂亮，机会更多，便毅然回到了昭苏。

当了一段时间老师，巴合达尔·古丽迷上了理发。老板为了培养她，不惜花重金送她到乌鲁木齐和深圳不断学习。六年过去了，她的技术越来越好，收入也是水涨船高。她对自己的生活十分满意，庆幸当初选择了回国。

理完发，看到镜子里的自己精神了许多，我对巴合达尔·古丽竖起大拇指，夸她的技术"亚克西"。这个哈萨克族姑娘甜甜地笑着，温柔地与我道别。

走出理发店，雨已经停了。空气清新凉爽，空中出现了神奇的双彩虹，西天边是一片绚丽多彩的火烧云，美得无以复加。见我赞叹不已，朋友笑着说，这种景象他们经常见，没啥稀奇的。

见地上湿漉漉的，朋友想驱车带我去闻名遐迩的"绿宝石"餐馆。街景这么美，空气如此新鲜，多走走、多转转岂不更好！

绿宝石餐馆很有特色，拌面和烤肉深受当地人喜爱，若是赶上饭点，不提前预约根本就没有座位。没想到这家饭店的老板我们见过，酒足饭饱后，他送来了香甜的水果拼盘，这份热情让我心里暖暖的。

住建局的于主任为了让我欣赏昭苏独一无二的灯光秀，特意驱车载着我，围绕小城转了一圈，让我大开眼界。昭苏每条街道都有天马雕塑或是造型，街灯更是花样翻新，各不相同，晚上五光十色，争奇斗艳。

夜晚，一进入昭苏，便是灯火辉煌长近两公里的"天马跃彩虹"；驶过彩灯闪烁古香古色的优雅长廊，前往市内的解放街，两旁树上挂着小巧玲珑的红灯笼；驶往健康街，路边灯柱上闪动着篮球、足球、羽毛球等体育项目的图形；乌孙路的街灯造型很有寓意，灯柱是彩虹，顶部是莲花；天山路街边挂着黄色的福袋灯；最有趣的是汗腾格里巷，街灯造型独特，上部为黄色双马头，下部为蓝色马尾状，黄蓝交相辉映，极为醒目。

谈起昭苏的城市建设，侯陶书记感慨良多，将昭苏打造成为宜居宜业的美丽旅游城市，是昭苏人的奋斗目标。他拿汗腾格里巷举例说，这条巷子以前是泥土路，一年四季道路泥泞，两旁是低矮破旧的房屋。这几年进行城市改造，老巷子旧貌换新颜，群众的住房得到极大改善，居住环境变好了，街灯变亮了，大家的日子越过越红火。

我站在酒店的窗前，望着昭苏美丽的夜景，耳边回荡起《美丽的草原我的家》。其实，昭苏的夜更宁静，更温馨。这是一个让人愿意停下脚步不再漂泊的地方，一个让心灵得到抚慰、静静品味人生的地方……

第一章

美丽的"西域湿岛"

伊犁地处西北内陆腹地,位于天山山脉西部,境内既有高山峻岭,也有广阔的山间平原盆地和河谷地,据说伊宁是世界上距离海洋最远的城市。谁能想到,亿万年前,这里曾是波涛汹涌、一望无际的古亚洲海洋。后来,这一片区域发生了非常剧烈的地壳运动,阿尔泰山、阿尔金山、天山等山脉隆起,海水大面积消退,地壳运动将零星的岛屿小陆地拼合成两块更大的陆地——塔里木和伊犁,神奇的大自然用移山倒海之术,将伊犁沧海变山地。

历史的车轮滚滚向前,斗转星移间,数百万年过去。伊犁河谷因"三山夹两谷"的地貌,雨量充沛,气候炎热潮湿,森林繁茂,沼泽遍地,成了各种动物栖息的天堂。

弹指一挥间,数十万年前,伊犁河谷已是茫茫草原,雪峰高耸,峡谷幽深,野生动物出没于山涧密林。

随着类人猿不断进化,新石器时代悄然而至,直立行走的人类操着石斧、石锤和石磨等工具,在伊犁河谷留下生活遗迹。

春秋战国时,中国古籍里记载的"塞种"人,游牧到伊犁这片水草丰美的地方,扎起帐篷,燃起篝火,繁衍生息。西汉初年,被匈奴打败的月氏迁徙到伊犁河谷,驱逐了在这里生活了几百年的塞人,继而又击溃了乌孙。

匈奴骑兵所向披靡，马蹄震动西域，甚至威胁到大汉帝国。自汉武帝起，武力征伐匈奴便成了国策，他派遣张骞出使西域，联合西域诸国，尤其是乌孙，一同对抗匈奴，保一方平安近二十年。汉朝设西域都护府，伊犁等地正式纳入中国版图。

　　两百多年前，乾隆派军收复新疆，置伊犁将军统辖新疆各地，六十多年中新疆没有发生大的动乱。一百多年前，风雨飘摇的清廷无暇顾及新疆，乌兹别克人阿古柏率兵入侵，俄罗斯趁机侵占伊犁。朝堂之上，放弃新疆的言论甚嚣尘上。年过六旬、体弱多病的左宗棠抬棺出征，收复新疆大片土地，迫使俄国将伊犁归还中国。

　　因沙俄侵占了新疆 44 万平方公里的领土，伊犁由原来的中心位置沦落为靠近边境的前哨站，首府只能迁至迪化。

　　公元 1949 年 10 月 1 日，中华人民共和国成立，昭苏进入万马奔腾的新时代。

震惊世界的昭苏波马黄金面具

1997 年 10 月，昭苏高原正是深秋时节。

这天，秋高气爽，天空湛蓝，真是个好天气。74 团工程队在昭苏边防站附近修路，轰隆隆的挖掘机驶向一个两米多高的圆丘土墩。巨大的铲斗一下一下地挖向经历了两千多年风霜雨雪的土墩，驾驶员突然停下操作，他发现自己竟然挖出一个古墓。

墓穴挖塌了，露出了里面的随葬品……粘着木屑的泥土里，出现了金光闪闪的随葬品。驾驶员跳下车，蹲下身细看，黄金器物上镶嵌着许多葡萄般大小的红宝石。驾驶员惊喜地大叫："有古墓，有好多金子！还有宝石！"附近修路、施工的群众听见喊叫，一起围拢过来，只见泥土里有镶嵌着红宝石的面具、金杯、金罐等，在阳光下闪着夺目的光彩。人们像疯了一样，冲上去哄抢，没几分钟工夫，古墓破坏殆尽，那些金光闪闪的随葬品被人悉数拿走……

因为发生哄抢的地点较为偏僻，等伊犁州文管局得到消息赶过去时，珍贵奢华的器物早已不知踪影，现场一片狼藉，让人摇头叹息。文管局的同志保护好现场，小心翼翼地进行了专业挖掘，出土了一些丝织品。其中一件缂金织物，长 25 厘米，宽 23 厘米，虽然只剩下残品，但上面穿线缀缝的金泡饰，至今仍熠熠生辉。这种织物与我国古代文献中记载的"珠服""珠襦"十分相似，应是上层贵族制作衣服的高级豪华面料。

文管局的同志用了四年时间明察暗访，最终只追回古墓中的 70 件文物。让人遗憾的是，因为墓葬破坏严重，文物的原始出土位置无法确定，就连墓主人的遗骸都没找到。专家想，只能通过追缴回来的金银器物来判断墓主身份。

当专家鉴别这些随葬品时，他们感到无比震惊！

这些镶嵌着鲜艳珠宝的金器光彩夺目，奢华美丽，极为罕见，可谓价值连城。命名为一号文物的是一件跟真人面部大小相似的"黄金面具"，这个黄金面具堪称史上最奢华、最精美，是国宝级的文物。面具为纯度极高的黄金打造，高 17 厘米，宽 16.5 厘米，重 245.5 克，眉毛用黄金和红宝石镶嵌成排贝式样，两颗硕大浑圆的红宝石镶嵌在眼眶内，显得眼睛光彩夺目、炯炯有神；八字胡用金镶嵌多颗宝石后铆合而成，络腮胡用宽约 1 厘米的长条金饰铆焊于两腮；沿着下颌与两腮共镶嵌 39 颗心形红宝石……

面具依照墓主人模样打造，阔面浓眉，圆目大眼，唇微启，露出金牙，形象威严庄重。黄金面具做工考究，造型精美，工艺精湛，面具宛如一面金质浮雕，脸型轮廓不似中原人，具有浓郁的草原文化特色，恰如文献中所记载的"金鼻银齿"。

专家使用金相显微镜对样品进行观察分析得出，面具是由两块金片通过铆接工艺铆合在一起，金片铆接好后使用锤揲工艺成型，并且为冷锻成型；使用半空心铆钉铆接金片于面部作为宝石底座；对络腮须处的宝石底座外围点焊金珠形成连珠饰，焊接金珠使用了二次焊接的工艺，推测第二次焊接为面具整体的高温处理，最后使用包镶的镶嵌工艺将数十颗宝石镶嵌其上。宝石底座中有可以增加宝石光泽度和饱和度的银质垫片，部分底座中疑似使用了胶料对宝石进行固定。专家还对宝石的来源进行了简单的分析，推测其可能来源于伊犁河谷的大恩别列钨矿或由中原地区通过丝绸之路贸易而来。据考证，这种焊金珠工艺来自于希腊，经由草原在汉代传入我国中原地区。

黄金制成的面具在古代并不常见，几个古文明中心如希腊、埃及等地曾出土过黄金面具，最为出名的要数希腊阿伽门农黄金面具，古埃及法老图坦卡蒙木乃伊覆盖的黄金面具。在迈锡尼文明中，黄金是地位和权力的象征；古埃及文明则是将黄金视为太阳神，黄金面具可以保护木乃伊的身体，是埃及法老统治阶级特权的象征，代表着至高无上的权力。

与迈锡尼文明和古埃及文明同时期的中国，大致处于商周时期。几千年前，中国古人早就知道了黄金的尊贵，并有了黄金开采与制作工艺。金沙遗址挖掘出土过一大一小两副金面具，表面打磨光亮，里面未经打磨，较为粗糙；三星堆遗址出土的残缺黄金面具，五官较为抽象；郑州商城贵族墓葬出土的金覆面，证明古人认为黄金是辟邪之物，东汉刘熙在《释名》中写道："金禁也，气刚毅，能禁制物也。"

在古代，墓葬中的面具因主人地位差异而不同，黄金面具为最高等级，多为皇室贵族所用。黄金面具不仅体现着贵族的身份地位，也体现了古人对于黄金特质的普遍认识；黄金面具既维护了死者最后的尊严，也体现出如同黄金和宝石一般永生不朽的深长意义。

唐人杜佑《通典·边防典六》"大羊同"中记载："大羊同，东接吐蕃，西接小羊同，北直于阗……其酋豪死，抉去其脑，实以珠玉，剖其五脏，易以黄金，假造金鼻银齿，以人为殉，卜以吉辰，藏诸岩穴，他人莫知其所，多杀牦牛羊马，以充祭祀，葬毕服除。"文中所描绘，与波马古墓里出土的黄金面具颇为相似。

昭苏波马古墓的主人拥有如此精美、栩栩如生的黄金面具，可想而知，他的地位一定相当显赫尊贵，或许是极具威严的统帅。下葬时，族人将黄金面具覆在墓主人的面部，既美观又彰显其身份高贵，保护他不受邪物侵害。

随葬品中镶嵌红玛瑙带虎柄的金杯同样让人瞠目结舌，金杯高度达到 14.7 厘米，重约 489 克。金杯内外表面均用模具压出菱形格纹，外表面的每个菱格中都镶嵌了一枚红色玛瑙。杯柄是一只体格矫健、腰身细长、双耳直立的黄金猛虎，虎头宽而圆，虎尾下垂，通体錾刻虎斑纹，底足为八瓣花锤纹，形象生动。如此器形和规格的金器，在新疆境内十分罕见。

镶宝石的金戒指重 16.5 克，红宝石呈椭圆形，戒面周缘为两圈金珠点，紧箍宝石戒面。戒托与指环周身为细工金珠构成的三角形纹饰，戒指与戒面相对的一面也有镶嵌宝石的金托，原镶嵌的宝石已失。

错金单耳银瓶，通高 17.2 厘米，重达 544 克。瓶颈部分错金一周，上下锤鍱连续的圆圈点纹，圆圈点纹之间有四瓣菱花图案。其余部位均素面，上腹部有耳，但已缺失，存留铆接的铜片。

此外，还有镶嵌着红宝石带金盖的黄金罐子、镶嵌红宝石的包金剑鞘……这一组金镶红宝石的文物，与阿富汗北部席巴尔甘地区的黄金之丘墓地出土的带饰风格类似，都使用了吹珠点焊和镶嵌工艺。有学者称，这些器物受到了塞人的审美影响，表现了当时游牧民族对于黄金饰物的喜爱之情。

这些令人眼花缭乱的金器，让考古专家惊叹于西域文化的魅力独特之余，也深感遗憾，截至目前，仍无法确定古墓主人的身份、族群归属和所处年代。据现场目击者说，当时有个人从墓里挖出一件"像短手杖一样、手柄处镶有宝石的"器物。专家推测这个器物极有可能是"权杖"，对于解开墓主的神秘身份有着至关重要的作用。只可惜调查线索缺失，始终没有找到追缴线索……

波马古墓的黄金面具和各种金器震惊了考古界，引起很多专家学者的关注，令人尴尬的是，没有一个权威专家能揭开古墓谜团。针对墓主人的猜测，推论结果有以下几种：

某专家在《文物》杂志上撰文，认为波马古墓应该是西突厥人之墓。

从金器上的花纹来看，与匈奴人喜欢用狮虎羊等动物装饰不同，而与其他地方出土的西突厥金银盘上的宝相花如出一辙。

有学者对此提出不同看法，波马古墓的葬制与突厥人明显不同。突厥人喜欢高山，墓葬也大多选择山顶更接近天空的位置，他们崇尚鬼神，将狼视为自己的图腾。然而，那件"镶嵌宝石的虎柄金杯"上的图腾是猛虎，却不是狼，明显和突厥文化有悖。

昭苏位于天山北麓的草原地带，是古代丝路的重要通道之一，曾经生活过塞种人、月氏、乌孙、匈奴等游牧民族。有些学者倾向于墓主人是乌孙贵族，根据《汉书》记载，乌孙人形象为宽脸庞、绿眼睛、红头发，和面具的外形比较匹配。

经过多年的考证，更多的专家认为，波马黄金面具是古代塞人文化的遗存，他们的文化影响了伊犁河流域的其他游牧民族。

　　历史的迷雾波谲云诡，让我们回溯那段历史，走近昭苏草原神秘的塞种人！

戴着尖顶帽子的神秘塞种人

1987 年夏天，呼图壁县西南的康家石门子村的寂寞和宁静，被山沟里的一处岩画打破了。

盛夏的康家石门子山清水秀，绿草如茵，满山遍野的野花争相盛开，清新的空气中弥漫着花香，风景如诗如画，真是"好峰随处改，幽径独行迷"。顺着清澈冰凉的山泉前行，赫然看到群山之中有一座赭红色的岗峦，山形如垒似砌，粉砂岩壁上布满了大大小小的人像。人像有男有女，或站或卧，或衣或裸，手舞足蹈，姿态各异……

尽管历经 3000 年风雨侵蚀，各种刻画人物形态依然逼真、颜色鲜艳。岩面平整，距地表约 10 米上下。岩画东西长约 14 米，上下高 9 米，面积约为 120 平方米。

岩画采用浅浮雕的手法，画中人物面型瘦长，大眼、高鼻、小嘴，形象秀丽。他们头戴高帽，帽着翎毛，做舞蹈状。旁边还刻绘了成排的小人在欢快舞蹈的场面，以表现祈求子嗣繁衍、人丁兴旺的愿望。有专家说，这是 3000 年前塞种人先祖进行生殖崇拜活动的圣殿。

在热烈的舞蹈场面中，有两组"对马图"格外引人注目。它们位于岩刻的最上层，是画面的主体部分，是氏族崇拜的标志。"对马图"中，9 个高大的裸女头戴高帽，美丽的翎毛分扬在帽子左右，个个鹅蛋脸、高鼻大眼，秀美异常。她们摆动两臂，围绕着两组"对马图"轻快地起舞。左边一组为一对雄马，右边是一对雌马；对马的头部、前后腿都环绕形成一个封闭的图案。两组对马位置左右相对，构成一组严格对称而且造型优美的图案。不难看出塞种人先祖对马的重视，把马作为其生殖崇拜的图腾。

这处岩画是天山塞种人的文化遗存，如此大型的生殖崇拜主题雕刻画面，在中国尚属唯一。后来，塞种人大规模迁徙到水草更为丰美，更适合牲畜和种族繁衍的昭苏高原。

据史料记载，距今3000多年前，塞种人活跃在帕米尔、天山及新疆北部。同众多游牧民族一样，塞种人过着"随畜逐水草"的游牧生活。他们在公元前3世纪末进入阶级社会，建立国家政权，"塞王"是他们的最高统治者。

历史风雨吹淡了塞种人留下的遗迹，我们只能从崖壁岩画、出土文物和中外史书典籍中一窥塞种人历史文化的变迁，用丰富的想象走进历史的时间隧道，勾勒出波澜壮阔、血腥冷酷的族群纷争。

《汉书·西域传》说，乌孙国的东边与匈奴相连，西北面是康居，西邻大宛，南面是居住在城郭内的国家。这地方原本有塞种人居住，大月氏向西方迁移时，打败了塞王。塞王向南进入了克什米尔地区，大月氏便占领了原塞王的辖地。后来乌孙王昆莫占有了大月氏的领地。所以说乌孙人中既有塞种人，也有大月氏人。

塞王率领部众南迁后，塞种人不可避免地分散为许多小国。从疏勒起，西北的休循国、捐毒国等都是塞种人的国家。书中提到的匈奴、大月氏、乌孙、塞种之间类似多米诺骨牌式的战争迁徙运动，发生地点在今天的伊犁河、楚河流域。

塞种人的能征惯战给欧洲人留下深刻印象，古希腊历史学家希罗多德在他的名著《历史》一书中，曾多次提到 Sacae（Saka）人，研究者认为 Sacae 人其实就是马萨格泰人。希罗多德在书中说，马萨格泰人是一个勇武善战的强大民族，他们住在东边日出的地方。

波斯帝国开国君主居鲁士二世（前559—前529年在位）曾派兵与马萨格泰人打仗，结果一向战无不胜的居鲁士王和他的波斯军团，在骁勇善战的马萨格泰人面前竟然一败涂地，不仅波斯军团全军覆没，居鲁士二世本人也在战斗中阵亡。

当时的波斯人将马萨格泰人称为Saka（萨迦）人。至今仍保存的波斯阿喀美尼朝大流士一世的贝希斯登（Behistun）铭文中，多次提到了Saka的名字，并说他们的国家"在海的那边，那里的人戴着尖顶的帽子"。

据载，戴尖帽的萨迦人分布于吉尔吉斯斯坦及哈萨克斯坦的草原地带，即从帕米尔、阿赖岭以北至天山、阿尔泰山，包括塔什干、塔拉斯河、楚河、伊犁河流域和巴尔喀什湖以东地区。

汉文史书上的"塞种"，据语言学家的研究分析，即是古波斯语中"Saka"（萨迦）的音译。在其他的汉文典籍中，又有"铄迦""烁迦"等不同译法，都是"Saka"的译音。

由此可见，塞种人的活动范围极为广泛，他们是以游牧为主的民族，少部分人从事农业，种植糜子、大麦和小麦。当时的塞种人已熟练使用毡房，跟哈萨克族牧民的毡房近似，这种毡房从外形上看是圆柱形的，里面以木料做成格子，可以张缩自如，以便携带，顶上环列着轻巧的椽木。这种便于拆卸和折叠的木格与毡毹，极易放在车上及马背上运走，很适于游牧生活。

据专家考证，塞种人实行王政制度，他们分成四个大部，每部分成若干"区"，每区由一个总督加以统治。这些总督都是由各部落酋长世袭的，塞种人虽已进入奴隶制社会，但仍保留有氏族、部落和部落联盟的组织形式，因而大小酋长的权力很大。由各部落酋长推举塞王，塞王的权力至高无上。

按照习俗，塞王死后，要举行隆重的葬礼。尸体先涂以香油，然后装入特制的车，巡行于塞种人各部落间，尸车所到之处，各部落人民都要表示沉痛哀悼，并以各种方式毁伤自己，或割去一片耳朵，或毁伤前额、鼻子，或以箭镞穿入左手，或抓烂自己的脸或眼部，或拔掉一绺头发，等等。巡游完后，将尸体送至王族的葬地，所掘的正方形坟墓，面积甚大。尸体放入墓中，以毯相裹，并在尸体两旁堆放戈矛。

他们实行残酷的殉葬制度，除了要缢死一个王妃殉葬外，凡是塞王的厨夫、圉人、侍者也都要杀死殉葬。王的马匹，也要杀死葬于墓门附近。最后，由部落的民众在墓上堆起丘陵，以表示求得王的宽宥。在王死一年之后，还要杀死 50 个奴隶和 50 匹马，陪葬于陵旁。

希罗多德说，游牧的马萨格泰人在诸神中间最崇拜太阳。他们献给太阳的祭品是马，他们这样做的理由是，只有人间最快的马才能配得上诸神之中最快的太阳。定居的塞种人则把土地当作母神加以崇拜。出于战斗的需要，对战争之神也很崇拜，他们把剑插在地上，向上浇奶和血，以祈求获得胜利。

昭苏高原很适合马匹的繁衍生息，且河流众多，牧草肥美，自然备受塞种人的青睐。

希罗多德在描写中亚塞种人的特点时说，塞西安王室小心翼翼保护神圣的黄金，每年为它举行重大的祭典。当时塞种人的衣服上都以黄金为装饰品。

近数十年来，哈萨克斯坦和我国新疆北部出土了许多塞种人的金器。这些金器一般以金箔锤锻而成，以动物造型为多。这些塞种人的遗迹和遗物，通过考古学家们的不断探寻，已逐渐明晰，还原了其真实的面目。因此，昭苏波马古墓出土大量塞种人王族的黄金随葬品就不足为奇了。

塞种人骁勇好战，嗜血成性。他们每次作战的战利品，都由君王分配给战士。为奖励战胜敌人和多杀敌人，战士把敌人的首级割下来，作为分取战利品的凭证，同时还把敌人的头颅处理后用来做饮器，想想都让人毛骨悚然。

历史学家希罗多德是这样记载马萨格泰人的，他们饮在战场上杀死的第一个人的血，把在战争中杀死的敌人首级带到他的国王那里去，便可以分到一份虏获物，否则就什么也得不到。战士沿着敌人头颅上的两只耳朵割一个圈，然后揪着头皮把头盖骨摇出来。接着，他再用牛肋骨把头皮上的肉刮掉，并把头皮弄柔软，当作手巾来保存。马萨格泰人将头皮手巾吊挂在战马的马勒上夸耀。拥有这种头皮手巾最多的人，便被视为是最勇武的英雄。

塞种人在战争中使用的武器是战斧、矛、剑和弓箭，防身甲胄用皮革制成，再在皮甲上缝以兽骨或马蹄制成的硬片，使之更坚固。后来改用青铜和铁制成硬片，缀在外面，被称为鱼鳞甲。同时，塞种人还给战马披上鱼鳞甲，以便在战场上抵御敌人刀矛和箭矢的攻击。

塞种人凭借着强弓铁骑，在广袤的草原上纵横奔驰，马蹄声声叫人闻风丧胆。

江山代有才人出，强中自有强中手。谁又能想到，嗜血好杀、不可一世的塞种人会被曾游牧于河西走廊的大月氏人击败，耻辱地败退伊犁河谷。

说起大月氏人，也有一段悲惨的血泪史。秦朝末年，匈奴部落为表示臣服，单于将儿子送到月氏王庭为人质。后来，匈奴在冒顿单于统领下迅速崛起，他组建了一支令人闻风丧胆的虎狼之师。为一雪前耻，匈奴曾两次攻击大月氏，逼迫他们不断西迁。于是，水草肥美、地域辽阔的伊犁河谷成了大月氏人眼中的天堂。

为了族人，为了生存，大月氏人只能背水一战！

毫无防备的塞种人在大月氏铁骑的偷袭中一败涂地，男人的首级成了大月氏战士夸耀的战利品，他们的孩子和女人成了奴隶，塞王的头颅成了匈奴单于的饮器。塞种人擦干血泪，舍弃家园，越过天山向葱岭（今帕米尔高原）地区逃亡。一部分塞种人留在原地，成为大月氏的附庸。

在匈奴的帮助下，乌孙人打败了大月氏，将伊犁河谷当作龙兴之地，留在天山以北地区的塞种人又成为乌孙的附属。

历史的车轮滚滚向前，碾轧过被鲜血和泪水浸染的土地，留下弥漫的烟尘和车辙，供后人臆想和探寻。

伊犁河流域随着汉使张骞的造访，掀开了新的历史篇章。为夹攻匈奴，为建立一支骁勇强悍的铁骑，昭苏天马迎来了高光时刻。

天马徕兮从西极

战国末期，虎狼之国大秦势如破竹，逐一横扫六国。

此时，大漠南北，茫茫草原，一支游牧民族——匈奴迅猛崛起，他们的首领叫头曼单于。头曼单于彪悍残暴，嗜杀成性，他亲率铁骑南下，抢夺了阴山地区和河套平原以南的大片土地，不断烧杀劫掠，秦、燕、赵三国边境的百姓家破人亡、流离失所。面对来无影、去无踪的匈奴骑兵，秦、燕、赵苦不堪言，也拿不出什么好办法，只能修筑长城防御匈奴的肆意掠夺。

秦始皇统一六国后，为防止匈奴再次南犯，命令蒙恬率30万大军，重新修缮和增筑战国时期秦、赵、燕三国北边的长城，将其连接成一线，变成了中国最早的"万里长城"。公元前215年，蒙恬精锐击败头曼单于，将匈奴驱逐出阴山。在其后相当长的一段时期里，匈奴不敢大规模进犯秦地。头曼之子冒顿弑父继位，他野心勃勃，东征西伐，迅速走向鼎盛，建立起一个威震四海、幅员辽阔的匈奴单于国。

大秦帝国被推翻后，割据一方的势力相互厮杀，中原大乱，民不聊生。匈奴乘虚而入，他们越过长城，占据河套平原和阴山一带。游牧于敦煌和祁连山之间的弱小部落乌孙，与大月氏为邻，常受其压迫和欺辱，便想依附匈奴。

公元前 177 年，乌孙被大月氏击败，首领难兜靡被杀，其子猎骄靡还是个婴儿。傅父布就翎侯抱着猎骄靡出逃，当时又饥又渴，他便将小主人放在草丛里，自己去找吃的东西。傅父拿着食物归来时，见母狼正在给猎骄靡喂奶，又见乌鸦衔着肉站在一旁，他大惊失色，觉得这事儿太神异了。于是，傅父抱着猎骄靡归降匈奴，并将亲眼所见告诉了冒顿单于。

匈奴人以狼为图腾，认为自己是狼的后代。听说猎骄靡在逃亡途中得到了母狼喂养后，冒顿认为猎骄靡是天之骄子下凡，决定要好好抚养他，帮助他复国。冒顿死后，老上单于继续抚养猎骄靡。

16 年转眼即逝，猎骄靡长成体格彪悍的小伙子，他像是一只身手敏捷、跃跃欲试的猛虎。匈奴孙儿军臣单于觉得应该放手让猎骄靡建功立业，便将乌孙旧部交还给他管辖。

17 岁的猎骄靡英姿勃发，积极备战，他以报父仇为名，向孙儿军臣单于请命，率兵攻打远迁伊犁河流域的大月氏。军臣单于担心猎骄靡人单势孤，派匈奴右贤王率部协助猎骄靡，两支精锐铁骑相约合攻大月氏。在这场战役中，猎骄靡冲锋陷阵，异常勇猛，大出风头，打得月氏部队鬼哭狼嚎。猎骄靡紧盯着月氏王，在乱军中手刃了月氏王，将他的头颅献给了军臣单于。

军臣单于为嘉奖猎骄靡，命人将月氏王的头骨制成饮器，赏赐给了猎骄靡。在猎骄靡骑兵的持续追杀下，月氏人惶惶不可终日，不断西迁，逃至中亚地区。乌孙一族恢复了活力，复仇成功。

此时，猎骄靡雄心勃勃，已不想返回河西走廊，他占据了水草肥美的伊犁河、楚河地区，打算成就一番霸业。猎骄靡果敢武断，深受乌孙人的爱戴，成了乌孙人一呼百应的昆莫（乌孙王）。

在猎骄靡的带领下，乌孙部落迅速强大起来，有"控弦之士"数万。此时乌孙隔金山与匈奴为邻，其西北经塔拉斯河、锡尔河下游为康居，其西为大宛，以天山与塔里木盆地周围诸绿洲国家为界。

见猎骄靡迟迟不归，单于将乌孙人在河西走廊的牧场据为己有，并且设王分治，还"昆"封匈奴贵族为昆邪王。得知这一消息，猎骄靡心里很是不满，匈奴不但占了他的领地，还触犯了他"昆"的名讳，分明没将他放在眼里。于是，猎骄靡建乌孙国，欲与匈奴分庭抗礼。

据史料记载，当时乌孙国有户口12万，人口63万，军队18万，都城在赤谷，实力仅次于匈奴。

大汉帝国经过百年休养生息，待汉武大帝刘彻即位，已是粮满仓，谷满囤，国力强盛。大汉几代皇帝曾忍辱蒙羞，向匈奴称臣纳贡，和亲互市。刘彻胸有大志，发愤图强，厉兵秣马，欲一雪前耻。

他曾对匈奴发动了三次大规模的战役，给匈奴以毁灭性的打击，使强悍的匈奴铁骑消失在历史尘烟中。为巩固胜利战果，经营河西，安定边疆，汉武大帝先后在河西设置武威、酒泉、张掖、敦煌四郡。同时，又建玉门关、阳关，史称"列四郡据两关"。

汉武帝数次讨伐匈奴，取得了辉煌的胜利，但匈奴的作战主力犹存，而且西域三十六国还在其控制之下。要想彻底打垮匈奴，争取西域诸国支持汉朝，显得尤其重要。于是，汉武帝派张骞出使西域。原本想的是联合大月氏合击匈奴，可大月氏在中亚得到一块水草肥美的土地安居乐业，不再想向匈奴报仇夺回失地，于是张骞将目光投向乌孙。

在西域诸国中，乌孙国地域广阔，兵强马壮，物产丰富，实力最强，是唯一能与匈奴抗衡的国家。汉使张骞认为若能联合乌孙国，便犹如切去匈奴右臂，他向汉武帝建议拉拢乌孙国："可厚赂招，令东居故地，妻以公主，与为昆弟，以制匈奴。"

张骞的出使很不顺利，可谓历经坎坷，九死一生。他费尽千辛万苦来到乌孙时，正值乌孙国闹分裂，猎骄靡接见了张骞，为难地说："年老国分，不能专制。"因畏惧匈奴，不了解汉朝的国力，猎骄靡婉言谢绝了张骞提出的乌汉结盟的请求。

猎骄靡出于礼貌，赠送了几十匹膘肥体壮的骏马算是谢礼。深夜，张骞睡在毡房里彻夜难眠，他知道要让猎骄靡改变主意，最好的办法就是让乌孙人亲眼目睹大汉的强大和实力。

猎骄靡也想一探大汉的虚实，便派遣了数十名使节随张骞来到长安。气势雄伟的城池，鳞次栉比的屋宇，繁华昌盛的商业，纪律严明、威武雄壮的军队，让乌孙使节大开眼界，由衷叹服。

汉武帝酷爱骏马，他看到乌孙国进贡的马匹身形矫健，高大俊美，

喜不自胜。试骑了几圈后，因骏马轻快灵活、奔跑神速，汉武帝赐名
"天马"，提笔写下一首流传千古的《西极天马歌》：

> 天马徕兮从西极。
>
> 经万里兮归有德。
>
> 承灵威兮降外国。
>
> 涉流沙兮四夷服。

神骏非凡的乌孙马由此名扬天下，这些马匹产自昭苏，昭苏马被后
人称为"天马"。出生在碎叶（今吉尔吉斯斯坦共和国托克马克）的唐人
李白曾目睹过昭苏天马的雄姿，热情洋溢地写下《天马歌》，并以天马的
神异自喻卓越才能。他笔下的"俊逸紫燕"，与昭苏的"天马"有着密切
关系。

乌孙使节带着厚礼返回都城赤谷，向昆莫猎骄靡盛赞大汉国势强盛。
猎骄靡早已厌烦匈奴的嚣张跋扈，多一棵大树好乘凉，他动了心思，主
动提出与汉朝和亲。汉武帝前后以宗室女细君和解忧为公主，嫁与乌孙
昆莫为妻。乌孙远匈奴而亲大汉的行为，惹得匈奴单于大为光火，不严
惩乌孙，匈奴在西域的威严何在？于是，匈奴联合车师后国发兵攻打乌
孙国。

公元前 72 年，解忧公主与乌孙王翁归靡遣使上书，请求汉朝出兵救
援。汉宣帝命田广明等五将率领 15 万骑兵，翁归靡亲率 5 万骑兵，夹击
匈奴，获得大胜。此后，匈奴由盛转衰，逐渐退出西域，乌孙成为西域
最强大的国家，翁归靡决定摆脱匈奴，与西汉结盟。

汉武帝派张骞联合乌孙"断匈奴右臂"的计划经过整整半个世纪的
苦心经营，终获成功。

西汉取代了匈奴在西域的控制权。公元前 59 年，汉朝设西域都护府，
长官都护负责管理西域事务。西域都护府的建立迫使匈奴打消了称霸西
域的雄心，标志着西汉政府已经对西域各国开始了有效的管控。

乌孙国抓住历史机遇，迎来了繁荣昌盛的大发展。据研究，雌栗靡
为昆莫时，乌孙国畜牧业臻于最盛时期，全国牲畜数量估计高达 453.6

万头。

伊犁河流域到处都有乌孙人生活的遗迹，成为考古学家和文史专家流连忘返的地方。伊犁草原上有土墩墓一万多座，据我国史学家认定，这些土墩墓属塞人、乌孙、突厥三个时期的王孙贵族之墓。

古墓是人生走到终点最后的定格，储存着墓主所处时代的经济、政治、风俗等文化信息。乌孙古墓群对亚欧草原地带古代文化的研究将产生很大影响。

人有悲欢离合，月有阴晴圆缺，此事古难全。

乌孙国鼎盛一时，国力因内讧分裂逐渐衰弱，随着解忧公主的回归，乌孙国与汉朝的关系渐行渐远。国运不昌，乌孙国百姓的命运也好不到哪里去。下一场血雨腥风何时会到来呢？

中亚人种博览地——伊犁河流域

伊犁史学专家赖洪波说："一个地方，它的经历和祖国的命运和利益如此直接相关，并产生如此大量的涉外问题，在全国也是罕见的……纵观千年史实，伊犁这个地方，民族必争，历史悠久，古迹遍地。"

史实的确如此。自古以来，伊犁河流域就是多民族的聚居地，素有"中亚人种博览地"之称。民族杂居、民族斗争、民族融合一直是伊犁地区发展史上的一条主线。塞人、大月氏、匈奴、乌孙、柔然、悦般、突厥、契丹、回纥等族人民，你方唱罢我登场，都曾在伊犁舞台上演过一幕幕苍凉悲壮的历史剧。

乌孙自立国伊始，管控伊犁河流域近500年，经过几次内讧和分裂，国力日渐衰弱。东汉以后，帝国实力衰减，自顾不暇，很多地方更是鞭长莫及，有关乌孙的史料记载相当缺少。东汉的明帝、章帝年间，乌孙国仍然由大小昆弥分治。《汉书·西域传》记载："两昆弥皆弱。"

公元5世纪以前，乌孙国与中原政权仍然保持联系，只是象征性的而已。乌孙曾经向曹魏政权进贡，"无岁不奉朝贡"。

公元147—167年间，国势久衰的乌孙国多次遭到鲜卑首领檀石槐铁骑的蹂躏，苦不堪言，却也无能为力。

魏晋南北朝初年，原小昆弥境内出现了一个新的国家——悦般，西边大昆弥所统治的地方则仍为乌孙国。

北魏太武帝拓跋焘在位期间，北方逐渐统一，北魏国势日益强盛。拓跋焘希望挑战柔然汗国，经营西域。拓跋焘曾经在太延三年（437 年），派遣董琬、高明等出使西域，途经乌孙，受到乌孙王的礼待。

崛起于蒙古高原的柔然汗国，骑兵似"风驰鸟赴，倏来忽往"，是一支威震漠北的强大力量，史料记载："尽有匈奴故庭，威服西域。"

在柔然铁骑的不断践踏下，乌孙国覆灭，黯然退出历史舞台。

公元 552 年，阿史那土门打败柔然汗国，自称伊利可汗，建立起幅员广阔的突厥汗国，阿尔泰、塔城、伊犁河谷皆为突厥属地，其势力迅速扩展至蒙古高原。其后东西突厥分治，西突厥以乌孙地为重镇。

西突厥汗国全盛时，疆域囊括整个中亚。

公元 618 年，大唐建立，逐步发展成为国力强盛、经济繁荣、万邦来朝的帝国。西突厥内部变乱迭起，贵族争立，逐渐走向衰落。

公元 649 年，西突厥末主、瑶池都督阿史那贺鲁叛乱，唐高宗派苏定方等征讨，大获全胜，"收其人畜前后四十余万"。息兵后，苏定方令西突厥诸部各归所居，修复道路，设置邮驿，掩埋尸骨，慰问疾苦，划定部落地界，恢复生产，并将阿史那贺鲁掳掠的财物、牲畜等，全部归还原主。

西域就此平定。唐朝列其地为州县，疆域极于西海，原臣服于西突厥的中亚诸国纷纷前来归附，整个西域置于唐朝的掌控之下。

大唐王朝疆域广阔，全盛时期东至北朝鲜，西达中亚咸海，南至越南，北至蒙古高原。唐初因政治清明、经济发达、社会繁荣，边疆部族纷纷降附。

如何有效管理众多归附民族，成了唐王朝要紧迫完成的课题。于是唐朝仿汉朝西域都护府的建制在民族地区设置了九大都护府，分别是：安东、东夷、安北、单于、安西、北庭、昆陵、蒙池、安南。这项制度对后世产生了非常深远的影响。

都护的职责是"抚慰诸藩，辑宁外寇"，凡对周边民族之"抚慰、征讨、叙功、罚过事宜"，皆其所统，权力极大。

唐朝在西域设置了两大都护府：安西都护府和北庭都护府。

唐太宗为了加强对西突厥地区的管理，在 640 年攻破高昌国（今吐鲁番）以后，在高昌设立了安西都护府，管辖天山以南直至葱岭以西、阿姆河流域的辽阔地区。

公元 702 年，武则天为了进一步巩固西北边疆，在庭州（今吉木萨尔县）设立了北庭都护府，管辖天山以北包括阿尔泰山和巴尔喀什湖以西的广大地区。北庭都护府设立后，所辖地区社会安定，农业、牧业、商业、手工业都得到空前发展，成为西北地区中心。公元 713 年，第二任都护郭虔瓘进驻北庭后，将所率军队编为田卒、开荒种地、屯垦戍边。

因为唐朝不断开疆拓土，边事和外事增多，很多文人墨客向往边塞风光和塞外生活，渴望到边塞建功立业，因此诞生了一个著名文学流派——边塞诗。当时的文人，无不在诗文中抒发"文能提笔安天下，武能上马定乾坤"的豪迈情怀。诸如杨炯慨叹"宁为百夫长，胜作一书生"；李白高呼"愿将腰下剑，直为斩楼兰"；王维借景抒情"大漠孤烟直，长河落日圆"；李颀将日常入诗"白日登山望烽火，黄昏饮马傍交河"……边塞诗人的杰出代表有高适、岑参、李颀、王昌龄、王之涣、王翰等。

最让人啧啧称奇的是，《警世通言》里有一篇奇文《李谪仙醉草吓蛮书》，说番邦要兴兵抢占唐朝的附属国，派人送来一封挑衅赍书，可是满朝文武没有一个能看懂，贺知章推荐了李白。李白大咧咧来到朝堂之上，接过赍书流利地翻译出来。玄宗皇帝和文武百官都不想打仗，一是战端一开，生灵涂炭；二是耗资巨大，力不从心。

玄宗向李白问计，李白胸有成竹地奏道："此事不劳圣虑，明日宣番使入朝，臣当面回答番书，定让番国可毒（王或可汗）拱手来降。"玄宗大喜，在金銮殿设宴，李白开怀畅饮，喝得酩酊大醉。玄宗令内官扶李白于殿侧安寝，直到第二日五鼓也未醒。

朝会开始，玄宗召李白上殿。李白醉眼蒙眬，步履不稳，玄宗忙吩咐御厨弄了醒酒汤，亲自给他喝下。李白喝完觉得爽快，酒醒了八分，他提笔在手，大太监高力士在一旁研墨。李白犹如文曲星下凡，笔走龙蛇，一气呵成。他捧着番书铿锵有力地念给番使听，言辞犀利，掷地有声，吓得番使面如土色不敢说话。李白大扬国威，避免了一场战争。

李白之所以能读会写番书，与他从小在西域的碎叶城长大有关。加之李白勤奋好学，诗词歌赋、道家、剑术样样精通，游历四海见多识广，后人才编纂了这样的传奇故事。

公元755年，"安史之乱"爆发，唐王朝元气大伤，国力锐减，无力西顾。因将大批兵力调往内地，西域与内地联系遂被隔绝。北庭都护府孤悬塞外，坚持了三十五年之久，后被吐蕃人攻陷。

大唐王朝覆灭后，长期受西突厥统治的葛逻禄部崛起，占据了伊犁河谷。后来，突厥回鹘人由葱岭西迁，与葛逻禄人合并，建立了喀喇汗王朝（亦称黑汗王朝），统辖伊犁河流域等西域大部地区。

喀喇汗王朝拥有一支以重骑兵为主的强大军队，既有中央汗庭训练的"古拉姆"近卫军，又有地方伊克塔军事地主组成的封建骑兵。在七河流域与伊犁河河谷兴建了大批新兴城市，大批突厥语民族由游牧转入定居，经济文化发达。

喀喇汗王朝与宋王朝一直保持着友好关系，往来不绝。《宋史·于阗传》云："大中祥符二年（1009年）其国黑韩王遣回鹘罗斯温等以方物来献。"此后70余年间都有使者陆续前来上表贡方物的记载。

根据《宋会要辑稿》记载，喀喇汗王朝向宋朝派出的使团前后有50多次，他们受到宋朝的礼遇。这些使团实际上多是商队，运往宋朝的货物以乳香为大宗，运回的主要是丝织品、衣服、金银器皿和茶叶。

喀喇汗王朝与辽朝相互聘问也相当频繁，并结为姻亲，一直保持着友好的关系。贸易往来不断，每当春天，"大地铺上绿毯，契丹商队运来了中国的商品"。

公元1114年春，女真族首领完颜阿骨打起兵反辽，攻陷了黄龙府。辽国天祚帝耶律延禧亲率大军征讨完颜阿骨打，结果大败而逃。屋漏偏逢连夜雨，辽国内部发生叛乱，尽管叛乱被平定，但辽国元气大伤。1125年春，辽国灭亡。

辽国皇族耶律大石北走漠北建立政权，意欲光复辽国。然而，新兴帝国大金处于全面上升时期，实力很强。西域的情况则相反，高昌回鹘王国、喀喇汗王朝经过几个世纪的发展，已进入衰落时期，忙于内争，无力对外。

公元1130年春，耶律大石按照契丹族传统，杀青牛白马祭告天地、祖宗，率军西征。他先后降伏高昌回鹘王国、东西两部喀喇汗王朝、花剌子模，建立起强大的西辽帝国，穆斯林和西方史籍称之为哈剌契丹。

西辽帝国的建立，结束了西域各国内部纷争不断、相互侵袭的局面，社会秩序安定。耶律大石以儒家思想作为指导，对人民"轻徭薄赋"；对属国属部"柔远怀来，羁縻安抚"；对宗教信仰"循俗宽容"。因此，当地比较紧张的阶级关系、民族关系、宗教关系都有所缓和，形成了一种比较安宁、宽松的社会政治环境。

公元1177年，耶律直鲁古继位，西辽统治集团淫逸侈靡，对外连年用兵，对内加重剥削。耶律直鲁古一味娱乐游猎，不理政务，致使政治腐败，社会矛盾激化。

公元1211年，乃蛮首领屈出律趁耶律直鲁古外出游猎时，以伏兵8000将其擒获，强迫让位，西辽灭亡，西域再次陷入动荡之中。

一代天骄，西征弯弓射大雕

　　掌握政权后，屈出律骄奢淫逸，穷兵黩武，到处劫掠，激起西域民众的反抗。史书记载，自 1212 年的秋季开始，连续四年，每逢秋收屈出律就派出大军去喀什噶尔（今新疆喀什），大规模地焚掠粮草牛羊，用兵威和饥馑迫使喀什噶尔人屈服。

　　屈出律的残暴行径使他成为中亚各地伊斯兰势力的死敌，于是花剌子模政权把瓜分中亚土地的预谋改成了对屈出律的彻底驱逐。1215 年秋，屈出律迁都喀什噶尔，正式建立了自己的乃蛮政权。

　　屈出律在喀什噶尔城大肆搜索并杀戮原喀喇汗王朝的贵族与宗教界上层人士，然后又让自己的乃蛮士兵住进城中每户居民的家中，奸淫掳掠无恶不作。接着，屈出律又下令在喀什噶尔一带封闭清真寺，禁止穆斯林的礼拜和集会，并对居民们宣布：要么改信佛教，要么改穿契丹人服装，二者必择其一。百姓敢怒不敢言，心中怨恨，埋下反抗起义的火种。

　　此时，以铁木真为首的蒙古部族在漠北高原兴起，他的铁骑四处扩张，多方出击，一时间所向披靡，无人能敌。于是，部落诸王和群臣为铁木真上尊号"成吉思汗"。

　　1218 年春，成吉思汗为掌握畅通中亚及西域商贸路线，以花剌子模劫留蒙古贸易商队、辱杀蒙古使臣为由，兵分两路出征西域。成吉思汗麾下大将哲别率两万铁骑，南下喀什噶尔征讨屈出律。

屈出律意欲与哲别的铁骑在喀什噶尔决战，但军队士气已衰，士兵拒绝出战。哲别的军队还没到，屈出律便弃城而逃，从者仅三人，沿途居民都唾弃他，无人肯收留。哲别紧追不舍，悬赏缉拿屈出律。

万般无奈，屈出律逃到深山里，被猎户包围活捉，交给了哲别帐下的先锋官。统治了西域八年的一代暴君屈出律，被哲别处死。西域之地，尽属蒙古帝国。

1219 年 6 月，成吉思汗亲统大军从额尔齐斯河出发，越过阿尔泰山，经别失八里（今新疆吉木萨尔北破城子）、仰吉八里（今新疆马纳斯西北）、天池（今新疆赛里木湖）、畏兀儿（今新疆东南地区）、阿力麻里（今新疆霍城西北）、哈剌鲁（今哈萨克斯坦伊犁河以北地区），西域诸王派兵相随助阵，共 20 万人，对外号称 60 万大军，征讨花剌子模。花剌子模国王摩诃末与大臣议定，命境内各城坚壁清野，决不出战。

成吉思汗兵分四路：第一路由察合台、窝阔台两位王子率领，直扑讹答剌城；第二路由长子术赤将之，为右路军，侧攻毡的城；第三路为左路军，侧击别纳客忒城，由阿剌黑等三将统领；成吉思汗与幼子拖雷率中路，进攻不花剌（今布哈拉）城。四路大军如下山猛虎，同时全线出击。

一年间，蒙古铁骑攻城陷阵，势如破竹，横扫花剌子模，继而又攻陷呼罗珊（西南亚古地名，今伊朗大部）、阿富汗等地。同时，大将哲别与速不台率两万军穿越阿塞拜疆、高加索一直到俄罗斯南部第聂伯河畔，转战两年后，又神奇般回到中亚锡尔河北的草原与大军会合。成吉思汗西征，历时五年，征服了中亚强国花剌子模，取得重大胜利。

成吉思汗确立对西域的统治，几乎是与军事征伐同步进行的。每当蒙古大军攻下一城，取得一地，成吉思汗首先派置将帅，监守和抚绥该地的居民。

《元史·耶律阿海传》里记载："下蒲华、寻斯干等城，留监寻斯干，专任抚绥之职。未几，以疾薨于位，年七十三……绵思哥袭太师，监寻斯干城。"耶律阿海攻下蒲华和寻斯干二城后，即被成吉思汗任命为"太师"，率军镇守于寻斯干城。他死后，次子绵思哥继任为"太师"，仍然监守于该地。

耶律楚材当时驻于寻斯干城（今乌兹别克斯坦的撒马尔罕），赋诗曰：

闲骑白马思无穷，
来访西城绿发翁。
元老规模妙天下，
锦城风景压河中。
花开杷榄芙蕖淡，
酒泛葡萄琥珀浓。
痛饮且图容易醉，
欲凭春梦到卢龙。

成吉思汗的西征路线，著名道人丘处机在《长春真人西游记》里是这样记载的："西南约行三月，复东南过大山，经大峡中。秋月，抵金山东北。少驻，复南行。其山高大，深谷长坂，车不可行。三太子出军，始辟其路。"金山即今阿尔泰山，三太子即窝阔台。

《长春真人西游记》又说："沿池正南下，右峰峦峭拔，松桦阴森，高逾百尺，自巅及麓，何啻万株。众流入峡，汹涌奔腾，曲折弯环，可六七十里。二太子扈从西征，始凿石理道，刊木为四十桥，桥可并车。"这里的池，即赛里木湖；池南的山峡为准噶尔盆地南通伊犁盆地的通道，即果子沟，这条通道是察合台在 1219 年成吉思汗西征中亚前开辟的。

成吉思汗早在称汗和建国之时，就进行过分封。统治西域后，他进行了第二次分封，把钦察草原分给长子术赤；把高昌回鹘国以西至伊犁河、楚河流域分给次子察合台；把阿尔泰山至叶密立（今新疆额敏县）地区分给三子窝阔台；幼子拖雷及其他亲人的封地，则是蒙古高原或长城内外新得的金国、西夏的土地。

蒙古帝国以西域为补给站和跳板走向征服世界的征途，"大约占据了世界上三分之二的开化地区"。

对于成吉思汗西征，历史上争议很大。有人将成吉思汗西征看作是一场天灾、一场浩劫、一场来自东方野蛮人的"黄祸";也有人认为,成吉思汗西征打通了东西方经济文化交流之路,缩短了地球的距离,改变了世界历史发展的方向,对世界历史的发展产生了不可替代的影响。

我国著名的元史专家韩儒林先生充分肯定过成吉思汗西征在促进中西交流方面的积极作用,他说:"成吉思汗在开始西征起,便采用中原的交通制度,在通往西域的大道上,开辟'驿路',设置'驿骑'、'驿牛'和'邮人',把中原原有的驿站系统延伸到西域。成吉思汗把东西交通大道上的此疆彼界扫除了,把阻碍经济文化交流的堡垒削平了,于是东西方的交往开始频繁,距离开始缩短了。中国的创造发明如火药、纸币、驿站制度等输出到西方,西方的药品、织造品、天文历法等也输入了中国。"

成吉思汗去世后,他的孙子辈儿又进行了两次西征,建立了蒙古四大汗国。1260年,忽必烈即汗位。

1271年,元朝建立。元世祖忽必烈主张更改蒙古旧制,采行汉法,建立与中原经济相适应的中央集权制封建政权,遭到了窝阔台孙子海都和察合台后裔都哇的武装反抗。双方进行了长达40年的战争,使天山南北和蒙古高原遭受了巨大的破坏。

为了对付海都、都哇的反叛,加强对西域的控制,忽必烈采取了一系列军政措施。他令皇子北平王那木罕出镇阿力麻里(今伊犁霍城县),并建阿力麻里行省,统辖伊犁地区。1281年改畏兀尔断事官为北庭都护府。接着在别失八里行省之下设置了别失八里、哈喇火州(吐鲁番)、斡端三个宣慰司,统管南北疆的政务。1282年设阿力麻里元帅府,领天山北路;后又设别失八里元帅府,领天山南路。1295年,又设曲先塔林都元帅府(库车、塔里木附近)、北庭都元帅府,分统天山南北军务。

除了设置上述机构,元政府还采取了如下一些管辖西域的措施,如设驿站,以加强情报和号令的传递;定赋税,令畏兀尔境内计亩纳税;设交钞库,管理流通的钞票;设提刑按察司,掌管刑狱;设哈赞忽咱,主管户籍。

元朝末年,察合台汗国分裂为东西两部。东部以阿力麻里为中心,包括喀什、吐鲁番一带;西部以撒马尔罕为中心,统治河中地区。西域绝大部分地区在东察合台汗国统治之下。

1368 年，朱元璋称帝，建立了明朝，东察合台汗国同明朝保持着友好关系。明朝为了统辖西域，1406 年在哈密设卫。哈密卫是明朝在西域建立的行政、军事机构。明朝还册封西域各部首领为王，如哈密王、别失八里王、吐鲁番王、瓦剌王等，并任命西域各部头目为本部的都指挥、都佥事等官，管理本部行政事务。

东察合台汗国时期，1456 年，克烈汗和贾尼别克汗率领哈萨克人在楚河流域建立了哈萨克汗国，都城为土尔克斯坦城，哈萨克族在楚河、塔拉斯河流域形成。后来哈萨克人及其分布地区分三个玉兹，大玉兹分布于巴尔喀什湖南部及伊犁河到锡尔河之间的广阔地区；中玉兹分布在大玉兹之北，即巴尔喀什湖西北草原地带；小玉兹分布在今哈萨克斯坦西部。中国的哈萨克族是大玉兹和中玉兹的部落，主要分布于现在的伊犁、塔城、阿勒泰地区。

明朝中叶，东察合台汗国演变为叶尔羌汗国。明末清初，蒙古族按照主要部落及其分布地区，分为漠南察哈尔蒙古、漠北喀尔喀蒙古和漠西卫拉特蒙古。卫拉特蒙古又分为四部，即游牧于伊犁一带的准噶尔部，游牧于乌鲁木齐附近的和硕特部、游牧于额尔齐斯河流域的杜尔伯特部和游牧于塔尔巴哈台地区的土尔扈特部。

卫拉特蒙古准噶尔部逐渐强大起来，迫使土尔扈特部、和硕特部迁出天山北麓，又迫使杜尔伯特部降服，从而占据了整个天山以北地区。当时叶尔羌汗国的黑山派和卓与白山派和卓为争夺政权而进行着激烈的斗争。

1671 年，噶尔丹掌握了准噶尔部的政权，白山派的首领阿帕克和卓被驱逐出喀什噶尔，他向噶尔丹求援。1678 年噶尔丹出兵天山南路，攻占叶尔羌城，叶尔羌汗国名存实亡。从此，天山南麓成了准噶尔部的属地。噶尔丹把政治中心由塔尔巴哈台（塔城）迁到伊犁河谷。

伊犁河谷是一块宝地，肥沃的土地，辽阔的草原，膘肥体壮的牛羊，矫健壮硕的天马，使噶尔丹的野心越发膨胀。噶尔丹就像一只凶狠的头狼，他露出了锋利的獠牙，嗥叫着率领狼群四处出击，让蒙古各部心惊胆寒，甚至威胁到大清的长治久安……

猎猎西风，夕照"格登碑"

噶尔丹桀骜不驯，难以驾驭，让雄才伟略的康熙大帝为之寝食难安。康熙曾抱病御驾亲征，第三次征讨时，最终击溃了噶尔丹，迫使他像孤狼一样流窜。一年后，噶尔丹众叛亲离，在绝望中死去。得知噶尔丹死讯时，康熙正在黄河大堤上视察，他当即跪倒，拜天谢地，庆幸心头大患被拔出。

噶尔丹虽死，但准噶尔部却像星星之火一样，随时都有可能燎原。于是，康熙、雍正、乾隆祖孙三代为统一西北地区多次征剿准噶尔，清代文献中通称为"平定准噶尔"。

噶尔丹的侄子策妄阿拉布坦主动向清廷示好，他使用韬晦之计，在伊犁河流域休养生息。被册封为准噶尔大汗后，策妄阿拉布坦在伊犁河北岸修建了"会宗之所"——固勒扎都纲（即金顶寺），使之成为厄鲁特蒙古的宗教、政治中心。

策妄阿拉布坦不愿做笼中之鸟，他想做翱翔于雪域高原上的雄鹰。于是，策妄阿拉布坦走上噶尔丹的老路。他出兵讨伐哈萨克汗国的头克汗，击败拉藏汗，攻占拉萨，在西藏建立了统治。

势力越大，野心越大，策妄阿拉布坦在扩张中与清政府的矛盾日渐突出。清廷两次出兵征讨准噶尔部，互有胜负。策妄阿拉布坦审时度势，决定收回獠牙利爪，战略性撤退回伊犁。

雍正继位后，思虑再三，与策妄阿拉布坦议和，双方划分了边界，并商定互相贸易。安定了大后方，策妄阿拉布坦做起长远打算，他对维吾尔族与中亚的政策是人质制，把他们送到伊犁，"执其酋，收其赋"。策妄阿拉布坦将南疆的维吾尔族人迁移到伊犁屯田，称他们为"塔兰其"，意思是种地之人。

1727 年，策妄阿拉布坦去世，其子噶尔丹策零继位。准噶尔汗国以伊犁为根据地，势力到达其巅峰，领土范围包括乌兹别克斯坦、新疆、青海、蒙古高原西部、今哈萨克斯坦、阿富汗等广大地区，人口达到 500 余万。史料记载"控弦近三十万人，驮马牛羊遍山谷"，首都伊犁"人民殷庶，物产饶裕，西陲一大都会"。伊犁河北建有固勒扎都纲，河南建有海努克寺，均是"绕垣一里许"的大寺庙，"每逢岁首、盛夏，其膜拜顶礼者远近咸集，往往施珍宝，捐金银以事庄严"。

雍正年间，清廷与准噶尔部进行了两次战争，先负后胜。噶尔丹策零精锐尽失，被迫遣使求和。对土地极其贪婪的沙俄觊觎准噶尔汗国已久，妄图蚕食其领土，自尊心很强的噶尔丹策零坚决反对。噶尔丹策零派遣特使前往彼得堡，向俄国女皇递交了一封信，对俄国的蚕食侵略提出严正交涉。噶尔丹策零在信中详细说明了准噶尔的疆界，列举了边界地区总数约 5000 帐的各准噶尔爱玛克（村落）的界址，要求沙皇下令撤出入侵的俄国人员，并威胁说："否则我决不能容忍他们在我的土地上生活。"

1745 年，准噶尔汗国爆发大瘟疫，年已 50 岁的噶尔丹策零虽然到哈萨克躲避天花，但仍然没能逃脱瘟神。9 月他回到伊犁后，染病去世。亚洲最后一个可以和大清帝国对阵的人物倒下了。

噶尔丹策零死后，其次子策妄多尔济那木扎尔和长子喇嘛达尔扎争位，严重削弱了准噶尔汗国的实力。策妄阿拉布坦弟弟策零敦多布的孙子绰罗斯·达瓦齐阴谋篡位后，不是安抚民心，稳定国计民生，而是有仇报仇，有怨报怨，继续杀戮。盟友阿睦尔撒纳（噶尔丹策零的女婿）希望达瓦齐兑现承诺平分汗国，达瓦齐的宝座屁股还没坐热，哪里肯答应，还出兵讨伐阿睦尔撒纳。阿睦尔撒纳恼羞成怒，向哈萨克的阿布赉苏丹请援。

哈萨克近百年来一直遭受准噶尔的欺凌，自然不会放弃雪耻报仇的机会。在哈萨克骑兵和阿睦尔撒纳夹击下，达瓦齐放弃首都伊犁，逃往博尔塔拉。哈萨克人在伊犁大肆烧杀，焚毁了金碧辉煌的金顶寺和海努克寺，从策妄阿拉布坦时代开始经营的中亚最后一个佛教中心只剩断壁残垣。

1754年春，达瓦齐从汗国各地调集了4万大军攻打阿睦尔撒纳。阿睦尔撒纳一路败退，最后决定投奔清朝，打算借助清朝的力量打垮达瓦齐。

乾隆皇帝见强敌准噶尔汗国四分五裂，混乱不堪，加上阿睦尔撒纳一再要求甘为前驱攻灭准噶尔，终于认为"机不可失，明岁拟欲两路进兵，直抵伊犁……了此从前数十年未了之局"。

乾隆皇帝派兵征讨准噶尔，达瓦齐却毫无防备，"终日饮酒，事务皆废"。等到清军先头部队打到家门口，众贵族纷纷不战而降时，达瓦齐这才仓促征调兵马，可为时已晚。众叛亲离之下，他被擒获送往清营。

英雄辈出、心高气傲、称雄中亚120余年的准噶尔汗国就此灭亡。

论功行赏，乾隆皇帝赏赐阿睦尔撒纳亲王双俸，可他不甘心居于人下，梦想成为名垂青史的准噶尔汗。

清廷两路西征大军奉诏撤回，只留定边将军班第、副将军萨喇勒、参赞大臣鄂容安率500兵丁镇守伊犁。机不可失，时不再来。阿睦尔撒纳见有机可乘，于是以"珲台吉菊形篆印"向各部发号施令，集结兵马，准备武力将清军驱逐出伊犁。因他是噶尔丹策零的女婿，又有推翻达瓦齐的声望，准噶尔人都把他看作了新的珲台吉，无所不从。

1755年初秋，阿睦尔撒纳正式宣布自己为准噶尔汗，发兵包围清廷伊犁驻军，其他准噶尔部贵族纷纷响应。清军寡不敌众，孤立无援，班第、鄂容安绝望自杀，萨喇勒受伤被俘。消息传到北京，上至乾隆皇帝，下至边关将士都群情激愤，怒发冲冠，众口一词：立即发兵进剿。

乾隆皇帝对噶尔丹部不再"柔远"，他咬牙切齿地说："实因伊等叛服无常，不得不除恶务尽也"，于是下令"必使无遗育逸种于故地而后已"，对准噶尔人进行大屠杀。一时间天山草原到处是"呼壮丁出，以次斩戮……妇孺悉驱入内地赏军"的景象。

直至数十年后，在一代文豪龚自珍笔下，仍然是"准噶尔故壤，若库尔喀喇乌苏，若塔尔巴哈台，若巴尔库勒，若乌鲁木齐，若伊犁，东路西路，无一庐一帐是阿鲁台（即厄鲁特）故种也"。准噶尔人与他们的汗国一起消失了，只留下准噶尔盆地这个名称。

阿睦尔撒纳失败后投奔沙俄，不久病死。至此，历经康、雍、乾三朝，历时 68 年，平定准噶尔的战争以清廷的胜利而告终，新疆重新归入中国版图。

乾隆皇帝志得意满，亲自撰写碑文，立平定准噶尔勒铭格登山之碑：

> 格登之崔嵬，贼固其垒。我师堂堂，其固自摧。格登之巚巀，贼营其穴。我师洸洸，其营若缀。师行如流，度伊犁川。粤有前导，为我具船。渡河八日，遂抵格登。面淖背崖，藉一昏冥。曰捣厥虚，曰歼厥旅。岂不易易，将韬我武！将韬我武，讵曰养寇？曰有后谋，大功近就。彼众我臣，已有成辞；火炎昆冈，惧乖皇慈。三巴图鲁，二十二卒，夜斫贼营，万众股栗。人各一心，孰为汝守？汝顽不灵，尚窜以走。汝窜以走，谁其纳之？缚献军门，追悔其迟！于恒有言：曰杀宁育。受俘赦之，光我扩度。汉置都护，唐拜将军，费略劳众，弗服弗臣。既臣斯恩，既服斯义，勒铭格登，永诏亿世。
>
> 乾隆二十年，岁次乙亥，夏，五月之吉御笔

格登碑位于昭苏县的格登山上，与昭苏天马一样声名远播，虽经风蚀雨剥，碑文漫漶斑驳，但整体碑石完整无损，现为全国重点文物保护单位。格登碑是维护祖国统一、反对民族分裂的历史见证，具有较高的历史和文物价值。

清军收复伊犁后，格登山及特克斯河以北、伊犁河以南的大片国土（今新疆昭苏、特克斯、巩留三县）仍被沙俄强占。在左宗棠收复新疆的军事威慑下，外交官曾纪泽、大臣长顺等据《平定准噶尔勒铭碑》，与沙

俄抗词力争"格登山是我国镇山，上有高宗纯皇帝勒铭格登山之方碑"，终于在光绪八年（1882年）将上述地区收复，可见格登碑之重要。

我曾两次登上格登山，满怀崇敬之情瞻仰格登碑。秋风萧瑟，寒气逼人，夕阳下格登碑默然矗立，260多年来；它像一个永不退伍的老兵，守望着边境，鼓舞着哨所里的哨兵，将保家卫国的故事讲给一代又一代人听。

大将筹边，湖湘子弟满天山

1849 年冬，一股寒流自西向东而来，湖南的天气又湿又冷。空中飘着绵绵的阴雨，一叶扁舟经湖南辰州，泛沅江，溯湘水，向长沙飘然而来。

1850 年 1 月 3 日，是个值得历史铭记的日子，两个彪炳史册的人将在湘江边会晤，为中国西北边陲的安危留下浓墨重彩的一笔。

小船悄悄靠岸，泊在湘江边。船舱里端坐着一位霜染两鬓、年过花甲的老人，他就是大名鼎鼎的"近代中国第一人臣"林则徐。因"鸦片战争"失败，道光皇帝将林则徐"发往伊犁，效力赎罪"。

林则徐在新疆共生活了 3 年多时间，他积极协助伊犁将军布彦泰开垦红柳湾、三棵树垦地 3 万亩，阿勒卜斯垦地 16 万多亩。在布彦泰的支持下，林则徐不顾年老体衰，克服种种困难，捐资修建水渠，垦复阿齐乌苏废地。布彦泰向朝廷奏报林则徐的立功表现，他写道：

> 查林则徐到戍已及两年，深知愧奋。奴才每于接见时，留心察看，见其赋性聪明而不浮，学问渊博而不泥，诚实明爽，历练老成，洵能施诸行事，非徒托空言以炫目前者比，久经圣明洞鉴。奴才鼠目寸光，平生所见之人，实无出其右者。窃谓

> 人才难得，如林则徐之遣戍伊犁，实为应得之罪，然以有用之
> 才置之废闲之地，殊为可惜。

道光皇帝看到布彦泰的奏章，对开垦阿齐乌苏大局已成，渠道全通，十多万亩土地得到灌溉，且不误春耕大喜，不禁表扬道："所办甚属可嘉！"他虽然对重新起用林则徐只字不提，但批复予以肯定："伊犁前办开垦事宜，经该将军奏明，委林则徐查勘办理，尚为妥协。"

之后，林则徐奉命前赴南疆履勘垦地，"锋车遍八城"，勘田 60 余万亩，分给维吾尔族农民耕种。他又转赴吐鲁番、哈密勘垦。

林则徐离开新疆时深情地吟咏道："格登山色伊江水，回首依依勒马看。"虽然他来得并非情愿，但走时却对伊犁的山山水水充满着留恋。

最难能可贵的是，林则徐看透了沙俄的狼子野心，提醒国人要特别关注西北边防："终为中国患者，其俄罗斯乎！吾老矣，君等当见之。"

林则徐知己好友、两江总督陶澍的女婿胡林翼，曾鼎力向林则徐推荐左宗棠，说他是"近日楚才第一"。林则徐殷切地函复胡林翼："承示贵友左孝廉，既有过人才分，又喜经世文章，如其噬肯来游，实所深愿。即望加函敦订，期于早得回音。"因左宗棠家事缠身，错过机会。不过，林则徐记住了左宗棠的名字。

左宗棠对林则徐仰慕已久，"心神依倚，惘惘欲随"。

林则徐望着湘江水，想起伊犁河，愁眉不展，忧心忡忡。他派人到湘阴东乡柳庄邀请左宗棠一叙，左宗棠闻报喜不自胜，马不停蹄赶到湘江边，与林则徐在舟船中彻夜畅谈。这就是史书上有名的"湘江夜话"。

家事、国事、人物、政事，"无所不及"。林则徐对这位 37 岁的布衣"一见倾倒，诧为绝世奇才"，期许良厚；左宗棠对这位 65 岁的前辈名臣，颂为"天人"，崇敬至极。他们畅谈治国方略，纵评天下大事，相见恨晚，结为忘年之交。

林则徐告诉左宗棠，俄国如狼似虎，必将成为中国的边疆大患，不可不防。他向左宗棠介绍了俄国在边境的政治军事动态和自己的战守计划，并将搜集的材料悉数托付左宗棠，感慨道："吾老矣，空有御俄之志，终无成就之日。数年来留心人才，欲将此重任托付……以吾数年心

血，献给足下，或许将来治疆用得着。"临行前，林则徐又说："东南洋夷，能御之者或有人；他日西定新疆，非君莫属。"

林则徐这番话，让布衣之士左宗棠既感动又觉重任在肩。27 年后，已是封疆大吏的左宗棠冒着千里戈壁的风沙酷暑，怀揣着林则徐给他的作战方略和地图，抬着那口木棺，破釜沉舟，孤注一掷，真的义无反顾地走进了新疆……

一年后，林则徐死于广州，消息传来，左宗棠不由得痛哭失声，流泪撰题挽联寄托哀思：

> 附公者不皆君子，间公者必是小人；忧国如家，二百余年遗直在。
> 庙堂倚之为长城，草野望之若时雨；出师未捷，八千里路大星颓。

1864 年，大清山河破碎，风雨飘摇。新疆在陕甘回民起义的影响下，局势一团混乱，形成了库车、乌鲁木齐、喀什噶尔、伊犁、和田五个中心，各地陷入封建割据。清政府在新疆的统治仅限于东疆的哈密、巴里坤，北疆北部的额尔齐斯河至塔城一线，苟延残喘。这种混乱局面为阿古柏和沙俄军队的入侵提供了可乘之机。

1864 年 9 月，占据喀什噶尔的回族首领金相印和柯尔克孜部落首领司迪克，因无力攻克清军据守的喀什噶尔汉城（疏勒）和英吉沙尔，做了一件极其愚蠢、引狼入室的事：请求浩罕汗国让大和卓的后裔返回喀什噶尔，并提供军事援助。

浩罕当时正与沙俄作战，都城塔什干已失陷，自顾不暇；出于道义上的支持，浩罕首领阿里姆库尔派遣阿古柏·伯克和大和卓波罗尼都的曾孙布祖鲁克一起，带领 68 个人前往喀什噶尔。

阿古柏利用穆斯林教徒对大和卓的崇敬，拥立布祖鲁克为汗，自己独揽军政大权。司迪克啥好处都没捞着，心生不满，蠢蠢欲动；阿古柏早就瞧着司迪克不顺眼，找机会将他驱逐，亡命异乡。

阿古柏阴险狡诈，诡计多端，他用尽手段逼走布祖鲁克，控制了喀什噶尔回城，然后吞并和田、阿克苏和库车等地，建立"哲德沙尔"（意为七城）政权。阿古柏的胃口越来越大，他用欺诈和诱骗赢得土尔扈特部和民团支持，攻克达坂城、吐鲁番和乌鲁木齐，偷袭玛纳斯，控制了新疆大部分地区。

阿古柏的军队向北推进，大有夺取伊犁之势，觊觎新疆已久的沙俄有了"西疆情形……绝无坐视之理"的念头，于是借口保护商队、侨民，悍然出兵强占了伊犁。因顾忌英法等国，也为掩人耳目，沙俄公使向清廷声明，俄国绝无"久占伊犁之意。只以中国回乱未靖，代为收复，权宜派兵驻守，俟关内肃清，乌鲁木齐、玛纳斯等城克复后，即当交还"。

沙俄占据了伊犁地区，阿古柏控制着整个南疆及北疆的乌鲁木齐、玛纳斯和古牧地（今米泉境内）一带；清廷在新疆的残余势力仅限于东部的哈密、巴里坤，北部的塔城、精河、乌苏、古城、奇台、济木萨一线，守军身心俱疲，苟延残喘，盼望援军。

繁华富饶的伊犁在沙俄军队的祸害下，"城垣坍塌尤甚"。伊犁九城大半成了废墟。"伊犁旧设屯田颇多，现皆一片荒芜，鞠为茂草，桥梁渠道年久失修。"历经百年政治风云的新疆军政、经济、文化中心惠远城被糟蹋成一座废墟，就此衰败。

人善被人欺，马瘦被人骑。大清被西方列强视为盘中美餐，谁都可以用刀叉取自己想要的。时值日本入侵中国台湾，东南沿海防务异常紧张，缺兵少将，粮饷紧张。西北边疆和东南海疆同时告急，必须在"海防"与"塞防"之间作出优先抉择，引发了一场决定新疆命运的"塞防"与"海防"之争。

以李鸿章为代表的海防派主张放弃新疆，慈禧犹豫不决，陷入两难，似有放弃新疆之意。关键时刻，左宗棠站了出来，慷慨陈词，指出西北"自撤藩篱，则我退寸而寇进尺"，力主收复新疆。武英殿大学士、军机大臣、总理各国事务衙门大臣文祥给予了左宗棠强力支持，廷议时他坚决主张西征。慈禧思虑再三，她可不想背上骂名，最终决定收复新疆。

因督办新疆军务的钦差大臣景廉平庸无能，清廷改派左宗棠督办新疆军务。年过花甲的左宗棠受命后，深知自己"年衰病久，深虞精力未足副其志，致贻宵旰之忧，亟图倚任良才，匡其不逮"。他大力推荐湘军将领刘锦棠，认为他"英锐果敏，才气无双，尤堪重任"。

左宗棠以刘锦棠所部老湘军和自己的亲兵卫队为主力，指派刘锦棠总理行营营务，指挥西征各军。左宗棠询问刘锦棠出关作战需要多少人马，刘锦棠信心满满地说："胜兵万人，足以横行，不在多也。"

左宗棠极为信任刘锦棠，授权他在前线，"相机办理，不为遥制"。

刘锦棠是个足智多谋、极有才干的军事将领，他的西征战略是"以缓行速战为义，先迟后速为稳者"。

1876年7月，刘锦棠对古牧地敌情做周密的调查，与乌鲁木齐都统金顺商讨进兵方略。在黄田和古牧地刘锦棠的湘军全歼守敌，重创敌援军。刘锦棠抓住有利战机，出敌不意，连续作战，在三日之内取得连下四城的辉煌战果。消息传开，群情振奋，士气高昂，左宗棠更是感到欣慰。由于刘锦棠作战有方，表现出色，清廷给予他骑都尉世职的奖赏。

清军攻克乌鲁木齐后，昌吉、呼图壁各城敌军望风而逃。荣全指挥的清军围攻玛纳斯城长达六个月，久攻不克，伤亡惨重。不得已，金顺向刘锦棠求援。在湘军的援助下，清军一举攻克玛纳斯，收复了阿古柏统治下的北疆所有地区。

阿古柏深知遇见强劲对手，他不敢怠慢，急忙调集精锐部队加强达坂城、托克逊、吐鲁番一线的防务。

经过四个月的休整和补充，刘锦棠亲率马步各营旗及开花炮队由乌鲁木齐逾岭南下。知彼知己，百战不殆。刘锦棠派人侦察一番，得知达坂城守敌毫无防备，刘锦棠命令清军连夜围城。经过一番激战，歼敌2000余人，俘虏1500人，清军伤亡167人。此次围歼战打得极为漂亮，清军士气高涨。

刘锦棠深谙兵法，懂得"攻心为上"，他厚待被俘的南疆土尔扈特人和维吾尔人，"均给以衣粮，纵令各归原部，候官军前进，或为内应，或导引各酋自拔来归"。他的"怀柔"做法相当奏效，使百姓归心，瓦解了敌人的战斗意志。

托克逊守敌人心惶惶，还没等清军来攻，就闻风丧胆弃城而逃；匪首白彦虎残暴冷酷，毫无人性，他指挥部下劫掠人畜，四处放火。当地百姓哭喊连天，派代表向清军求援，"延颈以待官军"。天时地利人和都已具备，刘锦棠率军一鼓作气势如虎，收复了吐鲁番。清军接连攻克三城，歼敌两万余人，通向南疆的大门豁然洞开。

兵败如山倒，阿古柏的军队遭受毁灭性打击，士气低落，兵卒纷纷逃亡，众叛亲离。阿古柏绝望之下，在库尔勒服毒自尽，七城国政权分崩离析。阿古柏的两个儿子与部将在争夺汗位时互相残杀，实力锐减。

因粮饷不济，酷热难耐，刘锦棠与左宗棠商议，部队在吐鲁番一带休整，等秋凉时再进攻。盛夏一过，刘锦棠调动各路大军齐聚曲惠。奇袭库尔勒，直捣喀喇沙尔，追杀白彦虎的部队到库车。三个月穷追敌寇3000里，收复东四城（喀喇沙尔、库车、阿克苏、乌什），歼敌数千，救回被裹挟难民数十万。

1878年12月17日，清军攻克南疆重镇喀什噶尔，白彦虎和伯克·胡里伯克狼狈逃入俄境，得到沙俄的庇护。刘锦棠马不停蹄挥师收复叶尔羌，袭取英吉沙尔，攻克和田，历时一年半，清军收复新疆除伊犁地区外的所有失地。

新疆地广人稀，戈壁沙漠，冰山雪岭，作战环境极为恶劣。加之民族众多，处理好与当地百姓的关系尤为重要。左宗棠与刘锦棠制定了严格的军纪，认为作战行军"如能遵行军五禁，严禁杀掠奸淫，则八城回民如去虎口而投慈母之怀，不但此时易以成功，即后此长治久安亦基于此"。

清军所到之处，百姓携酒酪，献牛羊，在路旁欣喜相迎。有的百姓或为向导，或随同打仗，为征讨逆贼出钱出力。

在统帅左宗棠的运筹帷幄下，刘锦棠不畏艰险，率军西征，兵威之盛，直追汉唐，使新疆沦陷之地回归中国版图，立下不朽功勋，足以光垂史牒。

清军在作战中表现出的顽强战斗力，使西方列强为之侧目，威慑了企图永久霸占伊犁的沙俄。这是1840年以来中国人民反抗外来侵略、对敌作战中取得的少有的一次彻底胜利，振奋了民族精神。

新疆收复后，沙俄耍赖拒不归还伊犁。清廷派崇厚为使臣赴俄谈判，索要失地。崇厚软弱昏庸，在沙俄威逼利诱下，擅自与沙俄签订了丧权辱国的《里瓦几亚条约》。条约规定，孤城伊犁归还大清，霍尔果斯河以西和特克里斯河流域大片富饶的领土归属沙俄，还要赔款 500 万卢布。

消息传来，朝野震惊，举国哗然。迫于压力，清廷不予承认和批准此条约，并将崇厚革职查办。69 岁的陕甘宁总督左宗棠想起林则徐所托，他义愤填膺地提出武力收复伊犁。左宗棠抬着棺材进驻哈密，以示欲与沙俄决一死战的决心。沙俄素来轻视清廷，恼羞成怒，派大军屯集边境，并调集军舰游弋远东。

大清这艘破船四处漏水，严重缺钙，骨子里畏战怯战，慈禧考虑再三，决定派遣曾国藩之子驻英公使曾纪泽兼任出使俄国钦差大臣。沙俄是个异常贪婪蛮横的国家，与之谈判困难可想而知，曾纪泽决心"障川流而挽既逝之波，探虎口而索已投之食"。

1880 年 6 月，肩负重任的曾纪泽抵达彼得堡，与俄国代表、外交大臣格尔斯和驻中国公使布策谈判。这两人十分霸道蛮横强硬，坚持不改崇厚先前所立的条约。曾纪泽据理力争，将要修改条款一一列出。格尔斯看后暴跳如雷，咆哮说，假如不批准以前签订的条约，俄国就只能用大炮来发言了。曾纪泽针锋相对地说，如果两国不幸开战，中国索还的领土绝不仅限于一个伊犁。

左宗棠雄踞新疆，日夜操练，号称有王师 4 万，这对中俄谈判中的曾纪泽是巨大的精神支持。

国际形势瞬息万变，朝着向清朝有利的方向发展。沙俄的扩张引起英法等国的警惕，他们支持土耳其向沙俄索要被侵占的领土，嚣张跋扈的俄国向土耳其开战，克里米亚战争爆发，英法等国参战。俄国军事技术装备远远落后于西欧诸国，形势相当严峻，士气低沉，战败不可避免。

克里米亚战争使俄国大伤元气，他们不想与大清开战。沙俄认为，即便战争获胜，也将得不偿失，清政府垮台会引发不可预料的后果。况且，英法在一旁虎视眈眈。

曾纪泽对国际形势了然于胸，他决定抓住机会，争取国家利益最大化。几天后，格尔斯和布策又提出无理要求，要清廷赔偿沙俄守卫伊犁的军费 1200 万卢布。曾纪泽断然拒绝，格尔斯又以开战相威胁。曾纪泽针锋相对说，中俄一战，胜负尚难预料。大清如果获胜，俄国也必须赔偿军费。

曾纪泽软硬不吃，恪守"替国家保全大局"的信条，让格尔斯和布策颇为头疼。双方正式会谈辩论有记录可寻的为51次，反复争辩达数十万言。终于迫使俄国政府修改条约，除了将伊犁归还中国外，又归还了伊犁南面的一大片领土。

1881年2月24日，中俄重订《中俄伊犁条约》，此次签订的条约全称为《中俄改订条约》，用中、俄、法三国文字定稿。签字之后，沙俄代表格尔斯握着曾纪泽的手说："我办外国事件42年，所见人才甚多，今与贵爵共事，始知中国非无人才！"

与《里瓦几亚条约》相比，除赔款增加了400万卢布外，在领土和商务方面，大清争取了很大一部分主权。

英、法、美等国的各大权威报纸均载文评论说，中国的天才外交官曾纪泽创造了外交史上的一个奇迹，他迫使沙俄帝国把已经吞进口里的土地又吐了出来。这是俄国立国以来不曾有过的事情。

弱国无外交！沙俄强盗到中国杀人放火，毁人家园，强取豪夺，从新疆割去伊犁霍尔果斯河以西、斋桑湖以东的大片土地，还向受害者索要巨额赔偿，人神共愤，应该遭到天谴！

1884年，清政府接受左宗棠的建议，在新疆设行省，任命刘锦棠为甘肃新疆巡抚，仍以钦差大臣督办新疆军务。伊犁不再是新疆的军政中心和核心地带，而是兵临城下、唇亡齿寒的边城。

中国收回了伊犁和特克斯河上游两岸领土，这是晚清历史上最扬眉吐气的一件大事。左宗棠西征，为中国保住了六分之一的国土，他被梁启超先生誉为"五百年来第一伟人"。

浙江巡抚、左宗棠的老友杨昌浚在清廷恢复新疆建省后来访，看见处处杨柳成荫，人民安居乐业，生活得其乐融融，吟了一首《恭诵左公西行甘棠·其二》：

> 大将筹边尚未还，
> 湖湘子弟满天山。
> 新栽杨柳三千里，

引得春风度玉关。

　　一百多年过去了，左宗棠西征大军在天山南北栽种的树木依然郁郁葱葱，为新疆留下处处绿荫，其中的柳树被称为"左公柳"，它承载着新疆各族群众坚决维护祖国统一的共同情感。我们要让"左公柳"一代一代繁衍下去，让爱国精神一代一代传承下去。

天马之乡，彩虹之都

1912 年元月，以杨缵绪、冯特民、李辅黄为首的革命党人在新疆伊犁策动起义成功，成立新伊大都督府，宣告清政府在伊犁统治结束。二十多天后，北京紫禁城里的末代皇帝溥仪被迫退位，大清王朝宣告彻底覆灭。

中华民国成立后，袁世凯任命杨增新为新疆都督。杨增新颇有心机，他采用以柔克刚的"和平谈判"手段，取消了伊犁临时革命政府，以新疆都督兼行伊犁将军事；他提出"不分畛域，引用伊犁人才"；多次派兵击败流窜到新疆的俄国白匪，平息乱事，保全了阿尔泰。在国家领土主权问题上，杨增新始终保持着清醒的头脑，新疆在他统治时期未受到严重的侵略。

1928 年，杨增新通电拥护南京国民政府，宣布易帜归附，就任新疆省政府主席一职。同年 7 月 7 日他被政敌刺杀身亡。继任者金树仁和盛世才在新疆实行封建割据式的独裁统治，制度多变，局势动荡，人心不稳。

1944 年 9 月，在伊犁、塔城、阿山（今阿勒泰）三个地区以及其他一些地区，爆发了一场由多民族群众参加的起义。民族军打到了玛纳斯河西，与国民党军队对峙，时称"三区革命"。

经过一年多的浴血奋战，起义军以伊犁、塔城、阿尔泰三区为根据地，建立了各级政权机构和武装力量——民族军和游击队，以武装斗争为主要形式同国民党反动派展开了各种斗争，这场斗争一直坚持到1949年新疆和平解放。

1949年10月1日，中华人民共和国成立，昭苏的历史掀开了崭新的一页。

抚今追昔，江山依旧在，几度夕阳红……塞种人、大月氏、乌孙、突厥、柔然、蒙古、维吾尔、哈萨克等众多游牧民族都曾在这块美丽的土地上繁衍生息，他们跃马扬鞭叱咤风云，创造了属于自己民族的传奇，留下可歌可泣的英雄史诗和阿肯冬不拉琴弦上的颂歌。在改革春风的吹拂下，四十多年的飞速发展，昭苏经济日新月异，老百姓安居乐业，到处是一派祥和安宁的气氛。值得一提的是，疫情三年，昭苏科学防控，精准防疫，当地没有疫情发生，群众的日常生活没有受到多大影响，上下交口称赞，向党和政府交上了一份满意的答卷。

疫情结束后，昭苏县在支柱产业——旅游业上不断发力，他们深入推动"全域全季全时旅游"，将天马之乡、彩虹之都、乌苏夏宫、夏塔古道等品牌概念向国内旅游市场推广，收到良好的效果。他们还因势利导，结合昭苏得天独厚的地理环境，积极引入新的旅游观光理念，让游客流连忘返。比如，昭苏县湿地公园景区与传统旅游观光模式相结合，与低空飞行公司合作推出的低空观光旅游项目，增强了游客的游览体验，并为景区旅游项目的多元化发展提供了更多可能性。这些措施的实施，使得旅游业呈现出快速扩张、持续增长和健康发展的良好态势。据统计，2023年，昭苏县累计接待游客628万人次，同比增长116%；实现旅游收入24.51亿元，同比增长128%。通过各种探索和努力，昭苏县不仅提升了自身的旅游品牌形象，也为当地经济发展注入了新的活力。

有人说，大美新疆，美在伊犁，美在昭苏，美在夏塔。这话或许有些偏颇，因为新疆太大，民族众多，风土人情丰富多彩，每个地方都有独具特色的美，但到过昭苏的人，都会由衷赞叹，此言不虚。

昭苏县位于伊犁州西南部，东与特克斯县接壤，南与阿克苏地区拜城县、温宿县隔山相望，西与哈萨克斯坦交界，北与察布查尔县毗邻，平均海拔 2018 米，是一个群山环抱的高位山间盆地。历史上的昭苏，曾是乌孙故里，居住着汉、哈萨克、维吾尔、蒙古等 27 个民族，是一个以牧业为主、农牧结合的少数民族边境县，是国家首批生态文明建设示范县、全国农业产业融合示范县、第一批国家全域旅游示范区、国家首批自然资源节约集约示范县。

昭苏自然生态环境比较独特，被称为雪域高原，海拔在 1323—6995 米之间。南部为天山主脉，山势雄伟，高峻绵亘，是阻挡南疆沙漠干热风的天然屏障；北部为乌孙山，呈东西走向，山体较矮；西部受沙尔套山以及哈萨克斯坦境内查旦尔山的阻隔，形成一个南、西、北三面高，东部略低的盆地。号称"天山之父"的汗腾格里峰位于西南部的中哈边境线上，海拔 6995 米，是天山山脉第二大高峰，终年积雪区达 100 平方公里以上，是特克斯河的主要水源。最神奇的是，昭苏是新疆境内唯一一个没有荒漠的县，年均降雨量达 511.8 毫米，为全疆之冠。

有水就有生命，有水就有文明，有水城镇就有了灵气。古埃及神话中，尼罗河每年的洪水被视为生命的源泉，它带来了肥沃的土壤，使农业成为可能；长江和黄河孕育了中华文明，几千年来滋养着一代又一代中国人；昭苏水资源得天独厚，除特克斯河横贯全境，境内有主要河流24 条，孕育了年平均径流量 40.73 亿立方米的水资源。如果将伊犁誉为"塞外江南"，那么昭苏就是"江南水乡"。

昭苏之所以拥有"天马之乡""中国褐牛之乡""中国油菜之乡"等诸多美誉，在于其土地和农牧资源品质优良。县域有优质黑钙土和暗栗钙土可耕地 106 万亩，世界级优质天然草场 736 万亩，春油菜种植面积占全疆 70% 以上，是全国拥有马匹数量最多和品质最好的县。

昭苏自然旅游资源丰富，历史人文底蕴深厚，他们立足自身优势，全面实施"全域旅游、全民兴旅"战略，举全县之力打造"世界级原生态精品旅游目的地"。昭苏自然旅游资源有：巴勒克苏大草原、百万亩油菜花、库尔库勒德克水帘洞、阿合牙孜沟风景区、夏塔温泉、木扎尔特达坂、图拉苏冰川、夏塔谷地等；人文旅游资源有：圣佑庙、格登山碑、草原石人、夏塔古道、夏塔古墓、夏塔古城、古界碑、波马古城、木扎尔特口岸、夏塔鹿苑、科布尔特岩画、细君公主墓等。

酒香也怕巷子深。为了让昭苏的壮美风光和历史文化为更多国人所知，他们积极奔赴各地搞推介会，制作各种宣传短片和视频，引起众多网友的关注和点赞。这几年，昭苏旅游事业取得新成效，2021年、2022年中国新疆伊犁天马国际旅游节连续两年获评中国旅游产业影响力案例；2023年中国新疆伊犁天马国际旅游节荣获"中国节事卓越品牌"三星奖，昭苏县水帘洞景区自驾车旅居车营地成功申报国家3C级营地，玉湖景区成功创建成3A级景区。2023年12月19日昭苏被中国气象服务协会授予"天山雪都"称号，2023年12月28日被文化和旅游部评为全国十大冰雪旅游精品线路。

昭苏人对自己的家乡既热爱又自豪，县委书记侯陶如数家珍般深情地说："昭苏人民热情好客，敞开胸怀欢迎四海宾朋。这里有全国唯一的天马文化，万马腾昆仑，神骏历西极，是闻名遐迩的'天马之乡'；这里的草原满目青翠，穹庐盖四野，风吹现牛羊，是名副其实的'褐牛之乡'；这里的百万亩油菜花无边无际，朵朵灿若金，处处蜂蝶吟，是驰名海内外的'油菜之乡'；这里的七彩霓虹常挂苍穹，像是一座座天桥，迎接朋友来到令人神往的'彩虹之都'。这四张名片彰显昭苏的魅力，人文历史更增添了昭苏的深厚底蕴，天梯上夏塔古道演绎着唐僧西天取经神话；星空下草原石人回响千年寄托；细君公主墓默默诉说着民族融合的故事；灯塔知青馆见证了一代人的激情岁月；圣佑庙庄严肃穆历经百年风雨；格登碑守望着西北壮美山河。自然人文交相辉映，民族风情相得益彰，昭苏可以成就大家向往的诗与远方。"

疫情三年，对于边陲小城昭苏来说极不平凡、极不寻常，是他们凝心聚力、攻坚克难的三年。在采访过程中，昭苏的干部群众对县委、县政府在疫情中表现出来的勇于担当、科学防疫给予了高度赞扬。昭苏坚持防控与服务并重，加强保通畅和保物资供应，全力以赴解决群众涉疫困难诉求，努力将党和政府的关爱送到千家万户。全县没有静默管理，群众生产和生活井然有序，最大限度地减轻疫情对经济发展和社会生活的影响，他们的相关经验被国家工作组在全疆范围内推广。

昭苏县常务副县长樊忠峰介绍说，2023年昭苏经济逆势而上，主要经济指标仍在较高的增长平台上运营。昭苏的支柱产业——旅游业快速扩张，旅游收入持续增长，成绩显著；马产业蓬勃发展，优良品质马种提升、赛马赛事牵引带动、马文化旅游融合发展、特优马产品品牌创建和产业科技创新驱动等多个方面成效喜人。

疫情结束后，2023年全球经济恢复缓慢，经济增速约为2.9%，成为数十年来增速最低的年份之一。这一暗淡前景主要是由于新冠疫情、俄乌冲突及其引发的粮食和能源危机、通胀飙升、债务收紧以及气候紧急状况等一系列相互影响的严重冲击所致。

在这种大背景下，昭苏的经济增长速度稳中趋升，难能可贵。2023年上半年，全县实现生产总值22亿多元，增速约为5%。第一产业增速明显，增长为8%；第二产业增加值出现下降，为3.3%；第三产业增速平稳，为3.5%。这些数字看起来枯燥乏味、实在无趣，可这背后是昭苏广大干部群众的辛勤劳作和努力付出，浸染着他们的汗水和对美好生活的希冀。

民以食为天。农牧业作为昭苏县的主要产业事关重大，可喜的是2023年农牧业生产稳步推进。粮食安全既是政治责任又是经济责任，不仅关系到国家的经济稳定和社会和谐，还直接影响到每个人基本生活。昭苏全力做好春耕生产，91.68万亩各类农作物播种任务高效完成。为切实抓好农技示范推广，高质量完成粮食高产创建示范工作，县乡村142名领导挂钩高产田。15.9万亩高标准农田项目全面开工，加大耕地产能改造力度，全面提升耕地地力等级，完成7万亩高标准农田建设。

昭苏是产油大县，所产油菜具有品质好、含油率高、产量高等特点。因油菜花种植面大，防病虫害任务艰巨，他们充分认识到油菜产业绿色革命行动和油菜生产高效管理的重要性，请相关专家对技术人员进行了系统性培训。昭苏县依托自治区级现代农业产业园，加快草原油脂精深加工项目建设，助力油菜产业提质上档。近年来，"昭苏油菜花海"成为昭苏县的旅游名片，通过政府引导、群众参与的模式，逐步建成灯塔农业观光点、乌尊布拉克镇千里花海农业观光点、昭苏马场农业生态示范园等以农业观光体验为主的农田观光区，日接待游客最高可达3000人。以油菜花海为核心，延伸出骑马看花海、自行车花海骑行、油菜花摄影等多项旅游活动。

畜牧业是昭苏经济发展的主体，其发展事关农牧民增收致富，是助力脱贫的有效方式之一。2023年上半年，昭苏牛、马、羊存栏量分别达到了17.82万头、15.48万匹、95.88万只。昭苏县深入实施"马产业发展五大行动"，开设马配种站43座，组群改良7070匹。他山之石可以攻玉，只有走出去引进来，昭苏天马才能为世界所知。昭苏县持续深化与香港马协会合作，搭建专业化、职业化赛马赛事平台，推动天马跑起来、跑出去。为促使昭苏由马产业大县逐步成为马产业强县，他们开拓思路，加快推进马产业实体发展，如马肉精深加工、综合开发孕马尿等项目建设，在"马"字上做足文章。

与内地城市相比，昭苏县工业经济基础薄弱，工业产业层次依然很低，从事农（畜）产品加工等传统产业比重较大，企业规模小而分散，创新能力不足，综合竞争力不强。昭苏县委决心改变这一现状，他们以工业强基增效为目标，持续培育工业经济发展动能，实施"一企一策""一事一策"，帮扶重点企业稳产增效，推动实体经济稳步发展。

昭苏县与位列世界五百强的央企葛洲坝水电合作，抽水蓄能项目总投资约为68.24亿元，装机容量1200兆瓦，年发电量19.2亿千瓦每小时。昭苏县聚焦现代农业高质量发展目标，大力培育农业产业化龙头企业。作为自治区级农业产业化龙头企业，昭苏县盛康生态食品科技有限公司充分发挥龙头企业集约化经营优势，采用"企业＋科研＋基地＋农户"的经营模式，带动农牧民增收致富。昭苏草原粮油实业有限责任公司是一家集油菜种植、研发、生产、销售加工、基地带动农户于一体的自治区级农业产业化重点龙头企业，依托昭苏绿色无污染的双低油菜籽资源，生产的"昭露"牌黑菜籽油通过线上线下的方式远销全国，深受消费市场的青睐。昭苏县肉制品生产线建设项目，总投资8600万元，已正式投产运营，预计全年可销售牛羊肉2000吨，产值2亿元，促进畜牧向精细加工转变，将带动更多人稳定就业。昭苏蜂产业园、蚕豆、食葵等加工厂项目即将建成投产，为昭苏县域经济发展注入源源不断的活力。

昭苏县政府作为县域经济发展规划的制定者和执行者，统筹考虑固定资产投资管理体制改革，确立新经济思想和经济规则意识，实现投资数据的有效表达。2023年上半年，全县总投资500万元以上项目75个，开复工 71 个，完成固定资产投资 11.85 亿元，争取到位中央预算内资金 2.17 亿元，申请到位债券资金 9.4 亿元，草原畜牧业转型升级、全域旅游基础设施建设、中医医院二合一卫生服务中心、城乡一体化水厂及配套输配水管网改建等重大项目有序推进。2023 年是大干快上的一年，是热火朝天的一年，昭苏项目建设的大幕全面拉开。

招商引资是经济工作的"第一抓手"，是助推地方经济高质量发展的重要引擎。昭苏紧抓招商引资"牛鼻子"，以"跳起来摘桃子"的精神干事，拓宽招商渠道，靶向式精准招商。县委主要领导亲自挂帅，马不停蹄、连轴转地远赴江苏、陕西等地招商引资，先后与万润大酒店有限公司、中铁八局集团、中国葛洲坝集团等实力雄厚的集团公司签订协议，签约金额达 45 亿元以上。目前，总投资 5 亿元的斯木塔斯水库乐园、总投资 1.2 亿元的满疆农贸商业综合体等项目即将建成投入运营，投资 5 亿元的万润大酒店（五星级）正式开工建设，总投资 77 亿元的冰雪训练基地即将开工建设。有付出就有回报，栽下梧桐树，自然就会引来金凤凰。2023 年上半年，昭苏实现招商引资到位资金 11.2 亿元，同比增长 56%。

习近平总书记在参加十四届全国人大二次会议江苏代表团审议时强调，要坚持以人民为中心的发展思想，在发展中稳步提升民生保障水平，引导激励广大群众依靠自己的双手创造幸福生活。昭苏县委认真学习总书记重要讲话精神，坚持兜牢民生底线，扎实做好就业、教育、医疗、社保、养老、住房等基本民生保障工作。他们在今年政府工作报告中提出，要采取更多惠民生、暖民心举措，扎实推进共同富裕，促进社会和谐稳定。一字一句背后彰显着民生温度。

比如，昭苏县社会保险管理局按照"能简则简、应减尽减、均衡服务"的原则，进一步简化、优化办事环节，推出了"综合柜员制"服务，实现各族群众和企业"一套材料、一次提交、一网流转、一次办好"的综合柜员制服务新模式，以"小窗口"推进社保"大改革"。昭苏县医疗保障局充分利用互联网、大数据等信息技术，推进医保经办全流程数字化服务，加快推进医保服务"网上办""掌上办"，变"群众跑腿"为"数据跑路"，提升医保政务服务事项线上可办率。昭苏聚焦人民群众关心关注的民生问题，依托县城更新改造，建成口袋公园 6 个，提升城市道路，630 套保租房、500 套公租房已建成投入使用。昭苏居民消费价格保持稳定，社会保障能力不断增强，各族群众的获得感、幸福感、安全感持续提升。

主管文化、旅游和教育的副县长西来力·玉素甫江说，2023 年最值得高兴的是，昭苏县旅游业强劲复苏，他们充分挖掘独特的旅游资源和生态优势，持续提升"吃住行游购娱"全链条服务，为游客提供更多新体验，推动文旅融合再上新台阶。

2023 年 12 月 19 日，第二届中国气象旅游产业发展大会授予昭苏县"天山雪都·中国昭苏"称号。西来力·玉素甫江说，这块金字招牌含金量很高，"气象旅游"作为气象资源与旅游产业融合的一个新兴交叉领域，其重要性不仅表现在其为旅游业注入新的活力，更在于其在经济、文化和环境可持续性方面的多重价值。

昭苏县山川草原广袤壮美、万马奔腾蔚为壮观，处处是景、步步如画。冬季的昭苏尤为壮美，千里冰封、万里雪飘，碧空如洗、银装素裹。近年来，昭苏持续打造特色旅游品牌，不断提升昭苏"全域全季全时旅游"知名度和影响力，真正把昭苏独特的历史文化和自然风光优势转化为推动经济高质量发展优势，让昭苏成为游客最向往的诗和远方。

昭苏加快推进天马旅游园 5A 景区创建，不断开发自驾游、红色游、探奇游、研学游和观光游等新业态，进一步打响了"牧歌昭苏，天马故乡"的旅游品牌。为进一步推介昭苏旅游资源，昭苏请了新疆 50 余家旅行社代表开展踩线活动。踩线团先后前往夏塔景区、湿地公园、天马旅游文化园、玉湖景点，游览生态昭苏的宜人风光，体验魅力昭苏的民俗文化，领略"中国天马之乡"的独特魅力。旅行社代表还来到"天马浴河"野奢营地、学苑宾馆等精品民宿、酒店，对"吃、住、行"基础旅游设施进行考察。

旅行社代表对昭苏丰富的旅游资源、深厚的文化底蕴、独特的自然景观给予高度评价。伊犁州旅行社协会秘书长马洪亮说："昭苏旅游有了新变化，景区景点、酒店民宿等基础旅游设施都有了很大提升。这次踩线活动收获很大，对我们开展冬季旅游线路、自驾线路、定制线路给到了最新的思路和信息。"

　　"好风凭借力,送我上青云。"要将昭苏旅游推向全国乃至世界,就要善于"凭风借力"——积极参加第九届丝绸之路国际电影节,昭苏成功列为电影外景取景地。由著名香港导演唐季礼执导,国际巨星成龙,著名演员张艺兴、娜扎、李治廷主演的奇幻冒险动作电影《传说》,在昭苏夏塔、玉湖等地取景开拍。成龙对昭苏的美景赞不绝口,兴奋地纵马驰骋。消息和视频一经传播,昭苏知名度、美誉度和影响力迅速扩大。

　　近年来,昭苏吸引了多部影视剧来此取景。青翠茂盛的草原,白色的毡房星星点点;天高云淡,十万匹天马奔腾;看汗腾格里峰,千仞攒空,直入云霄;看木扎尔特冰川,险峻雄伟,撼心动魂;看阿合牙孜沟,炊烟袅袅,牧歌悠扬;还有那水帘洞,蓝松肩雪,松韵流泉……在昭苏,无须滤镜和修图,随手一拍就能拍出"大片"。

　　一个主播来昭苏旅游,动情地写道:"来到昭苏,春看山花,夏来避暑,秋赏麦浪,冬览雪花。"

第二章

跨天马，经济腾飞会有时

在遥远的雪域高原，有这样一群人，他们肩负着党和人民的重托，扎根基层，为改变家乡面貌而努力拼搏。他们始终坚持人民至上，把人民群众的利益放在首位。他们深入基层，了解群众需求，努力解决群众困难。在脱贫攻坚战中，他们勇挑重担，精准施策，确保贫困群众如期脱贫。在疫情防控中，他们坚守岗位，靠前指挥，确保人民群众生命安全和身体健康。他们的心系群众，如同春风化雨，滋润着每一个人的心田。

经济要发展，群众要安居乐业，这就需要昭苏领导班子将"发展"当作第一要务，立足当地实际，创新发展思路，推动经济社会跨越式发展。他们积极引进项目，加大投入，培育壮大主导产业，助力乡村振兴。同时，他们注重绿色发展，保护生态环境，为可持续发展奠定坚实基础。他们的创新发展，如同蓬勃的朝阳，如同绚丽的彩虹，照亮着未来的希望。

绘制县域发展的壮丽画卷

初心如磐，使命在肩

为推动新疆经济社会高质量发展，国务院批准设立中国（新疆）自由贸易试验区，这是新疆的重大历史机遇，各族干部群众备受激励和鼓舞。要想推动新疆高质量发展和现代化建设，基础在县域，潜力在县域，关键也在县域，把握做大做强县域经济的着力点，对于推动全区县域经济整体实力跃升意义重大。

县域经济是城市经济与农村经济的中间环节，是推动城市化和乡村振兴的重要枢纽。县一级"是发展经济、保障民生、维护稳定、促进国家长治久安的重要基础"。

在新疆县域经济中，虽然昭苏处于第二梯队，但昭苏这几年经济焕发出的勃勃生机，以及他们全力打造的全域旅游新格局，使人们看到了五年来昭苏经济发展的巨大潜力。

五年时间，在历史的长河中只是短暂的一瞬，对于个人或是城市而言，却是一个重要的阶段，它见证了城市面貌的变化和社会发展的进步。说起昭苏这五年，县委书记侯陶真是感慨万千。

侯陶上任之初，正值新冠疫情在全球范围内迅速蔓延之时。这场突如其来的疫情对全球经济和社会造成了巨大冲击，也对侯陶的领导能力和应对危机的能力提出了严峻的挑战。

侯陶可谓临危受命，压力之大可想而知。面对疫情的威胁，侯陶采取了一系列果断措施，包括加强疫情防控、保障民生、稳定经济等，以减轻疫情对昭苏县的影响。在疫情防控方面，他推动了严格的封控措施，加强了对病例的追踪和隔离，确保了疫情不进一步扩散。同时，他还注重民生保障，确保了居民的基本生活需求得到满足。在经济方面，他采取了一系列刺激措施，帮助企业和个人渡过难关，稳定了经济形势。

通过这些努力，昭苏县在疫情期间保持了相对稳定的经济和社会秩序，为昭苏县在"十四五"期间实现高质量发展奠定了基础。疫情过后，经济恢复缓慢，作为县委领导班子的班长，侯陶肩负起总揽全局、协调各方的重任。他深深知道，结合本地特色和优势制定适合自己的发展策略，是县域经济发展的关键。

温故而知新。回望过去五年，那是昭苏历史上极不平凡、极为艰难的五年。作为一个地处偏远的边境小城，面对错综复杂的外部环境和艰巨繁重的发展任务，尤其是三年新冠疫情，昭苏干部群众经受住了严峻考验。他们不懈怠，不躺平，克服各种困难，社会大局和谐稳定，经济发展持续向好，向全面建成小康社会迈出了坚实的一大步。

县委书记侯陶说，昭苏之所以能在新时代的长征路上，初心如磐，使命在肩，与他们始终把党的政治建设摆在首位有关。政治建设是"灵魂"和"根基"，政治建设抓好了，政治方向、政治立场、政治大局把握住了，党的政治能力提高了，党的建设就铸了魂、扎了根。

党的政治建设归根结底是一项"凝聚民心、造福人民"的工程。习近平总书记指出，"民心是最大的政治"。"要紧扣民心这个最大的政治，把赢得民心民意、汇集民智民力作为重要着力点""着力解决人民群众最关心最直接最现实的利益问题"，在不断增强人民群众获得感、幸福感、安全感的过程中凝聚起伟大的民心力量。昭苏县委以这些理论为指导，以坚定的信仰、务实的作风、创新的举措，结合实际去开展工作，取得显而易见的成果。

　　五年来，昭苏将维护稳定作为根本前提的同时，始终把经济发展当作第一要务。说得通俗一点，就是经济发展了，国家才能富强，人民生活才会富裕幸福。在过去五年里，昭苏就像一匹飞奔的天马，奔腾在伊犁河谷经济发展的广阔天地。他们的生产总值累计完成 195.26 亿元，年均增长 6%；一般公共预算收入累计 8.69 亿元，年均增长 6.6%；规模以上工业增加值累计完成 1.79 亿元，年均增速 7.78%；完成全社会固定资产投资 80.55 亿元。

　　全国有行政县 1698 个，昭苏县整体经济实力和经济增速与沿海发达县市比尚有一定的差距，但打开地图看看昭苏所处的地理位置，就知道昭苏海拔 2018 米，是伊犁州直唯一的五类艰苦地区县，他们能取得这样的成绩实属不易。

　　俗话说"上帝关上一扇门，定会为你打开一扇窗"。昭苏县由于其独特的地理位置和气候条件，不适合发展大规模的工业。上天眷顾昭苏这片土地，给了它悠久深厚的人文历史、丰富的自然资源和独特的旅游资源。昭苏因地制宜，提炼出"全域旅游，全民兴旅"的理念，纵深推进"八大体系"示范行动，成功打造出昭苏特克斯河国家湿地公园和昭苏灯塔知青馆两个 4A 级景区。这个知青馆是全疆唯一的以 20 世纪 70 年代知青生活为主题的展馆，每年都吸引着来自全国各地的游客。在昭苏人的不懈努力下，昭苏成为首批国家全域旅游示范区，在全疆首次举办中国美丽乡村休闲旅游（夏季）推介会，让更多的人了解和向往"诗与远方"——昭苏。

　　在都市人的生活中，很难见到马，但马的影子却无处不在。人们常说形容某人是"白马王子"，有"骑士精神"，跑得像马一样快。"马"成了中国精神文化上的动词，是中国人骨子里的向往和希望。《吕氏春秋·本味篇》曰："马之美者，青龙之匹，遗风之乘。"

　　昭苏是"天马之乡"，县城的大街小巷随处可见马的元素，乡间和原野随处可见俊朗矫健的伊犁马。昭苏在马产业上浓墨重彩，做足了文章，他们聚焦马产业"六大基地"建设，深入推进"马产业 +"深度融合，马产业链条不断延伸，赢得"中国马业圣地"的称号。2023 年中国新疆伊犁天马国际旅游节在昭苏隆重开幕，在当地拍摄电影《传说》的成龙、张艺兴、古力娜扎等演员亮相。成龙和身着 56 个民族服装的小朋友,用一曲深情豪迈的《国家》将开幕式推向高潮,视频播出后,反响热烈,成为吸引四海游客的观光片。

昭苏土地肥沃,土壤以黑钙土为主,可耕性好,土壤结构层次优良,有机质含量高,腐殖层较厚。且日照长、雨水充沛、气候冷凉,特殊的自然地理气候条件,特别适宜中药材生长。近年来,昭苏县将中药材产业发展纳入全县经济社会发展全局中,依托得天独厚的野生药用植物资源优势和自然环境优势,大力发展中草药种植。他们精心打造了黄芪、白芍等特色中药基地四个,中草药产业基础达到了新水平。他们顺势而上,成立农商集团,设立十个子公司,带动农副产品外销,拓宽了渠道。与此同时,因为种植业结构不断调优,畜牧改良不断加快,现代农牧业迈上新台阶。

众所周知,昭苏是畜牧产业大县,他们立足产业优势和自然禀赋,紧紧围绕提升产业链发展水平,建立良种牛繁育基地和有机畜产品供给基地,加快畜牧业转型升级,让现代畜牧业助力县域经济高质量发展。

牲畜品种改良是传统畜牧业向现代畜牧业转变、提高畜牧业经济效益的重要举措。昭苏从内蒙古引进西门塔尔牛,扩大优质畜种,提升牛产业品质及价值,助力农牧民增产增收。据了解,西门塔尔牛有着抗病能力强、产奶高、产肉高、耐粗饲料等优点,引进新优品种进行纯种繁育和扩繁推广,能促使养殖业提质增效,带动农牧民群众增收致富。

昭苏极为重视营商环境,他们紧扣特色产业精准招商,不断优化环境,五年来招商引资到位资金 41.25 亿元,年增长 13.2%。与之相配套的是,商贸物流、餐饮娱乐、交通运输、电子商务等服务业蓬勃发展,社会消费品零售总额 48.77 亿元,年均增长 15.6%。

一个篱笆三个桩,一个好汉三个帮。对口援助城市泰州立足昭苏实际,坚持硬件与软件、输血与造血、短期与长期相结合,不断加大项目资金投入,倾情倾力支持,推动产业、人才、文化、旅游等工作全面发展,助推昭苏县经济社会高质量发展"芝麻开花节节高"。最值得称道的是,昭苏县灯塔知青馆在建馆之初,泰州市援疆工作组积极为知青馆建设提供设计理念和资金支持。现如今,灯塔知青馆知名度不断提升,有效促进了红色旅游和乡村旅游发展，为农牧民群众旅游致富增收拓宽了渠道。

泰州市援疆工作组为打造精心文旅品牌，助推昭苏县文旅事业更上一层楼，围绕"牧歌昭苏·天马故乡"品牌，打造了"天马产业研发中心、天马博物馆、天马产业信息平台、天马文化广场"等四位一体的天马文化园。为研究马文化、传播马文化、弘扬马文化提供了重要的平台，有助于提高全社会对马文化的认识，为铸牢中华民族共同体意识、推动昭苏经济社会发展做出了积极贡献。

天马精神，殷殷期望

习近平总书记曾说过"全面小康路上不能忘记每一个民族、每一个家庭"，昭苏县委牢记总书记的话，将脱贫攻坚作为头等大事，各级干部身体力行深入一线与贫困群众齐心协力打赢这场攻坚战。

侯陶书记介绍说，昭苏县把脱贫职责牢记心上，把脱贫任务落在人上，各级干部鼓起"不破楼兰终不还"的劲头开展工作。他们聚焦"两不愁、三保障"，压实攻坚责任、用足绣花功夫，咬定目标，精准施策，构建了"纵向到底、横向到边"责任体系。

乌尊布拉克村村民托勒克·阿布西因患小儿麻痹右腿落下残疾，行动不便；她丈夫耳聋并患有慢性病，家里有两个上学的孩子，生活过得很艰辛。2016年托勒克·阿布西的丈夫因病去世，她觉得天都塌了，对生活也失去信心。当地政府得知她家的情况后，为她建档立卡，政策上倾斜，生活上积极帮扶。先是让她家住上安居房，搭建蔬菜拱棚，开办小商店，学习新技能。有了稳定收入，托勒克·阿布西脸上有了笑模样，冷清的家里响起欢笑声，她树立了脱贫致富的信心，摘掉了"贫穷"的帽子。

家住工矿路社区的居民阿依达尔·阿山吐尔是残疾人，昭苏县残联从他高中开始，连续7年免除学费，后来还帮他申请3000元创业资金。

他先后开了两家商店，不仅脱了贫，还在致富的路上越走越顺。

托勒克·阿布西、阿依达尔·阿山吐尔只是昭苏县推动脱贫攻坚工作的受益者之一。近年来，昭苏县切实把"志智双扶"作为推动脱贫攻坚的重要举措，助推"造血式"扶贫，使很多贫困户走上了脱贫奔小康之路。

昭苏县委不满足已有的成绩，他们坚决落实"六个精准"，因地制宜做好"七个一批""三个加大力度"，不辞辛苦、真抓实干地挪穷窝、拔穷根、摘穷帽，累计投入 4.76 亿元，实施扶贫项目 724 个，有劳动能力的贫困人口全部实现就业。

昭苏积极组织开展"双述双清双感恩"活动，帮扶干部零距离了解群众需求、倾听群众心声、疏通群众情绪、回应群众关切的事，用真情、用实绩去打动群众、感染群众、引导群众，凝聚了人心，提升了党组织的凝聚力和号召力，收到良好效果，他们的经验和做法在全州得到推广。

对于各级政府来说，改善民生是兑现政治承诺、增强执政合法性的重要途径。通过有效的民生政策，可以提升政府的形象和群众的信任，加强社会稳定性，有利于构建和谐社会。五年来，昭苏县委把改善民生作为不懈的追求，坚持以人民为中心的发展思想，民生支出每年占县财政支出 70% 以上。

昭苏通过落实创业扶持政策、新建创业孵化基地、强化岗位协调对接开发就业岗位 1.55 万个，实现城镇新增就业 1.88 万人，劳务创收 12.75 亿元。近年来，昭苏县各乡镇结合市场需求和群众意愿，开展订单式技能培训，让各族群众从中获得实实在在的技能，满足就业创业需求，助力实现就业增收。

比如，为全面提升昭苏县萨尔阔布镇莫因仓村妇女的职业技能水平和就业能力，鼓励基层富余劳动力、进城务工妇女积极参与就业创业，提升整体个人素养，激发基层群众增收致富的内生动力，昭苏县交通运输局驻村工作队和村"两委"开展摸排，做好培训宣传员，邀请伊犁州职业技术学院专业教师来村授课。培训结束后，村"两委"采取理论与实操各占 50% 的考核办法，向考试合格的学员颁发母婴护理员初级资格证书，为其中的优秀学员"牵线"介绍工作，实现稳定就业，改变家庭收入结构，提高贫困家庭收入。

再穷不能穷教育，再苦不能苦孩子。昭苏县把教育放在优先发展的战略地位，以全面提高教育教学质量为主线，不断加大公共财政对教育的投入，优化教育资源配置，扩大优质教育资源总量，全力实施教育惠民重点工作，有效推进了义务教育均衡发展。

昭苏深入推进教育领域"五大改革"，有效解决了教育资源"农村弱、城区挤"的问题。县委在教育上累计投入 4.58 亿元，完成 34 所中小学校改造提升，农村幼儿园实现全覆盖，义务教育标准化建设和均衡发展顺利通过自治区验收。

说起昭苏县的医疗卫生水平，侯陶感触很深。近年来，民间流传着一句谚语："有啥别有病，没啥别没钱。"这话听着像是玩笑，细细深究却透着心酸，说明人们对疾病负担的担忧、对医疗资源和社会保障体系的期待。侯陶说，医疗连着民生，民生连着民心。这几年，昭苏医疗卫生水平全面提升，全民免费健康体检常态开展，先诊疗后付费，"一站式"结算普惠各族群众。

实施城乡居民基本医疗保险政策是一项民生工程，涉及千家万户，关系广大群众的切身利益。62 岁的昭苏镇解放路社区居民刘淑琴患有糖尿病、高血压等慢性疾病，每年都会前往医院进行调理治疗，受惠于医疗保险政策，她节省了不少的医药费用。刘淑琴说："医保政策惠民利民，这几年住院报销比例逐年提高，我们都应该积极参保、主动缴费。"

昭苏投入 2.1 亿元，新建康养中心、人民医院感染病房楼，12 个乡镇卫生院、24 个村卫生室，标准化建设全覆盖，建成东西两线医共体 2 个，城乡医疗卫生服务体系日益完善。疫情期间，防控形成闭环，核酸检测常态有序，群众身体健康和生命安全得到有效保障。

交通是经济的脉络和文明的纽带。纵观世界历史，从古丝绸之路的驼铃帆影，到航海时代的劈波斩浪，再到现代交通网络的四通八达，交通推动经济融通、人文交流，是利国之基石、强国之先导。昭苏县这两年重点交通建设项目呈现"加速跑"的良好态势，天马机场建成投入运营，总投资 20 亿元的 G577 线昭苏—特克斯段建设快速推进，这是昭苏重点交通建设项目和民生工程，对于完善昭苏交通路网、构建现代综合交通运输体系具有重要意义。

G219线昭苏至温宿公路是自治区重大交通建设项目，这条南北疆最西边的通道建成后，伊宁市至阿克苏市里程将缩短440余公里，可保证全天候通车，对深入实施乡村振兴战略、促进新疆全域旅游发展、推动新疆经济高质量发展作用重大。昭苏新建农村公路1519公里，立体化交通网络基本形成，各族群众出行更加便捷。

住在昭苏县阿合牙孜河谷的牧民努尔克力德·塔力甫感慨地说："以前的牧道是条土路，春季非常泥泞，有些地方最窄处只有三四米，极易发生坠石、泥石流、滑坡等地质灾害。现在政府修了柏油路，修建跨河桥，给大山穿上铁丝防护网，我们赶上好时代了！"

"安得广厦千万间"是唐朝诗人杜甫的名句，他希望能有广大的房屋来庇护受苦受难的民众，这种人道主义情怀历来被人称颂。昭苏县委抱有这样的情怀，完成老旧小区改造升级42个，棚户区改造8500户；下大力气解决群众最关心、最忧心、最烦心的"里子"工程，老城区排水管网普及率提升至90%以上，结束了"半城无下水"的历史；完成253条巷道硬化，化解了"出门一脚泥"的烦恼；11个片区实现集中供暖，各族群众过上了"窗外大雪纷飞，屋内温暖如春"的美好生活。

昭苏建成10个住宅小区，群众告别了黄泥小屋，住上了配套设施齐全的高品质楼房。乡村人居环境综合整治扎实推进，开展农村厕所改造近2万座，创建美丽庭院4500个，农村绿化、亮化、美化水平明显提高，如诗如画的田园风光使人身心愉悦，生活更加舒适。

昭苏县委将城乡建设作为民心工程，改善人居环境，打造宜居、宜业、宜游城市发展理念，让"彩虹之都"成为人们休闲度假的首选目的地，是昭苏人努力奋斗的目标。为突出地域色彩，昭苏强化"天马"元素与城市标志、地名、建筑深度融合，"一乡一品""一村一特"浸润肌理，城乡到处弥漫着"小瑞士"的气息，让人流连忘返。

近年来，昭苏县深入贯彻落实习近平生态文明思想，树立尊重自然、顺应自然、保护自然的发展理念，不断维护生态系统功能和生态平衡，野生动植物种群不断扩大，生态环境持续向好发展。

昭苏全面实施山水林田湖草系统治理、划定生态保护红线、环境质量底线、资源利用上线，建立生态环境损害责任终身追究制，落实自然资源资产离任审计制，这些措施实施后，收到极大的成效。昭苏成了一个"大氧吧"，空气质量优良天数比率达 98%，林草覆盖率达到 70%，地表水质均达 II 类。昭苏人的努力和付出得到肯定，被确立为国家重点生态功能区，荣获国家生态文明建设示范县，向各地游客展现着"牧歌昭苏·天马故乡"天蓝云白、地绿水清、牛羊遍地的美丽图画。

回顾这五年来取得的成绩，感到欣慰和自豪的同时，昭苏县委清醒地认识到，未来的发展还面临诸多风险挑战和短板制约。一是外部发展风险加剧。国际经济遭遇逆流，增长乏力，恢复缓慢；国内经济处于优化经济结构、转化增长动力的关键期，疫情虽已放缓减弱，但带来的严重影响不可小觑，经济下行的压力逐步加大。二是稳定形势依然复杂。"十四五"期间，是维护稳定的巩固期、对外斗争的尖锐期、由稳向治的攻坚期，一些关系长治久安的根本性、基础性、长远性的问题还需破解。三是经济转型任务艰巨。昭苏经济总量偏小，产业基础薄弱，平台载体单一，人才明显短缺，经济转型升级受到制约。四是城市集聚能力亟须增强。昭苏城市面貌虽有很大改观，但城镇现代化水平有待提高，城市功能还不够完善，城市形象还有很大提升空间，城市集聚能力和辐射能力有待增强。

县城地处"城尾乡头"，是沟通大城市和乡村社会的基本空间单位，是协同推进乡村振兴和新型城镇化的重要载体。习近平总书记曾指出，"帮助县城和小城镇提升产业承载能力和人口聚集能力"。

昭苏县委书记侯陶说，习总书记"产业承载能力"和"人口聚集能力"的提出，为进一步谋划增强县域综合承载能力、实现县域高质量发展提供了方向指引和行动遵循。昭苏县针对以上问题，已拿出强有力的措施和办法，认真地逐一解决。时不我待，只争朝夕。昭苏要发扬"天马精神"，不辜负人民期望，不辜负伟大时代！

绘新蓝图，谋新篇章

"郡县治，天下安"。县域是国家治理体系的基础单元，是新型城镇化和乡村振兴的重要载体，也是中国式现代化的重点难点地区。

未来五年是昭苏高质量发展的关键五年。在国家新一代信息技术产业发展战略布局和大力发展新质生产力的要求下，目前沿海县区都在抢抓新一代信息技术产业发展新赛道、新动能，县域竞争的焦点正在转向人才竞争，县域竞争的主战场正在变成科技创新。创新已成为驱动县域经济高质量发展的根本引擎，昭苏该怎么做才能迎头赶上呢？

昭苏县委像是听见了隆隆战鼓声，紧迫之感油然而生。侯陶书记沉思着说，县域经济发展如逆水行舟——不进则退，站在"两个一百年"奋斗目标交汇的关键节点上，昭苏广大干部必须胸怀"两个大局"、心怀"国之大者"，保持清醒头脑，锐意进取，适应新常态、新变化，为昭苏绘画新蓝图，谋划新篇章！

2023年是贯彻党的二十大精神的开局之年，是实施"十四五"规划承上启下的关键一年。昭苏县委根据县域实际情况和发展需求，制定了激奋人心的奋斗目标，昭苏经济社会发展要努力实现"八个新"：一是经济发展实现新突破；二是改革开放达到新高度；三是社会文明取得新进步；四是生态文明达到新水平；五是民生改善取得新成效；六是民族团结得到新加强；七是社会稳定开创新局面；八是治理能效实现新提升。

俗话说："樱桃好吃树难栽，不下功夫花不开。"目标定下了，如何稳扎稳打逐步实施是关键。昭苏县委坚持目标导向、问题导向、结构导向，重点抓住"牛鼻子"，在以下几个方面开展工作。

贯彻新时代党的治疆方略，确保社会大局持续长期稳定

从新疆数千年来的历史进程来看，国家繁荣富强，民族团结的向心力就强；国家实力衰弱，境外势力就会乘虚而入，趁火打劫，在新疆搞

事情。因此，作为西部的边境县，昭苏坚定不移地将维护稳定作为压倒一切的政治任务来完成，牢牢扭住社会稳定和长治久安的总目标，坚决打好反恐维稳的"组合拳"，守好"三个底线"，确保社会和谐稳定的红利持续释放。

昭苏各族干部始终警钟长鸣、警惕常在，持续综合施策，做到标本兼治。他们深入细致做好群众工作，加强和完善社会面防控，扎实做好稳边固防工作，完善网络综合治理体系，提高社会治理现代化水平，努力建设更高水平的平安昭苏。

人心齐泰山移。只有民族团结发展进步，石榴花开一家亲，才能安心生活，热情投入生产。昭苏全面贯彻党的民族政策，坚持以铸牢中华民族共同体意识为主线做好民族工作，推动各民族共同团结奋斗、共同繁荣发展。他们持续开展民族团结一家亲和民族团结联系活动，厚植各民族文化，通过娱乐、教育、生活、就业等"嵌入式"方式，形成互助友爱的社会氛围，鼓励各族群众在来来往往、聚聚聊聊、说说唱唱中加深了解，升华感情，像兄弟姐妹一样相处。

"随风潜入夜，润物细无声。"是诗人杜甫写春雨的诗句，党和国家对民族团结的政策不就像春雨一样，滋润着各族群众吗？昭苏积极推进文化"润疆"工程，加快发展现代文化产业的同时，让意识形态像春雨浸润大地般潜入群众心中。他们充分挖掘昭苏天马、夏塔古道、红色边境、知青岁月等文化元素，围绕汉武帝赐天马、格登山之战、万里送军马等题材，创作一批具有昭苏特色的精品力作，讲好昭苏故事，塑造好昭苏形象。

昭苏古迹遍地，文物遗址众多，让文物发声，让历史说话，让各族群众在耳濡目染中被爱国主义浸润、被民族团结温暖，还有比这更好的素材、还有比这更形象生动的故事吗？大汉公主墓、格登碑、夏塔古城、圣佑庙、小洪纳海石人、卡伦军台、科布尔特岩画等承载着悠悠岁月、人文情怀、历史遐思，在重点保护的同时，也要做好开发，让更多的游客慕名而来。

讲历史，离不开文化，文化是凝聚人心的精神纽带，是推动可持续发展的重要支撑。群众改善生活品质后，迫切要求提升公共文化服务水平。经济社会发展水平越提高，人民群众物质生活越丰富，人们精神文化需求就越突出。昭苏县委敏锐地认识到这一点，把发展公共文化服务摆在重要位置，健全县乡村三级文化服务网络，引导文艺工作者找准新的历史方位和时代坐标，深入生活、扎根群众，丰富群众的业余文化生活。

昭苏县的融媒体中心办得有声有色，既是绚丽多彩的对外窗口，又是面向基层的主流舆论阵地、综合服务平台和社区信息枢纽，更好地引导群众、凝聚群众、服务群众，在教育引导群众破除陈规陋习方面，做了大量工作。

党的二十大报告提出，"完善社会治理体系。健全共建共治共享的社会治理制度，提升社会治理效能"为推进社会治理现代化指出了基本方向。昭苏县委深入学习、深刻理解二十大精神，深知基层社会治理是社会治理体系的基石，各种各样的社会矛盾发生在基层、发酵于基层，处理好了可以及时把矛盾纠纷化解在基层和萌芽状态，处理不好无事可能生出事来、小事可能演变成大事。

昭苏广大干部用好新时代"枫桥经验"，坚决把矛盾化解在基层、把问题解决在一线。他们抓住县乡社区这个基点，有效发挥基层党组织战斗堡垒作用和各类组织职能作用，及时解决人民群众最关心、最直接、最现实的利益问题，以完善的制度机制和疏通渠道，最大限度把各种矛盾纠纷化解于无形，最大限度积聚起维护和谐稳定、促进改革发展的社会合力，提升了平安昭苏建设水平。

贯彻落实新发展理念，紧贴民生推动经济高质量发展

新发展理念是习近平总书记首次提出的，即创新、协调、绿色、开放、共享发展。这一理念的提出，引起各方热议，它如同指挥棒、航标灯，体现了我国当前的发展思路、发展方向、发展着力点，是管全局、管根本、管长远的导向。

昭苏县委立足新发展阶段，贯彻新发展理念，构建新发展格局，根据昭苏的实际情况，着力推进人与自然和谐共生。昭苏是首批国家全域旅游示范区，绿色发展是昭苏经济发展的重中之重。绿色发展，就其要义来讲，是要解决好人与自然和谐共生问题。人类发展活动必须尊重自然、顺应自然、保护自然，否则就会遭到大自然的报复。

说一千道一万，万变不离其宗。多美的蓝图，多先进的理念，最终都要落实到改善民生上，落实到惠及当地上，落实到增进团结上，让群众觉得前途有希望，日子有奔头，明天会更好！

昭苏是以牧为主、农牧结合的边境县，只有深入推进乡村振兴战略，才能补齐发展短板，建成小康社会，让各族群众享受到经济社会发展的繁荣成果，自觉维护安定团结的大好局面。

昭苏依托旅游业、特色农牧业优势，盘活各乡镇规模化养殖小区，实现产业富民，到 2025 年将新增绿色有机标准化基地 3 个。昭苏按照"一村一策，循序渐进"的发展思路，重点推广"产业发展型""服务经济型""土地流转型"村级集体经济发展模式，推动村集体经济不断发展壮大。全县大部分村实现了村集体经济收入的倍增，其中有 11 个村的集体收入超百万元。

霍图格尔村采用"打包租赁＋捆绑经营"，将 38 亩集体耕地、6000亩集体草场、3 个养殖基地进行资源整合，为村集体增收 63 万元，同时带动邻村增收 20 万元；按照"村企联合"方式，建设牲畜养殖育肥基地、活畜交易市场、家禽养殖场及孕马尿原料采集基地等 7 个产业项目，为村集体增收 31.2 万元；聚焦旅游产业，建设民宿、酒店，打造特色美食区、房车营地，为村集体增收 68 万元。

乌尊布拉克镇，是紧邻县城的城郊镇，下辖 6 个行政村、4 个社区。近年来，通过土地流转，走出了一二三产融合发展的新路，被农业农村部确定为全国农业产业强镇。

"村看村、户看户，群众看党员、党员看干部、干部看支书"，村书记是推动乡村振兴的"领头雁"，是维护农村和谐稳定的"当家人"，在乡村振兴中起着重要作用。

比如霍图格尔村曾是个普通的小山村，如今一跃成为全县响当当的示范村、品牌村，村党支部书记杜峰就起到了"领头羊"的作用。这几年，县委组织部牵头到村里调研，还组织村干部、致富能手到疆内外学习，让村子理清了产业思路、明确了发展方向，全村人干事创业的激情一下子被点燃了。杜峰感慨地说："变化的关键，在于产业。"

昭苏县委常委、组织部部长王文亭对此深有感触，他说："我们将继续坚持党建引领，以壮大集体经济促进群众增收为动力，以产业融合发展为核心，以生态效益转化为重点，扎实推进'百万强村'培育计划，促进村集体和群众'双增收'，推动乡村振兴不断取得新成效。"

就业连着千家万户的饭碗，是劳动者赖以生存和发展的基础，就业稳则民心安、社会稳。只有不断稳定和扩大就业，才能促进劳动者增收致富。昭苏县人力资源和社会保障局秉承"稳就业、保民生"目标，做好24项公共就业服务活动，始终围绕稳岗就业、多渠道促进本地人员就近就地实现就业创业。他们经常举办招聘会助力企业稳就业、保用工、促发展。昭苏镇居民古丽加提·提拉拜迪说："招聘会很好，很多企业提供了岗位，我找到了文员这样满意的工作。感谢党和政府为我们提供求职平台，让我们有更多就业选择的机会。"

昭苏通过构建部门协同、疆内疆外联动、企业园区带动、就近就地转移、公益性岗位帮扶等措施，确保有劳动能力脱贫人口就业全覆盖。脱贫不可能一蹴而就，是一项长期、细致且艰巨的任务。昭苏重点关注脱贫不稳定人口与边缘易致贫人口，加大社会保障兜底，提供金融信贷支持，确保脱贫群众拥有"造血"能力，稳定脱贫不返贫，生活质量持续提升，树立起脱贫致富的自信心。

推进乡村振兴，整治农村人居环境是必不可少的一环。农牧民是这项活动的受益主体，也是参与的主体。昭苏多形式地开展宣传教育，充分调动农牧民的积极性，引导农牧民自己动手，参与农村人居环境整治工作，营造人人爱护环境的浓厚氛围，形成人人参与整治的良好局面。他们的具体做法是，健全完善了农村垃圾、污水处理体系，加快农村厕所标准建设。与此同时，充分调动大户能人、大学生、企业家的积极性，鼓励他们回乡创业，支持参与家乡的建设发展。

促进县域经济高质量发展，离不开招商引资这个重要"引擎"。昭苏拓宽招商渠道，靶向式精准招商。他们在完善招商引资优惠政策的同时，充分发挥援疆援昭的桥梁作用，围绕特色品牌，优化营商环境，坚持以"走出去""请进来"的积极姿态招商引资。县委、县政府主要领导频频带队外出招商，以等不起、慢不得的责任感和紧迫感奔赴各地，争取有实力、有潜力、低污染、低能耗、低水耗、高附加值项目落户昭苏。招商引资不仅要放眼内地，还要关注疆内，用好用足"飞地发展"共建共用合作新模式，加强与兄弟县市的合作，强化可持续发展支撑。

昭苏县作为全国草原畜牧业转型升级项目县，自然资源得天独厚，做优农牧业是不二之选。他们按照"稳粮、强畜、兴特色"发展思路，建设优质高产小麦种植基地，"双低"油菜产区，确保粮食产量安全稳定。实施"育繁推"一体化，建设全疆种畜繁育供应大县，发展联合育种惠民工程，推进伊犁马、新疆褐牛、肉羊和奶业振兴行动。到2025年，预计牛、羊最高饲养量分别能达到42.3万头和224万只，肉类总产量达5.1万吨，奶类总产量达6.5万吨。

培育畜牧产业化龙头企业是引领带动昭苏全面振兴和农牧业现代化的生力军，是打造农牧业全产业链、构建现代乡村产业体系的中坚力量，是带动农牧民就业增收的重要主体。昭苏鼓励各类资本进入农副产品加工领域，延伸产业链，提高附加值，如昭苏县牧马人生物技术有限公司作为县级农业产业化龙头企业，将马油与植物油脂混合，研发出了12种马油冷制皂产品。昭苏马产业链延伸至赛马赛事、肉制品、奶制品、化妆品等项目，产业链的进一步延长，提升了马产业的综合效益。

令人欣喜的是，昭苏打破瓶颈，依托空运物流推进郁金香花卉产业发展，利用野生郁金香资源，开发出护肤品，使昭苏的野生郁金香实现更多经济价值。昭苏现保留有全世界最大的百万亩野生郁金香原料资源，是野生郁金香原产地之一。

新疆郁金香生物科技有限公司2013年落户昭苏县，经过多年发展，打造了郁金香产业园、郁金香文化主题博物馆、郁金香公园、郁金香研发产品展厅，产业园的餐饮、住宿等配套接待也一应俱全。如今，野生郁金香已成为昭苏县的一张新名片。

与此同时，昭苏推进德胜水晶粉加工技术升级，延伸香紫苏等香薰产业链条，深化与扬子江药业、济川药业等企业合作，推行"公司＋合作社＋农户"种植模式，持续扩大党参、芍药、藁本、黄芪等大宗药材种植面积。昭苏大力发展中草药种植的同时，创办药材加工企业，推进中药材产业融合发展。2023年10月投产运营的新奇康中草药产业园，招收当地村民，对收购的中药材进行清洗除杂、刮皮抽芯、趁鲜切制、空气能烘干、色选机分级划等工序，并配备专业化、标准化、规模化的仓储养护和物流交易配套服务。

企业通过规范化管理、规格化加工，不仅提升了生产效益，还辐射带动周边群众在家门口务工，真正让中药材成为当地群众增收致富的"金产业"。产业园里的工人米加提·奴尔卡米德说："我在生产线是负责切片工作的，工作量还可以。每月都有5000余元的工资收入，我很珍惜这份工作，会好好干，用勤劳的双手致富。"

昭苏积极发挥农商集团的牵引力作用，突出以"服务三农、保障民生"为宗旨，发展保供市场的投建运，加大基地种植养殖，拓展商业贸易；持续布网点、攻市场、盯订单，拓宽农副产品外销渠道；实施昭苏天马地理标志农产品保护工程，着力打造伊犁河谷绿色食品原料供应基地，创成国家有机食品生产基地示范县。

在昭苏经济发展的蓝图中旅游业占据着"先锋官"的重要位置，尤其是疫情之后，旅游率先复苏，游客人数和旅游收入不断攀升。昭苏充分挖掘独特的旅游资源和生态优势，持续提升"吃住行游购娱"全链条服务，为游客提供更多新体验，推动文旅融合再上新台阶。

昭苏利用"首批国家全域旅游示范区"的品牌效应，积极推动旅游业大发展、大繁荣，广大干部群众上下一心努力将昭苏打造成国家生态旅游基地、新疆全域旅游高地、伊犁精品旅游胜地。昭苏县委盘点县域旅游资源，请专家、学者、旅游达人实地勘探体验，提出构建"一核一轴一环两山多点"全域旅游空间布局，打造由昭苏镇、洪纳海镇、乌尊布拉克乡组成的旅游核心区；由特克斯河沿线景点组成的旅游发展轴，由G219、G577线和若干乡村道路组成的旅游大环线，由乌孙山、西天山山脉组成的旅游风景廊道和冰雪度假区，由若干个差异化旅游乡镇、旅游村落组成的旅游重要节点。

昭苏旅游景点众多，要让游客印象深刻，流连忘返，必须全力打造精品景区，使之成为昭苏闻名遐迩的"名片"。精品景区是旅游目的地的核心支撑，以品质与服务为重点，突出四味——文化味、特色味、新颖味和回甘味。深挖历史文化，增加业态元素，围绕夏塔景区、天马旅游文化园两个核心做足文章，延伸扩展湿地公园环线，加快推进玉湖露营主题公园、天马房车综合营地建设，推广"印象灯塔·红色小镇"高端休闲红色旅游区、亚高原冰雪旅游度假区，逐步开发"云端草原""青松林滑雪""野狼谷风景廊道"独具特色的景点，力争到 2025 年，创成 1 个 5A 级景区、3 个 4A 级景区、1 个国家级旅游度假区。

昭苏为发挥国有景区在旅游业发展中的战略支撑作用，深化景区体制机制改革，坚持市场化取向和去行政化方向，探索推进旅游景区所有权、管理权、经营权"三权分置"为突破口，促进景区经营"集团化运作""一体化管理"，使传统观光型景区向度假、休闲、康养等新业态景区转型。他们加快建立更加精简高效的管理体制、更加灵活实用的开发运营机制、更加完善具体的干部人事管理体制、更加系统集成的政策支持体系，已取得阶段性成效。

风景再壮丽，历史再悠久，美食再诱人，如果服务跟不上，付出的所有努力都是白搭。昭苏深知提供舒适、高品质服务的重要性，围绕"吃住行、游购娱"推进旅游标准化体系建设，引导全民参与，建造集信息服务、安全服务、交通服务、便民服务、文化服务于一体的智慧旅游公共服务平台。为提高游客满意度体验，他们进一步完善旅游环线停靠点、加油站、通信基站等配套设施，建成旅游厕所 75 座，着力解决"三难一不畅"问题。

目前，中国旅游业已经进入了形象驱动时代，鲜明独特的形象定位已经成为旅游城市吸引旅游者的关键因素。昭苏深入探讨，科学分析，提出塑造昭苏旅游形象的理念，将"牧歌昭苏·天马故乡"的旅游 IP 形象以各种形式推广出去。昭苏以长三角、珠三角、京津冀等区域的城市群为重点，强化旅游推介，讲好昭苏故事，打通"内地市场"。借助"B站""抖音""快手""小红书""微博"等新媒体平台，宣传和推广雪域高原昭苏，让昭苏不只是旅游目的地，更是久居都市人的心灵家园，是他们心中期望的"诗和远方"。

昭苏以马立县，是乌孙国故地，两千多年来以盛产良马、善养名马著称，因此做强马业便是顺理成章的事情。当地不断发展马产业，带动产业融合发展，助力当地牧民向着美好生活"快马加鞭"。几年前，中国第一个马产业发展规划《全国马产业发展规划（2020—2025）》出台，让当地的马产业得到迅猛发展。

昭苏围绕马产业优化一产结构、做实二产布局、提升三产活力，推动马产业提档升级，打造"天马品牌"，加快构筑以天马文化、天马旅游、马加工为主导，马养殖、马繁育、马科技为基础的马产业发展格局已成气候。

优化马业一产结构是当务之急。昭苏持续实施良种繁育工程，采取集中人工授精、养殖户分户选种选配等措施。计划到2025年，实现马匹最高饲养量31万匹，保持伊犁马骑乘型、速步型、仪仗型育种核心群达到1200匹，改良选育运动马、马术马、骑学用马等2万匹。围绕市场需求，做好马匹调教调训，鼓励带动养马、育马、训马为一体的产业化发展。

做实马业二产布局是提升马产品附加值的必由之路。熏马肉、熏马肠是不少新疆人过冬必备的特色肉类。近年来，油而不腻、富含多种人体所需营养元素的马肉制品开始受到越来越多人的喜爱。为适应全国各地的口味，传统的马肉、马乳生产正积极向深度开发、精深加工利用方向发展，生产规模化、标准化、多元化进程明显加快。另外，孕马尿成为结合雌激素类药物的主要原料，马脂成为大品牌化妆品原料……随着生物制药技术的进步，新疆高科技、高附加值的马产品开发迅速。

根据新疆发布的现代马产业发展规划，到2030年，新疆马产业全产业链的产值将达到220亿元以上，这显示出马产业的巨大发展潜力。

作为马饲养量全国第一的昭苏，很看重马产品广阔的市场前景。他们积极培育专业合作社、家庭农场新型经营主体，大力扶持本地龙头企业，招商引资让马肉加工、精制马脂、马生物制药等企业做大做强，进一步提升马产业的价值和综合效益。

以体育比赛、文旅活动为主的马业三产是经济腾飞的重要引擎。昭苏规划建设了马文化旅游核心集聚区，大力发展马赛事旅游，发展观光马产业，打造地域文化旅游品牌。他们积极搭建赛事直播转播平台，创建"黄金赛事周"、金秋"赛马节"品牌，承办国内顶级赛事，跟一些影视公司合作，增加昭苏的曝光度和知名度。他们深化赛马赛事和技术交流，培育马业经纪人和小微交易平台，提升伊犁马专项赛事声誉；办好马术学校，推动马术进校园，"定向式培养""持续性输出"马业人才；加快推进"马的迪士尼乐园"和"天马特色小镇"建设，深化定制旅游，提供精细、个性化的服务；打造"马产业＋新业态"聚集区。

城市品质决定着每一个生活在其中的城市居民的生活品质。完善城市功能，提升城市品质，可以增强城市对人才、资本、技术等要素资源集聚能力和发展活力。党的二十大报告提出，要"推进以人为核心的新型城镇化""打造宜居、韧性、智慧城市"。

昭苏将提升城市功能品质作为"要事"来办。他们坚持规划引领，编制国土空间规划和城市控制性详规，统筹好空间、规模、产业"三大结构"，规划、建设、管理"三大环节"，将历史悠久的"天马文化"和旅游元素融入城市建设，通过向南扩张，向东生长，优化中部，控制西部和北部，拉伸城市框架，推进产业和城市融合，努力建设宜居、宜业、宜游的亚高原特色生态城镇。

大洪纳海河是昭苏县重要的防洪、排涝和改善区域性生态环境的综合性河流，为加快大洪纳海河流域生态修复治理，进一步改善沿岸人居环境，昭苏县大力实施生态修复治理建设项目，加大政府投入和招商引资力度，努力打造河畅、水清、岸绿、景美的生态宜居环境。具体方案为，由内向外依次规划和建设一条秀美水道、一条慢行交通道、一个生态绿化带、一个商业步行街、一个商贸综合体，布局实施一批亲水空间和游园空间，将大洪纳海河滨水地带打造成集生态、休闲、商业、餐饮、娱乐等功能于一体的"城市客厅"，切实增强城市集聚力和辐射力。

棚户区改造和更新老旧小区生活环境是昭苏推出的一项民生工程，按照连片改造、整体改造原则，配建养老抚幼、文化体育等公共服务设施，培育两家以上国有物服企业，优化社区管理，统一服务标准，持续补齐便民生活设施短板，促进环境改善、功能完善，优化提升城市品质。

昭苏不断完善城市绿化基础设施建设和改造工程，推进城区绿化水平改善人居环境，提高各族群众"绿色福利"水平，顺利通过自治区园林县城复验，全面启动国家级园林城市创建。他们采取规划建绿、拆迁建绿、见缝插绿、拆墙透绿等措施，打造5—10个口袋公园，实现县城人均公园绿地面积达到15.46平方米，绿化覆盖率达到44%以上，城市居民区出行300米见绿地、500米见公园，营造和谐优美的生活环境。与此同时，将城市基础设施向农村延伸，公共物服向农村覆盖，构筑相对平衡的城乡发展格局。

基础设施建设是经济社会发展的重要支撑和必备条件。党的二十大提出加快建设现代化基础设施体系，强调优化基础设施的布局、结构、功能和系统集成，为新阶段基础设施建设提供了根本遵循。

现代化基础设施体系包含两方面内容，一是以交通、能源、水利、电力为代表的传统基础设施；二是以5G、数据中心、人工智能等为代表的新型基础设施。现代化基础设施建设要统筹处理"新""老"基础设施、协调基础设施建设的短期和长期目标等问题。

昭苏审时度势，抢抓国家加快西部基础设施建设的重大机遇，大力推进交通、水利、能源、信息等"新""老"基础设施建设。他们以提升综合运输能力为重点，启动建设G219温昭公路。G219是全国首条里程破万公里的国道，作为219国道的关键路段，昭温公路一旦建成，将成为一条名副其实的冰川大道。在百余公里长的道路两侧，分布着众多壮观的冰川群，如托木尔峰琼台兰冰川、夏特冰川和木扎尔特冰川等，为旅行者带来震撼的视觉体验。昭苏天马机场自2022年4月22日正式通航以来，已开通了乌鲁木齐、阿克苏、吐鲁番、克拉玛依等多条航线，构建了"公路＋机场"的立体交通网络。作为新疆第一座高原机场，昭苏天马机场将成为连接美丽的昭苏与国内重要城市的空中桥梁，为促进地区经济社会发展做出更大的贡献。

千古百业兴，先行在交通。宽敞平整的道路，不仅是县域通向外界的纽带，更是农牧民通向富裕生活的"幸福线"。昭苏打通"断头路"，拓宽"瓶颈路"，提升"老化路"，推进主次干道、微循环道路改造提升，实现幸福街、阿克苏街与东城区有效连接；双拥路、老街、天山路全线通，县城居民区巷道硬化率达到100%。

　　昭苏县始终坚持以习近平总书记关于加强水资源保护和利用的重要论述为指导，统筹水资源、水环境、水生态治理，聚焦提升水旱灾害防御能力、水资源优化配置能力、河湖生态保护治理能力，不断提高水资源利用率和综合效益，以不断完善的水利设施助力经济社会高质量发展。昭苏在大力推进重大水利项目时，强化农牧区水利建设，促进阿克苏、乌玉尔台水库等一批中小型水库和骨干工程建设，到2025年争取建成"西北东"三大片区水厂，提高城镇和农村集中供水率和水质合格率。大力推进海绵城市和城市排水防涝工程建设，完成防洪排涝工程，提高城市防洪排涝能力。

　　昭苏县坚持能源变革主线，生态环保红线；完善电力、燃气管网等能源输配设施，推进地下综合管网改造，建立安全、绿色、多元、高效的现代能源供给与消费体系。对于城市建设、管理、旅游、教育、医疗、农业等信息化建设，昭苏重金投入，大力推进，推动智慧城市和民生设施深度融合。他们整合各种资源、加强统筹协调，着力提升城镇化与城市发展领域的科技支撑能力，破解城镇化发展难题，努力构建中国西北特色的新型城镇化。

　　昭苏头顶着首批国家生态文明建设示范县、首批国家全域旅游示范区和国家休闲农业和乡村旅游示范县等众多殊荣，比其他城镇更懂得生态文明的重要。他们深入贯彻新发展理念，持续加大生态文明建设力度，使保护生态环境的理念深深扎根于广大干部群众心中，"生态昭苏"已让各族群众有了更多的获得感和幸福感。

　　要想保持得之不易的荣誉，要想保护好青山绿水和雪山大地，就要实行严格的生态规章制度、空间用途管制和水资源管理制度，实施项目准入"红绿灯"办法，支持发展资源节约型、环境友好型产业；建立产业准入负面清单，严禁"三高"项目进驻昭苏，坚决守住生态环境红线。昭苏美在雪域高原的白云蓝天、清澈见底的河流、绿草如茵的草原，这些脆弱的生态环境一旦遭到破坏，修复起来漫长而艰难。因此，昭苏提出杜绝眼前利益，放眼长远，打好蓝天、碧水、净土保卫战和农村人居环境整治"四场标志性战役"，持续推进"洁净昭苏""美丽乡村"建设。

　　昭苏不满足于已取得的成绩，再接再厉申报国家级生态保护区，大力推进绿色矿山生态保护修复工程、高速公路绿色通道工程等项目。深入开展山水林田、湖草沙冰一体化保护修复和系统治理，严格实行河（湖、库）长、林长制，加快谋划实施再生水利用项目，强化水土流失治理，全面推进国土绿化、植树造林行动，到2025年，林草覆盖率达到70.23%。

在各方面取得长足进步的同时，昭苏县委意识到，当地群众美好生活需要日益广泛，不仅对物质文化生活提出了更高要求，而且在法治、公平、安全、环境等方面的要求日益增长，尤其是发展不平衡、不充分的问题亟待解决。昭苏响应党中央的号召，提出全面推进深化改革。

全面深化改革是新时代发展的活力之源，不是开开会议、喊喊口号这么简单，要真抓实干落在具体工作中。昭苏全面深化重点领域和关键环节改革，确保改有所进、改有所成，释放经济发展新活力。经过充分的调研和讨论，他们深化"放管服"改革、行政审批制度改革，打造手续最简、环节最少、成本最低、效率最高的"服务高地"。转变政府职能，推进数字政府建设，加快政务服务与公共资源交易管理中心建设，实施"互联网＋"行动计划。推动国有企业资产优化、重组，做大做强县属国有企业，不断提升市场竞争力，引领产业快速发展；建立县级领导联系重点民营企业制度，畅谈与企业信息联系渠道，加大对各类民营企业、个体工商户等扶持力度，为促进市场经济培植沃土、保驾护航。

以人民为中心，实现全体人民共同富裕

我们经常听见耳熟能详的一句话，"江山就是人民，人民就是江山"，明示了人民立场是党的根本政治立场。昭苏党委深刻领会这句话的丰富内涵，牢固树立以人民为中心的发展思想，牢记"为中国人民谋幸福，为中华民族谋复兴"的初心使命，清醒认识到社会主义的生产是以提高人民的物质生活和精神文化水平、为了满足人民对美好生活的需要、以人的发展为生产目的，"让人民生活幸福是'国之大者'"。为更好地理

论结合实践，昭苏深入开展"我为群众办实事"活动，注重加强普惠性、基础性、兜底性民生建设，着力补齐民生短板，加大优质服务供给，不断增强各族群众的获得感、安全感、幸福感。

疫情三年对全球乃至我国的经济发展冲击很大，恢复增长动力不足，全球供应链受到威胁，甚至发生转移。总体来说，我国经济社会发展长期向好的基本面不会改变，但今后面临的挑战明显增多，中小企业生产经营遇到一定困难，稳岗扩岗压力非常大。昭苏县委头脑清醒，看清国内外大势，提出抓好稳岗就业、夯实民生之本的策略。他们将就业作为最大的民生工程，突出抓好城乡富余劳动力、高校毕业生、退役军人、困难群体就业，发挥江苏、山东、霍尔果斯、奎屯等地就业服务站作用，做好外出务工人员就业服务，有计划、有组织地转移就业。

昭苏技工学校和职业技术学校远近闻名，他们依托"全域旅游""马业昭苏"产业发展规划，围绕"抓基础、创特色、树品牌"的建设思路，积极开展特色马业人才培训。通过校企合作、专家讲座、跟岗学习、输出培训等多种形式，继续加大马匹调驯师、骑乘教练、马匹护理师、修蹄师等马业人才的培训力度，为推进乡村振兴，建设新农村提供更多的人才支持，助力更多的农牧民通过技能"红利"走向致富路。截至目前，培训初级驯马工280余人，家畜饲养工（马匹饲养方向）700余人，为农牧民走上致富路夯实技能基础。

据了解，经过调教训练的马匹与未经过调教训练的马匹相比，市场售价最少相差5000元左右，最高差别能达到10万元左右，这对激发农牧民养马的积极性、推进昭苏马产业发展具有重要意义。

昭苏利用职业技校的金字招牌，依托创业就业孵化基地、乡镇"卫星工厂"，加强技能培训，动员鼓励在家门口就业创业，努力实现每一个有劳动能力的人都掌握一技之长，有劳动能力的家庭要有一个人稳定就业。未来五年，城镇登记失业率控制在4.5%以内，保持零就业家庭动态清零。

管子曾云："十年树木，百年树人。"昭苏深知教育的重要性，立志抓好教育事业，筑牢民生之基。他们拿出"不破不立，破而后立"的勇气，下决心提升昭苏教育质量，不辜负莘莘学子和各族群众的期望。办好教育，需要业务能力强、认真负责的领头羊，因此必须强化书记校长队伍建设，培育一批懂教育、有情怀的书记校长队伍，实现能人治校。

好的制度，好的激励机制，是留住人才、稳住人才、吸引人才的关键。昭苏提出建立"精神荣誉、专业发展、岗位晋升、绩效工资、关心爱护"五大激励机制，将拴心留人工作落到实处，激发广大教师教育情怀和工作热情；坚持高中内涵化、初中"集团化"、农村中心校特色化、幼儿园精致化发展方向，整合教育资源、科学布置校区，拆并教学点、合并乡村小微中学，新建第七中学和城南、城东两所幼儿园，推进城乡学校优质均衡发展。

昭苏严格落实习近平总书记"四个最严"要求，压紧压实属地监管责任，科学制定校园食品管理标准，大力执行营养餐计划，提高营养餐质量，为学生体质健康"加码"。不久前，昭苏县食品安全委员会办公室会同市场监管局、教育局、公安局、卫健委等部门开展学校（幼儿园）食品安全排查整治专项行动，坚决贯彻落实食品安全"四个最严"要求，进一步压紧压实各方责任，消除校园食品安全风险隐患，建立健全制度机制，切实保障在校师生饮食安全。县食品安全委员会办公室负责人表示，要定期开展联合专项检查，深入核查违法违规线索，着力整治一批突出问题、曝光一批典型案例，形成有效震慑，保障广大师生饮食安全。

昭苏放开思路，积极参与县市发展联盟，放大组团援疆联合办学效应，打造"牧歌昭苏·书香校园"，探索符合学科特点、时代要求和学生成长规律的教育教学模式，稳妥推进国家通用语言文字教育，让每个孩子都能享受应有的教育。

2024年4月11日，县委书记侯陶来到部分中小学、幼儿园调研教育工作。他指出，教育是国之大计、党之大计，是最大的民生，要紧盯教育强国建设目标，打造"学在昭苏"教育品牌，全面贯彻落实提质扩优行动，为教育留下优质生源，吸引更多优秀教育人才。昭苏要努力办好人民满意的教育，奋力开创教育高质量发展的新局面。

党中央把保障人民健康放在优先发展的战略位置，高度重视医疗卫生服务体系改革发展，强化城乡三级医疗卫生服务网络建设。昭苏积极行动起来，以"钉钉子"精神把健康医疗卫生工作抓实抓好。他们坚持预防为主，深入实施康养昭苏行动，完善卫生健康基础建设，满足广大群众的医疗、康养、保健需求，实现居民就近就医全覆盖。完善全民健身公共服务体系，加强城乡绿道、健身步道、全民健康中心、体育公园、社区健身等设施建设，形成城乡15分钟"健身圈"。

21世纪最重要的是人才，人才是推动医院提质扩能的关键和基础。昭苏坚定不移实施"人才强院"战略，加大医疗卫生人才引进培养力度，建立健全公共卫生与临床医学复合型高层次人才培养机制，将人才工作摆在医院改革发展的核心位置，强化人才工作顶层设计，持续完善人才引进激励机制，在引进、培养和留住人才上多措并举，有力推动了医院的学科建设。这次疫情锻炼了医疗队伍，提升了应对突发公共卫生事件的响应能力，完善了监测预警机制，维护了各族群众的生命安全和身体健康。昭苏深入开展城乡居民免费健康体检，完善县乡村三级医疗服务体系，大力推进医共体、医联体建设，让各族群众既看得起病，又看得好病。

如何做到"老有所养，病有所医"，抓好社会保障是关键。昭苏未雨绸缪，大力实施全民参保计划，持续加大扩面征缴力度，全面落实社保惠民、医保扶贫、低保兜底政策，加快完善特困救助供养、临时救助等保障性措施。昭苏极其重视退役军人服务保障体系建设，切实维护退役军人合法权益。比如积极发放义务兵家庭优待金、退役士兵自主就业一次性补助金、重点优抚对象生活补助资金、临时困难救助金等，为退役士兵接续社保、缴纳养老保险和医疗保险，为军人、退役军人家庭悬挂"光荣之家"荣誉牌，进一步增强军人、军属和退役军人家庭的荣誉感，激发全县各族群众对军人职业的尊崇感。

拖欠农民工工资是很恶劣的违法行为，事关广大农民工切身利益，事关社会公平正义和社会和谐稳定。昭苏急农民工所急，健全农民工工资保证金缴纳制度和劳动关系协调机制，依法调处拖欠农民工工资问题，有效保障其合法权益。昭苏以人民为中心还体现在，发展建设保障性租赁住房，不断改善各族群众住房条件；持续优化养老基本公共服务供给，着力构建居家社区相协调、医养康养相结合的养老服务体系，实现老有所依、老有所养、老有所安。

公共安全是社会秩序良好的重要体现，是人民群众安居乐业的重要保障。昭苏狠抓公共安全，打造民生之盾。他们用好兴边富民项目，加快推进边境一线、抵边乡镇基础设施建设，健全公共安全体系，着力提升基本公共服务水平。严格落实安全生产责任制，坚决遏制重特大安全事故。突出抓好交通、企业、校园、景区景点、矿山、市场、人员密集场所等各方面安全，完善防灾减灾救灾体系，建强应急救援队伍，全面提升应急处突能力，高效应对自然灾害。坚守食品、药品、产品质量和特种设备"四大安全"监管底线，坚决保障各族群众生命财产安全。

推进融合发展，筑牢"一盘棋"格局

这两年，有个非常热门的概念叫"融合发展"，冠上这顶"帽子"似乎就蕴含了满满的科技含量。所谓融合发展，是指不同领域、不同产业、不同文化等相互融合、相互促进、共同发展的过程，通过创新和整合，实现资源共享、优势互补、互利共赢，推动社会经济的全面发展。

目前，融合发展在中国的政策制定和经济发展中扮演着重要角色，特别是在"新型工业化、信息化、城镇化、农业现代化"同步发展中，融合发展成为实现这些目标的重要途径。例如，推动信息技术与传统产业的深度融合，可以提升传统产业的智能化、自动化水平，促进产业升级。

中央经济工作会议提出，要把推进新型城镇化和乡村全面振兴有机结合起来，促进各类要素双向流动，推动以县城为重要载体的新型城镇化建设，形成城乡融合发展新格局。2024年中央一号文件明确指出，促进县域城乡融合发展。在中国式现代化建设新征程中，要着力破解城乡发展过程中的不平衡不充分难题，通过新型城镇化和乡村全面振兴的有机结合，不断加大以工促农力度，积极创新以城带乡举措，进而形成工农互促、城乡互补、全面融合、共同繁荣的新型工农城乡关系，使中国式现代化建设成果更多更公平地惠及城乡全体居民。

昭苏县委学透吃透"融合发展"的内涵，深刻领悟中央关于融合发展的精神，提出适合本地的融合发展举措，打破行业壁垒，促进资源高效流动，增强经济活力，提高社会竞争力。因为地处边境，昭苏坚持兵地、军地、援疆、政企共融包容理念，着力强化一体化发展，形成各展优势、能动奋发、互融共进的良好格局。

兵地鱼水情深，双向赋能促进兵地融合发展。为深化兵地政务共建，推进政务服务标准化、规范化、便利化工作，更好地服务兵地企业和职工群众，2024年5月27日，昭苏和兵团第四师76团、77团联合举办了"兵地政务共建　追寻知青岁月"联谊活动。加深了兵地之间的联系和友谊，也为今后两地之间的政务服务、经济发展奠定了良好基础。

近两年来，甜菜价格波动较大，对甜菜种植户和糖企影响较大。昭苏县、兵团第四师可克达拉市及附近团场均是甜菜优势主产区，为增强甜菜种植户抗风险能力，昭苏县及附近团场开始尝试甜菜"保险＋期货"项目试点，为当地甜菜产业发展提供专业的风险管理工具。两年来，已累计承保13.29万亩。2022年，户均增收1.92万元，项目试点取得良好效果。

2023年6月，兵地财政金融部门密切合作、共同研究，并积极组织保险公司、期货公司，根据糖厂和甜菜种植户实际需求优化服务方案，引入"保险＋期货"模式，为昭苏县及兵团第四师可克达拉市76团场、77团场的351户农户提供了种植收益保障。

这一模式下，甜菜承保目标价格为6725元/吨，即使糖价下跌也可充分保障甜菜种植户收益，糖价上涨则可为甜菜种植户带来超额收益。借助这一模式，不仅促进了当地甜菜产业发展，还为甜菜种植户提供更加全面的风险保障，为推进兵地乡村振兴做出了积极贡献。

为了更好发挥团场稳定器、大熔炉、示范区的作用，昭苏完善兵地联席会议机制，深化沟通协作，促进区域联动，做到兵地重大问题一体研究、一体部署、一体推进。加强兵地双方稳定，经济、文化、社会、干部人才、民族团结、环境保护等方面的深度融合，促进兵地优势互补、设施共建、资源共享、合作共赢。

坚持把智力援疆作为工作重点，用好教育、医疗、科技、文化援疆政策，不断拓展"组团式"援疆。大力实施产业援疆提升工程，找准服务和融入新发展格局的切入点，谋划好、实施好"十四五"时期项目布局和产业协作，持续提升对口支援综合效益。坚持"引进来"和"走出去"相结合，推进泰昭两地文化交流互鉴，群众多层次、多领域、多形式往来互动，真正把援疆工作打造成推动发展的工程、民族团结的工程、凝聚人心的工程。

全力支持驻昭部队、单位和企业发展。大力支持驻昭部队现代化建设，深化双拥共建，落实好优抚安置政策，促进军民融合，不断巩固和发展良好的军政军民关系。积极为驻昭企业、单位做好服务协调，创优投资发展、开展工作的良好环境。驻昭部队、企业、单位要强化属地意识、主人翁意识，发挥优势服务属地，落实维稳共担、团结共融、发展共促、生态共创，为昭苏实现社会稳定和长治久安做出更大贡献。

加强党的建设，提供坚强政治保证

当代世界绝大多数国家实行政党政治，政党是影响许多国家兴衰成败进而对世界格局产生重大影响的关键因素。党的十八大以来，世界经历百年未有之大变局，进入大发展大变革大调整时期。中国共产党一直把为人民谋幸福、为民族谋复兴作为自己的历史使命，党百余年来奋斗的主题就是实现中华民族伟大复兴。

在这种宏观背景下，昭苏县委深刻意识到，要想办好昭苏的各项事业，要想让昭苏广大群众过上小康生活，关键在党、关键在全面从严治党。

县委书记侯陶说，昭苏县发挥党委总揽全局、协调各方的领导作用，突出把方向、管大局、作决策、保落实。县委支持和保证人大及其常委会依法行使职权，健全人大对"一府一委两院"的监督制度，畅通人大代表联系渠道，更好地体现人民意志。支持政府转变职能，创优行政方式，提高行政效率，努力建设人民满意的服务型政府；支持人民政协围绕中心大局献计出力，提高政治协商、民主监督、参政议政水平；坚持法治昭苏、法治政府、法治社会一体建设，做到依法治县、依法执政、依法行政一体推进。

昭苏成立老干部局机关党委，加强和改进老干部工作，切实做到在政治上尊重、思想上关心、生活上照顾。充分发挥工青妇等群团组织、社会组织优势作用，寻求最大公约数，画好最大同心圆，齐心协力推进昭苏稳定发展改革各项事业发展。

实践告诉我们，必须把政治建设摆在首位，才能铸就绝对忠诚的党性品质。

昭苏县的广大党员聚焦"坚定政治信仰、强化政治领导、提高政治能力、净化政治生态"党的建设目标要求持续发力，不断提高政治判断力、政治领悟力、政治执行力，进一步增强"四个意识"、坚定"四个自信"、做到"两个维护"。

在工作中，昭苏党员干部坚持用习近平新时代中国特色社会主义思想武装头脑，真学真信、正信正行，抓好"关键少数"，强化政治历练，切实把学习成效转化为推动事业发展的能力和水平。各级党员干部认真贯彻党的民主集中制各项制度，完善党委议事规则和议事程序，不断提高党委（党组）科学化决策水平。坚持把"两个维护"作为最高政治原则和根本政治规矩，持续巩固深化"不忘初心、牢记使命"主题教育、党史学习教育成果，把对党绝对忠诚的政治品格融入党员干部的"血脉灵魂"，始终做政治上的"明白人""老实人"。

昭苏县党委坚持把队伍建设作为关键，激发干事创业的担当精神。他们树牢鲜明选人用人导向，建立干部政治素质档案和"负面清单"，政治上过不去、不过硬的坚决放下不用，已经在领导岗位上的坚决调整下来。落实容错纠错机制，坚持"三个区分开来"，让真正干事的干部放下包袱、轻装上阵。注重提拔使用在"吃劲"岗位、突发事件和重大斗争考验中敢于担当、善作善成的干部，确保有"吃劲"岗位经历干部占提拔总量的90%以上。加大年轻干部、少数民族干部、女干部选拔培养力度，持续推进"百炼成钢"工程，"墩苗"历练、锤炼本领。围绕产业发展、城市建设等引才聚才育才，健全"招得来、留得住、用得好"的长效机制，激励干部人才扎根昭苏、奉献昭苏。

昭苏县党委坚持把固本强基落到实处，筑牢坚强有力的战斗堡垒。牢固树立大抓基层的鲜明导向，推动基层党建工作全面进步、全面过硬。他们强化基层干部责任意识、服务意识、管理意识，深化党群服务、维稳综治、农村发展"三个中心"运行模式，优化村级组织架构，确保基层组织高效有序运行。落实自治区"1＋2"文件，实施"三个一批"头雁工程，通过"招引储培"方式优化村"两委"班子，努力实现每村"3名大学生村干部、1名大学生村支部书记后备干部"目标。坚持以党建引领乡村振兴，持续整顿软弱涣散基层党组织，进一步完善发展壮大村集体经济的具体措施，拓宽"党建＋产业"发展链条，鼓励村级组织领办实体经济，实现集体经济与群众"双增收"。

坚持以社区党组织为核心，企业、机关、非公等党组织参与的"红色党建联盟"，拓展"智慧社区"平台服务触角，深化党建引领大物业管理运行机制，构建起"一元多校"城市全域党建新格局。将边境一线作为党员干部政治训练的"前沿阵地"，持续开展"千名党员走边关"活动，不断在边境一线壮大党员队伍，筑牢"边境党建红色长廊"。

昭苏县党委清醒地认识到，必须把廉政建设推向深入，构建风清气正的政治生态。深入推进党风廉政建设和反腐败工作，严肃政治纪律和反分裂斗争纪律，深挖彻查"两面人"。严格落实中央八项规定，自治区"十改进、十不准""十要十严禁"等要求，防范"四风""四气"隐形变异问题。精准运用监督执纪"四种形态"，发挥标本兼治综合效应，实现政治效果、纪法效果、社会效果有机统一。深化拓展国家监察体制改革成果，大力推进纪检监察协作区工作机制，加强和改进党内监督，确保巡察全覆盖、监督执纪全覆盖。加强"一把手"和班子政治监督，巩固深化扶贫领域腐败和作风问题专项治理成果，推动全面从严治党向纵深发展、向基层延伸，持之以恒正风肃纪，不断提高不敢腐、不能腐、不想腐的综合功效，持续巩固发展良好的政治生态。

谈起昭苏未来的发展，县委书记侯陶动情地说："昭苏的资源禀赋优越，昭苏的人文底蕴深厚，昭苏的人民勤劳淳朴，昭苏的干部忠诚担当。工作在昭苏，我无比自豪；奉献在昭苏，我无比荣光。立足新的历史起点，我们昭苏广大干部肩负着无比光荣的使命；展望新的宏伟蓝图，我们拥有着无比广阔的舞台。我们要拿出'天马腰鼓'的劲头，迈出万马奔腾的气势，干出一马当先的业绩，奋力谱写团结和谐、繁荣富裕、安居乐业、生态良好的昭苏新篇章！"

第三章

锚定县域经济高质量发展

产业强，县域兴，则乡村兴。习近平总书记强调，把强县和富民统一起来，把改革和发展结合起来，把城镇和乡村贯通起来，不断取得事业发展新成绩。实施强县工程，就是要推进以县城为载体的就地城镇化和构建以县域为单元的城乡统筹发展格局，实现县域经济高质量发展。

县域经济覆盖面广，几乎涵盖了从工业、农业到服务业的所有领域，要深入贯彻创新、协调、绿色、开放、共享的新发展理念，拓展与延伸县域空间，立足特色资源、摸清家底，不断提升产业发展质量和效益，缩小城乡差距，满足人民的美好生活需要，从而为县域留住"人气"，进而增强人们的消费能力、带来"财气"，激活城乡活力，整体上为实现县域产业高质量发展提供动力支撑。

立足四大产业，引领特色经济高效发展

县域经济是以就业为导向，以富民为目的的经济。发展壮大县域经济是贯彻落实党的二十届三中全会精神的实际行动，是促进城乡融合发展、实现高质量充分就业的务实举措，也是加快新型城镇化、推动高质量发展的迫切任务。昭苏县要把优势和特色结合起来，因地制宜、做强产业，依托劳动力资源加快承接劳动密集型产业转移，依托农牧业、旅游业、马产业和冰雪产业推动县域经济高质量发展。

昭苏县委副书记、县长阿比连·阿布力海依尔回顾2023年的经济发展，感慨地说，2023年是全面贯彻落实党的二十大精神的开局之年，是实施"十四五"规划承上启下的关键之年，也是昭苏县经济高质量赶超发展的重要一年。

我们在采访中了解到，昭苏县坚持稳中求进总基调，广大干部全面落实新发展理念，实干担当、砥砺前行，全县改革发展稳定各项事业取得新成效。全年实现生产总值56.99亿元，增长4.7%；规模以上工业增加值0.98亿元，增长8.19%；固定资产投资32.82亿元，增长12.6%；社会消费品零售总额15.03亿元，增长17.6%。城乡居民人均可支配收入分别达37432元、20122元，分别增长7%、9.5%。全年累计接待游客651.73万人次、实现旅游收入25.39亿元，游客和旅游收入分别增长

122%、135%。

在走访中，我们深入乡村和牧场，跟干部和群众沟通交流，体会到他们的艰辛和不易，也为他们取得的成绩鼓掌喝彩。

2023 年，昭苏遭遇到春寒夏旱极端气候，广大干部群众不等不靠，不怨天尤人，积极想办法应对。在他们的不懈奋战下，种植粮食作物49.27 万亩，春小麦高产田亩产创历史新高，15.95 万亩高标准农田高效建成，粮食安全保障能力不断提升。昭苏是闻名遐迩的畜牧业县，2023年牛、马、羊存栏量分别达 14.48 万头、12.22 万匹、68.22 万只，完成牛冷配 5.6 万头、肉羊经济杂交 21.22 万只，畜牧业振兴行动成效明显。

美丽乡村人人爱，昭苏持续开展"乡村清洁行动"，他们新建户厕420 座，完成绿化村庄 15 个、草原补充灌溉 26.5 万亩，创建自治区乡村振兴示范村 2 个，萨尔阔布乡正式"撤乡建镇"。走在昭苏的乡镇和村庄，处处洋溢着田园牧歌似的恬静和闲适。

"民亦劳止，汔可小康。"中国已全面建成小康社会，既不能落下一个贫困家庭，也不能丢下一个贫困群众。昭苏县坚决守住不发生规模性返贫底线，组织开展两轮防返贫监测帮扶集中排查，脱贫人口脱贫成效持续巩固，顺利通过国家、自治区巩固拓展脱贫攻坚成果同乡村振兴有效衔接考核评估。

昭苏根据地域特点，加速发展有机粮油产业，草原油脂精深加工项目投产运营，现代农业产业园入选全疆首批认定名单，油菜基地入选全国"三品一标"基地，乌尊布拉克镇获评"产业强镇"，春油菜亩产荣获全国油菜高产竞赛第一名，"昭露"菜籽油荣获全国优质农产品博览会金奖，昭苏荣获"全国平安农机示范县"称号。优质畜产品产业效益凸显，草原畜牧业转型升级"六大工程"持续推进，高质量承办畜牧业转型高质量发展、政府购买畜牧兽医社会化服务等自治区级现场会，昭苏经验在全国草原畜牧业转型升级现场会上广泛推广。

扬长避短，因地制宜，昭苏聚焦优势建集群，马业发展提质增效。昭苏县开设马配种站 42 座、组群母马 7516 匹，马匹人工授精 7173 匹。为持续打响"天马之乡"的品牌，昭苏第十一届"天山论马"高峰论坛成功举办，他们开展伊犁马超级联赛、夏塔杯等赛马赛事 106 场次，赛事活动影响力不断提升。经过他们的努力，中国农业大学教授工作站、科技小院落户昭苏，柔性引才 4 人、揭榜挂帅 3 人，代表自治区顺利通过国家马传染性贫血消灭考核验收，昭苏草原马牧养系统成功入选第七批中国重要农业文化遗产名录。

经过多年的辛苦运营和精心呵护，昭苏的品牌形象逐渐树立起来，全域旅游蓬勃发展。昭苏聚焦 A 级景区基础设施短板，投入资金 7.53 亿元，天马旅游文化园等全域旅游基础设施不断健全。他们的冬季旅游乘势而起，冰雪训练基地项目稳步推进，野雪公园正式开滑，新疆热雪节·伊犁州昭苏县天马冰雪旅游季盛大开幕，自治区雪地足球赛、首届玉湖冰上帆船赛圆满落幕，湿地公园冰雪主题乐园游客突破 10 万人次，"天山雪都"称号实至名归。水帘洞景区自驾车旅居车营地获评国家 3C 级营地，玉湖景区创成 3A 级景区，50 余家疆内外旅行社来昭踩点。东方甄选、江苏《房车电台》来昭现场宣传推介，组团前往上海、南京、深圳等地开展实地推介 6 次。高标准举办 2023'中国新疆伊犁天马国际旅游节，网上浏览量达 3.84 亿人次，荣获"中国节事卓越品牌"三星奖，万马奔腾被推上热搜，电影《传说》"千人千骑"活动创大世界吉尼斯之最，昭苏旅游知名度持续提升。

宋人朱熹说："问渠那得清如许？为有源头活水来。"昭苏县委、政府认识到要想搞活搞好经济，就要招商引资，他们凝心聚力抓招商，这几年工业发展势头强劲。他们严格实施"一企一策、一事一策"，搭建优质中小企业培育库，年内新增规模以上企业 2 家，成功申报自治区级创新型中小企业 3 家、认定高新技术企业 4 家、备案自治区科技型中小企业 12 家，德胜和盛康成功纳入伊犁州"专精特新"培育库，建成全州首个众创空间。组建招商分局，实施全生命周期招商引资跟踪管理，年内实施招商引资项目 45 个。总投资约 8 亿元的万润、温州国际两家五星级酒店开工建设，希尔顿、喜来登两家五星级酒店签约落地，伊犁珍牧歌食品加工、新奇康药业中药材深加工等项目正式投产，年内招商引资到位额达 21.67 亿元，增长 26.84%。

在县委、县政府的努力下，昭苏攻坚项目增后劲，有效投资不断扩大。他们坚持以政府投资和政策激励带动全社会投资，新（续）建各类

项目 116 个，完成实物工程量 33.6 亿元，落实地方政府债券资金 12.84
亿元，争取中央和自治区预算内投资项目 40 个 2.56 亿元，项目建设驶入
"快车道"。交通网络加快联通，G219 线昭温公路、G577 线昭木公路开
工建设，新建农村公路 150 公里，昭苏—克拉玛依、昭苏—阿克苏—吐
鲁番航线正式开航，陆空交通体系不断完善。

　　昭苏县为了让群众享受改革发展的红利，加速推进城市更新，他们
投入 1.25 亿元，铺设城区上下水和供热管网、燃气管线等设施 76 公里，
改造提升市政道路 5.8 公里，"一刻钟便民生活圈"不断完善。投入 0.8
亿元，改造老旧小区 9 个，建成口袋公园、小游园 7 个，新增路灯 227 盏、
停车场 9 个、停车位 865 个，城市整体环境质量不断提升。

　　水是生命之源，昭苏县水资源丰富，昭苏为了大力发展水利事业，
投资 8.77 亿元，农村灌区节水改造工程（二期、三期）全面推进，木扎
特灌区、夏塔灌区实现历史性"升级"。城乡一体化供水（西片区）村庄
管网改造提升、夏塔渠除险加固工程全面完成，农村供水保障和农业灌
溉引调能力有效提升。

　　近年来，随着旅游事业的不断发展，昭苏干部群众意识到生态环境
的重要性，他们筑牢屏障守底线，生态环境变得越来越好。他们持续巩
固国家生态文明建设示范县和国家级有机食品生产基地示范县（试点）
成果，成功入选首批全国自然资源节约集约示范县，高质量承办首届全
国生态日新疆主场活动，工作经验往全国推广。蓝天、碧水、净土保卫
战成效显著，新改造 100 蒸吨以上燃煤锅炉 3 台，环境空气优良天数达
100%。水源地环境监测高效完成，地表水水质达 II 类以上。

　　实施农药减量增效行动，国土绿化行动扎实开展，完成草畜平衡 701
万亩、草原有害生物防治 4 万亩、种草种料 3.24 万亩、人工造林 500 亩，
林草覆盖率达 70.21%，累计巡河 2993 次、巡林 786 次，"山清水秀生态
美"的金字招牌更加闪亮。

　　昭苏县委、县政府想群众所想，急群众所急，用心用情惠及民生，
不断提升群众的幸福指数。他们聚焦群众急难愁盼问题，民生支出占一
般公共预算支出的 84% 以上，实施民生实事 10 件，群众获得感、幸福
感成色更足，就业惠民更稳固。昭苏组织开设补贴性职业技能培训 7954

人次，各类招聘活动 100 场次、开发各类就业岗位 9425 个，发放各类就业社保补贴 1253.27 万元，新增城镇就业 2059 人，脱贫劳动力外出务工 3712 人，新增创业 478 人、带动就业 1974 人，农村劳动力外出务工 3.68 万人次，城镇零就业家庭保持动态清零。

千年大计，教育先行。昭苏教育惠民更优质，持续优化办学条件，投入资金 4708.55 万元，实施教育补短板项目 6 个，发放学生各类补助资金 3086.63 万元。积极推进基础教育改革试点工作，扎实开展"牧歌昭苏·书香校园"系列活动。国家通用语言文字教育教学全覆盖，学前教育普及普惠、义务教育优质均衡发展、职业技术学校标准化建设稳步推进。

这两年，"健康昭苏"专项行动深入开展，昭苏县投入 2.8 亿元新建中医院二合一卫生服务中心等 6 个项目。"先诊疗后付费""一站式"结算等政策惠及全民，与此同时，县域紧密型医共体建设有序推进，全民免费健康体检、结核病筛查应检尽检。不懈的努力得到了认可，昭苏荣获"全国生育友好工作先进单位"，3 家医疗机构成功通过老年友善医疗机构评审，县人民医院成功通过二甲复审。

人无远虑必有近忧，如何使将来的生活更好呢？这就需要做到社会保障更普惠，目前昭苏基本医疗保险、养老保险参保率保持在 95% 以上，脱贫人口参保缴费、参保资助均达 100%，发放城乡低保、残疾人救助、退役军人等各类补贴资金 5550 万元，惠及 1.53 万人次。与此同时，昭苏常态开展低收入人口动态监测，社会救助持续强化；日前，墩买里等 4 个社区日间照料中心全面完成，第二殡仪馆建成投用。

实现了老有所养，昭苏在安居惠民上舍得投入，做法更是温暖人心，他们投资 14.74 亿元，实施第二热源集中供热站扩建等 28 个项目，供排水、供热、燃气及防洪保障能力持续提升。实施城市更新征收改造 102 户，新（续）建保租房、公租房 1130 套，建设抗震防灾工程 36 户，天然气入户 380 户，群众生活幸福感持续提升。

昭苏统筹谋划聚合力，开放共赢成效凸显。昭苏县与江苏泰州对口支援合作，落实援疆资金 1.85 亿元，实施产业、教育、医疗等援疆项目 26 个，援疆综合效益不断提升。"组团式"援疆不断深化，20 名援疆干部、13 名泰州支教教师、22 名援昭人才落户昭苏。兵地融合纵深推进，经济文化、干部人才、民族团结、生态环保等方面深度合作，兵地优势互补、资源共享、合作共赢不断深化。

昭苏县持之以恒提效能，自身建设全面加强。他们扎实开展学习贯彻习近平新时代中国特色社会主义思想主题教育，坚定捍卫"两个确立"、坚决做到"两个维护"。法治政府建设扎实推进，政府法律顾问工作机制不断完善，行政复议委员会履职效能持续提升。自觉接受人大法律监督、政协民主监督和社会各方面监督，强化审计监督。办理县级人大代表建议 55 件、政协提案 82 件，答复率 100%，满意率 100%。积极践行新时代"枫桥经验""浦江经验"，化解信访积案 19 个。"接诉即办"机制全面落实，妥善化解 12345 政务服务热线、人民网留言板、"互联网＋督查"等平台群众诉求 3196 件。党风廉政建设和反腐败斗争深入推进，严格落实中央八项规定及其实施细则精神，坚决整治形式主义、官僚主义，基层减负成果不断巩固。

昭苏县在做好其他工作的同时，国防动员、爱国卫生、科学技术、融媒体等工作稳步推进；工商联、共青团、红十字会、妇女儿童等工作有序推进；统计、工会、老龄、气象、供销、金融保险、网络通信等工作扎实而富有成效。

阿比连·阿布力海依尔说，在肯定成绩的同时，也要清醒认识到，制约经济社会发展的短板和瓶颈依然存在，主要表现在：一是县域经济总量小，产业发展水平还有待提升，经济发展动能不足，综合实力薄弱；二是基础设施还需加快提升，教育、医疗、交通、水利等民生领域存在不少短板，离群众期盼差距较大；三是干部人才队伍能力作风与高质量发展要求还不匹配等。

2024 年是新中国成立 75 周年，也是伊犁哈萨克自治州成立 70 周年，更是全力推进县委"14561"重点举措落实的重要一年。

2024 年，昭苏县主要预期目标是：地区生产总值增长 7.5%，一般公共预算收入增长 12%，固定资产投资增长 12%，地方规模以上工业增加值增长 10%，社会消费品零售总额增长 10%，海关进出口总额增长 15%，城镇、农村居民人均可支配收入分别增长 6% 和 9%。

发挥优势、振兴乡村，点燃产业发展新引擎

昭苏县委、县政府经过科学的调研，提出昭苏要依托优势特色资源，促进农牧业上规模、旅游业上水平、马产业上层次、冰雪产业上台阶，有力有效地推进乡村全面振兴。

昭苏有肥沃的土地，广袤优质的草原，做强做大农牧产业有着得天独厚的优势。他们锚定建设农业强县目标，加快提升农牧业规模化、标准化发展水平，着力把农牧业建成现代化大产业。

昭苏实施"藏粮于地、藏粮于技"战略，严格落实耕地保护和粮食安全党政同责，实施粮食产能提升行动，优化粮食生产布局和种植结构，坚持稳面积、增单产"两手抓"，全县粮食种植面积稳定在 45 万亩以上，油料作物稳定在 22 万亩以上，粮食总产量稳定在 19.5 万吨以上，打造高产稳产粮食、油菜、甜菜生产地块 44 块，新建高标准农田 18.5 万亩，创建病虫害绿色防控示范基地。

牧业是昭苏支柱性产业，在现有基础上转型增效尤为重要。昭苏全面做好品种改良，牲畜存栏达 95.51 万头（只），马、牛、羊最高饲养量分别达 12.25 万匹、14.85 万头、68.32 万只，肉、奶、蛋总产量分别达 3.48 万吨、4.15 万吨、770 吨。加快肉牛肉羊提质增效，强化种畜基地建设，采取人工授精、同期发情集成技术，推广肉用种公羊 500 只以上，组建牛集中组群冷配点 30 个，肉羊商品杂交 10 万只、牛冷配 5.7 万头。实施家庭牧场、养殖合作社培育工程，扶持 30 个新型经营主体发展壮大，支持察汗乌苏蒙古族乡畜牧产业园、夏特畜牧养殖基地等做大做强。大力强化饲草增量保供，保障草原畜牧业转型升级，因地制宜推进饲草料地饲草料化，建设集中连片饲草料基地 2 万亩，种植青贮玉米、苜蓿、燕麦等优质饲草料 3.5 万亩。

昭苏县要持续发展，必须推进延链强链。他们加快有机粮油产业发展，充分发挥产油大县资金效益，扶持壮大草原油脂、盛康面粉、德胜等涉农企业，大力实施品牌战略，构建"公司＋合作社＋基地＋农户"产业化发展模式，不断提升粮油产品研发和保障供给能力。着力打造优

质畜产品，围绕新疆褐牛、哈萨克羊肉用型优质畜种，持续壮大新疆乐牧、伊犁联恰等畜牧企业，推动前端养殖、本地育肥、就地加工、终端消费有机衔接。

自从提出"全域旅游"这个概念后，昭苏深入实施"旅游兴县"战略，他们充分发挥"三乡两都"五大名片引流作用，着力打造全域全时全季高端旅游目的地。

昭苏山奇、水秀、林壑幽美，景区基础设施需要完善和提升。他们聚焦 A 级景区提档升级，持续补短板、强弱项，加快推进马文化展示体验中心、全域旅游、天马旅游文化园及玉湖景区基础设施等项目建设步伐，不断提升景区供给服务和承载能力。

昭苏紧盯"吃住行游购娱"，打造舒心、安心、放心、贴心、暖心旅游标签。全面提升景区智慧化水平，充实完善"智游昭苏"公众号功能，促进旅游服务网络化、智能化，加快实现"一机游昭苏"。完善景区硬件及配套服务设施建设，新增停车场 18 个、通信基站 5 处、旅游厕所 7 个、充电桩 58 个，持续破解"三难一不畅"问题。

信息化、数字化时代，坐等游客上门的现象已被摒弃，昭苏人意识到，利用各种渠道、各种媒体、各种活动强化营销宣传至关重要。他们丰富文旅策划推广，盘活存量文旅资源，抓好第三十二届天马国际旅游节等节会营销，万马奔腾、天马浴河等网络营销，加强与疆内外旅行社、新媒体平台合作引流，借助电影《传说》上映热度，充分发挥国际巨星"顶流效应"，不断增人气、聚商气、提名气，力争年内接待旅游人次、旅游收入增速均达 20% 以上。

作为国内的"养马大县"，昭苏既保持传统养马习惯，又做强做精现代马业。他们持续推进多元育种、全域良种、一二三产融合发展，探索建立伊犁马优秀赛马回归种用繁育机制，伊犁马核心育种群保持 1400 匹，完成马人工授精 0.72 万匹、选种选配 3.5 万匹，开展伊犁马登记 4000 匹、调教训练 1000 匹以上，培育发展伊犁马养殖大户、家庭牧场 20 户。

昭苏深入实施马健康检查和"两病"监测，推动建立马疫病分区防控体系。围绕"乳脂血"及生物制药，加快建设马奶精深加工园区、马血清采集、孕马血清加工和精制马脂生产基地，积极盘活建设天马产业园马奶生产线，扶持新疆牧马人生物科技等畜牧企业做大做强，积极推动深圳前海天正等企业尽快落地建设，加速形成增长新动能。

昭苏"以马为媒、以赛为纽"，培育野骑探秘、骑乘摄影等业态，发展业余骑乘、野骑爱好等项目，积极承办第十二届全国少数民族传统体育运动会民族马术项目等国内顶流赛事，组织常态化赛马赛事100场次，不断打响伊犁马品牌。充分发挥马术学校作用，围绕良种繁育、调教训练、疫病防控、产品生产等开展培训5场次、培训专业技术人员60人次、农牧民200人次，为马产业发展提供人才支撑。

这些年，雪域高原昭苏发现了一笔深藏多年的"财富"——冰雪产业。经过不断的调研和摸索，他们提出以打造冰雪产业最具活力增长极为目标，推动"冰雪+"全产业链发展，以"冷资源"撬动"热经济"。加快编制《昭苏县冰雪产业发展规划》，积极推动冰雪训练基地项目建设，补齐汗腾格里滑雪场配套设施短板，不断提升天马冰雪主题乐园，打造"冰雪夜景""天马踏雪"，举办第二届天马冰雪旅游节、新疆第二届玉湖冰上帆船赛，承办自治区雪地足球赛暨伊犁州第八届雪地足球赛，推出雪地叼羊、马拉爬犁、姑娘追等一批民俗活动，持续在冰雪旅游资源开发上下功夫，不断擦亮"天山雪都"金字招牌，真正让冬季旅游"热起来"。

项目牵引、投资拉动，强化经济增长新支撑

三年疫情后，社会经济在缓慢恢复，昭苏县坚持稳中求进、以进促稳、先立后破，牢牢抓住"稳"的着力点，巩固和增强经济回升向好态势，持续推动经济实现质的有效提升和量的合理增长。

昭苏县委、政府把目光聚焦在项目上，通过强化项目引领，为经济增长装上"发动机"，他们围绕基础设施、产业发展、民生保障等领域，全力推进85个500万元以上重点项目建设。变"冬闲"为"冬忙"，加快完善前期手续，确保21个续建项目在4月前全部复工，30个新建项目

在 5 月前全面开工，34 个储备项目在 7 月前转化为新开工项目，有效推动重大项目压茬推进。加快 G219 线昭温公路、G577 线昭木公路建设步伐，全面推进 G219 线昭苏县大洪纳海水库段还建公路前期工作，争取尽快开工建设。抢抓"十四五"规划中期评估调整有利契机，力争 S345 线喀拉峻—夏特公路、西天山冰雪资源开发、木扎尔特口岸基础设施等重大项目尽快纳入规划范畴，着力增强经济高质量发展后劲。

昭苏历来重视招商引资，他们把招商引资作为源头活水，增加稳定经济增长的优质主体，全面提高招商工作质效。昭苏县委领导班子聚焦农牧业、旅游业、马产业及冰雪产业四大优势产业，谋划包装一批大项目、好项目，深入开展产业链招商、以商招商、网络招商，年内举办招商推介活动 8 次。他们围绕项目落地率、资金到位率和投资完成率，深入开展暖心助企行动，全力推进杭州漫珊瑚云端草原隐奢度假村、喜来登和希尔顿欢朋等 9 个签约项目尽快开工建设，13 个意向项目签约落地，力争实现招商引资到位资金增长 15% 以上。

要想引来"金凤凰"，必须营造良好的经商环境。3 年来，昭苏深入实施营商环境优化提升行动，积极创造"流程通畅、审批高效、服务优质"审批环境。不断深化"放管服"改革，进一步简化办事程序、优化办事流程，持续优化投资环境和营商环境，严格落实国家"两免三减半"税收政策，促使更多的项目落地实施。为市场主体多下"及时雨"、多送"雪中炭"，积极稳妥化解拖欠中小企业账款，不断做大做强国有企业，最大限度激发企业投资热情，力争实现"个转企" 1 家、"企升规" 2 家、培育"专精特新"企业 1 家、新增市场主体 109 家。

眼下，因消费者信心的下滑导致消费不振，昭苏县在强化消费提质方面下了不少功夫。他们研究消费心理，大力释放消费潜能，加大消费端政策支持力度，积极促进新能源汽车、绿色家电等大宗消费，有效提振"批零住餐"等大众消费，加快释放旅游服务消费。高质量推进旅游精品景区提质扩容，推动重点旅游景区和其他有条件的景区景点转型升级、丰富业态，增强游客体验感。设计开发一批具有地域特点、文化特色的文创产品，扩大文旅消费。鼓励发展亲子经济、假日经济、夜间经济，全力推进天马不夜城、圣佑庙祈福灯光秀建设，增加城市"烟火气"。

规划引领、完善功能，展现宜居城乡新形象

一条条道路干净整洁，一盏盏路灯排列整齐，一座座农家小院精致温馨……走进昭苏的乡镇，到处都是一幅赏心悦目的田园画，美景让人流连忘返。昭苏坚持以城带乡、区域协调发展，推动以县城为重要载体的新型城镇化建设，形成城乡融合发展新格局。

这些年来，昭苏着力完善县城布局，推动新型城镇建设走深走实，提升群众宜居幸福感。他们全面实施国土空间总体规划，不断完善城建规划及控制性详规，围绕"城北提升、城南完善、城东延展"的发展思路，着力推进城市更新改造；启动国家级园林县城创建工作，提升县城绿化环境质量、绿地品质，优化生态环境，让城市"颜值"更加亮丽。

昭苏不仅注重"面子"，更注重"里子"，他们着力提升城市功能，持续开展城镇强基补短工程，推动城乡一体化水厂、污水处理厂投入使用，全面覆盖县城周边三个乡镇及两个马场片区，有效提升饮水保障水平，大力提升污水处理能力；完善城市路网，完成老街等道路综合改造提升，不断增强县城综合承载力；加快天马湖、石榴籽公园等主题游园建设，确保年内投入使用，让城市"表情"更加生动。

昭苏人意识到，县城容貌光鲜亮丽了，生活方便了，要想"更上一层楼"，就要在城市管理上做好文章。他们有效发挥"电子警察"云平台作用，常态化整治"脏乱差违"，治理疏通一批交通堵点。新增扩容停车泊位 240 个、充电桩 200 个，有效缓解"停车难、充电难"问题。着力打造信息化城市管理服务平台，有力推动小区物业管理、城管执法，打造小区全功能服务中心试点 2 个，逐步构建"5 分钟便民生活服务圈"，让城市"气质"更加出众。

城市变漂亮了，乡村建设也不能落后，昭苏全面学习运用"千万工程"经验，实施农村人居环境整治提升五年行动，年内实施户厕改造 421 座，建立健全垃圾收集、运输和处置体系，推进农村生活垃圾分类减量与资源化处理利用，推进农村生活污水治理，持续改善农村人居环境。深入开展村庄清洁、绿化行动和农村爱国卫生运动，不断完善农民参与

村容村貌管理新机制，大力发展乡村庭院经济，绿化美化村庄 11 个，让乡村"面貌"更加和美。

生态优先、绿色发展，绘就美丽昭苏新画卷

昭苏是生态县，山清水绿，草原秀美，他们在实践中深入践行"两山"理念，协同推进降碳减污扩绿，加快形成绿色生产方式，呵护好美丽昭苏生态本色。

尽管昭苏河流纵横，水资源丰富，他们在谋划水利发展方面搞调研，讲科学，严格实行用水总量控制和计划用水管理，有效提升水资源合理利用水平。水利工程功在千秋，必须加强管理，昭苏根据实际情况，推进农村灌区节水改造、城乡一体化工程（西片区）等重点水利项目建设，大洪纳海水库已实现蓄水，木扎尔特渠首达到运行条件，有效提升水资源调蓄能力。县水利部门积极推进阿克达拉中型灌区手续，谋划申报乌玉尔台水库等小型水源水库工程，力争年内开工建设，确保用水保障能力全面提升。昭苏经过充分的调研，深入推进农业水价综合改革，实行定额灌溉管理，切实降低农村用水成本，有效提升农村生产生活用水保障能力。

整个伊犁河谷，包括昭苏县，生态环境很脆弱，一旦破坏了就很难恢复。昭苏认识到保护生态环境的重要性，他们统筹推进生态保护，深入推进农田生态修复（土地综合整治）、草原生态修复治理等项目。全面落实河（湖）长制、林长制、路长制，常态化抓好河湖"四乱"常诊。花山修复治理、湿地生态保护。扎实开展国土绿化行动，完成补植补栽 500 亩、草畜平衡 671.2 万亩、草原有害生物防治 6 万亩，接续推动绿色低碳发展，积极推进嘉德瑞林、草碳汇项目落地变现，加快能源绿色低碳转型，着力绘就昭苏绿色底色。

昭苏县这两年纵深推动污染防治，他们紧盯中央环保督察反馈问题整改，严防问题"回潮反弹"；严禁秸秆、生活垃圾焚烧，强化道路扬

尘、机动车尾气排放污染治理，大力实施"煤改电"，确保空气质量优良天数达99%以上；加快推进成边桥水质自动监测站搬迁和城镇污水处理厂建设，确保年内投入运行；加强河流环境风险防控，确保县域内水源水质达II类以上。严格建设用地准入管控和风险管控，推进实施畜禽无害化及医疗废弃物处理，加强农业面源污染治理，全面提升危险废物信息化监管能力，着力改善环境质量。

办好实事、增进福祉，满足群众生活新期盼

昭苏县委、县政府始终坚持人民至上，厚植为民情怀，持续办好民生实事，不断实现人民对美好生活的向往。

俗话说，安居乐业。昭苏落实好就业优先政策，保障重点群体就业，完善困难人员就业帮扶，促进失业人员再就业，开发就业岗位9000个，城镇新增就业1900人，农村富余劳动力转移就业3.32万人次。他们深入实施职业技能提升行动，持续开展职业技能培训，支持企业减负稳岗，加大高技能人才培训力度，开展各项技能培训1.08万人次，提升就业硬实力。

在落实好就业的同时，昭苏将增收惠民作为工作重点。他们实施农民增收促进行动，大力发展农产品加工、乡村休闲旅游、农村电商等重点产业，让群众分享全产业链增值收益。用好用活乡村振兴衔接资金，推动项目向产业发展靠拢、政策向群众收益倾斜，为群众增收致富提供强有力保障。常态抓好脱贫人口防止返贫监测，落实帮扶措施，增强内生动力，持续巩固拓展脱贫攻坚成果，坚决防止发生规模性返贫。

百年大计，教育为本。昭苏深化教育领域综合改革，深入推进产教融合、校企合作，着力提升职业技术学校教育发展水平。他们投入0.48亿元，建设第三中学综合教学楼等5个项目，确保第七中学暑期启用，有效改善县域学校办学条件。充分发挥银龄教师、名师工作室作用，增强县级、校本教师培训实效，全面提升课堂教学有效性；持续开展"牧

歌昭苏·书香校园"大阅读活动,巩固拓展"双减"成果。

要想提升群众的幸福感,解决群众的后顾之忧,必须抓好医疗惠民工程。昭苏加快推进县域紧密医共体建设,不断优化县域医疗卫生资源配置,提高县域整体服务能力、改善群众就医体验、建立微信急救网络,构建全县"1小时"急救圈。为满足群众需要,他们还大力推广中医适宜技术,推进县乡村中医药服务网络建设;常态开展全民健康体检,不断强化"一老一小"等重点人群健康管理服务,扎实推进家庭医生签约服务,切实抓好传染病预防控制,着力推动基本公共卫生服务高质量发展。

社会保障是维护社会稳定的重要手段,为人民群众提供基本的生活保障。昭苏有序实施全民参保计划,参保率持续稳定在95%以上。他们统筹做好城乡低保、特困供养群体基本生活兜底保障,提高困难群众最低生活保障水平。依托现有社区养老服务阵地,稳步推进居家和社区养老服务。全面落实三孩生育政策,加快推进普惠托育服务发展。深化医保支付方式改革,完善职工、居民普通门诊统筹制度,健全职工基本医疗保险门诊共济保障机制。

对于昭苏县委、县政府来说,抓好安居惠民是工作的重要环节。他们持续完善保障房制度,降低准入门槛,实施分类保障等方式,优先保障特殊群体用房需求,确保1130套保租房、公租房年内交付使用,加快构建城东住宅集聚区。大力实施农村面貌改善行动,加快推进喀拉苏镇卡拉库勒片区整体搬迁安置。以提高农房抗震设防能力为重点,扎实开展农村自建房排查整治专项行动,实施农房抗震防灾工程50户,进一步提升住房安全保障水平。

统筹联动、开放共享,构建融合发展新格局

昭苏县全面贯彻落实第九次全国对口支援新疆工作会议精神,继续将80%以上援疆资金向民生倾斜、向基层倾斜,不断提高对口援疆综合效益。加快推进兵地深度嵌入融合,深化产业布局、生产要素、资源开

发、重大项目、公共卫生等合作，促进兵地共建共创、共抓共管、共享共赢。

新时代呼唤新使命，新征程展现新作为。昭苏人将更加坚定、更加自觉践行初心使命，始终保持奋发有为的精神状态，坚持把党的二十大精神贯穿政府工作各方面、全过程，全面提升政府治理体系和治理能力现代化水平。

昭苏县始终把政治建设摆在首位，坚持用习近平新时代中国特色社会主义思想凝心铸魂，坚决捍卫"两个确立"，自觉增强"四个意识"、坚定"四个自信"、做到"两个维护"，完整准确贯彻新时代党的治疆方略，巩固拓展主题教育成果，持续推进自治区巡视反馈问题整改。坚持把党的领导贯穿于政府工作全过程，确保党中央决策部署和自治区、自治州党委、政府工作安排以及县委具体要求不折不扣落地见效。

昭苏县始终把抓落实作为政府工作的一条铁律，树立和践行正确政绩观，引导政府系统党员干都发扬钉钉子精神，真抓实干、担当作为，不断提高政府执行力。他们树牢宗旨意识，弘扬"四下基层"优良作风，大兴调查研究，走好新时代党的群众路线；扎实开展农业农村改革，稳妥做好国有农牧场改革"后半篇"文章；全面落实数字政府建设要求，持续提升政务服务效能，全力做好12345政务服务热线、互联网＋督查、人民网领导留言板等平台诉求答复解决，着力推动公共服务便企利民。

昭苏县委、县政府深入学习贯彻习近平法治思想，加快推进法治政府建设，全面实行政府权责清单制度，推动政府高效履职尽责；严格执行重大行政决策法定程序，坚持民主集中制，全面推行政务公开，促进权力规范透明运行。自觉接受人大法律监督和政协民主监督，认真办理人大代表建议和政协委员提案；深入推进乡村治理体系和治理能力现代化，构建法治、德治、自治相结合的乡村治理新局面。严格落实"谁执法谁普法"责任，全面推行行政执法"三项制度"，促进行政权力规范运行，切实提高政府行政效率和公信力。

昭苏县认真履行全面从严治党主体责任和党风廉政建设"一岗双责"，深入推进政府系统党风廉政建设和反腐败斗争。严格执行中央八项规定及其实施细则精神，持续深化纠治"四风"，驰而不息整治形式主义、官僚主义，持续为基层松绑减负。坚持政府过紧日子，集中财力做好"三保"，完成第五次全国经济普查任务。用好监督执纪"四种形态"，教育引导各级干部严守纪律规矩，守好廉洁从政、干净干事的底线，永葆人民公仆的底色、本色。

昭苏县的广大干部牢牢把握高质量发展主责主业，在大局上谋势、于关键处落子，埋头苦干、勇毅前行，以实际行动、工作成效，奋力谱写中国式现代化美丽昭苏新篇章，以优异成绩向中华人民共和国成立76周年献礼！

第四章

选贤任能，讲好昭苏故事

　　聚焦深化党的建设制度改革，研究进一步加强干部人事制度改革的具体措施，鲜明树立选人用人正确导向，大力选拔政治过硬、敢于担当、锐意改革、实绩突出、清正廉洁的干部，着力解决乱作为、不作为、不敢为、不善为问题；围绕严密党的组织体系，增强党组织政治功能和组织功能，探索加强新经济组织、新社会组织、新就业群体党的建设有效途径，完善党员教育管理、作用发挥机制。

　　聚焦组织工作服务保障重点改革任务落实中存在的难点问题，持续巩固拓展主题教育成果，抓好党的创新理论武装，大力选派干部人才到改革一线攻坚；在综合绩效考核、政绩观评价、干部考察中进一步突出改革攻坚，压紧压实各级各单位抓改革责任；完善组织部领导班子成员领题攻坚、同题共答和联系指导下级组织部门的长效机制，以改革的精神、求解的思维、创新的办法破难题、促发展、开新局。

　　聚焦建设社会主义文化强国，坚持马克思主义在意识形态领域指导地位的根本制度，健全文化事业、文化产业发展体制机制，推动文化繁荣，丰富人民精神文化生活，提升国家文化软实力和中华文化影响力。中国式现代化是物质文明和精神文明相协调的现代化。必须增强文化自信，发展社会主义先进文化，弘扬革命文化，传承中华优秀传统文化，加快适应信息技术迅猛发展新形势，培育形成规模宏大的优秀文化人才队伍，激发全民族文化创新创造活力。

为现代化昭苏提供组织保障和人才支撑

党的二十届三中全会要求，深化党建制度改革，健全全面从严治党体系，进一步完善党的组织制度、教育培训制度、干部人事制度、基层组织建设制度，进一步深化人才发展体制机制改革。要抓好党的创新理论武装，巩固拓展主题教育成果，深化党纪学习教育，推动党员、干部在遵规守纪前提下，安心工作、放手干事，锐意进取、积极作为。

昭苏县深入传达学习全会精神，加强组织部门自身建设，把求真务实、精耕细作作为推动工作的主要方式，用心谋事、精心做事、干净干事，为加快建设美丽新昭苏、谱写中国式现代化昭苏篇章提供坚强组织保证。

昭苏县委常委、组织部部长王文亭在人民网撰文写道："治国之要，首在用人；用人干事，重在导向。正确用人导向是引领干事创业的风向标。注重选任导向，让干部想干事。'尚贤使能之为长功也'。坚持新时代好干部标准和'四个特别'政治标准，建立'赛场选马'制度，健全干部选拔任用定期分析研判机制、综合比选择优机制，完善干部岗位匹配度常态分析和备选台账制度，真正把敢于负责、勇于担当、善于作为、业绩突出的干部选出来、用起来。树立政治第一、基层为重、实干实绩的用人导向，引导干部积极投身火热的基层实践中淬火利刃、锻炼成长。"

在采访过程中，我们了解到，很多乡镇干部都曾在组织部任过职，在这个"熔炉"里淬过火。工作伊始，部领导会对年轻干部提出"入部三问"：进组织部为了什么、到组织部干了什么、在组织部和人家比什么，要求他们在实际工作中认真体悟、仔细思考。

王文亭说，要成为一个合格的组织部干部，除了做好组织工作，学习贯彻党的二十大精神，紧紧围绕新时代党的治疆方略，平时还要用理论武装"铸魂"、干部队伍"淬炼"、基层党建"固本"、人才强县"筑基"、组工干部"赋能"五大工程，奋力推动昭苏经济社会高质量发展。

聚焦政治建设，实施理论武装"铸魂"工程

早在 1927 年，党的《组织问题议决案》就强调，"组织工作的意义，绝不止于是技术的，而是政治的"。因此，组织工作坚持把政治建设摆在首位，系统抓好党的二十大精神学习培训，聚焦深学细悟习近平新时代中国特色社会主义思想这个主题，精心组织开展主题教育，推动全县党组织和党员干部坚决维护党中央权威和集中统一领导。

铁的现实告诉我们，持续强化党的政治领导力，是各项工作得以顺利开展的重要保证。昭苏县委严肃党内政治生活制度，不断提高各级党组织自我净化、自我教育、自我完善、自我提高的能力和水平。加强民主集中制建设，完善和落实党委（党组）工作规则和议事决策程序，提高科学决策、民主决策、依法决策水平。每季度分领域召开一次党建工作推进会、座谈会，安排部署常态化工作和阶段性重点工作，确保各项工作始终聚焦中心大局。创新开展党组织书记理论课、明星书记教课、基层书记讲党课"三课"，全面实施党组织书记能力提升计划。

昭苏县广大党员干部深入学习贯彻习近平新时代中国特色社会主义思想，把党的二十大精神作为当前和今后一个时期的重要学习内容，采取党委（党组）理论学习中心组带头学、政治理论日集中学、主题党日首学和党员个人自学等形式，做到学深悟透、融会贯通。分领域分群体

分类别开展"万名党员进党校""万名妇女讲变化""万名师生讲传承"等学习宣传教育活动，引导广大党员干部和师生以更高的政治热情、更振奋的精神状态、更扎实的工作举措，推动党的二十大精神在昭苏落地生根、结出丰硕成果。

在县委领导和部署下，组织部拓宽干部教育培训渠道，用好援疆省市、南京大学、可可托海干部学院等培训资源，开办培训班44个，培训党员干部2115人。他们举办精品班次、乡村振兴干部能力素质提升班、经济高质量发展等专业领域培训项目，点调140名科级干部、优秀年轻干部，提升干部专业化能力。持续开展"新时代昭苏干部大讲堂"，邀请清华、北大等名校资源开设"名校云课堂""名家讲坛"，开阔干部视野、增长才干。抓好党校教学楼项目建设工作，积极筹备申请"百里红色长廊"爱国戍边教育基地创建工作，力争年底创建成功。

组织部门扎实推进党员教育"红细胞"工程，分级分类组织开展党员教育专题培训班6期1000人。用好党员教育"云课堂"，依托94个党员（远程）教育站点、"新疆党员教育"等网络平台，打通线上教育培训新渠道，定期推送政治理论、知识技能等学习内容，确保万名党员学习教育不掉线、不断档。找准学用转化"实践点"，抓实全县10个党员教育实践基地、86个党员示范户，积极打造"实践课堂""农家课堂"，组织优秀基层党组织书记、"土专家""田秀才"，常态化开展种植、养殖、刺绣、农牧产品生产加工等技能培训。持续对6个移动型牧区"党群服务中心"和2个"红色驿站"进行功能升级，构建具有特色的牧区"党建＋教育＋服务"三位一体的新发展模式。

聚焦堪当重任，实施干部队伍"淬炼"工程

坚持新时代好干部标准，树立以实干论英雄、凭实绩用干部的鲜明导向，坚持从社会稳定、项目建设、招商引资、乡村振兴等工作一线识别干部、考察干部、使用干部，加快建设一支适应昭苏高质量发展的高

素质专业化干部队伍。

昭苏县组织部精准发力，加强乡镇领导班子建设。他们持续巩固好乡镇领导班子换届成果，坚持问题导向，对领导班子运行情况逐个开展动态分析，科学精准开展调整优化，实现性格互补、力量均衡、新老结合。坚持优化干部选用工作，围绕昭苏重点发展需求，注重选配熟悉乡村振兴、"三农"工作、经济发展、旅游发展、项目建设等干部进班子，持续提高领导班子专业化能力。加强实践锻炼、专业训练，畅通领导班子干事创业工作机制，抓实"四个理清"（理清思路抓谋划、理清任务抓落实、理清优势抓突破、理清短板抓提升），做好"五个环节"（述学、研讨、培训、观摩、淬炼），切实提升领导班子能力素质。

组织部坚持把政治素质考察作为干部工作的重要环节，贯穿日常考察、任职考察、年度考核、试用期满考核等工作全过程，上半年充实完善政治素质纪实档案，下半年全覆盖开展领导班子和领导干部政治素质专项考察。持续强化与纪委监委、政法、公安、信访、审计等部门协调联动，常态开展"四必查"（查政治观点、查工作表现、查生活表现、查家庭成员情况），推进线索收集、甄别处理经常化，全方位、近距离、多角度考准考实政治表现。坚持在日常工作、大事要事难事中考察干部政治素质，持续深化政治素质考察成果。

组织部顺应时代发展，加大年轻干部选育管用力度。他们常态开展全领域年轻干部大调研，把中青班、年轻干部班等班次作为发现干部的重要窗口，分年龄、分性别、分民族建立年轻干部基础库，分层次、分领域建立经济发展、乡村振兴、基层一线等6类年轻干部储备库，永葆年轻干部"一池活水"。坚持"缺什么补什么"，通过培训、挂职等方式，分批次对领导干部、后备干部、专业技术干部开展培训，提升年轻干部综合素质。持续开展年轻干部"百炼成钢"工程，选派年轻干部到乡村振兴、经济发展、巡察等一线经风雨、长才干。强化年轻干部跟踪管理，及时掌握思想动态和现实表现，用好谈心谈话、批评教育、帮带培养、关心关爱等手段，确保年轻干部茁壮成长。每个乡镇选派1名优秀年轻干部挂职锻炼，选派10名优秀年轻干部到村任职、20名乡镇班子成员到内地挂职学习，加大年轻干部使用力度，对条件成熟的年轻干部及时予以提拔重用，全年动态保有 50 名以上年轻干部。

组织部作为干部的"娘家"，不仅要激励年轻干部，更要关爱他们。坚持政治上激励、工作上支持、待遇上保障、心理上关怀，鲜明选人用人导向，注重基层一线、艰苦岗位培养锻炼使用干部，确保年内提拔重用"吃劲"岗位经历干部占提拔重用总人数的 85% 以上，不断激发各级干部干事创业积极性。扎实做好公务员队伍建设，用好用活公务员职级、事业编等级晋升政策，每季度完成一次晋升，激励干部履职尽责、担当作为。坚持实干实绩导向，稳步推进领导干部能上能下，稳妥推进受处分干部使用，对不作为、慢作为的"躺平""摆烂"式干部，坚决免职或转任职级公务员，持续涵养良好政治生态。

聚焦大抓基层，实施基层党建"固本"工程

着眼增强党组织政治功能和组织功能，全面提高农村发展党员质量，全力推动村（社区）活动阵地提档升级，统筹推进各领域党建工作，把基层党组织建设成为有效实现党的领导的坚强战斗堡垒。

组织部门健全完善工作机制，优化运行机制，持续深化村级"一支部三中心"、社区"两中心一站"运行机制，梳理"日周月季年"任务清单，构建高效运行体系。完善工作机制，逐村指导梳理 2023 年度工作计划，围绕"五个好"党支部创建指标，梳理目标任务清单；结合"三中心"职能定位，理清岗位责任清单；每周下发任务提醒，制定重点工作清单，帮助村级理清思路、明确目标、细化措施。搭建责任机制，完善"每周调度＋每月评比＋季度观摩＋半年评估"闭环工作模式，每季度组织开展"三个一"活动（一次乡镇党委书记抓党建促乡村振兴评审会、一次基层党建工作现场推进会、一次重点任务推进情况通报会），确保基层各项工作落实落细、落地见效。

组织部门深入实施农村党建"五强五提升"组织振兴行动，围绕建强"头雁"队伍，开展村"两委"班子逐人分析评价，筛出优秀"种子

选手"，找出"躺平"式干部，加大优秀村党支部书记培训、培养，及时选拔政治素质好、文化水平高、工作能力强的优秀村干部担任村党支部书记，持续推动"后进"干部转岗清退，择优选拔后备力量补缺，不断强化村级干部队伍建设。围绕拓宽"源头活水"，持续做好大学生村党支部书记后备力量招聘工作；对辖区返乡大学生、致富带头人、退伍军人等群体分类别摸底、全覆盖走访、面对面谈心，吸引先进分子积极加入村干部队伍，动态充实村级后备力量储备库。围绕提升干部能力，整合培训资源，全覆盖培训村干部；聚焦岗位需要，全要素开展"大比武"；每月开设"组工讲堂"，全方位实施"教考练"，切实提升基层干部能力。

基层治理一直是"老大难"问题，昭苏县组织部通过多年实践，提出织密"一个体系"，健全"乡镇党委＋村（社区）党支部＋网格党小组"基层治理网络体系，优化网格设置，推动乡镇干部下沉网格。他们推行社区"大党委"制度，常态推动在职党员到网格"双报到"，搭建党建引领基层治理的组织体系。深化"三项治理"，围绕基层治理自治固本，持续深化群众积分制管理，每村制定一个差异化积分方案、设置一个标准化基金池、建立一个多元化积分超市，提高群众参与村级事务的积极性。围绕基层治理法治保障，实施"法律明白人"培养工程，每村（社区）设置一间法律咨询室（点）、培养一名法律顾问，深入实施"法进万家"行动，多举措组织干部群众学习法律知识，全面提升基层干部法治思维和依法执政能力，不断增强各族群众遵法守法用法意识。围绕基层治理德治感化，深入实施"文化润疆"工程，常态组织群众开展文体活动，持续开展乡风文明评比，每季度开展一次道德模范和"好邻居""好巷道""好大院""好儿媳""好公婆"等评选微行动，推进群众移风易俗、遏制陈规陋习、抵制封建迷信和非法宗教活动。全力推进"三治"融合，不断提升基层治理水平。抓实"四个重点"，抓实"石榴籽服务站"建设，优化阵地空间布局、拓展服务群众功能、丰富服务群众形式、健全群众议事制度、完善诉求解决机制，实现村级阵地"五常三聚"目标。抓实国通语推广普及，探索实施"两级课堂集中学、民汉结对帮带学、家庭作业自主学"三学模式，实施农牧民国通语"小手拉大手""国通语小课堂""党的二十大精神我来讲""我们是一家人"等活动，不断提升群众国通语水平。抓实强村富民工程，发挥党建引领作用，逐村梳理经济发展工作思路、细化增收措施，实施"盘活闲置资产、挖掘优势资源、汇集项目资金、促进抱团发展、推动产业强村"五大行动，确保 2023 年村集体经济增长不低于 20%，促进群众致富增收。抓实基层政权项目，有序推进 17 个基层阵地、5 个乡土人才就业创业孵化基地建设，切实提升村级基础设施建设水平。

昭苏深化"五个好"标准化、规范化党支部创建，抓好政治建设这个"根"，助推依法治理。将普法纳入党组理论中心学习及党员干部日常学习，采用"线上 + 线下"的方式，强化法治教育，用好"学习强国""法宣在线"等载体，丰富学习内容，创新学习方法，在各村开展"学法、知法、守法、用法"四项行动。守好以人为本这个"本"，助推凝聚人心；创新开展"党员联系群众日、传统文化分享日、结亲交友走访日"系列活动，弘扬中华优秀传统文化，践行社会主义核心价值观；建好志愿服务这个"点"，助推文明创建。重点围绕老弱群体、村级提质等内容，每月开展一次志愿服务。依托文化阵地开展群众性活动，增强"五个认同"，推进"文化润疆"。带好干事创业这个"头"，助推经济发展。把党建引领与支部发展有机融合，实施"党建 + 产业""党建 + 项目""党建 + 业务"等活动，培养一批懂党建、懂经济、懂业务的"明白人"，实现党建与发展、党建与业务互促双强。深化"三学三亮三比"争当先锋行动，开展党员先锋岗、党员责任区创建活动，推动党员在一线打头阵、当先锋、作表率，提升党组织战斗力。把好引领示范这个"关"，助推堡垒作用。严格落实"三会一课""党旗映天山"主题党日、组织生活会和民主评议党员制度，党支部组织生活规范有序。严把发展党员"四关"（计划关、入口关、程序关、责任关），全年计划发展党员450 名。实施边境护边员发展党员三年攻坚行动和发展农村优秀青年党员行动计划，不断优化党员结构，提升基层组织战斗力。

组织部抓好两新组织党建有形有效，他们完善"两新工委牵头抓、综合党委统筹抓、党建指导员具体抓"三级联动体系，健全"任务清单、定期例会、互学互检、述职评议、联系帮带"五项工作制度，持续推进两新组织党建工作上水平。通过两新组织每月走访一轮、从业人员每月摸排一遍、综合党委每月研究一次"三个一"工作法，持续加大党组织组建力度，实现应建尽建。持续深化"万企兴万村"结对共建活动，鼓励引导两新组织党组织助力乡村振兴。压实综合党委责任，发挥党建指导员作用，通过每月调研指导、季度检查评比、半年观摩推进，年内培育党建示范点一个，创建"五个好"党支部十个。

组织部全面推进各领域党建提档升级，深入实施机关党组织"四个走在前列"示范引领行动，积极创建"让党中央放心让人民群众满意"的模范机关，开展"五学五查五改"活动，深化"两张皮""灯下黑"问题整治，实现以点带面、全面覆盖的良好局面。大力开展国企党组织"三联融入"领航发展行动，深化国有企业和驻疆企业结对合作，努力实现"资源共享、服务在先、互助共赢"的工作格局。推行学校党组织"四化四好"培源铸魂行动，严格落实党组织领导的校长负责制，大力开展思想政治教育创优工作，筑牢意识形态阵地。

聚焦汇才增智，实施人才强县"统基"工程

做任何事都离不开人才，昭苏县组织部围绕"人才强县、人才兴县"目标，聚焦城乡建设、产业发展、旅游提升等重点领域，依托伊犁英才、银龄计划等，持续深化人才引进，建立健全人才服务机制，切实做到以事业留人、感情留人、待遇留人。

作为边境县，如何才能拓宽渠道纳英才呢？昭苏县组织部深入推进"伊犁英才"引进计划，大力实施"柔性引才"与"揭榜挂帅"项目，通过"引才进校园""后方总动员""线上广宣传"活动，力争全年刚性引进城市规划、文化旅游、医疗卫生和乡村振兴等高层次紧缺人才、产业创新人才30名，柔性引进各领域专家人才40名。谋划开展"乡土人才"专项计划，选育100名"土专家""田秀才"，为乡村全面振兴注入人才活力。

要想持续引进人才，就要栽下"梧桐树"搭建好平台。昭苏县组织

部创建特色产业重点实验室，计划打造 5 个县级优秀专家工作室和名师工作室，筹备设立"昭纳英才·创客空间"服务联盟，构建"一站式"人才服务体系，解决住房就医、子女教育、配偶安置等困难，为各类人才交流、培训、咨询等搭建服务平台。通过"校企＋基地＋工作室"模式，吸引培养高层次应用型人才，助力昭苏重点领域和特色产业高质量发展。

这些年，援疆干部人才在昭苏县经济发展中发挥了重要作用，昭苏县组织部制订干部人才援疆项目计划，形成计划内支撑、柔性化补充、社会化服务的多元立体援疆模式，组织实施各领域对口支援、文化交流、经济合作等活动，深化援受两地党政机关、企事业单位结对共建、交流交融。持续做好"丝路信使"关爱泰州等团体来昭考察交流，力争"小援疆""组团式"援疆持续用力，取得新进展。

聚焦自身建设，实施组织部门"模范"工程

昭苏县组织部坚持把讲政治、重公道、业务精、作风好作为永恒课题，持续深化作风革命、效能革命，不断提升政治素质、工作能力、作风效能，努力当好政治坚定、业务精湛、担当作为、清正廉洁表率。

一是铸牢对党忠诚的政治品格。坚持将学习贯彻党的二十大精神作为今后的重点任务，持续用好每周三集中学习日，采取"自学＋集中学＋研学＋座谈讨论＋定期考测"形式，通过部领导领学、各科室负责人轮流讲学、组工干部跟进学，督促引导组工干部深入学、持续学、自主学，不断提高政治理论学习水平。依托"学习强国""新疆干部网络学院"等网络学习平台，持续深入开展学习，学深悟透、学以致用，筑牢组工干部理想信念根基。

二是练就广博精专的能力本领。大力弘扬"安专迷"精神，健全"传帮带"机制，常态开展"组工大讲堂"，定期举行技能"大比武"，科室长讲业务、干部谈体会，以老带新、以干代练，持续强化组工干部业

务能力水平，引导组织干部人人成为"政策通""活字典"。推进内部制度化轮岗交流，每名组工干部至少有2—3个不同岗位经历，形成良好的干部梯队。开展"组工之星"评选活动，充分调动机关干部创先进、争优秀、夺位次的积极性。

采取"请进来"和"走出去"的办法，邀请专业教师来昭授课，选派干部外出培训，持续推动组织干部开拓视野、提升能力。

三是弘扬和谐温馨的组工文化。组建乒乓球、羽毛球等各类兴趣小组，打造"楼宇文化""组工书屋""组工之家活动室"，组织开展丰富多彩、喜闻乐见的文体娱乐活动，全力营造健康活泼、温馨和谐、积极向上的机关氛围，凝聚组工干部"精气神"。持续用好干部生病住院必访、家庭变故必访、生活困难必访和组工干部年度体检等制度，着力营造和谐温暖、亲情关怀的工作环境。

四是锤炼务实高效的过硬作风。突出抓好民主集中制、请示报告制度、部务会议事规则和决策程序的落实，坚持每次部务会议、月例会、周例会汇报上次会议议定事项落实情况，推行闭环督办落实机制，通过任务项目化、项目清单化、清单具体化，激励干部主动作为，确保各项工作落实落细。严守政治纪律和政治规矩，持续用好《昭苏县组工干部40条言行"负面清单"》，规范组工干部言行，守住清正廉洁底线，全力锻造模范部门和过硬队伍。

坚持政治导向，传递时代的声音

宣传思想文化工作事关党的前途命运，事关国家长治久安，事关民族凝聚力和向心力，是一项非常重要的工作。党的十八大以来，以习近平同志为核心的党中央把宣传思想文化工作摆在治国理政的重要位置，对宣传思想文化工作作出系统谋划和部署，推动意识形态领域形势发生全局性、根本性转变。

党的二十届三中全会上提出，聚焦建设社会主义文化强国，坚持马克思主义在意识形态领域指导地位的根本制度，健全文化事业、文化产业发展体制机制，推动文化繁荣，丰富人民精神文化生活，提升国家文化软实力和中华文化影响力。

中华文化源远流长，为增进各族干部群众"五个认同"，凝心聚力构筑中华民族共有精神家园。昭苏县开展"铸牢中华民族共同体意识"示范宣讲，县委常委、宣传部部长努尔古丽·居马德力说，广大党员干部要切实增强"五个认同"，充分认识铸牢中华民族共同体意识的重大意义，当好维护民族团结、发扬中华优秀传统文化的先进模范，教育引导各族群众坚定不移听党话、感党恩、跟党走。基层宣讲员要认真领会示范宣讲的精神实质，充分学习借鉴示范宣讲方法，在入脑入心上狠下功夫，持续深入群众，开展丰富多样"铸牢中华民族共同体意识"系列宣传宣讲活动，深入落实"文化润疆"工作。

回顾2023年的宣传思想文化工作，昭苏县委宣传部以习近平新时代中国特色社会主义思想为指导，以理论教育、对外宣传、文明创建、文化产业、干部队伍建设为主线，深入学习贯彻落实自治区、自治州党委重要指示精神，按照宣传思想文化工作"出品牌、上水平"的总要求，围绕中心、服务大局，扎实工作，为全县实现"提速发展、提质增效"营造了良好氛围。

坚持科学理论引领，凝聚思想共识

昭苏县全力聚焦党的二十大主题宣传，打造重点精品节目，让主旋律更鲜活闪亮、正能量更强劲充足，不断掀起学习宣传贯彻落实党的二十大精神热潮。在广播、新媒体平台开设"新思想引领新征程""新时代新征程新伟业"等专栏，涵盖新闻宣传、精神解读、理论宣讲报道等内容。通过对党的二十大报告内容全方位、立体式、系统化呈现，更好地让党的二十大精神深入人心，打造成为昭苏党员干部群众的学习园地。目前刊播新闻稿件186条，刊播广播节目133期399次；在"昭苏好地方"客户端开辟"学习贯彻党的二十大精神"专题，重点加强传统媒体和新媒体"首页首屏首条"建设，及时转载转发相关稿件400余篇，全方位做好党的二十大精神宣传报道工作。

促进媒体融合发展，壮大主流舆论

昭苏县委宣传部积极对接上级媒体，联合做好昭苏宣传。他们讲好昭苏故事，用本地道德模范事迹开展正面宣传，让新闻报道、内宣外宣、网络宣传成为传播正能量的阵地，用文明新风浸润群众心灵，带领群众讲文明、守文明。昭苏县整合广播电视和微信公众平台、客户端、抖音、视频号等平台力量，邀请网红大咖贺娇龙、海米提网红大 V 和成龙班组、明星张赫、东方甄选团队等宣传推介昭苏，到昭苏打卡，通过新华社、伊犁零距离、新疆是个好地方等全媒体，立体化传播，全力做好第三十一届"天马节"宣传工作，唱响"牧歌昭苏·天马故乡"品牌，营造良好的节庆活动舆论宣传氛围。中央、自治区、自治州主流媒体刊载昭苏县"天马节"相关新闻稿件，浏览量达 3.84 亿＋，万马奔腾节目上了微博热搜。

　　经过这些年的不懈努力，"牧歌昭苏·天马故乡"知名度逐渐提升。昭苏县委宣传部再接再厉，开设了"推动经济高质量发展""强信心　起好步　开新局""乡村振兴"等专栏，配合中央广播电视总台新疆总站推出系列直播特别节目《新疆牧业向春天》，多层次、全方位、立体式展现新疆畜牧业高质量发展成就。《新疆昭苏：气温回暖　伊犁马回归草原》《新疆昭苏踏雪迎春　千匹骏马扬蹄飞奔回归草原》等联合报道登上了央视新闻频道《新闻直播间》，央视财经频道《天下财经》，网络媒体累计浏览人数达 2000 万＋；策划实施"万马奔腾"和"天马浴河"多平台多语种直播报道。其中在新闻频道《新闻直播间》、中国之声连推两场直播报道，新闻频道 12 点档、13 点档等多时段滚动播出《新疆昭苏草原上演"天马浴河"万马奔腾》直播实况。在新闻频道《新闻 30 分》栏目、财经频道、中文国际频道、CGTN、央视新闻客户端、央视频、央视新闻微博、抖音账号等平台，连续播发相关音视频报道及新媒体产品。万马奔腾"天马浴河"系列报道一经推出，迅速成为网络爆款，其中新疆出现万马奔腾景象、新疆草原上演"天马浴河"两个微博话题登上热搜，截至目前，话题累计阅读数达几个亿。

推动文化创新发展，提升惠民能力

　　文化是民族的血脉，是人民的精神家园，是一个民族的价值观源泉，是决定一个民族的凝聚力和创造力的基本条件。昭苏县委宣传部做好文化基础设施建设，抓紧抓实做好县图书馆、文化馆工作。他们开展大型文艺活动，积极开展送戏下乡、送电影下乡等惠民活动，组织文化志愿者定期开展或参与文化志愿服务，推动群众性文化体育活动蓬勃开展，不断提升全县公共文化体育服务供给水平，全面提升群众精神文明需求水平。

本土文化更为广大群众喜闻乐见，如何挖掘本土文化是县委宣传部开动脑筋、集思广益做的一项工作。昭苏历史悠久，文物众多，做好文物的保护和非物质文化遗产传承利用大有可为。他们积极宣推非遗文化，做好非遗文化的传播和传承，将优秀传统文化以文化活动巡回演出的形式进行发扬，丰富群众精神文化生活，受到了各族群众的欢迎。

临近春节，昭苏县开展写春联、新春朗诵会、新春福娃送福，社火表演等活动，为讲好昭苏故事、传播昭苏好声音提供丰富活动载体。他们借着节假日开展"养老服务、社会帮扶"惠民政策宣传活动，向群众讲清楚惠民政策，从群众急难愁盼处着手进行惠民政策宣传讲解，直接聚焦群众最关心、最直接、最现实的问题，全方位、多角度为群众提供暖心、安心、贴心的服务，不断提升群众满意度和幸福感。

强化核心价值观培育，提升文明素质

昭苏经过充分调研和酝酿，着力打造昭苏知青馆红色旅游业态，全方位铸牢中华民族共同体意识，使各族群众心往一处想、劲往一处使，用勤劳的双手建设自己美丽的家园。

为了深入开展核心价值观宣传教育，使抽象的概念更形象生动，昭苏县宣传部门在公共场所显眼位置张贴公益海报，利用广播、电视台和各单位的宣传橱窗、LED 电子屏播发公益广告。他们开展"文明礼让斑马线"、讲文明树新风公益广告征集等活动，广泛宣传发动群众推荐身边好人好事，开展道德模范典型选树，不断深化爱国主义教育、道德教育和礼仪教育，引导群众传承优秀传统文化和传统美德。

青少年是祖国的未来和希望，如何深入推进未成年人思想道德建设至关重要，昭苏在全县各中小学校组织开展"孝敬父母、体验亲情"、学习和争做美德少年等"我的中国梦"系列主题实践活动，引导学生争做道德实践者，让未成年人在践行社会主义核心价值观中健康成长。

社会是一个"大家庭"，要让每个家庭成员感受到党和政府的关怀和温暖，这就离不开志愿服务者的汗水和努力。昭苏县积极组织志愿者广泛开展关爱困难家庭、送温暖、送文化、送健康的志愿服务活动，营造了"奉献、友爱、互助、进步"的良好氛围，进一步提升群众的幸福感、获得感。

昭苏是个多民族边境县，他们经常开展"民族团结一家亲"系列宣讲活动。宣讲员围绕铸牢中华民族共同体意识，用群众喜闻乐见的形式结合典型案例，对爱国爱党、民族团结和乡风文明等方面内容进行宣讲，引导居民群众在平时工作和生活中增强民族团结意识。

第五章

雪域高原盛开十朵雪莲花

　　雪莲花，又称雪莲，是一种生长在高原地区的珍贵药用植物。它扎根于贫瘠的土壤，顽强地生长在严寒之地，经受住风雪的洗礼，终年积雪覆盖。在昭苏这片神秘而圣洁的土地上，雪莲花悄然绽放。那洁白的花瓣，晶莹剔透；那金黄的花蕊，鲜艳夺目，散发着淡淡的清香。雪莲花，为高原增添了一抹绚丽的色彩，带来了生机与活力。

　　昭苏下辖七个镇、三个乡：昭苏镇、喀夏加尔镇、洪纳海镇、喀拉苏镇、乌尊布拉克镇、阿克达拉镇、萨尔阔布镇，察汗乌苏蒙古族乡、夏特柯尔克孜族乡、胡松图哈尔逊蒙古族乡。它们就像雪域高原盛开的十朵雪莲花，以独特的魅力吸引了无数的目光；以顽强的生命力，诠释着昭苏人的坚韧与勇敢；以美丽的姿态，诉说着昭苏人民的期盼与信仰。

诗画田园红色小镇——昭苏镇

9 月的昭苏，有一种天高云淡、辽阔宁静的美。

昭苏县城通往湿地公园出口处，距离县城 7 公里的地方，有一个闻名遐迩的"红色小镇"，它位于昭苏镇吐格勒勤布拉克村。它前身是灯塔牧场，成立于 1973 年，牧场人员主要是当时来自北京和上海等地的 1000 余名知识青年及本地牧民。小镇现在叫作"灯塔小镇"，主打知青文化。

1955 年毛泽东主席提出"农村是一个广阔的天地，在那里是可以大有作为的"。后来，这句话成为知识青年上山下乡的口号，全国各地 40 余万有为青年打起背包，告别亲人奔赴遥远的新疆参与建设。

走进"灯塔知青馆"，仿佛穿越回那个火红的年代。墙面上的招贴画、陈列的老物品，让上世纪五六十年代出生的人备感亲切。很多场景都是他们在那个年代所经历过的，很多老物品也是儿时常用的。

知青馆以史脉为线、图文与实物相互印证，全面、清晰、真实地展示了当年知青生产生活全过程。让前来参观的人们了解和感受过去一代人的经历，激发新一代学习知青艰苦奋斗、无私奉献的宝贵精神。

知青馆对面是一大片的油菜花田。盛夏来到这里，无边无际的油菜花犹如金色的织毯，与天山雪峰交相辉映，形成一片"从身边连到山边，从山边连到天边"的壮美花海，美不胜收。

昭苏镇以知青馆为重要载体，立足"红色小镇诗画田园"文旅IP定位，连续5年策划开展了"跟着知青读昭苏""跟着天马游昭苏"现场宣传推介活动，全域旅游知名度、美誉度不断提升，知青文化、红色文化得以传承和发展。

昭苏镇党委书记陈超说："我们精心打造知青馆，积极探索乡村红色旅游文化元素新模式，让周围的群众吃上了'旅游饭'。如今，知青馆已建成集吃、住、游于一体的旅游新景观，被评为国家4A级景区，成为全国乡村旅游网红打卡地，年均接待游客10余万人次，带动当地就业120余人。"

昭苏镇位于昭苏县境东部，属县府驻地，辖9个社区、4个行政村（牧业村两个、农业村两个），是一个以畜牧业和种植业为主的乡镇，由哈萨克族、汉族、维吾尔族、蒙古族、回族、柯尔克孜族等19个民族组成。

这几年，昭苏镇深入实施城市更新行动，加快实施老街、建设巷等街道提升改造，修建乡道、村道160.8公里，大力实施棚户区改造，居住环境更加舒适、交通体系更加健全，城镇建设焕然一新。陈超介绍说，他们努力实现政府"服务功能最大化，办公场所最小化"的管理运行模式，做强街道、做优社区、做好保障、做活治理，建设全功能小区，"5分钟便民服务圈"。他们把快递、养老和托幼放在社区，让群众在家门口就能享受便利服务，深受大家好评。

昭苏镇农牧产业资源丰富，他们调优农业种植结构布局，提升粮食综合生产能力，种植小麦面积达2.4万亩，为农民增收、农业增效夯实基础。深入实施畜牧业振兴行动，实施良种繁育工程，完成马人工授精500匹、牛冷配6800头、小畜配种5000只，牲畜最高饲养量达26.18万头（只），畜牧业稳步发展。

昭苏镇红色文化深远厚重，他们围绕"知青馆"金字招牌勾勒一条产业循环线，积极推动红色文化保护和红色旅游融合发展、拓展休闲观光农业、乡村旅游业，成立以"红星"为代表的"民宿大联盟"，实现就业400余人。投入3700余万元，丰富"红色旅游核心区"——农业观光园、"休闲农业观光区"——水云润民宿、"经济垂钓体验区"——俊川马业、"牧俗风情集聚区"——鸵鸟养殖、"特色产业发展区"——湿地民居、"自然风光观赏区"业态，打造精品旅游产业。

昭苏镇的基层治理扎实有效，他们构建"社区—网格—楼栋"服务体系，引入医疗保健、养老托幼等服务，拓宽服务面。推进"互联网＋服务"模式，深入推进智慧社区平台建设，城市智能化建设管理水平逐步提升。发动党员、群众300余人成立"彩虹社工"，完成各类"微心愿"1203个，基层治理"温度"不断提升。

陈超是"疆三代"，对伊犁这片土地有着深厚的感情。他老家在山西太原，爷爷支援边疆建设，父亲扎根伊犁州察布查尔锡伯自治县，他则把家安在了昭苏。陈超毕业于新疆农业大学，学的是兽医专业。毕业后，他被分配到伊犁州，接着来到昭苏组织部、县委办工作了六七年，积累了丰富的经验。他要求到基层锻炼，先是在喀拉苏镇干了8个月的政法委书记，2022年7月，他被任命为昭苏镇党委书记，与镇长哈里旦·托尔逊搭班子。

角色的转变使陈超觉得使命在肩，责任重大。以前他做的都是辅助、辅佐性的工作，现在主政一方，独当一面，意识到凡事要从大局出发，以人民利益为中心。作为乡镇一把手，他需要更多地参与到制定政策和决策的过程中，把握好方向，理清思路，抓好班子，带好队伍。陈超说，县委领导很重视"传帮带"，侯陶书记注重对年轻干部的培养，数次走访昭苏镇指导工作，提出规划先行，要有科学的发展方向，每项工作都要落在实处。

哈里旦·托尔逊感慨地说，县委领导一再强调，人民至上，必须以满足人民群众日益增长的美好生活需要为出发点和落脚点，这是各级干部工作的方向。防疫期间，他有300多天都泡在农牧民家里，宣传防疫政策，帮助群众解决困难；上情下达的同时，也将群众的诉求及时汇报给县委，起到了很好的桥梁作用，得到大家的交口称赞。

哈里旦·托尔逊的父母是文盲，他有7个兄弟姐妹。尽管父母不识字，却很通情达理，经常教育他们做人要"行得正，坐得端"。哈里旦·托尔逊上学时，成绩一直很优异，为了减轻家里的负担，他考取了中专。毕业后，哈里旦·托尔逊去了120医疗服务中心工作，在卫生系统一干就是 15 年。他勤于钻研，申请过几项专利，连续几年获得自治区级的表彰。

为了培养哈里旦·托尔逊，组织上派他到江苏省泰州市挂职锻炼一年。这一年里，他见了世面，练就了功夫，提升了能力素质。哈里旦·托尔逊勇挑重担，就像他在疫情期间的表现一样，立志服务好人民。

2023 年是摆脱疫情困扰、进入新发展阶段的重要一年，也是昭苏镇经济发展极为关键的一年。昭苏镇农牧业火力全开，推动经济快速发展。他们全力做好防范化解重大风险；精心谋划特色农业；全力推动现代化畜牧业；夯实粮食安全政治责任。

坚持底线思维、增强忧患意识、防范化解重大风险，是我们党不断从胜利走向胜利的重要思想方法、工作方法、领导方法。昭苏镇党委高度重视防范重大挑战、重大风险，不断提高防范化解重大风险的能力，有效应对各类突发事件，确保人民群众享有更多、更直接、更实在的获得感、幸福感、安全感。

精心谋划特色农业是昭苏镇的既定目标，因为这是一条隐藏着市场机会与未来的发展之路。昭苏镇全力做好春耕备耕工作，调好调优农业结构，完成小麦种植 2.45 万亩，油菜种植 0.628 万亩，甜菜种植 0.19 万亩。落实好挂钩高产田包联制度，对包联县领导、镇党委书记、镇长、副书记、分管农业领导落实粮食耕地地块包联，从种植到秋收，全程参与，确保农户粮食作物增产，提高村民收入。开展新型职业农民培训和农业科技大培训，提升农牧民技能水平。

全力推动现代畜牧业。昭苏镇大力开展各类动物疫病防治，全面开展新疆褐牛品种改良，购进液氮 401 升，冻精 2500 支，开设牛冷配站 8 座，完成新疆褐牛牛冷配 1156 头。做好接羔育幼工作，共产仔畜 86112 头（只），完成伊犁马鉴定 1146 匹，肉牛鉴定 1200 头，鉴定并参保新疆褐牛 11167 头。

夯实粮食安全政治责任。落实最严格的耕地保护制度，积极宣传种植粮食作物政策要求，严格落实高产田包联制度，提升粮食综合生产能力。耕作期间，镇领导前往实地调研了解农机检修、农业种植、农机安全等情况 25 次，督促做好统计工作。霜寒期间，及时利用微信等平台向广大农户宣传天气情况，督促农牧业保险购买，降低农牧民的损失。

心系百姓，昭苏镇稳步推进民生建设。昭苏镇狠抓防返贫动态监测帮扶；加大技能培训力度促就业；扎实有效地搞好环境综合整治；大力开展社会救助工作。

昭苏镇每月通过对行业部门推送疑点数据核查、常态化干部入户走访、农户自主申报情况核查等方式，对昭苏镇监测户、脱贫户及重点关注的一般户家庭情况进行核实研判。努力做到乡村人口"两不愁三保障"无返贫致贫风险户，无农户自主申报情况，无新识别纳入监测户。

加大技能培训力度促就业。通过组织举办为期45天的手工制作和25天的美容美发技能培训，共培训75名脱贫劳动力，确保脱贫户有技在身。至今已就业脱贫劳动力309人，其中疆外转移就业4人，疆内县外就业51人，县内就业254人。

环境综合整治扎实有效。建立环境整治长效机制，每周组织干部开展辖区环境整治，清理乱堆乱放杂物526处，卫生死角127处，清理垃圾63吨，切实做到了垃圾及时清运，不留死角。以入户宣传、发放宣传单等形式向居民宣传健康卫生知识，倡导社区居民从我做起，营造清洁、健康的居住环境。河（湖）长制落实镇级巡河321次，村级巡河426次，清理河道36公里。植树造林2处完成256亩，育苗5亩。防洪渠截至目前清理泄洪渠27公里，镇机关、村社区成立291人抗洪救灾应急小分队，建立24小时值班制度，准备3600公斤的铁丝网、3000公斤的钢筋、50方砂石料、1万个编织袋、18台机械，清理残垣断壁5处，清理死树453棵。

社会救助工作扎实开展。富民安居2户已完工，每户补助1.85万元；发放城乡低保334万元，临时救助金37400元；发放临时救助物资清油面粉价值61291.5元，发放煤76.25吨价值37362元；提前谋划全民健康体检工作，累计体检9438人。发放创业担保贷款210万元，开发就业岗位112个，城镇新增就业280人。

坚持党的领导，不断加强党的建设。昭苏镇积极开展理论中心组专题学习，结合镇党政班子成员思想和工作实际，认真撰写心得体会。切实发挥班子成员模范带头作用，坚持先学一步、学深一步，充分结合周一升国旗、农牧民夜校、支部书记讲党课、入户走访等深入村子（社区）

开展各类学习宣传贯彻活动。统一安排部署，明确学习计划和任务，党委书记、班子成员签批学习笔记，撰写心得体会，以集中宣讲、观看视频课件、"书记讲党课"等多种多样的形式，开展各类学习活动。

以工矿路社区、江布社区、吐格勒勤村为试点，探索"支部＋中心＋网格＋联户＋村（居）民"多级多元联动体系建设，将"大社区"细分为"小网格"，召开"联户长"家庭会议，重点围绕收集问题、宣讲政策、评选先进等内容开展各项工作。以网格为单位，组建帮教小组，针对刑满释放人员等级制定具体帮教措施，明确各小组成员职责，制定一人一档帮教台账。全覆盖式开展乡镇、村（社区）、帮教干部三方联评，提高帮教干部做群众思想工作的能力。全面抓好新型农牧民培训，组建专班研究制定了《昭苏镇新型农牧民培训学员档案》，涉及培训组织机构、学员管理办法、人员摸底表、就业人员登记表等 11 个方面，建立一人一档，完善学员个人信息。根据 13 个村社区办公阵地情况，开设了 9 个教学点，各村（社区）科学制订计划，整合优势资源，开展新型职业农牧民培训。严格按照"一季一主题、每月一走访、一月一活动、一周一联系"工作要求，积极搭建各民族文化交流平台，常态化开展民族团结"微行动"。

扎实开展升国旗、国旗下的宣讲、发声亮剑等活动，严格落实一岗双责工作机制，建立了镇党委班子成员定期汇报联系点工作制度。严格落实镇机关干部下沉村（社区）工作机制，选派镇干部 5 名常态下沉村（社区），将组织关系全部转入村（社区）统一由第一书记考核。认真落实学习制度，扎实开展"早派工、晚研判"会议，全面开展入户走访，及时化解工作中的各类矛盾。认真做好"四项活动"的排查和登记工作，采取多种措施解决群众关心的热点难点问题。截至目前，累计发放现金及慰问品约 6.8 万元。抓好"三会一课"，坚持民主评议党员和发展党员制度落实。

将全面从严治党工作与社会稳定和发展同谋划、同部署、同推进。督促党政班子成员对分管科室的党员干部在政治、思想、工作、生活等方面存在苗头性、倾向性问题及时运用"第一种形态"，让红脸出汗、扯袖咬耳成为常态，抓早抓小，防微杜渐。紧盯重点领域、重点环节、关键岗位，严肃查处政治问题和经济问题交织的腐败案件。坚持办案、整改、治理相结合，办案、监督、警示相贯通，深入挖掘个案背后的深层次问题和同类案件中的规律性问题，持续做好案件查办"后半篇文章"，抓好整改，建章立制、堵塞漏洞。围绕落实中央八项规定精神及其实施细则，坚决纠治执行党中央重大决策部署以及自治区党委、州党委、县委工作要求落实，涉及群众切身利益问题不担当、不作为，拖沓敷衍、推诿扯皮等"四风"问题。

昭苏镇作为县府驻地，条件得天独厚，广大干部群众像石榴籽一样紧紧抱在一起，唱响主旋律、凝聚正能量，为建设美丽家乡贡献力量。

风吹麦浪香两岸——洪纳海镇

　　"洪纳海"在蒙古语中意思是"大河"，洪纳海镇因洪纳海河而得名。秋天是洪纳海景色最美丽、农牧民最忙碌的季节。洪纳海河两岸的田野里，金色的麦子和油菜在清风下翻卷着浪花，收割机在农田里欢快地穿梭，扬起一缕缕黄沙般的尘烟。金灿灿的麦子、墨玉般的油菜籽晾满晒场，金疙瘩似的土豆堆积如山，到处都是一派喜气洋洋的丰收景象。

　　洪纳海镇位于昭苏县城西南郊，东面与昭苏县乌尊布拉克镇相邻，南与喀夏加尔镇相邻，北接乌孙山与察布查尔县相邻，西面与昭苏镇吐格勒勤布拉克村相邻。1950 年 4 月为昭苏县第一区，当时设有区公所，下辖 4 个乡。1959 年 8 月，撤区公所为第一人民公社，下辖 4 个大队。1977 年 11 月 29 日更名为昭苏县洪纳海公社。1984 年 3 月，撤社设立洪纳海乡人民政府，辖 9 个村民委员会。2019 年 8 月改为昭苏县洪纳海镇，下辖 9 个行政村。

　　洪纳海镇面积 224 平方公里，居住着维吾尔、哈萨克、汉、回、蒙古、柯尔克孜、乌孜别克、塔塔尔等 13 个民族。以农业为主，农牧业相结合，是城郊育肥和旅游业共同发展的一个镇。

　　撤乡建镇后，洪纳海镇各项社会经济事业迎来跨越式发展的新起点。他们按照国家相关政策，加大区域资源整合力度，按照土地资源集约优化原则，科学制定并认真执行总体规划，促进区域经济社会健康协调发展。

这几年来，洪纳海镇依托得天独厚的水土光热资源和优越的区位优势，科学有序地开发旅游资源，旅游基础设施建设、品牌形象、服务体系得到全面加强和提升，逐渐将镇域打造成昭苏县西部最美旅游乡镇和特色产品核心物源基地。

洪纳海镇党委书记杜鑫介绍说，洪纳海镇以前是全县出了名的穷乡镇，集体收入才十几万元，镇政府正常运转都成问题。新的领导班子走马上任后，摆在他们面前的工作可谓千头万绪、纷繁庞杂。俗话说："穿袄提领子，牵牛牵鼻子。"镇党委经过科学的走访调研和摸排，弄清了家底，明白了优劣，意识到要把蓝图变成现实、把目标落到实处，必须学会牵"牛鼻子"，抓工作抓到点子上。

杜鑫是"疆二代"，八〇后，祖籍陕西，他父亲来疆当兵，转业后分配到77团。杜鑫品学兼优，毕业于云南大学旅游文化学院。他干过很多岗位，经过多年历练，积累了丰富的经验，于2022年7月被任命为洪纳海镇党委书记。

杜鑫说，就当下形势而言，经济发展是第一要务，必须盯牢盯实居民收入、企业利润、政府财政"三个口袋"。这"三个口袋"是衡量经济效益的重要指标，各村"三个口袋"情况怎么样，哪个"口袋"鼓一些，哪个"口袋"瘪一些，领导干部心中要有一本账，经常翻翻账、对对表。

洪纳海镇没有景区，那就转短板为长处，集中精力做好旅游配套设施服务。他们结合区域优势，铺好道路，整好绿化，盖民宿、建宾馆、搞特色农家乐，盘活了集体经济，好的村子集体经济收入83万元，最差的村子集体经济收入也有48万元。镇党委想方设法开拓百姓的思路，让他们明白钱是怎么流动的，要怎么做好优质服务，才能把钱赚进口袋。

镇党委一干人趁热打铁，把柏油马路修到每家每户，把乡村路灯盏盏点亮，把游客留在洪纳海镇"吃住行"。百姓荷包鼓起来了，腰杆子便挺得笔直，胆子也壮了，各种风格的民宿和餐饮如雨后春笋拔地而起。洪纳海镇投资20万元以上的，已超过50家。其中一家私营业主，前后投入1000多万元，运营后每天能挣3万多元，不仅解决了当地就业难题，政府也增加了税收。

杜鑫感慨地说，侯陶书记到任后，昭苏县的干部有了很大变化，用三个字概括就是"转""改""严"。大家都找准了自己的位置，知道自己干什么、怎么干、想要达到什么效果。干部要坦坦荡荡做人，踏踏实实做事，不要吹牛，不要说空话和大话。不光干部要找到定位，群众也要知道自家的主导产业是什么，怎么才能发家致富。

工作方向定了，方法对头，有了好效果，干部群众就有了自信，干劲十足。2023年，洪纳海镇全力以赴推动民营经济健康发展、高质量发展。

重点推进项目建设。2022年续建项目1个，总投资660万元；2023年新建项目10个，总投资2611万元，合计11个项目3271万元。其中，产业发展类项目3个，总投资1879万元；基础设施建设项目2个，总投资580万元；第二批乡村振兴衔接资金项目6个，总投资812万元。同时，加快推进2023年第一批及第二批项目库申报，目前已补充项目库2批，申报项目20个。

结合洪纳海镇实际情况，制订种植业结构调整指导性计划，深入到田间农户了解农资储备情况，并按照县农业农村局要求摸排种植户小麦种子、化肥储备情况，做到情况明、底数清。全镇实有耕地有84340亩，其中高标准农田5000亩、水浇地10000亩、旱地69340亩。2023年农作物种植任务：小麦46679亩，油菜30491亩，其他农作物7170亩。2023年5月25日农作物播种已结束，播种面积为84340亩，其中种植：小麦52842.5亩，油菜18937.5亩，播种率达到100%；全镇农村人口10737人，2022年农民从事农业生产人均收入8871.33元，较上年收入增加354.04元，增幅6.7%。

全镇落实轮作耕地政策28324.5亩，为229户种植户发放轮作补贴资金424.8675万元；严格落实耕地地力保护政策为种植春小麦户发放每亩212元补贴，发放春小麦补贴1120.8万元，冬小麦补贴3.3万元；农村土地流转64531.5亩，其中机动地7601亩、家庭承包地56930.5亩，流转金额4314.4万元，平均每亩流转价格668.5元。开展昭苏县高素质农民培育项目培训，累计培训350名农民，进一步提高农民农耕技术；农机购置补贴拨付资金 22.49 万元，惠及百姓 18 户，补贴台数 21 台。

畜牧养殖工作有序开展。洪纳海镇现有马存栏数 5800 匹，牛存栏数 15973 头，羊存栏数 55014 只，家禽存栏数 6873 只。截至目前共有家庭农产 35 户，50 匹以上养马家庭牧场 12 户，50 头牛以上的养牛大户 15 户，30 头以上养牛大户 23 户；牛育肥户 40 户，500 只以上养羊育肥大户 2 户，300 只以上养羊育肥大户 3 户。上半年累计出栏肉牛 10024 头，出栏肉羊 2635 只，出栏肉马 1915 匹，上半年累计屠宰肉羊 1965 只，屠宰肉牛 265 头，肉类总产量达 115.762 吨。同时，注重牲畜疫情防控工作，派出参与人员有 20 人，疫苗接种率达到 98% 以上。

推进优质品种改良。洪纳海镇开设 4 座马配种点，开展畜禽采血布病检测工作，加强产地检疫，落实官方兽医产地检疫制度，依托无纸化防疫与动物检疫电子出证平台衔接，规范动物检疫，严格出证管理。截至目前产地检疫马、牛、羊 14085 头（只），屠宰检疫羊 1965 只、牛 265 头。

乡村振兴稳步实施，做好防返贫动态监测工作。洪纳海镇成立镇工作领导小组，严格落实"坚持动态监测、实时预警、未贫先防、突贫速扶、常态清零"的工作要求，结合每月行业部门推送疑点数据和各村入户走访情况及时进行研判分析，制定推进落实工作措施。

积极召开防止返贫监测帮扶集中排查动员部署会议，制定集中排查工作实施方案，组织冬春集中培训；召开了 5 次防止返贫致贫研判分析会议，按月完成行业部门推送疑点数据研判报告；扎实开展脱贫户、监测户和低收入户人均纯收入测算工作，建立监测台账并导入系统，完成农业户籍人口大数据自然增减 221 人，脱贫户增加 16 人，减少 32 人，完成制定脱贫户 365 户 1152 人、监测户 9 户 30 人"一户一策"帮扶台账。

做好家庭增收巩固提升工作。坚持群众主体、激发内生动力，坚持扶志扶智相结合，激励有劳动能力的脱贫人口勤劳致富按月将脱贫人口、监测对象务工就业人员进行月调度、月跟踪，建立就业台账。截至目前脱贫人口、监测对象中外出务工累计就业人员 368 人，其中公益性岗位 51 人，摸排脱贫户有技能培训需求 9 人，有就业需求 23 人，结合洪纳海镇现有 5 个产业类项目吸纳解决 9 名弱势群体就近就业；积极发展各村特色产业，充分结合"一乡一业""一村一品"农业产业和培育绿色、有机农产品品牌打造，有效开展家庭增收巩固提升行动，已申报4户有庭院经济发展需求的监测户发展庭院经济，缓解就业压力，增加家庭收入。

继续做好困难群体帮扶工作，宣传落实好洪纳海镇小额信贷工作要求。目前，共申请小额信贷脱贫户48户，共计217.4万元整。其中40人已审批通过，从新疆农商银行申请到贷款金额共计180.4万元。召开乡村振兴专题会议5场次，组织全镇专题学习2场，指导督促村级25次，各村开展乡村振兴惠民政策宣讲、感党恩听党话活动9场次，实地入户政策宣讲360余次，结合集中排查工作发放"明白纸"2700余份。

切实加强基层治理，做好特殊时段的维稳安保工作。配强内部安保力量，针对国家重大节日和重大会议活动，加大巡查力度、加密视频巡查频次，开展各类应急演练；在特殊时期，实行"日排查""零报告"制度。对全镇不稳定因素进行全面排查，对排查的重点人员建立三级包保制度，逐一建档立卡、分包到人、完全掌握，把矛盾消除在萌芽状态。

建立健全法律服务体系，建设洪纳海镇公共法律服务站及村公共法律服务室，充分发挥人民调解"第一道防线"的作用，深入排查矛盾纠纷，做到各种苗头隐患底数清、情况明，发现得早，化解得了，共受理矛盾纠纷32件，成功调解32件。

有效治理生态环境。按照乡村振兴的产业兴旺、生态宜居、乡风文明、治理有效、生活富裕的总体要求，洪纳海镇春季集中开展环境整治，制定了"村庄清洁行动"专项实施方案，垃圾运输车开始正常运行，基本实现了"户分类、村收集、镇转运"的运行机制。针对乡村环境整治项目进行监督检查，建立了环境整治志愿者服务队伍和稳定长效机制，督促各村整村推进乡村人居环境整治，完成巷道绿化美化亮化工作，利用周一升国旗和入户走访动员村民将院落打造成花园、果园、菜园、游园，助力美丽新农村建设。

不断增进民生福祉，做好困难群众帮扶。洪纳海镇户籍人口13175人，享受农村低保417户，703人；城市低保22户，30人；农村户籍残疾人共有283户，303人；城市户籍残疾人33户，36人；享受边贫县奖励扶助奖励金568人；发放困难群众慰问金260户，900人。开展城乡低保和农村五保户清理核查工作，调整了 16 户 39 人，新纳入低保的 32 户 49 人；发放社会救助资金城市低保金 113666 元；农村低保金 1383937 元；发放临时救助 8 人，13000 元，解决了弱势群体的临时困难；享受高龄补贴 88 人；享受残疾人两项补贴 323 人。

不断提升就业能力，对脱贫人口务工就业进行动态管理，摸排脱贫户就业情况，目前已就业 391 人，完成 3324 人次农村富余劳动力转移，发放 2023 年度第一批灵活就业社保补贴 45 人，390878 元；发放第二批灵活就业社保补贴 42 人，78131 元；申请创业担保贷款 4 人 75 万元。

加强公益性岗位人员动态管理，对合同到期公益性岗位人员及时办理退岗手续；城镇新增就业系统录入年目标 310 人次，截至 6 月已录入完成 248 人，完成了任务的 85%；打造村级劳务经纪人带动就业工作示范点，已完成 200 多人就近务工，增加家庭收入；积极参加"中国创翼"2023 年自治区创业创新大赛，并上报乌鲁昆盖村奶牛养殖发展创业青年，获得了优秀奖；打造洪纳海镇就业创业特色亮点 3 个；举办 2023 年春风行动暨就业援助月招聘活动 3 场次。

提升公共卫生服务能力。洪纳海镇共建立居民健康档案电子档案 11076 人；完成各种免费疫苗接种 2016 人次；完成体检人数达 5931 人，完成率达到 63.6%。

洪纳海镇党委不满足于已取得的成绩，他们针对自己的优势，进一步对村级产业发展进行科学调研，走访能人和致富带头人，广泛征求意见，重点围绕旅游服务、特色产业做文章。他们寻找新的发展路径，拓宽村级发展产业方向，力促村级产业振兴。

杜鑫说，因为洪纳海镇的定位是服务小镇，做好配套设施是当务之急。他们去年投入了 1 个亿，提供了很好的创业环境、旅游环境和投资环境。温州人小李三十出头，戴着眼镜，看上去文质彬彬的，在洪纳海镇考察一番后，当即投入 1000 多万元，建了 76 个木屋。7 月试营业，一上线就预订出去 46 个木屋，各地游客的热情出乎他意料。试营业一个月，收入就有 100 万元，木屋供不应求。李老板兴奋地说，明年他想扩大投资，预计投入 1500 万元……

暮色渐浓，我们也要回去了，身旁的洪纳海河平静地流淌着。它日夜奔腾不息，无私地滋润着两岸肥沃的黑土地。秋风过处，洪纳海最丰美的秋草场——巴勒克苏草原悄然换上了金装。成百上千的牧民告别大山深处的夏牧场，策马扬鞭，赶着膘肥体壮的牛马羊，奔向洪纳海的秋牧场，也奔向美好的生活。

悬崖河湾下的围栏——喀夏加尔镇

说起昭苏的夏塔古道，喜欢探险的人无人不知；然而，说起阿合牙孜大峡谷和荣登《中国国家地理》的蓝色梦境——阿合牙孜沟神秘冰洞，知道的人可能是屈指可数。

阿合牙孜大峡谷位于昭苏县喀夏加尔镇境内，千百年来，这里都是当地牧民的"冬窝子"。被誉为"桃花源"的阿合牙孜峡谷，全长 200 多公里，有 20 多万亩的天然高原草原，谷里冬暖夏凉，水草丰茂。每年 10 月，当地牧民便陆续赶着牛羊，转场到阿合牙孜沟越冬。

喀夏加尔镇党委书记亚森别克·阿合尔陪同我们走访了当地的牧民，他介绍说，每年在阿合牙孜沟过冬的牧民有 1 万多人，牲畜约有 50 多万头，是伊犁河谷最大的冬牧场。

喀夏加尔这个名字很有意思，哈萨克语为"悬崖上的围栏"，也有人说是"天然的围栏"，权威人士则译为"悬崖河湾下的围栏"。喀夏加尔地势高，南部为天山主脉，山势雄伟，宽厚高峻，是阻挡南疆塔克拉玛干沙漠热气流的天然屏障，是一个南西北三面高、东部略低的盆地。因此，土壤、气候和生物呈垂直分布明显，为农、牧、林三业用地的合理布局发挥优势，提供了较好的条件。

喀夏加尔镇位于昭苏县城以南 33 公里，面积为 407 平方公里，耕地

7.6 万亩、草场 29 万亩，平均海拔高度 1756 米。东与萨尔阔布镇毗邻，西与喀拉苏镇接壤，南靠阿克牙孜沟，北与洪纳海镇、昭苏镇相隔。全镇有 5 个行政村，其中 3 个农业村、2 个牧业村，居住着哈萨克族、汉族、回族、维吾尔族、东乡族等民族。

改革开放后，喀夏加尔镇经济社会发展取得了很大成就，人民生活发生了翻天覆地的变化。10 年前，有记者曾采访了喀夏加尔镇别迭村的牧民努尔拜，他感慨地说："小时候，没想到能有今天的好日子，现在的人难以想象原来的艰辛。这不能完全归于时间，而应归于生活在变好。"努尔拜向记者讲述了他家三代人的生活变迁，就拿转场来说，从老一辈人四季转场，到他们这一代已经变成了四季转三场，转场既不像他母亲那一代靠脚力，也不像他这一代靠马或者骆驼驮，而是用拖拉机。现在，拉草、割草他都使用拖拉机，已实现了半机械化。他儿子去县城办事或是走亲戚，不像他奶奶靠走路，也不像他靠骑马，而是开着小轿车，一眨眼就没影了。

10 年过去，喀夏加尔镇的经济发展和当地百姓的生活是否像芝麻开花节节高呢？我们跟随亚森别克·阿合尔走进喀夏加尔镇政府、克乌克加尔村、哈萨克民俗文化馆、天鹅湖、风景如画的望湖庄园，跟乡村干部交谈，跟农牧民闲聊，坐在毡房里喝着奶茶，吃着油馕，其乐融融，真真切切地感到喀夏加尔镇这 10 年的巨大变化。

尤其是努尔拜居住的别迭村，修建起了投资 1.2 亿元的小别迭旅游度假区望湖庄园。漫步其间，只见形状各异的次生林相互交织，流水潺潺，花香鸟语，欢声笑语不断。来自乌鲁木齐市的游客崔帅说："进来一看，确实比我想象的要美很多，小桥流水，绿树成荫，给人一种心旷神怡的感觉。在这里，可以让自己的节奏慢下来，我下定决心在这里多玩几天。"

小别迭旅游度假区望湖庄园一期项目已投入使用，建有树屋、船屋、接待大厅、餐厅、游泳池、木栈道等设施，可接待游客 400 人，多样化的功能设施充分满足了游客个性化游玩需求。逐渐完善的康养旅游配套设施，不断提高避暑康养品质和游客体验。

亚森别克·阿合尔介绍说，望湖庄园立足"生态＋旅游＋康养"定位，进一步提升旅游可玩度，推出徒步研学、野蘑菇采摘、篝火晚会、野骑穿越、哈萨克民族家访等趣味活动，增强各地游客的体验感和满意度。

亚森别克·阿合尔是哈萨克族，八〇后，出生成长在巩留县。他的家庭是教师之家，父母和妻子都是老师，他也当过一年老师。后来他考上公务员，到特克斯工商局一干就是 10 年，历任工商局局长、组织部副部长等职。2018 年亚森别克·阿合尔通过干部交流到昭苏县担任组织部副部长，接着调任夏特柯尔克孜族乡主持工作；2020 年 4 月，亚森别克·阿合尔被任命为喀夏加尔镇党委书记，正值疫情期间，当时工作压力很大。作为一名少数民族干部，还是镇党委书记，政治意识一定要很强，敢于担当排头兵，既要"喊破嗓子"，更要"甩开膀子"，以"咬定青山不放松"的精神干工作，抓出经济成效。疫情后，他每天想的就是，怎样利用现有的条件，让老百姓富裕起来。

喀夏加尔镇主导产业是特色种植、特色养殖和特色旅游，如何围绕着特色产业做文章呢？镇党委经过实地考察和调研认为，只有打造特色品牌，才能形成核心竞争力。乡村特色产业的发展离不开特色品牌的打造，要把重点产业做强做大，形成品牌效应，使乡村特色产品具备强有力的核心竞争力，以强劲的势头促进乡村全面振兴。

喀夏加尔镇的主要种植作物是小麦、油菜、食葵、甜菜等，是昭苏县小麦和油菜种植大镇，在加大高标准农田建设力度和产业结构调整后，提高了产品标准，推广应用新技术、新品种、新模式，结合旅游风景观光带建设，扩大观赏类经济作物种植面积，在重点旅游环线引导群众打造了 1.8 万亩油菜花海观光带，发展休闲农业旅游观光产业。

喀夏加尔镇的特色养殖这几年办得有声有色，如森塔斯村立足资源优势，把羊产业作为发展现代畜牧业、促农增收的主导产业来抓，他们养殖的萨福克羊闻名遐迩。萨福克羊体躯强壮、高大，背腰平直，颈长而粗，胸宽而深，是体形最大的肉用羊品种，具有早熟、繁殖率高、适应性强、生长速度快、产肉多、肉质好等特点。

兴一项产业，活一地经济，富一方百姓。森塔斯村以发展特色主导产业为重要抓手，按照"基地＋养殖户"的发展模式，拓宽了群众增收渠道，让群众的钱袋子鼓起来，实现增收致富。

喀夏加尔镇围绕县委提出的目标任务，结合实际情况制定了自己的工作任务。他们依托马配种站优势，引进优质纯血种公马5匹，马人工授精240匹，完成220匹，完成率91.6%。依托喀夏加尔镇赛马场优势，组织各类赛事，提高品种马知名度来实现提高价值，以前每匹马5000元左右，品种马能卖到15000元，极大地提高了老百姓养殖积极性，为发展马产业夯实了基础。

做好牛品种改良工作。喀夏加尔镇设置固定配种站3个，流动配种站9个，牛人工授精任务4300头，已完成4376头，完成率101.8%，通过优质冻精产出来的牛犊，每头售价10000元左右。采购一批奶牛改良工作用的器械和设备。

做好羊品种改良工作。近年来开设小畜配种站1个，羊人工授精完成4036只，完成率100%。为积极推进小畜肉用羊经济高效和乔达多胎红羊繁育，兽医站发动组织群众到种畜场引进德克塞尔种公羊、哈萨克公羊18只，乔达多胎红羊5只，并积极办理相关补贴。

喀夏加尔镇在马、牛、羊品种改良上引导群众、服务群众真抓实干，得到了广大群众的好评，从而提高了老百姓养殖积极性，让老百姓得到了真正实惠，助力昭苏马产业发展，同时做好牛羊品种改良，增加存栏数，改变传统的养殖方式来扩大规模，增加养殖大户、家庭牧场、养殖示范户，来带动更多的群众通过畜牧业发展增收致富道路。

喀夏加尔镇发展迅猛的是特色旅游。他们近年通过招商引资签订两个旅游建设开发项目协议，打造玉湖旅游景区，投入资金2.7亿元，一期总投资5500万元，现已投入运营，每天接待游客四五千人。玉湖在蓝天白云下像一条绿飘带，吸引许多游人前来拍照打卡。江苏徐州游客郭玉秀说："玉湖像翡翠一样镶嵌在天山深处，美得让人心醉。我们在观景台上拍了很多古装的视频和照片，赢得了无数网友点赞。"

"天鹅堡"庄园旅游项目总投资8000万元，由新疆北骓清澜旅游开发有限公司投资建设，是集游泳池、鱼塘、木栈道、房车基地等配套附属设施于一体的大型旅游项目。为喀夏加尔镇打造旅游小镇奠定了坚实的基础，使当地农牧民通过从事旅游增收致富、开辟新的就业岗位，为乡村振兴依托旅游快速发展开辟了新的渠道。

另外，每年 11 月底，位于喀夏加尔镇克乌克加尔村附近的天鹅湖，都会有成群结队的天鹅前来越冬。它们身姿优雅、体态婀娜，时而优雅地看向远方，时而引吭高歌、觅食嬉戏，展现出人与自然和谐共生之美。很多踏雪赏景的群众，纷纷拿相机捕捉天鹅游弋的美妙瞬间。

镇长井曦纬说，喀夏加尔镇的支柱产业是农牧业，但重点是旅游业。目前，他们开发的小别迭旅游度假区望湖庄园和玉湖旅游景区已成为昭苏县乃至伊犁州的项目典范。

喀夏加尔镇全力通过"以商招商""委托招商"等多种形式开展招商引资，引进一批投资规模大、产业层次高、科技含量高、带动能力强的龙头骨干企业。他们紧盯重大国家战略和上级政策支持方向，围绕乡村振兴、生态环保、基础设施、社会民生等领域谋划包装一批项目，全力争取上级政策性项目资金。

喀夏加尔镇着力保障和改善民生。他们积极落实防返贫动态监测及帮扶工作机制，聚焦脱贫户、三类户、低保、残疾、大病及收入低于15000 元一般户，开展收入测算，及时掌握收入状况，对存在风险隐患人员及时采取相应帮扶措施。持续加大脱贫人口劳务输出力度，统筹用好公益性岗位，帮扶脱贫人口和监测对象共就业 64 人。

喀夏加尔镇克乌克加尔村以前是自治区级贫困村，现已实现脱贫。为巩固脱贫成果，防止返贫，镇党委和昭苏县市场监督管理局针对该村很多村民因为家中老人孩子无人照顾"出不去"的问题，在就近就业上想办法、出实招。他们在该村创立"小巴扎"，土鸡、土鸡蛋、绿色蔬菜、酸奶、馕饼、新鲜牛奶等村民自家农副产品和特色美食成为"小巴扎"上的畅销品，为近 20 户贫困户开辟了收入渠道。

喀夏加尔镇是一个以哈萨克民俗为主体民族的旅游小镇，哈萨克族占比超过 90%，汉族、回族、维吾尔族、东乡族、柯尔克孜族等约占10%，小镇哈萨克民俗文化浓郁，历史悠久。全镇各族群众手足相亲、守望相助，在经济发展上互助，在生活空间上互嵌，在文化传承上互融，共同建设和谐美丽的幸福家园。

快马扬鞭不负春韶——喀拉苏镇

4 月末，春暖花开，喀拉苏镇阿克萨依村人喊马嘶，热闹非凡，当地正举办"一马当先　畅享草原牧歌"赛马活动。精彩纷呈的赛马、民族歌舞表演等吸引了很多群众和游客观光赛事，体验民俗风情。绿草如茵的草原上，少数民族群众自发表演的歌曲、舞蹈节目精彩纷呈。农牧民和游客欢聚一堂、欢声笑语不断。这是喀拉苏镇为丰富各族群众文体生活，全面推进乡村文化振兴的一项内容。

赛场上，骑手策马扬鞭，你追我赶，紧张刺激的比赛赢得了观众一阵又一阵的喝彩加油。观赛区，村民支起烤肉架和售卖摊，热情地售卖自制的特色食品和手工艺品，借此增加收入。

近年来，喀拉苏镇通过开展独具特色的乡村文体活动，打造乡村旅游品牌，促进文化、体育、旅游深度融合，在为乡村旅游发展增添活力的同时，让更多农牧民融入旅游产业链，共享全域旅游发展带来的红利。

喀拉苏镇党委书记魏勇介绍说，他们镇是昭苏县面积最大、人口最多的乡镇，位于昭苏县城西南 48 公里处，东南与喀夏加尔镇相邻，西与察汗乌苏蒙古族乡毗邻，北隔特克斯河与农 4 师 77 团相望。喀拉苏镇下辖 8 个行政村，面积 1901.41 平方千米，可耕地面积 8.4 万亩，优质草场103 万亩，森林面积 3860 亩，林带面积 32956 亩。农作物以小麦、油菜、大蒜、马铃薯、蚕豆为主；畜牧业以饲养马、牛、羊为主。

喀拉苏源自蒙古语，意思是黑水。"喀拉"的意思是黑色，"苏"是水、溪流或河流。喀拉苏镇党委副书记莫传亮解释说，当地的河流含沙量大，河水颜色较深，看上去像是黑水，故此得名。莫传亮祖籍山东济宁，爷爷那一辈远赴阿勒泰谋生，将家安在了福海县，他算是"疆二代"。莫传亮毕业后，到水利局干了6年；2017年10月，他到喀拉苏镇任副镇长，2020年任党委副书记。

莫传亮陪同我们参观了阿克萨依村，这是一个以哈萨克族牧民为主的自然村。这个民俗村里大多是哈萨克族毡房和原生态的木屋，屋里陈列着琳琅满目的草原民族工艺品，哈萨克族妇女熟练地刺绣、弹羊毛、擀毡子、做花毡、做奶疙瘩和酥油等，还能品尝奶茶、特色熏马肉、熏马肠、马奶等特色美食。

喀拉苏镇深入挖掘哈萨克族传统生态文化，依托昭苏县全域旅游西环线的中心位置优势，以"文旅兴镇"为靶向，以"一站两翼三点"（一站即中心驿站，两翼为阿克萨依民俗村寨、阿合牙孜特色村寨，三点指东邻特克斯河湿地公园、西邻夏塔景区、南邻昭苏玉湖的连接点）为核心，充分利用丰富的自然风光、风土人情、民俗特色等生态文化资源，着力打造集餐饮、购物、休闲观光、野外宿营、哈萨克民俗体验于一体的乡村休闲观光体验驿站——阿克奇民俗村。他们通过大力发展旅游业，为当地100多名困难群众提供了就业岗位，促进增收致富；依托民风民俗与乡村旅游的有机融合，切实走出了乡村振兴"新路子"。

喀拉苏镇尝到了"甜头"后，凝心聚力抓项目强产业，发展活力更加强劲。他们依托产业基础和优势资源，把产业发展作为推动乡村振兴高质量发展的重要抓手。积极争取各类项目资金，发展高标准农田建设、高标准养殖棚圈建设等一批产业支撑项目，得到群众"点赞"。他们抓紧抓实农牧业发展，10.16万亩农作物颗粒归仓，小麦亩产、价格均创历史新高，3.2万亩高标准农田建成投用；完成马、牛、羊配种、疫病防治、疫苗接种等年度目标任务，马、牛、羊存栏量分别增长，农牧业发展呈现提挡增加。大力推动食用菌、黄芪产业、阿克齐旅游民俗产业发展提档升级，吸纳带动就业近200人，经济发展短板不断补齐，脱贫攻坚成果不断巩固，乡村振兴基础不断夯实。

喀拉苏镇坚持把"生态宜居"作为乡村振兴的重要支撑，农村人居环境呈现新面貌。他们投资1649万元，新建人行道3.8公里、路缘石7.6公里，绘制文化墙5公里，新建防洪渠2.3公里、卫生厕所168座，安装路灯60盏。践行习近平生态文明思想，持续打好"蓝天、碧水、净土"保卫战，全面落实"河（湖）长制"，镇村两级河长全年巡河361次，组织广大干部群众开展植树造林活动，完成植树造林任务50亩，种植各类风景树9517棵，成活率90%以上。

喀拉苏镇牢固树立"以人民为中心"的发展理念，大力兴办民生实事，不断增进人民群众的获得感、幸福感、安全感。聚焦巩固脱贫攻坚成果同乡村振兴有效衔接，对全镇脱贫人口实时监测，制定一人一策帮扶措施，通过发展种植养殖业、外出务工、本地就业增加收入，守住了不发生规模性返贫的底线。喀拉苏镇公共服务保障水平不断提高，全民免费健康体检工程深入实施，脱贫人口医疗保障制度全覆盖，脱贫户、低保户、"三类户"基本医疗保险、养老保险参保率达100%，各族群众健康和卫生水平显著提升。

喀拉苏镇坚持把就业作为最大的民生工程，依托冬季农闲大力培训农村劳动力，让每个富余劳动力都学会一技之长，安排他们就近就地就业，或是有组织转移就业，努力实现"大培训"后"大就业"的目标。他们始终秉持教育优先发展理念，教育事业稳步推进，办学条件不断改善，教育教学质量实现大幅提升。

喀拉苏镇以社会稳定和长治久安为根本，以推动高质量发展为主题，以做好民族宗教工作为重点，以改善民生为动力，以乡村振兴为保障，奋力开创喀拉苏镇高质量发展新局面。他们给自己定下的目标是：全镇生产总值同比增长7.5%，一般公共预算收入同比增长13%，社会消费品零售总额同比增长13%以上，力争农牧民人均可支配收入增长11%。

魏勇感慨地说，实现上述目标，是喀拉苏镇各族人民的共同期盼，也是广大党员干部的光荣使命，大家时刻保持清醒头脑，准确把握发展方向，适应新常态、蓄力新征程，顺应人民群众新期待，以严、深、细、实的作风，披荆斩棘，勇往直前，做好各项工作。

日前，喀拉苏镇持续加大乡村道路美化、绿化、亮化等基础设施建设力度，建设美丽乡村，缩小城乡差距，勾勒出一幅地域特色明显、乡土风情浓厚、和谐宜居美丽的乡村面貌。

白色草原星空小镇——阿克达拉镇

　　昭苏县七镇三乡，每个乡镇都有自己的看家风景。"天黑看星空、刮风放风筝、下雨追彩虹"，已成为阿克达拉镇巴勒克苏草原的招牌和游客网红打卡地。

　　阿克达拉为哈萨克语，意思是白色的平原。巴勒克苏草原是阿克达拉镇朱万托别村的夏牧场。这里水草丰美，野花遍地，随处可见奔跑的骏马和成群的牛羊。经过这些年的基础设施建设，巴勒克苏草原解决了水电等难题，投资纷至沓来，成了游客休闲放松的场所。

　　梦与星空露营基地的老板是个锡伯族美女，叫韩丽娜，她介绍说，5月草原上天气转暖，草长得绿油油的，各种野花盛开，五颜六色非常好看。六七月是草原风景最美的季节，全国各地乃至外国游客都来了。白天可以骑马在辽阔的草原上驰骋，夜晚可以躺在星空房欣赏满天繁星，尽情享受慢节奏的生活。

　　梦与星空露营基地挺过三年疫情，迎来了好日子。现在每天有200多游客入住，忙的时候，韩丽娜要聘用20多个服务人员。露营基地既有住宿，也有餐饮，游客白天望着白云喝咖啡，夜晚围着篝火喝酒，别提多惬意了。有一对来自瑞士的夫妻，带着两岁的孩子来到梦与星空露营基地，赞叹说，这里的风光很美，很像家乡瑞士。

朱万托别村党支部书记那斯甫哈孜·加哈甫江说，过去守着草原，牧民只知道放牧，如今通过县委和政府"点石成金"，这片草原变得越来越"火"，牧民的日子越过越好。

阿克达拉镇位于昭苏县城东南 35 公里处，东与特克斯县毗邻，南与特克斯河交界，西与萨尔阔布镇相连，北与昭苏县种马场、乌尊布拉克镇相交。是昭苏县以农作物、果木为主的农牧业产区，全镇土地总面积 1042 平方公里，其中耕地 7.76 万亩、草场 36.78 万亩。

阿克达拉 2015 年撤乡建镇，由汉族、哈萨克族、回族、蒙古族、柯尔克孜族等 7 个民族组成，下辖 11 个行政村。

阿克达拉镇依托优良的生态环境和区位优势，将草原文化与乡村旅游融合发展，丰富旅游业态，提升服务质量，推动旅游产业提质增效，助力乡村振兴。他们连续举办草原文化旅游季系列活动，旨在以文化旅游为媒，以草原盛会为介，喜迎四方宾客，共享发展成果，奋力推动经济社会高质量发展。

阿克达拉镇党委书记王璐说，为了更好地服务群众，他们成立了巴勒克苏党群服务中心，聚焦以人为本的核心理念，发挥党建引领基层社会治理，确保哪里有群众哪里就有党的工作，哪里有党员哪里就有党组织，实现党建引领、服务群众、发展旅游、带动产业、增收致富的目标，形成牧区党建特色品牌和一张草原旅游名片。

阿克达拉镇党委结合巴勒克苏牧区实际，把畜牧业基础打牢的情况下，由党支部牵头建立巴勒克苏劳务合作社，对服务劳动力集中分批分技能培训，储备劳动技能人才。依托转场季节，通过稳定就业一批、带动发展一批、就地转移一批，结合牧区旅游业发展，解决当地群众就近就业。

成立旅游发展合作社。整合旅游资源，由合作社集中经营，为游客提供民族特色餐饮和住宿，既可增加村集体经济收入，也可让群众有事干，有钱赚，实现游客观光旅游和体验旅游双享受，群众主导产业和从事三产双增收。

激活草原夜间经济。结合星空帐篷、露营基地、党群服务中心，营造夜间彩灯氛围，打造成为草原不夜城，实现夜间经营，激发夜间经济，让夜晚的巴勒克苏草原绚丽多姿，吸引更多游客拉动经济发展。

建立特色产品销售区。在旅游扶贫项目一期、二期中间，建立旅游产品销售摊位，由巴勒克苏旅游合作社牵头，围绕农特产品销售点、烧烤小吃营业点，不仅增加就业岗位，对外出租增加村集体收入，更是为草原的牧民提供生产生活用品，为游客提供生态优质农牧产品。

提供创业就业岗位。争取项目资金，修建创业就业产品销售区，增加10个摊位，第一年免费为附近群众提供就业平台。由合作社购买产品分装机、包装盒、包装袋，提供给附近群众使用，帮助群众将奶制品、蜂蜜、农家蒜、土鸡蛋、食用菌菇、手工果酱等土特产分装包装，方便游客品尝、购买和携带，增加销售量，提高群众经济收入。

增加群众牧业附加值。发挥周边150户的牧民作用，建立家庭民宿，建设文化舞台、骑乘马队，为游客提供牧民生活体验、转场文化体验、篝火晚会、奶制品制作体验等。

巴勒克苏党群服务中心是党建引领基层治理的"牧区红色驿站"，让基层党组织战斗堡垒强起来，让党员先锋作用发挥起来，让广大农牧民群众参与起来，共同打造基层治理的幸福同心圆。不断增强人民群众获得感、幸福感、安全感稳步攀升，走出了一条具有新时代特色农村牧区社会治理创新之路。

阿克达拉镇常务副镇长陈勇潮介绍说，与其他镇相比，阿克达拉镇的旅游资源不是很丰富，却是昭苏县光热资源最好的一个镇，气候温和，宜农宜牧，以农为主。阿克达拉镇地势低，是个盆地，很适合种甜菜。这里的甜菜产量高，个头大，糖分高，经济效益好，市场保有量大，有望将阿克达拉建成甜菜基地。

说起"甜菜经"，陈勇潮思路大开，话语滔滔不绝。当地农民种植甜菜已有15个年头，经验十分丰富，目前已形成了规模。昭苏县有14万亩甜菜，阿克达拉镇种植甜菜7.2万亩，要是在昭苏建糖厂，不仅能降低运输成本，带动县上财政收入，还能增加农户的收入，这是大家都得益的事情。

甜菜种植绿油油的，像是一块绿色的画布，可以跟多种农作物搭配起来，如油菜、向日葵等，各种颜色相辅相成构成美丽的图案，形成强烈的视觉效果，起名"遇见梵高"。邀请国内的摄影爱好者拍照，借助昭苏县的各种活动，扩大影响，成为网红打卡地，促进经济发展。

这几年，阿克达拉镇甜菜种植产业快速发展，他们依托"保险＋期货＋订单"模式，为农户提供"保底收购订单＋价格上涨收益保障"，解决销售渠道和价格风险问题，实现了风险保障闭环，进一步促进乡村振兴，保障农户稳定增收。

阿克达拉村甜菜种植户蔡文峰2023年种植了1000亩甜菜，从2021年开始"保险＋期货"试点项目的落实，让他吃了定心丸，用"小投入"实现"大保障"。

陈勇潮介绍说，全镇95%以上的耕地都种植甜菜。在中粮公司和昭苏县政府的大力支持下，他们成功在昭苏县最先试点了甜菜"期货＋保险"。农户有了比较大的收入的增长，基本上是国家承担80%的保费，农户承担20%的保费。阿克达拉镇会继续积极与糖厂进一步对接，让农户进一步增收致富，调动他们种植甜菜的积极性。

在采访中，我们发现阿克达拉镇的领导班子很有特点，年轻化、高学历、思维开阔、胆大心细、敢想敢干。镇党委书记王璐毕业于北工院，常务副镇长陈勇潮是北大研究生，副镇长刘子豪毕业于新疆大学。

阿克达拉镇领导班子团结一致，坚持不懈推进乡村全面振兴。他们坚持农业农村优先发展，聚焦守底线、抓发展、促振兴，巩固拓展脱贫攻坚成果，有序推动宜居宜业和美乡村建设。严守防止返贫底线，保持帮扶政策延续，确保脱贫人口就业规模稳中有增。聚力乡村产业发展，持续强化扶贫资产后续管理，确保经营性资产增值保值、公益性资产规范有效、入户类资产持续发挥效益。

健全完善衔接资金项目联农带农机制，确保创业孵化基地项目年内建成投用。深入实施乡村建设行动，主动对接援疆帮持、后盾单位帮扶等资源，推动农村水电路网基础设施提档升级，持续实施以农村厕所革命为重点的农村人居环境整治提升5年行动，新建户厕43座，打造改厕示范村2个，全力做好东部城乡一体化供水工程服务保障，稳健有序解决民生领域欠账，不断完善乡村基础设施和公共服务供给。

用心用力改善民生福祉。坚持以人民为中心的发展思想，不断满足人民日益增长的美好生活需要，切实让发展成果更多更公平地惠及全民，不断提升各族群众获得感、幸福感、安全感。

坚持把就业作为最大的民生工程，确保年内新增就业不少于 200 人，转移农村劳动力不少于 3500 人次。深入实施"健康昭苏"行动和爱国卫生运动，加强公共卫生服务建设，持续做好全民健康体检。深入实施全民参保计划，加大社会保障扩面参保力度，实现全民养老保险、基本医疗保险参保率稳定在 95% 以上，低保、残疾人等困难群体参保率 100%。全面落实城乡低保、医疗救助、临时救助、孤儿和残疾人补助等社会救助政策，加强对弱势群体关心关爱，兜牢基本民生底线。树牢安全发展理念，深入实施安全生产专项整治三年行动，突出抓好道路交通、消防安全、食品药品等领域安全隐患排查整治，消除安全隐患，坚决守住不发生重特大安全事故底线。

持续加强党的基础建设。始终把党的政治建设摆在首位，严守党的政治纪律和政治规矩，坚持用党的创新理论武装头脑、指导实践。严肃党内民主集中制和"三重一大"请示报告制度，规范议事规则和决策程序，不断增强各级党组织和党员干部政治判断力、政治领悟力和政治执行力。锻造坚强的干部队伍，严格落实从严管理干部各项规定，加大村干部招聘、培养力度和村级后备干部储备工作，落实好年轻干部培养锻炼，确保全镇干部真抓实干、砥砺奋进。

坚持以创建"五个好"标准化规范化党支部为抓手、以打造"四个合格"党员队伍为载体，切实强化党组织的职能作用。充分发挥人大、政协、群团各界力量优势，广泛协商、广纳群言、广聚智慧，全面推进全过程人民民主，构建全镇同携手、齐奔跑、共追梦的生动局面。

阿克达拉镇强化党建引领作用，切实把党的组织优势转化为乡村振兴发展优势，他们不定期组织各村第一书记、党支部书记外出观摩学习，为村级产业发展，活思想、找路子、谋办法，着力在村级产业发展、环境综合整治、乡村治理水平等方面拓宽思路、转变观念，确保学有所获、心有所悟。

金黄色的宝地——萨尔阔布镇

12 月初，萨尔阔布茫茫雪原上，一场扣人心弦的雪地叼羊大赛拉开序幕。来自萨尔阔布镇各村的马队在一声号令下，扬鞭催马，呼喊着捞起雪地上的羊只，你追我赶地奋力疾驰，在群众的呐喊声中尽情享受速度与激情……

昭苏县萨尔阔布镇持续举办雪地赛马、叼羊、姑娘追等特色活动，让各族群众畅享冰雪世界中赛马运动的魅力。萨尔阔布不光夏秋季节风光美丽，冬季也有独特的韵味。萨尔阔布通过举办更加丰富多彩的冰雪旅游活动，吸引各地游客感受冰雪魅力、体验滑雪激情、领略冬日美景。

昭苏被称为雪域高原，开展冬季冰雪运动条件得天独厚。近年来，昭苏县开展"体育＋民俗"的主题活动，既是冬季群众文化生活的重头戏，也成为推动昭苏县冰雪旅游发展的重要载体。萨尔阔布镇根据自身实际情况，发展自己的冰雪旅游，积极引导农牧民在旅游服务领域创业、就业，以旅游新业态拓宽增收新路子。

萨尔阔布镇党委书记杨芳是个心气很高的人，对已有的成绩还不太满意，她说，萨尔阔布镇与其他乡镇相比，还是有点儿落后。要想迎头赶上，就要有知耻而后勇的胆识。尽管萨尔阔布旅游资源不丰富，但要有发现"金山"的火眼金睛。经过这两年的挖掘开发，他们要将旅游业作为支柱产业，因为他们有这个底气。萨尔阔布不仅要在冬季跟游客有一场"冰雪骑缘"；还要在夏季邀请游客欣赏雄奇壮丽的"云端草原"，唐僧西天取经路过的"水帘洞"；9月深入多浪峡谷，饱览色彩斑斓的深秋美景。

杨芳向我们盘点了萨尔阔布镇几大旅游景点，风景优美的阿合牙孜沟，飞流直下的库尔库勒德克水帘洞风景区，雄伟壮丽的多浪峡谷，云雾缭绕的"云端草原"，风光秀丽的库别太库勒湖，刻有神秘岩画的萨甫尔特萨依沟，历史悠久的萨尔阔布古墓群和阿乌子古墓群。萨尔阔布镇规划以"云端草原"为龙头，一线三个景区，带动当地经济蓬勃发展。

9月下旬的"云端草原"已是旅游淡季，但天高地阔，秋色正浓，满目都是好风景。为了让我们体验云端草原的壮美，杨芳书记特意调派了一辆四驱越野车，司机是位经验丰富的退役军人。刚下完秋雨，道路泥泞崎岖，因为地势较高，越野车咆哮着艰难爬行，一路颠得我们七荤八素，不亦乐乎。沿途牧草泛黄，牛羊成群，骏马嘶鸣着像一阵风疾驰而过。

颠簸了一个多小时，越野车在山顶平坦的草原上停下，眼前的风景美得令人窒息。天空湛蓝，白云悠悠，山谷里的林木五彩斑斓，对面山巅白雾缭绕。云端草原与天山相连，延绵天边，站在山顶可俯视昭苏全境，大有"会当凌绝顶，一览众山小"的气势。

杨芳不辞辛苦陪我们东奔西跑，她的脸被高原紫外线晒得黑红，她却不以为意，乐呵呵地说，她已经习惯了忙碌的工作节奏，一般工作人员都受不了这种强度。因为杨芳干事泼辣、雷厉风行，有人给她起了"拼命女三娘"的绰号。杨芳老家在甘肃民勤县，父母五六十年代来疆，她出生在昭苏，妥妥的"疆二代"。因为父亲去世早，她初中考了中专，想早点儿参加工作，减轻母亲的生活负担。中专毕业后，杨芳成为一名农税员，她一步一个脚印，在基层乡镇干了23年，辗转过5个乡镇。她的人生信条是，在每个岗位上都要实现自己的人生价值，为官一任，造福一方。

杨芳2021年调任萨尔阔布乡担任党委书记，她考察调研一番后，许下诺言，乡里要开银行、建广场、村村通公路，许多人听了都摇头嗤之以鼻，说她这是吹牛不上税。作为一个共产党员，就要迎难而上，更要一诺千金，取信于民。杨芳动用了一切力量和人脉资源，跑细了腿，磨薄了嘴，萨尔阔布乡终于有了银行，大家纷纷竖起大拇指。紧接着，广场建起来了，村里的公路铺好了，群众向她投来敬佩的目光，对乡党委和政府的决策大力支持。一些农牧民富裕了，家里买了车，可加油很不方便，杨芳又放下豪言，要在萨尔阔布建加油站。

经过 4 年的努力，2024 年 6 月 1 日，萨尔阔布镇首个加油站正式奠基建设，预计 11 月底投入运营。这个加油站位于莫因仓村辖区，由昭苏县捷通能源有限公司投资建设，项目建设用地 2976.13 平方米，建筑面积 600 平方米，站内配备了加油机 4 台，以及 30 立方米油罐 4 座，能够确保油品储存和供应的安全稳定。

开工仪式上，萨尔阔布镇各族群众分别向镇党委、政府和企业赠送感谢锦旗。莫因仓村村民杨忠原说："随着生活条件越来越好，我们对农耕车辆和私家车的需求也增大了，镇党委、政府为民着想，引进企业建设加油站，让我们加油更方便、快捷，为他们办实事、办好事点赞。"

杨芳感慨万千，高兴地说："当前，萨尔阔布镇正是乘势而上、高质量发展阶段。在县委、县人民政府及有关部门的大力支持下，加油站开工建设，建成投入使用，将有效改善辖区能源供应状况，为农牧业、乡村旅游和交通运输等领域提供强有力的支撑，赋能乡村振兴提质增效。"

萨尔阔布镇位于昭苏县东南方，距县城约 48 公里，毗邻天山以北，海拔 1788 米，东与特克斯县毗邻，西与喀夏加尔乡接壤。1951 年设萨尔阔布乡，1977 年建公社，1984 年重设乡，2023 年 11 月撤乡建镇。

萨尔阔布是哈萨克语，意思是"黄色的宝地"。全镇总面积 468 平方公里，地形为群山环抱的高纬山间盆地，辖区内有萨尔阔布片区和苏吾克托海片区，萨尔阔布片区位于盆地内，土壤肥沃，气候宜人。全镇由哈萨克、汉、回等多个民族组成，下辖 7 个行政村，以畜牧业、农业、旅游业为主导产业。

2023 年，萨尔阔布镇预计农牧业产值达到 2.8 亿元，年均增长 12%；全社会固定资产投资达 1.8 亿元，增长 65%，招商引资到位资金 5000 万元以上，增长 60%，人口自然增长率控制在 9.5%，城镇居民失业率控制在 5.5% 以内，力争农牧民人均可支配收入达到 1.65 万元。

萨尔阔布镇坚持生态优先、绿色发展，加快建设特色产业持续调优种植结构。严守耕地保护红线，扎实推进莫因仓片区及苏吾克托海片区高标准农田项目建设，鼓励群众主动参与土地集体流转，逐步实现零散土地集中、高效、科学化规模化种植，提高农田土地收益。调整优化种植业结构，大力推广种植小麦、油菜等农作物，助推农业产业多元化发展。落实粮食安全责任，保量完成粮食轮作及 2.05 万亩小麦种植任务，实施完成 0.46 万亩高标准农田建设项目，推进粮食稳产提质。按照三调规划，按要求完成粮油种植任务，充实防雹站工作人员并购进 200 枚火箭弹，确保做好农业秋收工作。

持续加快畜牧转型。抓实牲畜品种改良工程，聚焦实施乡村振兴战略，坚持用产业化发展思维经营牧业，完善"企业＋合作社＋农户"模式，以农副产品深加工为重点，延长畜牧业产业链，提高产品增加值。抓好牛集中组群冷配，利用牧业集中区、村队周边的集体草场，实施整村推进、多村联合等方式集中冷配。积极扩大人工授精覆盖面，发挥小畜配种站作用，实行哈萨克羊、德克塞尔羊等优质种公羊集中采精、分散输精的人工授精模式，开设羊配种站 3 座，鼓励有条件的农牧民实现羊二年三产的目标。做好宣传教育工作，通过观摩会、培训会等方式引发积极性动员农牧民群众从州外引进品种牛、羊和优质种公马。争取阔额尔墩村家禽养殖项目投入使用，完善两个活畜交易市场功能作用，规范交易服务管理，打造畜牧大乡"特色牌"。

持续推进全域旅游。围绕云端草原、库尔库勒德克水帘洞等景点，争取上级项目支持，在莫因台卡点建设停靠点、旅游厕所等，升级完善功能区建设。借助苏吾克托海民宿项目，大力开发民俗旅游手工艺品，形成特色产业，依托农村电商平台、新时代广场夜市，拓展农副产品、哈萨克族民俗传统手工艺品等销售渠道。落实全民兴旅战略，引导农牧民开办农家乐、组织骑乘马队、导游服务等参与全域旅游发展。充分挖掘冰雪资源，招商引资萨尔阔布镇"野雪"建设项目有关工作，围绕"冰雪风光、冰雪体育、冰雪奇趣、冰雪民俗、冰雪美食"等推出系列冬季旅游产品和旅游路线，全力推进"冷资源"向"热经济"转化。

坚持精准施策，持续推进乡村振兴措施扎实开展扶贫工作。严格按照县乡村振兴局的要求，严把收入测算质量关，采取"逐表审核＋抽查入户核实"的方法，扎扎实实做好年度收入测算工作，确保辖区所有农户收入测算不漏算、不漏项、不务虚。

保持主要帮扶政策、措施持续稳定，持续强化教育、医疗、住房、饮水保障，对易致贫返贫人口做到"早发现、早干预、早帮扶"，全面落实各类就业帮扶措施，确保帮扶措施精准、收入测算真实有效、风险消除符合标准和实际情况，持续增强脱贫群众内生发展动力，让有劳动能力的脱贫人口人人有活干、人人能就业，提高生活水平。

重点抓好农村富余劳动力转移就业、困难群体帮扶就业，千方百计去实现"应就业尽就业"。持续开展好农牧民就业技能培训，优化培训课程，增设社会需求量大、就业机会多的培训项目，提高劳动力就业竞争力，通过发展现代化养殖业、旅游业、特色养殖，实现产业带动就业。

做到社会保障机制落实到位。进一步提高社会保障水平，严格落实城乡居民最低生活保障动态化管理机制，切实做到"应保尽保、应退尽退"，坚决遏制村的"关系保""人情保"、低保从事干部近亲属违规享受低保等现象。持续加大两项保险征缴力度，力争城乡居民医疗、养老保险参保率95％以上，完善困难群众、残疾人医疗救助和临时救助制度，确保农牧民群众病有所医、老有所养、弱有所扶。保障退役军人、妇女、儿童合法权益。

全面贯彻党的教育方针，巩固发展免费义务教育、国家通用语言文字教育政策取得的成果，加强控辍保学工作，确保学前教育毛入园率、义务教育巩固率、高中阶段教育毛入学率分别保持在99.5％以上、98％以上、98％以上。有效衔接家庭教育、社会教育、学校教育，牢固树立"教育改变命运""乡村振兴，教育必先行"意识，不断提高农牧民子女升学率、文化水平。

抓好乡村环境改善。新建生活垃圾中转站，规范村民庭院养殖，禁止使用高毒、高残留农药，推广使用有机肥，减少农药化肥施用量，有效解决农村生活垃圾、污水、畜禽养殖、化学肥料等污染问题。积极引导农牧民群众搞好院内、院外卫生，形成村民互相监督，以保持干净整洁为荣、乱丢垃圾为耻的社会风尚。

抓好基础设施转型升级。以推进脱贫攻坚与乡村振兴有效衔接为目标，持续加大基础设施建设力度，下大力气实施好人居环境整治、美丽乡村、加油站、滑雪场等一批惠民生的好项目，持续做好自来水改造项目，进一步提高群众生活质量，为"十四五"规划开好局、定基础。

坚持依法治理，全面维护社会和谐稳定扎实做好群众工作。坚持运用法治思维和法治方式开展工作，长效化落实分类施策、亲情恳谈、政策宣讲、释法宣教、情绪疏导、排忧解困和管理工作，把工作做到群众心坎里。充分发挥"党支部＋网格长＋联户长＋党员群众"的管理模式，强化四本白皮书、惠民政策的宣传，切实增强人民群众"五个认同"。

进一步深化民族宗教工作。坚持以社会主义核心价值观为引领，以促进满足群众文化需求和增强群众精神力量为落脚点，巩固发展民族团结，依法加强宗教事务管理，铸牢中华民族共同体意识。常态化开展"民族团结一家亲"和民族团结联谊活动。深入推进宗教事务管理，巩固提升驻村管寺工作成效，不断加强宗教人士教育管理，持续深化"去极端化"工作，共同维护宗教领域和睦和谐的良好局面。

坚持清廉执政，切实加强政府自身建设，旗帜鲜明讲政治。坚持用习近平新时代中国特色社会主义思想武装头脑、指导实践、推动工作，坚持把政治建设放在首位，不断提高政治判断力、政治领悟力、政治执行力，自觉在思想上、政治上、行动上同以习近平同志为核心的党中央保持高度一致，不折不扣地把党中央、自治区、自治州、县委、县人民政府决策部署和乡党委安排的工作落在实处。

在采访中，萨尔阔布镇镇长努尔克力得·哈那哈提说，萨尔阔布是个风水宝地，他们要抢抓项目建设和招商引资两大重点，大力招引项目、全力促成项目、主动服务项目，为推动经济高质量发展夯实基础、积蓄后劲。他更希望萨尔阔布的冰雪旅游能像哈尔滨一样火爆起来，欢迎各地游客来赏雪景、滑野雪、看天鹅、品美食。

涓涓细流浇灌新生活——乌尊布拉克镇

乌尊布拉克因泉水而得名,为哈萨克语,意思是源远流长的泉水,也可译为涓涓细流。乌尊布拉克镇位于昭苏县城以东 13 公里,平均海拔 2018 米,和洪纳海河隔岸相望,东部与特克斯接壤,南部与阿克达拉镇接壤,北倚乌孙山同察布查尔县隔山相望,国道 577 环绕镇南侧,S220 省道横贯镇境。

乌尊布拉克镇面积 852 平方公里,草场面积 48.25 万亩,耕地面积 4.66 万亩。冬长夏短,没有明显的四季之分;春秋湿润、寒冷、多雾,盛夏多雷、多雨、多冰雹。水力资源丰富,境内属特克斯河水系,有大洪纳海河、小洪纳海河、巴勒克苏河、科博河、切特米斯河 5 条河流。

乌尊布拉克镇下辖 6 个行政村,4 个社区,2 所卫生院,有哈萨克族、蒙古族、汉族、维吾尔族、回族等 15 个民族,经济以农牧业为主,旅游资源得天独厚。其依靠昭苏东大门优势,大力推动全域旅游,现已形成了民宿集群,尤其是哈勒哈特村,依托阿腾套草原、万亩油菜花、阔克萨依风景区、彩虹新村等旅游资源大力推动旅游业,在省道旁打造"彩虹小巴扎",游客进入昭苏县就能感受到游牧人家的独特风情,让游客领略到草原的恬静与壮美。

位于乌尊布拉克镇哈勒哈特村的云堡牧场这几年声名鹊起,成为深度游驴友的最爱。整个牧场占地 2000 亩草场，是一个将昭苏自然风光、县域文化、高产养殖与现代旅游结合的综合体牧场。配套猎户座野奢帐篷 21 顶，散落于草原深处；独立卫浴、智能马桶以及星级酒店标准配置，在草原上也能拥有度假感。精选的草原溜达鸡和野生羊肚菌，味道鲜美，回味无穷。

在这里，可以骑骏马驰骋在草原深处，观绚丽花海、碧草连天；在这里可以看远山相连，云海翻滚，朝夕云雾缭绕；坐在毡房外，喝着香喷喷的奶茶，看日出日落；白天独享千亩草原的辽阔与自由，夜晚倾听鸟叫虫鸣，身心放松，神驰八荒。

乌尊布拉克镇党委书记刘勇说，哈勒哈特村利用优美的自然风光，全力打造乡村特色民宿、农家乐，各族群众搭上旅游的快车实现增收致富，形成了产业与乡村共舞、民宿与村民共荣的乡村旅游发展新气象。

刘勇 2017 年调到乌尊布拉克镇任职，一干就是 7 年。他感慨地说，这 7 年来，他全身心地投入工作，几乎没有休息过，患上很严重的痛风病，也只能咬牙硬挺着。因为乌尊布拉克镇干部队伍年龄偏大，基础设施薄弱，百姓经济收入低，要改变这种状况，唯有大刀阔斧事必躬亲。他上任之初，曾向领导立下军令状，一年之内，不改变现状，不把干部作风扭转好，他就辞职不干了。

县委、县政府领导很支持刘勇的工作，将乌尊布拉克镇纳入县城的整体规划，这让他信心倍增。刘勇先把干部队伍建起来，培养他们创业干事的意识；然后集中精力抓基础建设，解决了乡村的路、水、电等问题，生活环境得到了极大的改善，干部群众心往一处想、劲往一处使，一门心思奔小康。

刘勇祖籍四川南充，父母 20 世纪 70 年代来新疆谋生，落户在昭苏阿克达拉。他十三四岁时从老家投奔父母，因为家里穷，初中毕业时考取了云南昆明的一所中专。刘勇中专毕业后，回到昭苏县成为一位人民教师。后来，县委、县政府招考秘书，刘勇以优异的成绩考取了公务员。干了 6 年的秘书，组织上派刘勇到夏特柯尔克孜族乡担任党委副书记。

刘勇告诉我们，乌尊布拉克镇很能锻炼人，从这个镇走出了一批干部，陆续成为各乡镇的一把手。他将当地产业分为三大块：农牧业、加工业和旅游业，通过这些年的培育和孵化，三大块均有斩获。乌尊布拉克镇被农业部授予"三评一标"油菜基地，以油菜加工为主的国家农业产业强镇，以哈勒哈特村为龙头的旅游名村。7 年前，乌尊布拉克镇百姓年均收入万元左右，现在年人均纯收入 1.8 万元。

刘勇感慨地说，成绩来之不易，经验弥足珍贵。眼下，乌尊布拉克镇经济发展任务艰巨，还存在一些问题，如发展模式简单粗放、一产质量不高、二产规模不大、三产不优不强，产业规划滞后、结构单一、基础薄弱，经济总量小、竞争力不足。这些问题，需要引起高度重视，要在今后的工作中采取更加有力的措施，认真研究加以解决。

2023 年社会大局持续稳定，经济社会发展稳中有进，社会治理法治化、现代化水平进一步提升，乌尊布拉克镇预计实现生产总值 22605.34万元，增长 7.5%；农牧民人均可支配收入增长到 20956 元。

乌尊布拉克镇贯彻新发展理念，在推动经济高质量发展上下功夫。

农业发展抓效益。全面落实永久性基本农田特殊保护制度，全力保障 1.5 万余亩高标准农田建设验收，全力抓好粮食生产，落实藏粮于地、藏粮于技战略，稳住粮食种植面积，种植面积稳定在 4 万亩左右，其中小麦 2.7 万亩。特色作物种植面积 4000 亩左右，其中贝母 3000 亩、香紫苏 500 亩、油葵 400 亩以上。

依托自治区财政扶持农机化发展项目，在东升村建立绿色高效油菜生产全程机械化技术核心示范区 500 亩。充分发挥东升村 5540 亩滴灌高产小麦制种示范基地引领作用，投资 700 万元实施智慧农业项目。支持草原油脂、盛康面粉等涉农企业按照"公司 + 合作社 + 基地 + 农户"的产业化模式，优化新型种植模式，加大绿色、有机、无公害优质粮油品种引进推广力度，创建高产高效示范田 1 个。加强土地流转政策指导，特别是乌尊布拉克村要做好土地流转工作。坚持绿色有机发展方向，引导发展蜂产业、设施农业等特色产业，积极争取项目资金，集中连片推进蔬菜大棚老旧蔬菜设施改造提升。

畜牧发展抓转型。坚持生态优先、草畜平衡、绿色发展理念，持续推进牲畜品种改良，优化畜群畜种结构，抓好动物疫病防控，大力发展马产业、哈萨克肉用羊的品种改良工作，年内计划完成牛冷配 6100 头、羊改良 3200 只、马改良 300 匹。加快推进规模化养殖、集约化经营，鼓励引导农牧民圈舍饲养和半舍饲养，逐步推进规模化、集约化、标准化养殖。力争年内马、牛、羊最高饲养量分别达 1.5 万匹、2.1 万头、10 万只。

旅游发展抓提升。以打造昭苏县旅游目的地为目标，依托城郊镇的优势，以发展生态旅游、文化旅游为主导，努力打造农业示范区和智慧农业旅游观光、科普教育的科技示范园。在羊场片区、马场片区和哈勒哈特新村，鼓励和支持各族群众大力发展民宿、农牧家乐等，年内力争新增精品民宿民居、农家宾馆、农（牧）家乐、客栈等 20 余家。

项目建设抓带动。牢牢抓住项目建设这个牛鼻子，全力谋项目、跑项目、争项目，用项目夯实乌尊布拉克镇高质量发展后劲。聚焦基础设施、高标准农田、道路交通等亟待解决的短板问题，争取一批服务群众农牧业生产、推动全镇产业发展的项目落地建设。严格执行项目前期、中期和后期管理工作，积极谋划项目，按照既定的要求做好项目设计、招投标、施工监管、项目验收等工作，做到每个项目都有领导负责，全面了解、及时解决项目建设过程中面临的突出问题，主动提前衔接，帮助扫清障碍，缩短项目建设周期，力争开工项目当年建设，当年完工，当年见效。

推进文化润疆，在铸牢中华民族共同体意识上做好文章。

坚持把铸牢中华民族共同体意识纳入国民教育、青少年教育和社会教育，引导各族群众牢固树立休戚与共、荣辱与共、生死与共、命运与共的共同体理念。

充分发挥基层党组织、第一书记、驻村工作队、驻村管寺干部、教师和广大党员干部作用，利用爱国主义教育基地、"铸牢中华民族共同体意识"主题教育、新时代文明实践中心等教育资源，广泛开展主题鲜明、生动直观的宣传教育，教育引导各族群众铸牢中国心、中国魂。

持续深化群众性精神文明建设，常态化开展文明单位、文明村镇、文明家庭创建工作，创建率达 60% 以上。扎实推动党史学习教育常态化、制度化，引导各族群众知史爱党、知史爱国，不断坚定中国特色社会主义共同理想、增进"五个认同"。坚持用社会主义核心价值观铸魂育人，完善思想政治工作体系，全面推进习近平新时代中国特色社会主义思想进教材、进课堂、进师生头脑，推动中华优秀传统文化进校园。大力实施公民道德建设工程，积极倡导文明健康的社会风气，着力培育和选树一批先进典型，充分发挥其先进模范带头作用，有效助推社会整体道德水准和文明素养提升。

重点突破扶贫攻坚，在推进实施乡村振兴战略上夯实基础。

坚持把"三农"工作作为重中之重，推动农业农村工作提质增效、乡村宜居宜业、农民富裕富足。

持续开展防返贫动态监测帮扶。强化防返贫动态检测，组织开展常态化防返贫动态监测帮扶集中排查，乡村振兴办要做好统筹，联动社保、民政、医保等站所，指导各村社区坚持每月开展防返贫监测和帮扶闭环管理运行机制，实施"一户一策"开发式帮扶，做到动态监测、实时预警、未贫先防、突贫速扶、常态清零。各村社区要对所有农业人口加强收入监测，特别是乌尊布拉克村、哈勒哈特村脱贫人口较多的村，落实产业就业等帮扶措施，努力增加脱贫人口及监测对象收入，实现脱贫群众收入增速高于全镇农民收入增速目标，缩小脱贫群众与其他农民群众差距，脱贫人口工资性收入高于58%。完善并落实兜底保障政策，持续巩固提升教育、医疗、住房和安全饮水保障成果。

继续加大就业扶持力度。压实帮扶干部结对帮扶和村常态化力量包联责任，紧盯富余劳动力，特别是脱贫户就业工作不放松，各村社区深入排查富余劳动力，发挥好身边人的引领带动，鼓励贫困户外出就业和自主创业，实现一户一人就业；重点推进乌尊布拉克村、木斯村、哈勒哈特村富余劳动力就业创业，实现巩固拓展期内一户不漏、一个不少。

坚决依法严厉打击林木乱砍滥伐现象，落实好草原生态保护补助奖励政策，继续抓好草畜平衡及禁牧工作，杜绝出现乱搭乱建、非法开垦现象。有序推进农村厕所革命，认真完成好10个村社区40户改厕任务。10个村社区要利用春季时节，继续实施植树造林工程，大力推进村庄绿化和植树造林、种花植草等活动，建设绿色生态村庄。

打好农村人居环境整治攻坚战。常态化开展爱国卫生运动，积极发动群众，利用每周五的时间常态化开展环境卫生整治行动，按片区按巷道将环境整治任务分配到乡村干部的头上，确保责任到人，积极引导群众定期主动参与环境整治，老乡片区 3 个村要在环境卫生整治上下功夫，常态组织群众开展好房屋四旁环境整治，彻底转变脏乱差的现象；马场片区 4 个社区要继续延续好以往的经验、做法，开展好绿化美化提升工作；羊场片区 3 个村要实行精细化管理，发动好各族群众每周常态化做好环境卫生整治，同时要做好绿化、美化工作，争取每条巷道都鲜花飘香。

以人民为中心，在持续保障改善民生上真抓实干。

实施扩大就业行动。把稳就业作为重中之重，强化技能培训和就业服务，突出抓好重点群体就业，依托乡村公共服务平台，实时发布就业信息，拓宽就业渠道。促进脱贫家庭新成长劳动力依托"雨露计划+"就业促进行动，实现充分就业。依托冬季攻势、科技之冬等形式载体，抓好乡村富余劳动力、家庭种养殖户从业人员技能培训，确保每家至少 1 人稳定就业，年内实现转移就业 40 人次，新增就业 80 人，实现创业带动就业，多渠道促进灵活就业。

实施社保扩面行动。扎实推进全民参保计划，加大社会保险扩面征缴力度，确保全镇基本养老保险、基本医疗保险参保率达 93% 以上。提升医疗保障水平，全面落实城乡低保、医疗救助、临时救助、孤儿和残疾人补助等社会救助政策，加强对弱势群体关心关爱，兜牢基本民生底线。

深入全面从严治党，在党风廉政建设上雷厉风行。

认真学习贯彻党的二十大精神和习近平总书记视察新疆重要讲话、重要指示精神，坚决捍卫"两个确立"，忠诚践行"两个维护"，在维护祖国统一、民族团结、反对分裂等重大原则问题上，始终做到头脑清醒、态度鲜明、行动坚决，始终按照习近平总书记和党中央指明的政治方向开展工作。全面落实"党旗映天山"主题党日活动制度全面落实，不断增强党员干部的政治"免疫力"。

锻造坚强的干部队伍。严格落实从严管理干部各项规定，充分用好关爱提醒、谈心谈话等手段，常态化开展革命传统教育、先进典型教育、警示教育等，持续提高各族干部群众思想自觉、政治自觉、行动自觉。加大村干部招聘、培养力度和村级后备干部储备工作，落实好年轻干部培养锻炼，坚持激励与约束并重、严管与厚爱结合，最大限度调动党员干部干事创业积极性，激励全镇干部真抓实干、砥砺奋进。

实施党建引领基层治理工程，健全自治、法治、德治相结合的乡村治理体系，推进乡村基层治理体系和治理能力现代化。多渠道壮大村集体经济，完成各村集体经济年增收既定目标，实现乡村治理和基层党建有钱办事。不断提升基层组织的服务效能，着力加强基层服务型党组织建设，聚集"访惠爱"驻村工作，着力构建便民服务、志愿服务体系，真正打通联系服务群众"最后一公里"。

谈起干部作风建设，刘勇感触很深，他动情地说，抓干部作风的初衷是爱护干部、教育干部，要严管厚爱。他不喜欢"老好人"似的干部，对有苗头性问题的干部不会"睁一只眼闭一只眼"。镇党委要向县委组织部推荐政治过硬、敢于担当、经得住风浪考验的少数民族干部，大胆提拔在关键时刻能够站出来、冲得上、顶得住、打得赢的干部。只有这样，才能踔厉奋发、勇毅前行，在开创新时代美好昭苏建设中贡献乌尊布拉克镇的力量！

走向幸福生活的阶梯——夏特柯尔克孜族乡

　　盛夏时节，昭苏县夏特（又名夏塔）景区因独特的自然景观、凉爽的气候条件迎来避暑旅游热潮，慕名而来的游客络绎不绝，漫步草原、松林中流连忘返，感受着如诗如画的生态美景。

　　夏特景区知名度最高的当数夏塔古道，被户外爱好者誉为国内徒步探险穿越十大热点之首。唐代高僧玄奘远赴"西天取经"，"过凌山到热海"途经的夏塔古道全长120公里，自古就有"天梯"之称，是连接天山南北的咽喉要道，2010年获批成为国家森林公园。2010年9月，夏塔古道以独特的自然景观和蕴藏深厚的文化底蕴被评为"中国最美古道"。

　　夏特是蒙古语"沙图阿满"的音译，为"阶梯"之意，现为夏特柯尔克孜民族乡政府所在地。夏特曾经是乌孙国的夏都，这里毗邻高峰林立的天山主脉，有烟波浩渺的特克斯河，夏塔峡谷则以该河的山口、古道、古遗址、民俗和自然景观组成了一个独具特色的古文化旅游区。

　　夏特柯尔克孜族乡党委书记陈盟盟驱车陪同我们游览夏特大峡谷，走访了当地的农牧民，跟游客愉快地攀谈，感受到景区这些年的巨大变化。陈盟盟说，为完善旅游配套设施和服务体系，丰富旅游服务内涵，夏塔景区以人性化、精细化服务为突破口，进一步完善旅游基础设施，丰富景区旅游特色产品，全面提升景区服务品质，让游客有更加满意的旅游体验。

来自杭州的游客刘女士说："第一次来新疆旅游，也是第一次来昭苏夏塔景区，这里自然生态美景很不错，游玩体验感也很好，无论是景区工作人员还是当地的人民，都对我们很热情。"

旅游旺季，夏特景区人手紧忙不过来，县委领导亲自组织志愿者前来服务游客。他们免费向游客提供奶茶、水果和民族服装，让远离家乡的游客有种宾至如归的感觉。努尔布拉提·吐依西别克乡长不辞辛苦穿行在景区，为各地游客提供热情服务。在一段山路上，他遇见一对老年夫妇愁容不展，正相互埋怨，忙走上前问候。原来老太太不小心摔了一跤，腿受伤无法行走，正发愁怎么办呢。努尔布拉提·吐依西别克二话不说，背起老太太硬是走了三四公里路，将她送到景区站点就医。老太太痊愈后，夫妻俩安全回家，打电话并写来感谢信，夸赞昭苏人热情淳朴，乐于助人，会介绍更多的朋友来游玩。

陈盟盟告诉我们，这样的事情数不胜数，他们就是要用真心和真情来打动游客。因为景区有些基础设施还跟不上，他们就用加倍的服务弥补这种缺憾。

陈盟盟是八〇后，祖籍四川省阆中，父亲17岁时到新疆谋生，落户在75团。因父亲多才多艺，吹拉弹唱样样都会，后来调到昭苏县粮食局工作。陈盟盟考取了四川师范大学，因故没有就读。他凭借着顽强的毅力，通过自学考试拿下法律专业本科文凭，又以优异的成绩考取了公务员。

2010年，陈盟盟来到喀拉苏镇上班，担任人民调解员，家长里短地天天跟农牧民打交道。有一年，为了调解农牧民之间的矛盾，他硬是在阿合牙孜沟待了半个多月，总算圆满解决了问题。在这期间，他学会了骑马，熟练了哈萨克语，交了很多少数民族朋友，积累了很多经验。五年后，陈盟盟被调到乌尊布拉克镇担任政法委书记；后来，陈盟盟又被调任县政法委当副书记。因工作表现优异，组织上决定让他挑起更重的担子，2022年7月，陈盟盟被任命为夏特柯尔克孜族乡党委书记。

夏特柯尔克孜族乡是昭苏县的重点乡镇，闻名遐迩的夏塔古道和夏特景区是昭苏县乃至伊犁州的"名片"，陈盟盟觉得担子沉甸甸的，压力很大，责任很重。县委书记侯陶看出了陈盟盟的心思，带领着县委主要成员来到乡政府，为陈盟盟加油打气。他给陈盟盟分析了夏特柯尔克孜族乡的优劣势，指明了今后的工作方向，夏特基础是农牧业，支柱产业是旅游业，特色是马产业。在保证大局稳定的情况下，全力以赴搞经济发展，带领群众奔小康。

陈盟盟热血沸腾，大受鼓舞，像是吃了定心丸，以饱满的热情投入到工作中。他牢记县委领导的三句话：站稳人民立场，要有系统思维，要实事求是。这成了他解决困难的方法论。

夏特柯尔克孜族乡位于昭苏县城西南 75 公里，总面积 1002 平方公里，耕地 6.8 万亩，草场面积 58 万亩。夏塔古道与南疆阿克苏地区相连，直线距离 190 公里，北边与哈萨克斯坦隔河相望，边境线长 15.3 公里。

夏特柯尔克孜族乡是一个以农牧业相结合的民族乡，共有 13 个民族，下辖 8 个行政村，包括 6 个农业村、2 个牧业村。海拔 1806 米，属典型的高原地形，四面高山环绕，形成独特的自然地理环境和气候特征，全年气温低，冬长无夏，春秋相连，没有明显的四季之分。日夜温差较大，秋季降温迅速，西伯利亚、乌拉尔山的冷空气经常入侵，冷空气活动频繁，由于气候和自然环境影响，各种自然灾害频繁，给农牧民群众生产生活造成极大损失和影响。

2023 年，夏特柯尔克孜族乡社会大局持续稳定，经济社会发展稳中有进，社会治理法治化、现代化水平进一步提升，生产总值达 42300 万元，增长 11%；农牧民人均纯收入增加 2020 元，达到 19800 元以上，各族群众生活水平大幅改善，幸福感、满意度明显提升。

为奋力开创夏特柯尔克孜族乡经济社会高质量发展新局面，广大干部坚持法治思维，在维护社会和谐稳定上开新局。坚定不移贯彻总体国家安全观，深入贯彻习近平法治思想，扎实推进反恐维稳法治化常态化，着力在依法、规范、精准上下功夫，推动反恐维稳工作由粗放治理、末端治理向系统治理、源头治理转变，工作方式从"大水漫灌"向"精准滴灌"转变，确保在"管住"的基础上向"管好"转变。把全面依法治乡要求落实到各领域，以法治手段巩固社会稳定成果，推动遵法学法守法用法在全社会蔚然成风。

　　夏特柯尔克孜族乡党委贯彻新发展理念，以满足人民日益增长的美好生活需求为根本目的，推动实现经济高质量发展。他们把增加农民收入作为发展现代农业的出发点和落脚点，坚持"藏粮于地、藏粮于技"的发展思路，实施促进农民大幅增收专项行动，推动夏特柯尔克孜族乡由农业大乡向农业强乡迈进。

　　夏特柯尔克孜族乡全面落实永久性基本农田特殊保护制度，全力保障 4.9 万亩高标准农田建设，全力抓好粮食生产和重要农产品供给，小麦种植面积稳定在 5 万亩以上，适度扩大油菜、蚕豆种植面积，不断提升粮油综合生产能力，确保种粮农民稳步增收。优化新型种植模式，加强土地流转政策指导，探索实施土地全程托管，适度推进规模化种植。坚持绿色有机发展方向，积极推进一村一品、一村一特，引导发展蜂产业、雪菊、设施农业等特色产业，千方百计助农增收。

　　夏特柯尔克孜族乡坚持生态优先、草畜平衡、绿色发展理念，持续做大做强畜牧业，优化畜群畜种结构，常态化抓好动物疫病防控，稳定存栏、加快出栏，持续推进畜牧业品种改良，保质保量完成县级牲畜改良任务。依托乡村振兴项目，建设优质饲草料基地 2.2 万亩，为畜牧业发展提供强大支撑。2023 年新建牛圈舍 20 栋 1.2 万平方米，配套建设挤奶厅、草料棚、青贮窖，力争品种改良牛集中养殖规模达到 2000 头。计划新建羊圈舍 2.8 万平方米，配套生活管理区、饲草加工区、污粪处理区及水电路等设施，力争年内羊养殖规模达到 2 万只。大力发展马产业，利用马配种站优势，繁育良种马，引进 3 匹纯血马和 1 匹肉马品种驻站采精，实施人工授精，积极对接马产业企业，建立"村集体股份合作社 +养殖户 + 企业"模式，拓展实现马产品市场销售渠道，推动马产业集中化、规模化、现代化发展。

　　夏特柯尔克孜族乡准确把握时代发展大势，以打造精品旅游目的地为目标，以发展生态旅游、文化旅游为主导，依托全域旅游"八大体系"建设优势，大力推进"和美夏特"旅游小镇建设。依托夏塔古道 4A 级景区辐射带动作用，按照"因地制宜、合理布局、突出特色、重点发展"原则，完成夏特柯尔克孜族乡吃住行、游购娱多元一体功能布局。探索夏特景区与旅游特色小镇"景镇合一"发展模式，加快游客服务中心、汽车露营地、民俗文化园等公共服务项目的申报，借助年内可运营的好物疆至、四美房车、竹马游学等旅游品牌，致力将夏特柯尔克孜族乡打造成游客集散、深度体验、服务和休整的乐园。大力发展旅游民宿，盘活玛热勒特村别墅区、上下别跌乎尔聚集区、索朗沟等优势资源，力争新增精品民宿民居、农家宾馆、农牧家乐、客栈等 10 家。

夏特柯尔克孜族乡坚持稳增长、促投资、保发展、惠民生的工作原则，借助 G219、G577 开工建设的契机，立足夏特柯尔克孜族乡区位优势、资源优势，紧扣文旅、农业、畜牧业等精准招商。丰富招商模式，借助本乡能人，积极构建人脉"智库"，搭建"连点成线、连线成面"招商关系网，在现有产业的基础上培大育强，推进以商引商。围绕企业需求，强化全过程跟踪，做好服务配套、项目配套，吸引招商项目落地。密切跟进乐牧、竹马游学等项目落地建设，好物疆至、四美文旅两个投产达效，力争全年招引落地资金 5000 万元以上。

牢牢抓住项目建设这个牛鼻子，全力谋项目、跑项目、争项目，用项目夯实夏特柯尔克孜族乡高质量发展后劲。聚焦文化旅游、高标准农田、规模化养殖、草场灌溉等亟待解决的短板问题，争取一批服务群众农牧业生产、推动全乡产业发展的项目落地建设。严格执行项目包联制度，一个项目一个领导包联，围绕项目争取、开工建设、竣工达产，全面了解、及时解决项目建设过程中面临的突出问题，主动提前衔接，帮助扫清障碍，缩短项目建设周期，力争开工项目当年建设、当年完工、当年见效。

夏特柯尔克孜族乡秉持"富规划、穷建设、留白未来"理念，加快编制乡村总体规划及控制性详规，优化提升乡村整体功能布局，致力打造"一环一带三区"新格局，充分利用本土旅游资源、交通资源、农牧资源，把乡村旅游景点和全乡重要节点串联起来，让游客体验丰富的风土人情和秀丽的自然风光，让农牧产品快进快出、提效增收，实现乡村全面振兴。

作为边境民族乡，夏特柯尔克孜族乡党委全面贯彻落实党的民族政策和习近平总书记关于"坚定不移走中国特色解决民族问题的正确道路"指示精神，以铸牢中华民族共同体意识为主线，形成各民族人心凝聚、精神相依、团结奋进的强大精神纽带。

严格落实党委民族工作主体责任，坚持把铸牢中华民族共同体意识纳入国民教育、青少年教育和社会教育，引导各族群众牢固树立休戚与共、荣辱与共、生死与共、命运与共的共同体理念。充分发挥基层党组织、村第一书记、驻村工作队、驻村管寺干部、教师和广大党员干部作用，利用爱国主义教育基地、"铸牢中华民族共同体意识"主题教育、新时代文明实践站（所）等教育资源，广泛开展主题鲜明、生动直观的宣传教育，教育引导各族群众铸牢中国心、中国魂。

2023年是巩固拓展脱贫攻坚成果同乡村振兴有效衔接承上启下的关键之年。夏特柯尔克孜族乡聚焦守底线、抓发展、促振兴，扎实做好乡村振兴有关具体工作，推动各项工作上台阶、见实效。他们按照防返贫各项工作部署要求，通过抓整改、建机制、促长效，确保过渡期内不发生规模性返贫。摸清底数，瞄准靶向，形成防返贫监测机制，精准识别易致贫返贫重点监测户，确保下一步精准救助帮扶有的放矢，切实做到致贫返贫风险早发现、早干预、早帮扶。坚持联动配合落实，积极与民政、社保等各部门配合，形成信息互通、共享、互助的机制。每月常规性开展"大调研、大走访、大排查、大研判"，摸排就业、收入、义务教育、看病就医、住房保障、安全饮水等情况，依托对口援疆、行业帮扶等资源优势，推动应对措施落到实处。

聚焦生态文明，在推动绿色发展上开新局。夏特柯尔克孜族乡党委全面贯彻落实习近平生态文明思想，树牢"绿水青山就是金山银山，冰天雪地也是金山银山"的理念，坚决扛起生态文明建设政治责任，努力实现生态环境保护和经济社会高质量发展双赢。他们有序实施全面节约战略，广泛开展节约型机关、绿色家庭等创建活动，积极倡导绿色低碳的生产生活方式，提高全民生态文明素养。深入贯彻落实国土绿化行动，加快实施退化林草修复等生态工程，全面落实林长制，完成采伐迹地更新500亩，退化林草修复150亩。

深入推进美丽乡村建设。持续推进农村人居环境整治提升五年行动，不断提升完善农村人居环境基础设施，扎实推进乡村绿化、美化，常态化开展村庄清洁行动，加强生活污水、生活垃圾整治，整体提升村容村貌，推进新时代美丽宜居乡村建设。加快推进农村政策，完成户厕改造292 户，打造农村户厕建设示范村 1 个。

以人民为中心，在持续保障改善民生上开新局。坚持紧贴民生推动高质量发展，牢固树立以人为本理念，不断满足人民日益增长的美好生活需要，切实让发展成果更多更公平惠及全乡各族干部群众，不断改善人民生活条件，增进民生福祉。把稳就业作为重中之重，强化技能培训和就业服务，突出抓好重点群体就业，依托乡村公共服务平台，实时发布就业信息，拓宽就业渠道。突出劳保促就业的积极作用，依托冬季攻势、科技之冬等形式载体，抓好乡村富余劳动力、家庭种养殖户从业人员技能培训，确保每家至少 1 人稳定就业，年内实现转移就业 3000 人次，新增就业 200 人次，实现创业带动就业，多渠道促进灵活就业。

实施教育提升行动。全面贯彻党的教育方针，紧扣"办好人民满意的教育"，确保适龄儿童和青少年就学全覆盖，持续改善办学条件，促进教育服务均等化。巩固学前三年免费教育普及普惠发展成果，推进国家通用语言文字教育，加强学校意识形态工作，不断改善办学条件，推动义务教育优质均衡发展，确保义务教育巩固率保持在 98% 以上，努力让每个孩子都享有公平而有质量的教育。

陈盟盟说，夏特柯尔克孜族乡各方面工作取得了一定的成绩，尤其是旅游产业日益成为推动经济发展的新引擎、新支点。夏特柯尔克孜族乡拥有昭苏县最大的旅游景区，有着丰富的旅游资源，要让全镇的农牧民吃上"旅游饭"，走上幸福路。

天山下美丽乡镇——胡松图哈尔逊蒙古族乡

推开窗户，巍峨的天山像一条绿色的巨龙横卧眼前；昭苏高原深远辽阔，绿草如茵的原野一望无际；蘑菇形状的白色的"蒙古包"，星星般点缀在茫茫草原上；远处缓缓移动的羊群，像是天上的朵朵白云；河谷湿地边缘，一匹匹"汗血宝马"不紧不慢悠闲地在草地上吃草。这如诗如画的场面，是昭苏"国际天马节"胡松图哈尔逊蒙古族乡分会场上的景象。

说起当地的"千里驹"，不能不提育马能人巴特尔。巴特尔以前从事外贸工作，有一次他在北京参观一家马匹养殖场时，得知引进马种或者经过良种繁育的马匹能卖出高昂的价格，他的心被触动了。巴特尔来自"天马之乡"昭苏，他出生成长在天山脚下，自打记事起，他就骑在马背上玩耍、放羊、牧马。巴特尔暗下决心，回胡松图哈尔逊蒙古族乡创办品种马繁育场。

经过十几年的摸爬滚打，巴特尔改良训练过的马匹在各种比赛中取得良好的成绩，有些买家愿意出十几万元买马。当地牧民发现经过良种繁育的马驹潜力巨大，便牵着自家母马，来巴特尔的种马繁育场进行人工授精配种。牧民叶尔克西高兴地说："改良后的马驹价格是未改良的5—8倍，我打算今年再多养几匹。"

巴特尔专门从事马品种改良工作，带动牧民通过良种马养殖增收致富。在巴特尔的鼓励和指导下，凭借良种繁育，有些牧民能增收 3 万元至 7 万元，实现"马"上致富。凭借"马"事业，巴特尔先后荣获全国农村青年致富带头人、"新疆青年五四奖章"等荣誉。

胡松图哈尔逊蒙古族乡党委书记万文涛说，他希望乡里涌现出更多的巴特尔，通过良种繁育培育出更多优质马，让更多牧民从马产业中受益，"快马加鞭"过上美好生活。

胡松图哈尔逊蒙古族乡原来叫天山乡，是个边境乡镇，也是距离昭苏县城最远的乡镇。胡松图哈尔逊系蒙古语，意为有桦树的泉水。老人介绍说，当地有一股泉水，流经两岸长有茂密的桦树林而得此地名。千年桦树林已成为胡松图哈尔逊蒙古族乡著名的旅游景点。

胡松图哈尔逊蒙古族乡成立于 1984 年，位于昭苏县人民政府西南方，距县城 91 公里，南部以天山主峰为界，与南疆温宿县隔山相望，北邻特克斯河，东与夏特柯尔克孜族乡接壤，西部到木扎尔特河。胡松图哈尔逊蒙古族乡面积 1027.4 平方公里，下辖 8 个村，由汉族、哈萨克族、蒙古族、柯尔克孜族、回族、维吾尔族等 12 个民族组成。

胡松图哈尔逊蒙古族乡属于大陆性温带山区，半干旱半湿润冷凉气候类型。地势南高北低，东西长、南北窄，边境线长达 29.1 公里，昭波国防公路穿境而过。其特点是冬长夏短，没有明显的四季之分，只有冷暖之别。春秋湿润、寒冷、多雾，盛夏多雷、多雨、多冰雹。年平均温度 2.9 摄氏度，全年无霜期平均为 98 天。年均降雨量达 511.8 毫米，为全疆之冠。

万文涛说，丰富的水力资源和充沛的雨量，使牧草业成为胡松图哈尔逊蒙古族乡新的经济增长点。他们充分发挥水土优势，有序推进草原畜牧业转型升级示范项目，加大饲草加工厂功能多样化建设力度，努力打造特色畜牧产业、优质畜草品牌。

近年来，胡松图哈尔逊蒙古族乡不断做大做强畜草业，持续发展紫花苜蓿草、饲用燕麦草等特色畜草的规模化种植，充分发挥特色产业"联农带农"作用。他们鼓励草业公司、种草大户带领群众人工种草、补播牧草，在阔斯托别村、阿克塔斯村牧区逐步扩大种植规模，苜蓿草、燕麦草、红豆草等优质畜草种植规模已达 3.8 万余亩，大量优质畜草销往南北疆各地，亩均增收达到 400 元。

2023 年，胡松图哈尔逊蒙古族乡牢固树立以人民为中心的发展理念，凝聚全乡各级党组织和广大党员干部的智慧力量，扎实推进"13531"重要工作举措：以大力实施乡村振兴战略为主线加快新型城镇化建设步伐，转型升级现代农业、马产业、畜草"三大产业"，围绕柳树沟、桦树林、喀拉布拉克、阿克塔斯、中心区进行招商引资和项目建设，实施党建"三大品牌"（红色边境党建、兵地融合发展、农村社区化服务），努力建设平安、和谐、富美的边境红色小镇，在开创新时代美好昭苏建设新局面中贡献胡松图哈尔逊的力量。

齐心协力抓乡村振兴，激活转型发展"新动能"。

胡松图哈尔逊蒙古族乡坚持稳中求进总基调，加快现代农牧业、畜草产业、马产业、旅游业建设步伐，全力助推经济平稳、健康发展。

提升农业发展质效。一是坚决扛牢粮食安全责任，建立领导干部包联粮食高产责任田，认真实施好高产增收三年行动，保障粮食种植面积，种植小麦 4.22 万亩、油菜 2.48 万亩，筑牢粮食安全底线。二是扎实推进春耕备耕工作，持续调优产业结构，年内特色作物种植达 8150 亩。三是扎实做好 3.2 万亩高标准农田高质量建设、高效率管理、高水平利用，按照实施的砂石道路和灌溉渠系，与涉及实施项目有占地的群众提前开展协调会，留足保障好作业面。建立干部监督包段责任制，派驻机关干部监督项目施工，监督好工程质量。四是加快农业科技创新，强化新型职业农民、农村实用人才队伍建设；推进农机装备更新换代，逐步淘汰 514 联合收割机，切实能够发挥农机化科技引领作用，形成机械化效能程度最大化。

全力做好重大水利工程建设。积极争取以工代赈 400 万元、专债 4000 万元建设木扎尔特灌区一分干渠重大水利工程，彻底解决年久失修和未建设的民心工程。积极争取 500 万元现代畜牧转型项目、310 万元乌宗卡因草场灌溉渠项目、300 万元乡村振兴衔接资金项目，力促乌宗卡因灌区水利工程落地建成。木扎尔特灌区和乌宗卡因灌区水利项目建成后，将大力提高农牧业生产水平，促进粮食增产、农牧民大幅增收。

加快发展畜牧产业。坚持"增牛、优马、稳羊、育特色"总策略，大力推进现代肉牛、肉羊产业发展，加快创建木扎尔特村、喀拉苏村育肥专业村，阔斯托别新疆褐牛、阿克塔斯肉用羊良种专业村，积极发展"良种繁育＋小户育肥"示范150户，力争马、牛、羊最高饲养量达1.75万匹、3.2万头、8.3万只。加快品种改良，强化马人工授精改良覆盖，加大牛冷配改良力度，促进农牧民养殖增收。积极争创阔斯托别村新疆褐牛养殖示范村，加快推进规模化养殖、集约化经营，完善标准化防疫体系，通过招商引资引进标准化规模化养殖小区1个，力争招商引资企业新疆牧康牧业一期9000万元年内投产见效。紧抓重大动物疫情防治不放松，落实重大疫病疫苗免疫，确保免疫率达到95%。

持续壮大畜草产业。全力打造阿克塔斯村、阔斯托别村畜草业示范基地，积极宣传引导群众转变"种草就是为了养畜"传统观念，鼓励群众广泛种植燕麦草、苜蓿、红豆草等商品畜草，通过致富带头人、种植大户示范带动开展规模化种植，进一步扩大畜草种植面积，力争今年种植面积达到1万亩以上。依托现有的10万亩水浇饲草料基地，利用现有的阔斯托别村饲草料加工厂，整合村庄内部的小作坊、小工厂，全力打造集饲草料打包、粉碎、仓储、销售一条龙服务，形成草料种植—草料加工—牲畜养殖—肉奶加工—市场销售一体化产业链条。围绕打造畜草种植、加工两个基地，村委会牵头成立昭苏县胡松图哈尔逊乡天山草业合作社，全力打造阿克塔斯村、阔斯托别村畜草业示范基地，与蒙牛、伊利、西域春、蒙义达等企业签订订单，努力打造特色畜草品牌。

积极推进旅游产业。通过宣传引导、氛围营造，充分调动群众参与旅游积极性，鼓励发展特色民宿、农牧家乐等服务行业，拓宽群众增收渠道，促进旅游服务水平提升。充分挖掘桦树林景点文化内涵，利用"牧歌昭苏"品牌影响力，办好办精"魅力桦树林"天马节分会场活动，围绕柳树沟野生花海、桦树林景点，通过招商、项目资金投入，不断完善停车场、公共卫生间、景点道路等基础设施建设。同时开发桦树林沟野骑经典路线，着力打造马文化休闲骑乘旅游体验基地，推进马产业与旅游业深度融合，提升旅游产品吸引力。

持续做好马产业。规范提升改造现有马配种站1座，大力推广马的高效养殖技术，积极引导群众精细化饲养方式。持续引进优质种公马，加快推进马品种改良工作，计划年内引进优质种公马 20 匹，逐步提升现有马的品质。积极创建阿克塔斯伊犁马专业村，鼓励群众成立良种马养殖专业合作社，不断扩大种群数量。积极申报项目，对现有赛马场进行规范化改造，常态化举办民间赛马活动，通过赛事带动提升马的价值，不断提高群众养马热情。

大力推进城镇化建设。坚持规划引领，年内计划完成全乡国土空间规划、阔斯托别村村庄规划编制工作，以规划推动经济社会高质量发展。力争投资 500 万元乡村振兴创业就业基地、商业街改造项目建成见效，借助 G577 "昭木公路" 项目东风，加快推进沿街房屋建设、改造，不断提升乡域整体环境。

胡松图哈尔逊蒙古民族乡有蜿蜒曲折的山间牧道，宽阔流淌的木扎尔特河，景色奇特的桦树林，绿草如茵的广袤草场，漫山遍野驰骋的骏马，更有令人神秘向往的高原湖泊努哈努尔 "绿湖"，微风吹来，绿波荡漾；风平浪静时，湖面如绿玉一般，湖边毡房如珍珠散落。清晨或是傍晚，绿湖白雾缭绕，犹如仙境。

胡松图哈尔逊蒙古族乡是 "高原明珠" 昭苏县最具有西域边陲草原文化和高原水域特色的人间宝地！

白水河畔美丽乡镇——察汗乌苏蒙古族乡

阳春三月，江南已是万物复苏，生机盎然，漫步在乡间，桃红柳绿的景色让人陶醉。2024年3月3日，雪域高原昭苏到处还是白雪茫茫、原驰蜡象的冰雪世界。这一天，伊犁哈萨克自治州昭苏县察汗乌苏蒙古族乡达力图村首届那达慕大会在察汗乌苏蒙古族乡赛马场开幕，来自博尔塔拉蒙古自治州、阿勒泰地区阿勒泰市、塔城地区乌苏市和伊犁州直各县市的160余名参赛选手在比赛中激烈角逐。

比赛分为射箭比赛、雪地赛马和搏克比赛。选手们身着民族服装，永不服输的竞技精神和精彩表现，赢得了现场观众的喝彩和掌声。

那达慕意为"游戏、娱乐、游艺"，是少数民族的体育盛会，随着时代的不断发展，已成为传统文化传承和体育产业发展的重要载体。察汗乌苏蒙古族乡达力图村首届那达慕大会涵盖了群众喜闻乐见的大众赛事项目，在传承和弘扬传统体育比赛和民俗文化中，为乡村旅游赋能添彩。

达力图村党支部书记迪丽娜说："那达慕大会深受新疆各族群众的喜爱，举办此次活动不仅是落实'文化润疆'工作的具体实践，也是推进文旅融合的重要举措，促进了传统体育文化弘扬和普及，进一步引导各族群众铸牢中华民族共同体意识，为体育事业发展贡献力量。"

昭苏县作为国家首批全域旅游示范县，依托优质的冰雪资源，致力于打造集冬季滑雪、森林康养、文化体验、休闲度假于一体的冬季旅游度假区，将昭苏"冰雪圣境、滑雪天堂"的冰雪资源优势向全世界展示。

作为昭苏县"滑雪天堂"的重要一环——汗腾格里滑雪场野雪公园位于察汗乌苏蒙古族乡南部天山山脉，将其打造为天山国际冰雪大区核心区、国际级的冰雪度假目的地、中国乃至亚洲单体和高差第一的雪场、国家级冰雪训练基地、伊犁州冰雪产业龙头。这里山地范围大，可开发规模较大，有效垂直落差较大，达到国际级。山体总体坡度适中，能开发出初、中、高比例适宜的滑雪道，山上积雪厚度可达 30—40 厘米，冬季覆雪景观效果良好，非常适合冬季冰雪运动及冰雪旅游休闲度假。

察汗乌苏蒙古族乡的雪期自每年 10 月至次年 4 月，雪期超 6 个月，融会了"雪季早、雪期长、雪质好、落差大、雪道长、风力小、温度宜、体感佳、生态优、环境美"十大特点，可开发高山滑雪、山地休闲度假、专业滑雪训练、游牧文化体验、冰雪度假、山地户外运动、冰雪节庆活动、全季研学、文旅会议培训等产品，可实现春嬉雪、夏探险、秋赏景、冬滑雪的一季一主题的四季旅游开发项目。

察汗乌苏蒙古族乡党委书记唐刚接待完投资商，匆忙赶来陪同我们参观察汗乌苏蒙古族乡的龙头项目——察汗乌苏蒙古族乡国际滑雪场。时令是秋季，山丘高低错落、延绵起伏，前山区与后山区自然相接、连绵不断，景色优美。唐刚兴奋地说，如果到了冬天，白雪皑皑，山丘错落有致，非常适合滑雪，完全可以和欧洲的阿尔卑斯山区比美，成为滑雪胜地。

为了这个项目早日落成，唐刚跑到阿勒泰考察调研，远赴加拿大滑雪胜地惠斯勒黑梳山参观学习，这里曾主办 2010 年温哥华冬季奥运会，以其广阔的滑雪区域和优质的雪质而闻名。唐刚不辞辛苦，亲自爬了 30 多个山头实地考察，还请来著名滑雪运动员提意见。他们打算请加拿大顶级设计师整体设计，项目计划一期投资 13 亿元。

察汗乌苏蒙古族乡系蒙古语，意思是白水河。察汗乌苏蒙古族乡位于昭苏县西南 56 公里处，距离天马机场 65 公里。毗邻天山以北，西与夏特柯尔克孜族乡、农 4 师 75 团接壤。距离国家 4A 级景区夏塔景区，中国十大经典徒步探险最热门、最具挑战的夏塔古道仅有 15 公里。

这里山水相依，草场肥沃，草原游牧文化历史悠久、内涵丰富。察汗乌苏蒙古族乡有汉代乌孙古墓遗址、唐代胡吐乎尔城堡遗址、唐代胡吐乎尔石人、元代肯拉力牧群遗址，是江格尔等三大史诗研究基地之一。全乡居住着哈萨克、蒙古、汉、维吾尔、柯尔克孜等13个民族，各民族相亲相爱，热情好客。

察汗乌苏蒙古族乡交通便利，国道577、国道219（连通南北疆昭温公路）、规划建设的伊犁州旅游环线S345在我乡交汇，交通资源极具优势，将成为南北疆旅游集散中心乡镇和交通物流中心乡镇。

察汗乌苏蒙古族乡依托国家4A级夏塔景区和自然景观优势，开发民族特色旅游资源，以原生态旅游和民俗风情游为主线，立足地缘优势，打造了云腾庄园、云泰酒店、霍图格尔木屋景观民宿等一批高品质酒店民宿和水磨坊美食广场、果园特色星级农家乐等，开发文化旅游、民俗旅游，制作民族特色产品助推旅游业发展，全力提升三产服务业，打造宜居宜游生态乡村。

2023年，察汗乌苏蒙古族乡全力稳经济，巩固稳中向好的发展势头。他们全面贯彻新发展理念，牢牢把握稳中求进工作总基调，立足新发展阶段，服务和融入新发展格局，构建具有察汗乌苏蒙古族乡特色、惠及各族群众、支撑高质量发展的产业体系，推动经济平稳健康发展。

推进农牧产业优化结构。以农业发展为基础，促进产业提升，牢牢守住保障国家粮食安全和不发生规模性返贫两条底线，围绕"稳粮、兴畜、促特色"发展思路，扎实有序推动乡村振兴取得新进展，促进农牧业规模化、产业化、市场化。坚决夯实粮食安全政治责任，落实最严格的耕地保护制度，大力推广优质高产粮食品种，完成小麦种植4.76万亩，油菜种植2.43万亩，大力发展特色种植业，种植甜菜0.133万亩、食葵0.33万亩、亚麻0.11万亩。同时开展粮食高产田创建工作，2名县包乡领导、11名乡村两级领导包联粮食高产田3036亩，粮食安全得到有效保障。稳步推进3.1万亩高标准农田建设，全力保障项目建设质量和进度，不断提升农业综合生产能力。以畜牧业发展为突破，促进产业增效，开展牲畜重大疫病防控工作，注射牛防疫疫苗11337头、完成率100%，羊防疫疫苗注射21064只、完成率99.7%。持续推进牲畜品种改良，提高生产效益，开放马配种站 5 座，目前组群马 775 匹，人工授精 775 匹、完成率 100%，已定胎 504 匹。牛配种完成 976 头、完成率 21%。

旅游产业提质增效。以旅游业为抓手，促进产业转型，以打造全域旅游环线上的冰雪小镇、冰雪训练基地为目标，持续完善云腾庄园民宿示范区配套服务设施，示范带动兵地农家乐、果园农家乐等精品农家乐品质提升，激发农牧民群众经营特色农牧家乐的积极性；组织培训 50 余名乡村两级干部当旅游工作志愿者服务队，与市场监督管理等单位联动，定期对餐饮行业卫生进行检查和培训，规范餐饮从业人员着装及行业服务用语，提升从业人员服务质量。坚持把招商引资作为"一号工程"抓实抓好，围绕旅游产业，通过项目包装、精准宣传等方式，发挥区位优势、资源优势，引进一批投资力度大、就业带动强、经济效益好的企业和项目落户察汗乌苏蒙古族乡。全面推进昭苏县冰雪训练基地规划设计工作和项目前期工作；正积极洽谈塔什尔纳村体旅综合体、新乌苏村高端生态园林酒店、巴尔格勒津村星空基地等招商项目，助力乡村产业提档升级，为经济高质量发展注入新动力。

全力推进项目建设。2023 年上半年实施项目 11 个，总投资 9179 万元，其中，中央财政衔接推进乡村振兴补助资金项目 2 个、以工代赈项目 1 个、一事一议项目 4 个、高标准农田建设项目 1 个、农村公路建设项目 1 个、安全饮水工程 1 个、配电网改造项目 1 个。紧盯时间节点、加快实施进度、保证建设质量，确保如期完成建设项目，其中，产业类项目孕马尿采集基地建设项目、生态家禽养殖场建设项目已完成工程量的 50%，草场灌溉渠建设项目已完成工程量的 70%；续建项目奶制品加工已完工，乡村振兴创业就业基地已进入装修阶段；一事一议项目已完工 1 个；县级实施的高标准农田建设、畜牧产业园、农村安全饮水巩固提升工程、车购税补助农村公路建设等项目建设有序推进；旅游产业发展及附属设施、五小工程、人居环境整治、新乌苏村办公阵地及旅游停靠点等 6 个项目积极办理项目前期手续。

倾力惠民生，办好群众受益的实事。牢固树立以人民为中心的发展思想，做到问需于民、问计于民、问效于民，倾力暖民生、增福祉。就业技能培训力度持续加大，累计开展各类培训 10 场次 417 人，就地就近转移就业（州直）2113人、疆内跨地区转移就业25人、向兵团转移4人。开展脱贫户就业情况摸排，制定就业帮扶措施，并梳理本地就业岗位，帮助解决就近就地就业岗位115人。

坚持把社保惠民摆在更加突出位置，健全乡村两级医疗卫生服务体系，先诊疗后付费、一站式结算等政策惠及全民，贫困人口实现应保尽保、应享尽享，合作医疗参保8249人，完成率99.13%；养老保险参保2575人，完成率83.85%；参加全民体检4673人，完成率70.8%。

实施村道路改造提升项目6公里，切实解决了群众关心关注的道路破损严重、影响出行问题。投入资金2677.6万元，实施185.9公里自来水管网提升改造项目，3021户农牧民受益，切实满足群众安全饮水需求，实施村庄绿化近90亩，人居环境整治常态化，农村改厕工作正有序推进。

坚持抓重点，提升民族宗教工作质效。全面贯彻党的民族宗教政策，以铸牢中华民族共同体意识为主线，完整、准确、全面领会和贯彻新时代党的宗教工作理论和方针政策，坚持新疆伊斯兰教中国化方向，依法加强宗教事务管理，确保宗教事务管理法治化、宗教活动场所管理规范化、宗教人士全员教育培训长效化。

健全完善民族团结进步教育常态化机制，常态化开展走访交流和联谊活动。结合春节、三八妇女节、肉孜节等节庆活动共开展民族团结联谊活动和民族团结一家亲活动58场次，乡村两级干部走访亲戚560余人次。组织乡村两级全覆盖开展"民族团结一家亲"讲故事大赛，在全县决赛获得第一名，各族群众"你中有我，我中有你"的氛围日益浓厚，各民族交往交流交融更加深入。

聚力强党建，深入推进全面从严治党。以自治区党委"1+2"为纲领，以"访惠聚"四项重点任务为主线，聚焦党建引领基层治理，规范一支部三中心，深化支部＋中心＋网格＋党员＋群众治理体系，形成上下贯通、执行有力组织体系。高质量发展党员，严肃开展党员排查整顿，确保一池清水。乡党委牵头召开基层党建工作分析研判推进会两场次，对各村2023年党建工作计划逐一分析，特别是推进"五个好"党支部创建和"四个合格"党员队伍建设、村级阵地"石榴籽"服务站功能优化提升、村集体经济、群众积分制管理、国家通用语言文字学习等重点党建工作逐村研判，组织开展党建工作交叉检查等。霍图格尔村党支部在全县第一季度党建现场观摩推进会荣获金奖，党建引领基层治理水平不断提升。深入推进党风廉政建设和反腐败斗争，充分发挥监督职能，将作风督导和群众工作督导同安排同部署，年初以来召开警示教育大会1次、开展节日前廉政集体谈话2场次；精准运用监督执纪"四种形态"，立案6件，广泛公开24项"小微权力清单"，切实把权力运行置于有效监督之下。持续整治作风顽疾，对干部作风散漫、有令不行、有禁不止等方面的反面典型进行通报，形成彰先策后的氛围，干部作风转变明显，营造了风清气正的良好生态。

唐刚说，察汗乌苏蒙古族乡的一产是农牧业，二产是乳制品企业，三产是旅游业。这三条线齐头并进，为群众增加经济收入奔向小康生活功不可没。2023年，察汗乌苏蒙古族乡平均收入可达1.9万元。

察汗乌苏蒙古族乡是奶酒文化的故乡，这里有着最宁静的牧园生活，这里是天山西部的桃花源。在巍巍的天山脚下，这里有数十万亩原生态高山草原、十万亩花海田园。

察汗乌苏蒙古族乡历史文化悠久、自然风光秀美、民族风情浓郁，这座只有1万居民的中国西部小镇，春天山花烂漫，夏季涓流清波，深秋金色遍野，隆冬冰雕玉琢。

白水察乡，无限风光！

第六章

唱响"天马故乡"昭苏牧歌

占中国六分之一国土面积的新疆,有着多姿多彩的民族特色和风格各异的大美景色,巨龙般蜿蜒的天山、浩瀚无垠的沙漠、荒凉苍茫的戈壁、草原、森林、河流、湖泊、绿洲,呈现出多层次的奇特景观。

在新疆旅游的版图中,伊犁哈萨克自治州也是最独特的,它像是一个800公里长的绿色走廊,被巍峨雄伟的群山小心地呵护着。那终年不化的皑皑雪山,纵横交错的河流,郁郁苍苍的森林,绿草青青的草原,五颜六色的花海,灿若黄金的百万亩油菜,景色美不胜收,让人流连忘返。

如果有人问,伊犁州这么大,下辖三市八县,哪个地方最值得一去?我想说,每个地方都有独特的风景,每个季节都有万种风情,每一天都有意外之喜。

假如你想在草原深处纵马驰骋,想在星空房仰望满天繁星,想探险走一下千年古道,想置身于万亩花海留影,想欣赏雨后神奇的双彩虹,想听听父辈的支边故事,那就来昭苏旅游吧。

雪域高原——昭苏有"天马之乡""彩虹之都"的美誉,自然风光秀美,民族风情浓郁,历史文化悠久。昭苏是全国首批全域旅游示范区,拥有新疆现存最完整的藏传佛教寺院圣佑庙、"全国十大探险热点"之一夏塔古道、红色知青文化讲述者——知青旅游小镇、天马文化体验地——天马旅游文化园,更有特克斯河国家湿地公园、阿合牙孜大峡谷、变幻色彩的玉湖、格登碑等景区(点)。

来自雪域高原的诚挚邀约

2023 年 9 月 10 日"东方甄选新疆行"正式开启，东方甄选团队精挑细选了 10 个最具新疆特色的景区、景点作为直播会场，它们是喀什古城、葡萄沟、天山天池、野马古生态园、独山子大峡谷、赛里木湖、六星街、昭苏玉湖、那拉提草原等。这里面有 9 个都是久负盛名、尽人皆知的景点，唯有昭苏玉湖是让人耳目一新的"新秀"，由此可见昭苏已在全国打开了知名度，有了独具特色的旅游品牌。

"166 万平方公里上一半是山川湖泊，一半是自由热爱。巴郎子们的洒脱豪迈，犹如昭苏的天马浴河，浩荡的气势仿佛要将万丈红尘踏破。"董宇辉写给新疆的小作文一经播出便引爆全国各大平台。昭苏美景一次又一次被刷屏，引得无数网友纷纷点赞，就像董宇辉所说"大美新疆，百闻不如一见。不要听别人讲，要自己来看"。

昭苏借着国际巨星成龙的 MV，借着知名团队"东方甄选"的大力推介，借着歌星孟庭苇的歌声，诚挚向全国乃至世界发出邀约：我们热忱邀请大家到昭苏旅游观光、投资兴业、休闲度假，热情好客的昭苏人民恭候你们，昭苏一定会因为您的到来而更加精彩！

昭苏县位于新疆伊犁州西南部，总面积 1.12 万平方公里，平均海拔

2018 米，是新疆境内唯——一个没有荒漠的县。昭苏边境线长约 231 公里，紧邻哈萨克斯坦，有国家一级口岸——木扎尔特口岸，是国务院确定的对外开放县之一。昭苏辖 3 乡 7 镇 2 个马场，居住着汉、哈萨克、维吾尔、蒙古、柯尔克孜等 27 个民族。其自然风光秀美，民族风情浓郁，历史文化悠久，因盛产"腾昆仑、历西极"的天马，被农业部授予"中国天马之乡"称号，也是名副其实的"中国褐牛之乡""中国油菜之乡""中国彩虹之都""西域凉都"。

昭苏县先后被评为"中国哈萨克族传统马文化之乡""中国哈萨克族冬不拉艺术之乡"、全国休闲农业与乡村旅游示范县、全国生态保护与建设示范区、国家生态文明建设示范县、国家重点生态功能区、全国第二批生态文明先行示范区、国家中医药健康旅游示范基地、国家农村产业融合发展示范园、中国礼仪仪仗马培育基地、最美中国美丽乡村旅游胜地、绿色亚太杰出健康绿色旅游目的地、国家级平安建设先进县、首批国家全域旅游示范区。昭苏县现有国家 A 级景区 18 个，4A 级景区 5 个，3A 级景区 5 个。昭苏具有独特的自然风光和生态环境，是新疆乃至全国、全世界少有的一方净土。

近年来，在上级党委、政府坚强领导下，在江苏泰州市"产业援疆"强力带动下，打造全域旅游处处有景点、处处有服务、随心所欲地走、自由自在地看的新画面，呈现出"快速扩张、持续增长、健康发展"的良好态势。同时，立足独特的自然禀赋、丰富的旅游资源、深厚的文化底蕴，确立"生态立县、旅游强县"战略，创新提出"全域旅游、全民兴旅"，坚持高起点谋划、高标准建设、高效率推进，把旅游业作为引领经济社会发展的支柱产业，努力打造"世界级原生态精品旅游目的地"。昭苏旅游业在各级党委、政府的正确领导下，旅游形象明显提升、旅游精品建设明显加强、旅游要素明显优化、旅游经济总量迅速增长。为了让大家全方位、多视角、立体化地了解昭苏，我们从以下几个方面进行介绍。

生态昭苏。昭苏县生态体系自然天成；草原、湿地、森林、雪山、冰川、野生动植物等资源弥足珍贵。全县有 10 万亩花海，100 万亩油菜，1000 万亩世界级优质天然草场，300 万亩森林和 105 万亩湿地；有雪豹、北山羊等 181 种珍稀濒危野生动物；纵横分布 24 条河流，年径流量 40 亿立方米，年均气温 4.9 摄氏度。独特的地理位置和气候条件，造就了少有的避暑休闲环境，是著名的"西域凉都"、有名的"避暑胜地"。这里处处碧水蓝天、时时风景如画、空气清凉怡人，被列为国家级生态文明建设示范区试点县。

神秘昭苏。历史上，昭苏是祖国内地经伊犁，通往中亚、西亚各国交通要道，也是东西方经济、文化的交汇点，是丝绸之路上的古驿站、北道要径，古代西域最具国际影响的商品集散地。以冰川、森林、高山草原、魅力古道组成的夏特大峡谷声名远扬。唐代高僧玄奘曾"过凌山到热海"途经 120 公里长的夏塔古道，自古就有"天梯"之称，又名唐僧古道，被誉为全国徒步探险穿越十大经典线路之一。

康养昭苏。广泛整合全域旅游资源，打造亚高原康养休闲慢生活基地，形成"三大环线、十二条小环线"的层叠式、演进式的以十万匹骏马、百万亩花海、千万亩草原为背景的"随心所欲地走、自由自在地看、处处皆风景、处处有服务"的休闲体验旅游新模式。依托亚高原疗养中心建设，探索传统医疗诊断与针灸、推拿、食疗、药疗、太极、气功养生等手段相结合，立足昭苏丰富的绿色有机农副产品。开发哈医、蒙医、维医传统医术与昭苏天山雪莲、鹿产品、玛咖、贝母、柴胡、野生菌药用材质相结合的亚高原特色药效理疗康养项目。启动集徒步、自驾、摄影、休闲等于一体的全域舒心旅游项目。

花海昭苏。昭苏是油菜种植基地，占全疆油菜种植面积的四分之一。盛夏时节百万亩油菜花铺天盖地，犹如浩瀚无边的金色海洋，是旅游观光、摄影休闲的绝佳选择。昭苏经纬度、海拔气候适宜，野生郁金香分布最广，是全国繁育郁金香地区。5 月，万亩野生郁金香与繁育郁金香竞相绽放、相映成辉。6 月，万亩紫苏和油菜花从眼前铺展到天边，撼人心魄、香气袭人。7 月，向日葵犹如凡·高遗落在昭苏的凡·高画板，盛开在天山脚下。9 月，带着收获的喜悦，把酒言欢赏菊香。各乡镇创意发展"大地花海""紫苏长廊""菊花广场"等观光农业，打造景观长廊，进入昭苏，使你身处花海、流连忘返。

文化昭苏。昭苏历史悠久，文化厚重。乌孙故地，细君公主墓，小洪纳海草原石人，西汉重镇夏塔古城，蒙古王朝活动遗址波马古城，清代平定准噶尔叛乱时乾隆皇帝亲笔御书的格登山纪功碑，新疆最大藏传佛教圣地圣佑庙，彰显出昭苏人文历史底蕴深厚。昭苏自古就以盛产良马著称，是全国拥有马匹数量最多和品质最好的县，马文化历史悠久，汉武帝曾赋词"腾昆仑、历西极"赞誉天马。连续30年成功举办中国新疆伊犁天马国际旅游节，规模最大的万马奔腾表演入选吉尼斯纪录，"天马"品牌在国内外知名度很高。长期以来，各民族和睦聚居，天马文化、草原文化、红色文化、和亲文化、戍边文化和现代文明交相辉映、融合发展。

趣味昭苏。以全域交通为主线，将县域旅游资源有效连接，形成环线，实现"自由自在地走、随心所欲地看"。以天马节为龙头，组织开展郁金香、拉克熟了、冰雪等旅游节庆活动，策划集体婚礼、姑娘追、叼羊、摔跤、驴友盛会、冰雕创意赛、插花、摄影节、徒步、自行车、越野车赛等活动，打造"全天候、全时段"节庆活动。持续开展纳吾孜节、肉孜节、祖腊节、阿肯阿依特斯大会、赛马会、敖包节、少数民族传统体育运动会等民俗活动。大力发展观光农业、民俗体验、果蔬采摘为主的乡村旅游。研发旅游商品25类200余种，"青梅竹马"系列马油护肤产品获国家旅游商品银奖。

时尚昭苏。根据伊犁州规划，昭苏将被纳入"伊犁州直1小时经济圈"，伊昭公路国道G219（昭察段）、国道G577一级公路已建成通车；昭苏天马机场于2022年4月正式通航。国道219（昭温公路）已开工建设，昭苏交通末梢的短板将彻底转变，成为南北疆交通枢纽和旅游集散中心。全面启动智慧旅游"一卡通"服务，完成电子门票、智能导游、智能导购、交通信息查询、天气预报查询、在线旅游咨询、全程导览、游客投诉反馈等手机App移动端服务，实现一卡在手、畅游昭苏。建立完善路标、景点、文化导识系统，实现自驾游无障碍。所有景区、宾馆、农牧家乐、服务区实行Wi-Fi全覆盖，实现游客无缝沟通。

和美昭苏。昭苏县以打造新疆最平安和谐边境县、最平安和谐旅游目的地为总抓手，开拓创新、狠抓落实，全县治安秩序良好。先后被授予自治州社会管理综合治理先进集体、自治区优秀平安县、国家级平安建设先进县。全域旅游服务区高清网络智能摄像头全覆盖，配备电脑监控平台，建成全域旅游监控中心。组建旅游联合执法大队，为游客在昭苏的"吃住行游购娱"各项活动保驾护航，诚信全域、服务全域。建立旅游消费者投诉绿色通道，限时办理。

牧歌昭苏风光无限，天马故乡精彩有约。一位到过昭苏的游客这样写道：

> 昭苏有大美，久藏在深闺。
> 光耀圣佑庙，史建格登碑。
> 夏塔耸翠碧，油菜闪金辉。
> 细君尤思远，天马尚可追。
> 今宵但举杯，长歌不须归。

昭苏是观光旅游、休闲度假、文化体验、康体养生的最佳去处。我们真诚期盼各界朋友走进昭苏、感受昭苏、关注昭苏、宣传昭苏，把这块大自然赐予人间的瑰宝，介绍给自己的亲朋好友、父老乡亲！

走进昭苏自然景观

一个遥远的传说：夏塔之恋

有人说，人这一辈子，一定要走一趟独库公路。

独库公路沿途有雪山、峡谷、草原湖泊、河流等独特的自然风光，被外界誉为"新疆最美的公路"。

其实，伊犁还有一条公路，完全能与独库公路媲美，那就是伊昭公路。伊昭公路像是一条蜿蜒的巨龙横跨乌孙山，沿途风光如画，高山峻岭间云海翻腾，雪峰耸立，冰川闪烁；深谷沟壑里，草原翠绿，野花盛开，牛羊徜徉在草甸上，白色的毡房像蘑菇星星点点。黄昏，山谷里飘起袅袅的青烟，仿佛召唤牧人回家吃晚饭。

伊昭公路是一条经典的旅游线路，从位于北天山南麓的伊犁河畔出发，穿越乌孙山，直至南天山北侧的昭苏县，纵贯伊犁河谷，连接起了多姿多彩的景观。

因为山势高耸，道路险峻，雨雪冰雹天气容易发生灾害，伊昭公路一年只开放四五个月。

伊昭公路每年 6 月底开放。我们是 9 月初出发的，自察布查尔锡伯族自治县检查站猛踩油门、开足马力爬行进入巍峨雄伟的乌孙山。这条公路是以最短距离穿越乌孙山的捷径，包罗了多种多样的美景：广袤的山地草原、郁郁葱葱的原始森林、美丽的薰衣草和油菜花、积雪的山峰和险峻的悬崖峭壁……伊昭公路可以说是一条百里画廊。

这几年来，伊昭公路已走了三四回，可谓一日观四季，十里不同天。因为海拔高，天气变化频繁，进山时突降雨雪，出山时晴空万里，绚丽多彩的双彩虹赫然出现在眼前，仿佛架起彩虹门欢迎宾客来到昭苏。

进入昭苏界内，向西南行 70 多公里，就到了夏塔（蒙古语"阶梯"，也叫夏特或夏台）景区的入口。官方称为夏特，游客或是驴友喜欢叫夏塔。当地人笑称，怎么顺口怎么叫，反正谁都知道它。

夏塔峡谷中有一条古代伊犁至阿克苏的交通要道，它就是闻名遐迩的"夏塔古道"。因玄奘法师远赴印度取经曾途经此道，驴友称之为"唐僧古道"。《大唐西域记》中记述，玄奘在翻越凌山时："山谷积雪，春夏合冻，虽时消泮，寻复结冰。经途险阻，寒风惨烈，多暴龙难，凌犯行人。由此路者，不得赭衣持瓠大声叫唤，微有违犯，灾祸目睹，暴风奋发，飞沙走石，遇者丧没，难以全生。"从这段文字中，可以想见玄奘当年的艰苦情状，让人不寒而栗。有学者考证认为，唐代高僧玄奘西行翻越的"凌山"，也就是木扎尔特达坂。

夏塔古道北起夏特牧场，南至阿克苏地区温宿县的破城子，它贯通天山南北，全长 120 公里，是北疆通往南疆的捷径，更是丝绸之路上最为险峻的一条著名古隘道。

清代在夏塔设有 70 户专门开凿冰梯的人家，据清代诗人萧雄说："每日拨民工二十余名，于冰山凿蹬为路，凡度岭人马留用绳系而牵之，缓步挨进，冰多震动，时有坼裂，或深数丈，望之战惧。"清人将木扎尔特达坂译作"木素尔岭"或"冰岭"，因其横空跨越天山，又被称作"天桥"。清代著名学者徐松考察木扎尔特达坂后写道："岭长百里，高百丈余，尖冰结成，层峦叠嶂，高下光莹。"

咸丰年间，曾任伊犁参赞大臣的景廉奉命前往阿克苏办案，翻越木扎尔特达坂十余日始通过，著有《冰岭纪行》，并赋有诗句：

冰梯百尺连云起，

凌山四合迷西东。

参差蹬道排长空，

挥手真可取明月。

夏塔古道就像李太白笔下的《蜀道难》，既有天然的险峻陡峭，也有苦难辉煌的历史。两千多年前，匈奴、乌孙和大汉的公主为了一方的和平安宁曾从这里远去异国他乡，在山谷留下幽幽哭泣和銮铃声；1300年前唐玄奘为求取佛经精义，九死一生从这里翻越3500米的哈达木孜达坂，到达天山南麓的佛国龟兹，受到了国王的热情款待，法相庄严地开坛讲经；相传成吉思汗西征时，有一支蒙古军队春季穿行夏塔古道，风雪交加让这支军队饥寒交迫，疲惫不堪，就在坚持不下去时，他们翻过一道山岭来到野花盛开的草原，激动得一起高声欢呼，犹如重获新生。

乾隆年间，清政府平定准噶尔叛乱以后，伊犁成了西域的政治和军事中心，同南疆之间的官兵换防、物资交换也日趋地频繁起来，夏塔古道备受重视，乾隆皇帝派120户达巴奇常驻附近，每天以20人凿冰梯，至今仍然可以看到在冰达坂处凿冰梯的痕迹。20世纪初，芬兰探险家马达汉受命到中国西部执行军事侦察任务，搜集了大量人类学、人文史地资料，并测绘了大量道路图和城市方位图，为后来的历史研究提供了宝贵的资料，路经夏塔古道回国；20世纪中叶，中国人民解放军筑路军人先后打通了两条跨越天山南北的通道，险峻坎坷的夏塔古道逐渐被人遗忘……

夏塔峡谷是一处风景优美的天然公园，一个富有传奇色彩的旅游胜地。这里南有巍巍天山主脉，有自崇山峻岭中冲出、终年翻着乳白色浪花的夏塔河，河道两岸山岭壁立，水流湍急，波浪滚滚，夏塔河划开坦荡如砥的昭苏草原，汇入特克斯河。在夏塔沟口、夏塔河东侧的坡地草原上，一列列的土墩墓星罗棋布，它们无声地展示着历史的沧桑。这就是夏塔古墓群，迄今已有两千多年的历史，据说仅附近就有200余座。这些乌孙和突厥古墓规模宏大、类型多样。

夏塔地处僻壤,保持了十分原始的状态,恰如深闺的处子,呈现出原生态的自然面貌,古朴优雅,纯净无尘,生机盎然,是野生动物的乐园。这里有3000余种植物,占新疆野生植物种数的85%。有183个树种,以天山雪岭的云杉、欧洲山杨、桦木等寒温带针阔叶林为主。优良的土壤和植被为飞禽走兽提供了良好的生存环境,据调查,有360多种野生动物生活在这里,其中181种是珍贵濒危野生动物,被列入国家一类保护的野生动物有8种,列入国家二类保护的野生动物有10种。这里不时可以观赏到松鼠、旱獭、雪兔、野鸡等动物,有时,甚至能看到马鹿、黄羊、雪豹等出没。

进入夏塔峡谷30公里处,有著名的夏塔温泉,温泉地处峡底,正对木扎尔特冰达坂。温泉有6处泉眼,每年6月中旬开始涌水,11月中旬干涸。据测量,每处泉水温度都不同,温泉温度高达45摄氏度。经检验,此温泉水达到了饮用矿泉水的标准,据说喝了此温泉的水可治许多疾病。

夏塔峡谷状如一条长廊,一边是崖壁耸立,一边是丘陵草原,中间清澈寒冷的夏塔河时而湍急,时而舒缓,哗哗地唱着歌奔流向前。河中有一块巨石,形状很像一只巨龟,乌龟头望向水流的方向,静静地趴在河水里,任由风吹浪打,岿然不动。有人开玩笑说,这是《西游记》通天河里老乌龟精,被观音菩萨派到这里守候有缘人,好度他到对岸去求取"新经"。

夏塔河发源于哈达木孜达坂附近的雪山冰川,它流过鲜花盛开的草原,流出森林茂密的峡谷,最后汇入特克斯河。河水近看清澈见底,远远望去则是乳白色,那是因为冰川融水含有某种矿物质所致。

沿这条天然甬道步行,但见碧空如洗,远山如黛,雪峰闪着银辉;阳坡的草绿油油的,野花杂于其间,蜂飞蝶舞、鹿奔鹰翔,景物万千,令人目不暇接。

"远芳侵古道,晴翠接荒城。"正因为无人问津,这条怪石嶙峋的古道长满了荒草,开满了野花,一经被爱好探险的驴友发现,便以惊艳的景象昭示天下,成为探险爱好者梦寐以求的徒步线路。

走在峡谷里,抬头是戴银白色王冠的雪山,旁边是高耸入云利剑般的绿松,鸟儿婉转啼鸣,脚下是五颜六色的野花,感觉很不真实,像仙境更像神奇的魔境。从北向南沿夏塔河谷上溯四五十公里，走进雪山就是险象环生的木扎尔特冰川。

木扎尔特冰川又称木素尔岭达坂，蒙语的意思是"白冰川"，是世界上绝无仅有的天然冰川，终年积雪，荒无人烟，有生命禁区之说。这里冰峰尖利沟壑纵横，还有3条深不见底的冰裂缝，下面是隆隆作响的冰河，稍有不慎就会滑落河中。

哈达木孜达坂被认为是南北疆的分水岭，3565米的海拔虽不算很高，但因是无人区，气候变幻莫测，几乎没有道路，山间怪兽出没，不是装备精良的专业人士，无人敢轻易穿越。

自从2010年9月，夏塔古道以独特的自然景观和蕴藏深厚的文化底蕴被评为"中国最美古道"后，夏塔古道已成为新疆旅游景点的一道亮丽风景线，还是中国十大徒步探险路线最有挑战性、最热门的著名古道。

夏塔景区的地理和气候条件特殊，冬季风雪交加，积雪可达数米，真可谓"冰塞川，雪满山"。夏塔景区5月中旬开放，10月中下旬封闭。普通游客要是有体力、有毅力，最好的方式是徒步走上一段或是骑马缓辔而行。

我第三次去夏塔峡谷，由夏特柯尔克孜族乡党委书记陈盟盟驱车陪同，他告诉我沿途的景点、传说及景区设施建设情况。

一般游客都是在景区售票处坐区间观光车前往，沿途会停靠3个站，第一站神龟石：奶蓝色的夏塔河里有块巨大的像乌龟一样的石头，可以将之想象成《西游记》通天河里的老乌龟，毕竟唐朝玄奘和尚去印度取经曾路过这里。传说，唐僧西天取经时，途经通天河，得一神龟相助将师徒驮过河。神龟提出想升天做神仙，唐僧当即答应向佛祖禀告。唐僧一心求取真经，竟将此事忘记，待取经归来再次路过通天河，神龟驮着师徒几人和行李渡到河中间。神龟问起想升天为仙之事，唐僧愧疚地说，忘了向佛祖提及。神龟一怒之下将师徒四人抛入河中，导致经书损毁一页，致使生灵惨遭磨难。神龟得到应有的惩罚，后得佛祖指点，神龟行走人间行善积德，途经夏塔峡谷时，被绝美景色陶醉，便留在了这里。神龟潜心修炼，得道升天，身体化为巨石，守护这片祥和的山谷，坚守着最虔诚的信念。传说很美好，给夏塔增添了神秘色彩。

夏塔河里的水很有特色，看上去是奶蓝色的，像是谁往淡蓝的河水里倒入了牛奶。有人说，因河水是冰川融水，温度低，冰冷刺骨加上矿物质含量高，因此看上去是奶蓝奶蓝的。烈日炎炎，弯腰掬起一捧水，却是清澈冰凉，手在河水里泡的时间稍长，就感觉有无数钢针扎刺般疼痛。

途中，陈盟盟请我们下车，指着一座山包说，这里是成龙拍摄电影《传说》的取景地之一。这座山包因秋草微黄，颜色很有层次，灰褐色的岩石、墨绿色的松树、半黄半绿的牧草、洁白的毡房，一黑一白两匹骏马在山坡上吃草，像是一幅唯美浪漫的油画。摄影师真会选地方，估计电影里会在此处安排一段感情戏。

第二站叫山神老人。从一条上山的旅游步道上去，往对面的半山腰看，崖壁上有个酷似老人的头像。这个少数民族样貌的老人，满脸沧桑，张着大嘴，眉宇间似有淡淡的忧愁，像是在沉思，又像是在打盹儿。

第三站是流沙瀑布，河谷的一侧有两条像孔雀屏一样的白色流沙，远望如孔雀开屏。据说，曾有游客坐着滑沙板顺着陡峭的斜坡滑下，惊险又刺激，这是勇敢者的游戏。这里也有一个令人伤感的传说，夏塔河谷里安静祥和，美丽的牧羊女放着羊群，望着夏塔河想心事。突然，狂风大作，飞沙走石，牧羊女被吹落山崖，摔得奄奄一息。狂风逐渐平息，桦树仙子正巧路过此地，见状忙满山遍野寻找灵芝仙草救活了牧羊女，还帮她找回了羊群。桦树仙子耽误了返回天庭的时辰，瞬间变成白桦树。见救命恩人化身桦树，牧羊女悲恸欲绝，泪水顺着山坡流下去，滋养着白桦树。历经千万年流淌，冲刷成孔雀开屏的样子，在周围都是郁郁葱葱的林草映衬下，显得格外醒目。听说，常有牧人来此祭祀，以求神的保佑。

夏塔当地还流传着许多感人传说，有个关于神鹰的故事：在冰山中栖息着一只威猛的神鹰，平时人们看不到它的踪迹。商旅翻越木扎尔特达坂遭遇暴风雪时迷了路，这只神鹰便会凌空飞鸣，引导商旅前往安全地带，从而化险为夷。

途中路过一片美丽的次生林，道路不宽，我们像是穿行在绿色的迷宫里，鸟儿在头顶鸣叫，远处隐约可见夏塔温泉酒店。只要有心，处处都能发现野趣。路上，不时可见旱獭、雪兔、野鸡等野生动物出没。这里的山野宁静自然，有种回归家园的身心放松，这才叫生活，而不仅仅是活着。

我们在夏塔景区停车场下车，这里是峡谷平坦的开阔地带。夏塔峡谷，这才真正撩开面纱，露出美丽的面容。脚下是梦幻般的牧场，牛羊和骏马悠闲地吃草，对来自天南海北的游客熟视无睹，夏塔河从雪山上顺流而下，河的两边是开满了鲜花的草原，远方是木扎尔特雪山。秋天，夏塔河谷的天空是透彻的瓦蓝色，雪山是纯净的银白色，冷杉雪松是深沉的墨绿色。

雪山冰川近在眼前，似乎有一股股寒气袭来。白雪皑皑的主峰雄伟壮观，像一条气势磅礴的银龙横卧眼前，太阳闪着银光。它沉静地俯视着峡谷，千百年来守护着这里的生灵，眺望着雪峰肃然起敬。

峡谷两侧是高山丛林草原，雪岭云杉成行成簇，云杉的后面是一片连绵的山脊。峡谷中是松林、草甸、鲜花，站在将军桥上，滔滔的夏塔河谷水流湍急，浪花翻滚，訇然作响，就像历史的长河滚滚而去，人显得多么渺小而脆弱。

我们拿出手机拍了几十张照片，然后跟身边的游客闲聊起来。来自黑龙江的孙女士说："夏塔景区很美，骑着马走在古道上，途经草原、湖泊、松林，远处雪山隐现，还能看到土拨鼠、满山的牛羊。这种旅游体验很惬意，希望各地的朋友来大美新疆、来夏塔旅游。"

在转运桥与将军桥之间有一个叫"青蛙泉"的地方，是雪莲峰全景的最佳拍摄地点，江湖人称青蛙泉拍摄点。有人说，夏塔河谷的雪山主峰是天山第一高峰托木尔峰，也有人说是天山第二高峰汗腾格里峰，更有人考证后说，那是海拔6627米的雪莲峰，属南天山山脉。

雪莲峰周围坐落着十几座海拔6000米以上山峰，恰似一朵盛开的美丽雪莲，它是天山山脉最高、最著名和最美丽的雪山之一。据说，当初因测量技术不发达，跟沙俄签订《伊犁条约》时才将托木尔峰完整地划进了我国境内，这段耻辱的历史让人愤然难平。当地人说，苏联时期霸道的"老大哥"划定边界线时，硬是将汗腾格里峰以东15公里处划归苏联。1991年后重新确认边界，汗腾格里峰成为中国、哈萨克斯坦和吉尔吉斯斯坦的界峰。100 年来，沙俄从新疆割走了 44 万平方公里的土地。

旅游原本是一件轻松愉悦的事情，可是偏偏躲不开沉重的历史……

将军桥附近是夏塔景区服务中心，去洗手间，到小商店买些饮料或小食品，坐着休息一会儿，补充一下能量。体力好的人，可以从转运桥向前步行两三公里，眼前是一片绚丽的花海，路旁林间的草地上有小木屋，可能是牧民过冬的临时居所，夏塔峡谷原本就是冬窝子。

步行三四公里，终于走到鲜花盛开的雪山脚下。这大概就是传说中众神的花园——汗亚拉克草原吧。这片高原草场一直延伸至木扎尔特冰川，走了这么远的路，腿脚发软，可以坐下来小憩，静静地欣赏夏塔最自然、最原生态的美，阳光灿烂、野花盛开、危乎高哉的雪峰、洁白如玉的冰川，过滤掉内心杂念，油然而生"采菊东篱下，悠然见南山"的闲适。再一次想起著名作家张承志的散文名篇《夏台之恋》，它的结尾说出了我的心声："我曾一直幻想，将来有了余裕要在夏台盖一间自己的小房子，也用天山的松杉原木，挨着奔腾的雪水。"

天山神秘的"聚宝盆"——阿合牙孜大峡谷

昭苏"天马之乡""彩虹之都"的品牌形象日益被国人所熟知，夏塔古道早已声名鹊起，因其奇崛壮美的峡谷雪峰和深厚传奇的历史底蕴被评为"中国最美古道"；玉湖因其随着季节、光照等变化，湖水呈现不同的颜色，被人誉为"变色湖"，成为游客的"新宠"。然而，有一个深藏在天山西部的"聚宝盆"——阿合牙孜大峡谷，却还不为国内外游客所知，被一些喜欢独辟蹊径的驴友和探险爱好者视为"新乐园"。这十几年来，我转遍了伊犁州三市八县的山山水水和沟沟坎坎，峡谷、雪峰、草原、河流等已成为很多县市的标配，要想从中脱颖而出亮出自己独有的特色，真需要下一番苦功夫。等我游完阿合牙孜大峡谷，被深深震撼了，这里将成为继夏塔古道后，又一个极具发展潜力的旅游景区。在我看来，阿合牙孜大峡谷分为阿合牙孜国家湿地公园和阿合牙孜沟（冬窝子）两部分，前者较为原生态，密林深谷，高山耸立，道路坎坷，河流湍急，稀有野生植物和鲜花遍地，适合徒步探险；阿合牙孜沟则洋溢着满满的人间烟火气，峡谷开阔，铺着平坦的柏油马路，山峰秀丽，河水缓缓流淌，鸟语花香，牧民的毡房随处可见，成群结队的牛羊在低头吃草，像是陶渊明笔下的"世外桃源"。阿合牙孜沟是伊犁州最大的"冬窝子"，被誉为"生命之谷"。最奇妙的是，阿合牙孜大峡谷里还藏着一颗明珠、一块色彩瑰丽的"美玉"——玉湖。

"云游"玉湖奇幻美景

这是一个隐藏在天山腹地的神奇湖泊，宽阔而蜿蜒的湖水随着山势顺流而下，一眼望不到尽头。湖面水平如镜，像是一块巨大的深绿色翡翠镶嵌在阿合牙孜峡谷中，在阳光下闪着温润悦目的光。高原的秋空湛蓝如洗，洁白的云朵缓缓移动，两岸墨绿色的云杉雪松像水墨画，守卫着一池明亮翠绿的湖水，使人仿佛置身于似梦幻境地，真是"高峡出平湖""当惊世界殊"。

几个目睹"玉湖"真容的内地游客，都不敢相信自己的眼睛。他们议论说，走南闯北，周游世界，什么名山大川、河流湖泊都见过，唯独没有见过湖水这样翠绿如玉的颜色，感觉像假的一样。陪同我们游览的喀夏加尔镇党委书记亚森别克·阿合尔笑着说，玉湖是冰川融水形成的，上游河水含有矿物质，加之湖底河床也富含矿物质，玉湖一年四季都有不同的颜色，当地人称之为"变色湖"。如果想看到玉湖春夏秋冬的颜色变化，欢迎多来昭苏做客。

玉湖距离昭苏县城40公里左右，坐落于喀夏加尔镇的阿合牙孜大峡谷。玉湖长10余公里，最深处90余米，每年的11月底到第二年的4月为结冰期。5月的湖水，冰雪消融，湖水幽暗，呈青灰色；到了6月，湖水随周围山的植物泛绿，呈浅绿或碧蓝色；7月以后为洪水期，上游的白色河水大量补给，由碧绿色变成微带蓝绿的乳白色；到了8月，湖水受降雨的影响，呈现出墨绿色；9月，上游雪水的补给明显减少，周围的植物色彩斑斓，湖水呈现出翠绿色；进入10月，湖水受到降水较小的影响，颜色又变成浅蓝色；12月，冰冻的玉湖就像一面晶莹剔透的镜子，湖面上形成了一个个直径在3—5米的圆形冰凌，或单个成圆，或连成一串，无数小冰泡点缀其间，犹如蓝色莲花镶嵌了钻石，美不胜收。

据专家介绍说，玉湖变色的主要原因是季节变化引起上游河水矿物成分变化而引起的。玉湖水来源于天山南坡的木扎尔特冰川，冰川掘蚀携带的花岗岩岩块经挤压研磨成白色细粉末，混合于冰层内汇入玉湖。在玉湖里粉末沙粒沉淀后，湖水就呈现和上游河水不一样的色彩，加之湖水受阳光和云团的映射，将周围的山色投映于湖中，湖水会随着云朵和阳光下山色的明暗交替发生变化。

有人说，冬天的玉湖最好玩儿，不仅风光独特，还有很多滑雪、滑冰和冬季项目。玉湖冰封后，赶在晴天朗日，群山环抱中的玉湖就像巨大的翡翠镜子，在高原蓝天白云映衬下，发出幽蓝夺目的光芒。走到近前，可以看见湖面冰封着的无数冰泡，形状各异，有的像蓝莲花，有的像奇怪的象形文字，有的像展翅飞翔的鸟儿。天空蔚蓝，大地白雪茫茫，巨大的山体像史前猛犸象，晶莹剔透的冰花，宛若童话仙境。

摄影爱好者巴特那生拍下了这一奇妙景象，他说，隆冬时节，昭苏县气温持续下降，玉湖出现冰泡、冰莲奇观。洁白的冰泡悬于冰层里，而湖面上盛开了朵朵"冰莲花"，在阳光照耀下晶莹剔透，神秘而美丽。冰泡是因气温下降，冰封速度过快，湖底腐殖质在微生物分解作用下释放出的甲烷等大量气体在上升过程中，被"锁"在冰层之中形成的。

昭苏县气象局负责人介绍，12月上旬，昭苏县平均气温在零下12.2摄氏度，气温较历年同期明显偏低。昭苏玉湖连日来气温在零下20摄氏度左右，加上近日山口的大风天气，导致冰面结冰不规律，大风将部分冰层刮破，两端的冰块向中间方向移动。在移动的过程中，冰块互相挤压堆叠，加上上游冰川补水带来的水体中含有空气，水面则重新结冰，呈现出冰凌花等较为特别的形状，天气愈冷，形成的景观愈奇特。

去过玉湖的人都说，多优美的文字在玉湖美景面前，都显得苍白乏味，只有站在玉湖边，才能真切体会大自然的无穷魅力。

在我看来，玉湖最佳旅游时间是 6—9 月，这个时候不冷不热，气候宜人，南疆的瓜果飘香，羊肉最为肥美，草原牧草青青，草甸鲜花遍地，油菜花金灿灿铺天盖地。沿着湖边漫步，与赶着牛羊的牧人擦肩而过。湖光山色让人醉，"浓妆淡抹总相宜"。如果骑着马，就可以听着悠扬的铃铛声，边欣赏一湖绿水，边哼着《可可托海的牧羊人》，享受惬意的悠闲时光。

我们步行了几里路，然后驱车前往入湖口。在峡谷平坦开阔地停好车，亚森别克·阿合尔指着一片宽阔的水域问我，看看这里的水跟那边有什么区别。我定睛观瞧，以水中两棵大树为界线，流向玉湖的水明显是灰蓝色，可谓泾渭分明。亚森别克点点头说，这里就是湖水的分界线。

以前，亚森别克的家就安在湖对面的开阔地带，他父亲开了一个小饭店，生意很红火，游客喝着啤酒，吃着烤肉，吹着微风，看着湖水，别提多爽了。开发玉湖后，居住在峡谷里的住户要迁出来，亚森别克的父亲真是舍不得，经过他再三做工作，老人含泪搬了出来。房子还在，因为长久无人居住，房顶长满了荒草，让人唏嘘感叹。

初秋的玉湖，像一条翠绿色的飘带围绕在西部天山颈间，使这个威武高大的汉子多了几分柔情，多了几分浪漫。日出日落，听着玉湖汩汩诉说着远古的情话，有谁不沉醉呢？

玉湖尚处在开发中，很多配套设施还不完善，展现给游客的是原生态的美，就像养在"深闺"的西域美女，乍一出门就"惊艳"众人，引起一片啧啧赞叹和围观。

玉湖是电影《传说》的取景地之一，来自黑龙江省的游客王梓轩说，看了电影《传说》预告片后，他迅速制订了来昭苏旅游的计划。在古道上骑马，穿越草原、湖泊、松林，在远处雪山的映衬下，肥嘟嘟的土拨鼠和满山遍野的牛羊，让人身心愉悦。

借助电影《传说》热度，昭苏县精心打造了旅游环线，通过实景还原，充分发挥天马文化园、夏塔、湿地、玉湖等景区吸引力；推进乡村旅游创客行动，加快"一村一品牌""一镇一特色"乡村休闲旅游产品开发；结合夜间经济和演出经济，打造"歌舞演艺＋特色美食"商区，发展沉浸式体验新模式，丰富旅游体验场景，培育文旅消费新热点。

成龙的拍摄团队刚走，"东方甄选新疆行"高调亮相。大美新疆旅游景点数不胜数，经过千挑万选，最后确定了十个景区景点作为外景直播地，伊犁州入选三席，其中就有后起之秀昭苏玉湖。这是东方甄选外景直播以来，规模最为盛大的一次专场，时长、阵容、规模都创下了新高，可谓万人瞩目！

先让我们欣赏一下董宇辉团队写的小作文：

> 有人说，走到世界尽头，便是天堂的入口，可世界没有尽头，我们也不曾见过入口。所幸宇宙垂青这个星球，留给了人类一个地方叫新疆。
>
> 须臾一生，因览乾坤而容不同。
>
> 新疆之大，大在包容。
>
> 脚踏世界屋脊，看三山矗立，两盆静卧，百川争流。
>
> 盘亘千年的雪山堆琼积玉，随风扬起雪花翩翩飞舞，海洋的水汽在山巅留下秘密，恒星的光芒给生命能量接力。
>
> 原来山海藏深意，置身其中才能洞见一方天地。沧海一粟，因阅万物而生善意。
>
> 新疆之美，美在赤诚。热闹的大巴扎里聚拢的是烟火，摊开的是人间。166万平方公里上，一半是山川湖泊，一半是自由热爱。巴郎子们的洒脱豪迈，犹如昭苏的天马浴河，浩荡的气势仿佛要将万丈红尘踏破。
>
> 古丽们的温润纯良，宛若大西洋的最后一滴眼泪。用一眼万蓝的深邃纯净捍卫着对真善美的执着。
>
> 原来万物皆有灵，忘却自己方能窥见众生。万顷一苇，因观本心而愈豁达。
>
> 新疆之奇，奇在照鉴一景一山，仿佛都在阐释人生的奥义。盘龙古道是年轻时绕不开的弯路，山重水复之后，人生终是坦途。

　　魔鬼雅丹，是成长中必经的劫难。山山而川，征途漫漫。

　　低头赶路，蓦然回首，才恍然发现轻舟已过万重山。不必纠结过去，只因未来总是更灿烂。

　　群山围绕，流水祈祷。我终于明白，原来凡事发生必于我有利，与内心博弈终能遇见另一个自己。

　　愿你醒来明月，醉后清风。阅尽山河，终觉人间值得。

　　行至新疆，可抵岁月漫长。

　　优美的句子，诗意的描述，饱含人生哲理的警句，一经播出便火爆网络，文艺青年和小资争相传诵，"东方甄选新疆行"吊足了大家的胃口。

　　2023 年 9 月 14 日，东方甄选直播团队的主播彤彤、敬文在导游的带领下，游览了绿如翡翠的玉湖。但见绿湖蓝天，山间云雾缭绕、草原牛羊成群，风景如画。到达观光台俯瞰玉湖的最佳角度，主播带领广大网友"云游"玉湖奇景，通过和导游的交流让现场游客感受"牧歌昭苏·天马故乡"的大美风光。

　　主播彤彤说："第一次来到昭苏玉湖，真的美得像仙境一般。来之前，我也看了很多关于玉湖的宣传片，玉湖真的是一年四季都有不一样的景色。秋天里的玉湖湖面是淡淡的、清澈的蓝，看到玉湖会让人内心非常平静，真的希望各地游客和广大网友能来昭苏，一睹玉湖的'盛世美颜'。"

　　敬文动情地说："风景如画的玉湖让我流连忘返，情不自禁地唱了很多首歌，很多时候当美丽的歌词遇到真实的美景，你就有一种置身其中的感觉。这一次来昭苏可谓是不虚此行，对我来说也是一次很难忘的体验。"

　　在昭苏玉湖的直播活动中，主播推荐甄选的农特产品，全方位展示昭苏的良好形象，带动昭苏旅游再次实现"破圈"传播，让昭苏之美通过直播间，走进更多人的心中，使他们萌生了到昭苏一游的念想。

　　西安游客武敏说："玉湖景区是此行我们来新疆游览的一个重要景点。玉湖因光照不同而有'变色湖'的美称，我们早有耳闻，今天一览玉湖美景后，果真非同凡响。新疆地大物博，真的很美，昭苏玉湖更是美中之美。"

"生命之谷"——阿合牙孜沟

人生一世，草木一秋。对于草原上的牧民而言，牛羊就是他们的人生，就是他们的财富，就是他们的希望。

春天接羔，夏天催膘，秋天配种，冬天育肥。羊的一生是牧民的一年，是生命的轮回，就像日出日落，周而复始。

几千年来，伊犁河谷的牧民一年四季都会在自己的草场来回迁移，一年3—4次转场，日行程大约15公里，所谓"羔羊程"指的就是这个距离。

每年3月底，过完纳吾鲁孜节（哈萨克族的春节，农历春分），积雪开始消融，牧民赶着羊群从冬牧场出发，转场去春牧场。他们会在春牧场停留3个多月，做接羔育幼、剪毛驱虫的活儿。6月底，牧民出发去高山夏牧场。夏牧场的优质牧草足够牲畜吃上两个多月，养得膘肥体壮。8月底山区天气逐渐变冷，牧民开始往山下转移，到秋牧场给牛羊配种，卖掉一些牲畜补贴家用或是将钱存进银行。10月中旬山区飘起了雪，漫长的冬季来临了，牧民再次回到冬牧场定居（俗称"冬窝子"），圈养牲畜。

"冬窝子"是指冬天牧民为畜群所选的防寒避风的地方，一般在环形山谷、盆地等地区。向阳、无风、薄雪，这是牧民首选修建"冬窝子"的秘诀。

新疆的"冬窝子"主要分布在伊犁哈萨克自治州和阿勒泰地区。伊犁州几乎每个县都有冬窝子，昭苏的阿合牙孜沟、特克斯的琼库什台、巩留库尔德宁的大莫合沟、尼勒克的唐布拉大草原深处等地，都分布着牧民居住点。

亚森别克·阿合尔解释说，冬窝子之所以多选择在峡谷里，因海拔低，相对温暖，能避寒风侵袭，降水量低，冬天积雪较薄，牲畜能觅食牧草，安全过冬。阿合牙孜沟就是这样一个理想的冬窝子，是伊犁州最大的冬牧场，在新疆当数第二。

阿合牙孜沟位于昭苏县喀夏加尔镇境内，离县城有 45 公里，峡谷全长 200 多公里，是阿合牙孜河亿万年来侵蚀切割而成。在我看来，峡谷分为两部分，阿合牙孜国家湿地公园和阿合牙孜沟冬窝子，两者风格迥异，千差万别，很多人将之混为一体。如果说，湿地公园是粗犷的西北壮汉，那阿合牙孜沟就是小家碧玉。湿地公园是碎石路或是泥土路，坎坷难行，两侧山势险峻，河流湍急，形成了壮观的峡谷景观；阿合牙孜沟里住着不少牧民，盖有医院，铺设的是平坦的柏油路，沟内风光旖旎，阿合牙孜河缓缓流淌，河水清澈见底，两岸山峰延绵起伏，云杉雪松郁郁葱葱，山坡牧草丰茂，牛羊遍地。

国内外都知道夏塔峡谷和夏塔古道，却不知道阿合牙孜大峡谷风光之美、景色之奇、生物多样性之丰富，就像"养在深闺无人识"，来这里游玩的游客不多。沿途车辆很少，路况极好，司机师傅开起车来风驰电掣，车窗外随处都是好风景，惹得我们时不时叫停，好下车拍照和录像。

秋天的阿合牙孜沟气候凉爽，天高地远。深蓝的天空，洁白的云朵，连绵起伏的山峦，潺潺流淌的清澈河水，牧草泛黄的草原，山坡上悠闲散漫的牛羊，像是一幅宁静祥和的山水画。

放眼远眺，阿合牙孜沟重峦叠嶂，墨绿色的山林延绵到天边，山谷里阿合牙孜河蜿蜒流淌，像是一条仙界下凡游走山涧的小银蛇；牧民的简易房屋上长着野草，烟囱飘着淡淡的青烟，一只金雕悠然自得地在空中盘旋，似乎是在巡视领空；不远处传来老牛哞哞的叫声……心里一下子放空了，什么烦恼都抛到了九霄云外，似乎看透了滚滚红尘。有了远方，才有诗情画意，才有人生感悟。我想，如果真有世外桃源，也不过如此吧。

阿合牙孜沟是个四季都可旅游观光的地方。4—5 月春暖花开，山花烂漫，蜂飞蝶舞，是拍摄花草和欣赏春色的好时机；6—7 月是阿合牙孜沟最美的季节，其他地方烈日炎炎，潮湿闷热，峡谷里微风习习，凉爽宜人，草原繁茂，可避暑和观赏高山草甸风光。8—9 月秋高气爽，层林尽染，羊肉鲜美，是摄影爱好者和吃货大快朵颐的最佳季节。10 月中旬至来年 3 月，河流冰封，峡谷里白雪茫茫，山林银装素裹，像是一幅意境悠远的水墨画。在探险者看来，冬天的阿合牙孜沟才是极富挑战、神奇梦幻的冰雪大世界。

文友李文武曾在昭苏宣传部工作多年，对于昭苏各处的风景如数家珍。他介绍说，阿合牙孜在哈萨克语中意为"白色茫茫、寒冷至极的山谷"。阿合牙孜河源自木扎尔特冰川融水，木扎尔特冰川横贯伊犁哈萨克自治州昭苏县南边的天山主脉，平均海拔 3600 米，是天山西部汗腾格里峰冰川区重要的组成部分。这里地势险要，气候寒冷，冰川运动激烈。冰川上的融水在流动过程中，往往形成树枝状的小河网，时而曲折蜿蜒，时而潜入冰内。在一些融水多、面积大的冰川上，当冰内河流从冰舌末端流出时，往往冲蚀成幽深的冰洞。

阿合牙孜大峡谷里的冰川分布着众多的冰洞，冰川断流的时候，走进冰洞，犹如进入一个水晶宫殿。冰洞有单式的，有树枝状的，洞内有洞。洞中冰柱林立，冰钟乳悬连，洞壁的花纹十分美丽，有的冰洞出口高悬在冰崖上，形成十分壮观的冰水瀑布。

我们可以跟随探险者的脚步，深入探究阿合牙孜沟冬季的魅力。

1 月初的昭苏县，气温降至零下 20 多摄氏度，阿合牙孜河套大地被厚厚的白雪覆盖，洁白的雾凇附着在树木上，宛如琼树银花，在阳光照耀下分外美丽。驾驶越野车沿着蜿蜒曲折的阿合牙孜河行驶，冰封的河水里冰泡晶莹剔透，镶嵌在冰层里层层叠叠，冰面上遍布"冰莲花"似的图案。

阿合牙孜沟是伊犁州最热闹的冬窝子，有 20 多万亩的天然高原草原，谷里冬暖夏凉，水草丰茂。这里住着近万各族牧民和 50 万头牲畜。牧民在山谷里休养生息，居住在土木结构的房子里，女人凿冰取水，烤制馕饼，男人则骑马或开着摩托车放牧，过着日出而作日落而息的原生态生活。

租借牧民的马在山谷骑行，眼前是绵延不绝的雪山，脚下是一望无际的雪原，天地间万籁俱寂，欣赏着如画的风光，享受这难得的宁静时光。

《中国国家地理》曾刊登过"蓝色梦境——阿合牙孜沟神秘冰洞"，那一组精美图片里的冰溶洞宛如一个蓝色的梦境，晶莹剔透的冰川世界美得令人窒息，深深地刺激着骨灰级探险者的视觉神经，幽蓝而深邃的冰溶洞似乎有着一种不可抗拒的魔力，让他们魂牵梦绕。

探险者骑马越往深谷走，景色越漂亮，峡谷两边是成片成片的雪岭云杉，一路上壮观的冰瀑布挂在雪峰与森林之间，路边的河道里随处可以看到各种形状的冰花。阿合牙孜沟的冬季有一种魔幻而神秘的气息，保存了大自然原始而宁静的美，像是来到另一个经过冰雪洗涤的纯净世界。

他们沿着峡谷的牧道向东南方向骑行，穿过一片又一片的森林，跨过一座又一座的小桥，蹚过一条又一条的冰河，一路跋山涉水，历经两个多小时的骑行，终于到达一个营地。休息调整了半小时左右，探险者再次整装待发，骑马继续赶往冰溶洞。

前往冰溶洞的路更难走，越往腹地走，气温越低，牧道上的雪都冻成了冰，马蹄时常打滑。骑马经过冰河时，探险者小心翼翼，虽然河面结了厚厚的冰，隐约可见河水在冰下流动，他们担心马儿打滑摔倒，压裂了冰面跌入冰河那可就危险了。

8公里的路，探险者骑马走了近3个小时才到达冰溶洞。走近冰川，映入眼帘的是：峡谷两边数十米厚的冰川宛如从天而降的两块巨大银幕，阳光下，熠熠生辉的冰川闪着幽蓝的光芒。

阿合牙孜大峡谷内的这片冰川带规模较大，冰川地貌在这里随处可见。冰川受全球气候变暖的影响，冰川形成了几十米深的冰裂缝，还有许多大大小小的冰溶洞、冰蘑菇、冰柱、冰下河道等冰川奇景。

穿越纵横交错的冰谷，经过一番曲折迂回，一个高约4米、深约20米的巨大冰溶洞赫然出现在布衣等探险者面前，让他们震撼得无以复加。

拍照感叹了一番后，他们顺着冰河向冰溶洞前行，这里有着许多几米到几十米高的大小冰川，经过反复消融，再次堆积，冰川形成了各种惟妙惟肖的景观。行走在冰河上，透过冰面，可以看到冰河下潺潺流动的水，听到冰河哗哗的流水声，一静一动，感觉别有一种韵味。

走进冰溶洞，里面非常宽阔，能容下数百人，冰洞神幻奇妙、冰壁高耸陡峭。当阳光照进冰溶洞时，透光的地方泛着莹莹的蓝；梦幻的蓝光，晶莹的冰壁，水晶般的冰柱，仿佛置身于一个梦幻的水晶宫。不得不赞叹，大自然的鬼斧神工造就了这一神奇绝伦的景色。

探险者这次艰苦而奇妙的经历让人叹为观止，大自然的鬼斧神工更让人震撼。在这里，我们要感谢那些勇于探险的驴友，他们或许为昭苏开拓了一条新的旅游线路。王安石在《游褒禅山记》里感叹：

> 夫夷以近，则游者众；险以远，则至者少。而世之奇伟、瑰怪，非常之观，常在于险远，而人之所罕至焉，故非有志者不能至也。有志矣，不随以止也，然力不足者，亦不能至也。有志与力，而又不随以怠，至于幽暗昏惑而无物以相之，亦不能至也。

冬季的阿合牙孜沟奇伟瑰丽，秋季则沉静悠远。太阳偏西，越野车一路前行，亚森别克·阿合尔招呼司机在路旁一块开阔地停车，路边立着一块黑花岗岩石碑，上面有几个烫金字"科培雷特岩画"。

亚森别克·阿合尔带我们去沟底看岩画。我们小心翼翼地顺着坡度很大的碎石小路往下走，奶蓝色的河水哗哗流淌，只要没踩稳就有可能出溜到河里，洗个冷水浴。河床里满是白色、奶黄的巨石和碎石，经过河水千百年来冲刷，有些光滑的巨石已呈现出玉石的形态，还有些石头里暗藏着繁星般的金色亮点，没准儿这条河里有沙金，为了保护生态环境，禁止开采。

下到沟底，走了近百米，亚森别克·阿合尔指着崖壁让我看，一块平整的巨大白色岩壁上，刻着一尊面带微笑、手持莲花的佛像，牧民将白色的哈达挂在崖壁上。我们手脚并用爬上去，近距离观看岩画，佛像是粗线条刻画的，左手托钵，右手持着莲花，盘腿坐在莲花宝座上，旁边是一些奇怪的图案和文字。佛像凝望着河对岸，像是在为牧民祈福，也像是在冥想。岩画后有个石洞，约有两三平方米大小，可以躺两三个人。有人说，岩画是唐朝云游僧人所刻，也有人说是元代信徒所刻，有专家考证后说，极有可能是清中叶准噶尔时期的遗迹。

亚森别克·阿合尔说，有牧民告诉他，有月光的夜晚，这块刻有佛像的巨石闪着白光，远远看去像是一面镜子。有的牧民相信这是佛祖显灵，保佑河谷里的人民风调雨顺、牛羊成群。

日头偏西，我们不敢作太多耽搁，一路驱车来到铁桥旁，路修到这里就断了。河边一棵大树下，有一群人在野营，他们或躺或坐，有的打牌，有的刷手机，几个小朋友咯咯笑着相互追逐。

铁桥下水流湍急，訇然作响，水花四溅。岸边杂树黄绿相间，河道里遍布各种形状的石头，有的大如卧牛、有的状若绵羊、有的貌似野猪，有近似白玉的巨石、大青石和青灰石。如果不怕水寒，能在河边的乱石里找到成色不错的玉石。

我站在铁桥上，对面便是巍峨耸立的雪山，像是身披银甲的威武武士，俯瞰着生气勃勃的峡谷；旁边丘陵延绵起伏，牧草丰茂，褐色的牛和洁白的羊悠闲地吃着草，两个年轻的牧羊人躺在草地上打盹儿……

来时感觉路很长，返回时却觉得路很短。半路上，我们遇到浩浩荡荡的牛羊转场大军，只能静静地等待它们经过，陪同我们的副乡长加克斯勒克从车窗探出头，跟骑着马儿的中年牧羊人聊了几句，挥挥手与他告别。

加克斯勒克说，刚才那人是养羊大户，日子过得攒劲得很。一会儿，他要去看一个帮扶对象，大家可以顺便喝喝奶茶，吃点纳仁填饱肚子。那户人家祖辈住在阿合牙孜沟，日子过得紧巴巴的，作为帮扶对象，加克斯勒克有责任帮他们脱贫奔小康。

车在一座大桥边的空地停下来，我们跟随加克斯勒克向一座土木结构的房屋走去。牧羊犬叫了几声，女主人艾丽玛从房子里走出来，热情地跟加克斯勒克打招呼，然后拎起一个大铝壶请我们洗手。

我们脱鞋进屋，盘腿坐在地毯上，艾丽玛给我们倒上香喷喷的奶茶，端上来各种干果、酥油馕、蜂蜜和羊油炸制的"包尔萨克"。加克斯勒克招呼艾丽玛坐下，搂着她三四岁的女儿问，日子过得怎么样，还满意吗？艾丽玛在镇子里长大，初中文化，会说普通话。她点点头说，他们对现在的生活很满意，家里养了5头牛、18匹马、110只羊。晚上也不再无聊，一家人可以边看电视边聊天，了解外面的世界。

没一会儿，20多岁的男主人风尘仆仆地骑着摩托车回来了。他叫江河勒克·艾麦克，哈萨克族，可以听懂普通话，却不会说。这个哈萨克族小伙子脸晒得紫红，憨厚地笑着，不爱说话。加克斯勒克问一句，他就答一句，看来的确不善言辞。艾丽玛端上热气腾腾的纳仁，招呼大家别客气。诱人的香气弥漫开来，江河勒克·艾麦克拿过锋利的小刀，手法娴熟地将盘子里的大块羊肉切割成小块。

我们边吃边聊，加克斯勒克告诉我们，江河勒克·艾麦克是家中的小儿子，父母去世后，他继承了家里的遗产，因不会经营一度成了贫困户。在政府扶贫政策的帮助下，经扶贫人员数年的帮扶，他家的日子越过越红火。小两口感情很好，恩恩爱爱的。

临走时，我们拿出两百元钱递给艾丽玛，她摆着手坚决不要，嘴里还说着感谢政府的话。加克斯勒克从轿车后备厢里拎出一桶食用油，我们搬出一箱矿泉水、几瓶饮料和一些零食送给江河勒克·艾麦克一家。加克斯勒克再三叮嘱江河勒克·艾麦克，等孩子大一点，一定要让她读书，知识改变命运。

回县城的路上，加克斯勒克感慨地说，他初中毕业后，到霍城当了三年兵。在部队这所大学校里，他学到很多知识，长了见识。复员回到昭苏，结婚生子，因特别重视教育，两个孩子学习成绩优秀。他女儿毕业于华中科技大学，在深圳一家高科技公司上班；儿子毕业于西北工业大学，目前在俄罗斯喀山大学读研究生。他对现在的生活很满意，希望民族团结，国家繁荣昌盛。

夕阳西落，晚霞满天，宿鸟归林，牧民打着呼哨，赶着牛羊回圈。峡谷里云蒸霞蔚，牛羊哞咩，毡房或是冬窝子升起袅袅炊烟，感觉有一种家的温馨，弥漫着和谐安宁的人间烟火气息。

一位体验过阿合牙孜沟"冬窝子"生活的赵女士说："我们生活在城市里，喧嚣之后，真的应该静下来好好思考，我们到底要追求什么样的生活。今天来到这里我找到了答案，人的一生很短暂，砍柴、喂马、牧羊平凡而简单，但我看到了每个牧民脸上洋溢着幸福，他们的内心是那样平静、富有。这也是我爱上新疆的原因，从去年来到新疆，我发现自己已经离不开这里了！"

朋友，还等什么，百闻不如一游！

徒步探险之秘境——阿合牙孜国家湿地公园

夏塔古道因其险峻壮丽的自然景观和深厚悠远的历史文化，跻身中国十大徒步探险路线最有挑战性的古道，早已驰名中外；阿合牙孜国家湿地公园却像"养在深闺"中不为大众所知，然而凡是徒步探险过这个秘境的人，无不赞叹它的陡峭高山、幽静峡谷、原始森林、滔滔河流和奇花异草。

阿合牙孜国家湿地公园像是被西天山拥在怀抱中，呵护了千万年，更像是上天恩赐给昭苏的一片瑰宝。踏上这片神秘的土地，心随景移，渐入佳境，仿佛穿越时空，回到马背民族在这片土地上驰骋的年代。

峡谷地貌：峡谷两侧的山峰高耸入云，峡谷底部狭窄，最宽处不过百米，最窄处仅容一人通过。峡谷内的岩石形态多样，有的似刀削斧劈，有的如雕塑般奇特。

河流景观：阿合牙孜河在峡谷中穿梭，水流湍急，响彻山谷，河水清澈见底，河岸两侧生长着茂密的原始森林和多样的野生动植物。

季节变化：春季，峡谷内山花烂漫；夏季，绿意盎然，是避暑的好去处；秋季，层林尽染，色彩斑斓；冬季，百里冰封，白雪皑皑，形成一幅幅冰雪画卷。

阿合牙孜国家湿地公园的地质构造非常独特，是研究地壳运动和地质历史的天然实验室。峡谷内的岩石层理清晰，记录了地球亿万年的变迁。

峡谷内生态环境良好，拥有丰富的生物资源。在这里，你可以看到各种珍稀植物和野生动物，如雪豹、北山羊、马鹿等。

峡谷内有多条徒步路线，适合喜欢探险和徒步的游客；峡谷里的自然风光是摄影爱好者的天堂，四季都有不同的拍摄主题。地质学家和生物学家常常来此进行科学考察和研究。由于峡谷地形复杂，进行徒步探险时最好有向导陪同。

阿合牙孜国家湿地公园地处伊犁河最大支流特克斯河上游的高山河谷地带。这个湿地公园是一个典型的"湿地—森林"复合生态系统，规划总面积达到1772.1公顷。公园内包含永久性河流、森林沼泽和沼泽化草甸等多种湿地类型，并且与高山冰川景观相融合，形成了干旱区独特的自然景观和人文景观。这些特点使其成为我国西北干旱区及国际河流上游湿地保护的典范。

昭苏阿合牙孜湿地被列入自治区第一批重要湿地名录，并且是古冰川槽谷，具有发育完整且保存完好的天山山地垂直自然地带。它是天山山地森林生态系统、高山河谷湿地生态系统的自然本底，也是一个不可多得的生物物种基因库。公园内分布着众多国家保护的野生动植物，其中包括北方鸟巢兰、珊瑚兰、小斑叶兰等多种兰科植物，这些植物都已列入《濒危野生动植物种国际贸易公约》。

天山阿合牙孜国家湿地公园的湿地总面积为926.25公顷，占公园总面积的52.57%，对改善流域生态环境质量起着重要作用，是维护昭苏盆地、伊犁河流域人们生存、发展的重要生态保障。新疆天山西部国有林管理局昭苏分局持续致力于湿地的保护，通过开展各种保护管理科研项目，有效地修复了生态系统，改善了动植物的栖息环境，使野生动物种类和数量明显增加。阿合牙孜湿地不仅具有丰富的生态价值，同时也具有重要的旅游和文化价值。

阿合牙孜湿地独特的自然景观逐渐吸引了游客的目光。这里的高山峡谷、原始森林、清澈河流和多样的野生动植物构成了一幅美丽的自然画卷。游客在这里可以进行徒步、观鸟、摄影等多种活动，体验大自然的壮丽和宁静。特别是对于喜欢自然和户外活动的游客来说，这里是一个理想的旅游目的地。

我们自湿地公园入口处驱车沿着土石路颠簸着前行，沿途山峰壁立，植被茂盛，云杉雪松像一把把硕大的绿色宝剑随山势排列，气势雄壮；奶蓝色的河水浩浩荡荡，浪花拍打着河岸，阳光下浮光跃银；河岸边灌木丛色彩斑斓，野花星星点点，山鸟在枝头鸣叫，野生动物在林间隐现，清风阵阵，让人心旷神怡。这是一片原生态的山谷，到处都是自然清新的风景，原始质朴的美更能打动人。

沿着阿合牙孜河曲里拐弯行驶了大约 40 分钟，视线豁然开朗，顿觉阳光明媚、鸟语花香，我们来到山谷中一片开阔平坦的地带，真可谓"山重水复疑无路，柳暗花明又一村"。

这里别有洞天，是一块风水宝地，水草丰美，牛羊遍地，简易木桥下河水哗哗流淌，清澈而刺骨，河道里乱石遍布，圆润如玉。旁边竖着一个高大的牌子"新疆天山阿合牙孜国家湿地公园"，上面左边是山谷分布图，右边是大段文字介绍。

阿合牙孜河是国际河流伊犁河源头上的重要生态屏障，保持着全国罕见的原始自然环境。阿合牙孜河水资源丰富，年均径流量 15 亿立方米，平均水质达到 I 类标准，具有保障流域生态水安全、水源涵养、水质净化等重要功能。

因为阿合牙孜水源主要是冰川融雪，季节性变化明显，因此在湿地公园河道两岸形成了大面积的沼泽湿地，具有特殊的、多样的西部干旱区域河流、沼泽复合湿地特征，有重要的保护和科普宣教价值。

湿地公园共有维管植物 27 科 44 属 63 种，其中蕨类植物 1 科 1 属 1 种，种子植物 26 科 43 属 62 种。乔木主要有雪岭云杉、天山桦等；灌木主要有天山花楸、疏花蔷薇等；草本植物种类繁多，包括水麦冬、天山早熟禾、黑花薹草等。

湿地公园共有脊椎动物 41 科 72 属 92 种，其中鱼类 5 种，两栖爬行类 10 种，鸟类 63 种，哺乳类 14 种。分布有国家二级保护动物 2 种，北山羊和雪豹；国家一级保护动物 6 种，红隼、长脚秧鸡等。

阿合牙孜河谷水草丰茂，是中亚草原文化发祥地之一，在历史上是我国内地通往亚欧诸国的丝绸之路北道，文化积淀深厚。湿地公园共分为湿地保育区、生态恢复区、宣教展示区、合理利用区、管理服务区共 5 个功能区。

　　湿地保育区涵盖空古尔布拉克河及河道两侧的沼泽湿地，面积1735.7公顷，占湿地公园总面积的97.95%。该区保持着原始状态，是项目区生物多样性最高的区域。

　　合理利用区位于湿地公园入口处以及空古尔布拉克河沿岸植被茂密缓坡地带，面积10.5公顷，占湿地公园面积的0.58%。规划建设木栈道、户外野营基地、冬窝子民俗园等。通过旅游活动的开展，使人们在这里亲近湿地，享受惬意的自然之旅。

　　阿合牙孜湿地公园是我国西北干旱荒漠地区高山河谷中珍贵的河流、沼泽湿地，在我国乃至世界具有代表性，是天山西部河流、沼泽、森林复合生态系统的典型缩影。湿地公园的建设，将提高阿合牙孜生态环境质量，丰富其动植物资源种类。同时，合理适度的科普宣教和休闲观赏活动的开展，也有利于充分发挥其纯天然、无污染的原生态特色。

　　我们颤巍巍走上简易木桥，桥下水流汹涌澎湃，水花四溅，打湿了鞋子和裤脚。下木桥走了一段路，旁边是一条木栈道，还有一个凉亭。我们沿着木栈道漫步，旁边古树参天，遮天蔽日，太阳从枝叶间投下斑驳的光影，四周静谧无声，只有鸟儿的啾啾声和哗哗的流水声，真应了那句古诗"蝉噪林逾静，鸟鸣山更幽"。

　　阿合牙孜山谷的原始森林，是湿地的守护者，也是历史的见证者。参天的树木枝叶繁茂，它们静静地站立着，见证了湿地的沧桑与变迁，也见证了哈萨克、蒙古等少数民族在这里繁衍生息的历史。

　　关于阿合牙孜的由来，有一个民间传说。

　　很久以前，有一位名叫阿合的哈萨克族勇士，他在这片湿地附近救了一只受伤的仙鹤。仙鹤为了报答勇士的救命之恩，告诉他在这片湿地中有一眼神奇的泉水，能够治愈各种疾病。阿合找到了这眼泉水，并用它治愈了许多人。后来，人们便将这片湿地命名为"阿合牙孜"，意为"阿合的泉水"。

　　还有一个感天动地的天山神女与牧羊人的爱情传说。

　　美丽的神女漫游到阿合牙孜峡谷时，被这里幽静而优美的风光所吸引，决定小住几日。天山深处一个洞穴里的恶魔出来觅食，袭击了神女，被勇敢英武的牧羊人所救。神女爱上了牧羊人，但他们的爱情遭到了天

神的反对。最终，神女被罚永远守护西天山，而牧羊人则化作了阿合牙
孜湿地中的一条河流，他们只能在天山的冰雪和阿合牙孜的碧水之间相
互守望。

当地有个跟"木兰从军"一样的传奇故事。

萨曼是哈萨克族的一位女英雄，她生活在 19 世纪末至 20 世纪初。
萨曼以其忠诚和勇敢闻名，她不仅在战斗中与男子并肩作战，还在和平
时期帮助族人解决纠纷。关于萨曼的故事，至今仍在当地民间流传，她
被视为哈萨克女性的榜样。

这些故事和传说虽然可能带有一定的神话色彩，但它们反映了阿合
牙孜地区的历史文化和社会价值观。这些历史传说中人物的故事不仅是
当地人民的骄傲，也是他们文化传承的重要组成部分。通过这些故事，
我们可以一窥阿合牙孜地区丰富的历史和文化底蕴。

阿合牙孜湿地公园的植被以其丰富的种类、独特的分布和美丽的景
观，成为峡谷自然风光的重要组成部分，也是生态旅游和科学研究的宝
贵资源。近年来，由于湿地动植物和生物多样性得到有效保护，野生动
植物种群数量不断扩大，目前发现有高等野生植物 205 种、野生陆栖脊
椎动物 21 种。最令人欣喜的是，这里新发现有 7 种国家珍稀兰花品种，
有人建议将这段峡谷命名为"兰花谷"。

阿合牙孜国家湿地公园作为一个自然风景区，拥有众多独特的自然
景观，以下是一些必看的景观：

峡谷风光：峡谷本身就是一个壮观的景观，其深邃的谷底、陡峭的
岩壁以及蜿蜒的河流共同构成了一幅震撼人心的画面。

阿合牙孜瀑布：瀑布从峡谷高处奔流而下，水声震耳，是峡谷内最
著名的景点之一。

奇石区：峡谷中的奇石区拥有各种形状奇特的石头，这些石头经过
亿万年的风化作用，形成了独特的自然雕塑。

七彩峡谷：由于矿物质的不同，峡谷的某些部分呈现出多种颜色，
形成了多彩的岩石层，犹如大自然的调色板。

天堑桥：自然形成的石桥横跨峡谷，是峡谷内的自然奇观，也是地
质变化的见证。

高山草甸：在峡谷的高海拔区域，广阔的高山草甸在夏季时节花开成海，景色极为壮观。

原始森林：峡谷两侧的原始森林覆盖，提供了丰富的生物多样性和清新的空气。

河流交汇处：阿合牙孜河与其他河流的交汇处，不同颜色的河水交汇，形成了独特的景观。

冰河遗迹：在峡谷的高海拔区域，可以看到冰川运动留下的冰斗、U形谷等冰河遗迹。

野生动物：峡谷内生活着多种野生动物，如北山羊、马鹿等，运气好的话，可以在特定的观测点看到它们。

观景台：峡谷内设立的观景台，可以俯瞰整个峡谷的全貌，是拍照和观赏的最佳位置。

地下河流：在一些地方，峡谷底部隐藏着地下河流，这些河流在某些地方露出地面，形成神秘的地下景观。

在游览这些自然景观时，应该注意安全，尊重自然环境，不要破坏生态平衡。由于峡谷地形复杂，建议在专业向导的带领下进行游览，并且根据天气和季节的变化，选择合适的游览时间和路线。

夜幕降临，星空下的阿合牙孜湿地公园更加神秘。那些闪烁的星星，似乎在诉说着湿地的故事，而我，愿意做一个倾听者，用心去感受这片土地的呼唤和历史的长河。

云中漫步"云端草原"

人们常说，伊犁河谷是新疆166万平方公里土地上最好、最美的地方，它被西天山搂在怀抱里，水源充足，草原辽阔，物产丰富，享有"塞外江南"之美誉。800公里风景长廊，一半茫茫草原一半雪山花海，每走一步都是如画美景。

每年的 5—9 月，新疆最美的草原当数伊犁河谷，不说久负盛名的那拉提，也不提风光秀美的唐布拉，我们聊聊尚不为人所知的位于昭苏县萨尔阔布镇境内的人间仙境——云端草原。

昭苏云端草原堪称新疆高山草原的天花板，还处在开发初期，非常小众，适合自驾游（四驱或越野车）或是骑马前往。去云端草原的道路相当难走，起初是碎石泥土路，进入草原后为保护牧场几乎都是土路，坡非常陡，崎岖颠簸，不是胆大心细的老司机要三思而后行。当然，骑马和乘坐当地牧民的摩托车上山，也是一个选择。

因为昨晚刚下完一场秋雨，前往云端草原会是一个挑战，道路泥泞不说，还可能遇上翻浆，萨尔阔布镇党委书记杨芳找了一辆四驱 SUV，给我们调派了一位退役军人当司机。

云端草原位于新疆昭苏县萨尔阔布镇境内，毗邻水帘洞景区，距离昭苏县城大约 45 公里。这个草原海拔大约 2800 米，因为地势较高，与天山相连，绵延至天边，可以俯瞰昭苏大地。山区天气变幻莫测，时常有云雾缭绕，因此得名"云端草原"。5 月是云端草原最美的季节，那时漫山遍野开满金莲花和多种野花，如同一片花海。此外，这里还有雪山、云雾、羊群和骏马，构成了一个现实中的童话世界。

9 月的草原有一种辽阔沉静的美，尤其是云端草原尚无基础设施，游人不多，像是一块浑然天成的原始净土，有一种大气磅礴、质朴无华的自然美。

我们行驶了 20 多公里，顺着山势一路爬行，在进入云端草原时，在停车场小憩。这是一个地势高、视野开阔的观景点，放眼远眺，深邃高远的湛蓝晴空下，河谷里的一切尽收眼底。山下特克斯河水域广阔，河水浩浩荡荡顺流而下，茂密的次生林郁郁葱葱，水鸟时而飞翔，时而降落；对岸山峦起伏，色如青黛，浓厚洁白的云层延绵不绝，像是给大山戴上一条长长的白围巾。居高临下，河谷一览无余，生命之源孕育着勃勃生机，我像是独享整个河谷，生出一股"问苍茫大地，谁主沉浮"的豪气。

盘山路因为崎岖泥泞，我们紧抓着车上的把手，屁股几乎就没坐稳过,一会儿左摇右晃,一会儿上下颠簸,被甩来甩去,晃得七荤八素,心一路都悬着。爬一个高坡时,土路翻浆,SUV陷入泥坑,我们下车减重,司机猛踩油门,开足马力好容易才开出来。穿过层层叠叠的山峦草原,路逐渐好走,我们的心情也松弛下来,欣赏车窗外的风景。

高低起伏的草原绵延至天边,牧草黄绿相间,像绵密厚实的地毯,牛羊满山遍野,或走或站或卧,神态悠然自得。时间像是慢了下来,走进一个天高地阔的梦境……

我们经过成片成片的牧场,草地像是被犁过一样,杨芳书记说,这都是野猪的"杰作"。这些年生态环境得到极大改善,野猪泛滥成灾,因为是国家二级保护动物,又不能狩猎,只能任其发展。

大概行驶了20多公里,我们终于来到山顶。这是一大片平坦开阔的草原,是云端草原最美的地方。远望,雪山矗立,松林在雪山脚下,白云飘在山顶。

站在山顶边缘,脚下深沟大壑,丛林茂盛,色彩斑斓,溪流湍湍;对面群山背阴,雪山巍峨,云雾环绕山间,墨绿的云杉雪松像是泼墨写意画,草甸上牧草发黄,白色的羊、褐色的牛、枣红色的伊犁马四处散布,犹如童话故事里的场景。

云端草原紧挨天山木扎尔特冰川,是昭苏高原优质的夏牧场。因为海拔高,峡谷深,降雪早,这里形成独特的地貌和气候,雪山、草地、溪流、松林、云雾组成层次分明、赏心悦目的画卷。

一位来自江苏的游客说:"在昭苏云端草原,我体验了真正的宁静。晚上,我们露营在草原上,周围一片寂静,只有偶尔的风声和远处的狼嗥。看着满天的星星,我感到一种前所未有的放松和自由。如果你想要逃离城市的喧嚣,这里是一个绝佳的选择。"

有人为此写小诗一首:

> 如诗如画般的云端草原
> 静静地行走之上
> 仿佛行走于天际
> 你会感到一切都慢了下来

绿草慢慢地长

山花慢慢地开

就连时间仿佛也静止

这就是宫崎骏笔下的"空中之城"

杨芳说，她曾陪着客人来了很多次云端草原，5 月草原最好看，黄色的、粉色的、蓝色的、紫色的野花满山遍野争奇斗艳。尤其是金莲花和野生的勿忘我竞相绽放，形成一片五彩斑斓的花海，游客没有不陶醉的。

昭苏云端草原由于特殊的地理环境和气候，被称为"西部凉爽之都，避暑胜地"。它被乌孙山、阿腾套山、南天山和哈萨克斯坦境内的查旦山所围拢，形成了一个几乎封闭的高山盆地。这里不仅风景如画，而且气候凉爽宜人，假以时日，必将成为众多游客向往的目的地。

我搜集整理了一个旅游小攻略，以备游客不时之需。

新疆的绝美之地——昭苏云端草原，是一个远离尘嚣、亲近自然的绝佳旅游目的地，让我们一起走进这片神秘而美丽的天地。

地理位置：

昭苏云端草原位于新疆伊犁哈萨克自治州昭苏县萨尔阔布镇，地处天山北麓，平均海拔在 2500 米以上，因此得名"云端草原"。

自然风光：

这里地势开阔，草原辽阔，四季风光各具特色。尤其是每年 5 月，昭苏云端草原进入了最美的季节，金莲花和各种野花遍布山野，形成一片绚丽的花海，让人仿佛置身于仙境之中。

特色景观：

昭苏云端草原不仅有广阔的草原，还有壮丽的雪山、神秘的云雾、悠闲的羊群和矫健的骏马。这里的一切都是那么自然、和谐，构成了一幅动人的画卷。

探险体验：

昭苏云端草原尚未完全开发，保留着原始的自然风貌。对于喜欢探险和自然的游客来说，这里是一个绝佳的选择。你可以驾驶四驱越野车穿越草原，感受那份野性和自由。

最佳游玩时间：

每年的 5—8 月是昭苏云端草原的最佳游玩时间。这个时候，草原上的花朵盛开，气候适宜，是摄影和徒步的最佳时节。

温馨提示：

由于昭苏云端草原海拔较高，天气变化无常，请游客准备好相应的防寒衣物。

草原基础设施有限，建议自备食物、水和露营装备。

昭苏云端草原等待着您去探索，让我们共同踏上这片神秘的土地，感受大自然的魅力吧！

半山垂下水晶帘——库尔库勒德克水帘洞

中国最有名的水帘洞是江苏省连云港市的花果山水帘洞，因为小说《西游记》而闻名海内外。吴承恩受此水帘洞的启发，在《西游记》中为早期的孙悟空提供了一个神话色彩十分浓郁的活动场所。

谁能想到，距花果山水帘洞 4300 多公里外的新疆昭苏县也有一个水帘洞，与《西游记》攀上了关系。传说，大唐高僧玄奘去印度求取真经时曾路过这里，舀洞中甘泉解渴，牵坐骑畅饮溪水。玄奘法师喝下"圣泉"之水，神清气爽，疲惫顿消，休整之后重新上路。

库尔库勒德克水帘洞位于萨尔阔布镇东南 30 公里处的阿尤柴沟，海拔 1900 米。瀑布呈单瀑状，居挺翠峰 20 米高的绝壁上。洞宽 5 米，深 5 米，洞口被山顶倾泻而下的瀑布遮盖，犹如珠帘垂挂"水帘洞"，因此而得名。

河水飞流直下，掩遮洞口，远远便听到有水溅落的声音，近看一线飞瀑从悬崖峭壁上俯冲而下，就好像一条流动的白缎从天而泻，其间云雾氤氲，鸟儿翱翔，这也是古人形容的"半山垂下水晶帘，疑是银河落九天。今古无人能卷得，月钩空挂碧云边"的水帘挂雪。雨则龙吟虎啸，晴则游丝断珠；洞内一泉涓滴，汇于一石钵内，其水甘甜凛冽，四季不涸，沟内风景优美，百花盛开，蜂飞蝶舞，鸟语花香。

有个叫三田的游客写下这样的诗句：

水帘深谷白云头，盛夏雷声美景幽。

翠柏阳遮梳秀密，昭苏雾绕画娇柔。

狂鸣凹壁何其急，买醉仙潭不可休。

一叶随波情寄远，红尘筑雅唱风流。

库尔库勒德克的哈萨克语意思是"哗哗"响声，即由瀑布轰鸣声而得名。关于水帘洞的来历有这样一个神奇的传说，相传有一位善良的牧民在放牧的途中救了一条受伤的白蛇。白蛇痊愈后离开了这里，几年后，这里遇见百年不遇的干旱，河流干涸，草原牧草干枯，那个牧民带着大家跪地祈祷，希望天降甘霖救救牧区。在深山洞穴修行的白蛇听见祷告，为了报答牧民的救命之恩，化了一道白光，天空顿时大雨倾盆。白蛇知道，今后还会有大旱，就向神灵乞求，愿意牺牲自己化作永不枯竭的瀑布，为牧区百姓提供生命之水。周围的牧民得知事情原委后，非常珍惜这个瀑布和洞里的泉眼，逢年过节都要来祭祀或是献上哈达。

水帘洞是自然形成的石灰石洞穴，因溶蚀作用形成，以壮丽的水幕景观和独特的地质结构而闻名。水帘洞生态环境独特，拥有石笋等地质结构。水帘洞洞穴的墙壁和顶部常常有水滴洒落，形成了悬挂的水幕。当阳光透过洞穴天窗照射进来时，水幕还会形成美丽的彩虹。水帘洞是重要的旅游景点和历史文化研究场所。

库尔库勒德克水帘洞距离县城约 40 公里，道路还算好走。我们在库尔库勒德克景区服务中心停车场下车，顺着坡度很高的木栈道一路前行，抬头仰望蓝天白云，绿树参天。木栈道旁边草木茂盛，白色的、粉红色的野花怒放，爬了一会儿，传来一阵响亮的哗哗流水声。炎炎烈日下，吹来一股清爽的凉风，木栈道下有的地方形成清澈的小水洼，一人多高的芦苇丛生，白色的芦苇花随微风摇摆煞是好看。我耳边回响起一首古诗：

> 蒹葭苍苍，白露为霜。
>
> 所谓伊人，在水一方。
>
> 溯洄从之，道阻且长。
>
> 溯游从之，宛在水中央。
>
> 蒹葭萋萋，白露未晞。
>
> 所谓伊人，在水之湄。
>
> 溯洄从之，道阻且跻。
>
> 溯游从之，宛在水中坻。
>
> 蒹葭采采，白露未已。
>
> 所谓伊人，在水之涘。
>
> 溯洄从之，道阻且右。
>
> 溯游从之，宛在水中沚。

库尔库勒德克水帘洞景区周边是一望无垠的草原地貌，这里挺拔翠峰里居然藏着一个高山瀑布，绿树成荫，峰回路转。炎热之日行走小道间，听水流潺潺，吹凉爽清风，很是惬意。

顺着木栈道来到瀑布附近，旁边的树木上挂满了哈达，放眼望去，瀑布从悬崖峭壁上倾泻而下，水花飞溅，雾气升腾，流水淙淙。由于瀑布的冲刷、切割及溶蚀作用，深穴形成了一个巨大的空腔。瀑布飞流直下，空悬于洞中，其势如泻，其声如雷。置身其中，凉爽宜人。这条瀑布虽然没有"飞流直下三千尺，疑是银河落九天"的庐山瀑布壮观，却也有其独特的秀美。

仔细观瞧，激流是从山顶的一个圆洞奔泻下来的，天光穿透小洞，刚好将瀑布照亮，弥漫的雾气与柔和的光线辉映，隐约可见彩虹似的光，忽然想起玄奘法师在这里汲取泉水、白蛇化身瀑布的传说，慈悲为怀的善念充盈心间，一霎间感觉很奇妙。

周围群山环抱，山上青松翠柏，云遮雾绕，清澈的溪流、松软的青苔、陡峭的岩壁、幽深的岩穴等自然景观构成了一幅美丽的画卷，使人恍若进入妙境。此外，水帘洞周边的自然环境中还常有野生动物出没，如马鹿、北山羊、鹅喉羚等，增加了该地区的生态多样性和旅游的趣味性。

文友李文武介绍说，到了冬季，库尔库勒德克水帘洞又是另一番景象。瀑布依旧飞流直下，水花飞溅，但在瀑布两旁的岩壁上，千姿百态的冰挂密密麻麻，在阳光的照射下晶莹剔透，形成了一个冰凌的世界，吸引了众多摄影爱好者和游客前来观赏和拍照。这种自然奇观不仅展示了水帘洞在不同季节的美态，也成为该地区冬季旅游的一大亮点。

如果游客想来昭苏县库尔库勒德克水帘洞游玩，我们的建议是：

最佳时间：水帘洞的最佳游览时间是夏季，此时气温适宜，瀑布水量较大，景色更加壮观。

注意事项：由于昭苏县海拔较高，气候多变，建议游客携带保暖衣物和防晒用品。

交通方式：从昭苏县城到水帘洞可以选择自驾、包车或乘坐公共交通工具。如果选择自驾，可以根据导航前往；如果选择包车，可以在昭苏县城租车；如果选择乘坐公共交通工具，可以在昭苏县城汽车站乘坐前往萨尔阔布镇的班车，在水帘洞下车。

周边景点：昭苏县还有许多其他值得一游的景点，如夏塔古道、玉湖、阿合牙孜大峡谷、云端草原等。

大自然的调色板——多浪谷

9月初，昭苏大地披上多彩的外衣。虽然秋季不是旅游旺季，但昭苏秋天的景色却是最美丽的。游览了夏塔峡谷、玉湖和云端草原后，萨尔阔布镇党委书记杨芳向我们推荐了多浪谷。

多浪峡谷位于天山木扎尔特冰川北坡，距离昭苏县城大约 70 公里。我们从萨尔阔布镇一直向南，沿着多浪河前行，顺着蜿蜒曲折的河道驶进天山深处，峡谷两旁的雪松林中，点缀着或一棵或连片的白桦树，金黄的树叶格外引人注目，成片的白桦树在夕阳的余晖下闪耀着金色的光芒，犹如一幅幅优美、恬静、色彩斑斓的油画。

道路崎岖颠簸，徒步或是骑马更有挑战性。我们下车休息，远处山坡上马儿悠闲地埋头吃草，清澈的溪水蜿蜒流淌，牧民家炊烟飘绕，山坡草地上黄色、绿色、红色的草丛或灌木和似远还近的蓝天、白云交织在一起，色彩艳丽得让人窒息，让人置身在异域童话般的世界。

这里以其丰富的自然景观和独特的地理位置而闻名，峡谷内拥有原始森林，每年深秋时节，这里都会飘雪，多种生物群落交错生长所产生的不同色彩，加上雪花的覆盖，让这里如同一幅美丽的水墨画。

在秋季，多浪峡谷因树种不同，山坡上呈现出色彩斑斓的秋景，这一自然现象吸引了众多游客和摄影爱好者。峡谷内的景色随着季节的变化而变化，尤其是在秋季，不同色彩的树叶和雪景交相辉映。

多浪谷的森林中，常见的树木有云杉、冷杉、落叶松、白桦、山杨、桦树、榉树等。这些树种在不同的季节展现出不同的风貌，尤其是在秋季，当树叶经过霜降变色时，多浪谷的森林变得五彩缤纷，像是一个巨大的调色板。

树叶金黄的白桦树、红色的灌木与绿色的松林，形成了独特的撞色之美。此外，多浪峡谷地势陡峭，密林深处沟壑纵横，松林与多种生物群落交错生长，还是一片未被大规模开发的原始生态区。这里拥有丰富的生物多样性，包括乔、灌、草、藤等多种植物群落，仿佛是一座天然的植物园。

这里一年四季都有美景。

春天，昭苏多浪谷开始回暖，积雪逐渐融化，河流解冻，万物复苏，新绿的嫩叶和绽放的花朵为峡谷增添了一抹生机。山坡上的野花逐渐开放，粉红、紫色、白色的高山杜鹃，花朵呈紫色或粉红色的柳兰，黄色的报春花，白色或粉红色的野百合，金黄色的金莲花，花瓣细长紫色的银莲花，紫色的紫花地丁等，各种高山花卉，形成一片花海。

夏季是多浪谷的旺季，气候凉爽，是避暑的好去处。峡谷内的森林茂密，绿意盎然，河流清澈见底，沿河的草地上，牛羊成群，一派田园风光，是徒步和探险的最佳时期。

秋季是多浪谷最美的季节，被誉为"东方的瑞士"。峡谷内的树木叶子逐渐变黄，红色、橙色、黄色交织在一起，形成五彩斑斓的秋色。

初冬，多浪峡谷迎来第一场雪，像是给大地撒上了一层绵密的白砂糖。桦树金黄、松林苍绿，深红的灌木点缀其间，与氤氲的雾气相和，交织出一个梦幻的童话世界。深冬，多浪谷被厚厚的积雪覆盖，山峰、森林、河流都披上了白色的外衣，宁静而神秘，变成了一个银装素裹的世界。

我们驱车颠簸了近两个小时，才来到多浪峡谷的尽头，因为没有山路，越野车只能开到此处。这是一片周围高山耸立的开阔地带，峡谷里草木繁茂，古树参天，遍地大大小小的乱石，一条清澈的小溪汩汩流淌，时不时有咩咩叫的羊群翻过山坡，却没见牧羊人。

我们找了几块巨大的青石坐下来休息，环顾四周，四面的高山上长满苍翠的云杉，遮天蔽日，有一条羊肠小道可以翻越到对面。一些粗壮枯死的树木横倒在地，腐烂的地方长出蘑菇。有人用石块围成一个圆，里面是灰烬，可能是驴友在此安营扎寨，点起篝火做饭。

我们希望游客欣赏自然景观时，也要注意森林防火，保护环境，不留下垃圾，共同维护这片美丽的山谷。

太阳西坠，峡谷里的光线逐渐幽暗，起风了，带来阵阵凉意，我们不敢久待，拍了几张牛羊群翻越羊肠小道的照片，匆忙离去。

同行的朋友留下一首诗：

昭苏多浪谷秋思

秋风轻拂多浪谷，
诗意画卷缓缓铺。
霜染的叶片红似火，
胜过春日娇花无数。

金黄的落叶轻轻飘落，

点缀在翠绿的山林深处。

溪水细语，晚霞温柔，

群山披上秋衣的花团锦簇。

秋意渐浓，情感更浓，

多浪谷的秋色醉了人，

风吹疑松动，休要来扶。

卡拉库勒天鹅湖

卡拉库勒天鹅湖位于昭苏县喀夏加尔镇克乌克加尔村，天蒙蒙亮，晨雾缭绕于这一片湖泊之上。旁边的特克斯河结了厚厚的冰，两岸的树木银装素裹，在安静洁白的雪景中，一群洁白的天鹅在迷雾般的湖水里浮游穿梭，享受着泡温泉的快乐。

旭日东升，朝霞给湖面和天鹅蒙上一层浅浅的粉色，温馨而浪漫。由于独特的气候环境，热乎乎的地下温泉导致这个小湖泊在冬天也不结冰。几年前，几只天空中翱翔的野生疣鼻天鹅偶然发现了这块风水宝地，它们就降落在这片湖泊安家过冬，怡然自得地追逐嬉戏。

当地百姓发现了这一现象，惊喜异常，奔走相告。昭苏县各部门立即行动起来，协同保护湿地生态，为迁徙候鸟越冬度春营造良好的栖息环境。

为保障大天鹅安全越冬，天山西部分局昭苏派出所、县林草局、县林管局等相关部门加大巡护巡查力度，积极开展人工投食工作，给越冬大天鹅送去过冬"口粮"。

湿地生态系统功能独特，具有净化水质、调节气候、固碳储碳、涵养水源、提供生物栖息场所等生态功能。近年来，昭苏县持续对湿地进行封育保护，湿地的生态环境得到进一步改善，为候鸟营造了有利的栖息环境，吸引了国家二级保护动物大天鹅、大雁、灰鹤、蓑羽鹤在此繁衍生息。

据了解，国家二级保护动物大天鹅，喜欢群栖在湖泊和沼泽地带，对生存环境和水质要求极为苛刻。每年冬季，长途迁徙的大天鹅会选择昭苏县作为中转栖息地，到来年的 2—3 月底，随着气候的变暖，这些大天鹅才会离开昭苏，飞回西伯利亚等地产卵繁殖。

天鹅由最初的几只、十几只，发展到 2023 年的 32 只，2024 年增加到 47 只。冬日里，这些天鹅身姿高雅、体态婀娜地在清澈的湖水里觅食嬉戏，时而优雅地看向远方，时而引吭高歌，展示着人与自然和谐共生之美。

天鹅因其优雅、美丽的身姿而受到人们的喜爱，它们的到来为昭苏冬日增添了一道亮丽的风景线。不少踏雪赏景的群众，拿出相机捕捉天鹅在湖中游弋的美妙瞬间。

克乌克加尔村村民加那尔·吐尔生别克说："天虽然特别冷，但能够近距离地看到这些漂亮的天鹅，我觉得特别开心、特别激动。"

卡拉库勒在柯尔克孜语中意为"黑湖"，这个名称来源于湖泊的深邃幽暗特性。卡拉库勒天鹅湖因神奇的温泉而形成，虽然湖泊面积不是很大，但湖水清澈，水质很好，零下二三十摄氏度不结冰，让人赞叹称奇。

数九寒天，卡拉库勒天鹅湖雾气缭绕，洁白优雅的天鹅在淡蓝的湖中成群游弋、结伴觅食，这场景犹如仙境，吸引众多游客观赏拍照。四川成都游客左先生兴奋地说："昭苏冬天很漂亮，这次专程来到'天鹅湖'看天鹅，不虚此行。"

生态好不好，关键看水鸟。为了吸引更多大天鹅在此驻足，这几年喀夏加尔镇通过水污染防治和水环境治理等措施，加强生态保护，为大天鹅创造了舒适的栖息觅食环境，克乌克加尔村还采取人工投喂的方式，为大天鹅"加餐"，保障它们安全越冬。

卡拉库勒天鹅湖冬天的美景通过视频和照片在网上传播，已逐渐有了知名度，来"雪都"昭苏滑雪和冬季旅游的游客，已将这里当成打卡地，与美丽的天鹅来个约会。

　　黄昏，卡拉库勒天鹅湖美得如梦如幻。斜阳柔光下，景物披上金黄与橙红，水面泛起金色波纹，与天空的云彩、霞光相互辉映，宛如一幅动人的油画，让人陶醉其中。

雄冠西北的昭苏国家湿地公园

　　2023年年底到2024年年初，哈尔滨冰雪大世界成了全网关注的网红打卡地，综观这个冬天哈尔滨文旅的爆火，"讨好型市格""花式宠粉""听劝"等都是"反向议程设置"的典型现象。

　　据说，哈尔滨将游客"宠"到极致，游客在网上留言说需要什么，他们就做什么。游客希望索菲亚教堂上空升起一轮月亮，就做个人工月亮；游客说哈尔滨天太冷了，就造小暖房；游客不知道冻梨怎么吃，就弄出冻梨摆盘。这些细节让游客感到舒适和被尊重，也激发了UGC（互联网术语，意思是用户生成内容）们自行在社交平台发布视频引起"病毒式"人际传播。当游客和自媒体自发去传播这些视频时，就好像产生了"蝴蝶效应"，一个微小的举动或变化都能引起巨大反响。

　　与哈尔滨冰雪大世界相呼应的是昭苏首届天马冰雪旅游节2024年1月14日在昭苏县湿地公园盛大开幕。天马冰雪旅游节以"天马雪域　热动昭苏"为主题，包含"双奥"收藏展、冰雪雕塑展、滑雪滑冰、民俗体验、雪地赛马、雪地足球、冰帆公开赛等系列活动，这一节庆活动吸引到了全国冰雪运动爱好者、马术爱好者和游客的广泛关注。

　　首届天马冰雪旅游节亮点纷呈，《冬季到昭苏来看雪》《天马踏雪》《冰雪向未来》三首歌曲邀请知名歌星孟庭苇演唱，她用婉转动情的歌声诠释了昭苏冰雪旅游节的内涵；全国冰上帆船公开赛暨新疆首届玉湖冰上帆船赛、自治区雪地足球比赛暨伊犁州第七届雪地足球赛激情开赛。

游客还可以体验和参与到雾凇旅拍、蓝冰冰泡、神秘冰川、冰雪美食等活动中，观赏到雪地姑娘追、叼羊、马上角力、马拉爬犁等非遗文化展示和冰雪民俗项目。

昭苏湿地公园的冰雪雕塑展更是丰富多彩，20 余件冰雕、雪雕作品争奇斗艳，冰雕有中式城门、彩虹走廊、奥运光塔、城堡滑梯、冰挂迷宫等；雪雕有魅力昭苏、天马浴河、龙马精神等。这些作品深度融入"牧歌昭苏·天马故乡"、龙年、奥运、彩虹等元素，是昭苏县有史以来体量最大、单体最多、品类最全、造型奇幻的冰雪雕塑展，可以让游客充分感受昭苏的冰雪魅力。

北国风光无限好，冰雪大美在昭苏。夜幕降临，在灯光的照射下，昭苏湿地公园里的冰雕、雪雕作品美轮美奂，煞是好看，吸引了众多当地群众和游客前来观赏拍照，重温童年记忆，重拾冰雪情趣。

昭苏湿地公园距离昭苏县城 15 公里，交通十分便利，是伊犁州面积最大、海拔最高的高原湿地，也是中国为数不多的典型高原湿地公园，冬奥会开幕式二十四节气倒计时中寒露的图景就是选自昭苏湿地公园。

国家 4A 级景区昭苏湿地公园，是一个集自然保护、生态旅游、科学研究于一体的景区。公园占地面积广阔，拥有丰富的生物多样性，包括大量的高等植物和野生动物。其中，特克斯河穿越其中，形成了独特的湿地生态系统。昭苏湿地公园不仅是候鸟迁徙的重要通道，还是众多珍稀动物和植物的栖息地。

昭苏湿地公园是新疆最大的自然湿地，也是中国西北地区最大的湿地公园，总面积 104 万亩，湿地类型多样，包括沼泽、湖泊、河流等，湿地内拥有丰富的自然资源和独特的生态环境。

昭苏湿地公园自然生态环境近年持续向好，湿地中孕育着丰富的生物种类，生长着高等植物 143 种，其中国家二级保护植物 1 种，有国家一、二级保护动物 29 种，有各种鸟类上百种，其中国家一、二级保护鸟类 15 种，如大鸨、灰鹤、蓑羽鹤、大天鹅、黑琴鸡、环颈雉、鸢等。

越来越多的鸟类来昭苏湿地公园迁徙或定居，湿地公园渐渐成为野生动物的天堂，也成为摄影家的天堂。

金秋时节，在昭苏县湿地公园，数千只蓑羽鹤迁徙归来。它们或觅食嬉戏，或展翅翱翔，与湿地、草原共同构成了一幅绝美的生态画卷。

襄羽鹤属鹤形目、鹤科，是鹤类中个体最小者，属国家二级保护动物，也是鸟类中善舞者之一。千鸟翔集，湿地公园里鹤舞鸟鸣，尽显如诗如画的生态之美。

昭苏县湿地公园是国家重点水源涵养区和生物多样性维护区，良好的生态环境让这里成为灰鹤、襄羽鹤、大雁等候鸟迁徙的重要通道。湿地周边的大量麦田，为各种鸟类提供了丰富食物，也吸引了种类繁多的鸟类在此繁衍生息，成为名副其实的候鸟乐园。

在昭苏湿地公园，游客能观赏到青翠的草地和蜿蜒的河流，河水倒映着蓝天、白云，马儿在闲适地饮水、吃草，运气好能偶遇壮观的马群在河边饮水或洗澡，成群的"西极天马"飞驰在昭苏大草原上，气势震撼壮观，呼啸而过的队形，让人看得热血沸腾。

昭苏县湿地公园景区作为休闲、度假旅游的品牌效应已经得到了初步体现。参加"魅力新疆——海峡两岸记者联合采访活动"的两岸媒体工作者，来到昭苏湿地公园参访后，大呼过瘾。湿地公园里森林茂密，芦苇丛生，水禽姿态优雅，争奇媲美，百鸟齐鸣，清脆悦耳，飞翔觅食，婀娜多姿。在这里，天蓝得过分，花开得放肆，景美得醉人，徜徉其中，整个身心都会彻底放松下来。

来自江苏的游客张雅欣说："沿途风景非常优美，有连绵起伏的小山，山对面汩汩流淌的河水，还有各种各样的野生动物，我非常喜欢这里。"

我们是 9 月初游览的昭苏湿地公园，这里有以下几个看点。

一是烟波浩渺、风光旖旎的特克斯河。

伊犁河支流特克斯河穿过昭苏县城，在湿地公园一带蜿蜒而过迤逦前行。其间岛屿沙洲众多，沿岸灌木繁茂，水草丰美，宽阔的河面波涛起伏，河水浩浩荡荡。沿着河边漫步，发现一个又一个小沙洲上，灌木丛里牛羊悠闲地吃草，真不知它们是怎么游上去的。阳光明媚，蓝天白云，坐在河边小憩，望着滔滔河水，水鸟时而掠过河面，时而站在枝头鸣叫，静静地享受难得的安宁。

二是候鸟的乐园，摄影爱好者的天堂。

秋天是个了不起的油画大师，它浓墨重彩地勾画出湿地公园的无边秋色，特克斯河沿岸树木层林尽染，色彩斑斓，一片火红、一片金黄、一片翠绿，真是赏心悦目。

每年秋季，湿地公园都会迎来大批的候鸟，它们以河谷湿地为巢，与草原田野为伴，在百万亩田野、草地上觅食，为继续迁徙，奔赴千里之外的南方，获取能量，积蓄力量。有近50万只候鸟通过这里迁徙，是这里一年中观鸟、拍鸟的最佳时机，鸥鹭自不必说，还有白天鹅、蓑羽鹤等近百种。我们恰逢其时，喜不自胜！

三是重头戏群马奔腾、"天马浴河"。

每年夏季，当地牧民观察到，在高温天气下，马匹在吃草后下河饮水、嬉戏、乘凉、追逐，这种场景形成了夏日的一道亮丽风景。时间长了，外地游客每天定点到这里拍摄马群在河中嬉戏的过程，"天马浴河"逐渐声名远播。为了保护和利用这一自然景观，当地旅游局将其打造成为一个旅游新业态，吸引了众多游客前来观赏和体验。

天马浴河的景观之所以吸引人，是因为它展现了马匹在自然环境中的自由和活力。马匹在河水中洗澡、嬉戏，奔腾的身影与清澈的河水、宽广的草原形成了一幅生动的画面，给人以美的享受。此外，昭苏县作为中国的"天马之乡"，盛产名马，这种背景使得天马浴河景观更加具有特色和文化内涵。

为了更好地展示这一景观，湿地公园还设置了表演项目，如天马浴河表演，吸引了大量游客前来观赏和拍照。游客可以近距离观看马匹在河中的各种活动，感受自然的美丽与和谐。此外，为了方便游客观赏，还有专门的观景台和木台供游客使用，使得这一景观的体验更加丰富和便利。

我们赶到湿地公园时，距离表演开始还有半个小时，但河边栈道上已经架满了"长枪短炮"，摄影师成群结队地在调整机位、参数，而天上那数十架"嗡嗡"直响的无人机，也在蓄势待发，场面不可谓不壮观。

过了一会儿，远处岸边牧民骑着一匹矫健的白马，挥鞭赶着一群膘肥体壮的"天马"跨进特克斯河，在晚霞的映照下，成群的骏马像离弦的箭奔跑在河面上，踏起阵阵浪花，场面极为壮观。看到这景象，游客情不自禁喝彩着，举起手机、相机拍个不停，无人机像灵活的小鸟一样时而高，时而低，时而在空中盘旋，拍摄下这壮观的场面。这激动人心的场景，还原了《西游记》里"弼马温"孙悟空率领一群自由奔放的天马，嬉戏沐浴天河的场面。

尽管大家都知道这是表演，但目睹天马逆流而上，奋蹄奔腾，激起点点水花、层层白浪，这种气势让人想起草原勇士，看得人热血沸腾。跑了大约百米的路程后，马身上湿漉漉的，顺流而下折返回来，最后消失在草原深处。

这群矫健的骏马像极了一群以河流为舞台的演员，拼尽全力后果断又潇洒地离开了，留下栈道旁意犹未尽的游客。

观赏完"天马浴河"，导游招呼去几百米外的草原看"叼羊表演"和"姑娘追"。游客呼啦啦来到赛场外，只见裁判把一只宰杀过的小羊放在指定处，两队人马跃跃欲试，骏马兴奋地打着响鼻，赛手聚精会神地盯着地上那只羊。一声哨响，两队你追我赶向羊儿奔去，只见一个骑手率先赶到，他灵巧地倾斜身体，来了一招"猴子捞月"，提起那只羊，横在马背上；对手赶上来，闪电般伸手抓住羊的一条腿，两人在马背上激烈地撕扯着那羊。其他伙伴赶过来帮忙，真是紧张又刺激……抢到羊的骑手极力向终点疾驰，先到达终点的为胜方。获胜者按照当地习俗，要将羊烤熟，请众骑手共享，称为"幸福肉"。

竞争激烈的高强度的"叼羊表演赛"后，是轻松浪漫的"姑娘追"。穿着民族服装的男女骑着马走来，面带微笑。"姑娘追"是哈萨克民族的马上娱乐活动，多在婚礼、节日等喜庆之时举行。这一活动通过让青年男女在马背上互相追逐，促进了他们之间的认识和了解，最终促成有情人的结合。它不仅是一种传统的体育活动，也是哈萨克文化中重要的社交和求偶方式。

传说哈萨克人的先祖，一个猎人和天鹅仙子结婚那天，骑着雪白的骏马互相追逐，这种驰马追逐的方式后来成为哈萨克男女促成爱情结合的传统方式，因此得名"姑娘追"。"姑娘追"入选了《第五批国家级非物质文化遗产代表性项目名录》，体现了其在哈萨克族文化中的重要地位。

看完表演后，坐上区间车继续往湿地深处行进，白雪皑皑的天山山脉逐渐显露。近处是绿草如茵的山体，远处是连绵起伏的雪山，特克斯河如水蛇般静卧在芳草萋萋的湿地中央，白云大朵大朵地绽放在山坡尽头。此时此刻，与美景相伴，我们除了赞叹，就是感动！

百万亩油菜花惹人醉

　　江西婺源被誉为"中国最美的乡村"，最著名的风景就是金色的花海——油菜花。每年春季，10万亩油菜花盛开时，婺源便成了国内外游客的热门打卡地。

　　很多人不知道，在内地油菜花相继凋谢时，新疆伊犁州昭苏县的油菜花正竞相盛开，百万亩油菜花开遍座座山坡，一片片金色油菜花海席卷广阔的田野，行走在花海间，每一步都踏着芬芳，每一眼都是风景，让人迷醉不知归路。

　　昭苏高原油菜是全国开花最晚、花期最长、面积最大的春油菜种植产区，花期从7月初到8月上旬。昭苏不仅是新疆最大的油菜花产区（约占全新疆的70%），也是中国最大的油菜花基地，是名副其实的中国"油菜之乡"。

　　在昭苏县乌尊布拉克镇高标准农田，连片的油菜花田犹如一条金色花毯，阵阵花香沁人心脾，时有蝴蝶、蜜蜂在花丛中飞舞，游客置身花海、赏花、拍照，尽情享受大自然馈赠的田园诗意。湖南游客刘海英说："昭苏县7月的油菜花海真的很美，蓝天白云下花海飘香、蜂飞蝶舞，远处还有雪山作背景，这样的美景昭苏独一无二。"

　　为了让各地游客感受到"油菜之乡"的魅力，欣赏到油菜花海，昭苏县以花为媒、以农造景、以景带旅，打造以油菜花风景游览为主的农田观光、休闲旅游发展体系，实现农旅融合，为乡村旅游发展添光增彩。

　　有人将昭苏形容为"金色秘境"，说这里的油菜花海如潮水般汹涌澎湃，将整个大地染成一片金黄。这片油菜花海，让全世界的人都为之惊艳，它不仅仅是大自然的杰作，更是一首赞美生命的诗篇。

雪域高原的油菜花不像别的地方那样娇小柔弱，它们坚韧挺拔，张扬恣肆，密密麻麻地铺满大地，犹如一张金黄色的地毯，一眼望不见尽头，那种辽阔壮丽的美震撼人心。

这里流传着许多美丽的传说，其中最著名的莫过于"油菜花仙子"。相传，很久以前，一位美丽的仙子下凡来到昭苏，被这片金黄的油菜花海所吸引，便决定在此定居。她用自己的仙力，使这里的油菜花更加茂盛，使之成为人们心中的"金色秘境"。

昭苏通过举办油菜花节、摄影大赛等活动，提升了昭苏的知名度和美誉度。如今，昭苏油菜花海已经成为国内外游客心中的"网红"景点，每年吸引着成千上万的游客前来打卡留念。有人赋诗曰：

> 油菜花开满地黄，
> 丛间蝶舞蜜蜂忙。
> 清风吹拂金波涌，
> 飘溢醉人浓郁香。

青岛游客李小姐带着家人在油菜花田里一会儿拍照，一会儿录视频，她感叹道："昭苏的油菜花全国有名，我们是专门在这个季节来赏花的。成片的油菜花海非常治愈，这种赏心悦目的感觉非常好。"

昭苏县文化体育广播电视和旅游局党组成员、副局长哈丽娜·哈帕尔说："7月的昭苏迎来了最美的季节，漫无边际的油菜花海和广袤的昭苏大草原、天山山脉交相呼应，吸引了全国各地摄影爱好者、游客旅游观光。不断发展壮大的休闲观光农业已成为各族群众增收的新亮点，我们会继续加大旅游服务力度，完善旅游基础设施，助力全域旅游高质量发展。"

我来过昭苏几次了，被昭苏的油菜花海深深震撼，真正感受到了"油菜之乡"昭苏的魅力。油菜花淡雅香气袭人，备受人们喜爱，古人今人都曾写诗赞美油菜花。有一首大家耳熟能详的诗《宿新市徐公店》：

篱落疏疏一径深，
树头新绿未成阴。
儿童急走追黄蝶，
飞入菜花无处寻。

杨万里笔下的油菜花是江南乡村的，有一种雅趣和情致；他要是有
幸目睹了百万亩油菜花，一定能写出大气磅礴的诗篇来。

与别的花相比，油菜花是普通的，无声无息地开放，人们都没留意
过。然而，当它形成了规模后，放眼四望，东西南北中，遍地金黄，微
风吹来，此起彼伏，令人心醉的黄浪向前铺过去，直铺向蓝天。花海茫
茫，大地一派流金溢彩，莺歌蜂舞，更似斑斓绚丽的舞台。

昭苏位于中亚内陆腹地的高位山间盆地，属大陆冷凉型气候，冬长
无夏，春秋相连，油菜花很适合生长在这样的环境。昭苏凉爽的气候和
充分的日照适合春播油菜的种植生长，昭苏的无霜期只有 100 多天，而
油菜是一种喜凉耐寒的作物，其发芽、出苗的适宜温度为 10—15 摄氏度
之间，幼苗期抗寒能力强，能抵御零下 10 摄氏度的低温。到了每年的 7
月，昭苏高原风和日丽，晴空万里，日平均温度在 15 摄氏度左右，这恰
好是油菜抽薹开花的最佳温度，油菜当然把昭苏视为它的"家乡"了。

每年 7 月初，漫无边际的油菜花席卷着广袤无垠的昭苏大草原，阵
阵风儿吹过，更像波澜壮阔的金色海洋。在蓝天白云的衬托下，油菜花
具有扑面而来的恢宏气势，显示着生机勃勃的浪漫，成就了博大壮阔的
奇观，浓郁花香让人情迷心醉，旖旎风光令人流连忘返。

是昭苏人的勤劳成就了这花的海洋。阳光下，满地的油菜花千姿百
态，花团锦簇。油菜花是一种平淡无奇的花，没有郁金香那么迷人，没
有牡丹花那么高贵，没有玫瑰花那么娇艳，只是那种朴实无华的黄，却
让人看着很舒服。

油菜花是农民的花，不需要特殊的关照，只要适时播进土壤，有一
定的水分，就可以发芽长株，抽薹开花，成熟结籽。昭苏县所产油菜具
有品质好、含油率高、产量高等特点，深受大家的喜爱。

近年来，"昭苏油菜花海"成为昭苏县的旅游名片，通过政府引导、群众参与的模式，逐步建成灯塔农业观光点、乌尊布拉克镇千亩花海农业观光点、昭苏马场农业生态示范园等以农业观光体验为主的农田观光区，日接待游客最高可达 3000 人。以油菜花海为核心，延伸出骑马看花海、自行车花海骑行、油菜花摄影等多项旅游活动。

昭苏镇吐格勒勤布拉克村村民格敏江·热合木江说："夏天看花的游客特别多，花开的时候村里没有闲人，有的租马、有的开民宿、有的卖蜂蜜，都忙着挣钱。"

吐格勒勤布拉克村约有 50% 的村民种植油菜，面积约为 3 万亩，是昭苏县面积最集中的油菜花赏花地之一，其中面积最大的是农业观光园的 1033 亩油菜花。村里从 2016 年开始打造油菜花海，添了观景台、增加拍照道具，当年就吸引赏花游客近 6 万人次。

昭苏县已成为疆内外摄影家喜爱的拍摄地，油菜花、天马都是摄影家镜头中的主角。2016 年，昭苏县还被中国新闻摄影学会命名为国家级摄影创作基地。摄影师秦杰每年都会和朋友相约到昭苏拍摄，在他看来，昭苏的油菜花显得非常大气："昭苏的油菜花绵延起伏，加上蓝天白云、草原、天马，感觉非常不一样。"

当地人在花海边修建了高台用于赏花拍摄，花海里还放置了自行车、桌椅、秋千等道具便于打卡拍照。游客可以乘坐热气球高空赏花，也可以在花海里悠然喝咖啡。

连续多年到昭苏县拍摄油菜花的网友"信马游疆"说："这里的油菜花面积大、颜色鲜艳，背景是巍峨的雪山，组合起来非常壮观。拍照片或短视频，效果都很好。"

格敏江·热合木江和不少游客互留电话还加了微信，油菜花开了、看到好风景，他都会拍下来发给各地的游客。格敏江说："油菜花开了，旅游热起来了，村里人人有事干有钱挣，生活越来越好。民宿、餐饮、做小买卖，都能挣钱。老人家养几只鸡，每天卖鸡蛋给饭店，也能挣钱。"

目前，昭苏县百万亩油菜花已成为带动农牧民增收、带动三产发展的重要平台。赏花拍照的游客热直接带动酒店、民宿、餐饮效益增长，也带动了越来越多的农牧民群众从事旅游经营。

7月，全国大多数地方的油菜花都已退场，昭苏的百万亩油菜花闪亮登场，为大家上演一场视觉盛宴。资深驴友枫行哥说，昭苏是《中国国家地理》杂志钦点的新疆100个最美观景点拍摄点之一，是一个让全世界都惊艳的金色秘境，一个值得一生去探寻的地方。

朋友，你还等什么？

回望昭苏人文景观

　　昭苏县不仅以其丰富的自然景观吸引着众多游客，还因其深厚的历史文化底蕴而闻名。昭苏县拥有悠久的历史，可以追溯到新石器时代，当时就已有人类在这里繁衍生息，创造了灿烂的古游牧文化。

　　昭苏县在历史上是乌孙故里，在古代丝绸之路上有着重要的地位，细君公主墓和乌孙古墓群经历千年风雨仍屹然矗立。此外，昭苏县还是唐朝至元朝时期的夏塔古城遗址所在地，这一古遗址被列为全国重点文物保护单位，对研究古代伊犁地区的经济文化交流史及政治军事发展具有重要价值。圣佑庙、格登山纪功碑、洪纳海石人、灯塔知青馆、哈萨克民俗馆等，让人唏嘘感叹，流连忘返。

　　走进昭苏，聆听历史的声音。在这里，每一步都踏在历史的痕迹上，每一眼都映入文明的辉煌。昭苏古迹，等待您来探索、感受、传承。让我们一起，揭开这片神秘土地的千年面纱，领略其独特的魅力。

圣佑庙

我们首先要介绍的是昭苏圣佑庙。这是一个国家 4A 级旅游景区，全国重点文物保护单位，更是新疆境内现存最大的一座黄教寺院。圣佑庙离昭苏县约 2 公里，是左翼厄鲁特蒙古人所建的喇嘛庙，其蒙古语为"博格达夏格松"。圣佑庙建筑宏伟壮观，气氛庄严肃穆，是这一带蒙古族牧民求神祈祷的场所。建于光绪二十四年（1898 年），现存建筑 8 座，面积 2000 平方米，寺庙占地数百亩之多。

圣佑庙位于县城西北，靠近天山脚下的洪纳海河畔。圣佑庙整个建筑具备了汉族文化及佛教文化相融合的特色，坐北面南。照壁、山门、大殿、后殿在一条中轴线上，两侧有配殿和六角形平面的双层檐楼亭，飞檐翘角。

大殿前，高悬汉文书写的"敕建圣佑庙"匾额。

东面角楼上挂有一口大钟，西面角楼上放有一面大鼓，所以称为钟鼓楼；东西配殿为喇嘛休息的禅房。大殿是寺院的主要建筑，壮阔雄伟，为七开间的正方形建筑，共分为两层。可惜楼梯年久失修不能攀登了。一楼现在供奉着十世班禅额尔德尼和成吉思汗的画像，柜橱里供奉着历代喇嘛圆寂后留下的遗物，墙上悬挂着从布达拉宫请来的佛像、唐卡，供人们参拜。

以前这里喇嘛很多，香火也很旺，由于"文化大革命"的影响，许多喇嘛被迫离开，没有人看守，庙里的东西也遭到了洗劫，现存的东西也很少了。寺院内古木繁荫，晨钟暮鼓，僧众齐集，鸟鸣雀舞，显得古朴而又庄严肃穆。

我们进去参观时，正值中午，游人寥寥无几。大殿里挂满色彩绚丽的唐卡，尽管光线昏暗，仍依稀可见。导游乌日娜说，寺庙里的镇庙之宝是那张巨幅唐卡，距今 300 多年历史。

寺庙修旧如旧，保持着原貌，庙宇的圆柱红漆剥落，给人以风雨无情的沧桑感。院中的六棵松树看上去并不雄伟粗壮，但已经有 100 多年的树龄，全是当年所栽种。栽树的人早已化为泥土，而松树仍旧郁郁葱葱。

听说为了选址建庙，费了很大力气，蒙古族左翼厄鲁特部在组建之后经过多次选址，几经周折，最终选定在紫气普照的昭苏洪纳海河沟口这个地方建寺。为建这所寺庙，厄鲁特营上三旗蒙古族民众曾经捐7000匹马，并于1894年从数千里之遥的北京请来著名建筑师李照福等80名能工巧匠在此新建寺院，历时4年，耗银10万两，才建成了今天我们所见的这座金碧辉煌的庙宇。

圣佑庙四周有围墙环绕，寺内古木参天，清幽肃穆，宏伟壮观。圣佑庙藏语称为"吉金玲"。1984年8月4日，全国人大常委会副委员长、西藏活佛班禅额尔德尼·却吉坚赞来昭苏视察工作时，专门到圣佑庙参拜，举行宗教仪式，慰问蒙古族群众，为蒙古族信教群众摸顶讲经。时至今日，这里已经成为当地蒙古族群众求神祈祷祭祀的场所。2001年6月25日，圣佑庙作为清代古建筑，被国务院列入了全国第五批重点文物保护单位名单。目前，该寺庙每年有4次大的活动，其中以正月十五最为隆重。

喇嘛教又称藏传佛教，流行于我国西藏、内蒙古一带。公元7世纪佛教传入西藏以后，融入了本地固有的宗教成分，为了区别于一般的佛教，就称为喇嘛教。藏传佛教一是指在藏族地区形成和经藏族地区传播并影响其他地区的佛教；二是指用藏文、藏语传播的佛教，而蒙古、纳西、裕固、土族等民族即使有自己的语言或文字，但讲授、念诵和写作仍用藏语和藏文，所以又称"藏语系佛教"。

藏语系佛教始于7世纪中叶，当时的藏王松赞干布迎娶尼泊尔尺尊公主和唐朝文成公主时，两位公主分别带去了释迦牟尼8岁等身像和释迦牟尼12岁等身像以及大量佛经。松赞干布在两位公主影响下皈依佛教，建大昭寺和小昭寺。到8世纪中叶，佛教又直接从印度传入西藏地区。10世纪后半期藏传佛教正式形成。到13世纪中开始流传于蒙古地区。

从外表看，圣佑庙整个建筑具备汉族文化及佛教文化相融合的特色。圣佑庙坐北朝南，前殿、大雄宝殿、后殿等建筑在一条中轴线上，两侧有硬山顶配殿和六角形平面的双层双檐的钟楼、鼓楼，飞檐翘角，整体布局对称。东西配殿为喇嘛休息的禅房。

我们首先看到的是照壁。乌日娜解释说，照壁是中国传统建筑特有的部分。过去，人们害怕自家的宅院中会有鬼进来，就修上一堵墙，以阻断鬼的来路。另外还有一种说法，认为照壁是中国人受风水意识影响而产生的一种独具特色的建筑形式，称"影壁"或"屏风墙"。风水讲究导气，气不能直冲厅堂或卧室，否则不吉利。避免气冲的方法，就是在房屋大门前面筑一堵墙。为了保持"气畅"，这堵墙不能封闭，于是就形成了照壁这种建筑形式。照壁具有挡风、遮蔽视线的作用，墙面一般都有装饰，这是我国经典建筑形式四合院必不可少的一种处理手段。

再往里走就是山门，也是寺院正面的楼门。女导游说，过去，寺院为了避开市井尘俗而建在山林之间，因此以山门作为寺院门的别名。山门一般有三个门，所以又称"三门"，象征"三解脱门"，也就是"空门""无相门""无作门"。有的寺院或者只有一门，也可称之为三门。这三座门常盖成殿堂式，或至少是把中间的一座盖成殿堂，叫"山门殿"或"三门殿"。寺院内古木繁荫，鸟鸣雀舞，显得古朴而又庄严肃穆。

圣佑庙的前殿绘有蒙古族英雄江格尔的画像，前殿两侧各开一个小门，里面是喇嘛休息的地方。前殿后面的庭院里有六棵建庙初期栽种的参天大树，树上挂有许多"风马"。"风马"也叫"经幡"，是藏传佛教的一种表现形式。"风马"有五种颜色，白色象征纯洁善良，红色象征兴旺刚猛，黄色象征仁慈持才，绿色象征阴柔平和，蓝色象征勇敢机智。"风马"的意义就在于祈求上天的恩赐，是神灵保佑的象征物。

圣佑庙的主体建筑大雄宝殿高17米，为七开间的正方形建筑，大出檐，高举折，陡屋顶，四角飞檐呈龙头探海之势，气势恢宏。斗拱精细，为多层挑枋肩之。大殿脊檩有"光绪二十四年五月吉日建修"字样。大雄宝殿就是正殿，也有称为大殿的。大雄宝殿是整座寺院的核心建筑，也是僧众朝暮集中修持的地方。大雄宝殿中供奉释迦牟尼佛的佛像。大雄是佛的德号。大，就是包含万有的意思；雄，就是摄伏群魔的意思。因为释迦牟尼佛能雄镇大千世界，因此佛弟子尊称他为大雄。宝殿的宝是指佛、法、僧三宝。巨柱擎起的殿廊上绘有珍禽异兽、猛虎雄狮、金鹿麒麟、凤凰猕猴、奇花异卉，画面千姿百态，色彩绚丽，线条流畅。

大殿正壁上绘有《二龙戏珠》《凤凰比翼》《子牙钓鱼》《苏武牧羊》等具有我国传统风格的画。殿顶正中有银色金属法器装饰。大殿前，高悬汉文书写的"敕建圣佑庙"匾额。

殿内陈设着数百尊佛像，张挂着来自西藏和青海的帐幔、旗幅，绣工极其精美，具有浓厚的喇嘛教色彩。一楼供奉着十世班禅额尔德尼和成吉思汗的画像，香炉内香烟缭绕，一盏盏酥油灯常年点燃着，弥漫着一种超凡脱俗的神秘气息。柜橱里供奉着历代喇嘛圆寂后留下的遗物，墙上悬挂着从布达拉宫请来的佛像、佛脚像，供人们参拜。

殿内陈列着许多唐卡，其中有绿度母、白度母的画像，有一幅据说还印着如来佛的脚印。这些唐卡都来自西藏和青海。唐卡也叫唐嘎、唐喀，是藏族文化中一种独具特色的绘画艺术形式，题材内容涉及藏族的历史、政治、文化和社会生活等诸多领域，堪称藏民族的百科全书。唐卡凝聚着藏族人民的信仰和智慧，记载着西藏的文明、历史和发展，寄托着藏族人民对佛祖的无可比拟的情感和对雪域家乡的无限热爱。

传世唐卡大都是藏传佛教作品，多画于布上或纸上，然后用绸缎缝制装裱，上端横轴有细绳便于悬挂，下轴两端饰有精美轴头。画面上覆有薄丝绢及双条彩带。涉及佛教的唐卡画成装裱后，一般还要请喇嘛念经加持，并在背面盖上喇嘛的金汁或朱砂手印。也有极少量的缂丝、刺绣和珍珠唐卡。唐卡的绘制极为复杂，用料极其考究，颜料全为天然矿物和植物原料，色泽艳丽，经久不褪，具有浓郁的雪域风格。

大殿内东西两侧有木楼梯可上二楼，二楼中间有一顶白色蒙古包，里面供奉着释迦牟尼佛和宗喀巴大师的雕像，法器、经卷、各种金银祖鲁杯满设祭坛。宗喀巴大师是佛教格鲁派的创建者，也是佛教理论家。

圣佑庙刚建成的时候，曾经有三四百名喇嘛，最兴盛的时候有500名喇嘛。"文化大革命"时期，圣佑庙曾经遭到严重破坏。改革开放以来，圣佑庙重新对外开放，开始接待各地的信徒和游客。如今，圣佑庙的大殿内又开始香火不断，酥油灯长明，每到正月十五和四月十五，各地的黄教信徒为了参加祭祀活动，都会来到圣佑庙，焚香秉烛，捐珍宝，施金银，拜佛诵经，以示虔诚。

走出圣佑庙，我们在寺院里遇见 7 个来参观的老人，他们是从南京开着两辆房车和一辆轿车穿山越岭来到昭苏的。其中一个老爷子姓李，很是健谈，他74岁，腰板挺直，精神矍铄；他老伴张阿姨，72岁，温婉如玉。

我们应邀参观了他们的房车，尽管空间不是很大，但麻雀虽小五脏俱全。房车里像个温馨的小家，有大床、厨房、厕所、冰箱、电视、餐桌等，生活所需基本齐备。

李老爷子说，现在生活好了，衣食无忧，子女在国外，他们想在有生之年享受一下生活。他以前是海军，夫人是陆军，聚少离多。为弥补缺憾，买了这辆房车，陪夫人游历祖国大好山河。他们一行七人既是战友又是邻居，有海军、陆军和空军，"海陆空"组队环游中国。昭苏人好、地美、肉香，给他们留下很好的印象。

羡慕之余，我也在想，人生短暂，如何度过幸福的余生，是一个值得思索的问题。六祖惠能大师曾有四句偈："菩提本无树，明镜亦非台。本来无一物，何处惹尘埃。"

我望着寺院里的古树，似有所悟。

英雄史诗格登山纪功碑

到昭苏县旅游，一定要爬格登山，要瞻仰格登山纪功碑。这里风光旖旎、景色优美，在格登山上俯瞰，广袤的草场和连绵的雪山尽收眼底，对面就是哈萨克斯坦的小镇。格登山纪功碑对于维护国家统一和安定团结有着极其重要的教育意义，是国家级重点保护文物。据说，乾隆皇帝曾经为新疆书写过四块御碑，而格登山碑是如今仅存的一块，其历史价值不言而喻。

当年，清政府收复新疆之战获胜后，格登山及特克斯河以北、伊犁河以南的大片国土（今新疆昭苏、特克斯、巩留三县）仍被沙俄强占。

在左宗棠收复新疆的军事威慑下，外交官曾纪泽、大臣长顺等据《平定准噶尔勒铭碑》，抗词力争"格登山是我国镇山，上有高宗纯皇帝勒铭格登山之方碑"，终于使沙俄于光绪八年（1882年）将这片领土归还中国。

格登山纪功碑于昭苏县以西60余公里的格登山上，全名《平定准噶尔勒铭格登山碑》。碑文乃清朝乾隆皇帝亲自撰拟，是竖立在格登山上的一方巨型花岗岩石碑。石碑高为2.95米，宽0.83米，厚0.27米。碑额镌刻盘龙，正面刻"皇清"，背面刻"万古"二字，碑文为日出东海浮雕图案。其正面用满、汉文，背面用蒙、藏文共四种文字镌刻，全文竖排，以汉文共计210余字，主要记载了清军平定准噶尔部首领达瓦齐叛乱的经过和战绩。

经过200多年风雨的侵蚀，碑文虽然有些漫漶，但仍能辨认。我不由得再次默念乾隆皇帝亲撰的碑文：

格登之崔嵬	贼固其垒	我师堂堂	其固自摧
格登之巉巉	贼营其穴	我师洸洸	其营若缀
师行如流	度伊犁川	粤有前导	为我具船
渡河八日	遂抵格登	面淖背岩	藉一昏冥
日捣厥虚	日歼厥旅	岂不易易	将韬我武
将韬我武	诇日养寇	曰有后谋	大功近就
彼众我臣	已有成辞	火炎昆冈	惧乖皇慈
三巴图鲁	二十二卒	夜斫贼营	万众股栗
人各一心	孰为汝守	汝顽不灵	尚窜以走
汝窜以走	谁其纳之	缚献军门	追悔其迟
于恒有言	曰杀宁育	受俘赦之	光我扩度
汉置都护	唐拜将军	费略劳众	弗服弗臣
既臣斯恩	斯服斯义	勒铭格登	永昭亿世

200多年了，此碑一直向世人诉说着那段沧桑的历史，展示着这块美好的土地曾经经历过的伤痛，昭示着国家统一过程中经历过的磨难。我默念着碑文，眼前似乎浮现出勇士们横矛跃马、冲锋陷阵、英勇无畏的

场面，耳边仿佛听到那激越雄壮、震天动地的呐喊。

格登碑讲述的是清军平定准噶尔部首领达瓦齐叛乱的战役。很自然，我思维的触角伸向了"达瓦齐"这个名字。

当年，努尔哈赤和皇太极用征讨、联盟、结亲等办法先后收服了漠南蒙古和漠北蒙古，但是漠西蒙古一直不肯合作。漠西蒙古又称厄鲁特，其中以准噶尔势力最为强大，噶尔丹成为部落首领之后，整个准噶尔部落达到了鼎盛时期。康熙皇帝率军三征噶尔丹，噶尔丹兵败服毒自尽。公元1697年，噶尔丹的侄子策旺阿拉布坦在伊犁称准噶尔汗，他死后整个准噶尔内部陷入了内乱纷争，达瓦齐夺取汗位后，在沙俄的唆使下加紧进行分裂祖国的行为。

乾隆二十年（1755年），清廷决定出师伊犁，平定达瓦齐叛乱。二月，清军兵分两路，北路由班第为定北将军，阿睦尔撒纳为定边左副将军，由乌里雅苏台进军；西路由永常为定西将军，萨喇尔为定边右副将军，由巴里坤向伊犁地区进发。厄鲁特和西域各族人民对准噶尔贵族的内讧和残暴统治十分不满，希望早日实现统一和安定的局面，清政府制定和贯彻了对准噶尔比较稳妥的政策，因而清政府统一西北的行动，受到各族人民的支持和拥护。清军往征讨达瓦齐途中，准噶尔"大者数千户，小者数百户，携酮酪，献羊马、络绎道左，行数千里，无一人抗颜者"。

当年四月底，5万大军7万匹战马会师在博尔塔拉河畔，稍作休整便直捣达瓦齐的老窝伊犁。达瓦齐负隅顽抗，拥兵万余人退居在格登山上，企图孤注一掷。"格登"在蒙古语中是突起的后脑骨，意思是顶部平坦两边山坡陡峭，易守难攻。

定北将军班第乘胜追击，兵分两侧包围了格登山。1755年5月14日夜晚，班第的翼长阿玉锡、章京巴图济尔噶尔、宰桑察哈什等巴图鲁率22名精锐骑兵在夜色的掩护之下，利用语言、服饰与叛军相似的特点，顺利穿过了警戒线混入敌营，突然发起攻击，顿时杀声震天。达瓦齐所部本来就是乌合之众，士兵早已丧失斗志，听到枪声喊声，黑夜中不知道上来多少清军，立时大乱，叛军丢盔弃甲，四处溃散，真是兵溃如山倒。阿玉锡等人擒获叛军大小首领20余人，降者6500人。

达瓦齐领着残兵败将落荒而逃,从天山托木尔峰下的木扎尔特达坂向南流窜。后来,乌什城主霍集斯伯克擒获了达瓦齐,把他献给平叛的清朝大军,押解到北京,朝廷在午门举行隆重的献俘仪式。

取得格登山之战大捷后,乾隆激动地亲自撰写碑文,清政府准备立碑勒石纪功,将此事交给统帅平叛清军的定北将军班第。到了乾隆二十年(1755年)八月,卫拉特蒙古辉特部台吉阿睦尔撒纳发动叛乱,立碑之事搁浅。

两年后,清政府打败叛军,彻底平定北疆,立碑勒石纪功之事又一次被提上日程。石材从哪里找?刻石工匠从哪里找?

乾隆二十三年(1758年)十一月,负责立碑事项的主事富魁带领甘肃工匠抵达格登山,已因天寒地冻,粮食断绝,没有驮载工匠用具的牲畜,无功而返。4年后,乾隆二十七年(1762年)七月,由参赞大臣阿桂监督,富魁等人再次返回格登山,这次准备万全,在附近找好石料,终于完成了格登碑的竖立。

据(清)傅恒《平定准噶尔方略》记载:"格登山立石纪功……令主事富魁驻札料理。""谕驻札辟展副都统定长,刻石纪功各事宜。上谕军机大臣,曰定长奏称,前奉谕旨来春于伊犁之格登山刻石纪功,顺便搜捕吗哈沁,请将阿定保所领之兵选派百名,并恳请効力之舒景阿前往……又谕兆惠等,酌派官兵一千,来春往伊犁巡查,则刻石之事,自可兼办。今定长处既有工匠,着即发往叶尔羌,先行刻石纪功。俟工竣后,再同发往官兵,前往伊犁,于格登刻石。"

伊犁哈萨克自治州博物馆研究员、清史专家安英新分析:"根据平定准噶尔方略里的记载推测,石碑由清官兵1000余人从南疆运来,立碑事宜由伊犁参赞大臣督办。它的材质是青砂石质,这种石材在伊犁当地是没有的,推测应该是沿着夏塔古道运来,石材质地坚硬,不易风化,寿命长。"

安英新说,当时的刻石工匠来自陕甘地区。格登山碑的竖立,标志着祖国西陲山河一度分裂割据局面的终结,对于维护祖国领土统一、捍卫领土主权完整、增强边防意识,具有重要的历史价值。

格登山自此也经常出现在清代诗人的诗中，民族英雄林则徐结束三年的新疆谪戍生涯，奉旨踏上归途时，写道："格登山色伊江水，回首依依勒马看。"流放官员曹麟阁曾赞颂："何似御铭平准绩，风云长护格登峰。"

解放初期，清代修建的格登碑四柱御碑亭已荡然无存，1975 年、1984 年国家文物局拨专款重建及维修碑亭。2003 年 12 月 1 日，昭苏县境内发生 6.1 级地震，造成碑亭顶部倒塌，碑身倾斜。2005 年国家拨款重新修建，即如今的红墙黄瓦碑亭。

此时，阳光明媚，和风轻拂。我环绕碑亭，默默无语，内心和纪功碑进行心灵的交流。青石无语字有言，石碑诉说着历史和惊心动魄的历史故事。

格登山巍峨屹立，放眼望去，绿油油的草场和远处的蓝天、白云、雪山相映成辉，中哈两国边境界河苏木拜河静静流淌。不远处是格登哨所，最可爱、可敬的边防官兵，无论严寒酷暑，为我们的祖国、为我们的幸福生活站岗放哨。

格登碑像一位坚定的战士，驻守在边境线上。

神秘的小洪纳海"通天石人"

梦幻般美丽的昭苏草原是中国著名的四大草原之一，完美展示着昭苏优美的自然景观、独特的历史文化和浓郁的民俗风情。草原石人、乌孙土墩墓和岩画是昭苏草原的三大奇观。

在昭苏所有的草原石人中，形体最大且体表刻存文字的是小洪纳海石人，堪称是草原石人的精品，也是新疆草原文化的经典之作。

小洪纳海草原石人位于昭苏县小洪纳海河畔，南临特克斯河，北望乌孙山，海拔 1790 米，距县城仅 5 公里。我们自大门进入景区，走了近百米，眼前是一座飞檐斗拱、雕梁画栋的高高的门楼。沿着台阶走上去，门楼里面是空的，从这里可以眺望广阔的巴勒克苏大草原，蓝天白云下骏马成群。草地上专门修建了木栈道，方便游客进入草原深处近距离观赏草原石人。

草原石人一直被人们赋予神秘的色彩，被称为"草原之谜"。它们大小不一、造型各异、面向东方，栉风沐雨守望着茫茫草原。石人是谁，是谁所立，又为谁而立？千百年来，很多人都想揭开这一尊尊石人神秘的面纱。

草原石人是亚欧大草原上一种重要的文化遗迹，近百年来，中外学者进行了大量研究。据国内和日、英、法、德等国家学者考证，分布在昭苏大草原上的石人，系隋唐时突厥游牧民族的墓前石人。

小洪纳海石人墓是隋唐时期突厥游牧民族石雕墓。墓前立有石人是古突厥人墓前的标志，一般面向东方立于墓葬前。石人雕刻于花岗岩上，男性石人多为武士造型，宽圆的脸庞，双眼细长，高颧骨，有八字胡，面部表情凝重而深沉，服饰多为翻领大袷袢，腰部系有宽腰带，悬挂弯刀或长剑，脚蹬长靴；女性石人则多呈双手抱胸的姿势。小洪纳海草原的石人是新疆草原石人遗存数量最为集中的一处。

其中一尊小洪纳海石人高 2.3 米，宽 0.35 米，面东而立，双手抱置胸前，头部着冠梳辫，冠中间饰以圆环，窄边平顶。石人面部线条清晰，长方形脸，圆下颌，弧眉细眼，鼻窄而直，鼻翼较宽，呈圆鼻头形；髭曲翘、嘴部缺失。右臂屈于胸，手中持杯；左手握刀，前胸部缺失。石人着翻领服，身上有衣褶；束腰，素面腰带。石人身后披着长长的发辫，垂至腰际。石人正面腹部的下方右侧，刻有粟特语铭文。铭文为纵行，行列自左向右，全文共计 20 行。由于石人保存状况不佳，许多文字已模糊不清，无法辨认。该铭文据日本学者吉田丰、森安孝夫解读，铭文的第六行意为："木杆可汗之孙，像神一样的尼利可汗"，铭文的第三至第四行意为："持有王国二十一年。"专家推测，这尊石人或许是西突厥汗国尼利可汗的形象。

在尼利可汗石人附近，有 3 尊并排着的石人，看上去像是一家人，据说这几个石人都是从其他地方迁过来的。不知换了地方，石人是否还能象征着当年草原居民的灵魂。景区内有 14 尊石人，伫立在旷野之上散发出远古神秘的气息。

据说我国最早发现新疆草原石人的，是清代著名地理学家徐松。他在《西域水道记》中记载了在新疆伊犁河以西发现石人的经过，并怀疑是古代军人墓葬的附属物，与唐代昭陵前的石翁仲一样。翁仲是传说中的巨人，人们把铜像或墓道石像都称之为翁仲。

草原石人大多选用整块岩石雕凿而成，有些石像只是在长圆形的石头上浅凿几条细线，粗略显现出人的面部轮廓，而有些则是精雕细刻，头部五官身躯生动逼真，有的石人还身披发辫垂至腰际，线条舒展流畅。草原石人中有壮年、妇人也有孩童，男性多为武士，宽圆脸型，蓄八字胡须，双目圆视，腰悬弯刀或长剑，起起雄气，栩栩如生。

当前，学术界最主要的观点已经形成，那就是新疆的草原石人属于突厥石人。

我国著名考古学家黄文弼先生在 20 世纪 50 年代对新疆伊犁考察时发现了几尊石人，经过初步研究之后，他第一次提出了新疆草原石人就是突厥石人的观点。突厥，从公元 6 世纪中叶建国，到 9 世纪中叶灭亡，前后历时 280 余年。在中亚的哈萨克斯坦、吉尔吉斯斯坦、土库曼斯坦，以及蒙古国和我国新疆发现的众多武士型石人，是突厥汗国留在草原上的唯一历史见证。

通过对石人所在周边环境的调研，研究人员发现大部分在原野上分布的石人身旁或身后都有用石头圈子围就的大土堆，很明显像是一座坟墓。要揭开石人身份之谜，人们的目光首先集中到了石人身旁或身后的墓葬上。由于历史上游牧民族的葬俗本来就很简单，再加上年深日久多种因素的破坏，要找到保存完好的石人和墓葬十分困难，也就是说很难找到石人与墓葬有直接联系的证据。这给鉴定石人身份的工作带来了很大的困难。

研究人员在野外寻找考古证据的同时，查阅了大量历史文献后，发现《周书·突厥传》载，突厥人死后要"于墓所立石建标"，这说明古代突厥人有在墓地立石的风俗。这个"石"是指石人呢，还仅仅是指石块？在《北史·突厥传》《隋书·突厥传》有一段详尽的记述，说突厥人尚武好战，死后要"图画死者形仪及其生时所经战阵之状"。也就是说，突厥人墓地立石之上刻画的正是墓主人的形象。突厥战士生前杀一人，死后则在墓前立一石，有的成百上千，以此来昭示突厥武士的显赫战功。这就是所谓的"杀人石"。

另外，蒙古国在对一系列立有石人的古墓葬进行挖掘的过程中，出土了一些带有铭文的石碑，碑文中明确地记载着这正是突厥贵族的墓葬。由此断定，草原石人系突厥人所为。

那么，突厥人为何要在石头上雕刻已故者的形象呢？它有什么象征意义呢？现代人又能从中得到什么信息呢？

从突厥石人的造型来看，多为一手执杯、一手仗剑的武士型石人。对此，专家解释说，石人仗剑，代表的是突厥人尚武的风俗。对于一手执杯的现象，学术界有两种截然不同的解释，一是认为这是一种权力的象征，另有人认为杯子的含义仅仅就是酒杯。因为石人代表的就是死者本人，它也和活着的人一样，正在参加追悼自己的丰盛酒宴。依照这种解释，石人应该具有通灵的作用，即人死之后，他的灵魂也会依附在石人身上，只要石人不倒，他的灵魂就不会消失。

从突厥石人的形象来看，有的是高鼻深目，留着浓密的胡须，近似波斯人；有的脸形明显属于蒙古人种；有的则显出欧罗巴人种的特点。因此，突厥人可能不是专指某一民族，而是由不同民族组成的联合体。

从突厥石人的存在年代来看，早期的石人大多雕琢细腻，后期的突厥石人则简单多了，仅以阴刻的方式勾勒出双臂的轮廓。到了大约公元11世纪前后，就再也没有突厥石人了。专家认为，突厥在与唐帝国的连年征战中，屡遭重挫，被迫西迁。其间，在与新兴的阿拉伯帝国的频繁接触中，开始接受伊斯兰教义。伊斯兰教是禁止偶像崇拜的，突厥人原有的刻画人形的习俗也在被禁之列，所以后来的石人便为更加抽象的石块所代替。如受突厥人的影响，直至近代，哈萨克人的一些部落仍沿袭着用石块砌墓的风俗。

历史上，亚洲北部的许多民族曾经普遍信仰过萨满教，包括新疆草原上的早期游牧民族和吉林长白山一带的少数民族。萨满教崇尚大自然，认为万物有灵，并没有统一的崇拜偶像和宗教规则，这就使得居住在高山或草原上的民族很自然地对山石等天地万物进行顶礼膜拜，这种认识也肯定会反映到丧葬风俗上。游牧民族普遍认为人死之后灵魂可以升天，而达成升天的阶梯便是可以通灵的石头，故将死者形象刻画在了石头上，这就是石人的来历。

正是源于这种对石头本身的崇拜，基于石头具有通灵作用的认识，专家们认为，无论是墓地石人还是随葬石人，都是用来纪念死者、沟通天地的，具有辟邪的作用和保护灵魂的含义。这是一个建立在科学基础上的、比较合理也能为人们所认可的说法。于是，人们便将这类石人统称为"通天石人"。

另有一种十分大胆而又奇特的说法，认为那些石人是太空人的石像，也就是所谓"天外来客"。这种猜想是一种独到的理解，还是一种牵强的附会，很难断定。不过，对于一般来草原旅游的人来说，这种说法倒也令人颇感兴趣。要知道，人们是为了休闲娱乐才来到草原观看石人，对那些繁琐枯燥的学术考证一般不会有多少兴趣，把草原石人看作一道独特的风景，再加上富有想象力的解释，也许更有意思。

千百年来，这些草原石人一直这么屹立着，面向太阳升起的东方，注视着远方的天空，看护着脚下这片苍茫的草原，见证了昭苏草原上演的一幕幕历史篇章。

大汉公主墓和神秘乌孙墓群

细君公主墓坐落在乌孙山系的夏塔大峡谷谷口，昭苏县夏塔柯尔克孜族乡境内，距夏塔古城约 8 公里，直线距县城 69 公里，西接哈萨克斯坦国，北扼奔腾不息的夏塔河，南依巍峨挺拔的汉腾格里峰，东临乌孙山。墓高近 10 米，底径 40 米，是乌孙草原中规模最大的土墩墓之一。

细君公主墓是一微呈半月形的土墩墓，墓前长满绿草和鲜花，一座墓碑默默地挺立在墓前，不远处有用汉白玉雕刻的栩栩如生的细君公主全身像，向过往的人们诉说着墓主人昔日的风采。在这里伫立，也许能够听到细君公主悠扬的琵琶声和她吟诵的《黄鹄歌》：

> 吾家嫁我兮天一方，
> 远托异国兮乌孙王。
> 穹庐为室兮旃为墙，
> 以肉为食兮酪为浆。
> 居常土思兮心内伤，
> 愿为黄鹄兮归故乡。

细君公主被誉为我国有记载的第一位和亲公主。她生于江苏扬州，本是江都王刘建之后，只因其父谋反被诛，其母也因同谋而被戮，细君公主当时年幼，故幸免于难。然而细君公主的坎坷命运并未停止，长大后的细君公主精通音律，亭亭玉立。汉武帝接纳了张骞的建议，联络西域乌孙以断匈奴右臂，于是细君公主被挑选远嫁，陪嫁的侍从、工匠逾百人。后来，其夫君猎骄靡年老，拟按乌孙习俗，让细君改嫁其孙军须靡，也好让细君在他死后有个依托。细君公主来自汉邦，不愿如此，便上书汉武帝求归。武帝为了"联乌击匈"大计，派使团安抚一番，下旨要细君顾全大局"从其国俗"。细君公主改嫁后，筑一宫室于夏都（今昭苏草原），后诞下一女。不久，细君公主因抑郁而死，终年才29岁。

细君公主受到了乌孙国王的宠爱，也赢得了乌孙百姓的尊敬和喜爱，都称这位乌孙王后为"柯木孜公主"，意为"肤色白净美丽像马奶酒一样的公主"。

我们在细君公主墓前默立，感念她为今天中华民族的融合缔造了契机。正值盛夏，蓝天白云下西部天山连绵起伏、郁郁葱葱，高山顶上的皑皑白雪在阳光照射下闪着银光。天山雪水流入伊犁河上游的支流巩乃斯河、特克斯河，清澈而湍急。大片大片的果林、麦田、玉米地、薰衣草，组成了一幅幅壮美的五彩油画。山脚下、平原上，到处是一望无际的夏牧场，马群、牛群、羊群在悠闲地享受丰美的水草。这片古老而神奇的土地，是2000多年前细君公主曾经生活的地方，也是她长眠的地方。如今，汉家公主的历史功绩已经得到了充分的肯定。

2021年3月，昭苏县排演的歌舞剧《细君公主》于纳吾肉孜节期间在昭苏县首演。整个歌舞剧采用民间传统歌舞与现代艺术相结合的手法，并将哈萨克族的叼羊、恰秀、马奶制作等融入剧中，具有浓郁的民族特色和地方风情。

乌孙是中国古代历史上一个非常重要的民族。它延续时间很长，仅从正史记载看，上起战国、秦，下迄辽代，上下一千三四百年均断续有所述录。它活动地域辽阔，战国和汉初在河西走廊西部，汉初以后一个很长时期又西迁西域，占有以伊犁河流域和伊塞克湖为中心的广大地区。乌孙人就在伊犁河流域一带建立了著名的乌孙国。

乌孙在西迁伊犁河流域后，由于天山山谷和伊犁大草原优越的自然地理条件，加上比河西走廊更为安全的社会环境，乌孙的社会经济得到了逐步发展，尤其是进入公元前1世纪以后，更取得了长足进步。《汉书·西域传》记载"乌孙国，大昆弥治赤谷城，去长安八千九百里。户十二万，口六十三万，胜兵十八万八千八百人……东至都护治所千七百二十一里，西至康居蕃内地五千里。地莽平。多雨，寒。山多松。不田作种树，随畜逐水草，与匈奴同俗"。乌孙是汉代西域地区最强大的国家，在促进西域与祖国内地的统一和开发伊犁河流域方面，都有过重要的贡献和建树，是我国的民族史、新疆史以至中亚史的一个重要的、不可缺少的组成部分。

2000多年前，汉家公主细君和解忧出塞和亲远嫁乌孙王，对乌孙的政治影响、文化传播、固边守疆、经济发展起到了重要的作用，促进了汉朝同西域诸国之间的友好关系，是汉族和哈萨克族友谊的先行者。

乌孙是一个十分重视丧葬的民族，在他们看来，灵魂是不死的，今生和来世是同样重要的。《汉书·西域传》记载，乌孙国仅高级将领就有"相，大禄，左右大将二人，侯三人，大将、都尉各一人，大监二人，大吏一人，舍中大吏二人，骑君一人"。这些贵族死后，要把他们生前的许多东西，如马匹、奴隶都作为随葬品，所以，他们的坟墓都特别大。

昭苏县是伊犁州古墓的主要分布区之一，规模宏大，类型多样，有土墩墓、石堆墓、圆形石围墓、方形石围墓等；其中夏塔的土墩墓具有较好的代表性。

夏塔乡夏塔沟口河东岸坡地下分布着约 200 座古墓，皆为土墩墓，封顶铺有少量卵石。大型墓 10 座，封堆高 5—7 米，坟顶直径约 15 米，底径为 40 米，顶部均已塌陷，分两排南北排列；其余皆为中小型墓，封堆高 0.3—1 米不等，大多呈南北向排列。已经发掘的墓葬均为竖穴，大都有不同规模的木椁结构，随葬品一般较贫乏，不少为空墓，所见随葬品以日常用的陶器为多，有罐、壶、钵等。墓的底部周围还能看到露出泥土的大型石头。据考古学家研究，这表示死者生前作战时打死过多少敌人，就在墓周围放多少石头，以铭记其功绩。根据发掘资料和史料记载，结合碳 14 测年数据，确定墓主系西汉时居于伊犁河流域的乌孙人，其中出土的彩陶墓葬有可能同先于乌孙的塞种人文化有密切的联系。

在夏塔草原上还有一座巨大的土墩墓，似座小山，底部周长有 200 多米，高有 10 多米，顶部较平坦，外形像个巨大的梯形，想来可能是千百年的风吹日晒而使顶部逐渐变得平坦了。墓的顶部还有牧民竖起来的枯树枝，上面绑着各色布条，以祈求他们的幸福平安。

夏塔草原上这些经历了千百年风霜雪雨曾兴旺又衰败的古墓，给这里绿草茵茵一望无际的高山平原平添了几分豪壮、苍凉，几分遒劲、雄武，几分历史的底蕴和沉思。乌孙在伊犁先后活动 500 余年，影响深远。它是形成现代哈萨克族的族源之一，至今哈萨克族中仍有称乌孙的部落。古墓则是他们留存在伊犁草原的重要文化遗迹。

1997 年，伊犁地区昭苏县在修筑公路时，挖掘机无意间挖出大量的金器，后来通过收缴，得到 80 余件金器，其风格与伊塞克金器相同。随后的清理发掘却让人纳闷，现场没有发现墓葬。显然，为了防止盗墓，古人颇费了一番心思。除了隐穴，他们还能将宝藏埋在什么地方？伊塞克古墓和昭苏县出土的黄金，恰好印证了人们的推测。

乌孙人哪里来的如此之多的黄金？中外史料为历史研究工作者提供了答案。据推断，公元前 334—前 323 年，亚历山大对古中亚地区征伐，建立起横跨欧亚大陆的亚历山大帝国，切断了乌孙人同欧洲大陆的贸易往来。阿勒泰的黄金断绝了出路，于是，乌孙人便将大量的黄金用于制造工艺品和生活用品。

整个伊犁河谷历年来就是水美草肥的"天府之国",适合人类生活繁衍。遥想 2000 多年前,这里应该是一片肥沃的草场,乌孙骑士在这里纵横驰骋,那细君公主和解忧公主夏季就在昭苏夏塔草原避暑。这里天马奔腾,牛羊遍地,毡房点点,一派兴盛景象。经过 2000 多年的风雨,当年强盛的乌孙国已找不到任何踪迹,只有一个个高大的土墩墓立在荒原中,默默诉说着历史的沧桑。

历史遗韵——夏塔古城遗址

大唐王朝国富民强,疆域辽阔,为了有效管理突厥、回纥、靺鞨、铁勒、室韦、契丹等民族,朝廷效仿汉代都护府的建制,分别设立了安西、安北、安东、安南、单于、北庭六大都护府。

都护府是唐朝在边疆民族地区设置的特别行政机构,分为大都护府和上都护府,大都护从二品,上都护正三品。都护的职责是"抚慰诸藩,辑宁外寇",凡对周边民族之"抚慰、征讨、叙功、罚过事宜,皆其所统"。

安西都护府是唐朝设在西域的最高军政机构,管辖包括今新疆、哈萨克斯坦东部、东南部、吉尔吉斯斯坦全部、塔吉克斯坦东部、阿富汗大部、伊朗东北部、土库曼斯坦东半部、乌孜别克斯坦大部等地。

据专家考证,位于昭苏县城西南 57 公里的夏塔古城是唐朝城池建筑遗址,其地理位置极为重要,北临特斯河,东临夏塔河,西面通往哈萨克斯坦国,周围是沃野千里的夏塔牧场。夏塔古城隶属安西都护府管辖,为唐代镇守边陲起到了重要作用。从遗址出土的部分文物看,古城应延续到了元代还有人在这里居住生活。2013 年 3 月 5 日,夏塔古城遗址被列为第七批全国重点文物保护单位。

夏塔古城遗址呈方形，城墙残存三面，其中北墙长约 390 米，南墙长约 212 米，西墙长约 480 米，东墙靠夏塔河，原来有无城墙现已不明。城墙为夯筑，个别地段可见土块和石块补筑的痕迹。城西南角有角楼遗迹，城内有三处台基遗迹，明显高于周围。

夏塔古城外有护城壕与夏塔河相通，护城沟壕深 2—3 米、宽 7—8 米。西墙南端和南墙分别有一残损口，应为城门。夏塔古城西侧另有两处台基，一处为长方形；另一处由 6 个高于地面的小台基组成。

夏塔古城遗址采集砖、瓦和陶器残片时发现，砖分为两种，一种为青色条砖，长 29 厘米、宽 15.5 厘米、厚约 4.5 厘米；另一种为红色方砖，边长为 30 厘米、厚 5.5 厘米。陶片大多为夹沙红陶，轮制；从口沿看，器形有瓮、缸、罐。板瓦则为青灰色，表面光滑，背面为细布纹。琉璃瓦表面饰有蓝色釉，背面亦是布纹。有关人员还采集到青金石等地表遗物。

夏塔古城遗址是特克斯河流域最大且保存完整的一处历史文化遗址，对研究古代伊犁地区的经济文化交流史及政治军事发展都具有重要价值。

黄昏时分，我站在 1000 多年前的夏塔古城遗址旁，遥想当年这里的繁华景象，城池虽然不是很大，但城中一定商铺林立、人流如织，来往的商队在客栈打尖，在酒肆饮酒，美艳的胡姬歌舞助兴……我仿佛还看见，"安史之乱"后，这里战马嘶鸣、箭矢如蝗、刀枪撞击、血流成河的惨景。当然，这一切都已经成为历史的尘烟。我们对夏塔古城的认识，只能从历史的长河中打捞出有限的碎片进行破解。

2023 年 10 月 9 日，几名考古工作人员来到夏塔古城遗址进行调查勘探。此次调查勘探旨在最大程度保护古城遗址、揭示文化遗产内涵、展示传播遗产价值。

这次夏塔古城考古勘探工作由自治区文物考古研究所、南京大学文化与自然遗产研究所、昭苏县文物局联合进行，集合了考古、遗产研究、规划设计力量，是考古、研究、保护展示同步进行的有益探索。

考古工作人员一边对遗址打孔、测量，一边记录土色、土质、厚度等信息。南京大学文化与自然遗产研究所考古领队路侃说："目前，我们在夏塔古城城墙外的护城河里做勘探，已在护城河南端打了一排孔，通过泥沙中的包含物、松紧度来判断护城河的宽度和深度，确定护城河位置及它与城墙的关系等。"

夏塔古城遗址是新疆境内保存较好、极具代表性的城址之一，也是特克斯河流域最大的古城遗址。根据古城所处区位及规模初步判断，其扼守天山北麓丝绸之路弓月道和碎叶道，在历史上发挥了镇守边陲、商贸枢纽、文化交流等重要作用，对研究古代丝绸之路文化交流、商贸往来、民族交融等具有重要价值。

作为丝绸之路沿线重要的代表性古城遗址，夏塔古城长期以来受到学界广泛关注。早在1953年和1958年，西北文化局组织的新疆文物调查工作组和中国科学院考古研究所研究员黄文弼分别对古城进行过调查。此后，昭苏县文物局也多次组织专家学者对夏塔古城进行考古调查工作。

此次调查勘探期间，考古工作人员已发现了陶片、钱币、琉璃瓦、青金石等地表遗物。

昭苏县文博院院长、文物局局长乌云其米格说："关于夏塔古城的文献资料并不多见，过去对其了解仅建立在地面调查和少量地表遗物采集方面，且前期考古调查工作极为有限，考古实物证据、资料及研究成果颇为匮乏。城址内外地下文化层堆积情况基本不明确，城内建筑遗迹分布不明确，城址建筑年代、性质、功能发挥等情况不明，城址附近的相关遗迹一直未纳入考古视野之中。此外，由于自然和人为破坏因素，亟须对城址开展考古勘探、历史研究、价值揭示等工作。"

乌云其米格介绍，随着考古工作稳步推进，将向世人展示夏塔古城的真实面貌，通过挖掘、研究和构建，积极申请建设考古遗址公园，让其成为昭苏全域旅游发展新名片和文化体验新空间。

夏塔古城曾是繁华的古代城池，虽然今天只剩下城墙的遗迹，但仍能感受到当年的辉煌。黄昏时分，下起小雨，一个牧羊人赶着羊群走过遗址废墟，他好奇地看着我们，不知这里发生了什么。

夏塔河静静地流淌，诉说着千百年来过往的故事。

激情燃烧的岁月——灯塔知青馆

著名诗人贺敬之在《西去列车的窗口》里深情地写道：

在九曲黄河的上游，

在西去列车的窗口……

是大西北一个平静的夏夜，

是高原上月在中天的时候。

一站站灯火扑来，像流萤飞走，

一重重山岭闪过，似浪涛奔流……

此刻，满车歌声已经停歇，

婴儿在母亲怀中已经睡熟。

呵，在这样的路上，这样的时候，

在这一节车厢，这一个窗口，

你可曾看见：那些年轻人闪亮的眼睛，

在遥望六盘山高耸的峰头？

你可曾想见：那些年轻人火热的胸口，

在渴念人生路上第一个战斗？

这首诗歌的创作背景是，20世纪60年代，党和政府动员和组织知识青年离开城市，上山下乡，支援贫穷落后的农村和边远山区。在党和政府的号召下，许多东南部和中原地区的青年跋涉数千里，不辞艰辛，支援新疆。

从北京到昭苏，3600多公里；从上海到昭苏，4700多公里。60多年前，一批知识青年满怀激情响应党中央的号召，坐着轰隆隆西去的绿皮火车、换乘解放牌卡车，风尘仆仆地赶到昭苏。当时条件艰苦，劳动强度大，他们任劳任怨，住的是大小不一、杂乱无章、房顶长满杂草的地窝子，偶尔有几间土坯垒起来的泥房子……他们为昭苏的发展奉献了自己的青春和热血，为边疆经济发展做出了巨大贡献。

如今，他们已是体弱多病、头发花白的老人；尽管他们中的一些人已返回原籍，可那段难以忘怀的青春岁月会经常出现在梦里。在多年后的某天，他们结伴而行，回到曾挥洒青春年华的地方，绿皮火车、锈迹斑斑的解放牌卡车、二八大杠自行车、马蹄煤油灯等，重新将这里与他们的记忆连接。这个地方就是昭苏县灯塔知青馆，新疆 40 万知青唯一的知青纪念馆。

昭苏县灯塔知青馆建于 2013 年，作为全疆唯一以 20 世纪 70 年代知青生活为主题的展馆，全面、清晰、真实地展示当年知青生产生活全过程，是自治区第八批重点文物保护单位、第二批不可移动革命文物，2015 年更是成功创建为国家 4A 级景区。

知青馆位于昭苏镇吐格勒勤村，距离昭苏县城中心 6 公里，其前身是灯塔牧场。灯塔牧场成立于 1973 年，牧场成员主要是来自北京、上海及新疆本地等 1100 余名知识青年。2000 年灯塔牧场规划属于昭苏镇，被命名为吐格勒勤村。为让后人亲眼目睹当年知青的生产生活实物痕迹、发扬知青艰苦奋斗的精神，昭苏镇利用两年时间，建设了"灯塔知青馆"。知青馆馆址位于原灯塔牧场老办公场地，占地面积 1360 平方米，建筑面积 260 平方米，设知青生活复原区、历史物品展览区、知青 1973 主题餐厅和室外展区四大部分。

主题餐厅很有意思，以农田队、林业队、砖窑队为特色，将知青文化与旅游餐饮相结合。凡来参观者都可以在这里歇歇脚，在幽静雅致的主题餐厅品尝颇具特色的饭菜，追忆往事，憧憬未来。

知青馆以"史脉为线、图文与实物相互印证"，全面、清晰、真实地展示了当年知青生产生活全过程，通过大量珍贵的照片、实物以及知青历史背景介绍，让前来参观的人们进一步了解和感受到了过去那一代人的经历和挫折。

醒目的绿皮火车，再现着当初知青来新疆的场景；大食堂、粮仓、农具、知青林等，模拟出当年生产生活场景；六七十年代的招贴画、标语，以及照片和使用物品，煤油灯、木质锅盖、咸菜坛子、老式录音机、红双喜洗脸盆、手摇式鼓风机、笔记本、挎包、大通铺等这些曾经风靡的时髦老物件诉说着当年的故事，传递着艰苦奋斗的精神，足以勾起40多万新疆老知青满满的回忆。

展馆资料丰富，展陈生动，实物资料占很大比重。老知青回到自己挥洒青春年华的地方，仿佛乘坐着"时光机"，回到了"广阔天地，大有作为"的激情年代。

有趣的是，我们在知青馆遇到一群60多岁的老人，他们都是曾经在这里工作的知青，多年之后，再次回到这片生活了多年的土地。他们看到这里的展品，勾起无数难忘的记忆，于是一起唱起当年的歌，讲起当年的故事，带着我们穿越回了那个轰轰烈烈的年代……

依托知青文化资源，昭苏镇打造了"印象灯塔·红色小镇"旅游品牌，当地群众借助景区地缘优势，打造出集酒店、民宿和餐饮服务等旅游于一体功能完善的红色旅游目的地，旅游业态呈现出了锐不可当的势头。

昭苏县红星民宿负责人石玉成说："旅游热带火了我们民宿发展，目前民宿能接待130余名游客，为了丰富游客的旅游体验，我们还会进行篝火晚会等娱乐项目。我们会不断提升服务质量，加强硬件设施，给全国各地的游客一个最好的入住体验，让他们感受昭苏、爱上昭苏。"

昭苏灯塔知青馆不仅让我们领略到昭苏的自然美景，还能深入了解那个特殊年代的社会风貌和人文内涵。它以独特的方式，将历史和现实巧妙地结合起来，为昭苏的旅游业增添了新的亮点。正如一位游客所说："来到昭苏，不仅可以欣赏大自然的美景，还可以感受到那个年代的历史气息，这样的体验真是别具一格。"

知青馆附近还有一个乡村大舞台，上演着精彩的民族歌舞表演。虽然歌词听不太懂，但那种欢快的旋律、热情的舞蹈却很有感染力，让人沉浸在新疆特有的民族风情中。

去年，知青馆周围种植了油菜花和小麦，来这里的游客可以赏花海，可以在麦田体验锄地、播种、收割等农事劳作。昭苏县文化体育广播电视和旅游局局长高永霞说："目前知青馆年接待游客量约30万人次。今年我们将围绕打造'全时全季全域'旅游目标，不断打造新场景，培育新业态，创建文旅发展新模式。"

到伊犁，别忘了到昭苏灯塔知青馆看看，感受父辈那段激情燃烧的
岁月！

马的迪士尼乐园——昭苏天马旅游文化园

盛夏，烈日炎炎，雪域高原昭苏迎来了一年中最美的季节。天空碧
蓝如洗，绿草如茵，花团锦簇，云杉苍翠欲滴，河流清澈，牛羊成群，
雪峰熠熠生辉，美得像一幅色彩绚丽的油画。

7月20日，以"七月梦马相约昭苏　走进传说再续神话"为主题的
2024新疆伊犁天马文化旅游节，在昭苏县天马旅游文化园盛大开幕。

自1992年昭苏举办首届"天马节"以来，已走过了32个春秋，
2021年、2022年天马节连续两年入选中国旅游影响力节庆活动案例，
2023年获"中国节事卓越品牌"三星奖荣誉称号，天马节已成为全国最
具影响力的节庆活动之一。

伊犁州党委书记杨秀理宣布2024新疆伊犁天马文化旅游节开幕。伴
随着恢宏的《红旗颂》，8名执旗手护卫中华人民共和国国旗庄严入场。
全场起立，唱国歌，升国旗。

开幕式舞台以巍峨的天山和辽阔的草原为背景，文艺演出由"龙马
精神耀神州""塞外江南一日还""蹄疾步稳向未来"三个篇章组成。歌
舞《昭苏欢迎您》《天马的故乡》拉开了演出序幕，精彩纷呈的节目，在
展现昭苏美丽自然风光、丰富人文景观及多姿多彩民俗风情的同时，深
入挖掘和全面展示"天马"文化。

精彩的节目《魅力昭苏》《冬季到昭苏来看雪》表达了"天马之乡"
对八方宾朋的热情欢迎，戏曲串烧《夏塔梨园百花开》展示了梅郎故里
香飘天马故乡，歌曲《不见不散》《重生之我在异乡为异客》《在那遥远
的地方》《精忠报国》燃爆现场，马头琴弹奏《万马奔腾》澎湃激昂，台

上台下热情互动，掌声、歌声汇成一片。

最吸引人的是，特邀嘉宾吴京、佟丽娅、于适、窦骁化身昭苏"推介官"，分享了昭苏的独特自然风光和民俗风情，讲述历史人文故事，咏叹"天马文化"的传承和发扬。

浙江游客周従说："昭苏旅游景点推介贯穿整个演出，这个创意很好，让我们了解了昭苏旅游特色。印象深刻节目是屠洪刚演唱的《精忠报国》，还看到了吴京、窦骁、于适、佟丽娅等明星，他们热情推介昭苏。盛夏时节的昭苏很美，冬季我们会再来昭苏。"

在开幕式尾声，全体演员深情合唱《歌唱祖国》，将整场演出再度推向高潮。万马奔腾表演如闪电般风驰电掣，马蹄声响彻苍穹，赢得观众一阵阵雷鸣般的掌声和欢呼声。

上海游客张菲娅说："第一次来新疆，就赶上了一年一度的'天马节'，万马奔腾尤为壮观，第一次看到这样震撼的场景，非常激动。"

伊犁州党委副书记、州长叶尔夏提·吐尔逊拜说，这次"天马节"充分展现了"天马故乡"的新风采、新成绩。伊犁人民将继续弘扬"奋斗不止、自强不息，吃苦耐劳、勇往直前"的龙马精神，以"一马当先"的勇气、"快马加鞭"的劲头、"万马奔腾"的气势、把"天马节"打造成为行业标杆、旅游典范，推动伊犁文旅产业实力壮大、层次跃升、品质提高。

天马节系列活动将持续到 10 月下旬，涵盖"天马旅游文化园文旅活动""系列马赛事活动"和"全域旅游玩转昭苏"几大板块，内容包含"味你而来——遇见美食遇见你""跃马天山——速度赛马赛事""轻歌马舞——马术表演""诗与远方——诗歌文化艺术节活动""乐动昭苏——天马音乐节"等 21 项精彩活动，将为来自八方的宾朋带来全方位的超凡体验。

天马旅游文化园位于昭苏县城西南 17 公里处的喀尔坎特大草原，占地 52000 亩，集合草原、田园、湿地、次生林为一体，是以马为主题，集育种培育、观赏游乐、休闲骑乘、竞技赛事、生态旅游于一体的马文化旅游主题园，是展现昭苏、感受马文化、差异化旅游从而拉动全域旅游的核心区之一，2015 年获批国家 4A 级旅游景区。

昭苏全面推进昭苏天马旅游文化园景区创建国家 5A 级景区，致力建成集良种繁育、调教训练、赛马赛事、休闲娱乐、生态观光于一体的"马的迪士尼乐园"，也是集草原、湿地、农田的综合景观体，努力打造全国知名马文化旅游休闲度假最佳目的地。

天马旅游文化园累计投资 4 亿元，改造提升赛事看台、综合马术场、环线道路、旅游厕所、供排水等基础设施。昭苏围绕丰富旅游元素、延展产业链条，建设运营草原滑道、观光栈道、世界名马苑，争取债券资金建设生态集市、天马驿站、天马乐园、龙马广场、停车场、马术休闲体验中心，布局田园花海观光区，策划运营综合马术场、冬季马文化旅游、马车观光道、马骑乘休闲区、草原风筝节及马文化旅游活动项目。天马旅游文化园拥有全新疆最好、最规范的国际标准化草原生态赛马场。

昭苏天马文化园水草丰美，骏马成群。金黄色的草甸像地毯一样铺展开来，水塘遍地，溪流潺潺。沿着平坦的柏油马路通往草原深处，可以看见建筑风格独特的西域赛马场，建筑外形呈流线型，富有张力，抽象地反映了昭苏天马的形体特征。

主体建筑造型分上、中、下三部分，分别为白色、灰色和绿色，反映昭苏的雪山、高地和草原。建筑设计留出了较大的城市空间作为天马文化演艺广场，并通过台阶与建筑的整体设计，使露天演艺广场与建筑融为一体。

我们到马棚观赏了来自英国、法国、俄罗斯、日本、土库曼斯坦、哈萨克斯坦等国高价引进的种马，每一匹都价值连城，这些马显得高大健美、威武神骏，只是神情各异，有的呆滞，有的沉静，有的郁郁寡欢，有的高傲冷漠。唯独有一匹马，见有人走近就探过头来，一双明亮的大眼睛温润柔和，很有灵性，似乎想与人亲近。

女导游说，这些马每天都有专门的骑手遛，一般是两个小时。每匹贵族马的开销很大，吃得比她还好。他们这里有一匹汗血宝马价值 6400 万元。

今天的伊犁马就是昔日乌孙马的后代。2000 多年过去了，天马又在伊犁草原上展现了新的风姿。新疆有首民歌中唱道："骑马要骑伊犁马。"伊犁马外表清秀灵活，眼大眸明、头颈高昂、耳小而灵敏、四肢强健有力，步履稳健，并且全身披着闪光的枣骝色的细毛。人骑在这种高头大马上，真是神气十足。伊犁马不仅有惹人喜爱的外表，而且有跑得快、拉得多的特点。

昭苏县畜牧兽医局局长李海说，天马旅游文化园的发展处于起步阶段，现在每年的接待游客量大概是在 20 万人次，营收逐渐增高。马场是昭苏马产业发展的核心区，昭苏县委、县政府围绕着特色产业开发，将马作为工作的重中之重，全力不断地推进这一产业的发展。

哈萨克族有句谚语："英雄靠骏马，飞鸟凭翅膀。"如果游客期待观赏由专业特技演员与其爱马所展示出的马技表演，想要感受叼羊活动带来的紧张且激动的氛围，可以到天马旅游文化园来体验。这里有"天马腰鼓""丝路驼铃"等精彩节目，还有每日两场的马术表演，骑手骑着价值千万的汗血宝马和世界各地的名马，时而纵马驰骋，时而优雅地踱马步，真是异彩纷呈。

马术技巧表演是一项看起来十分惊险、难度大、技巧性极强的项目，表演者或策马扬鞭，或倒挂金钩，或站立在马背上，或策马拾物……是技巧和力量的完美展示，现场观看视觉冲击极为震撼。

名马展示环节中，可以看到著名的"天马"和珍贵的"汗血宝马"，也有世界古老的重型马，和被世人称为"活的艺术品"马种，一次性看到如此多的名贵马种，是非常难得的。

冬季，天马旅游文化园有个经典项目叫"天马踏雪"。昭苏高原冬季像是一幅优美的水墨画，一群从南方来的游客在雪地里玩雪、撒欢，欢笑声在风中荡漾。

不一会儿，极具视觉观感的"天马踏雪"民俗表演活动上演。成群的骏马在雪地上扬鬃奋蹄，腾起阵阵雪雾，场面极为震撼。这个项目要提前两三天预约，否则很难看到。

为了满足各地游客的不同需求，天马旅游文化园和夏塔景区分别向游客推出一项新的特色服务——带有象征意义的"马上"主题邮局和"古道"主题邮局。这两种主题"旅邮"一亮相，就引领了本地文旅的新热潮。

有着"天马之乡"美誉的昭苏县一直以马为荣，其浓厚的马文化备受外界的关注。天马旅游文化园以"牧歌昭苏、天马故乡"为主题，在充分挖掘和展示昭苏草原文化、马文化和民俗文化过程中，为充分满足集邮爱好者的需求，联合中国邮政集团有限公司昭苏县分公司开通了"马上"主题邮局，这所特色主题邮局不仅承载着邮政的传统功能，更巧妙地与文博、历史文化相结合，成为展现新疆地域文化的独特平台。

"马上"主题邮局汇集了丰富的文创产品、富有地域特色的农特产、精美的明信片以及专属的纪念邮戳与纪念章，每一处细节都透露出浓厚的历史韵味与文化气息，吸引着无数游客驻足打卡，留下旅行的独特印象。

"马上"主题邮局的外观设计别具一格，融合了当地的马文化元素，与园区的氛围相得益彰。邮局内部装饰温馨且富有特色，工作人员热情友好，为游客提供专业、周到的服务。

据悉，"马上"主题邮局的设立旨在为游客提供更加丰富的旅游体验。在这里，游客可以购买具有当地特色的明信片、邮票等邮政产品，并通过纪念邮戳留下在天马旅游文化园的美好回忆，还紧抓年轻游客的喜好，推出了"集戳盖章式旅行"的新风尚。游客可以挑选喜爱的马文化文创图案印章，在空白的明信片上留下独一无二的印记，体验 DIY 的乐趣，将旅行的美好瞬间永久保存。

"马上"主题邮局的天马邮折，有一版马主题个性化邮票，共 8 张，都是国际名马，已经开发了五六年；明信片上有伊犁州统一设计的昭苏草原石人、夏塔雪山、油菜花海、知青馆、天马旅游文化园等景区，共 5 枚；纪念邮戳则有夏塔、"天马"两种；纪念章有草原石人、夏塔、圣佑庙、格登碑、伊昭公路等多种景区。

据了解，昭苏县天马旅游文化园将继续致力于丰富园区的文化内涵和旅游体验，为游客带来更多的惊喜与感动。同时，"马上"主题邮局也将不断推出新的产品和服务，满足游客的多样化需求。随着"马上"主题邮局的运营，将进一步提升昭苏县天马旅游文化园的知名度和影响力，吸引更多游客感受这里浓厚的文化氛围和美丽的自然风光。

新疆有很多壮美的自然风光，也有不少厚重的人文风情，但若想了解马文化、观看马术表演、体验骑行之乐，那么昭苏一定不要错过，天马文化园也一定要来看看，相信一定会给你带来惊喜和震撼。

第七章

文旅深度融合，拉动经济腾飞

旅游是综合性产业，是拉动经济发展的重要动力。

昭苏推动文旅深度融合发展，唱响"天马故乡·牧歌昭苏"的品牌，争取迈进全国县域旅游百强县。

昭苏有着神奇壮丽的自然景观、底蕴厚重的历史文化和浓郁多彩的民族风情。如何充分挖掘资源禀赋，为昭苏旅游注入蓬勃活力，给八方来客带来全新体验，是昭苏县委和县政府深入思考的问题。

文化是旅游的灵魂，旅游是文化的载体。用好昭苏丰富的自然资源和人文资源，讲好昭苏旅游资源承载的丰富故事，使自然人文旅游资源形成更具特色魅力的旅游产品，培育文旅融合精品景区、打造文旅融合主题线路、推出文旅融合品牌项目、举办文旅融合品牌活动……

打卡昭苏，全域旅游风帆起

自 1992 年昭苏举办首届"天马节"以来，昭苏"天马节"已走过了 32 个春秋。2024 新疆伊犁天马文化旅游节新鲜出炉，万众瞩目，尤其是活动邀请了明星吴京、佟丽娅、于适、窦骁等人，让他们担任昭苏"推介官"，向游客介绍昭苏壮丽雄奇的风光，丰富多彩的民俗风情，娓娓动听地讲述细君公主的历史故事，吟唱汉武帝的天马歌，一时间使昭苏县域旅游成为热点。

中国旅游研究院副研究员李雪说："县域旅游指向的并不只是美丽的乡村风景，而是其中蕴含的高品质生活空间，这恰恰构成县域旅游竞争力的内核要素。"

在大城市客流量激增、热门景点人满为患的当下，伴随着社交平台对县域美食美景的传播，小县城借势"出圈"，迎合游客们"逃离城市，回归田园"的"慢生活"需求，成为众多消费者的心仪旅游地。

作为首批国家全域旅游示范区，昭苏县域旅游这些年做得有声有色。昭苏县依靠优越的地理条件和自然禀赋，围绕生态 + 旅游、马产业 + 旅游和特色文旅活动等，纵深推进"全域全季全时旅游"，旅游业呈现"快速扩张、持续增长、健康发展"的良好态势。据统计，2023 年 1—10 月，昭苏县累计接待游客 596.87 万人次，累计实现旅游收入 23.33 亿元。昭苏文旅局局长高永霞和副局长哈丽娜·哈帕尔向我们介绍了昭苏旅游产业的现状、发展和思路。

发展特色旅游产业，探索旅游高质量发展

昭苏县 2023 年旅游产业发展趋势呈现出快速扩张、持续增长、健康发展的良好态势。

近年来，昭苏立足独特的自然禀赋、丰富的旅游资源、深厚的文化底蕴，确立"生态立县、旅游强县"战略，创新提出"全域旅游、全民兴旅"，坚持高起点谋划、高标准建设、高效率推进，把旅游业作为引领经济社会发展的支柱产业，努力打造"世界级原生态精品旅游目的地"。

在上级党委、政府的坚强领导下，在江苏泰州市"产业援疆"的强力带动下，打造全域旅游"处处有景点、处处有服务、随心所欲走、自由自在看"新画面，呈现"快速扩张、持续增长、健康发展"的良好态势，旅游形象明显提升、旅游精品建设明显加强、旅游要素明显优化、旅游经济总量迅速增长。

文旅局从昭苏发展战略全局出发，建立健全党政"一把手"负责制。充分发挥昭苏县文化旅游产业领导小组作用，围绕全域旅游"八大体系"示范引领行动，量化指标 152 项工作指标，制定《全域旅游示范引领行动方案》《昭苏县旅游经济高质量发展工作任务清单》，实行统一领导、统一规划，形成党政统筹、部门协作、齐抓共管的统筹管理机制。制定《昭苏县旅游经济高质量发展引客入昭优惠奖补政策实施方案》，出台规范性文件，形成长效机制。编制《昭苏全域旅游发展总体规划》《昭苏县"十四五"旅游产业发展规划》《昭苏县天马旅游文化园景区创建国家 5A 级景区总体规划》，坚持规划引领，实现产业发展、城市建设、交通布局、生态文明等要素深入融合。

"十三五"期间完成文旅产业项目投资 26 个，总投资 2.63 亿元；谋划编制"十四五"文旅项目 85 个，计划总投资 123 亿元；申报文化旅游

项目 28 项，总投资 9.86 亿元；成功争取圣佑庙大雄宝殿修缮项目、格登碑景区环境整治项目等 7 个文化体育项目 2255.02 万元；新建旅游环线厕所 5 座、停车场 3 处、通信基站 1 座、加油站 1 座，解决了"三难一不畅"问题；持续推进伊犁州昭苏县天马旅游文化园基础设施建设项目，伊犁州昭苏县天马旅游文化园景区 5A 级提升建设项目。成功招引天鹅堡庄园、玉湖露营主题公园、天马房车综合营地等 5 个文旅项目，总投资 4.93 亿元；筹备文旅项目 44 项，总投资 12.77 亿元。

2023 年，全国疫情结束，旅游业处在恢复阶段。昭苏以"五一"、中秋、国庆节等重要的节点为契机，因地制宜举办各类文化旅游节庆活动，开发旅游产品，开展文化和旅游消费季，推出亲子游、结亲游、自驾游等旅游消费优惠政策，让各族群众微旅游、慢生活，在家门口体验诗和远方。

发展旅游产业，大力实施旅游兴疆战略

稳步推进文旅重大项目建设。2023 年文旅局实施项目共 8 项，总投资 36004 万元；其中续建项目 6 项，天马旅游文化园景区创建 5A 级景区基础设施建设项目、圣佑庙大雄宝殿修缮工程、夏塔登山步道建设项目、体育运动公园建设项目、G219 线伊昭公路精品路线旅游公共服务设施建设项目，总投资 27204 万元。

持续推动创建工作有序进行。稳步推进景区创建，完成昭苏玉湖创建 3A 级景区，有序推进天马旅游文化园 5A 级旅游景区创建、夏塔申报国家级旅游度假区等工作，力争创建甲级民宿 1 家。推进昭苏旅游资源普查，推出第一批中国特品级旅游资源名录。创建全域旅游休闲度假区、乡村体验游、康养游度假区、避暑胜地等适应新时代要求，让心灵和身体都要休息下来，感受旅游休闲度假区带来的美好生活。围绕全域统筹规划，形成综合新动能，在推进全域旅游方面取得新突破。

努力提高节庆活动影响力。创新节庆活动，创新内容和主题，提升

其内涵和外延。高质量组织好 12 项文旅市场复苏活动、7 月持续高标准举办 2023 年中国新疆伊犁天马国际旅游节，丰富冬季旅游产品、让雪地民俗表演、滑野、雪上娱乐旅游产品为主推进冬季旅游发展。坚持以系统观念谋划各类节会活动，积极策划颇具影响力、较强轰动效应的主题活动，全方位展现昭苏独特的旅游资源和厚重的文化底蕴，以景引人、以文感人、以情留人。要积极吸引企业参与到节会活动的策划与组织实施之中来，扩大社会各界对节会的支持率和参与度。

继续加大品牌宣传力度。利用好融媒体中心、网信办、新疆是个好地方、学习强国等官方宣传渠道做推广；与《新疆晨报》、今日头条、抖音等平台合作，充分利用现代新媒体，上传昭苏的美文、美图及精短视频加大昭苏县旅游宣传力度；与网红深度合作，通过邀请网红到昭苏直播或转发旅游宣传视频和图文的方式扩大网络宣传；积极对接创新推介会"丝绸之路国际电影节电影"与"城市—中国电影"外景地经济系列活动，昭苏风景类型多样、地理资源丰富、人文风俗独特，适合成为拍摄基地，参与上海、昆明等文旅博览会争取将昭苏县纳入旅游宣传线路；将昭苏旅游元素植入网络应用中，扩大昭苏旅游形象影响力。持续推进昭苏智慧旅游微信公众号更新推送，确保公众号月月有主题、周周有更新；改进昭苏智慧旅游的界面及服务功能，实现昭苏旅游六要素的网上预订；以野骑、追彩虹、万亩油菜花、狂野雪原、天马踏雪、万马奔腾、天马浴河等内容为主持续推出特色小视频，通过抖音等平台开展宣传，充分发挥自媒体矩阵的作用。

深入做好旅游推介及市场营销。一是持续与各大旅游品牌运营商合作，通过合作构建旅行社营销网络，持续开拓国内主要客源市场。二是制定门票奖励政策，将酒店、旅行社、出租车公司等纳入推广平台。与乌鲁木齐、伊宁市的酒店做好协议对接，按客流量对酒店给予奖补；与乌鲁木齐市、伊宁市出租车公司签订协议，将出租车司机培养成为昭苏旅游宣传员并根据客流量给予奖补；与导游、旅行社签订协议，按引客量对导游、旅行社给予奖补。三是研学宣传。组织文化名人、外环境拍摄组来昭苏县采风观光，大力开发昭苏县旅游产品的文化内涵。计划组织湿地候鸟研学、昭苏植物研学、昭苏野生动物研学、昭苏风光写生研学，昭苏影视拍摄基地建设。四是持续开展各类展会宣传。抓好疆内外推介会的重点，突出独有性推介。要走出展馆，与参展商对接，谈利益分配、谈服务、谈奖补、谈政策，争取有效资源。

强化冰雪产业发展。优化冬季旅游发展布局，推进冰雪旅游产业转型升级。整合冰雪旅游产品，高标准举办"牧歌昭苏·冰雪骑缘"冬季冰雪节等系列节庆活动，大力发展滑雪运动、雪上游乐、野雪体验、滑雪培训、温泉养生等全谱系的滑雪度假产品，优化冰雪精品线路，提升冬季旅游品质。以冰雪为媒，览昭苏大美，举办冰雕雪雕展、冰灯展会、雪上叼羊、姑娘追、雪地赛马、天马踏雪等游客喜闻乐见的趣味活动，推出一批冬季赛马、雪地足球、雪地拔河、雪地摔跤等富有地域特色、深受游客喜爱的优质冰雪旅游产品，打响昭苏冰雪旅游品牌，让冰雪旅游成为昭苏旅游新名片。加快申报挂牌伊犁州亚高原训练基地。力争尽快申报成功"伊犁州亚高原训练基地"并举行挂牌仪式。

全面提升旅游服务质量。免费给各旅游从业人员发放微笑新疆标识牌、笑脸服务标识、昭苏县全域旅游游览图、12318旅游投诉宣传册、宣传海报、统一制式服装。3月集中开展旅游从业人员服务质量培训提升班，对礼仪、酒店服务、餐饮服务等内容进行细致培训，为迎接游客提前打好基础。组织全县开展景区讲解员培训，按照属地管理的原则，由各单位选派人员参加，壮大讲解员队伍，提升讲解水平。5月和6月在旅游高峰期来临之际对全县的酒店、民宿、农（牧）家乐经营业主开展实地培训，进一步引导规范发展，提升服务质量，创新经营模式。

推进融合发展，营造良好文旅营商环境

多元融合共同发展。围绕"望得见山，看得见水，记得住乡愁"的文化内涵，结合美丽乡村建设、农村人居环境整治、乡村风貌提升等行动，做足"旅游＋"文章。大力开发富有昭苏县文化特点的文创产品，把"马元素"文化符号融入城市建设，推动更多农副产品、非遗手工艺

品转化为旅游商品。坚持以重大节庆活动、体育赛事、实景演出等为载体，让更丰富多样的休闲娱乐活动与旅游业相融合，不断满足游客多元化需求。

健全文化产业体系。实施重大文化产业项目带动战略，优化产业结构布局，统筹推进传统业态升级、新型业态发展，扩大城乡居民文化消费。健全文化和旅游市场服务质量评价体系，完善以信用为基础的新型市场监管机制，形成统一开放、竞争有序的市场体系。全面深化改革，坚持把社会效益放在首位、社会效益和经济效益相统一，大力推进改革创新，解放和发展文化生产力。完善以高质量发展为导向的文化经济政策，为文化改革发展提供坚强保障。

升级旅游文创产品。在现有的"把马儿带回家"的数量和类型的基础上，深度发掘马文化内涵和外延，更突出功能性，设计研发更多旅游商品种类，扩大品牌规模。做好旅游资源的普查，梳理形成昭苏旅游特产名录。昭苏县各景点都具有深刻的文化内涵，且具有多样性，提炼各景区独特性的文创产品，将仿制野生动植物标本、皮革工艺品、毛绒玩具、首饰饰品、摆设为主要研发的对象，实现每个景区有一个代表性旅游商品。

深挖历史文化内涵。挖掘和整合历史文化、民俗风情、自然资源，以特色文化为主题，以交通干线为依托，以景区（点）、特色村镇和旅游驿站为支撑，打造文化旅游精品路线。依托特色历史文化，打造乌孙文化探秘之旅、夏塔古城历史研学之旅、细君公主西嫁迁徙之旅；依托民俗文化，打造草原牧马人、感受民族音乐、服装服饰制作、婚纱摄影等体验旅游线路；依托交通干线，打造伊昭公路、野狼谷、多浪谷、机场公路等百里画廊旅游线路；依托国家级生态湿地资源，打造天马浴河、候鸟乐园等生态旅游线路；依托边境旅游资源，打造军垦文化风景道，进一步丰富旅游线路，让游客乘兴而来尽兴而归。充分发挥石榴籽文艺小分队的作用，开展文艺演出进景区活动。

加强文旅市场监管能力。紧紧围绕营造良好的文化环境这条主线，提前谋划，突出老百姓关注的文旅市场焦点，更大频次、更大力度地开展旅游市场集中整治行动，持续加大旅游市场检查力度，持续专项整治

"不合理低价游"等旅游乱象，积极运用"12345"政府服务热线、旅游投诉热线等多种手段，搭建上下联动的旅游投诉受理、处理、反馈机制，查处旅游经营者的违法行为，做到一般旅游投诉处理不超过 2 小时，重大旅游投诉处理不过夜。常态化监管和重点执法检查相结合，继续加大对文化市场行业依法监管，每周不少于 3 次，确保文化市场守法经营和安全生产零事故的发生。

品牌效应不断扩大，多方融合富有成效

持续推广"牧歌昭苏·天马故乡"旅游品牌形象，2021 天马国际旅游节获评中国旅游产业影响力案例，2022 天马国际旅游节开幕式及 30 项系列文化旅游活动更是广受好评，2023 和 2024 天马节更是提升了天马国际旅游节知名度、美誉度，使天马节成为全疆乃至全国最有影响力的马主题旅游节庆活动之一。

通过《新疆是个好地方》创意旅拍＋旅行直播、昭苏县全域旅游直播推介、中华民族大赛马等网络直播活动，与网友线上互动，开幕式浏览量超过 1.5 亿人次、花车社火巡游通过网易直播观看量达到 1503 万人次、《昭苏县"悦动天马——天马踏歌夜"音乐会点燃盛夏之夜》浏览量在 3000 万＋。借助直播带货有一定粉丝量的"贺局长说伊犁"抖音平台，策划"百名主播说昭苏"活动。"雪域天马·牧歌昭苏"系列活动点燃冬季旅游火焰，全域旅游更具魅力。冬奥会开幕式有昭苏麦田彩虹、湿地公园等 3 张图片作为二十四节气背景图，引起多家主流媒体报道和较多网友关注；邀请"贺局长说伊犁""信马由疆""馕饼妹"等百万粉丝大咖赴昭苏体验式宣传，通过线上线下宣传昭苏，充分释放"网络红利"，不断提升昭苏 IP 形象。紧抓昭苏天马机场通航时机，分两批邀请 63 家自治区旅行社、53 家伊犁州直旅行社踩线和旅游推介，为"引客入伊""引客入昭"做好准备。

推动"旅游＋文化""旅游＋体育""旅游＋农业"和"旅游＋马

产业"深度融合，不断开发自驾游、红色游、探奇游、研学和观光旅游在内的新项目、新业态。推动博物馆、知青馆、格登碑景区对外开放力度，使之成为重要景点，形成新的文旅融合产业增长点，开展丰富多彩的文化活动40余场次，文旅融合让游客文化体验更加丰富。自5月21日起每周在天马旅游文化园开展常态化赛马赛事，体旅融合吸引大批游客来昭。扩大休闲农业、观光农业的吸引力，打造高原特色农业科技示范园为3A级景区，推出赏花游、观光游、农业体验游，力争做到春赏花、夏消暑、秋采摘、冬戏雪，实现休闲农业不间断，营造农旅融合良好氛围。昭苏天马文化体验游入选全国乡村旅游精品线路，昭苏县乌尊布拉克镇哈勒哈特村入选自治区级第三批自治区乡村旅游重点村镇名录。

落实主体责任，维护文旅市场和谐稳定

强化党风廉政建设。党组书记认真履行"一岗双责"，坚持将党风廉政建设责任制落实与业务工作同研究、同部署、同落实、同检查。局领导班子带头廉洁自律、签订廉政责任书、排查自身廉政风险点、梳理各类工作制度。严格落实民主集中制原则，坚决杜绝重大事项"决而不行""行而不实"，不断增强党组领导力、凝聚力。持续完善领导工作机制和制度，细化班子成员职责分工，补齐配强中层干部岗位。不定期专题听取文旅工作处工作汇报，对直属单位和各馆室党建和业务工作及时部署、及时督促，并经常性深入进行督查检查和指导推动，努力做到工作管到哪里，党建责任就延伸到哪里。

确保意识形态领域绝对安全。严格落实意识形态工作责任制和国家安全意识形态工作责任制，加强网宣员队伍教育。持续加强文旅系统行业监管，抓好关键节点的自查，重点围绕元旦、春节、自治区党代会、全国两会等重要时间节点，不间断地对全县文化、旅游经营场所进行实地督导检查，重点检查文旅经营场所店面宣传形式是否规范整洁合理，开展歌舞娱乐场所曲库曲目清查，查看KTV内是否存在违禁歌曲，坚决

遏制破坏公序良俗、冲击主流价值观的行为，保障重点时间节点的意识形态安全。依托文化馆、文化站等的宣传栏，占领舆论阵地，常态化排查"大喇叭"的运行情况，确保党的政策和声音传入千家万户。推进智慧广电工程建设和国家"十四五"规划关于实施智慧广电固边的重大部署，在边境地区开展智慧广电建设，加快有线、无线、卫星广播电视网络的建设升级，加强文化和信息服务平台部署应用，着力提升广播电视传播影响力、公信力和舆论引导力。严格落实审读工作，举办的所有活动严格履行审读程序，对主持词、舞台布置、舞美、歌词等开展细致的审读工作。

严格开展专项整治行动。全年持续开展五大专项行动，常态化监管和重点执法检查相结合，继续加大对文化市场行业依法监管，每周不少于三次，确保文化市场守法经营和安全生产零事故。联合检察院、公安局等部门，重点抓好包括查缴封堵政治性非法出版物和有害信息、扫除淫秽色情文化垃圾和不良信息、查处侵权盗版出版物和网上侵权盗版行为以及整治非法报刊、非法网络报刊和非法报刊网站等四项重点工作，完成全年查办案件至少两起，营造良好的舆论氛围和健康的文化环境。

高永霞局长沉思片刻，谈起工作中的不足和存在的问题。

昭苏是偏远地区，虽然现在是信息时代，打开互联网便知天下事，但与沿海地区相比，昭苏的文化艺术创作创新力度不够；文化旅游专业人才匮乏，旅游业态规划有待提升、策划不够新颖；旅游基础设施不够完善，与其他成熟景区还存在较大差距；"食住行游购娱"六大旅游元素无品牌式产品，美食街、购物街、自驾租车等服务能力与市场需求不成正比。

古人说，凡事预则立，不预则废。昭苏文旅局新年有了新气象，他们的下一步思路清晰而明确。

一是突出培育发展旅游新业态，大力发展红色旅游、乡村旅游、自驾旅游等业态。以三大环线、十二条小环线为重点，打造生态旅游业态、历史文化旅游业态、康养旅游业态、红色旅游业态、乡村旅游业态、自驾旅游业态、户外休闲运动旅游业态、边境旅游业态。引进甘肃省博物馆"甘肃古代马文化展"展览来昭，送出昭苏民俗文化展到江苏泰州，通过"引进来"和"走出去"，扩大昭苏文化知名度。与新疆玖星文创公司合作，深度发掘马文化内涵和外延，通过采取合作、授权、监制等方式，开发以天马为文化主题符号的文物复仿制品、文化创意产品及文创学习用品。

二是提升天马文化旅游园景区品质，新建4500平方米游客服务中心，新建马文化体验中心20000平方米，丰富天马主题产品。提升2—3家星级酒店、精品酒店和主题酒店。增加高端酒店数量，加大招商引资力度，争取引入1—2家国内具有知名度的品牌度假酒店。加快推进天马旅游文化园创建国家5A级景区。

三是突出抓好文旅融合发展，完善旅游要素体系，打造"昭苏味道"品牌，挖掘民族特色美食，推出昭苏美食攻略。提升"昭苏有礼"品牌，扩大农副产品进景区品种和范围，线上线下升级旅游购物。推进"旅游＋交通"，畅通昭苏旅游大环线。推进"互联网＋旅游"，并入"一部手机游伊犁"等平台功能和服务。充分发挥昭苏县历史文化资源在旅游发展中的文化引领、支撑作用，构建历史文化资源、旅游公路、主题景区、文化产业为支撑的文旅融合新局面。

四是加大招商引资力度。通过外出招商、网络招商、以商招商，邀请客商来昭游览等多种方式，全力推进文化、旅游、体育招商项目，力争全年完成1亿元招商任务。

五是依托冰雪旅游文化节，围绕冰雪表演、冰雪文化、冰雪赛事、冰雪体验、冰雪商贸等主题举办丰富多彩的各项主题活动，吸引八方来客。通过举办丰富多彩的文化节目与系列活动，不断提升昭苏县旅游知名度，增强昭苏旅游品牌资产，孵化昭苏冬季旅游项目，塑造昭苏冬季旅游产品，推广昭苏冬季旅游线路，促进昭苏县农牧民冬季旅游增收，并积极营造各族群众珍惜民族团结、共建安定和谐幸福生活的良好氛围。全力助推本地游、结亲游、组团游，以全域旅游为基础，大力营造全域旅游氛围。

六是线上立体化多层次宣传推介。加强与融媒体中心、景区管理委员会的沟通交流，借助昭苏零距离、昭苏好地方、昭苏智慧旅游推广图文并茂的精品旅游线路。高质量利用好"唐局长说昭苏"抖音号、昭苏文旅石榴号，以图文结合、短视频、Vlog、音乐 MV 等形式宣传推介精品旅游线路。加强与疆内外旅行社协会、旅游机构的合作交流，借助他们的平台宣推昭苏的精品旅游线路，吸引游客来昭苏旅游。积极举办、参与疆内外的旅游推介会，借助平台的力量宣推昭苏的精品旅游线路。在酒店、民宿、农家乐等涉旅企业，机场、客运站等交通场所以张贴海报、全域旅游图，发放宣传手册等方式宣推精品旅游线路。

2023 年昭苏县文旅局围绕县委、县政府的工作要求，大力实施"旅游兴疆"战略，深入实施文化润疆工程，建立健全工作机制，文旅工作有了新突破。旅游产业发展趋势积极向上，通过实施全域全季全时旅游战略、加强市场营销和推广，以及深入挖掘文化内涵和自然资源，昭苏县的旅游业实现了快速扩张、持续增长和健康发展。

打造"微笑昭苏"标准化服务品牌

2023年11月21日,文化和旅游部办公厅公布了全国文化和旅游标准化示范典型经验名单,遴选出20项全国文化和旅游标准化示范典型经验,新疆天池管理委员会榜上有名,由此可见新疆旅游这些年取得了长足的进步。

新疆天池管理委员会的经验介绍如下:

建立实施质量、环境、职业健康安全管理体系"三标一体化"认证,在提升旅游服务水平的同时,有效维护天山天池的生态环境。形成《天池景区旅游服务业标准化体系表》和《天山天池景区企业标准汇编》,制定《天山天池景区微笑服务标准》等50项企业标准和4项地方标准,扎实推动公共信息标志、环境、景区管理、文明旅游等方面的标准实施,开展"智慧景区"建设。打造"微笑新疆"标准化服务品牌,倡导和践行"爱心、真心、热心、细心、暖心"的"五心"标准化、人性化特色服务,不断提升游客满意度。

昭苏景区管委会书记陈炯说,他们要学习和借鉴兄弟单位的经验做法，做好辖区内标准化工作的组织、协调和指导，充分发挥标准化在行业高质量发展中的引领和支撑作用，促进文化和旅游标准化工作互相借鉴、深度融合。

优化顶层设计，助推旅游提质增效。围绕规划、建设、管理、营销等九方面就景区如何优化升级、提质增效进行研讨，形成《昭苏县景区（点）品质提升暨完善九大行动三年工作方案》，为景区高质量发展提供根本遵循。整合冰雪旅游资源，研究谋划各类冬季旅游活动，丰富群众冬季文化娱乐生活。

加大宣传力度，讲好新疆昭苏故事。一是强化传统宣传。制作宣传视频，在四川电视台《天府旅游》栏目播出 180 次，该视频同时投放至天府旅游官方新浪微博、腾讯视频等媒体平台，推广点击量 130 万次。在马蜂窝网发布《玩转昭苏之秋旅游攻略》《自驾伊昭公路，打卡昭苏湿地公园》等游记，宣传效果良好。二是拓展景区客源市场。与疆内外 180 家旅行社签订合作协议引客入昭，扩大景区团队客源市场份额。邀请自治区各旅游行业协会成员单位、伊犁州旅行社协会 53 家会员社开展春季、夏季旅游踩线活动。三是策划实施各类活动。开展了以"迎冬奥·爱冰雪"为主题的堆雪人活动，以"感悟中国文化·享受美好旅程"为主题的"5·19"中国旅游日等活动共计 5 次。

实施文化润疆工程，促进文旅融合发展。依托格登碑爱国主义教育基地、知青馆知青文化等打造红色爱国主义体验游线路；依托马文化，持续推广以"天马浴河"表演为核心的小包团旅游产品和以摄影团体为核心的"雪域天马·小型万马奔腾"私人定制旅游产品。

强化旅游项目建设，完善景区基础配套设施；积极申报各类项目，实施基础及配套设施建设项目；完成伊犁州昭苏县天马激情道、田园观光道等乡村旅游景观设施建设续建项目；积极推进夏塔景区道路提升改造建设项目；采购了雪地摩托车等冰雪旅游设施；持续推进禾颐度假酒店合作相关事宜，完成资产划拨相关工作。

坚持以游客为中心，提升旅游服务质量。一是完善景区标识标牌建设。制作安装景区标识标牌 60 块，并在景区醒目区域设置天气预报提示牌，分时段公布天气情况。二是在夏塔景区温泉酒店区间车换乘点设置了遮阳避雨区域，购置 3000 件雨衣分别在夏塔、湿地公园景区游客服务中心、区间车换乘点等区域供游客有偿使用。三是通过增加景区区间车、马匹数量、扩大"天马浴河"实景演出规模等方式，实现游客分流，提高区间车运载能力。四是在"五一"、中秋等节假日适时推出门票优惠活动。五是参加各级旅游部门组织的旅游从业人员培训。

丰富旅游产品业态，增强景区核心吸引力。指导文旅集团与好物疆至企业管理有限公司合作，在夏塔、湿地公园、乌孙山服务区完成铺货相关工作。与新疆千翼通用航空有限公司合作尝试探索开发湿地公园景区低空旅游项目，增强游客体验性、参与性，延长其逗留时间，实现旅游经济效益。

狠抓景区安全生产，营造良好旅游氛围。坚持"日日小排查、周周有例会、月月大排查"的工作机制，持续加强景区安全生产日常工作，强化各景区风险隐患源头治理。前往各景区开展安全生产指导巡查，与县消防救援大队、县文旅局等单位开展联合安全生产检查。制定、修订景区安全生产各类方案、应急预案，并组织演练，提高各景区应对突发事件的处置能力，有效保障游客的生命财产安全。

陈炯告诉我们，昭苏景区管委会严格按照县委、县政府的安排部署，2023 年继续扎实推进各项工作任务，特别是在强化旅游宣传营销方面做足文章。

策划实施各类旅游活动。一是开展了"爱家乡·游昭苏"——本地游、"冰雪浓情"——滑雪体验、"冰雪探秘"——阿合牙孜沟之旅冬季旅游活动，提升冬季旅游热度。二是组织实施"千人千骑"活动，协助电影《传说》剧组在夏塔、湿地公园、天马文化园景区取景拍摄，为宣传昭苏增光添彩。

积极参加各类博览会、推介会。选派专人参加新疆文化旅游产业交易博览会第四届春博会，"新疆好地方·伊犁好风光兵地融合"第五届伊犁州直文旅产业交流会，宣传昭苏，推介昭苏。强化新媒体宣传。在智慧旅游抖音号、微信公众号、视频号及马蜂窝旅游平台发布昭苏旅游宣传短视频、文章及旅游攻略，开展信息宣传，提升景区知名度。

开拓旅游客源市场。一是积极对接各大旅行社来昭苏踩线，提供昭苏各大旅游景区的宣传资料、线路规划、旅游咨询，共签订合作协议256份。二是通过与各大旅行社对接，将昭苏旅游咨询微信群旅行社由500余家发展至900余家。三是拓宽宣传渠道，与西美之旅旅行社合作，设计昭苏一日游、两日游新疆旅游专线产品，在华东地区进行宣传推广，开发华东市场。

提升旅游服务质量。一是更新全旅游环线、沿线旅游标牌491块，完善智慧旅游平台"吃住行游购娱"等相关信息，为游客提供便捷服务。二是组织开展昭苏讲解队伍技能培训，进一步提升景区讲解水平。三是增加湿地公园景区天马浴河表演活动场次，由一天两场增加至一天四场。四是常态化开展叼羊、姑娘追等民宿表演，丰富景区娱乐活动。开发景区门票线上预约公众号，"线上＋线下"购票相结合，推行分时预约游览模式。五是在各景区张贴全域旅游导览图，并设置天气预报、热水供应点、衣物租赁点等标示牌。

昭苏县景区管委会近期进行了一系列的学习和考察活动，以推动当地旅游和文化产业的发展。2024年5月21日至22日，昭苏县委书记侯陶带领考察团前往广西壮族自治区桂林市，考察了文旅融合发展、生态文明建设、特色产业发展等方面的新理念和实践。考察团访问了阳朔县，学习了当地在生态保护、乡村振兴等方面的经验，并探讨了文旅融合、农旅融合的发展模式。此外，昭苏县考察团还访问了北京市和深圳市，学习了先进做法和成功经验。考察团回访了美学内阁（北京）信息技术研究有限公司和深圳市伟睿达投资有限公司，了解了企业的主营业务、市场销售等情况，并探讨了景区打造和合作模式。

昭苏景区管委会还创新性地采用了"直播带货"和"云游览"的方式，来推广昭苏的旅游资源和特色产品。如昭苏景区管委会主任温海霞通过抖音直播，带领网友深度体验了昭苏的景区和文化，同时推广了当地的土特产品。

这些活动不仅增强了昭苏县在旅游业和文化产业发展方面的能力，还促进了与其他地区的交流合作，为昭苏县的高质量发展注入了新的动力。

昭苏景区管委会在外出考察学习过程中，意识到不足和存在的问题。

一是景区规划无法满足全域旅游发展需求。各景区规划编制时间较早，旅游市场需求层出不穷，原有规划已不能满足新兴旅游市场发展需求，亟须对各景区规划进行修编。

二是景区基础及配套设施滞后。景区节点服务设施、内部公共服务设施不足，接待能力不强，集散、餐饮、信息咨询、讲解服务、商品开发等服务体系建设有待进一步提升。

三是旅游市场宣传营销需要加强。现有景区宣传营销政策对旅行社、渠道商吸引力不强，景区客源散客居多，团队游客较少；区域合作效果不佳，与知名景区联动性不强。

昭苏景区管委会针对以上问题，提出了新的思路和做法。

一是完善景区规划体系。积极争取各类资金，按照各专项规划与全域旅游规划融合、衔接的总体思路，对夏塔、湿地公园等景区规划进行修编。

二是强化景区基础配套设施建设。积极申报中央预算内、政府专项债等各类资金，谋划各景区基础设施建设项目；持续跟进申报2023年政府专项债和中央预算内资金项目进展情况。积极对接夏塔景区道路改建项目相关工作。计划指导文旅集团实施冰雪运动体育设备购置及滑雪场升级改造项目。

三是持续开展景区宣传营销。联手喀拉峻景区、那拉提景区，加强宣传渠道的联动，实现宣传品、视频互相展示、门票互售，共同打造伊犁州精品自驾游线路。设计各景区季节性名片并推向市场。借助"两微一抖"、智慧旅游等平台发布各类图文、视频宣传信息，继续推广"网红直播＋全媒体报道＋创意小视频"新媒体宣传，扩大互联网宣传力度。加强与疆内外知名旅行社合作，拓宽销售渠道，适时推出各类旅游线路促销活动，扩大团队游市场。与西美之旅合作开发上海、江苏、浙江、山东、安徽五省份客源市场。设计制作一批手提袋、掌中宝等旅游宣传品。

四是进一步推进景区业态谋划工作。谋划草原石人景区保护展示用房，以及夏塔景区博物馆布展工作。加大招商引资力度，引入秘境空间景观小屋，打造高端民宿片区。继续做好草原石人自驾车营地招商引资工作。

五是强化培训力度提升服务质量。以援疆工作为契机，积极对接内地涉旅企业，谋划冬季旅游人才培训方案，计划采取以工代训方式为员工提供赴内地学习的机会，投入当地景区实践工作，提高整体服务水平。

昭苏县管委会副主任哈兰·克孜尔说，旅游"兴疆"是一个大战略，作为一名基层工作者，他平时除了开会，经常下到9个景区，抓落实，抓监督。库尔库勒德克水帘洞风景区建设之初，有一段4公里的土路，平时开车尘土飞扬，下雨后道路泥泞，苦不堪言。哈兰·克孜尔召开党工委会，大家群策群力，大力改造提升水帘洞景区环境，修柏油路、建木栈道、停车场等，前后投入600万元。各种配套设施改善提升后，景区提升到国家3A标准，游客络绎不绝。施工期间，雨水多，洪水大，哈兰·克孜尔吃住在工地，跟工人一起苦并快乐着。

哈兰·克孜尔经常装作游客，跟南来北往的游客闲聊，仔细倾听他们的心里话，了解情况，记下他们的意见。有人反映，风景很美，可厕所卫生不大好，影响感观；有人抱怨，停车场太少，自驾游停车不方便；有人说，喝开水的地方太远……哈兰·克孜尔搜集完游客的各种意见，开会讨论解决办法。经过一段时间的努力，景区解决了"三难一不畅"（喝开水难、上厕所难、停车难、通信信号不畅）问题。

昭苏县委、县政府对旅游高度重视，2024年6月19日，县委书记侯陶和县委副书记、县长阿比连·阿布力海依尔带领调研组，在乌孙山服务区和伊昭公路沿线调研旅游基础设施和服务提升工作，强调要加快旅游基础设施建设，健全完善服务机制，提高旅游服务能力和水平，倾力打造优质旅游环境，推动文旅产业高质量发展。

旅游厕所是全域旅游中重要一环，是对外展示旅游形象的窗口。侯陶强调，要牢固树立以人民为中心的发展思想，从细节入手、小处着眼，把旅游厕所提升作为发展全域旅游的一项重点工作抓紧抓实抓好，补好短板、打造样板，进一步完善管理、提升品位、彰显特色，做到功能齐全、设施完善，不断擦亮"牧歌昭苏·天马故乡"旅游形象的亮丽名片。

2023年，昭苏县管委会紧紧围绕县委、县政府各项决策部署及工作要求，紧扣景区新时期高质量发展目标，通过狠抓招商引资、强化资源整合、丰富旅游业态、完善基础设施、提升服务品质、多维宣传营销等措施，在厚植文化旅游优势上展现了新作为，推动景区各项工作迈上了新台阶，实现了新突破。

第八章

农林牧赋能县域经济高质量发展

农稳社稷，粮安天下。

昭苏县以其丰富的农业和畜牧业资源，形成了显著的产业优势。昭苏县拥有2000多年的育马历史，是全国拥有马匹数量最多和品质最好的县之一。此外，昭苏县还拥有80万亩优质黑钙土耕地，出产的油菜、春小麦和马铃薯、六瓣红大蒜、郁金香、香紫苏等享誉疆内外。此外，昭苏还是新疆褐牛、细毛羊的发祥地，以及自治区畜牧厅定点褐牛种源基地。

昭苏县坚持"农牧业是基础、马产业是特色、旅游业是重点、冰雪产业是增量"的产业定位，深入实施"全域旅游、全民兴旅"战略，创新发展"马产业+"新业态集聚区；牢固树立"生态立县、旅游强县、马业兴县"的发展理念，优化一二三产产业融合发展模式，全力打造全域旅游、马产业、中草药、特色农牧业"四大产业"，探索出一条绿色、环保、有机的发展之路，将生态禀赋、历史底蕴、资源优势不断转化为助力昭苏发展的"资金、资本、资源"。

40年改革开放，让昭苏农牧业蓬勃兴起，让农牧区跨越腾飞，让农牧民生产生活翻天覆地……

当前，广大农牧民解放思想，自觉接受新观念、新理念，整体素质大幅提升，"企业+合作社+基地+新型职业农民""新型经营主体+社会化服务+适度规模经营"，已成为发展现代农业的重要路径。

发展现代农业，推动乡村振兴

天苍苍，野茫茫，风吹草低见牛羊。这几句词描写了牧区辽阔美丽的场景，作为一个农牧业大县，昭苏县立足打造有机粮油产业集群、优质畜产品产业集群、马产业集群，牢牢守住保障粮食安全底线，重点培育粮食、肉牛肉羊、牛奶、家禽、菌类、现代种业＋油料、马产业、甜菜、香紫苏、蜂产业、中药材等 6＋6 重点链，加快建设国家级现代农业产业园，构建现代农业化的产业体系、生产体系、经营体系，全面推动乡村振兴取得新进展，农业农村向现代化迈出新步伐。

主管农牧业的副县长乔龙巴特·巴图说，农牧业是昭苏的支柱性产业，农作物是三大品种：油菜、小麦和甜菜，近年来中药材势头发展很好；牧业也是三大品种：伊犁马、褐牛、哈萨克羊，品质好、养殖规模很大。昭苏县是全国养马最多的县，说得上是高头大马，平均体高 1.5 米以上，品相俊秀，性情温驯，结构匀称。昭苏县的马产业发展迅猛，在县域经济结构中占有比例越来越高。

这几年，全国经济处在恢复时期，昭苏县则提出了更高的要求，2023 年他们的目标任务是全县第一产业增加值 39.67 亿元，增速 7.5%；粮食面积稳定在 45 万亩以上，粮食综合生产能力稳定在 20 万吨以上；春油菜面积稳定在 25 万亩，产量稳定在 5 万吨，特色农业种植面积稳定在 15 万亩以上。

昭苏县因地制宜,加快创建国家级现代产业园,打造自治区级现代农业示范区,加快构建现代农业化的产业体系、生产体系、经营体系,提升优质农产品供给保障能力,夯实产业链基础。他们积极推进高标准农田建设项目,力争完成新建 22 万亩高标准农田建设,同时实施智慧农业建设 5000 亩。他们落实百万亩制种基地建设,完成乌尊布拉克镇东升村建设 5540 亩小麦制种示范基地建设,持续做好全国油菜科技攻关示范县建设项目落户昭苏。与此同时,他们做好农业防灾减灾基地建设,完善蚕豆、食葵农产品加工产业链。

农产品深加工是昭苏县的另一个经济增长点,他们努力发展培育重点龙头企业,完善农业产业集群化的建设和产业强镇的打造,提高养蜂产业生产水平,完成年产 10 万瓶蜂蜜深加工产品生产线建设。为了给农牧民"吃定心丸",昭苏县全面落实"第二轮土地承包到期后再延长三十年政策"。他们进一步放活土地经营权,积极探索实施农村集体经营性建设用地入市制度,加快规范提升新型农业经营主体,发展土地流转适度规模经营,规范提升农业合作 15 家。昭苏县加大高素质农牧民培训力度,提高农牧民素质。这一系列措施的实施,使昭苏县域经济实现高质量发展,农村人均可支配收入预期达 18686 元,增速 9.0%。

强农必稳粮

昭苏县坚决扛起粮食安全政治责任。实行党政同责,落实藏粮于地、藏粮于技战略,加强基本农田保护,严守耕地红线,2023 年粮食种植面积稳定在 45 万亩,粮食综合生产能力稳定在 17 万吨以上。

稳定种粮收益提高种粮热情。稳步实施耕地地力保护补贴及 2021—2023 年 26 万亩小麦—油菜轮作项目、轮作休耕试点项目,规范地力耕地保护补贴发放程序,按照要求逐级审核发放,县、乡、村做好档案整理工作。加大对各乡镇的审核把关和宣传工作,注重契约精神,对不履行轮作的由乡镇起诉农户。做好新一轮的轮作项目的跟踪申报工作，积极争取下一轮小麦—油菜轮作项目，持续做好小额信贷发放管理工作，按照应贷尽贷的要求，村级把好第一个关口，乡级审核，做好五人联审联签，乡村做好入户核实工作，县级做好抽户工作，确保扶贫资金用到实处。

加快推进自治区级现代农业产业园建设。一是在2022年现代化产业园创建的基础上，加快创建国家级现代产业园，同时打造自治区级现代农业示范区，完善2022年创建自治区现代化产业园验收工作，完善产业园资金使用方案，加快构建现代农业化的产业体系、生产体系、经营体系，提升优质农产品供给保障能力，夯实产业链基础，全面推动乡村振兴取得新进展，农业农村向现代化迈出新步伐。二是稳步推进全国油菜科技攻关示范县建设项目，实施《绿色科技攻关示范行动方案》，以超高产品种、超高密栽培等"两超"为技术路径，加快提升油菜产业科技水平，推动昭苏县油菜生产向高产、高效、高值方向发展，实施油菜超高密栽培的技术示范，全面提升昭苏县油菜综合生产能力。2023年春油菜种植面积稳定在22万亩，产量稳定在5万吨左右。

着力打造有机粮油产业集群。以自治区级龙头企业昭苏县草原粮油实业有限责任公司为主体，发挥产油大县项目带动作用，实现油菜精深加工生产线转型升级，努力3月底草原油脂精深加工项目尽快投产；以县级龙头企业盛康生态食品科技有限公司为主体，持续完善面粉精深加工生产体系建设和提升农产品开发能力，带动春小麦种植；稳步推进全国油菜科技攻关示范县建设项目实施，按照创建要求，科学制定《绿色科技攻关示范行动方案》，以超高产品种、超高密栽培等"两超"为技术路径，加快提升油菜产业科技水平，推动昭苏县油菜生产向高产、高效、高值方向发展。四是有效利用自治区级现代农业产业园、自治区级现代化农业产业园示范区项目，推动"双低"优质高产油菜产区建设，延长油菜产业链条，构建全产业经营体系，提升油菜综合生产能力。

持续推进自治区"四个百万亩"制种示范基地建设项目，发挥乌尊布拉克镇东升村建设5540亩滴灌高产小麦制种示范基地引领作用，投资700万元实施智慧农业项目，以高技术含量，数字化管理，实现稳定生产

2750 吨优质小麦商品种子的能力。小麦自由品种市场占有率 90% 以上。通过自治区级龙头企业昭苏县瑞丰农业科技有限公司为主体，发展制种产业，建设种子繁育基地 2 万亩。

激活特色农业发展动能

稳步扩大特色农业种植面积。在昭苏镇、洪纳海镇、乌尊布拉克镇、昭苏马场部分农田灌区发展优质蚕豆、食葵、露地蔬菜、香紫苏等产业，2023 年特色农业种植面积稳定在 15 万亩以上。

提高蜂产业生产水平。推行养蜂业标准化、规模化、优质化、产业化发展，2023 年新增蜂箱 1000 箱，达到 12380 箱；蜂蜜产量增加 35 吨，达到 422.36 吨；完成昭信蜂产业园一期建设项目，力争年内投产。

稳步推进糖料产业发展。重点在阿克达拉镇及县城周边乡镇农田灌区发展甜菜产业，合理轮作倒茬，引进高糖、丰产、高抗逆性品种试验示范推广，推进品种良种化、种植规模化、生产机械化、产业布局化，依托阿克达拉镇甜菜种植基地，2023 年甜菜种植面积稳定在 6 万亩，产量稳定在 24 万吨以上，良种覆盖率达到 100%。

继续推进马铃薯种植业。在喀拉苏镇、胡松图哈尔逊蒙古族乡、夏特柯尔克孜族乡、察汗乌苏蒙古族乡及县城周边乡镇农田灌区发展马铃薯产业，2023 年马铃薯面积稳定在 1 万亩，产量稳定在 3.7 万吨以上。

积极发展芳香产业建设。重点发展以香紫苏、郁金香为主的芳香类产业，与旅游业深度融合发展，在乌尊布拉克镇、种马场、军马场、昭苏镇发展香紫苏产业，在夏特柯尔克孜族乡、乌尊布拉克镇发展郁金香产业。2023 年芳香类面积稳定在 0.4 万亩以上。

推动种子工程建设

持续做好制种工作。充分发挥昭苏县气温较低、农作物种子表现好的优势，积极对接各种业企业，2023 年计划完成小麦种子生产田 2 万亩。加强种子生产田的监管。完成小麦种子生产田的备案工作，备案率必须达到 100%。在小麦苗期、扬花期、蜡熟期开展种子纯度田检工作，确保生产出的种子质量合格。

继续开展新品种试验监管和展示工作。完成国家级、自治区级春小麦、春油菜种子区域试验 5 组，40 个品种；继续开展春小麦、春油菜品种展示种植，重点引进筛选市场需要的、符合优质高效农业发展的、适合昭苏县生态条件种植推广的农作物新品种、新类型。

强化种子市场规范管理。开展春耕前农资储备情况摸底，对县内种子、农药、化肥的储备情况开展动态摸底，督促指导各乡镇农资店和种植大户储备农资。强化种子备案审查和抽检。在春耕前，对进入昭苏县辖区的农作物种子，开展网上经营备案；并结合农资执法检查对备案情况审查。重点审查生产企业资质、品种审定（登记）、检疫情况、种子经营者的资质情况，同时对备案的种子开展质量抽检。加强种子销售企业管理，通过座谈、执法检查、"放心农资下乡"活动等方式宣传《种子法》及其配套的法律法规，加强对种子销售企业的宣传和培训，坚决打击制假售假等违法犯罪行为，规范管理种子经营门店，加大宣传引导，减少以粮代种行为，确保农业生产用种安全。监督指导瑞丰种业实施总资金 50 万元的春小麦种子救灾备荒种子储备 1000 吨项目。

夯实基础设施建设

推进高标准农田建设。加强农田基础设施建设，对农田水利基础设施进行整体改造和提升，2023 年完成建设高标准农田 22 万亩，并通过验收。完成 2022 年 16 万亩高标准农田建设项目 29 个标段前期部分和新增部分最终结算，拨付剩余资金；20 个标段县级验收和最终结算；解决 2020 年昭苏县 1 万亩高标准农田建设项目最终结算，拨付剩余资金；完成 2021 年昭苏县 1 万亩高标准农田建设项目（发改口）最终结算，按付剩余资金；整理完善昭苏县 2021 年 2 万亩高标准农田建设项目 4 个标段资料，做好迎接州级验收前准备工作。同时完成 2020 年项目抓紧时间决算审计，并做好与乡镇的移交工作。

加快招商引资项目建设。针对 2022 年项目，指派专人负责，加强日常对接、联系，定期现场查看实施建设情况，力争在时间节点内，完成项目验收，尽早投入使用，助力昭苏县农业产业发展。明确任务、压实责任，加大招商引资力度，吸引一批实力强劲企业入驻昭苏。

推进农业工程建设项目固定资产投资。积极对接县统计局，完成 2022 年结转项目固投目标任务，尽早投产。严格按照时间节点，备好 2023 年农业工程建设项目资料并提交审核完成入库工作，为后续施工阶段项目入统打好基础。

加快产业发展。一是完成对草原油脂精深加工项目投产并运行；二是完成招商项目持续跟进并投产运行；三是积极申报国家级现代农业产业园和自治区级农业现代化示范区；四是持续扩大自治区产业园企业范围，围绕粮食、肉牛肉羊、牛奶、家禽、菌类、现代种业＋油料、马产业、甜菜、香紫苏、蜂产业、中药材等 6＋6 重点链，补链、延链、全链。

壮大涉农龙头企业。2023 年培育壮大国家级龙头企业 1 家（草原油脂有限责任公司），自治区级龙头企业 1 家（昭苏马场），自治州级龙头企业 1 家（昭信蜂业），县级龙头企业 2 家（蚕豆加工、食葵加工）。

绿色食品认证。一是完成品牌主形象设计、完成昭苏油菜主体宣传片素材拍摄、收集等工作；完成昭苏油菜产业文化馆、产品展示馆展厅装修布展。二是完成《"昭苏油菜"地理标志农产品质量控制技术规范》《"昭苏油菜"地理标志管理办法》定稿。三是完成"昭苏油菜"地理标志农产品生产技术规范、地理标志农产品管理办法及油菜标准化栽培技术等内容的培训；加强对企业、合作社技术指导，支持企业、合作社积极参加绿色食品博览会、农交会等活动，培育一批具有较高较强市场竞争力的绿色品牌食品，促进无公害绿色食品的快速发展；完成央视栏目制作并播出；完成不少于 5 个国内主流媒体专题报道；完成"昭苏油菜"地理标志农产品品牌宣传推介会 1 场。四是申报昭苏县洪纳海镇泽农蜂业专业合作社"昭信"蜂王浆、昭苏县喀拉苏镇冠香源种植专业合作社种植的食用菌和昭苏县察汗乌苏蒙古族乡天弓褐牛专业合作社的"天弓"牌酸奶等绿色食品。五是持续推进"三品一标"建设，构建现代农业全产业链标准体系。通过昭苏小麦、昭苏油菜、昭苏大蒜，通过品牌的建设打造油料、绿色小麦基地核心区，有机肉牛肉羊养殖、生产、加工基地，2023 年打造冠香源蘑菇、天弓奶酪、盛康面粉农牧业产品名特优品牌 3 个。

完善农业服务体系

土壤耕地保护与质量提升工作。一是全力以赴开展全国第三次土壤普查工作，按照国务院第三次全国土壤普查领导小组办公室印发的《外业调查与采样技术规范》，分四个小组完成 1110 个土壤表层样样点、12 个剖面样样点的调查采样工作。二是实施耕地地力保护和质量提升工作。完善 10 个县级耕地质量监测点设施建设，健全耕地质量监管检测工作。三是持续推进测土配方施肥级肥料试验工作，开展春小麦肥料利用率田间试验 1 个，创建 0.2 万亩"三新技术"示范田 1 个；完成农户施肥调查 186 户，开展取土化验 152 个。四是继续做好 2022 年基层农技推广体系改革与建设项目和昭苏油菜地理标志农产品保护工程项目的续建验收工作。五是做好昭苏马铃薯地理标志农产品保护工程项目的后续跟踪对接工作。

农作物植物保护。一是开展农作物重大病虫害预测预报及绿色防控。充分利用 11 个油菜病虫害监测点做好油菜病虫害的预测预报，特别是油菜霜霉病、白粉病；小麦条锈病、赤霉病；蚜虫和蝗虫的发生动态，及时组织乡镇场开展病虫害统防统治工作。二是开展植物检疫工作。继续开展油菜茎基溃疡病的监测工作，及时掌握该病的发生和发病情况，同时做好其他检疫性病虫害的监测与防治工作。三是农作物病虫害绿色防控示范点创建。年内建立小麦、油菜、马铃薯农作物绿色防控技术示范点5个。其中在乌尊布拉克镇东升村建立油菜、春小麦绿色防控技术示范点各1个；在伊犁种马场建立春小麦、马铃薯绿色防控技术示范点各1个；在昭苏马场建立春小麦绿色防控技术示范点1个。

开展粮油高产创建示范。一是在夏特柯尔克孜族乡、胡松图哈尔逊蒙古族乡、察汗乌苏蒙古族乡和乌尊布拉克镇创建高产高效示范田4个，其中，春小麦2个、油菜2个。二是开展油菜高产竞赛活动。以创高产为核心目标，按照具有"区域代表性、基础条件好、辐射带动能力强"的原则，在全县10个乡镇各选择1—2个亩产200公斤及以上的田块进行参赛，获得前10名的参赛田块报自治区、州级复测，选取前三名参加部级抽测。

开展油菜新品种、新技术试验示范工作。充分发挥自治区现代农业产业技术体系昭苏综合试验站（油料体系）作用，引进1—2个优质高产油菜新品种，推广1—2项油菜高产新技术新模式。

农技推广培训。一是对专业技术人员业务提升培训，采取走出去、请进来的方式组织县乡技术人员外出学习，提升业务素质及技能；二是实用技术培训。利用科技下乡行动，举办观摩会和示范推广活动，对种植大户、科技示范户和示范主体等开展技术培训。

农业保险。组织技术人员下乡开展农作物冰雹灾害鉴定工作；协助财政局做好政策性农业保险各级补贴发放工作。

保护性耕作技术推广应用及油菜生产绿色高效全程机械化技术示范区建设。一是制定《昭苏县保护性耕作技术推广应用实施方案》，完成保护性耕作技术推广应用面积16.5万亩。二是建设油菜生产绿色高效全程机械化技术示范区，建立油菜生产绿色高效全程机械化技术示范区面积500亩，示范推广保护性耕作、无人机精准植保、机收减损等农机化技术，实现示范区亩节本增效200元。

完善人影作业基地建设。一是积极争取人影项目资金，完成人影作业基地建设，更换作业装备，提高作业能力。充分利用雷达监测、高炮、车载火箭、通信电台为主体的人工防雹作业体系，逐步更新作业装备，购进 23 部车载式火箭发射系统及 23 部通信设备，形成强大的人影作业体系。二是推进灾害天气防御应急体系建设。以建立全社会气象灾害预警体系为目标，逐步形成防御重大冰雹灾害的分级响应、属地管理的纵向组织指挥体系和信息共享、分工协作的横向部门协作防灾体系。三是做好防雹增雨作业，及时发布人工影响天气作业公告，做好 2023 年人工影响天气安全管理和作业服务的通知；做好雷达正常运转的前期检修、维护、保养工作；做好各乡镇作业人员安全技能岗前培训。四是多方筹集资金争取项目，力争确保防雹资金到位，为全县农作物保驾护航。进一步将灾害性天气损失降到最低。

完善农业服务体系

提升农机装备研发应用水平。一是实施自治区财政扶持农机化发展——"油菜生产绿色高效全程机械化技术示范区建设"项目，项目资金 20 万元，在昭苏县乌尊布拉克镇东升村建立绿色高效油菜生产全程机械化技术核心示范区 500 亩，依托示范区建设开展技术及装备集成与示范应用，开展油菜免耕播种和收获等关键环节机械化技术的对比试验，形成油菜绿色高效全程机械化技术模式。二是积极推广保护性耕作技术，改善和修复农业生态环境，促进农民节本增效及农业绿色发展，确保完成伊犁州农机推广总站下达的保护性耕作技术推广应用面积 16.5 万亩任务。三是积极引进推广先进实用的马铃薯、大蒜、中草药等作物播种、收获机具，着力解决农机化短板弱项。四是按照机收减损常抓不懈的要求，持续开展机收减损大宣传、大培训、大比武活动，提高机手机具使用调整操作技能和增收减损意识，推动小麦、油菜机收作业实现精细高效、提质减损。五是落实好农机购置补贴、深抓作业补贴及农机报废更新补贴惠民政策，加快推广先进适用农机新技术新机具，推广大型环保节能型农业机械，逐步淘汰更新高耗能高排放的小型农业机械。

开展高素质农牧民培训。一是规范组织实施高素质农民培育培训工作，以县域农业主导产业为重点培训高素质农民 700 人；二是按照县级冬季大培训要求，开展形式多样的 2022—2023 年冬春农业科技大培训 10 场次，培养高素质劳动者和农业农村技术技能人才，保障师资进入培训现场，做到应培尽培，培训农牧民 300 人次以上。三是开展农技人员知识更新远程培训，利用中国农村现代远程教育平台，2023 年开展远程培训 12 期，培训农技人员不少于 300 人次。四是做好 2022 级函授学历教育大专班 18 人、本科班 15 人教学管理工作。五是做好 2023 年与新疆农职院、新疆农业大学联合招生工作，招收函授大专班学员 20 人、本科班 15 人。

强化农业综合行政执法。一是强化执法队伍建设，开展法律培训，提升执法人员的法律素质和业务能力。二是筹措资金，配齐执法设备，改进执法手段，提高农业综合行政执法能力。三是强化农产品质量安全、农资、农机安全等领域违法行为的查处力度，坚持有案必查、查必见效，及时公布有影响力、有震慑力的典型案例。四是加强农业机械车辆检验和更新换代。五是开展"双随机一公开"执法督查工作，继续加大执法力度，杜绝非法农药、高剧毒农药、假冒伪劣农作物种子的流通，维护农资市场秩序，为生产安全和社会安全提供有力保障。六是开展农资安全专项检查，强化对种子、化肥、农药等农资市场的监督管理，杜绝出现假冒伪劣农资，净化市场，加大抽检种子力度，对进入昭苏境内的农资进行检查，禁止硝基类复混肥和禁限用农药流入昭苏县辖区，确保种植户买上放心农资，保障农牧民的利益。七是强化农产品质量安全案件执法查办工作，建立健全农产品和农业投入品日常巡查、分析会商、联合执法、检打联动等工作机制；健全大案要案协作查处机制，会同公安、食药等部门开展案件联合查办，农业综合执法震慑力不断增强；加强行政执法与刑事司法衔接，第一时间公开案件处理情况，震慑违法犯罪分子，严惩违法犯罪行为。八是加强监管监测执法和追溯体系建设，健全归管制度和机制，全面提升农产品质量安全水平，加大蔬菜基地上市前的蔬菜抽检工作，严厉打击违规使用农药，切实保障人民群众"舌尖上的安全"。九是开展农机、大型工程机械专项检查工作，加大农业综合执法大队对县域内的道路、农田地、乡村道路进行农机安全检查工作，加强与公安交警部门开展联合执法，严厉打击拖拉机、大型工程车辆违章载人、无证、无牌驾驶、无反光标识、车辆已达报废年限仍在使用、超载超宽、脱检等违法行为。对于违法行为加大处罚力度，并按规定进行严格处罚。减少农机事故的发生，保障农机安全生产与广大人民群众生命安全。十是提升办案水平，定期组织农业综合执法人员，开展学习、培训活动，制定落实《农业综合执法大队人员冬季培训实施方案》，全面学习《种子法》《农药包装废弃收回处理管理办法》《农作物种子标签和使用说明管理办法》。提高农业综合执法大队执法人员法律素质和业务、办案水平。全面完成州农业综合执法支队下达的目标任务，2023 年县一般程序案件不少于 13 件，简易程序案件不少于 45 件，完成案件办理 58 件以上。

侧重农机监理工作。一是加大宣传力度，通过张贴标语、宣传通告、发放宣传资料等形式，广泛宣传农机法律法规，增强农机手法律意识，规范农机手对农业机械依法依规使用，组织农机车驾驶员进行安全驾驶培训。二是针对农业机械年检率不高的情况，充分利用乡村两级走访入户、完善农业机械档案信息，提示农机户按时参加年检，提高农业机械年检率，力争 2023 年 12 月前农业机械检验率达到 85% 以上。三是对各乡镇农业机械到报废年限未按规定进行报废的情况，采取监理站和执法工作人员与乡镇对接、到乡镇蹲点等方式，加大农机报废补贴政策宣传力度，集中对达到报废年限农业机械车辆进行处理。四是开展国家级"平安农机"示范县创建活动，强化农机安全监管能力建设，促进监管工作规范化、专业化、信息化、便民化水平不断提高。

加强农业绿色发展

大力发展生态循环农业。实施化肥农药减量增效工作，推广测土配方施肥、水肥一体模式，加强新型肥料、水溶肥料、液体肥料的引进、示范、推广，推进有机肥利用。

实施农作物病虫害专业化统防统治项目。严格执行农药残留限度标准，建立健全农药包装废弃物回收体系。推进种养结合，加强农作物秸秆综合利用。2023 年农作物化肥综合利用率达到 40.7%，测土配方实施技术入户率达 92%，主要农作物病虫害绿色防控覆盖率达到 44%，统防统治达到 47%。

注重农产品质量提升。一是创建自治区级农产品质量县，进一步提高农产品质量安全水平，保障农产品质量安全，按照《关于确定第六批自治区农产品质量安全县（市）创建单位的通知》要求，在开展认定农产品质量安全县考核前完成全面落实政府属地管理责任，依法加强农产品生产经营主体管理、切实强化农产品投入品监管，严厉打击违法违规行为、扎实开展农产品质量安全检测、全面推进农业标准生产、健全农产品质量安全监管体系、落实农产品质量安全追溯和承诺达标合格证制度、广泛开展宣传工作，完善创建档案管理等 10 项任务，建立行之有效的农产品质量安全监管模式。二是持续开展农产品质量安全监测工作。按照 1.5 批次／千人检测要求开展农产品检测工作。全年例行监测 178 批次，快速检测 7500 批次。其中，监督抽查比例不低于 20%。三是紧紧围绕"全面提升监测能力和水平"，2023 年昭苏县农产品质量安全检验检测站新增检测项目扩项参数 43 项，达到 90 项。

推进改革创新工程

持续深化农村集体产权制度改革。在机构人员、股权设置、收益分配、民主管理等方面加强引导 73 个村集体股份经济合作社规范运营，加快实行"职能分离、分账管理"，进一步加强农村集体"三资"规范化管理，力争实现 3 个村股份经济合作社分红目标，不断规范农村集体经济组织管理，发展壮大村集体经济。

加强农村土地承包及土地流转规范管理。一是鼓励适度经营，做好土地承包和土地流转合同的规范签订指导、审查鉴证、纠纷调解等工作，推进农村集体资产资源流转交易"应进必进"，确保土地承包和土地流转合同签订规范率达 80% 以上。二是做好县级农村土地承包纠纷仲裁委员会日常工作，指导乡镇建立健全乡镇级农村土地承包经营纠纷调解工作机制和相关制度，加强和完善农民负担日常监督检查和动态监测，切实做好年度平安建设纠纷调解仲裁考评工作。

培育提升新型农业经营主体。一是继续加强农民合作社规范化管理，持续开展好示范合作社创建评定和"空壳社"长效治理工作，年内规范提升农民合作社 5 家，引导农民合作社依法自愿兼并组建联合社 1 家，培育以家庭农场为主要成员联合组建农民合作社 1 家。二是申报国家级农民专业示范社 2 家，自治区级农民专业合作社 4 家，逐步完善 73 个行政村壮大村集体经济规划，不断提高家庭农场经营管理水平和示范带动能力。鼓励引导符合条件的种养大户创办家庭农牧场，加强家庭农场名录库动态管理，农场信息完善率 100%。三是建立完善县域服务组织名录库，加快培育壮大专业化、社会化服务组织，鼓励专业服务公司、服务型农民合作社等社会化服务主体面向小农户开展耕、种、防、收等环节生产托管服务，年内计划完成生产托管服务面积任务。

昭苏县农业农村局党组书记赵琦是个八〇后，祖籍陕西商洛，算是"疆二代"。他工作经验丰富，在县委办当过秘书，任过乡镇副乡长、副书记、交通局副局长等职务。赵琦介绍说，昭苏县没有工业，农牧业是基础产业，尤其是油菜种植面积大、产量高、品质好，是名副其实的"中国油菜之乡"。他们投入 5600 万元，建了全疆顶级的油菜加工厂。目前，农业部认定的昭苏地理标志产品有四个：昭苏天马、昭苏大蒜、昭苏马铃薯、昭苏油菜。地理标志农产品是以地域名称冠名的特有农产品，产品蕴含着巨大的市场潜力和财富价值。

筑牢生态安全屏障

昭苏县林业和草原局践行习近平总书记"绿水青山就是金山银山"的理念，以推进生态文明建设为目标，为生态文明建设提供实践指引。生态文明建设是一项长期的战略任务和目标。绿水青山就是金山银山理念明确了生态文明建设的目标方向、途径方法和规范要求。坚持生态保护优先、自然修复为主，加大生态治理、修复和保护力度，坚守生态功能保障基线、自然资源利用上线、生态安全底线。

积极开展国土绿化

高质量完成 2023 年春季植树造林任务。2023 年春季造林 500 亩，由全县 83 个单位和各乡镇完成，种植各类风景树 1.3 万株，县林草局与各部门签订了种、养、管责任书，真正形成了种植前、种植后事事有人抓、有人管、有人干的工作格局，2023 年 9 个乡镇 15 个村庄绿化美化项目持续开展，截至目前 7 个乡镇 12 个村庄绿化美化全部完成，成活率高。做好育苗工作，不断提升技术服务能力。上半年全县 12 处苗圃苗木新育苗面积 82.4 亩、159600 株，其中林草局苗圃已完成新育苗 26.4 亩、15300 株。开展室内教学培训班 10 次，现场培训 18 次，受训人员达 367 人次。

加强森林草原资源保护管理，充分发挥林长制作用。上半年县级领导开展巡林 20 次，乡镇林长开展巡林 150 次，发现问题 20 个均立查立改，村级林长巡林 600 次，发现问题 15 个均立查立改。

加大湿地保护力度。利用广播、电视、"昭苏好地方" APP 客户端、昭苏零距离等传统媒体和新媒体平台播放有关湿地野生鸟类栖息和相关湿地保护方面的新闻信息。积极开展"世界湿地日""自治区湿地保护日"等系列主题活动，大力宣传湿地保护的重大意义，截至目前共报道湿地相关信息十余条，发放湿地手册、观鸟手册及其他湿地知识、政策法规等宣传资料 1500 余份。严厉打击各类破坏湿地违法违规行为。6 月 6 日，自治区人大常委会 2023 年天山环保行执法检查组来昭苏，以"依法推动湿地保护高质量发展，建设人与自然和谐共生的现代化"为主题，就《中华人民共和国湿地保护法》实施情况进行执法检查，并给予工作肯定。

林草有害生物防治取得实效。年初以来，对全县各乡镇约 5000 株山楂及红叶海棠开展苹果病害调查，部分有轻度病害发生，开展产地检疫 10 家苗圃，共计约 103.4 万株。签发省内植物检疫证书 32 份，调出 800 立方杨木，调运樟子松防腐木 881 立方。全部开展了检疫；调入苗木及木质材料等 30 批次，对全县绿化树干涂白 35 万余株。树枝修剪、浇水、除杂草、施肥等，约 375.65 公顷。病虫害药物防治 80 公顷，防治树约 20 万株，对经营石材及相关产品的个体工商户 12 家进行走访摸排均未发现有疫木调入。加大野生动物保护力度。组织护林员每日对管辖范围湿地内候鸟数量和种群进行监测和巡护，共计开展栖息地巡护 200 次，疫源疫病监测巡护 180 次，严格执行日报告、周报告制度，共计报送周报告 10 次、日报告 163 次，开展丰富多彩的宣传活动，通过车辆巡展 4 车次、横幅展示 3 幅、发放宣传资料 300 份、现场讲解 20 余人次，向群众宣传野生动物法律法规、保护知识以及滥食野生动物危害，形成全社会保护野生动物、崇尚健康生活的良好风尚，6 月 10 日，北京专员办在昭苏县开展野生动物行政许可双随机一公开检查，对全县野生动植物保护工作给予高度评价。

强化安全防范工作。年初森防总指挥与各成员单位签订《森林草原防火责任状》20份，与特克斯县、察布查尔县签订联防协议书2份，各乡镇场分别与村队和农（牧）家乐经营者签订了防火责任书，压实了森林草原防火责任。联合天西林管局昭苏分局同时开展县乡村三级防火宣传月（周、日）集中宣传2次，召开研判会2次，下发通知3份，下发提醒函3份，联合相关单位开展安全生产大检查，查出问题及隐患3条，立查立改1条。同时无人机每天在公益林区开展巡护，累计巡护15天，没有发现热源和烟点。

做好草原修复保护工作。上半年完成日常草地监测10场次、项目区草地监测6场次、国家级固定监测3场次；开展春季鼠害调查2场次，地下害虫调查8场次，蝗虫调查4场次，经调查昭苏马场库都尔草场发生牧草蝗与意大利蝗混合发生，危害面积达4万亩，从伊犁州治蝗灭鼠办调运1.5吨绿疆菌液体药业，计划1.5万亩进行生物药物防治，截至目前全县完成人工种草1.3629万亩、种料1.8728万亩，提前谋划2023年草原补充灌溉相关前期工作，现已确定全县草地补充灌溉33万亩，分3年实施。

加强林草占地审批手续

上半年为群众办理12起正式采伐许可证，已接收房前屋后林木采伐申请书101起，办理101起销售证明。审核提交办理征用林地手续共5起，提交完成90个林草湿地综合监测图斑，联合自治区林业规划院完成检测公益林复测点和湿地监测样地点，完成验收阿克达拉镇2021年500亩退化林修复（更新农田防护林带）项目，夏特柯尔克孜族乡2022年农田防护林更新采伐恢复情况、成活率和保存率。

以非法征占用草原和人为破坏草原情况为重点开展执法工作，加大对草场临时征占用的审批规范治理，严厉打击草地违章建筑、未批先建等违法行为，截至目前依法依规办理行政审核审批手续 31 起，其中立查立改临时征占用草原 6 起、永久性征占用草原 21 起、畜牧业设施用地草原 4 起，行政审批 4 起，调解 8 起草场纠纷。

牢固树立"群众利益无小事"的思想，切实解决群众反映强烈的热点和难点问题，截至目前，受理人民群众难点热点问题 2 起、12345 公网 5 起，已提交答复，承办人大代表、政协委员议案提案共计 12 件，解答满意率均达到 100%

进一步强化职能，监督到位，充分发挥草原监理职能作用，转场季设草蓄平衡固定检查站 3 座、临时检查站 4 座，开展草畜平衡抽查，督导检查巡查禁牧区、休牧期的牲畜放牧情况，以政府名义颁发《禁火令》，并引导农牧民以草定畜，减少载畜量，促进草原生态的恢复。

持续释放林草生态红利

结合林草项目优势开发临时性就业岗位，扶持解决就业岗位，提高脱贫户增收，利用草原治理（毒害草挖除）项目吸纳本地脱贫户劳动力临时就业 960 人，每人每天 150 元，实现增收 288 万元。

以生态振兴为重点，继续将 243 名脱贫户纳入生态护林员管护队伍，每人每年生态护林补贴 1 万元，护草员 4 名，聘用期 2 年，均为贫困户，每月工资 2000 元 / 人，确保脱贫户稳定增收。

加快推进林草项目实施

续建项目截至目前完成了 2021 年草原生态保护修复治理补助项目竣工验收及审计结算工作，项目资金已支付完成。

新建 2023 年中央财政林业改革发展资金（草原生态修复治理补助）

项目，总投资 1313.69 万元，项目于 5 月开工建设，计划 8 月底前完成，10 月 15 日完成验收结算及资金支付，截至目前项目已完成 60% 的工程量，6 月计划资金支付达 70%。

昭苏县 2023 年村庄绿化美化建设项目总投资 300 万元，涉及全县 9 个乡镇 15 个村，项目已进入验收阶段。

林业和草原局局长江哈孜·塔培说，这几年昭苏县生态环境得到了极大改善，成为众多候鸟的栖息地，上百只天鹅选择在昭苏湿地过冬。北京爱鸟协会派来专家实地考察候鸟栖息地，将昭苏县评为先进会员。

草原是我国最大的生态系统，面积约占国土面积的 40%，对维护国家生态安全、促进草原地区经济社会发展具有重要作用。昭苏之所以能成为"天马之乡"，就是因为这里的土地肥沃，水草丰美。草是畜牧业的基础，只有牧草的品质好，牲畜才能吃得膘肥体壮，才能卖出好价钱。今年全球极端天气增加，对昭苏草原有一定影响，如草原返青时天气冷，又遇上干旱，草的质量比往年差一点，这就需要保护好草场，恢复好草原生态。一定不能过度放牧，破坏草原植被，林业和草原局作出规定，一亩草场放养一只羊，要让草场休养生息。

江哈孜·塔培向我们介绍了全国五一劳动奖章获得者、先进模范阿迪肯，他的先进事迹既平凡普通却又感人至深。

阿迪肯·木卡从事护林防火工作 33 年，为了保护家园、坚守岗位、履行职责、牢记使命。几十年来，阿迪肯·木卡不知磨破了多少双鞋子、累垮了几匹马、磨损了几辆摩托车，只有他本人知道。

阿迪肯·木卡爱岗敬业，为人和善，不怕累不怕苦，经常面带微笑，捋起袖子干好就行。作为一名护林员，他走过 43.56 万公里护林防火路，每天巡护是他必不缺少的工作之一，不管是步行、骑马、骑摩托车，风雨无阻从没间断过。

阿迪肯·木卡走过山顶、蹚过河水、住过毡房，在荒郊野岭留下了无数个足迹。他明白守护青山绿水的重要性，每年防火期，他都深入牧区林地宣传林业防火常识，并在牧区林地来回巡视，重点地区蹲点防守，确保责任区内不发生山林火灾事件，确保了国家公益林的生态安全。

为确保林地草原安全，阿迪肯·木卡从宣传工作入手，带上林草局发放的宣传材料，通过张贴标语、发放公约、走家串户等多种形式，进行林草政策和法律法规的宣传，耐心地给农牧民讲防火形势、防火知识，宣传林草保护和林草防火的重要性。

通过耐心细致的工作，使广大农牧民逐步提高了爱护林草资源和保护生态环境的意识，在该管护区域中形成了保护资源、严禁破坏、护林防火、警钟长鸣的浓厚氛围，为林草资源管护工作的顺利开展奠定了坚实的群众基础。

护林员一职，虽然不是什么官，但责任不小。33年来，他坚持每月不少于22天巡林护草，从家里出发，拿着干粮，骑上摩托车，边走边巡视，边走边宣传，做到巡查到位，重点明确，跑遍了管辖区域的每一条山梁、每一道山沟、每一条河，不放过一个可疑的人、一处细小的隐患点，不留死角，让山林草原安然无恙。

阿迪肯·木卡吃苦耐劳默默奉献，他的管护区域，面积大、道路崎岖、交通不便、护草防火工作异常艰巨，有的地方只能靠跋山涉水才能通过。他深知生态管护、防火责任重大，严格按照管护协议要求，夏季防火期就在管护区搭个毡房，认真巡护，管护好责任区，一星期才能回家一次。冬季确保每月出勤22天以上，开展野生动植物保护宣传，实事求是书写管护日记，在巡护过程中发现任何破坏森林草原资源的行为，立即制止并逐级汇报。

阿迪肯·木卡说，他非常热爱护林防火事业，他要守护好自己的家乡，愿为守住绿水青山贡献自己的一份力量。

"智慧畜牧"助推畜牧业高质量发展

　　畜牧业是昭苏县经济发展的主体，是促进乡村振兴的支柱产业，畜牧业发展事关农牧民增收致富、助力脱贫。昭苏县持续推进畜牧业转型升级，以"调结构、转方式、上水平"为主线，狠抓畜牧良种工程，优化做大做强做优新疆褐牛、哈萨克肉羊、伊犁马等草原畜牧业绿色养殖，发展新型经营主体，培育"良种繁育＋育肥""合作社＋养殖户"等生产模式，因地制宜科学规划畜牧业发展措施，为畜牧业产业化发展提供有力支撑。

　　昭苏县融媒体中心的李仁连介绍说，近年来，昭苏县积极探索"智慧畜牧"发展新模式，围绕良种培育、精准饲养、质量监控等领域，加快推进现代信息技术在畜牧养殖领域的应用，持续优化产业布局，助推现代畜牧业高质量发展。

　　在自治区肉牛产业技术体系昭苏县综合试验站内的新疆褐牛圈舍中，工作人员通过扫描褐牛佩戴的电子耳标二维码，可查看褐牛的繁殖记录、体尺测量等数据，以及出生日期、品种、系谱等信息。目前，该试验站通过互联网、智能养殖系统的应用，实现了肉牛养殖生长性能数据自动采集、数据指标自动分析等功能，推动"经验育种"向"精确育种"的转变，有效解决了牛只档案数据无标准、任务执行不规范、人工统计汇总工作效率低下、育种牛只管理复杂的难题。

昭苏马场褐牛繁育中心主任、自治区褐牛联合育种体系特聘专家朱开绪说："通过信息化、智能化数字养殖模式，大大提高了工作效率。目前，昭苏县综合实验站完全采用人工授精技术，每年通过同期发情、胚胎移植等技术，提高了褐牛的受胎率、产犊率，缩短了产犊间隔，实验站正在逐步实现智能化养殖。"

畜牧业是保民生、促振兴的重要手段。昭苏县畜牧兽医发展中心依托智能化手段，持续完善从育种繁育、养殖屠宰到餐桌的全程信息化监管，并通过信息化技术，促进信息平台互联互通、数据资源开发共享、产业结构优化升级，推动畜牧业高质量健康持续发展。

昭苏县坚持强弱项、补短板，把加强良种繁育体系建设作为畜牧业提质增效的关键环节，突出抓好配种站建设，采取引进、繁育、改良相结合的方式，推动畜牧业向高产、优质、高效发展。

近日，在昭苏县察汗乌苏蒙古族乡小畜配种站，畜牧技术员正有序为当地群众养殖的生产母羊进行人工授精。据了解，该配种站计划年内完成羊人工授精2000只，截至目前已完成人工授精1300余只。农牧民的牲畜品种得到改良，有效推进了当地畜牧业由"增量型"向"提质型"转变。

为满足农牧民的肉羊品种改良需求，昭苏县在察汗乌苏蒙古族乡建立了160平方米及配套放牧草场250亩的小畜配种站。配种站设有配种室、采精室、化验室、配种圈等设施，有效助力羊养殖业实现"提单产、促多繁、增总量"的目标。

察汗乌苏蒙古族乡小畜配种站畜牧技术员库达依别尔干·英克别克说："小畜配种站的建立对当地加快良种繁育体系建设具有重要意义。我们通过引进优质良种羊、完善配套设施、加大宣传力度等，加快羊良种繁育体系建设。截至目前，为21户牧民的1358只羊进行人工授精，让牧民得到实实在在的经济效益，也提升了群众发展养殖业的积极性，更好地服务全县畜牧业发展。"

为满足农牧民对牲畜良种的需求，促进资源配置和养殖业结构调整，目前昭苏县共建立小畜配种站15座，更好地促进品种改良，提高优质肉用种公羊利用效率和改良覆盖面，推动全县畜牧业高质量发展。

在昭苏县畜牧业中，马产业占有极为重要的地位。昭苏县委、县政府历来高度重视马产业发展，他们聚焦马产业开展"五大行动"：以马为基，开展优良品质马种提升行动；以马为名，开展赛马赛事牵引带动行动；以马为媒，开展马文化旅游融合发展行动；以马为业，开展特优马产品品牌创建行动；以马为题，开展产业科技创新驱动行动，提升马的综合效益，初步构建了"一核两场两园一环全域"的马产业发展新格局。

昭苏县养马历史悠久，是伊犁马的主要育成地之一，被誉为"中国天马之乡"。2023 年，全县马匹存栏 12.22 万匹，分别占伊犁州直和全疆马匹存栏的 24.4% 和 11.6%，马产业直接产值 8.9 亿元，是全国马匹存量最多、质量最优、知名度最高的县。

昭苏具有天马文化、军马文化、国马文化、民俗马文化底蕴，持续打造"牧歌昭苏·天马故乡"区域公用品牌，建设天马旅游文化园、全域旅游环线马主题营地等，"天马"已成为昭苏旅游业代名词和主引擎。昭苏县实施国家、自治区级等马业科技项目十余项，联合院校发布地方标准 40 余项，获得全国马产业技术创新联盟"盟主"单位，被农业部授予"昭苏天马农产品地理标志"，实力雄厚，是名副其实的马业科技领衔区。

昭苏始终坚持伊犁马再培育提升，立足市场需求，持续培育伊犁马速度型、速步型、温血型等新类型，积极推进全域马良种工程，建立了覆盖全县的马良种繁育体系。同时因需调训，以赛促练，实施赛马赛事"线上线下"相结合，不断提高专业化调训水平，推动赛事产业发展。

昭苏县马产品深加工潜力巨大，始终坚持实体引领发展，不断优化营商环境，吸引多家技术公司入驻，持续开发伊犁马"乳肉脂尿"、生物血清制药、高端化妆品等特优产品。致力构建"落地一个园区、带动一个产业、联动一个集群、辐射一个区域、致富一方百姓"的现代经济联动体系，推进马产业蕴藏资源的延伸开发。

昭苏县拥有得天独厚的草场资源和历史沉淀下的"马之爱"，在"马"上做文章，通过伊犁马的品种改良提升，打造大"马力"经济引擎，利用马文化延伸和拓展具有深厚内涵的文旅业，开发马自身价值，锻造持续掘进的马产品链，用"马业 +"的模式，反哺农牧业发展，为农牧民创造了很多生财之道。可以说，马产业发展在昭苏县经济结构中占有的比例越来越高。

昭苏县有养马采食、生长繁衍最为适宜的自然条件，早在20多年前，昭苏县就走上了改良和更新伊犁马的道路，通过培养人才、杂交改良和纯繁，大力推广改良技术和改变农牧民的养殖理念，伊犁马的速度越来越快，个头越来越高，价格越来越贵，名气越来越大。

昭苏县县域内有两个自治区级种马场，马产业资源、技术和管理优势明显。在自治区的《现代马产业发展规划（2019—2030年）》中，将昭苏县纳入"一轴""两区"范围。去年，自治区发布《关于加快新疆马产业高质量发展的意见》，为昭苏县打造马产业全产业链带来新机遇。昭苏县正以助力乡村振兴为出发点，以强化"伊犁马"品牌为突破口，积极融入国家"一带一路"建设，努力将马产业打造成生态经济的支柱产业。

骑在马上，说马的故事，这是昭苏县打造文旅的重要模式。昭苏县的自然风光、人文景观和文化旅游项目基本都能和"马"挂上钩，在昭苏县全域旅游中，处处都有"马"的身影和"马"的故事。

在马文化的加持下，昭苏县持续打造"牧歌昭苏·天马故乡"区域公用品牌。天马旅游文化园、湿地公园等一批景区景点，把马文化呈现得淋漓尽致，历史悠久的马上体育活动、马术表演被叠加在昭苏县文旅故事册中，叼羊、姑娘追、赛马、套马、飞身上马、马上拾哈达、马上角力、马上叠罗汉、马上拔河、飞马投鞭等成为各地各处主打的表演项目，成为让游客体验马、接近马、感受马的视觉盛宴。

1992年至今，昭苏县已成功举办32届中国新疆伊犁天马国际旅游节。"天马节"充分挖掘和全面展示了天马文化，使昭苏县逐步成为"丝绸之路经济带"上的马文化核心展示区，每届"天马节"开幕式都演绎"汉武帝赐天马"，阐述"天马"的由来等与马相关的故事。

昭苏县还成功举办了中国"天山论马"高峰论坛，使其成为中国马业协会三大品牌论坛之一，并将昭苏县确定为中国"天山论马"永久会址。昭苏县在马文化的挖掘和提升中不遗余力，从西汉初年的汉武帝对"马"的情有独钟，到公元前115年张骞第二次出使西域；从公元前71

年，以新疆"天马"为基础组成的骑兵击败匈奴，促进了国家多民族的统一发展；从公元702年，唐朝在西域天山以北设立"北庭都护府"，昭苏县是当时西北的边陲重地……有关"马"的故事一直穿插其中，直到现在和马相关的民族团结故事仍层出不穷。

昭苏县文体广电和旅游局副局长哈丽娜·哈帕尔说："昭苏县天马的故事就是祖国统一、各民族团结如一家的故事，也是昭苏县历史发展中铸牢中华民族共同体意识的生动事例。"

昭苏县发挥马业传统优势，统筹马产业、马文化走向协同发展，马产业与旅游融合发展渐入佳境。如昭苏县军马场的海热拉木·卡德拉洪调训一匹2岁的枣红色伊犁马，已取得8场赛事冠军，奖金收入有7万多元。

天马文化产业园副总经理康祖良说："天马文化产业园作为旅游节主要承办场所开展常态化赛马，不但提高了牧民养马积极性，还能让旅客与马近距离接触，提升旅游体验感受。"他们下一步将积极推动赛马专业化、规范化发展，有针对性培养赛马专业人员队伍。

目前，昭苏约有10%的马匹朝着赛事运动型马方向发展，有30%用于马术教学、休闲骑乘，还有约60%投入到乳、肉生产精深加工中。

近年来，昭苏县的马产品深加工是马产业中的一个亮点。随着时代的变迁、科技的注入和加大招商引资力度，昭苏县的马产品和以前相比已不可同日而语，"浑身是宝"的马，在形形色色的产品中都得以体现出来。马产品围绕马肉、马脂、马乳快速发展，产业的拉伸使与"马"相关的产品迅速多样化。

一年前，昭苏县从辽宁省招商引资落户的昭苏汉马生物科技有限公司，主要加工生产马奶粉，发展势头良好。与马产业相关的企业，看到昭苏县的马文化和马资源优势，发展信心十足。

马奶和马肉食用、马尿和马油提取等领域的精深加工与销售，涉及食品、化妆品、保健品等多个领域，为提升昭苏县马产业的综合价值和效益，提供了广阔的发展空间，"建设优质畜产品产业集群"成为昭苏县大力培育和发展新质生产力的新目标。目前，昭苏县共有涉牧企业4家、饲草料加工企业7家，马产业年产值突破12亿元，农牧民人均马产业年纯收入接近 4000 元，逐渐形成"落地一个园区、带动一个产业、联动一个集群、辐射一个区域、致富一方百姓"的现代经济联动体系。

昭苏，有"苏醒恢复生机"之意。2023 年随着疫情的结束，昭苏各行各业已恢复活力。如今，14 万多昭苏各族儿女正锚定马产业发展"新赛道"，步稳蹄疾，奋力驰骋，迸发出新时代的勃勃生机。

昭苏天马，让马博士爱上雪域高原

众所周知，昭苏被誉为"天马之乡"。然而，培育"天马"的伊犁种马场却不为大众所知。说起伊犁种马场，它有着辉煌的过去和悠远的历史。伊犁马的历史可以追溯到公元前 2 世纪，当时西域乌孙就盛产良马。汉武帝时期，乌孙马因其优良品质被赐名为"天马"。现代伊犁马由哈萨克马与俄罗斯的奥尔罗夫马、顿河马等品种杂交改良选育而成，具有体格高大、结构匀称、性情温驯等特点，适合山路乘驮及平原役用。

伊犁种马场始建于 1942 年，新中国成立后，隶属于伊犁建设局，1952 年隶属于新疆维吾尔自治区畜牧厅。日月如梭，经过数十年的变革，伊犁种马场进行深化体制改革，2012 年 3 月，移交给昭苏县管理。2018 年年底，伊犁种马场实施企业办社会职能剥离改革，原有的 4 个社区资产移交乌尊布拉克镇。

抚今追昔，伊犁种马场党委书记冉红军介绍说，伊犁种马场在历史上取得了显著的成就，不仅繁育了大量优质的伊犁马，还获得了国家级重点种畜场的称号，成为中国伊犁马培育中心，是自治区级轻型骑乘马产业化龙头企业、新疆褐牛良种繁育基地。伊犁种马场的主营业务是畜牧业和种植业，耕地面积十多万亩，草场四十多万亩，属于自主经营、独立核算、自负盈亏的县级国有企业。

冉红军说，他是初来乍到，2024 年 7 月才走马上任。他本着开拓创新、勤奋工作的精神，以虚心学习的新姿态、新境界，尽快适应新岗位。最值得欣慰的是，他刚到位便迎来了第十二届全国少数民族传统体育运动会和新疆伊犁天马文化旅游节，伊犁种马场的干部职工全身心投入盛会，为展现"天马故乡"的新风采、新成绩贡献了一份力量。

冉红军告诉我们，随着我国马产业加快转型升级，促进一二三产业融合发展的有力推进，昭苏县各族群众有养马、育马的历史传统，伊犁种马场在此基础上，积极打造全国马产业转型升级示范区，建立马良种繁育体系，在马匹繁育和改良上迭代升级，提升伊犁马品质，助推昭苏县马产业高质量发展。

伊犁种马场是我国重要的马匹繁育基地，承担着培育和改良马匹的重任。目前，各类型育种核心群共有孕马 5000 余匹，其中南山配种站有近 500 匹妊娠母马在集中饲养待产。南山配种站工作人员正在为 2024 年上半年出生的马驹进行烙号、埋植马匹芯片和加强母马群的管理等工作，进一步完善伊犁马的选种、育种与系谱登记等信息方面的工作，从而有效保障伊犁马马种品质不断提升。

参观完伊犁种马场，经县委宣传部常务副部长李文武介绍，我结识了昭苏大名鼎鼎的"马博士"马玉辉。

马玉辉皮肤黝黑、质朴敦厚，像是一个牧民，圆脸上挂着一副眼镜，透着认真和严肃。2010 年 9 月，马玉辉从河南郑州牧业工程高等专科学校毕业后，就读新疆农业大学兽医硕士专业。在读兽医硕士专业期间，马玉辉先后 3 次到伊犁昭苏县采集马和牛的样品。来到昭苏后，马玉辉被这里蓝蓝的天空、柔美的云朵、迷人的雪峰、美丽的牧场深深吸引。

昭苏县是"天马之乡""褐牛之乡"，发展现代畜牧产业非常有前景，在昭苏采集样品的时候，马玉辉便有了留在昭苏县工作的想法。2013 年 6 月，马玉辉研究生毕业后从老师那里知道了伊犁州正在引进马业人才，他便主动联系到昭苏县畜牧兽医局，通过引进人才来到昭苏县畜牧兽医局马产业项目办公室从事马科研项目工作。在昭苏工作的时间里，凭着一股爱钻研的精神，他从捡马粪开始成长为昭苏县唯一一名兽医学博士，默默地为昭苏县马产业的发展贡献着自己的力量。

马玉辉颇有传奇色彩，他用 14 年时间从中专生逆袭成为一名畜牧学博士。他不向往高楼林立、窗明几净的大都市，一心扎根基层，用青春奉献乡村，用精湛的专业技术助力当地马产业发展，促进农牧民群众增收致富，赢得了各族群众一致点赞。他曾先后获得第三十四届自治区青少年科技创新大赛二等奖、自治区"2020 年度自治区访惠聚驻村工作先进个人""自治州先进工作者"、自治州"五四"青年奖章，被全国兽医专业学位研究生教育指导委员会授予"做出贡献的兽医硕士学位获得者"称号，被自治区马业协会授予"新疆马业敬业模范兽医"、自治区开发建设新疆奖、自治区 2022 年度科学技术进步奖等荣誉，其个人事迹入选"学习强国"平台。

坚韧品格，助力实现博士梦想

2013 年 6 月，马玉辉硕士研究生毕业后通过引进人才来到昭苏县畜牧兽医发展中心马产业项目办公室，从事马科研项目工作。一个偶然机会，马玉辉聆听了东北农业大学动物医学学院高利教授的马病报告，与昭苏当地马病情况十分吻合，深受启发，于是毅然决定考取博士学位。马玉辉在攻读博士学位期间，忍受着左眼三次手术的剧痛，依然坚持马业学术梦想，凭借坚韧不拔的意志，取得了博士学位，进入了博士后流动站。

毕业后，马玉辉放弃了留在大城市从事科学研究的机会，毅然决然地选择继续留在新疆昭苏县——一个边境小县城，立志助力解决昭苏马病问题。他坚持马业学术梦想、一心为民的事迹感召了当地青年才俊，起到了很好的带动示范作用，吸引了众多疆内外马业人才来昭，并组建了"劳模与工匠人才创新工作室"，更好地推动马病研究与马业发展。

刻苦钻研，提升马业科技水平

马玉辉在昭苏9年多的时间里，积极争取更多的疆内外马业人才到昭苏工作，成功申报了国家和自治区博士后人才培养项目、自治区基层科技青年人才培养项目、新疆科技特派员创业启动项目，组建了马产业博士后流动工作站，积极参与国家科技支撑马疫病防控、马良种繁育、马健康养殖项目，协助疆内外院校采集马科研样品达万余份，凭借着收集的临床生产实践数据分析，在促进昭苏马品种改良、马病防治方面做出了积极贡献，极大提升了昭苏马产业的科技水平。在国家级核心期刊（CSCD）发表研究类文章2篇和兽医博士学位论文一篇；成功申报了昭苏"天马"农产品地理标志，他本人也被农业部注册为农产品地理标志核查员。

昭苏县养马牧民较多，疑难杂症多样，凭着一颗钻研的心，从睡马圈、捡马粪、治马病开启了自己科研实践之路、为民服务之路。2020年3月，马玉辉主动申请参加"访惠聚"驻村工作，希望通过自己的专业知识助推当地马产业发展，帮助各族群众增收致富。由于牧区交通不方便，经常骑着马，深入边远牧区入户走访，与当地少数民族马病兽医组建"马背宣讲队"，不遗余力地宣传马匹科学免疫知识，倡导各族群众科学养马，提升改良马匹品种，增加收入。

晚上工作结束后，马玉辉利用农牧民夜校平台，开办马病诊疗培训班近30期，围绕马病防治技术，采取视频教学、典型病例介绍等农牧民易于接受的方式，教授日常马病防治知识，深受各族群众的好评。针对农牧民在牲畜养殖与诊疗水平较差的现状，他与当地兽医技术人员联合出诊，开展"传帮带"，组织编印了《实用马医手册》等书籍材料。

近三年的疫情期间，马玉辉积极邀请国内外专家通过线上线下开设培训班，累计培训4800余人次，培养本土畜牧技术人才100余名，并在自治区人力资源和社会保障厅、自治区畜牧兽医总站牵头发文组织下，扩展到全疆进行培训。马玉辉2018—2021年负责参与职称申报工作期间，累计培训辅导基层畜牧兽医技术人员成功申报职称86人，带动了昭苏本土马业人才成长。在团队的共同帮助下，本地牧民群众马匹养殖过程中疾病防治方面有了较大的改进，带动了各族牧民群众增收。

不忘初心，牢记使命

"牧区是个大舞台，很多情况是我们在课堂上和书本里学不到的东西，只有走进牧区，多和群众在一起，才能学到很多有用的知识。"马玉辉是这样说的，也是这样做的，他一有时间就往牧场跑，或跟随牧区的兽医了解牲畜病情，或和养殖户交流饲养知识。虽然有深厚的理论学术知识，但还有很多需要补充学习的实践操作，他工作之余抽时间到西域马业有限公司伊犁马繁育中心，研究伊犁马马胃蝇蛆病，坚持学习本土自己摸索出来的办法，因为昭苏草原这片马产业大地上，有太多的未知需要他去探索。

马玉辉还计划向基层马场或养殖户推广马病防治 APP，助力昭苏马产业发展。

以前农牧民对于马病防治知识的了解，是通过影像图片获取的。现在他把当地诊疗牲畜的民间药方进行收集、整理，团队设计开发出马病防治 APP。手机下载安装后，山区的农牧民便可以和他们连线，开展马病远程诊断。

马玉辉动情地说："新疆是我的第二故乡，我要让更多的人和我一样爱上新疆，因为这里不仅有美丽的自然风光和淳朴的各族农牧民，还有很好的平台让我们年轻人去发展。"

作为青年一代，马玉辉将不负青春，不负韶华，用坚定的信念扎根于广袤的基层，用精湛的技术服务于各族群众，用无私奉献的精神践行着共产党员的使命担当，用青春建功新时代，诠释了"青春献给党，强国有我"的铮铮誓言。

第九章

开展新战略，推动高质量发展

在以习近平同志为核心的党中央坚强领导下，我国经济运行总体平稳、稳中有进，延续回升向好态势，新动能新优势加快培育，高质量发展扎实推进，社会大局保持稳定。

发改委系统深入学习领会中央政治局会议精神，全力以赴抓好党中央、国务院各项决策部署的贯彻落实，进一步全面深化改革，坚定不移地推动高质量发展，更好地统筹高质量发展和高水平安全，扎扎实实地做好发展改革重点工作，坚定不移地完成全年经济社会发展目标任务。

昭苏县发改委坚持以习近平新时代中国特色社会主义思想为指导，深入贯彻中央政治局会议精神，用新发展理念引领航向，持续深化"放管服"改革，有力有效地推进生态文旅、马产业和特色农牧业"三大产业体系"，要素指标持续向好，经济活力不断释放。

社会大局稳定，经济延续向好态势

2023 年以来，昭苏县坚持以习近平新时代中国特色社会主义思想为指导，深入学习贯彻党的二十大精神和习近平总书记视察新疆时的重要讲话精神，贯彻落实自治区党委十届八次、九次全会和自治州党委工作会议精神及县委各项决策部署，牢牢把握稳中求进工作总基调，紧紧围绕"8 + 1 +"产业集群建设，统筹发展和安全，全县经济运行稳中有升，经济发展的韧劲、后劲、干劲和实劲不断增强，高质量发展态势保持良好。

经济稳中有升，高质量发展态势良好

农业生产效益提升，农业经济基础更加稳固。坚决夯实耕地保护和粮食安全政治责任，聚焦"藏粮于地"，科学划定耕地保护红线 99.37 万亩、永久基本农田 94.56 万亩，年内完成收购粮食 15 万吨左右，春小麦高产田亩产创历史新高。完成自治区地方储备粮 1.75 万吨的轮换任务。15.95 万亩高标准农田建设高效建成，推动田、渠、林、路综合治理，粮食安全根基不断夯实。

聚焦"藏粮于技",抓住农技推广、病虫害防治、农机装备支撑三个关键,强化小麦、油菜等农作物新品种试验、病虫害防控监测、粮食增收减损等工作措施,推进实施农村灌区节水改造、引水枢纽改造等项目,不断提升保障能力。

畜牧业发展成效明显,畜牧转型升级加速推进。加快建设规模养殖基地,落实养殖设施用地,建设2个养殖园区、5个养殖基地,高质量承办新疆褐牛产业发展大会、全区畜牧业转型高质量发展现场推进会和政府购买畜牧兽医社会化服务现场推进会,畜牧业振兴行动成效明显。预计实现肉、奶、蛋产量分别为3.14万吨,745吨,3.95万吨,分别增长10.15%、3.47%、10.04%。

马业发展态势向好,马产业名片强化产业基础。成功举办第十一届"天山论马"高峰论坛,开展夏塔杯等赛马赛事106场次,代表自治区顺利通过国家马传染性贫血消灭考核验收,昭苏草原马牧养系统成功入选第七批中国重要农业文化遗产名录。中国农业大学教授工作站、科技小院落户昭苏,利用博士后创新实践基地、中国农业科学院、哈尔滨兽医研究所兽药评价中心兽药临床试验基地等科研平台,柔性引才4人、揭榜挂帅3人。

全域旅游蓬勃发展,文旅经济助推乡村振兴。优化顶层设计,实施基础设施建设、服务质量提升、优化管理机制、助力提质增效四大攻坚行动。首届天马冰雪旅游节盛大开幕,野雪公园正式开滑,冬季旅游乘势而起。成功申报昭苏县水帘洞景区自驾车旅居车营地为国家3C级营地,玉湖景区成功创建3A级景区,新疆康辉踩线团等50余家旅行社来昭开展旅游资源踩线活动。前往上海、南京、深圳等地开展实地推介6次,联合东方甄选、江苏广播电视总台《房车电台》等自媒体开展网络实景宣传推介。高标准举办2023'中国新疆伊犁天马国际旅游节,国际巨星成龙倾情献唱,网上浏览量达3.84亿人次,被第十四届中国节事文化与旅游大会授予"中国节事卓越品牌"三星奖,万马奔腾被推上微博热搜,昭苏旅游知名度和品牌影响力持续提升。

消费持续回暖,大宗消费持续增长。一系列促进消费政策措施不断见效发力,消费市场将持续稳定恢复,积极组织家乡好、美连美、恒昌电器等开展系列惠民促销活动 25 场次，持续刺激市场活力，拉动市场消费；举办"乐享 6.18"昭苏县首届汽车暨农产品展销会，22 家本地农特产品企业十余个品种和 7 家汽车经销商 200 余辆新款汽车参展，销售汽车 39 辆，销售额 480.78 万元，农特产品线上线下销售额 102 万元；推进农村电商助力乡村振兴，结合快递下村便民服务在县城优化布局 7 个网点，乡镇 12 个点位，发挥"电子商务公共服务中心"作用，开展各类电商培训 123 场次 2686 人次，电子商务运营中心通过优化线上线下农副产品、旅游纪念品等产品线上销售 11 场次。

工业经济蓄势充能，产业基础更加牢固。长效开展"包联帮扶"企业工作，实施精准帮扶，强化调研、指导和服务，把握市场变化，建立"小升规"企业动态培育库，新增规上工业企业 2 家。工业投资项目投产，积极促进供需两端共同收益。2023 年草原油脂精深加工、边疆食品加工、昭信蜂产业、食葵筛选初加工、金农丰家庭农场蚕豆加工、骨干冷链物流基地等一批农副产品加工项目投产实现收益，产业基础更加牢固，为社会提供更多商品和服务供给，同时也对昭苏种植业结构调整起到积极作用。

项目建设推进有力，项目投资持续发力。以有效投资助推经济高质量发展。用足用好国家政策，加强与上级部门沟通联系、跑办对接，及时了解国家和自治区的最新政策投向，靠前谋划符合要求的重大项目，最大限度争取各项资金支持，年内争取中央预算内项目 40 个，下达资金 2.56 亿元；地方政府债券项目 29 个，下达资金 12.84 亿元。加快项目建设，2023 年实施各类 500 万元以上固定资产投资项目 116 个，全年完成固定资产投资额 32.82 亿元，同比增长 12.6%。交通网络加快联通，G219 线昭温公路、G577 线昭木公路开工建设，新建农村公路 150 公里，昭苏—克拉玛依、昭苏—阿克苏—吐鲁番航线正式开航，陆空交通体系不断完善。城市更新加快推进，投入 1.25 亿元，铺设城区上下水和供热管网、燃气管线、雨污分离等设施 76 公里，改造提升市政道路 5.8 公里，"一刻钟便民生活圈"不断完善。水利事业加快发展，投资 8.77 亿元，农村灌区节水改造、城乡一体化供水、木扎尔特渠首引水枢纽除险加固等工程全面推进，水资源配置合理利用取得新成效。

招商引资量质并举，引资引智实现新突破。大力开展"走出去拜访、请进来考察、面对面洽谈"，组建成立招商分局，实施全生命周期招商引资跟踪管理，年内接待客商 119 批次 379 人，考察项目 192 个，实施招商引资项目 45 个，成功招引万润、奥斯顿国际、温州国际等一批经济效益好、带动就业强的重点项目落地建设。招商引资到位资金 21.67 万元，同比增长 26.84%。

市场活力激发，营商环境持续优化。持续深化"放管服"改革，优化营商环境。将提升一体化政务服务能力工作作为重点，以加快实现政务服务规范化、标准化、便利化为抓手，不断提升服务能力。2023 年大厅引导服务 61538 人次，受理解决"办不成事"反映事件 2 件、"我服务，你找茬"事件 3 件。受理业务办件 84086 件，其中，企业办件量 10661 件，个人办件量 73425 件，日均办件 300 余件，企业群众服务满意率达到 99.98%。

民生福祉加大，办实事普惠群众

稳岗就业更充分，就业惠民更稳固。组织开设补贴性职业技能培训 7954 人次，各类招聘会活动 100 场次；开发各类就业岗位 9425 个；累计实现城镇新增就业 2059 人；实现脱贫人口务工就业 3712 人，脱贫人员高校毕业生 115 人，已就业 107 人，就业困难人员 1310 人；新增创业 478 人；创业带动就业 1974 人；城镇零就业家庭保持动态清零，高校毕业生、就业困难人群等重点群体就业形势不断向好。发放各类就业补贴共计 1253.27 万元。

教育水平更提升，教育惠民更优质。紧盯立德树人根本任务，青少年"筑基"工程得到深化，实施校园思政一体化建设，共建联盟学校 5 个，扎实开展"牧歌昭苏·书香校园"系列活动。稳步推进第一中学、第三中学改革试点工作。充实师资力量 73 名，坚持校际联动，推行"双学双创五步教学法"，有效提升教师教学水平。持续优化办学条件，完成第一、第二中学、夏特柯尔克孜族乡小学等校园基础设施项目维修建设。国家通用语言文字普及使用水平、"双减"、控辍保学、残疾儿童入学、义务教育均衡发展持续推进。

公共服务更完善，医疗惠民更便捷。县中医医院二合一卫生服务中心、县妇幼保健院儿童康复中心及信息化建设等项目稳步推进，"先诊疗后付费""一站式"结算等政策惠及全民，县域紧密型医共体建设有序推进，全民免费健康体检、结核病筛查应检尽检。3家医疗机构成功通过第一批老年友善医疗机构评审。

社会保障更有效，共同富裕更显著。财政民生支出占一般公共预算支出的比重达到84%以上，基本医疗保险、养老保险参保率保持在95%以上，贫困人口参保缴费、参保资助均达到100%，发放城乡低保、残疾人救助、退役军人优抚等各类补贴资金共计5550万元，惠及1.53万人次。

民生保障更实惠，安居惠民更暖心。投资14.74亿元实施昭苏县城乡一体化水厂及配套输配水管网改扩建工程、昭苏县污水处理厂提标改造建设项目、昭苏县第二热源集中供热站扩建项目等28个项目，提升供水、排水、供热、燃气及防洪保障能力。实施城市更新征收改造102户，续建保租房、公租房1130套，建设抗震防灾工程36户，完成天然气入户380户，依托老旧小区改造，完善城市道路建设，改造老旧小区9个，完成并投入使用口袋公园、小游园7个，新增路灯227盏、城市停车场9个、停车位865个，持续提升群众生活的幸福感。

推进生态文明建设，美丽昭苏成效显著

污染防治卓有成效，人与自然和谐共生。深入实施空气质量提升行动，蓝天、碧水、净土保卫战成效显著，新改造100蒸吨以上燃煤锅炉3台，全县空气质量优良率达100%。高效完成水源地环境监测，地表水水质达II类以上。持续推进农业面源污染治理，深入实施垃圾分类处理、农药化肥减量等行动，确保土壤环境质量稳定安全。圆满完成自治区环

保督察反馈整改销号任务，有序推进中央环保督察反馈问题整改销号工作。

生态环境持续向好，绿色低碳成为共识。高质量承办首届全国生态日新疆主场活动，先进经验在全疆推广，蓝天、碧水、净土保卫战成效显著。"三区三线"科学精准划定，国家生态文明建设示范县和国家级有机食品生产基地示范县（试点）成果持续巩固。河（湖）长制和林长制全面落实，累计巡河 2993 次、巡林 786 次。国土绿化行动扎实开展。完成草畜平衡 701 万亩、草原有害生物防治 4 万亩、种草种料 3.24 万亩、人工造林 500 亩，林草覆盖率达 70.21%，"山清水秀生态美"的金字招牌更加闪亮。

加大绿色低碳理念宣传力度，扎实推进节约型机关、绿色家庭、绿色学校、绿色社区创建活动，加大反对食品浪费力度，推动资源共享循环利用，推进减污降碳协同增效，努力建设天更蓝、地更绿、水更清的大美昭苏。

第十章

"五朵金花" 助燃县域经济

在新形势下，地方政府融资平台面临着诸多挑战。一方面，它们需要剥离政府的融资职能，减少对政府的依赖；另一方面，它们需要增强自身的造血功能，实现自给自足。为了应对这些挑战，地方政府融资平台需要采取一系列措施。

首先，地方政府融资平台需要转变经营理念，从过去的政府扶持型转变为市场竞争力型。这意味着企业需要提高自身的市场竞争能力，降低对政府的依赖程度。此外，企业还需要加强内部管理，提高运营效率，降低成本，从而提高自身的盈利能力。

其次，地方政府融资平台需要加大创新力度，开发新的业务领域，拓展业务范围。通过多元化发展，企业可以降低风险，提高抗风险能力。同时，企业还可以利用自身的资金和技术优势，为社会提供更多优质的服务，实现可持续发展。

最后，地方政府融资平台需要加强与政府的沟通与合作，争取更多的政策支持。政府可以通过优惠政策、资金支持等方式，帮助地方融资平台解决发展中的问题，促进企业的健康发展。

总之，在新的经济形势下，地方政府融资平台需要积极应对各种挑战，努力剥离政府融资职能，增强自身造血功能，实现真正的去平台化运营。只有这样，地方政府融资平台才能在激烈的市场竞争中立足，为经济社会发展做出更大的贡献。

聚焦城市建设，打造美丽昭苏

城投公司自诞生以来，便与中国经济社会发展的大浪潮密不可分。在我们享受着城镇化进程带来的诸多红利时，城投公司还不为大家所熟知。随着国家加强债务风险管理，城投公司才开始从幕后被推到台前，成为大家争相议论的焦点。

近年来，城投公司转型蔚然成风。城投公司作为一类带有特殊目的的地方国有企业，其行业政策随经济周期不断调整。当前，随着房地产形势日益严峻，城投公司面临着前所未有的挑战，市场化转型成了最重要的任务。各地城投都在探索自己的转型模式，试图找到一条新路，而且已有一些城投获得了阶段性的成功。

在 2023 全国区县城投公司总资产榜单中，资产规模超千亿的已超过44 家，其中有 12 家是去年新晋的千亿城投，资产规模同比增长 20% 以上的也有 13 家，进步速度不容小视。

在这份排行榜中，有不少三四线市级城投以及区县城投的身影，比如芜湖建投、宁德交投、缙云县国投、佛山禅城城建、漳州龙海国投等，这让我们看到了"中小"城投近年来的发展势头，除了资产规模稳步提升之外，它们在盈利能力、业务运营、融资模式、企业治理等方面，也各有提升。可以说，一批低调的区县城投已经步入了优质城投的队伍，潜力不容小觑。

昭苏县城投集团成立于 2020 年 10 月，原名昭苏县城市发展投资有限责任公司；2022 年 6 月 23 日，根据国企改革要求更名为昭苏县城市发展投资集团有限公司，注册资金 1 亿元，资产总额 113360 万元。总部下设财务部、行政部、资产运营部、项目部、党群部 5 个部门。城投集团旗下 4 个子公司，分别为新疆正昭建筑开发有限责任公司、昭苏县城市经营建设服务有限责任公司、昭苏县骏马商贸有限公司、昭苏县金骏物业有限公司。城投集团公司主营业务有：承接工程建设业务；房地产开发经营；房屋拆迁服务；建筑材料销售；城市绿化管理；物业管理；工程管理服务；住房租赁；煤炭及制品销售等。

2023 年以来昭苏城投集团坚持以习近平新时代中国特色社会主义思想为指导，认真学习贯彻落实党的十九大、二十大和自治区、自治州、县委政府相关会议精神，按照国企改革三年行动工作方案，进一步优化国有企业改革，聚焦主责主业，积极完成重点工程建设和各项工作任务。

2023 年 1—8 月，城投集团整体营业收入为 860 万元，净利润 38 万元；主要支出为主营业务成本 384 万元（其中物业服务成本 16 万元、扫雪费成本 23 万元、市政工程成本 110 万元、商品成本 204 万元、折旧 31 万元），人员工资及养老统筹 359 万元，其他业务费用支出 79 万元。

项目建设情况。一是新建的伊犁州昭苏县 2022 年公共租赁住房及配套基础设施建设项目和昭苏县 2022 年保障性租赁住房及配套基础设施建设项目，总建筑面积 72000 平方米，新建公共租赁住房 500 套，保障性租赁住房 600 套及管理用房、室外智能充电桩、智慧小区平台等相关配套附属设施。目前，公租房、保租房项目主体已封顶（中铁四局承建的公租房一标段项目预计今年 10 月份可竣工验收、交付使用；黑龙江广建公司承建的保租房项目，现阶段 12 栋楼二次砌筑中，预计明年完工，伊建集团承建的公租房二标项目正在砌筑阶段，预计明年完工）。二是昭苏县 2023 年春节氛围营造项目、昭苏县 2023 年县城节日氛围营造项目均已交付投入使用。

业务拓展情况。城服公司进一步拓宽了业务范围，围绕城市建设开展配套服务工作，开设洗车行、承揽昭苏县绿化、亮化项目工程，

2023 年承接县城园林绿化养护及种植工程，此项目目前已完成总工程量100%。

骏马商贸公司 5 月与昭苏县机关后勤服务中心签订了长期食用油购销合同，截至目前，已向对方提供了 400 升食用油；7 月，与伊建昭苏县分公司签订了价值 250 万元的昭苏全域旅游游客服务中心项目钢材购销合同，按照工程项目实际使用量，全额完成 219.83 万元供销量；8 月初，住建局将具有"牧歌昭苏·天马故乡"LOGO 的井盖制作销售权交由骏马公司承制，已交付样品并得到认可，后期县城所有涉及井盖安装的项目，主推此产品；8 月中旬，与黑龙江省广建工程建设有限责任公司昭苏分公司签订了昭苏县骨干冷链物流基地建设项目（EPC）保温材料和昭苏县 2022 年保障性租赁住房及配套基础设施建设项目保温材料两个供销合同，合同总额 50.33 万元，目前正在进行供销工作。

金骏物业公司新承接昭苏县（山河骏、昭林）两个小区的物业管理服务，同时与住建局对接申报泰和小区提升改造项目和祥和小区供热管道改造项目，目前正在实施。

安全生产及物业服务。根据安全生产工作要求，突出排查重点，针对在建工程项目、物业管理小区及办公场所消防、用电、燃气等情况开展重点排查。更换不合格的消防器材，并对子公司服务的小区的公共设施设备有无恶意损坏、业主乱拉电线、车辆堵塞消防通道、地下室杂物乱堆乱放等现象全面排查治理；物业公司对 29 个管辖小区的安全隐患进行全面摸排，查处并整改问题 599 个，解决小区居民困难诉求 2232 起；小区全面开展环境卫生大扫除 71 次；出动 1028 人次清理建筑垃圾 13839 方，清理生活垃圾 884 吨。

昭苏县城投集团公司党支部书记杨平说，公司成立于疫情期间，算是刚刚起步，眼下还拿不出亮眼的成绩。县委书记侯陶来公司考察时，给杨平打气说，撸起袖子干起来，县委、县政府不但要将城投集团扶上马，还要送一程。城投集团要把自己的主业做精、做好、做实，切勿这山望着那山高，东一榔头西一棒子，到头来什么都干不成。

城投集团公司按照县委领导的指示，聚焦作风建设，持续整风肃纪。从严落实党的组织生活制度，持续开展警示教育、谈话提醒等活动，抓好中央八项规定精神贯彻落实，建立健全内控管理制度，特别是加大对"三重一大"决策事项的监督力度，进一步规范重大决策合法合规性审查，加大重要领域、重要环节和关键岗位的风险防控力度。

积极参与市场化竞争，承接工程项目，促使昭苏县正昭建筑有限责任公司快速运转。提升物业服务水平、改善小区居住环境，提高公司服务小区业主的满意度，为以后接管中大型小区夯实基础。继续跟踪管理未完成的项目，工作重心向项目靠拢，解决项目建设中存在的困难和问题。

进一步优化整合城投集团资源、分析梳理各公司的赢利点。积极盘活现有资产，对旗下产业严格管控，理清底数，妥善经营，加大销售力度，利用资产租赁，确保各产业持续健康发展。

进一步创新工作机制，内强管理、外拓业务，城服公司承接城市旅游配套服务、城市配套基础设施提升改造及城市绿化等项目；骏马商贸公司计划以供应绿化苗木、大宗建材、民生煤以及对疆外食用油的销售等业务促使公司运营发展，通过争取项目、扩大公司经营范围，依托各子公司业务特点，多渠道提高经营收益，促进城投集团的整体发展。

总结其他区县城投公司的成功经验，发现这些城投公司有一个共同点，就是业务精进意识非常强烈。一方面高度聚焦主责主业，主动探索商业模式上的创新；另一方面还会围绕主业，延伸构建更具协同性的业务组合。比如去年刚迈入千亿俱乐部的吴江城投，就基于城市运营服务业务，与长三角公司、深圳天健集团达成合作，共同推进"物业城市"一体化项目，试水城市"大物业"。

城投转型成功与否，极大程度上取决于其能否构建起自主造血的能力，能否独立而良性地持续经营下去。如今的城投公司不再追求大而全的业务布局，而是转向聚焦主业、提升竞争力、强化盈利能力。相信昭苏县城投集团也能走出自己的市场化发展之路，为昭苏县的经济发展提供强劲的动力。

服务县域旅游，助推昭苏经济

2024 年 6 月 12 日，昭苏县旅游产业发展大会召开，总结旅游发展成效，分析当前形势，聚焦伊犁州提出的"建设世界级旅游目的地、打造千亿级旅游产业"战略定位，以旅游一业兴带动百业旺，在更好建设美丽伊犁中贡献昭苏力量。

旅游业是促进经济高质量发展的朝阳产业、是各族群众增收致富的惠民产业和展示新疆团结稳定、和谐幸福、生态良好的明星产业，也是昭苏的优势产业、支柱产业。县委书记侯陶在会议上指出，昭苏县坚持"农牧业是基础、旅游业是重点、马产业是特色、冰雪产业是增量"的发展定位，全面提升首批"国家全域旅游示范区"品牌效应，充分释放优势资源潜能，抢抓多重政策叠加机遇，以节促旅做强夏季游，发挥优势做热冬季游，强化服务提升软硬件，大力推进旅游产业高质量发展。

侯陶说，2024 年，昭苏县要抢抓机遇、思变求进、向新而行。全维度挖掘文化内涵，为旅游发展铸魂，充分运用文化、资源等要素，推进文旅深度融合、提质增效；打造一批具有昭苏特色的文创商品系列，开展特色文旅活动，真正让"旅游 + 文化"成为游客追捧的"热点"。

昭苏县要全要素建设景区景点，为旅游发展培基，坚持规划先行，形成以全域旅游规划为引领的多规融合局面；推进美丽乡村建设与旅游景区建设同步规划、同步建设及同步管理，形成"以景带镇、景镇互动"的一体化发展模式；将夜间经济和文娱经济相结合，增强夜间消费动力，让夜间经济"亮"得久。

要全方位激发内生动力，为旅游发展赋能，依托得天独厚的旅游资源，打造一批独具特色的精品景区、黄金线路和特色旅游产品，切实增强昭苏旅游的核心吸引力和内生动力；坚持"以节造势、以势兴旅"思路，坚持以马为媒，用好"天山雪都"金字招牌，有效拉动经济增长。

要全领域做好旅游宣传，为旅游发展增色，树牢全民宣传的观念，创新全民宣传的方式方法，不断提升昭苏旅游知名度和影响力。

要全过程提升服务水平，为旅游发展保质，坚持把提升旅游服务水平贯穿整个旅游工作全过程，加快培养"数量充足、结构优化、素质优良、充满活力"的旅游人才队伍；营造公平有序的市场环境和安全放心的消费环境，畅通咨询投诉渠道，让服务有速度更显温度。

要强化组织领导，充分发挥旅游产业发展领导小组作用，统筹协调全县旅游产业发展工作，深入落实"新疆旅游服务质量提升年"各项举措，加强重点文旅项目特别是招引项目的服务保障。

要强化政策支持，真正让"好政策"发挥"大作用"，用实际行动护航昭苏旅游产业高质量发展。强化人才支撑，坚持政府和企业一起发力，引进企业高级经营管理人才，增强文旅企业的核心竞争力，实现人才集聚与产业发展的"同频共振""同向发力"。

要强化招商引资，发挥招商引资对优化产业结构、培育增长动能、促进旅游产业转型升级的重要作用，激发市场主体投资动力，通过优化营商环境和政府政策扶持，让投资者愿意把项目投在昭苏、落在昭苏，打造昭苏旅游完整产业链和具有竞争优势的产业集群，推动昭苏经济社会实现高质量发展。

据昭苏县文化体育广播电视和旅游局提供的数据，7月12日，昭苏县开放A级景区18个，景区共接待游客超2万人次，其中夏塔景区、湿地公园景区接待游客分别达5000人次左右。2024年上半年，昭苏县接待国内游客298.46万人次，实现旅游收入11.19亿元，同比增长22.36%。

昭苏县旅游产业发展大会为昭苏县牧歌文化旅游发展投资集团有限

公司指明了方向，鼓舞了干劲；昭苏旅游业蓬勃发展，是昭苏县域经济的引擎发动机，为昭苏文旅集团的发展奠定了坚实基础。

昭苏文旅集团成立于 2022 年 5 月 25 日，是一家运营多元化的企业集团，下设 4 个子公司，分别为昭苏县全域旅游投资发展有限责任公司、昭苏县旅游服务中心有限责任公司、昭苏县国旅酒店管理有限公司、昭苏县西极文化传媒有限公司。集团公司及各子公司经营范围广泛，分别有旅游业务、房地产开发经营、道路旅客运输经营、住宿服务、餐饮服务、食品酒类经营销售、旅游开发项目策划咨询、会议及展览服务、游览景区管理、旅行社服务网点旅游咨询服务、休闲观光活动、信息咨询服务、土地使用权租赁、体育用品设备出租、玩具动漫及游艺用品销售、工艺美术品及礼仪用品销售、餐饮管理、互联网销售、住房租赁、景区小型设施娱乐活动、名胜风景区管理等。

2022 年，昭苏文旅集团成立伊始便迎难而上，做出了一定的成绩。

一是国有企业改革，深化国有企业改革，推动集团公司股权变更及资产划转工作；二是完善企业内控制度，制定文旅集团制度汇编，共六大类 20 余项，包含组织管理类、行政办公类、财务管理类、人力资源类等；三是成立集团公司党支部，选举支部委员，成立支部委员会；四是加强集团公司党组织建设，开展主题党日活动 3 次；五是积极筹划"五好"党支部，迎接组织部党务检查两次，均未有突出问题；六是在州疫情防控指挥部转运组对各县市抽调驾驶员的通报中，获得表扬、在县委下发《关于昭苏县疫情防控工作各单位参与情况的通报》中昭苏文旅集团被表扬为聚焦疫情防控大局表现突出单位；七是深化公司运营管理、提升景区服务管理、加强景区服务品质，打响"天马浴河"马队网红表演旅游 IP 属性，并向国家知识产权局申请"云端草原""天马浴河"，不断提升景区综合效益；八是今年文旅集团契合旅游市场需要，统筹抓好疫情防控和全域旅游发展，打造以"牧歌昭苏·冰雪'骑'缘"为主题的冬季旅游系列活动，全面激活冬季旅游市场，助推旅游经济高质量发展。

11 月 26 日，在县委、县政府领导的支持下，昭苏滑雪场盛大开业。昭苏县滑雪场的营业，拉开了昭苏冰雪旅游的帷幕，为各族群众和广大游客冬季休闲娱乐提供了绝佳的去处。文旅集团多措并举推动冰天雪地"冷资源"转化为全季旅游"热经济"，努力让昭苏滑雪场变成更多人选择的冰雪旅游目的地。

文旅集团积极发挥自身优势，为脱贫攻坚和乡村振兴履行了企业的社会责任和义务，面向社会提供就业岗位30余个；成立安全生产领导小组并下发实施方案，加强景区安全风险管控工作，组织第三方公司完成夏塔景区及湿地公园景区安全风险分级管控责任清单，持续抓好景区安全生产工作；不断提升全域旅游服务保障，对各景区及环线26处停靠点标识牌、安全提示牌、卫生间、木栈道等进行维修升级，不断筑牢景区安全防线；伊犁州联合督导组对夏塔景区安全生产进行全方位督导、伊犁州交警支队主要领导对夏塔景区区间车辆进行督导检查，均未发现安全生产重大问题，并对夏塔安全生产工作提出表扬。

文旅集团加强公司运营管理。一是深化景区服务管理。全年各景区总接待人数302039人，同比增长61%；二是配合州旅游投资集团做好财务及法律、尽调工作，对夏塔门禁代建项目进行债转股相关手续的办理；三是将亚麻厂、旅游沿线停靠点及景区内租赁点进行对外租赁，沿线停靠点出租3处；四是配合天马节组委会顺利完成天马节门票销售工作，线上线下共计售出门票5829张。

提升景区服务品质。不断提升景区综合效益，加强旅客投诉管理，配合上级部门解决涉旅舆情投诉20余起；积极提升景区服务工作，采购遮阳伞100顶、雨衣9000件、雨伞500把等设施设备，完成湿地公园景区、水帘洞景区门票成本监审工作；完成湿地公园景区、水帘洞景区门票价格调整，目前湿地公园门票已调整为40元／人，水帘洞景区已调整为30元／人。

持续推进湿地公园（二期）招商引资项目，目前已完成资产划转，合作公司正在办理税务相关手续；加强公司及景区人员培训，对景区讲解员进行讲解词强化培训，积极和伊犁师范大学和职业技术学院对接吸纳20名导游班实习生，丰富景区讲解服务工作，国旅酒店每月对客房、餐厅工作人员定期开展培训，提高酒店服务水平。

完善景区服务供给。一是积极谋划公司项目发展，同景区管委会、国资中心、文旅局对接，实地调研夏塔景区、湿地公园、草原石人、水帘洞等景区，谋划增效益、补短板、促发展项目 23 个，持续推进文旅集团三年项目的建设。完成援疆宿舍楼及办公室改造装修、青年主题酒店改造提升项目的装修设计以及装修预算，联系第三方装修公司完成原援疆楼改造装修（家庭旅馆）内部装修设计，对接南京耳目集团，初步拟定知青馆西侧土地及湿地野奢民宿设计的合作协议。二是提升景区业态供给。投资 221.76 万元采购 3 辆观光小火车、6 辆观光车、3 辆雪地摩托及冰雪设备，丰富滑雪场冬季旅游业态及景区运载能力。三是拓宽景区业态服务。向自治区申请 5000 万元体育及旅游贷款贴息专项项目资金，完善县域旅游供给服务，申报昭苏县文旅集团滑雪场雪上运动设备购置、昭苏县冰雪运动体育设备购置、昭苏县文化旅游景区设备购置更新等项目，目前正积极准备前期资料。四是提升公司及景区基础设施。协助景区管委会完成伊犁州昭苏县全域旅游基础设施建设项目（一期）、伊犁州昭苏县全域旅游基础设施建设项目（二期）的前期手续以及重大项目库、在线监管平台填报工作。配合交通部门完成因 577 道路修建白马服务区 LED 屏及广告牌进行拆除安装。

紧盯企业安全生产。一是狠抓安全生产责任落实。集团公司主要领导先后召开安全专题会议，研究探讨部署安全生产工作，要求各景区负责人及干部要切实做好安全生产工作，警钟长鸣，常抓不懈。强化平安生产法律意识，与各景区签订了《安全生产责任书》，将安全生产工作纳入各景区负责人年终考核。对突破安全生产限制目标的景区，一律取消景区和景区主要负责人评先、评优以及授予各种荣誉称号的资格。二是持续开展安全宣传教育。公司积极响应各级主管部门的要求，加大对道路交通安全法律法规、岗位安全操作规程、应急处置能力的宣传教育和培训力度。三是狠抓安全生产专项整治工作。加强景区日常安全隐患排查，尤其是"五一"、天马节等重要节假日及黄金周。加强各景区重点部分安全隐患排查，组织人员每日对各景区内河道、吊桥、泥石流多发路段以及车辆道路等重点部位进行排查并建立台账。四是严格落实安全源头管理。按照州文旅局要求，配合第三方完成夏塔景区及湿地公园景区安全风险评估工作。规范公司车辆二级维护作业，严格督促按时进行车辆审验和开展车辆综合性能检测。结合大数据平台，利用"网络＋监控"利用 GPS 平台做好车辆监控，有效遏制和降低了驾驶员的违章违规违法行为，大大地促进了驾驶员的安全行车。五是加强景区应急演练，提高员工应急处置能力，今年对全公司驾驶员进行了防火、防汛、重特大交通事故的抢险处置救援演练 32 次，通过实战演练提高每位员工应对突发事故的应急作战能力，并将抢险技能落实到工作中，全面筑牢景区安全防线。

2023 年是旅游复苏向好的关键一年，文旅集团进一步深化国有企业改革，激发企业活力，提升文旅集团现代企业管理能力，推动集团公司及所属子公司业务有序发展。2023 年 1—10 月，昭苏县累计接待游客596.87 万人次，实现旅游收入 23.33 亿元。

文旅集团积极谋划实施一批增效益、补短板、促发展的建设项目，不断丰富景区业态，已向自治区申报全域旅游景区草原恢复治理与文旅融合示范 8000 万元建设项目。已完成农商银行 1500 万元贷款用于建设湿地公园野奢营地、青年主题酒店提升项目、天马文化园及夏塔景区影视基地建设项目。会同景区管委会、文旅局申报 28300 万元专款新建23000 平方米全域旅游服务中心建设项目。联合科技局申报景区智慧旅游平台 500 万元建设项目。加快夏塔商业街、察汗乌苏蒙古族乡亚麻厂建设，全力助力县域经济发展。

文旅集团以效益为核心，规范企业运营。一是完善县域旅游大环线建设，不断丰富夏塔、湿地公园、水帘洞、草原石人等景区业态，增加景区吃、住、行、游、购、娱等旅游要素。二是改变原景区主营业务单一模式向多元化趋势发展，结合旅游旺季，提高景区及酒店的核心竞争力，实现企业增收创收，力争资产最大化、效益最大化。

以项目为导向，推动企业增效。一是加强行业单位联动，以"增效益、补短板、促发展"目标推动该景区项目建设。积极谋划涉旅项目，拓展旅游渠道，丰富旅游业态，增加企业收入。二是积极对接商业银行，制订公司融资计划，加大旅游产业招商引资工作力度，做好项目工程专项资金申请，拓宽项目融资渠道。

以机制为保障，完善企业管理。一是优化公司管理，完善公司规章制度，加大制度执行力度，不断优化子公司组织架构，配优管理人员、明确管辖权限、完善管控制度。二是加大对子公司的管理和指导力度，通过制定年度目标责任书、专项检查、制度规范等方式，加大子公司的管控力度；积极调整子公司经营业务，通过整合景区住宿、餐饮运营及旅行社等业务，加强景区运营管理。

这几年，经过短视频自媒体的传播效应，昭苏拥有了相当广泛的知名度，尤其是 2020 年 11 月底疫情期间，时任昭苏县副县长贺娇龙一段披着红色斗篷策马雪原的视频意外在短视频平台爆火，一下子把位于天山和乌孙山脚下的高原小县城昭苏带到了千百万网友面前，昭苏有了"网红县城"的称号。对于投资商而言，网红县城投资项目后期的推广成本更低，大大降低了项目经营风险，投资潜力极大。

昭苏文旅集团总经理白天明说，他们要结合昭苏的特色，将昭苏建成"天马不夜城""滑雪胜地"，用美景、热情和周到的服务将游客留住。文旅集团要创造好的营商环境，栽下梧桐树，引来金凤凰，给昭苏天马插上经济腾飞的翅膀。

赋能昭苏交通进入"快车道"

交投集团从名字上理解，包含与"交通投资""交通建设"相关的关键词，这意味着区县政府和国资给予了该国企平台"交投集团"的功能定位。从企业的发展历程和核心逻辑看，其本质是以交通基础设施建设为立足点进行业务的延拓的。

区县级交投平台与省、市级交通投资平台不同，不具备高级别平台的资源优势，却要承担着城市建设与运营的重任。面临重重挑战，只有创新发展模式、充分挖掘区县资源潜力，才能打造支撑区域高质量发展的交通投资平台。其发展与成长基本就两条：沿产业链拓展、沿价值链延伸，最终的目标都应是成为城市建设投资运营主体。

昭苏县景畅交通发展投资集团有限公司（简称交投集团）的主要职责是受政府委托，通过投融资等方式开展道路旅客运输、城市公共交通运营、公路管理与路基路面养护作业、矿产资源（非煤矿山）开采、电汽车充电基础设施运营、交通基础设施和综合旅游服务区的投资开发建设管理和土地整治服务等业务。

昭苏县交投集团成立于 2022 年 5 月，注册资金 5000 万元，属国有独资企业，下设综合部、财务部、采购部、项目部、安全环保部；现有 5 家子公司，分别是：昭苏县昭阳公路工程管理有限公司、昭苏县运输公司、昭苏县景畅新能源公司、昭苏县天马交通发展投资公司、昭苏县昭阳北山土砂石开采有限公司。

2023年交投集团以"交通建设攻坚年"为契机，全力以赴谋发展、推进度、保安全，确保全年工程建设项目规划任务圆满完成。

抓资源促增长。2023年交投集团将以砂石料厂为基础，将资源优势转化为产业优势，打造全方位、多渠道的创收方式。计划投资1000万元新建3000型沥青拌和站和400型水稳拌和站，向全县公路市政工程建设提供便利条件，为县城重大项目提供保障。

抓资产促融资。一是昭苏县天马机场项目决算完成后形成集团固定资产，集团计划为以后投融资奠定基础；二是积极对机场广告位进行招商，增加营收。

搞创新促发展。交投集团积极响应党的二十大号召和国家新能源产业政策，积极布局新能源汽车产业。一是计划在县城及各乡镇16个小区、5个国道及省道服务区、3个景区、3个县城内公共停车场、2个县城内集中充电站建设200个新能源汽车充电桩及配套基础设施，为昭苏县新能源车主及游客提供便利条件，为集团提供新的盈利增长渠道；二是为全面响应国家节能减排、绿色出行的相关要求，切实在昭苏县交通运输领域实现低碳出行，计划投资采购60辆新能源汽车作为城市出租车。

抓项目促投资。随着"一带一路"倡议的继续推进，国家把促进新疆社会稳定、经济发展摆在更加突出的位置，加大了对各项基础设施投入的力度，但昭苏县县城至景区的旅游道路不完善，配套基础设施建设严重滞后。因此，交投集团着眼昭苏县全域旅游发展，利用昭苏县得天独厚的条件，计划投资8000万元完成伊犁州昭苏县2023年旅游路、资源路建设项目（一标段），夏塔景区新建旅游路、资源路27公里（四级公路）。

2023年1—8月，昭苏县交投集团推动企业聚焦主责，深耕主业，以提升发展质量和效率效益为中心，围绕"强党建、优布局、拓经营、抓项目、保安全"五个方面聚力攻坚，各项任务指标均圆满完成。

为配合昭苏县交通秩序规范管理和综合整治工作，给家长和学生的出行带来方便，自2023年2月起交投集团将3辆城市公交投入运营，开通了 1 条校园公交环线，在 5 所学校和 10 多个小区门口设立公交停靠点，实现主城区公交站点 500 米覆盖率 86%，一系列举措，深受市民的好评。

随着社会的进步、行业的发展和客运市场的变化，城市出租车经营模式不断健全、完善，向前发展，昭苏县景畅新能源有限责任公司面向社会推出新能源出租汽车租赁业务。目前各项工作正在稳步推进中，一是 25 辆新能源出租车租赁业务共计投入资金 3739053.36 元；二是 10 辆公务用车租赁业务共计投入资金 2012411.94 元。

1—8 月份，交投集团建设项目：

伊犁州昭苏县 2023 年农村公路日常养护建设，总投资 1576456 元，目前已完工。

伊犁州昭苏县新能源充电桩配套设施建设项目设计施工一体化（EPC），总投资 45391 万元，目前已完成昭苏县游客集散中心点位的主体工程、地下电缆的埋设。东城区昭苏镇客运站点位已安装 15 个充电桩并投入使用。

东城区续建项目已完成强电、弱电、绿化带、黑土覆盖，以及道路、人行道、停车场的铺装。

昭苏县 2023 年抵边自然村通硬化路建设项目（第一合同段），总投资 35454517.65 元，总任务 57 公里，目前已完成 40 公里，完成率 70.2%。

伊犁州昭苏县 2023 年旅游路、资源路建设项目，机械已进场，待林业手续办理完毕，正式施工。

2023 年生产经营规模持续扩大。4 月份，集团公司共花费 20 万元，对沥青拌和站老旧设备进行为期一个多月的维修保养，5 月初开始进入投产销售。截至目前，沥青拌和站生产各类沥青混凝土 24000 多吨。

6 月 2 日，交投集团通过竞拍取得 4 个乡镇级砂石料矿采矿权，采矿权总成交价为 88766200 元。分别是昭苏县昭苏镇库尔乌孜克村砂石料矿、昭苏县喀拉苏镇阿克萨依村砂石料矿、昭苏县察汗乌苏蒙古族乡巴尔各勒津村砂石料矿、昭苏县萨尔阔布镇阔里布拉克村砂石料矿。现正在办理各种砂石厂采矿前期手续。

2023 年 1—8 月，昭苏县景畅交通发展投资集团有限公司累计营业总收入 4387 万元，同比增长 39%；营业总成本 3413 万元，同比增长 25.9%；净利润 333 万元，同比大幅增长。

2023 年年底，交投集团完成"五个好"党支部的创建工作，严格落实"三会一课"制度，打造党建品牌，推进党建与业务工作深度融合。抓班子。支部在班子建设上主要采取抓学习、抓思想、抓廉政。制订学习计划，组织班子成员学习，撰写心得体会，通过交流研讨不断提高班子的理论水平和决策能力。组织召开民主生活会，通过批评和自我批评达到统一思想、团结干事的目的，定期深入基层了解员工思想动态，发现并及时解决基层的问题。提素质。加强党员的日常学习教育，坚持"三会一课"制度，定期组织集体政治学习，提升党员的思想素质，为党员在各项工作中发挥先锋模范作用奠定思想基础。抓规范。建立党员信息管理库和党费管理台账，规范党建基础资料，建立各项记录。抓主题教育。开展主题党建、党员承诺、反腐倡廉宣传教育活动，引导党员提升在党意识、责任意识和表率意识。

进入冬季休工期，交投集团组织全体职工开展学习安全生产主题教育，确保安全思想灌输到每个职工身上，时刻警惕安全无小事，把安全工作抓细抓长。

在建在产项目持续推进。2023 年 9 月底，东城区翠龙湾小区所有项目完工。10 月底，2023 年抵边自然村通硬化路项目全部完工投入使用；县城内新能源充电桩项目点位全部安装调试完毕并投入使用。2023 年旅游路、资源路完成路基回填压实工程量的 60%；湿地公园景区道路完成总投资 50% 的路基回填。9 月 30 日前，完成 4 个乡镇级沙厂的制沙设备安装，并投入生产。同时制定沙厂生产经营流程及各项规章制度。

2023 年 1—8 月，交投集团扛起了稳定经济的基本任务，也发展壮大了国有企业基础。下一步，交投集团将咬定目标，鼓足干劲，全力以赴抓好各项工作，向新征程迈进。

让百姓喝上放心水

水是基础性自然资源和战略性经济资源，是生命之源、生产之要和生态之基，是昭苏可持续发展的生命线。

水是昭苏经济社会发展的命脉，水资源利用效率有多高，昭苏发展空间就有多大。顺应治水兴水新任务新要求，勇担职责使命，昭苏县洁源水利发展投资集团有限公司（水投集团）服务昭苏县重大战略，把统筹推进节水蓄水调水作为事关昭苏长治久安的根本性、基础性、长远性工作，在促进水利事业高质量发展方面发挥积极作用。

昭苏水投集团成立于 2022 年 5 月，注册资金为 5000 万元，主营全县水利业务。集团公司下设行政部、党群部、财务部、业务项目部、人力资源部，五大部门相互协作、相互配合，共同推进集团公司发展。旗下子公司共有 3 个：昭苏县雪源水务有限责任公司、昭苏县供排水公司、昭苏县屹淼城乡供水有限责任公司。

水投集团积极履行国有企业社会责任，为加强企业工作效能建设，提高工作效率，完善保供体系，窗口岗位设立 A、B 岗，向服务对象亮身份、亮职责、亮承诺，受到服务对象的监督。

水投集团始终把"关注民生、服务民生"作为工作的出发点和落脚点，全力保障全县百姓喝上放心水，不断创新工作思路和服务形式，在优质服务上下功夫、出新招。真正做到"小维修不过晌,大维修不过夜",每个乡镇组建5—8人的专业维修抢修党员突击队,配备疏通车辆,同时配备专业抢修车辆,应对各类供水突发情况,全面保障城乡居民正常用水。

项目实施方面。一是2023年投入资金40万元(其中中央财政补助资金22万元,水费自筹18万元)对小洪纳海水库进行维修,该工程于4月开工,在7月底完工。二是大洪纳海水库工程项目截至目前整体完成了80%,其中大坝主体完成100%,输水洞完成了100%,溢洪道完成了50%,溢流堰高边坡完成开挖46000立方米。

水投集团结合2022年灌溉用水情况,制订了2023年灌溉用水计划,通过实地查看各灌区干、支渠水毁、堵塞情况制订了乡镇春季、秋季渠道清淤计划和渠道维修计划,2023年共计划清理渠道270公里;维修渠道28.9公里。截至2023年8月20日累计灌溉完成43.53万亩,各乡镇解决百姓用水困难问题174起,共计解决用水投诉87起。

截至2023年8月底共处理跑水、无水事件886起,解决排水管堵塞101起,安装水表3036块,处理无井盖及损坏井盖60起,处理拆迁户跑水101起。另外,开展主管网巡线92次。更换水表电池225户,维护及检查水表42571户,更换水表507块,其中免费更换故障水表281块。

集团领导班子定期不定点对水厂、水库、各乡镇管理中心的安全生产工作进行督导18次;下基层组织开展安全生产专题宣讲活动14场,共56人次,收集心得体会20篇,组织开展"安全生产大家谈""班前会""以案说法"等活动1场,参与9人次。

集团领导班子前往灌区查看农田及草场灌溉情况7次,对水源地、闸阀等多处重点部位张贴安全标识、安装防护栏,开展"动火作业风险我知道"宣传活动1场,参与20人次;组织子公司、基层管理中心、水厂、水库传达学习了《习近平对防汛救灾工作作出重要指示》《国务院安委会安全生产"十五条硬措施"》,并对前期安全生产工作作汇报1场。

与各基层管理中心签订"安全生产责任书",明确安全生产责任。要求各基层管理中心在水库、渠首引水枢纽、水闸、渠道等重点部位悬挂警示标识牌。并不定期地开展安全生产检查,对存在安全隐患的水闸、水渠、工地、水库的隐患点进行了及时整改。

持续做好昭苏县农村供水保障工作。成立"维管队",供水抢修员随时待命,储备机械、维修材料齐备,一声令下抢修供水设施,解决突发应急供水事件,同时为清淤提前做好准备工作。

持续完善公司安全生产设施设备的建设。加强人员安全培训教育,组织子公司、基层管理中心、水厂、水库安全生产管理员进行专项培训、取证、复审。深入开展隐患排查治理和安全风险管控,树立全员安全生产意识,确保公司安全生产形势稳定。

强化供排水保障为核心,倾力便企利民。2023年力争完成总供水量550万平方米,出厂水水质综合合格率达到99%以上;处理污水保持稳定,污水处理厂改扩建工程力争2023年年底完成并进入试运行。

昭苏水投集团2023年1—7月累计收入2187.2万元,其中供排水公司收入624万元,屹淼供水公司收入1551万元。

昭苏水投集团董事长郑红斌说,他调到这家公司刚半年,正在熟悉公司的各项业务。目前,水投集团的主要业务是居民供水、污水处理、农村人畜饮水和农田灌溉。昭苏县的水资源很丰富,有大小河流24条,可惜水资源利用率不高。作为一个水利建设者,他希望通过项目招商引资,建水库,建大型灌溉区、中型灌溉区,充分、科学、合理地使用昭苏的水资源。水投集团将与有资质、有实力的企业一起开发昭苏的水资源,尤其是开发昭苏的纯净水,市场前景极为广阔。

郑红斌感慨地说,作为一个土生土长的昭苏人,这片土地给了他质朴的品格,教会他老实做人、踏实做事,为建设美丽富饶的昭苏贡献自己的力量。

富裕生活在希望的田野上

20 世纪 80 年代，有一首脍炙人口的歌曲《在希望的田野上》深受广大群众的喜爱。这首作品歌词朴实、曲调优美、流畅上口，通过对家乡充满希望的田野的赞美，抒发了对美好生活的向往，歌颂了新生活，歌颂了新时代。后来不仅入选了 20 世纪华人音乐经典，还被联合国教科文组织选为亚太地区音乐教材曲目。2007 年 9 月，《在希望的田野上》作为嫦娥一号月球探测卫星搭载歌曲被送上了太空播放。

我们的家乡

在希望的田野上

炊烟在新建的住房上飘荡

小河在美丽的村庄旁流淌

一片冬麦（那个）一片高粱

十里（哟）荷塘 十里果香

哎咳哟 嗬

呀儿咿儿哟

我们世世代代

在这田野上生活

　　为她富裕　为她兴旺

　　我们的理想

　　在希望的田野上

　　禾苗在农民的汗水里抽穗

　　牛羊在牧人的笛声中成长

　　西村纺花那个东港撒网

　　北疆哟播种　南国打场

　　……

　　我们在昭苏的二十多天里，行走在广袤的田野、草原和山谷，望着百万亩油菜花、果实饱满的向日葵、遍地膘肥体壮的马牛羊，深深感受到昭苏农牧民的富裕生活真的在希望的田野上。在我跟昭苏县新希望农业发展投资集团有限公司董事长牛军祖畅聊之后，更加确信了这一判断。

　　新希望农投集团成立于 2022 年 7 月，是一家专注于农业种植、农业开发、生物科技、电子商务及食品加工销售等领域的企业。旗下拥有三家子公司，分别为伊犁德胜生物科技有限公司、昭苏县疆来有约电子商务有限公司和伊犁边疆食品加工有限责任公司。其主要经营业务是马铃薯淀粉加工、水晶粉生产、农副产品加工销售、粮油仓储服务、食用农产品初加工、畜禽收购屠宰、鲜肉批发等。此外，集团还涉及互联网领域的多项服务，如食品互联网销售、互联网数据服务、互联网直播技术服务等。

　　伊犁德胜生物科技发展有限责任公司是一家成立于 2010 年 3 月的综合性企业，总资产超过 8000 万元，员工达 40 人。公司主要致力于马铃薯育种、基地、种植、仓储以及精深产品加工等领域，并已成功成为新疆最大的马铃薯综合产品开发生产企业之一。随着不断的创新和发展，公司在行业内拥有良好的口碑和多项荣誉：自 2015 年起连续三年被评为自治区农业产业化重点龙头企业；在 2018 年，则获得了两项国家实用新型专利——马铃薯淀粉和水晶粉。这些荣誉不仅证明了公司在马铃薯领域的技术实力和市场竞争力，也为其未来的发展提供了强大的支撑和保障。

昭苏县疆来有约电子商务有限公司成立不久，也取得了一系列亮眼成果。首先，他们成功地与江苏泰州市文旅集团签订了 2022 年的牛羊肉采购订单，销售额达到 161 万元。其次，他们还与新疆杭州疗养院签订了 2023 年的采购合同，并承诺按月批次提供大约 10 吨左右的牛羊肉。在第一季度中，他们的抖音小店"疆来有约"小试牛刀，便有斩获。疆来有约将"牧歌昭苏"的产品授权，授给北京鲜客岛农产品有限公司为北京地区一级代理商。

在如今日益激烈的市场竞争中，集团公司持续加强队伍建设，以保持领先优势。他们采取了有效的招聘和培训计划，确保员工全面掌握所需技能，并紧跟行业最新知识和技术水平。优秀的队伍建设不仅能够提升公司整体水平和竞争力，还可以为客户提供更高品质的产品和服务。因此，在完善队伍建设方面不可松懈。除了招聘优秀人才外，公司注重培养内部人才，并设计一套合理的激励机制来鼓励员工发挥自身潜能。

为保障公司及车间的安全，定期开展大规模的安全隐患排查，从源头上预防可能存在的风险。为应对各种突发事件，不断加强车间应急演练，并在每年举行多次防火、防汛、重大安全事故应急演练来提高员工的应对能力，全面筑牢公司安全防线。

这一年集团公司在县委、县政府的正确领导下，在县国有资产管理中心的精心指导帮助下，紧紧围绕发展现代农业化有关战略实施和部署要求，立足昭苏县农业产业发展现状，坚持以"标准化、规模化、品牌化，加快农业产业体系、生产体系、经营体系现代化"的新理念，构建新的农业产业化发展思路，扎实推进各项工作的开展，并取得了一定的成绩。

集团公司为有效化解风险，规范资产出借和担保行为，防止国有资产流失，严格执行财经法律法规和制度，防范和惩治腐败行为，营造风清气正的良好政治生态。

他们首先做的是全面摸清家底。对集团及子公司资产情况进行全面清理、核查，真实、完整地反映资产出借情况，进一步完善国有资产基础数据库，盘活存量资产，提高资产使用效率。

其次是完善管理制度。根据资产清查过程中发现和暴露的问题，全面总结经验，认真分析原因，进一步规范和加强国有资产管理，健全完善集团及子公司国有资产管理制度。

集团公司积极对接发改委、农业农村局申报地方债项目2个，自治区项目1个，分别为伊犁州昭苏县蜂产业园基础设施建设项目、伊犁州昭苏县农牧产品深加工园区基础设施建设项目、马铃薯精制淀粉加工生产线技改扩建项目。伊犁州昭苏县农牧产品深加工园区基础设施建设项目总投资8000万元，其中地方财政自筹资金2000万元、地方债券资金6000万元。建设蜂产品生产加工包装车间3000平方米，原料及产品库房1000平方米；业务用房500平方米；建设配套围墙、硬化、给排水、电力等基础设施；伊犁州昭苏县蜂产业园基础设施建设项目总投资2500万元，其中地方财政自筹资金500万元、地方债券资金2000万元。

建设肉制品深加工、包装等车间3000平方米，冷藏库1000平方米，配套检化验、维修等业务用房800平方米，库房、车库1000平方米，购置安装农牧产品深加工设备、冷链物流设备。马铃薯精制淀粉加工生产线技改扩建项目，计划总投资2000万元，主要计划用地为50亩，总建筑面积6800平方米，新建标准化厂房一栋，建筑面积6000平方米，新建办公室、员工宿舍及食堂1000平方米，其他配套附属设施200平方米。更新改造马铃薯精制淀粉加工生产线一条，更新马铃薯配套种植、收获等机械设备。按照计划目前正在可研阶段。目前，已完成项目入库、可研编制、用地预审、环评意见等前期工作。

集团公司按照现代企业管理的要求，建立各项议事规则、决策流程，重大问题召开董事会研究决定，共召开董事会2次，研究各类问题20个，较好地发挥集团公司的作用。

一是加强党的建设，完成了集团党支部选举工作。

二是完成国有资产移交划转工作。昭苏县喀拉苏镇（林场）卡拉库力片区、喀拉苏片区原林场4747亩耕地土地承包及12541.56亩草场使用划转及不动产证变更工作。

三是完成粮贸大厦门面房租赁产权变更工作。

四是完成昭苏县林业和草场局1860.2亩草场的划转工作。

德胜公司完成了2022年年初签订目标责任书预计生产水晶粉200吨，

截至 9 月份已生产 160 吨；完成与乌鲁木齐市哈萨克医院签订的 60 吨蜂蜜收购任务；按照 2022 年秋季生产计划于 9 月 19 日开始收购马铃薯，累计加工马铃薯 26560.91 吨，生产淀粉 4750 吨，出粉率 1/5.5kg，比去年增加 25.6%。目前，已签订淀粉销售合同 788 吨。

昭苏金丰粮油购销有限责任公司改制为国有控股、职工参股的股份制有限公司，下辖在使用粮站库 6 个，外租粮站 6 个，企业现有总仓容 15.5 万吨，有效仓容 13.48 万吨，承储中央临时储备粮、地方储备粮、县级储备粮以及县级应急储备物资。一是全面展开"昭苏县粮食仓储物流基础设施项目"的建设工作。现新建粮食仓房 3500 吨、库房 7 栋、6 个在目前使用的粮站库的消防水池建设、智能化粮库建设以及部分站库的基础设施维修等，正在计划施工建设，项目完成后将增扩仓容 2.45 万吨。二是公司受中央储备粮伊犁直属库委托目前完成储存保管临储粮 10.05 万吨，地方储备粮 2.26 万吨，县级储备粮 0.41 万吨。三是中储粮伊犁分公司先后两次对公司承储的临储粮进行网上拍卖成功，涉及存储粮食 3.52 万吨。截至 2022 年 10 月底，共收购轮换小麦 3323 吨，商品小麦 3.5 万吨。

边疆食品加工有限责任公司实施的伊犁州昭苏县肉制品生产线建设项目，总投资 8300 万元，项目建设占地约 100 亩，资金来源为援疆资金和企业自筹资金。规模为年屠宰加工 8000 头牛、8 万只羊。主要建设牛羊屠宰加工主厂房车间、冷藏车间、业务用房及附属设施用房。购置安装牛羊屠宰加工、检验检疫、车辆、污水处理等设施设备。目前，该项目已进入决算和调试阶段。二是与北京鲜客岛农产品有限公司签订了战略合作意向书，采购昭苏县牛羊肉，按月批次提供牛羊肉，30 吨左右 / 年，目前已收购羊肉 8000 公斤，羊下水 1300 副，正在完成订单销售工作。

疆来有约电子商务有限公司以做好品牌创建为基础，从源头抓好农产品生产，通过参加各地农产品展销会、推介会、农产品进景区活动，提高特色农产品的知名度，拓宽农产品的销售渠道，逐步改变单一的销售模式。建设特色农产品电商平台，发展电商营销，同时利用抖音等网络平台，发展特色农产品直播带货，推广"昭苏优选"电商平台，建立网上蔬菜批发商城、网上牛羊肉批发市场，助力消费扶贫。抖音平台自今年 3 月开播以来已销售产品 43000 元，主要是奶酪、蜂蜜、菜籽油、沙棘原浆等产品。

2023 年 1—8 月新希望农投集团几家子公司取得不错的成绩。

伊犁德胜生物科技发展有限责任公司完成营业收入 915 万多元，实现利润总额 165 万元，实现净利润额 165.7 万元。

"疆来有约"电子商务有限公司近期签订了多份采购合同。与泰州市文旅集团签订了 2022 年各级工会福利牛羊肉采购订单，销售额高达 161 万元；与新疆杭州疗养院签订了 2023 年的牛羊肉采购合同，预计每个月提供 10 吨左右的产品；借助"抖音平台小店"累计零售 1.16 万元。

边疆食品加工有限责任公司已完成昭苏县肉制品生产线项目的财务和工程决算，同时顺利开展了前期设备调试工作。

牛军祖说，新希望农投集团成立才一年多，他上任刚 4 个月，很多业务还需要熟悉。众所周知，昭苏县的牛羊肉肉质鲜美，马肉制品也逐渐被人们所接受，因此他们投入 1.3 亿元给边疆食品加工有限责任公司搞肉制品加工，未来前景可期；他们生产的"水晶粉"深受人们喜爱，用于涮火锅、凉拌菠菜粉丝；昭苏县一年收购 3 万多吨马铃薯，在伊犁州规模是最大的，生产淀粉 5000 吨，远销广东、四川和重庆。

正如《在希望的田野上》歌中所唱，昭苏人世世代代在这田野上生活，为她富裕，为她兴旺，为她繁荣而努力拼搏！

第十一章

扶危济困，促就业保民生

习近平总书记指出，民政工作关系民生、连着民心，是社会建设的兜底性、基础性工作。民为邦本，本固邦宁。民政工作是党和国家一项重要的民生社会事业，是党和政府爱民之情、亲民之意、为民之举的重要体现。

治国有常，利民为本。民生工作离老百姓最近，同老百姓生活最密切；民政部门与人民群众联系最直接、最密切、最广泛，从婚姻登记到儿童福利，从社会救助到社区治理，从养老助老到殡葬服务，件件关乎民生，事事涉及群众切身利益。做好民政工作就是增进民生福祉，就是践行党的根本宗旨，就是为夯实党的执政根基添砖加瓦。

党的二十届三中全会提出，在发展中保障和改善民生是中国式现代化的重大任务。对完善就业优先政策、健全社会保障体系、深化人才发展体制机制改革、加强劳动者权益保障、完善收入分配制度等作出一系列重大改革部署，为持续推动人力资源开发利用明确了方向。

全会进一步擘画了宏伟蓝图、凝聚了强大力量、发出了改革强音、吹响了冲锋号角。对于人社部门来讲，必须把在发展中保障和改善民生，作为推进实现中国式现代化的重大任务。必须把完善就业优先政策、健全社会保障体系，作为满足人民对美好生活向往的实际行动。

怀"菩萨心肠"干民生事业

新时代民政工作内涵、外延不断扩展，标准要求越来越高，社会高度关注，民政工作任务越来越繁重，必须以"黄牛精神"耕"民生之地"，才能真正为群众办实事、办好事。

民政工作关系民生、连着民心，是社会建设的兜底性、基础性工作。新时代以来，在以习近平同志为核心的党中央坚强领导下，各级民政部门牢记初心使命，革故鼎新、攻坚克难，推进民政事业改革发展取得系列制度和实践成果，有力服务了党和国家工作大局。

这些年来，昭苏县民政局始终践行"民政为民、民政爱民"工作理念，聚焦群众所思所想所盼，用心、用情、用力办好民生实事，努力增强人民群众的幸福感、获得感、安全感。

稳步推进民生工作，社会救助兜底保障发挥实效

《孟子·梁惠王上》里说："老吾老，以及人之老；幼吾幼，以及人之幼。"意思是，尊敬我家里的长辈，从而推广到尊敬别人家里的长辈；

爱护我家里的儿女，从而推广到爱护别人家里的儿女。昭苏县民政局秉承的就是这种理念来开展工作的，近年来，民政局不断完善养老服务体系建设，推动社区和居家养老服务。2023 年年初，他们组织人员前往伊宁市学习观摩社区和居家养老工作，争取州级社区和居家养老项目资金45 万元；9 月份申报了 2023 年中央预算内资金支持伊犁州墩买里社区等4 个社区居家养老服务网络建设项目。县民政局逐步探索医养结合的养老模式，投入 60 余万元对综合福利院进行改造提升，满足医养需求。与县中医院达成初步意向，将中医理疗资源引入养老院。针对养老机构安全生产工作，县民政局常抓不懈，常态化开展民政服务机构安全隐患大排查大整治，抓好消防、食品药品、服务环境等各方面的安全隐患排查工作，确保服务机构安全运行。

昭苏县民政局持续做好社会救助和兜底保障，足额发放各类社会救助资金。2023 年年初以来，累计发放各类救助资金共 5046.45 万元，其中城乡低保金 4212.34 万元，惠及 4502 户 8097 人；残疾人两项补贴462.94 万元，惠及 3260 人；高龄津贴 83.46 万元，惠及 1298 人；为 130名特困人员发放保障金 218.16 万元；为 35 名孤儿发放生活费 69.55 万元。共下拨各乡镇临时救助备用金 100 万元，开展临时救助 710 人次，救助金额 124.34 万元。

特殊困难群体一般是指三无对象、高龄老人、家庭困难学生、重病残人员等人群，由于他们在衣食等基本生活支出之外，还面临着养老、医疗、教育等生活支出，为了让他们感受到社会主义大家庭的温暖，昭苏县民政局积极开展"春节走访慰问专项活动"，累计慰问困难群众 1171户，发放现金及物资共计 46.74 万元；为 4080 户困难群众发放 40.8 万元的肉价补贴券；发放 8 月、9 月、10 月临时物价上涨补贴 55 万元；为6098 户困难家庭发放价值 114.9876 万元的面粉、清油等生活物资；采购196 万元的暖心煤 4000 吨。

为了做到有的放矢，昭苏县民政局精准认定救助对象。2022 年 1 月起，县民政局利用 20 天的时间集中对全县范围内 906 户兜底脱贫户、"三类户"、动态调整户等困难群体基本情况进行了全面入户核查，针对发现的 156 条问题，要求各乡镇举一反三，全面开展自查自纠，切实做到动态管理下的应保尽保、应退尽退。截至目前，城乡低保新纳入 398 户 575 人，动态退出 530 户 1027 人。他们扎实推进城乡低保审批权限下放乡镇试点工作，制定了《昭苏县城乡低保人员审核确认权限下放工作方案》，在乌尊布拉克镇、胡松图哈尔逊乡开展低保审批权限下放试点工作，给低保人员吃了定心丸。

加强基层治理能力建设，拓展社会组织功能作用

"一根针"穿起为民服务"万条线"。昭苏县民政局在推进基层政权建设和城乡社区治理方面下大力气开展工作，他们积极申报了 2 个昭苏镇"社会工作服务站项目"，完成 4 个乡镇社工服务站的挂牌（昭苏镇、洪纳海镇、喀夏加尔镇、胡松图哈尔逊乡）。依托民政部管理干部学院网络培训开展社会工作专题培训 10 场次，覆盖全县 86 个村（社区）和各类社会组织 800 余人。举办村（社区）干部素质能力提升培训班 7 期（其中县内培训 4 期，县外培训 3 期）参训人员 541 人，做到村（居）委会主任全覆盖。昭苏县共有 21 人报考社会工作初级资格证，注册登记各类社会组织 15 家，注册志愿者 27657 人，建立志愿者队伍 16 支，逐步建立完善了社会工作服务体系。

深入贯彻落实习近平总书记关于基层治理的重要论述和重要指示批示，昭苏县民政局在基层群众性自治组织规范化建设上真抓实干，他们成立人民调解委员会 86 个、治安保卫委员会 86 个、公共卫生委员会 86 个、妇女和儿童委员会 86 个、环境和物业管理委员会 5 个。他们还联合司法局对全县第一批、第二批的 12 个村村规民约进行实地指导审核，各村（社区）村规民约（居民公约）备案工作已于 10 月底前全部完成。他们重点落实"社区万能章"治理专项行动，对全县村（社区）出具与民政工作有关的证明情况进行摸底，梳理出证明事项 10 条，其中不符合规定的证明事项 2 条。

民政局在工作中充分发挥党建引领作用，综合党委选优配强社会组

织党建指导员，实现 15 家社会组织党建指导员 100% 全覆盖；积极组织开展"邻里守望 春节送温暖""戍边有我文艺进边关""守护健康 防疫有我"等志愿服务活动。上半年，他们累计开展扶贫济困、扶老救孤等慰问活动 20 余次，价值 1.4 万元，助力疫情防控志愿活动 16 次，累计捐款 52.52 万元，筹集价值 18.82 万元的物资。为促进社会组织健康有序发展，他们严格审查相关材料的真实性、合法性，完成行业协会社会组织年检 5 家，纳入整治"僵尸型"社会组织 1 家，启动法人变更程序社会组织 1 家，注册公益性社会组织 1 家。大力培育发展社区社会组织是民政局的一项重要工作，他们不断壮大社会组织规模，扩大社会组织影响力，结合昭苏县的实际，2023 年培育完成城市社区社会组织 3 家、农村社会组织 2 家。

优化社会事务专项工作，服务体系建设更加完善

持续提升婚姻登记管理服务水平。一是全面落实婚姻登记"州直通办"工作要求，实现伊犁州各县市互联互通。年初以来，县婚姻登记站依法办理婚姻登记共 787 对。补办结婚登记 318 对；补办离婚登记 9 对；查询档案 22 件；补录电子档案 2026 份。二是开展了"推进婚俗改革，倡导文明新风"活动，利用"5·20""双六""双九"和七夕等节点宣传《民法典》，累计发放《民法典（婚姻家庭篇）》和《婚姻登记便民服务手册》共 1000 余份。三是建立了婚姻家庭辅导室。为有需求的家庭提供婚姻辅导服务，年初以来开展婚前辅导 80 余对，成功劝和 16 对提出离婚申请的夫妻。

稳步推进行政区划和地名工作。一是研究制定了昭苏县《关于推进驻昭兵团团场设立建制镇行政区划调整工作的实施方案》。与兵团对接并征求意见，推进第四师可克达拉市 4 个团场的行政区划调整县级层面各项工作。按照"统一组织、统筹推进、成熟一个、建立一个"的原则，先后签订了 74、75、76、77 四个团场的行政区划界线协议书，并分别出

具了相关复函、决议等资料，目前已上报上级民政部门。二是启动萨尔阔布乡撤乡建镇工作。按照撤乡建镇规范要求收集相关资料，已完成县委、县政府、县人大等审核批复工作，已通过州级审校，7月初已将相关申报资料上报自治区民政厅初审。三是在3月15日前圆满完成了国家地名信息库中行政区划、自然地理实体等五大类1078条地名的修改完善工作。5月底完成了自治区地名志（昭苏卷）的编撰，上报100余条规范地名词条。

殡葬管理工作有序推进。一是大力开展殡葬管理法律法规宣传，引导各族群众文明祭扫、生态安葬。累计发放宣传册、宣传单3000余份。二是在县政府的统一安排部署下，圆满完成国道G577特昭二标公路段215座坟墓的迁移工作，保障了道路工程的顺利实施。三是投资369万元建设第二殡仪馆，目前项目已进入收尾阶段。四是在县委、县政府的大力支持关心下，完成北梁公墓铺装道路3公里，从根本上改变了城镇片区各族群众祭扫出行不便的状况。

开展打击整治养老诈骗专项行动。一是把养老诈骗整治工作纳入年度工作重点内容，迅速成立领导小组，结合实际制定实施方案，明确责任分工，分解工作任务，压实工作责任，坚决杜绝养老机构诈骗风险发生。二是发挥职能优势，结合养老服务机构、婚姻登记站窗口、社会救助服务大厅等群众来访较多的场所，采取LED屏滚动播放宣传标语、悬挂横幅、摆放展板、发放宣传手册等形式重点宣传。累计开展打击整治养老诈骗集中宣传6场次，悬挂宣传横幅30条，问卷调查200余人，发放宣传单500余份，入户走访家庭1200余户，累计受教育4500余人次。三是扎实开展民政领域涉老反诈问题隐患排查。对辖区内已登记备案的各类养老机构、社区养老服务机构以及未登记、未经备案的养老服务场所开展全面摸排。目前，累计排查10个乡镇86个村社区、1个养老机构，做到排查覆盖率100%。全县民政领域暂未发现涉老诈骗和非法集资等问题。

多措并举做好未成年人保护工作。昭苏县共有儿童福利机构1所，养育孤儿36人。一是6月1日召开昭苏县未成年人保护工作领导小组第一次全体会议，审议通过《昭苏县未成年人保护工作领导小组关于加强未成年人保护工作的方案》等 5 个文件稿，明确各成员单位的职责分工，进一步动员各方力量，推进新时代我国未成年人保护工作高质量发展。二是结合"六一"儿童节组织成员单位在乌孙广场开展集中宣传活动，悬挂横幅 2 条，设立宣传展板 10 个，设立咨询台 3 个，发放未成年人保护宣传单、画册 300 余份，接受咨询 10 余件，播放《未成年人保护法》的条例法规宣传片、动漫 40 余条。同时充分发挥融媒体中心作用，用好"两微一端"等媒体平台，推动宣传教育全覆盖。刊发有关稿件 40 余篇，广播节目 28 期 84 次，制作新媒体产品 12 个。三是启动"孤儿助学"项目，按每人每年补助 1 万元的标准，资助年满 18 周岁以上在校大中专大龄孤儿 22 人，为大龄孤儿提供接受高等教育的机会，有效保障了大龄孤儿就学权利。

严格依法办理收养登记，不断规范收养工作。民政局始终坚持儿童利益最大化，杜绝违法收养事例的发生。年初以来，共办理收养登记 4 件，其中三代以内收养 2 件，弃婴收养 2 件。同时，在全县范围内摸排历年以来私自收养至今未落户的孩子，共摸排全县有 16 个历年遗留私自收养的孩子，其中，6 个孩子的落户事宜不属于民政部门职责范围；5 个孩子正在办理落户手续（其中 2 个孩子事实收养 5 年以上，已开具相关证明，3 个孩子已办理收养证）；5 个孩子符合收养条件，已向收养当事人讲解办理收养程序，正在督促他们尽快办理。

昭苏县民政局局长努尔别尔干·阿合买提别克说，尽管他们做了大量的工作，但仍有一些地方需要改进。比如养老服务项目推进还需进一步加大力度，养老服务工作人员服务理念还需进一步提升。县综合福利院工作人员对养老服务的认知还停留在日常基础护理上，服务理念滞后，护理技能不高，精细化服务水平较低。另外就是社会救助工作还未做到及时精准，救助对象分类不精细以及救助措施未能精准到位，分层分类的社会救助体系以及"物质＋服务"的救助新模式还在探索创新中。

基层民政工作面临的群众是海量的，每一个家庭的困难也大不相同，如何把握好救助力度和救助方式，做到因人施救，这是一项实打实的"细活儿"和"杂活儿"。既要对收集的申请资料进行极为细致的审核，又要常常走村入户调查真实情况，既要把不符合条件的对象及时清退，又要及时纳入新的对象做到应救尽救。

2023 年对于昭苏县民政局来说，要完成新时代民政工作"聚焦脱贫攻坚、聚焦特殊群体、聚焦群众关切"的明确要求，在婚姻、殡葬等领域采取系列惠民便民措施，增强了民政服务对象获得感，这项任务十分艰巨。

稳步推进民生工作，社会救助兜底保障发挥实效

聚焦困难群体，兜牢基本生活保障底线。一是持续巩固拓展民政兜底成果同乡村振兴有效衔接。常态化开展好防止返贫监测工作，将符合条件的 61 户 171 人纳入低保保障，实现应兜尽兜。二是精准落实各项社会救助政策。累计发放城乡低保金 1929.88 万元惠及 4454 户 7876 人；残疾人"两项补贴"197.538 万元惠及 3329 人；1 月份发放临时价格补贴16.74 万元惠及 8372 人。三是持续做好特殊困难群体关心关爱工作。积极开展"春节走访慰问专项活动"，累计慰问困难群众 2650 户，发放慰问资金 7.5 万元、面粉 70 吨、食用油 13.25 吨。开展"情暖新春 共护未来""乡村振兴 慈善先行"等慰问活动，为民政服务机构内的 140 名老人和儿童发放御寒衣物。年初以来，累计发放临时救助金 11.10 万元。

聚焦儿童群体，不断完善未成年人保护体系。一是切实保障孤儿合法权益。目前，昭苏县有 37 名孤儿、38 名事实无人抚养儿童。将事实无人抚养儿童比照散居孤儿纳入保障体系，孤儿和事实无人抚养儿童的基本生活得到有效保障。年初以来，累计发放孤儿基本生活费 35.25 万元；事实无人抚养儿童发放基本生活补差救助 7.7 万元。二是健全未成年人关爱保护领导机制。把未成年人保护工作纳入年度工作重点内容，发挥好牵头部门作用，召开昭苏县 2023 年未成年人保护工作领导小组全体会议。构建县、乡、村三级工作网络，精准摸底掌握留守儿童、困境儿童基本信息。全县有留守儿童 20 人，困境儿童 316 人，其中自身困境儿童 134人、家庭困境儿童 131 人、监护缺失困境儿童 51 人。三是不断规范收养

工作，严格依法办理收养登记，年初以来，共依法办理收养登记3件。四是加大对农村留守儿童、事实无人抚养儿童及其他困境儿童探访力度。春节、"六一"期间等重点节假日走访慰问困难儿童114人，发放慰问物资1.84万元。

聚焦老年群体，健全基本养老服务体系。一是落实高龄老人补（津）贴政策。80周岁以上老年人高龄津贴制度实现全覆盖，全县享受高龄津贴1276人，其中80—89岁1170人、90—99岁104人、100岁以上2人，累计发放高龄津贴43.1771万元。二是兜底救助特殊困难老人。全面落实特困人员救助供养制度，将符合条件的老年人及时纳入特困人员供养范围，实现特困老人应兜尽兜、应养尽养。目前，全县有特困老人87人，其中集中供养83人、分散供养4人。累计发放特困人员供养金122.37万元。三是全面建立农村留守老年人关爱服务工作机制和定期巡访等基本制度。全县有留守老人38人。为做好留守老人服务，我们组建以驻村工作队、村社干部为主体，网格员、志愿者为补充的留守老人关爱队伍，采取电话问候、上门巡访等多种形式，及时了解农村留守老年人生活状况。四是探索开展居家养老服务。2023年，积极争取中央预算内投资1800万元，实施了墩买里、解放路、团结、花园街等4个社区日间照料中心组网项目。同时，投资40万元改造养老服务设施1个。争取彩票公益金20万元，探索以社区为平台、社会组织为载体、社会工作者为支撑的社区互助式居家养老服务。

聚焦服务机构，坚决守住守好安全底线。一是毫不松懈抓好养老机构疫情防控、安全生产工作。按照养老机构疫情防控高于社会面的要求，持之以恒抓好中心敬老院疫情防控工作。常态化开展机构安全隐患排查整治，定期邀请安委会相关成员单位开展消防、食品、药品等各方面的安全隐患检查工作，确保服务机构安全运行。二是持续改造提升养老服务设施。先后投入项目资金200多万元，在县中心敬老院建设了阳光房、安装了电梯、改造各类功能室，对两栋养老服务楼水电暖等进行全面改造，让老人在院内居住生活的环境更优美、更舒心，各类服务功能更完善。三是强化人才队伍建设。及时组织全县养老院工作人员参加自治区、自治州举办的养老从业人员业务培训，鼓励养老机构管理人员参加全国社会工作师职业水平考试、养老护理员等级考试等专业技术考试。年初以来，已累计派出 7 名养老从业人员赴自治区、自治州学习培训。

加强基层治理能力建设，拓展社会组织功能作用

基层社会治理创新推进。一是乡镇（街道）社工站全覆盖。全县 10 个乡镇均已建立社工站，社工站建设覆盖面达到 100%，共配备工作人员 35 名。累计开展扶贫、扶老、助孤等各类服务活动 53 次（其中个案活动 2 次，小组活动 5 次，社区活动 46 次），服务对象 689 人次。二是强化"五社联动"工作机制。争取自治区乡镇社工站建设服务示范项目 20 万元，在昭苏镇墩买里社区建设社会工作服务站示范项目，为低保对象、残疾人、留守儿童和妇女、老年人等特殊群体和特困人员提供心理疏导、社会融入、能力提升、照料护理等专业的社会工作服务。三是推进基层自治。制定印发了《2023 年度昭苏县推进基层治理体系和治理能力现代化建设重点任务清单》，进一步健全村（居）民委员会下属委员会建设，完善村（居）民委员会成员（村委会主任、妇代会主任、儿童主任、社区主任等）履职承诺和述职制度，建立村级事务、公共服务事务等清单，启动全县村（居）民自治章程修订工作，落实基层自治组织法人备案制度。

社会组织等基层治理力量不断发展壮大。一是积极培育和发展社会组织。年初以来，累计登记昭苏县警察协会、昭苏县昭阳四季公益中心等 2 家县级社会组织。备案党员志愿服务队、爱心妈妈团、助老爱幼志愿服务队等社区社会组织 495 家。开展党的政策宣传、"浓情五月·弘扬好家风·感恩母亲节""共创美好乡村：树立文明乡风""喜事新办、丧事简办"、民族团结一家亲活动宣传等活动 36 场次，惠及 1638 人次。二是大力实施政府购买服务项目。3 月以来，先后实施昭苏县未成年人保护示范项目、昭苏县社会工作和志愿服务发展项目、昭苏县福利院孤残儿童护理补贴项目、昭苏县居家和社区养老服务项目、昭苏县社会组织孵

化培育项目等共计 74.85 万元，累计开展"趣味夕阳""幸福相伴""健康义诊行""浓情端午送祝福"等活动 26 场次，惠及各族群众 1670 人。三是积极申报社会组织购买服务项目。按照县委、县政府有关乡村振兴任务分工，结合昭苏县社会组织实际，积极对接州民政局、县乡村振兴局，申报入库昭苏县昭苏镇吐格勒勤布拉克美丽乡村社会工作服务、昭苏县夏特柯尔克孜族乡辰光夕阳留守老年人社会工作服务、昭苏县城乡低保对象畜牧养殖技能培训等 4 个项目。四是持续开展打非整治行动。年初以来，累计开展行业协会商会自查自纠乱收费整治活动 6 次，抽查行业协会商会 8 家。昭苏县 11 家行业协会商会无乱收费行为。

优化社会事务专项工作，服务体系建设更加完善

婚姻登记管理不断规范。一是严格依法办理婚姻登记。依法办理婚姻结婚登记 514 对，离婚登记 231 对，离婚办证 149 对，补发结婚证 330 对。积极开展婚前辅导和离婚辅导服务工作，累计辅导 125 对新婚夫妇，劝和 6 对离婚家庭。二是发挥窗口作用，依托重要节点，发放《民法典（婚姻家庭篇）》手册、宣传折页等，向群众宣传《民法典》主要内容，提高《民法典》知晓率。截至目前，共发放民法典、婚前辅导等宣传册 1320 余份，宣传教育干部群众 2800 余人次。三是进一步推进婚俗改革工作。把反对高价聘礼、大操大办、攀比炫富、铺张浪费等内容纳入村规民约，充分利用春节、"2·14""5·20"、法律法规宣传日、基层干部培训等时机，举办十余场集体颁证活动、发放《文明婚俗倡议书》，大力宣传"推进婚俗改革，倡导文明新风"系列活动，共发放宣传单 2204 份，受教育干部群众 18600 余人。

殡葬服务能力持续提升。一是清明节、肉孜节期间全天值守，大力开展殡葬管理法律法规宣传，引导各族群众文明祭扫、生态安葬。累计发放宣传册、宣传单 3000 余份。二是办理昭苏县第一殡仪馆场地费、殡葬车辆收费手续，完成第一殡仪馆餐厅改造，正在实施屋顶防水工程。

三是规范档案管理。按照上级要求，严格规范死亡人员档案，并建立一人一档。

加大项目实施力度。一是积极复工复产 2022 年项目。有序推进 2022 年中央集中彩票公益伊犁州昭苏县第二殡仪馆建设项目。截至目前，主体工程完工率达 95%。附属工程完工率达 60%；加快阳光房投入使用。二是重点推进 2023 年民生项目。积极实施中央预算内投资 1440 万元新建伊犁州墩买里社区等 4 个社区居家养老服务网络建设项目。稳步实施中央集中彩票公益金投资 144 万元社会综合福利院提升改造项目。现已完成供排水管网、电力维修改造、室内墙体粉刷等工作，施工进度达 90%。

努尔别尔干·阿合买提别克告诉我们，民政局接下来会加大工作力度，在社会救助、养老服务体系建设、社区治理和基层政权建设、社会事务方面秉承"黄牛精神"，吃得苦、受得累、耐得住，协助党和政府履行好保民生、促稳定的重要职责。

民政局各级干部必须对群众饱含深情，既当"活菩萨"又当"黑包公"，保障好老百姓的"吃饭钱""救命钱""看病钱"，要对腐败保持"零容忍"的高压态势，不光自己要以身作则，更要真正深入村组，聚焦群众身边的"微腐败"。从村组干部入手，及时发现、及时移交、及时处理、绝不手软。真正维护好困难群众的切身利益，用行动呐喊出新时代的民政宣言。

稳就业兜底线筑民生之本

这几年，昭苏县人社局坚持把稳就业作为重大政治任务，落实落细就业优先政策，千方百计稳存量、扩增量、提质量、兜底线，完善政策、优化服务、强化培训，就业形势总体稳定；积极稳妥推进社保制度改革，《社会保险经办条例》出台实施，各项社保待遇按时足额发放；人才队伍建设进一步加快，人才创新创造活力进一步激发；企业工资宏观指导调控制度不断优化，劳动关系总体保持和谐稳定。

人社局真抓实干、狠抓落实，向社会交上一张张扎实的答卷与群众的获得感，他们与群众冷暖与共，高质量人社画卷徐徐铺开……

党建引领业务发展，统筹推进党建工作

坚持以学领做，夯实思想政治根基。

人社局党组坚持以党的政治建设为统领，健全落实"不忘初心、牢记使命"制度，在深和细上下功夫。一是深化政治理论学习，紧紧围绕学习教育常态化制度化要求，制定《昭苏县人社局2022年落实全面从严

治党主体责任的分工方案》《关于深入推动党史学习教育常态化长效化的实施方案》等制度，持之以恒推进党史学习、教育、宣传，不断巩固拓展党史学习教育成果。二是及时召开专题会议，局党组班子和各支部认真务实抓整改，开展批评和自我批评，并进行民主评议党员活动，切实营造风清气正的良好政治生态。三是严明政治纪律和政治规矩，集中学习贯彻《党委（党组）落实全面从严治党主体责任规定》《关于新形势下党内政治生活的若干准则》等党内法规文件，党组书记带头遵守党内法规制度。严格落实党内法规执行责任制。四是突出党建引领群团。将党建工作摆在重要位置，坚持每季度开会，研究部署党建工作和群团组织建设 5 次，推动党建工作与群团组织建设有机融合，全力推进机关党建工作顺利发展。五是局党组书记带头建立党支部工作联系点，主动深入联系点村（社区）党支部，及时指导和帮助社区解决困难问题，为社区发展出谋划策，推动联系点支部建设全面进步。

突出长效规范，推进"五个好"支部创建。

一是坚持依法治疆，做到"依法治理好"。始终坚持把党建引领放在首位，将习近平法治思想纳入局党组理论学习中心组必学内容、开展专题研讨，将每周一、三、五定为政治理论学习日，认真开展主题党日"首学 1 小时"、重温入党誓词和书记讲党课等活动，采取集中学习、个人自学交流研讨等方式相结合，提高党员干部业务能力的同时，更加坚定党员干部理想信念。结合普法教育培训，组织全体党员干部集中学习党章党规、法律法规以及人社领域重要法律政策文件，形成人社系统学法用法、依法行政的良好氛围。二是落实团结稳疆，做到"凝聚人心好"。将"民族团结一家亲"活动与访惠聚、村振兴工作相结合，充分依托"民族团结教育月"活动，深入开展联谊活动，累计为帮扶村（社区）捐赠菜苗、防疫物资、暖心煤等物资，涉及金额 7500 余元。严格落实在职党员到社区"双报到"制度，全局党员干部主动参与志愿服务活动，开展社区治理、教育宣传、就业增收等服务活动 13 次，动员 33 名党员注册"中国志愿"，切实提升社区治理能力和治理水平。三是推进"文化润疆"，做到"文明创建好"。严格落实意识形态责任制，局党组书记带头落实第一责任人责任，班子成员带头落实"一岗双责"，坚持每季度分析研判、会议部署意识形态工作，将意识形态专题学习列入党组理论学习中心组学习计划，利用"学习强国"、新疆干部网络学院等平台，筑牢党员干部信念之基。四是围绕富民兴疆，做到"推动发展好"。推动党建与业务相互融合、共同发展，形成党建、业务"一盘棋"，以"党旗映天山"主题党日活动为抓手，常态化开展政治理论、业务知识学习，不断提高党员干部履职能力。开展"三学三亮三比"争当先锋活动，抓实党员亮身份树形象，引导全体党员干部立足岗位、争先创优。五是贯彻长期建疆，做到堡垒作用好。进一步规范党组织设置，及时增补支部支委，持续强化战斗堡垒。严格执行"三会一课"制度；严格执行党员发展程序，注重党员发展质量。

持续正风肃纪，永葆清廉政治本色。

一是党组主要负责人认真履行党风廉政建设"第一责任人"职责，对党风廉政建设重点工作亲自部署落实，班子其他成员严格履行"一岗双责"，坚持党风廉政建设工作与业务工作同部署、同落实。二是加强廉政风险防控，结合实际制定《人社局廉政风险点及防控措施》，紧盯要害部门、关键岗位查找岗位廉政风险点43条，制定防控措施51条，逐一落实责任到岗到人，切实把权力关进制度的"笼子"。三是从严落实中央八项规定及其实施细则精神，紧盯元旦、春节、端午等重要节点开展廉政集体谈话4次，讲专题廉政党课2次，开展"以案促改"2次，确保"关键少数"责任上肩。四是科学运用"第一种形态"批评教育帮助党员干部3人，切实做到对党员干部苗头性、倾向性问题早发现、早提醒、早处置，做到"未病先防""小病防变"。

推动人社服务提质增效，统筹推进各项工作

坚持就业优先战略，稳步推动高质量就业创业工作。

2022年城镇新增就业1907人，完成任务105.9%；就业困难人员就业90人，完成任务的1125%；失业再就业人员1221人，完成任务的

174.4%；新增创业 643 人，完成任务的 279.5%；创业带动就业 1109 人，完成任务的 191.2%，城镇调查失业率控制在 5.5% 以内；农村富余劳动力转移就业 3.52 万人次，完成任务的 108%，实现劳务创收 2.42 亿元；向疆内外企业有组织转移就业 112 人。2022 年昭苏籍区属高校毕业生 902 人，就业率 98.23%，区外昭苏籍高校毕业生 273 人，就业率 94.87%。

推动就业政策落地落实。一是开展就业援助月、春风行动等 24 项公共就业服务活动 47 场次，"就业援助月"招聘会 1 场次，"春风行动"等招聘会 46 场次，参加招聘会的各类人员 10325 人次，发放就业创业优惠政策宣传单 11400 余份，通过各类招聘会初步达成就业意向 2464 人。二是累计发放公益性岗位补贴、社保补贴 675.93 万元；为灵活就业人员及自主创业人员发放社保补贴 351.32 万元；发放企业社保补贴 59.7 万元；发放创业担保贷款 13 笔 205 万元。

抓好困难群体就业。对脱贫人口、城镇零就业家庭等就业困难人员开展"一对一"就业帮扶，通过劳务输出、各类公共就业服务活动、政策扶持等促进就业困难人员实现长期稳定就业，做到零就业家庭动态清零。安置脱贫人员公益性岗位 233 人，占公益性岗位总人数的 62%；为脱贫劳动力发放灵活就业社保补贴 5.83 万元，就业援助金 6.5 万元，自主创业补贴 0.4 万元；2022 年已开展脱贫劳动力补贴性职业技能培训 925 人次。为 9 名脱贫户学生、3 名低保户学生、1 名残疾学生发放求职创业补贴共计 1.3 万元。

强化企业服务保障工作。通过人社干部企业包联，已摸排全县 266 家企业，并对企业进行惠民政策宣讲。通过扩大实施社保费缓缴政策、发放一次性失业保险留工补助、稳岗返还等政策落地生效。截至目前，已向 163 户企业发放稳岗返还资金 106.84 万元，惠及企业职工 1889 人；新增失业保险留工补助政策，向 68 户发放一次性留工补助 47.5 万元，惠及 950 人；实施一次性扩岗补助政策，为 26 家企业发放一次性扩岗补助 5.55 万元，惠及 37 人；为吸纳 71 人就业的 16 家企业发放企业社保补贴 59.7 万元。

坚持防范化解欠薪风险，积极构建和谐劳动关系。

常态化开展根治欠薪工作。一是接待来访来电群众 1200 余人次，立案处理案件 3 起，结案 3 起，涉及 60 人 66.3734 万元。二是开设农民工工资专用账户 146 个，收缴农民工工资保证金 146 家。三是接收并答复办结"12345"电子政务及各类舆情共 197 件；已答复 197 起；共接收国家欠薪平台推送的线索 409 起，已办理 409 起。协调处理欠薪案件 108 起，涉及 1120 人 3100 万元。

加强对企业的指导和管理工作。已完成 103 家企业年审工作，完成率达 103%。完成自治区下发的 10 家企业薪酬调查工作，完成率达 100%。

劳动人事争议调解仲裁工作。共受理仲裁案件 6 起，涉案金额共计 61.5 万元，已全部结案。已受理工伤申请 48 件，其中作出认定 31 件、不予认定 2 件、正在办理 15 件。

坚持惠民举措，千方百计做好各类培训工作。

以培养综合职业能力为核心，坚持提高质量、促进就业、服务发展，努力实现有劳动能力的人全就业，为巩固脱贫攻坚成果、推进乡村振兴提供有力支撑。累计开展各类职业技能培训 32902 人次，完成目标任务的 189.09%；开展补贴性技能培训 6499 人次，完成目标任务的 102.03%；开展高技能人才培训 196 人，完成目标任务的 103%；开展新型学徒制培训 31 人，完成目标任务的 103%。争取"柔性引才"名额 5 个，引进新疆衣职院、新疆大学、新疆神木源马术俱乐部等院校、企业专家 6 人，指导专业建设、师资培养。

坚持技工学校建设，稳步提升劳动者职业技能水平。

推进特色马专业建设，带动其他专业稳步推进。一是推进校企合作、产教融合。先后推动各专业与西域赛马场、云南 37° 马术俱乐部、昭苏鹏展汽修厂等近 30 家疆内外企业签订校企协议书，挂牌"实训实习就业基地" 8 个。积极对接企业开展"学校＋企业、理论＋实践"的工学一体化人才培养模式，校企合作培训学员 170 人。二是推进实训室建设。统筹职业教育项目资金 700 余万元，开展图书馆改建、旅游服务与管理实训室建设；完成 3 万元马专业实训设施设备完善。统筹商经信委项目资金 30 万元，建成电子商务实训室 1 间。三是围绕"一县一校一品"建设思路，大力推进特色马专业建设。依托"伊犁昭苏技工学校马术技能大师工作室"引进企业院校专家 6 人，组建马专业建设指导团队；开展初级驯马人才培训 121 人。

技能竞赛提升人才培养质量。组织开展校内技能竞赛 2 次，配合职业技能管理办公室开展县级技能大赛 1 次。2022 年组织技工学校师生参加县级技能大赛，其中一等奖 4 人、二等奖 5 人、三等奖 6 人。开展职业鉴定等级考试 31 批次，鉴定人数为 1394 人。

创设平台，加强师资队伍建设。通过"柔性引才"引进专家 5 人，自聘 1 人，有效扩充师资队伍；通过专题讲座、"师徒结对"、各类培训、竞赛、开展课题研究等形式提升教师教育教学能力。多种形式、多途径，逐步形成师资队伍建设"走出去"和"请进来"并重的师资培养模式。

坚持社保惠民，持续完善社会保障体系建设。

2022 年，企业基本养老保险参保 9858 人，基金征收 11536 万元，完成基金征缴的 106%；机关养老保险参保 6499 人，基金征收 15068 万元，完成基金征缴的 102%；城乡居民养老保险参保 50209 人，基金征收 1329 万元，完成基金征缴的 106%；失业保险参保 9730 人，基金征收 758 万元，完成基金征缴的 123%；工伤保险参保 13602 人（含按项目参加工伤），基金征收 543 万元，完成基金征缴的 170%。持续做好公务员参加工伤保险工作。

提高基本公共服务效能，结合"人社服务快办行动"，坚持关联事项打包办、高频事项提速办、所有事项简便办的工作原则，延伸服务触角，全面推行社保卡居民服务"一卡通"，加快提高电子社保卡使用率。截至目前，完成 15901 名退休人员的资格认证，认证进度 99.79%。签发电子社保卡 84740 张。

强化社保基金监管。定期内部抽查高风险业务 2000 余件，发现问题 89 个，已整改 69 条。抽查企业养老新增数据 300 条，其中发现问题数据 1 条，已整改。坚持人才服务，持续推进人事人才发展。

人才管理、调配规范有序。2022 年办理事业单位新增手续 111 人（教育系统 43 人、卫生系统 8 人、其他事业单位 60 人）；招募"三支一扶"大学生 34 人。

开展事业单位管理岗位职级晋升工作。正在进行管理十级晋升九级职员 8 人、管理九级晋升八级职员 218 人的考察和审核实录工作。

全力保障干部、参保人员福利待遇。一是按照干部管理权限完成15653人基本工资调标、基础绩效奖、年终考核奖审核审批工作；核定事业单位工作人员、机关工勤人员到龄退休 81 人，审批因病退休（退职）9 人。二是截至 10 月底审批参保人员退休 352 人（含因病退休 1 人），上报州人社局特殊工种退休 7 人。

规范管理干部人事档案。根据人事档案的十大类整理的要求对全县 68 个单位 4094 本人事档案进行整理、归档，并在规范整理的基础上进行干部人事档案"三龄两历一身份"专项审核及"回头看"工作。

2023 年，昭苏县人社局深入开展学习贯彻习近平新时代中国特色社会主义思想主题教育和关于党的建设的重要思想，深入落实新时代党的建设总要求和新时代党的组织路线，履行好县委、县政府赋予人社系统的职责使命。深入落实就业优先战略，强化职业技能培训，加快完善社会保险保障体系，着力优化人事人才管理服务，努力构建和谐劳动关系，不断开创人力资源和社会保障工作新局面。

人社局推动主题教育走深走实，将调查研究转化为完善制度、推动改革的生动实践。哪里有急难愁盼需要呼应，哪里就有人社干部身影；哪里惠民政策需要落地，哪里就有人社系统"喇叭"。

人社局以人民为中心，坚持"管行业必须管行风"，推动行风建设转入常态化、长效化新阶段，不断增强做好人社工作的责任感、使命感、紧迫感，不断优化升级政务服务，坚持不懈推动人社基本公共服务均等化、可及化，以高效优质服务呼应人民群众对美好生活的向往。

就业形势保持总体稳定

一是开发各类就业岗位 8682 个，完成目标任务的 96.47%。二是做好劳动力转移就业工作。累计实现农村富余劳动力转移就业 3.67 万人次，完成任务的 110.54%；向疆外企业有组织转移就业 62 人，其中脱贫人员

10 人。三是做好城镇新增就业工作。实现城镇新增就业 1693 人，完成目标任务的 89.11%；就业困难人员就业 107 人，完成任务的 107%；失业再就业人员 1213 人，完成任务的 142.71%，新增创业 326 人，完成任务的 181.11%；创业带动就业 1448 人，完成任务的 321.78%。城镇零就业家庭保持动态清零。四是公共就业服务活动扎实开展。累计开展各类招聘活动 78 场次，其中线上招聘会 4 场次、线下招聘会 74 场次。参加招聘会的各类用人单位 827 个，提供岗位职数 830 个，涉及招聘人数 4566 人，参加各类招聘活动 6791 人次，初步达成就业意向 2730 人。五是做好政策落实工作。发放公益性岗位补贴、社保补贴 462.31 万元；为 11 家中小微企业发放企业社保补贴 35.73 万元；为 7 名到企业就业的高校毕业生发放社保补贴 3.6 万元；为 286 名灵活就业人员发放灵活就业社保补贴 307.58 万元；发放个人创业担保贷款 30 笔 456 万元；为 19 名见习人员发放就业见习补贴 24.17 万元；为 4 名自主创业人员发放自主创业补贴 0.8 万元；为 19 名脱贫人员发放交通补贴 2.04 万元。六是高校毕业生就业去向率。2023 年区属应届毕业生 847 人，已就业 828 人，就业率 97.76%；2023 年区外应届毕业生 366 人，已就业 358 人，就业率 97.81%。七是企业招聘引才工作。人力资源服务机构为企业招聘引才实现就业 124 人，完成 65 人任务的 190.77%。八是脱贫人口稳岗就业工作。实现脱贫劳动力外出务工 3744 人，其中疆外务工 128 人，疆内县外务工 571 人，县内务工人数为 3045 人，完成 2023 年任务的 102.16%；乡村公益性岗位就业 636 人，其中护林员 245 人、护边员 131 人、人社公益性岗位 234 人，乡村两级开发公益性岗位 26 人，全县 2023 年乡村公益性岗位 635 人，完成任务的 100.16%；监测外出务工人数 74 人，完成任务的 105.7%。

职业技能培训实现新突破

全县已组织开设补贴性职业技能培训 7873 人次，完成任务的 109.34%，其中脱贫户 814 人次。开设技能培训班级涉及驯马工、电子商务师、直播销售员、客房服务员等 20 个培训工种，除历年来开设的常规培训工种外，2023 年新开设了电子商务师、育婴师、西式面点师培训班级。

社会保障水平实现新提升

截至目前，企业职工基本养老参保 21310 人，基金征收 8345 万元，完成基金征缴的 77%，基金支出 25948.88 万元；机关养老参保 9657 人，基金征收 11221 万元，完成基金征缴的 68%，基金支出 16400.59 万元；城乡居民养老参保 55627 人，基金征收 1229 万元，完成基金征缴的 91%，基金支出 1070.21 万元。失业保险参保 10552 人，基金征收 589 万元，完成基金征缴的 95%，基金支出 131.99 万元；工伤保险参保 14403 人（含按项目参保工伤），基金征收 403 万元，完成基金征缴的 126%，基金支出 408.74 万元。养老待遇资格认证 17186 人，认证进度 100%。已签发电子社保卡 103386 张，签发率 69.37%。

劳动权益保障取得新成效

一是扎实开展劳动保障书面审查工作。2023 年州上下发的劳动用工年审任务 150 户，已完成 152 户，完成率达 101.3%，进一步规范了劳动用工行为。二是积极运用"新疆农民工工资交付预警"平台。落实在建项目全覆盖，州上下发录入 300 万元以上的在建项目 82 户，七项制度（实名制采集、工资卡绑定率、工资专户绑定率、工资代发率、工资保证金缴纳率、维权信息公示率、劳动合同签订率）录入率要达 100%，2023 年发薪指标 2 亿元。每个月发薪指标 4000 万元，目前已录入 82 户，录入实名制工人共计 6183 人，七项制度均达 100%，截至 8 月份通过新薪通平台代发 2626.35 万元，该平台已累计发放了 1.47 亿元工人工资，发

薪人数达 1.7 亿人次。三是受理劳动人事争议案件 22 件，涉及劳动者 22
人，涉案金额共计 386.515 万元，其中社会保险（工伤）争议案 16 件，
解除劳动合同争议 6 件，已全部结案；符合立案条件申请立案率 100%，
案件结案率达 100%，案外调解案件 33 件，涉及劳动者 33 人，涉及金额
125 万元。四是积极有效化解欠薪线索。2023 年共接收来电来访 405 起，
已立案解决 3 起涉及 67 人 63.99 万元。及时核查处理国家欠薪平台推送
的欠薪案件，2023 年春节后共接收国家欠薪平台 251 件，已办结 247 件，
共协调解决 353 人 457.11 万元工人工资，案件办结率达 100%。五是企
业薪酬调查工作开展情况。已完成州上下发的目标任务 9 家，完成率达
100%。六是全面落实工资支付制度。今年以来开设农民工工资专户 124
个项目，收缴 124 个项目农民工工资保障金，其中现金缴纳 3 个项目涉
及 29.73 万元，保函 121 个项目涉及 2989.61 万元，为农民工工资支付提
供了兜底保障。打造了昭苏镇、乌尊布拉克镇两个金牌调解组织，受理
工伤案件 39 件，认定 36 件，正在审理 3 件。

人事管理服务迈上新台阶

完成 2022 年度昭苏县事业单位人事年报工作；办理新增事业单位工
作人员入职手续 66 人；完成岗位变动 309 笔；按月汇总"三支一扶"大
学生考勤，按期为"三支一扶"大学生缴纳社保及相关待遇发放；上报
55 个岗位（招聘 73 人）昭苏县事业编参加全国联考招聘计划；办理伊
犁州生态环境局昭苏分局事业编行政关系划转手续 16 人；办理新疆伊犁
国家农业科技园区管理委员会 5 名事业编制人员划转相关手续；办理公
安、消防等新入职县聘人员手续 68 人；协助州人社局开展 2022 年度新
招聘事业单位工作人员岗前培训工作；组织 11 名"三支一扶"大学生赴
克拉玛依市参加"助力乡村振兴提升服务能力"的培训班，组织《自治
区 2023 年上半年面向社会公开招聘事业单位工作人员》，昭苏县 41 个岗
位 51 人资格审查及面试工作；为服务期满 6 个月以上的"三支一扶"大

学生发放每人 3000 元的安家费；做好 2023 年度"三支一扶"招募岗位申报及公告发布工作；申报昭苏县公开招聘 9 个岗位 13 人参加《自治区2023 年下半年面向社会公开招聘事业单位工作人员》全国联考工作；组织 2023 年度新招募"三支一扶"大学生 86 人参加笔试、28 人参加面试工作；组织昭苏县 2023 年上半年面向社会公开招聘事业单位工作人员 70人参加体检及政审环节。组织 2023 年度新招募"三支一扶"大学生岗前培训及上岗报到工作。

关山初度尘未洗，策马扬鞭再奋蹄。2023 年，昭苏县人社局自觉践行以人民为中心的发展思想，笃定内心、砥砺奋进，扎实推动人社事业高质量发展，为推进昭苏县现代化作出新的贡献。

第十二章

安居乐业，条条道路通民生

民生无小事，枝叶总关情。住房城乡建设事业事关人民群众切身利益，事关经济社会发展大局。要牢牢抓住让人民群众安居这个基点，以好房子为基础，推动好房子、好小区、好社区、好城区"四好"建设，坚持问题导向，聚焦新形势下出现的新问题、深层次体制机制问题和人民群众急难愁盼问题，想明白、干实在，把情况摸清、把对策提实，以实招、实策、实功解决实际问题，实实在在办好惠民利民实事。

深入实施"四好农村路"助力乡村振兴五大工程，因地制宜推进较大人口规模自然村（组）通硬化路、建制村通等级路、乡镇通三级及以上公路建设，推进产业路、旅游路、资源路建设，推进农村公路"一路一档"信息化建设试点，深化"四好农村路"全国示范县创建，完善边远山区农村公路建设和养护长效机制。持续办好更贴近民生实事，聚焦人民群众急难愁盼问题，扎实做好适老化无障碍交通出行服务扩面提质增效、货车司机"平安守望"行动、新业态出行服务质量的提升。

打造宜居、宜业、宜游的"彩虹之城"

2023 年新年伊始，昭苏县住房和城乡建设局便召开大会，号召大家围绕推动住房城乡建设事业高质量发展的总目标，稳中求进、以进促稳，像钉钉子一样，扎实做好各项工作。在推进高质量发展方面，加快建立房地产发展新模式，稳步实施城市更新行动，加强县城和小城镇建设，加快推进建筑业工业化、数字化、绿色化转型升级，建立适应高质量发展要求的体制机制和政策体系。在创造高品质生活方面，实施"三大工程"、大力推进城市地下管网建设、城镇老旧小区改造，尤其要下力气建设好房子。

坚持党建融合业务，扎实开展住房和城乡建设工作。

2023 年以来，昭苏县住建局将习近平总书记视察新疆重要讲话指示精神及自治区党委十届历次全会精神、州党委工作会议精神、县委十四届九次全会精神列入党组中心理论组学习，全体党员干部职工坚持深入学、持久学、刻苦学，带着问题学、联系实际学，把科学思想理论转化为推进城乡建设事业高质量发展的强大动力。选派党员干部 10 名到吃劲岗位、重点项目建设中锻炼，形成党员带头、群众参与、共同推进工作的良好局面。

坚持以规划为"总坐标",引领城市高质量发展。

始终把规划作为城市工作的"总坐标",强化城市设计,引领城市发展,做到一张蓝图绘到底。科学编制城市绿地系统规划、城市照明专项规划、建筑风貌专项规划、中心城区设计,昭苏县南部片区控制性详规,牢牢把握民生为本、民生为先的总体思路,着眼长远、合理规划、科学部署,一体推进昭苏经济社会高质量发展。

坚持以"项目王"的理念,实现城市旧貌换新颜。

住建局利用"冬闲"时间对本领域项目需求进行全面梳理,共计新增储备项目 41 个,总投资约 24 亿元。其中专项债券项目 7 项、投资76635 万元,一般债券项目 6 项、投资 65000 万元,中央预算内投资项目28 项、投资 94700 万元;共计监管市政、房建招投标项目共计 59 个,其中设计 1 个,监理 15 个,施工 22 个,EPC 总承包 12 个,设备采购 1 个,非国有资金备案 8 个,总中标金额 7.696 亿元。共计实施项目 28 个,总投资 14.74 亿元,其中 2022 年续建项目 14 个,2023 年新建项目 14 个,2023 年计划完成固定资产投资 7 亿元,截至 2023 年 5 月底累计完成固定资产投资 17115 万元;截至 2023 年 6 月中,住建局在库项目 10 个(不包含城投集团 2 个及房地产),其中 5 月新入库项目 4 个,6 月新入库项目 1 个,本年已完成固定资产投资 14523 万元,房地产项目完成固定资产投资 4221 万元。

结合部门职责科学决策,抢抓施工"黄金期",倒排工期,挂牌督战,确保各工程项目建设在进度、安全生产、工程质量等硬指标上"三过关"。

坚持以人民为中心的发展理念,着力保障和改善民生。

结合城乡融合发展需要,对人民群众关心关注的民生问题、难点堵点痛点,经多次调研、反复论证,着力解决覆盖城乡居民用水不足、暖气不热、住房安全等问题。依托城市更新改造工作,逐步完善城市口袋公园建设,补齐市政基础设施短板,增添城市家具,为各族人民群众提供休闲、休憩、娱乐场地,通过实施老旧小区改造,完善城市道路建设、弥补夜间出行照明缺失、解决上下水不畅、暖气不热、外立面破旧等问题,不断提升各族人民群众居住环境和出行条件。当前洪纳海街、健康街、乌孙路改造已进入收尾阶段，预计 7 月上旬前可完成。持续开展集中供热领域漠视侵害群众利益专项整治行动，依托"冬病夏治"工作，对县城内 26 个换热站、79.97 千米集中供热管网开展全覆盖巡检，加快推进热源厂改造扩容工作。制定《昭苏县 2023 年度公共租赁住房专项整治工作方案》，对全县公职人员违规侵占公共租赁住房问题进行专项清理，57 人中已清退 50 人，预计 6 月 30 日前可完成清退工作。

积极开展国家园林县城创建工作，6 月份迎接自治区专家组现场考评并完成资料整改，自治区评分 84 分，达到国家园林县城申报标准，已向住建部递交申报资料。

坚持依法行政，助力法治政府建设。

城市管理实现新突破，坚决落实"依法治疆"方略，强化"八五"普法责任制，强化依法行政、依法执政队伍建设，将法治贯穿住房和城乡建设事业各环节全过程，利用以案释法、现身说法等形式向社会大众传播法律、宣传法律，通过深化普法，减少执法阻力，巩固执法成果。

上半年共计下发各类整改通知书 62 份，累计处罚金额 7150 元，依法行政审批 294 件。

坚持"嵌入式"理念，铸牢中华民族共同体意识。

有形有感有效铸牢中华民族共同体意识，逐步实现在空间、文化、经济、社会、心理等方面的全方位嵌入。坚持把民族团结融入工作、生活的各个领域，构建相互嵌入社会结构和环境。目前已构筑实施互嵌式居住的 4 个小区，分别为阳光小区、照夜白城小区、翠龙湾小区、骏马佳苑小区，共 5139 户，主要居住民族为：汉族、哈萨克族、维吾尔族、蒙古族等，通过完善规划设计、合理布局，将职工统建房、商品房、城市更新改造安置住房、保障性住房相互交叉坐落，使不同人群、不同民族之间相互交叉居住。

坚持"两个至上"，筑牢安全生产防线。

始终坚持"人民至上、生命至上"，牢牢守住安全生产底线，助力平安昭苏建设。对全县房屋建筑和市政工程领域五方集中开展安全生产培训 8 场次，对建筑工地施工现场、临边洞口防护、特种行业设备开展全覆盖检查。截至目前共发现安全生产隐患 183 条，下发前期整改通知书

18份，其中安全整改通知书15份，安全停工通知书4份，前期整改问题107条，立查立改76条，目前已全部整改完毕。实现全县建筑工程零事故。持续开展安全生产大排查大整治、安全生产三年专项行动整治、燃气领域"百日攻坚"专项活动、全国自建房专项排查整治行动，建立销号台账、责任到人，并开展回头看，当前在各类专项行动中排查出的230条隐患均已完成整改。结合气候实际，强化应急队伍建设，在防汛排涝、抗震救灾等方面集中演练6次，自查应急救援物资、设备等情况，确保关键时刻能够顶得上，危急时刻能够豁得出去。

坚持"一岗双责"，打造"廉政阳光工程"。

5月在县纪委监委会议室组织召开了昭苏县房屋建筑和市政基础设施工程安全生产暨项目工程廉洁教育集体谈话会。建立健全监督机制，加强领导，精心组织，统筹协调，全面参与，全面落实，确保高水平完成项目建设工作。坚持"廉政阳光工程"贯穿住房和城乡建设工作各环节全过程，主要领导亲自抓、分管领导具体抓、相关科室直接抓的工作格局。主要领导和分管领导定期深入项目跟踪监督，听取工作汇报，帮助指导解决实际问题。确保项目建设同步研究部署、同步督促落实、同步检查验收。

坚持绿色健康优质服务理念，持续优化营商环境。

加强住建领域事中事后监管，规范项目建设管理。一是加强与行政审批服务等部门协同配合，治理转包、分包、挂靠等行为，努力营造公平竞争的营商环境；二是对优化营商环境认识不到位、落实措施不力、纠正改正不及时、服务指导不到位等行为加大处理处罚力度，努力营造主体诚信、行为规范、监管有力、服务有方的市场环境；三是规范政商交往行为，坚决查处"吃拿卡要"以及办事难、办事慢等漠视侵害群众和企业利益的不正之风和腐败问题，把监管寓于服务，把服务当作基本职业操守，热心帮扶企业，做到既亲而有范又清而有为，为打造市场化、法治化、服务化营商环境贡献住建力量。

坚持"房子是用来住的，不是用来炒的"定位，规范昭苏房地产企业，服务企业健康发展。

昭苏县共有12家房地产开发企业，其中二级资质房地产开发企业有

3家，四级资质房地产开发企业有1家，暂定资质房地产开发企业有8家。2023年上半年商品房网签备案共693套，其中住宅573套、商业120套。存量房网签备案共184套，其中住宅179套、商业5套。商品房成交面积共计68925.51平方米，其中住宅63046.36平方米、商业5879.15平方米，成交套数693套。存量房成交面积共19953.03平方米，其中住宅19753.66平方米、商业138.44平方米，成交套数184套。会同县市监局、发改委、公安局、消防救援大队、社区、城管大队、质监站、大物业办等多部门联合开展检查，对8家物服企业收费情况、小区环境卫生、安全生产、小区安保、物业服务质量等与人民群众利益息息相关的方面进行大排查、大整治。截至目前出动人数216人次、联合检查23次、发现问题39个，均已整改。

昭苏县住房和城乡建设局副局长蒋林江说，以前昭苏基础设施很落后，道路破烂不堪，县里没什么像样的建筑，核心区域都是平房，只有一个住宅小区。什么城市广场、公共厕所、"口袋公园"少之又少，群众满足感很差。2020年疫情期间，县委书记侯陶走马上任，拉开了昭苏城市改造的大幕。侯陶带着四套班子成员，来到住建局跟干部群众座谈，提出抓住机会发展昭苏，通过项目改变昭苏的城市面貌。昭苏的定位是"田园牧歌"，要引山景入城，城中有景、有水、有田，打造"城市会客厅"。

经过三年的建设，昭苏城市面貌发生了翻天覆地的变化，高楼大厦建起来了，住宅小区建起来了，城市广场建起来了，街心花园建起来了，灯光景观带建起来了，昭苏俨然变成一座美丽的小城。一些离开多年的人回到昭苏，啧啧惊叹，昭苏变化太大了，真正是"女大十八变，越变越好看"。

蒋林江感慨地说，尽管他们取得了一定的成绩，但和内地一些县城相比，昭苏县还有很大的差距。他们要胸怀"国之大者"，主动担当作为，锚定高质量发展这个首要任务，积极团结一切可以团结的力量，形成抓落实的强大合力，协同集成、统筹推进、持续发力，打好攻坚仗、主动仗、整体仗，推动住房城乡建设事业行稳致远。

2023年下半年，住建局狠抓落实，确保重点项目顺利完成。认真梳理项目进展情况，倒排工期、挂牌督战，按照时间节点加快推进施工进度，确保各项目建设保质保量按期完成。

立足职能，科学谋划编制申报项目。结合城市发展史，积极编报项目并及时跟进，确保项目落地实施。

强化责任，进一步完善城市公共设施。按照"高标准、高质量、全覆盖"要求，在做好城市精细化管理的同时，让城市居民享受到实惠。持续完善城市地下各类管网更新建设、市政道路维护、游园、"口袋公园"等建设，增加对主要街道的绿化、美化、亮化，不断提升城市面貌和品质。

分类指导，努力实现城乡发展质量的新提升。坚持"因地制宜、梯次推进、共同发展"的原则，在抗震防灾工程、农村人居环境综合治理方面抓进度、抓质量，确保顺利完成富民安居房建设任务，解决乡村困难群众住房问题；加快推进农村生活垃圾收集转运工作，改善农村人居生活环境；认真做好村镇建设工程督导、检查，切实提高乡镇建设工程质量安全水平，做好工匠队长备案工作，加强监督管理。

"落实安全生产法，当好第一责任人"。强化督导，抓实抓牢安全生产工作。深化安全生产攻坚新成效，切实把"安全重于泰山"的要求和"安全生产十条红线"、国务院十五条硬措施、自治区关于安全生产的70项要求、36条措施、《安全生产法》贯彻到每个工作环节和每个施工现场，真正把安全生产刻在心里、扛在肩上、抓在手中。

持续改进工作作风，提升为民服务水平。持续抓牢抓实党史学习教育、党风廉政教育、警示教育工作。住建系统全体干部职工坚决做到自省、自重、自警、自律，打造清正廉洁的住建队伍，营造风清气正的工作环境。

保通保畅，服务县域经济社会发展

经济社会发展，交通必须先行。党的二十大以来，昭苏县不断加快推进交通运输建设、管理、养护、运营等各项事业的发展，全力构建便民惠民的现代交通体系，为助力县域经济社会发展、推进乡村振兴战略落地生根提供了有力保障，各族群众的获得感、幸福感、安全感不断增强。

2022 年 4 月，昭苏天马机场正式通航，标志着昭苏县不通飞机的历史已经终结。自通航以来，昭苏天马机场进出港旅客 4675 人次，进出港货物 5254 公斤，起降架次 86 架次，成为昭苏经济发展的新引擎、对外开放的新平台。

昭苏县在交通路网建设方面持续发力，10 年间硕果累累：一方面以农村公路建设为主要抓手，加大项目资金投入，不断提升农村公路通行条件，昭苏县各乡镇（场）、73 个行政村都实现了农村公路的硬化。为了更好地发挥昭苏天马机场的作用，在不远的将来，会有更多契合旅游产业快速发展需求的航线落地昭苏，更好地改善昭苏县及周边地区的交通条件，进一步完善综合交通运输体系，为各族群众提供更加便利的出行环境。

昭苏县交通运输局综合行政执法大队的干部说："近年来，昭苏县交通运输局着力构建方便、快捷的农村交通路网，为各族群众创造良好的出行环境。昭苏天马机场是助推昭苏县社会经济高质量发展的强劲动力，与国道 577 线、国道 219 线形成三维立体交通网络，对于带动旅游业、特色产业和区域经济发展等具有重要意义。我们将全力构建便民惠民的现代交通体系，将为昭苏经济社会的发展提供更加有力的支撑和保障。"

全力助推昭苏县交通运输高质量发展

全力争取推进国道干线建设项目。G577 昭苏至木扎尔特口岸道路建设项目，项目总投资 377000 万元，二级公路 94.4 公里，主要建设路基、路面、涵洞、隧道及生命安全防护措施。目前该项目已编制完成并上报自治区发改委，初步设计正在进行，预计 2023 年将开工建设。G219 线洪纳海隧道—县城公路工程，截至目前可行性研究报告已完成，已纳入伊犁州"十四五"规划，预计 2023 年开工建设。G219 线昭苏—温宿项目工程，项目总投资 153000 万元，一级公路 25 公里，二级公路 212 公里，主要建设路基、路面、涵洞、隧道及生命安全防护措施。目前该项目已编制完成并上报自治区发改委，初步设计正在进行，疫情结束后组织外业验收。预计 2023 年将开工建设。

加快景区道路提等升级。实施昭苏县夏塔景区道路改建工程，建成夏塔景区三级公路 30 公里，项目总投资 0.79 亿元。该项目正在跑办，截至目前项目可行性研究报告、设计已完成，预计 2023 年将开工建设。

加快推进城市交通设施完善。全力推进昭苏县城东入城口改造工程建设，修建二级公路 1.7 公里，项目总投资 0.2 亿元。目前已竣工并投入使用。完善城市道路双拥路、幸福街、军唐路附属设施、人行道及绿化建设，目前已完工，并实现昭苏县城市交通网络全覆盖。

实施特克斯至昭苏高速公路百里绿色廊道工程。建设特克斯至昭苏高速公路百里绿色廊道，主要修建波形梁护栏、排水沟、废弃渣土进行覆盖平整，同时进行绿化，打造昭苏县路景相融百里亮丽风景线。目前该项目已竣工。

农村公路建设全面推进。昭苏县交通运输局今年各类农村公路建设项目13个，共计投入资金1.22亿元，其中农村公路建设4项，共计修建农村公路127.639公里，投入资金9045.8万元；生命安全防护工程及大中修项目共计3项，共计投入资金1404.2万元（其中生命安全防护工程2项，建设里程365.73公里，投入1018.2万元；大中大修建设项目共计1项，建设里程19.8公里，投入386万元）。乡村振兴建设项目共计6项，共计修建37.98公里道路（其中修建四级沥青混凝土路面15.4公里，修建沙砾路面22.58公里，修建桥梁一座30延米），共计投入资金1777万元，以上项目年底将全部施工完毕。

加快推进路长制工作。制定路长制工作方案、考核细则，对县、乡、村道三级按照属地管理建立县、乡镇、村三级路长，明确工作职责范围，确保路长制工作全面铺开，实现道路全覆盖。目前274处路长制公示牌已设置安装投入使用。

确保道路交通安全形势持续稳定

强化安全生产主体责任，确保人民生命财产安全。始终坚持"安全第一、预防为主、综合治理"的工作方针，强化"两个主体责任"，加强源头管理和动态监督，截至目前，上半年召开交通运输行业安全生产专题会议24次、专题学习20次。开展安全生产大检查、大排查11次，发现一般隐患19起，现场责令整改19起，主要是灭火器失效、过期、轮胎磨损等问题。2022年上半年交通运输系统安全生产形势总体稳定、可控。

加强从业人员服务意识和文明驾驶水平。以提高群众出行满意率为总体目标，强化从业人员安全意识和服务水平。组织举办安全生产、安全警示教育、职业道德、文明礼仪、扫黑除恶培训班34期，培训交通运输从业人员2920人次，达到全员培训全覆盖，增强文明交通意识，规范服务行为，树立爱岗敬业精神，促进昭苏县交通运输上新台阶。处理12328投诉案件171起，答复率和满意率达到100%。

实行依法审查，加强依法许可监督管理。客车类型等级评定158辆，道路运输从业驾驶员诚信考核和继续教育1698人。客运车辆变更、报停、复驶等共112辆，客运车辆年审374辆。货运车辆审验、变更、换证等共232辆。教练车审验、补证、换证、注销、更新、变更、转出共70辆。客货运上岗证换发、补发共207个，发放监督卡75个，许可个体普通货物运输企业5家、道路运输经营许可证换证1家、道路客运运输企业许可1家，租赁企业备案1家。

加大依法行政执法力度，维护交通运输市场秩序安全。累计出动执法车辆380辆次，执法人员934人次，执法大队工作人员常态化开展，对客运站、驾校、客运车辆通过定点和流动稽查相结合的方式开展检查重点开展营运车辆安全检查、车辆消防设施设备配备等情况，累计检查车辆3925辆次。检查企业（运输企业、驾培、维修企业、商砼）113家次，发现问题88个，限期整改88个，均已整改完毕。与交警部门联合对危险品运输车辆进行检查，累计检查780辆次，相关资质、运单齐全、暂未发现安全隐患。

强化公路养护和路政管理，确保道路安全畅通。做好道路巡查工作，对昭苏县G577、X756、X757、X758、X760、Y038、Y027等重点路段开展道路安全隐患排查46次，累计排查国省道及县乡道路、村道共2900公里，发现隐患58处，清理整治桥涵堵塞27处，维修标识标牌36处，维护波形护栏损坏18处，修补坑槽15000平方米。开展除雪保畅通工作39次，出动各类除雪机械328次、人员1968人次，累计除雪3860公里，洒布融雪剂9吨。

落实各项维稳措施，确保行业稳定

完整准确贯彻落实常态化维稳工作。昭苏县交通运输系统完整准确贯彻新时代党的治疆方略，胸怀"两个大局"、牢记"国之大者"，牢牢抓住社会稳定和长治久安总目标，坚决树立稳定压倒一切的思想，牢固树立"四个意识"，坚定"四个自信"，做到"两个维护"，坚持"稳定没有局外地区、局外单位、局外人"的思想，严格落实维稳责任。

从严从实落实常态化维稳工作要求。昭苏县交通运输局每周开展两次维稳应急演练，通过演练，提高全体干部职工"应急处突"能力。强化交通行业内部指导检查。每周对交通运输行业各企业进行维稳工作指导，重点对人员密集的重点场所客运服务中心、驾校维稳措施落实情况进行检查，发现问题立查立改，督促落实常态化维稳各项措施，确保交通运输行业安全。

召开行业扫黑除恶专题会3次、行业专题联席会议2次、行业推进会2次、研判会2次。全年共查获非法营运车辆84辆，已办结行政处罚案件58件，罚款31.4万元。通过路检路查力度的加大，有效地规范昭苏县道路运输市场秩序。

常态化疫情防控，筑牢防控防线

一是按照疫情防控重点人群核酸检测工作要求，截至目前已检测30235人次，做到应检尽检。二是对出租车、线路货运车辆等车辆消杀89176车次，客运站40个重点部位进行环境采样。消杀、采样工作做到全覆盖。三是货车消杀疆外货车来昭普通货运车辆512辆、州外疆内来昭普通货运车辆2100辆。四是开展3次疫苗接种791人，做到应接尽接。

昭苏县交通运输局党组书记帕尔哈提·斯拉木江说，他是党培养的少数民族干部，感党恩、听党话、跟党走。他是2020年12月从住建局调到交通运输局当书记的，这是一个新的领导班子。他的主要工作是党建和党风廉政建设，抓干部作风，发展年轻党员；业务上抓项目工程监督和安全生产；当好班长，带好队伍，实行民主集中制。

昭苏县交通运输局局长崔帝将是八〇后,妥妥的疆二代。他感慨地说,要想富,先修路。交通对促进地方经济发展太重要了。昭苏高原地势地形复杂,是离伊犁州最远的县。以前,从昭苏去伊犁,只有夏季才通车,公路等级低,路况差,百姓出行很不方便。出趟门要一天时间,现在去伊犁也就两三个小时。昭苏农牧区乡道和村道1400多公里,道路硬化,实现了村村通,打通了所有的"断头路"。尤其是昭苏县投入6000多万元,给阿合牙孜沟冬牧场修建了柏油路,解决了"冬窝子"上百年来不通车的难题。现在,老百姓住在哪里,他们就把路修到哪里,竭尽全力为百姓出行提供方便。

2023年昭苏县交通运输局持续做好项目实施、行政执法、行业部门监管以及安全生产等重点工作,不断推动昭苏县交通系统持续向好发展。

加强政治理论业务学习,提升思想政治水平。昭苏县交通运输局把政治理论业务学习放在突出位置,利用中心组学习和晨会持续学习习近平总书记系列重要讲话精神,深入学习习近平法治思想,并将《交通强国建设纲要》《国家综合立体交通网规划纲要》等党中央决策部署纳入学习计划中,坚持将学习党的二十大精神贯穿各项工作全过程,不断通过学习来武装头脑、指导实践、推动工作,逐步提高执法水平。

加强党的建设和队伍建设,提高队伍战斗力。强化党建引领,抓好"五个好"党支部标准化、规范化创建工作,截至目前共开展党组理论中心组学习3次、党支部开展学习研讨3次。严格落实"三会一课"制度,截至目前共开展党员大会3次、党课1次、主题党日活动3次。以赛促学,举办党的二十大暨党务知识竞赛1次。定期组织在职党员开展"双报到"15次,组织党员干部开展志愿服务活动,深入社区开展环境卫生整治行动,在广场、客运站等开展法律宣传活动10场。

加强纪律建设,全面贯彻落实从严治党。坚决把责任扛在肩上,抓在手里;把学习贯彻习近平总书记最新重要讲话和重要指示批示精神作为局党组会第一议题,截至目前利用晨会共组织学习65场次;加强和规范党内政治生活。严格执行《关于新形势下党内政治生活的若干准则》;以案为警,将理论学习列入党组中心组和党员干部的日常学习中;坚持党建引领,推动交通事业高质量发展。

履职尽责、真抓实干，项目建设稳中有进。一是协助推进 G219 昭苏—温宿公路、G577 昭苏—木扎尔特口岸公路、G577 特克斯—昭苏公路项目开工实施建设，确保发挥预期社会效益。二是加快农村公路建设项目实施。计划实施抵边通硬化路工程共 103 公里，目前 84 公里已完成招标，其中 57 公里正在施工路基路面，27 公里为夏塔景区道路。此外，实施农村公路大中修 258.1 万元，日常养护 157 万元，村道安防及危桥改造 487.37 万元等农村公路建设项目，均已开工建设。三是推进新能源充电桩项目建设。由交通运输局申报的新能源充电桩建设项目，总投资 5000 万元，拟申请专项债 4000 万元，已于 4 月 15 日开工建设，计划 8 月 15 日前完工。

行业管理稳中有序，从严从细，强化监管。严格检查驾培企业及运输企业的安全管理、隐患查纠、教育培训、档案建立等工作开展情况，截至目前，累计检查企业 20 家次，下达执法检查通知书、整改通知书 20 份，督促整改问题 100 条。依法依规，严格审批。把好企业准入关，截至目前，已审核企业 2 家，反馈问题 12 次，办理业务 2768 起，其中办理行政许可业务 16 条，均在信用系统平台公示。简化流程，提高效率。一是深化"放管服"改革，不断优化审批流程，精简审批环节，缩短办事时限，全部调整压缩为至多 7 个工作日。二是积极推进"证照分离"改革，全面落实"取消 4.5 吨及以下普通货运车辆营运证和驾驶员从业资格证"的各项工作。三是简化检测检验手续，推进道路运输车辆安全技术检验和综合性能检测依法合并，减少重复检测、重复收费，取消营运性车辆二级维护强制上线检测，由车辆所有人根据车辆状况自行决定车辆二级维护频次。及时处理，提升满意度。坚持"一件事、一张单、办到底"的原则，截至目前，受理 12328 投诉共 79 起、12345 共 51 起。

加大行政执法力度，执法水平不断提升，加大对非法营运车辆查处。对违章违法的车辆严格按照相关法律法规及道路运输条例依法进行处理，截至目前共查获非法营运车辆 43 辆，已处理 25 辆，处罚金额共计 12.1 万元，查处违章客运及货运车辆 9 辆，处罚共计 2.17 万元。加大超限治理。与县域范围内 8 家货运源头企业签订《治超工作目标责任书》《装载协议》《源头企业治超协议书》，从源头上遏制超限超载，设立了治超卸货场和昭苏县治超点两个点位，持续保持路面治超高压态势，与县交警大队、伊犁执法支队昭苏执法大队联合执法 3 次，共检查货运车辆 113 辆，查处超限车辆 8 辆，按照《新疆维吾尔自治区超限超载货物运输车辆管理办法》均移交交警大队处理。加强危险品运输车辆的稽查。对进入本县范围内进行危险品运输的车辆严格开展有关法律法规监督检查。截至目前共查处 124 辆危险品运输车辆。加强营运车辆的管理。通过发布客运车辆管理的公告，要求所有车辆必须在指定站点载客，告知旅客在乘车点乘车，截至目前共检查班线车辆 2286 辆次。扎实开展交通运输执法整顿、严格执法流程、树立良好的执法人员形象。一是严格落实"三项制度"，在路面执法过程和处理案卷现场通过执法记录仪严格落实执法全过程记录制度，案卷处理完毕后严格落实行政执法公示制度。二是在处理案件时做到礼貌用语，通过法律对当事人进行讲解，做到阳光执法、文明执法。三是开展好"道路交通安全和运输执法领域突出问题"专项整治工作，结合专项整治五项重点整治内容广泛收集线索，开展自查自纠及问题整改工作，积极召开了自查自纠分析研判会，对日常不规范执法的行为进行了纠正，并要求所有执法人员进行表态发言，规范了执法人员的执法程序和行为。截至目前共收集群众意见、建议 17 条，自查问题 9 条，已整改 4 条。

紧盯关键环节，安全生产稳中有进。交通运输局成立安全生产领导小组，制定《昭苏县交通运输安全生产大排查、大整治工作方案》，按照方案要求，全体干部对下属 19 家企业开展全覆盖包联，定期走访企业开展安全生产工作会议及指导检查工作，年初至今共计召开安全生产工作例会 9 次，签订企业安全生产责任书 22 份，签订企业安全承诺书 18 份，企业安全生产检查 40 家次，下发整改通知书 30 份，发现隐患 146 条，现已整改完毕。以雪为令保畅通。交通运输局组织下属单位昭阳公司对辖区国道 G577，县乡道路 X758、X757、X759、X760、Y038、机场大道进行除雪工作，派出扫雪机械 49 台、巡逻车 6 辆共计 76 人，抛洒融雪剂 10 吨，共计清扫 1455 公里。

有序开展从业人员培训教育。组织运输企业立即分批组织从业人员开展安全驾驶、文明行车、礼貌待客等方面的宣传教育培训，上半年辖区各企业共组织 3723 名从业人员开展了安全生产知识培训教育。组织执法人员及运输企业在乌苏广场开展各类宣传 8 次，出动执法人员 26 人，发放宣传单 523 份，参与群众 580 余人。加大道路安全隐患排查力度。

严格落实路政巡查工作，上半年共开展路政巡查 3956 公里，排查出道路安全隐患 34 个，下发工作提示函 4 份，已整改完成 34 个。

昭苏县交通运输局加快构建外快内畅、互联互通的现代交通体系，以良好的交通出行环境推动一方发展，造福一方百姓。

第十三章

保护水资源，绘就昭苏大美画卷

山水林田湖草是生命共同体。生态是统一的自然系统，是相互依存、紧密联系的有机链条。

——2018 年 5 月 18 日，习近平总书记在全国生态环境保护大会上的讲话

要从生态系统整体性和流域系统性出发，追根溯源、系统治疗，防止头痛医头、脚痛医脚。

——2020 年 11 月 14 日，习近平总书记在全面推动长江经济带发展座谈会上强调

要坚持山水林田湖草沙一体化保护和系统治理，构建从山顶到海洋的保护治理大格局，综合运用自然恢复和人工修复两种手段，持之以恒推进生态建设。

——2023 年 7 月 17 日，习近平总书记在全国生态环境保护大会上的讲话

精打细算，用好昭苏水资源

2024 年是习近平总书记提出"节水优先、空间均衡、系统治理、两手发力"治水思路十周年。

善治国者必善治水。党的十八大以来，习近平总书记站在实现中华民族永续发展的战略高度，亲自擘画、亲自部署、亲自推动治水事业，就治水发表了一系列重要讲话，为新时代治水兴水提供了科学指南和根本遵循。3 月 22 日是世界水日，让我们一起重温总书记关于治水的重要论述，走好水安全有效保障、水资源高效利用、水生态明显改善、水环境有效治理的高质量发展之路。

昭苏县境内水系发达，水资源丰富。除特克斯河横贯全境，还有 24 条河流分布在县境南北。全县河水年均总流量为 110.6 立方米 / 秒，全县可利用的水资源年径流量为 40.73 亿立方米。得天独厚的水资源条件为昭苏县的农业、畜牧业以及其他产业的发展提供了坚实的基础。

以有效投资为抓手，全力推进重点水利工程

全力推进项目建设。昭苏水利局新开工建设项目 7 项（昭苏县阿合牙孜河喀夏加尔镇段中小河流治理项目、昭苏县农业水价综合改革项目、新疆伊犁州昭苏县 2023 年农村饮水工程维修养护项目、新疆伊犁州昭苏县 2023 年小型水库维修项目、昭苏县城乡供水一体化工程（西片区）、昭苏农村灌区节水改造工程（二期）、昭苏农村灌区节水改造工程（三期），总投资 86885.36 万元，年度计划完成投资 18041 万元，其中中央资金项目 4 项，总投资 3218 万元，计划完成投资 2041 万元；地方政府专项债券项目 3 项，总投资 83667.36 万元，计划完成 16000 万元，截至目前，累计完成投资 10351 万元；正在准备招投标项目 2 项（新疆昭苏县木札特引水枢纽除险加固工程、新疆伊犁州昭苏县供水保障项目），总投资 4135.55 万元。

狠抓项目工程质量。制定水利工程建设质量提升专项行动实施方案，各项目参建单位结合实际情况，进一步明确责任分工、重点任务和具体措施，同时制订了质量监督工作计划，编制质量监督书，确认工程项目划分，严格落实"谁主管、谁负责；谁签字、谁负责"的原则，结合水利工程质量监督管理现状，制定水利工程质量监督管理工作制度。对在建项目施工现场质量监督检查共 18 次，截至目前，下发整改通知书 1 份，下发整改通知单 11 份，现场发现问题 26 个，已整改 21 个，整改率 80.76%。

以安全管理为抓手，全力做好防汛抗旱工作

完善防汛抗旱责任体系。建立了县、乡、村三级防汛抗旱通信录及防洪隐患点位和措施方案，同时和各乡镇签订工作责任书 10 份。

尽早做好物资储备。共准备砂石料 972 方、铁丝 12.1 吨、铁丝网

91.37 吨、编织袋 8.57 万条、抢险机械 94 台。

不断建强抢险队伍。根据防汛抗旱任务，成立县、乡（镇）、村三级 100 支应急抢险队伍、1947 名应急抢险队员随时待命，做到应急抢险队伍"能战斗、拉得出、听指挥"，适应抗大洪、抢大险的需要。

全面摸排隐患。2 月初以来，由主要领导亲自带队、成立检查组，对县域内的行洪通道、重点堤防、险工险段、灌排渠道、小洪纳海水库、大洪纳海水库工地、森木塔斯水电站及居民区等易发生洪水灾害区域开展了 10 次排查，发现险工险段和安全隐患 56 个，下发工作通知 31 份、工作提醒函 21 份，已全部整改。将每日工作开展情况收集汇总，发布防汛简报 88 期。

开展宣传引导，提升自救能力。在"5·12 防灾减灾日""安全生产月""6·18 安全生产咨询日"积极宣传引导，通过多种形式，向广大群众宣传发放消防、水灾、气象、地震等各类自然灾害以及防洪排涝等突发灾害防灾减灾知识手册 863 份，帮助群众掌握各种险情的紧急避险应对方法，提高群众防灾自救互救能力。

以河长制为抓手，全力推进河湖环境保护

督促各级河长履职尽责到位，开展河湖巡查。严格落实县、乡（镇）、村三级河（湖）长每月巡河任务。县级河长主动带头巡河，截至目前，县级河长累计巡河 64 次、64 人次；乡村级河（湖）长累计巡河 1544 次、1629 人次。对巡河过程中发现的河道两岸部分河段存在建筑垃圾及白色垃圾等 8 处河湖"四乱"问题，进行清理整治完成，恢复河道原貌。

加强河湖管理范围内建设项目及有关活动监管及审批情况。根据《关于加强河湖管理范围内建设项目管理的通知》（新水厅〔2021〕74 号）要求，切实加强和规范涉河建设项目管理，组织开展已建、在建涉河建设项目排查登记，通过严格审批、规范管理、强化监管等手段，对违法

违规涉河问题进行清理整治。目前对发现的 10 处涉河问题，均已正式回函，并按照相关要求开展工作。

大力核查整改碍洪图斑。已完成现场实地复核 66 个图斑点位，其中涉及桥梁（涵洞）56 处图斑（4 处在特克斯县）、佐证材料均已齐全，并在水利部河湖长制信息管理平台销号。

开展水库垃圾专项整治。针对昭苏县斯木塔斯水库、小洪纳海水库要求专人负责，定期巡库，对发现的水面塑料等垃圾立即打捞清理，保证河道、水库环境干净整洁。累计清理水库岸线长度 1.9 公里，巡库面积 5.161 平方公里，对库区道路、边坡、河边、库区内、办公区，进行捡拾垃圾清理，共捡白色塑料袋 206 件，玻璃瓶 97 个，塑料瓶 346 个，白色泡沫 48 件，共计重量 263 公斤。

以服务民生为抓手，全力做好农村水利建设

抓好农村供水保障。对 13 处水源地、输水管道、巷道管网及入户管道进行全面检查，对 176 条因主管道入户管堵塞、冻结、供水主管入户管爆裂、阀门损坏、水龙头损坏等问题进行整改，同时对供水管网"跑冒滴漏""供水异常"等问题进行及时维修，解决群众困难诉求 167 起，有效减少了水资源浪费，保障群众日常用水。

全力保障农田灌溉用水。清理干渠 60.8 公里，支渠 83 公里，斗渠 25.9 公里。计划灌溉水量 1.97 亿立方米，计划灌溉 43.2 万亩，截至目前完成灌溉水量 1.8 亿立方米，完成灌溉 43.53 万亩，统筹做好项目建设和保障灌溉，在灌溉高峰期时采取多种措施，全力做好灌溉工作，做到"项目建设不落伍，农田灌溉不缺水"。

做好水库移民后扶直补资金发放工作。完成 8 个乡镇场 14 个村 2023 年度大中型水库移民后期扶持人口核定，并按照人口核定结果，完成"一卡通"，累计发放 2023 年度大中型水库移民 318 人直补资金 19.08 万元。

申报 2023 年大中型水库移民后期扶持核定到村项目。积极对接上级主管部门，争取资金 114.9 万元，实施昭苏县喀夏加尔镇森木塔斯村移民安置区农村环境整治建设项目，目前项目按计划已开工实施。

以规范管理为抓手，全力做好水资源用水总量管控

严格实施取水许可制度。按照自治区下达的水资源总量红线指标开展工作，结合昭苏县实际用水量，年初制定了 2023 年度水量分配计划，将计划用水量分解、分配到各一级取水口和 79 个机井户，截至目前昭苏县总用水量为 1.8339 亿立方米，其中农业用水量 18 亿立方米。工业用水量 1597 万立方米，生活用水量为 323.61 万立方米。

加强取用水管理。根据《关于伊犁州直水电站开展违法取用水行为专项整治工作方案》要求，对昭苏县 7 个水电站开展违法取用水行为专项整治活动。实地检查取水许可证等相关手续、取水和发电情况，按要求下发通知，对于未安装取水计量设施的 5 个电站，要求在期限内完成电站取水计量设施的安装工作，并形成问题台账及相关资料上报州局。

宣传节约用水。充分利用"世界水日""中国水周"等主题宣传活动，拉横幅 8 条，发宣传资料 500 多份，出动宣传车 3 辆，以及本县电视新闻、广播、电子广告屏播放节水口号等常识，滚动式投放彩色标语播放一周，通过形式多样的宣传活动，结合日常的工作宣传，不断加大宣传力度，有效提高了各族群众保护水资源、节约水资源的思想意识。

以生态治理为抓手，全力做好水土保持监管

落实生产建设项目水土保持方案审批、执法检查、补偿费征收。2023 年上半年对全县 6 个个体企业、3 个矿产企业、3 个房地产开发建设

项目、2个沙场、大洪纳海水库、昭苏机场等项目进行现场检查。对于符合编报水土保持方案的建设项目，均要求业主按照"三同时"原则进行报批，目前已完成编制水土保持方案20个，编制水土保持方案已达到100%。完成水土保持补偿费84.7万元。

加强生产建设项目水土保持排查。2023年1—8月份水利局水土保持站新建项目38个，目前已在水利部门备案32个，未备案6个；下发生产建设项目整改通知单的项目6个。水利局下发10个乡镇及县直相关单位《关于开展2023年生产建设上报水土保持方案有关事宜的函》共21份。

昭苏县水利局党组成员、防洪办主任雷超说，昭苏县有大小河流32条，24条主要河流分布在县境南北。昭苏县水资源分布不均，特克斯河南岸水资源丰富，北岸水较少，目前在建的大洪纳海水库可以解决北岸灌溉和吃水问题。对于年初下达的指标，现在完成情况良好。

重拳出击抓治理，生态环境明显改善。县级河长累计巡河45次，完成率100%；乡村级河（湖）长累计巡河1309次1337人次，发现问题5个，均已整改完成。县河（湖）长制办公室对各级河长巡河情况印发通报及巡河提醒函12份，并上报县级总河（湖）长及县级河长，抓实河（湖）长履职尽责到位；今年以来整治河湖"四乱"问题11处，清理建筑垃圾和白色垃圾0.31吨。积极开展碍洪图斑复核整治工作，全面核实水利部黄委信息中心推送的66处疑似碍洪问题图斑，已全部完成销号工作。指派专人定期巡查森木塔斯、小洪纳海水库，累计清理水库岸线2.4公里，库区面积0.619平方公里，各类垃圾0.74吨。

落实生产建设项目水土保持、执法工作。2023年下达图斑核查数量指标完成率100%，执法检查每月4次，现已经检查26家单位，9月份提前完成；执法监督检查数量指标48次，已完成32次。用水总量指标2.72亿立方米，1—8月总用水1.8339亿立方米；地下水计划用水指标221万立方米，1—8月地下水总用水量152万立方米，用水总量未超用水红线指标。

矢志不移惠民生，服务保障优质高效。截至目前完成灌溉水量1.8亿立方米，完成计划灌溉水量 1.97 亿立方米的 91%，完成灌溉 43.53 万亩，完成计划灌溉 43.2 万亩的 100.7%。按照水价综合改革年初制定的目标要求，年底完成水价综合改革任务，目前已编制完成供水定价监审结论报告，已报发改委进行后续工作，工作有序推进。

全力以赴抓项目，基础设施蹄疾步稳。2023 年新开工建设项目 7 项，总投资 86885.36 万元，年度计划完成投资 18041 万元。截至目前，累计完成投资 10351 万元，完成总投资的 57.37%；已完工项目 3 个，昭苏县农业水价综合改革项目（总投资 665 万元）；新疆伊犁州昭苏县 2023 年农村饮水工程维修养护项目（总投资 200 万元）；新疆伊犁州昭苏县 2023 年小型水库维修项目（总投资 40 万元）。

当下存在的问题：

一是项目前期设计及土地审批、施工林地和草地、环评、水保、洪评手续办理复杂、跑办周期长，需要缴纳补偿费后才能办理相关手续，许可手续费用较大，无资金支付，影响工程开工建设。同时配套资金不到位，存在隐性债务风险。

二是水量、降水时空分布不均，多数河流集中于特克斯河以南，南北水量比为 13:1，调蓄能力较弱，工程性缺水问题突出。

三是兵地统筹、部门联动的河（湖）长制工作机制不健全，联合执法次数较少，质量不高。各成员单位配合力度不够，作用发挥不明显，配合不紧密，履职尽责不到位；河长制工作宣传方法和手段还不够丰富，社会公众参与需进一步加强。

昭苏县水利局针对出现的问题，拿出了解决办法。一是领导重视，加强监督监管。按照职责分工，班子成员包联机制，责任分解落实到人，齐抓共管推进工作进度；积极与上级部门对接，多渠道争取项目资金，强化与行业部门特别是财政部门沟通，加快项目工作前期手续办理和建设期的工程支付，保障项目工作按照计划目标推进；加强工程监管，监督本年度建设项目质量、工期、投资控制，确保质量如期完工，同时做好已完工项目扫尾，做到工完场清。

二是统筹协调、强化整体系统观念，按照水资源合理优化配置的要求，建立健全水资源管理体制，形成共同治理、协调联动、整体推进的工作机制，严控水资源使用总量，严格实行取水项目水资源论证和节水评价工作，推动解决重大水资源问题，共同促进水资源科学、合理、法治化管理水平。

近年来，昭苏县深入贯彻落实习近平总书记提出的"节水优先、空间均衡、系统治理、两手发力"的十六字治水方针，严格落实水资源保护管理制度，全面推进河长制、湖长制，优化水资源配置，全县水资源利用效率不断提升，水资源保障更为优质，绘就一幅人与自然和谐共生的大美画卷，为实现经济社会高质量发展提供了坚强的水利保障。

守护青山绿水，打造"田园牧歌"昭苏

2014年，昭苏在全疆率先确定"生态立县、旅游强县"目标，提出"全域旅游、全民兴旅"战略，全域旅游被纳入昭苏县经济社会发展规划并确立为战略性支柱产业。从2016年起，旅游发展进入快车道。2019年9月4日，文化和旅游部公布首批国家全域旅游示范区，昭苏县名列其中。从农牧业大县到旅游强县，昭苏县快速完成了华丽转身。

这两年，昭苏县探索"两山"理念转化路径，研究总结归纳生态文明建设和绿水青山向金山银山转化的典型经验模式，依托优美的自然风光、厚重的历史文化，充分挖掘草原文化、天马文化、戍边文化、红色文化等，打造昭苏示范项目，形成点绿成金的"昭苏经验"和"昭苏模式"，既守护了绿水青山，又让旅游业得到快速发展。

昭苏县生态资源丰富，是国家重点生态功能区——天山山地水源涵养区，是新疆唯一一个没有荒漠的县，林草覆盖率70.21%，环境空气优良天数比例100%，饮用水水源地水质优良率100%，土壤环境质量优良率100%，环境质量稳中向好。

2013年10月，伊犁州被列为第六批全国生态文明建设试点地区，昭苏作为排头兵率先在全州创建国家生态文明试点示范县；2014年5月，昭苏县被列为自治区第一批生态文明建设试点示范县；2016年被国务院批准为国家生态功能示范区，2017年成功创建国家首批生态文明建设示范县，2021年成功创建第五批国家有机食品生产基地示范县（试点）。

一直以来，昭苏县始终牢固树立"绿水青山就是金山银山、冰天雪地也是金山银山"的思想，秉持"天生丽质与后天呵护并重"的理念，坚持"生态立县、环保优先"发展战略，用好用活绿色"底色"，不断提升天然品质。在成功创建全国首批国家生态文明建设示范县的基础上，全力做好巩固提升工作，科学谋划产业政策和发展导向，实现绿色崛起，让生态文明建设示范县金字招牌越来越亮。

坚决打好蓝天保卫战，还老百姓蓝天白云、繁星闪烁

严格贯彻落实国务院、自治区、伊犁州"打赢蓝天保卫战三年行动计划"，制定下发《昭苏县大气污染防治实施方案》，大力推进以气代煤、以电代煤，不断加大燃煤锅炉综合整治。截至目前，完成157户棚户区燃煤散烧治理，电采暖供暖面积达40.7万平方米，天然气入户3725户，淘汰落后小砖厂5家、拆除20蒸吨以下燃煤锅炉11台，完成2台65蒸吨以上燃煤锅炉超低排放改造。常态化抓好秸秆禁烧工作，持续加大汽车尾气、工地道路扬尘管控整治力度，制定工地"一硬四有"开工条件，城市扬尘污染有效控制。加快推进机关事业单位新能源公务用车替换，建设城镇环境空气自动监测站1个、农村环境空气监测点位2个，2023年年初至今，环境空气质量有效天数210天，优良天数210天，优良率100%。

坚决打好碧水保卫战，还老百姓清水绿岸、鱼翔浅底

深入实施河（湖）长制，2022年，对全县各级河（湖）长包联河

流名单进行调整充实，现有县、乡、村三级河（湖）长 85 名，截至目前，累计巡河 1168 次 1272 人次，三级河（湖）长体系平稳高效运转。根据《饮用水水源保护区划分技术规范》（HJ/T338—2018）最新要求，制定《昭苏县县城饮用水水源保护区划分及调整技术报告》，并通过自治区人民政府批复，全面完成大洪纳海河等 4 个县级集中式饮用水水源地、9 个乡级水源地"划、立、治"任务。结合昭苏实际，制定《昭苏县"十四五"城市黑臭水体整治环境保护行动方案》，全覆盖开展农村黑臭水体排查，截至目前，县域范围内无黑臭水体。制定印发《昭苏县入河（湖）排污口排查整治实施方案》，完成排污口溯源排查，强化水质目标管理，按季度常态开展饮用水水环境监测管理，均达到 II 类水质，集中式饮用水水环境质量优良比例达 100%。

坚决打好净土保卫战，让老百姓吃得放心、住得安心

严格贯彻落实《新疆维吾尔自治区土壤污染治理与修复规划（2018—2022）》《伊犁州直土壤污染防治工作方案》《新疆维吾尔自治区 17 个新增纳入国家重点生态功能区县（市）产业准入负面清单（试行）》文件要求，制定《昭苏县土壤污染防治工作方案》，建立昭苏县重点土壤污染监控企业名单，签订土壤污染防治责任书，紧盯"一废一库一品一重"高风险领域，重点对 4 家涉镉重金属行业和城镇垃圾填埋场污染防治工作进行排查，至今未发现土壤受污染现象，重点企业建设用地安全利用得到有效保障。建立耕地质量监测点 12 个，积极开展垃圾分类处理、农药化肥减量、生物有机肥替代等行动，持续加大废弃农膜、农药瓶回收力度，2022 年化肥利用率达 40.7%、畜禽粪污综合利用率达 87.38%，农用地土壤环境状况总体稳定。

大力开展农村人居环境整治，让老百姓听到鸟语、闻到花香

扎实推进新时代美丽宜居乡村建设，先后印发《昭苏县农村人居环境整治提升五年行动方案》《昭苏县农村人居环境整治实施细则和责任分工》等文件，细化分解工作任务，形成长效机制。深入开展"千村示范、万村整治"，建设示范村 14 个。

扎实开展村庄清洁行动，打造农村人居环境整治、建设美丽乡村 2 个，73 个行政村实现垃圾收集转运系统全覆盖，21 个行政村实现垃圾无害化处理。统筹推进农村污水和垃圾处理，行政村农村生活垃圾处理率达 90% 以上。健全农村人居环境基础设施管护机制，农村人居环境基础设施和综合治理水平不断提高。厕所革命稳步推行，以农村垃圾、污水治理和村容村貌提升为主攻方向，分类有序地推进农村厕所革命，2022 年完成农村改厕 2395 户，农村卫生厕所普及率不断攀升，农村面貌焕然一新。

持续推进生态系统保护修复，还老百姓绿水青山、风景如画

坚持保护优先、自然恢复为主，统筹山水林田湖草沙系统治理，推动开展重大生态保护和修复工程。突出森林生态建设为重点，实施天然林管护、封山育林、长防林、公益林 276.6 万亩，植树造林 500 亩，种植各类树木 5.8 万株。整合项目资金 7655 万元，实施草原生态修复治理项目 4 个，改良种草、补播草原、修复育林 35.85 万亩。建设禁牧草场 75 万亩，实施草畜平衡 626 万亩，草原鼠害、虫害防治 31 万亩。全面落实矿山地质保护与土地复垦工作要求，完成 18 家政策性关闭矿山恢复治理。始终坚持预防为主的监管保护原则，加强特克斯河、阿合牙孜国家湿地

公园生态保护，聘用湿地护湿员 210 名，建设科研监测中心、生态定位站，完成封育围栏 60 公里、木栈道 2.5 公里、界桩 115 个、防火瞭望塔 3 座等基础设施设备，湿地动植物和生物多样性得到有效保护，绿色生态屏障综合效果不断显现。

积极促进经济提升产业融合，让老百姓生活富足、舒心定居

坚持"绿色 GDP"发展理念，以高品质生态环境支撑经济高质量发展，积极推进一二三产融合发展，推动特色农牧业、马产业、全域旅游不断做大做强。认定绿色食品原料标准化生产基地 60 万亩，全县绿色食品种植面积达到农田总面积的 65% 以上，保护性耕作技术推广面积全疆第一。大力发展马、牛、羊和油菜、马铃薯、大蒜等农业特色主导产业，打造原生态旅游目的地和"绿色、健康、放心"农副产品生态品牌。立足马产业全产业链建设，打造马产业高地。先后获评全国休闲农业和乡村旅游示范县、全国首批自然资源节约集约示范县。不断擦亮全国首批全域旅游示范区金字招牌，突出发展生态文化旅游产业，2023 年 1—7 月，累计接待游客 363.97 万人次，实现旅游收入 13.67 亿元，同比分别增长 35.8%、38%。

昭苏县作为伊犁的"后花园和避暑山庄"，又有"东方小瑞士"之美誉。"牧歌昭苏、天马故乡""昭苏归来不看草原""冬游三亚、夏游昭苏"等好评家喻户晓、深入人心。绿色、生态、大美已经成为昭苏一张耀眼的名片。当前，昭苏县生态文明建设正以天马的雄姿一路乘风破浪而来，必将为新疆乃至全国生态文明建设增添浓墨重彩的一笔。

第十四章

健康昭苏，铸就现代化教育基石

党的二十届三中全会《决定》里提出要深化医药卫生体制改革，促进医疗、医保、医药协同发展和治理。这包括推动优质医疗资源扩容下沉和区域均衡布局，确保大病重病在本省就能解决，一般的病在市县解决，头疼脑热在乡镇、村里解决。

深化医药卫生体制改革是提升国民健康水平的关键。通过改革，可以更好地满足人民群众的健康需求，提高医疗服务的质量和效率，降低医疗成本，让医疗服务更加公平、可及。医药卫生体制改革的深化，不仅关系到每个人的健康，也是实现健康中国战略的重要一环。

《决定》强调要深化教育综合改革。明确提出："加快建设高质量教育体系，统筹推进育人方式、办学模式、管理体制、保障机制改革。"

这意味着，我们不仅要关注教育的数量扩张，更要注重教育的内涵提升。要通过优化教育资源配置，完善教育体制机制，提高教育质量，确保每一个孩子都能享有公平而有质量的教育。下一步，将把高质量发展作为各级各类教育的生命线，把促进公平融入到深化教育综合改革的各方面各环节，推动实现从"有学上"到"上好学"的根本性转变。

保障人民健康，促进医疗卫生事业发展

"哪有什么岁月静好，只不过是有人在替你负重前行罢了。"这句话在三年疫情期间，让许多人泪目。新冠疫情来势汹汹之时，很多医务工作者奋勇向前，毅然奋斗于抗疫的第一线……2023年是疫情影响消退与经济秩序归位的一年，2024年是继往开来的关键年，二十届三中全会《决定》提出，要探索建立医疗、医保、医药统一高效的政策协同、信息联通、监管联动机制，相关部门同向发力、形成合力，使医改更加直接惠及民生，更好满足人民群众对美好生活的新期待。

温故而知新，知新而奋进。2022年昭苏卫健委贯彻落实新时代党的治疆方略，坚持人民至上、生命至上，全力应对疫情严重冲击，全方位保障人民健康，高效统筹疫情防控、经济社会发展和医疗卫生安全，加快补齐公共卫生短板，夯实基层医疗根基，促进全县卫生健康事业稳步发展。

聚焦主责主业，疫情防控切实做到三个不松。

在疫情指挥部统一领导下，有力统筹医疗救治资源，建立并推动疫情防控与社会面医疗服务保障工作机制，优化就诊流程，畅通会诊转诊渠道，构建"三位一体"的医疗救治体系，设立县人民医院绿码医院、县中医医院黄码医院、县妇幼保健院黄码妇女儿童医院，各乡镇卫生院为基本医疗服务保障单位，落实疫情防控和医疗救治工作，精准施策做好群众的医疗服务保障工作。

一是思想不松。充分认识医疗机构在疫情防控工作中的职责和作用，持续强化医疗机构底线意识，严格按照疫情防控要求毫不放松抓好医疗机构疫情防控各项措施有效落实。二是措施不松。（1）规范预检分诊和发热门诊管理。严格按照预检分诊和发热门诊规范要求强化入口管理，重点加强有流行病学史和发热等十大症状人员的识别和筛查，并按照要求进行规范处置。（2）规范门急诊管理。门急诊严格落实诊室问诊、测温、流调工作，完善预约诊疗工作制度，优化服务流程，避免群众聚集扎堆。（3）加强人员管理。常态化做好医务人员健康监测，按照类别定期开展核酸检测，做好发热门诊人员闭环管理，严格落实医务人员考勤和外出备案制度。三是力度不松。加强专项督查和卫生监督执法力度，常态化开展专项督查，每周通过实地查看、调阅资料、视频回放等方式加大督查力度，同时结合医疗机构自查和交叉互查方式，督促医疗机构各项措施有效落实。开展卫生监督检查、专项督查和交叉互查124场次，督查反馈问题1191条。

畅通急危重、重病、急诊患者救治绿色通道，重点做好血液透析患者、肿瘤放化疗患者、心脑血管、孕产妇和慢病患者的医疗服务保障，优先安排急诊、门诊、住院服务。共接送州级医院出院返昭患者278人，转诊患者73人，帮助购买特殊药品270人次，开展下乡诊疗18次，为42名透析患者开展肾透析1633人次，开创癌症患者化疗先例，帮助患者购买化疗药品进行就地化疗，共解决辖区内癌症患者定期化疗需求5次，有效解决了群众的各类就诊购药等困难需求。圆满完成援助伊宁市的各项工作任务。"7·30"伊犁疫情发生以来，卫健系统克服人员紧缺的种种困难，按照县委、县政府的安排部署抽调220名能力强、作风硬的医务人员援助伊宁市开展疫情防控工作。平稳有序推进"乙类乙管"，围绕"保健康，防重症"要求，投入186万元，扩充重症医疗设备171台，重症床位由9张增加到16张，重症医护人员由36人增加到64人。按照"四早"要求，规范15个预检分诊、对2个发热门诊和12个发热诊室提级管理。

坚守为民服务宗旨，提升医疗服务能力。

一是持续实施 14 项国家基本公共卫生服务项目，以村卫生室为基础、乡镇卫生院为枢纽、二级医院（疾控中心）为指导"三位一体"的医防融合工作体系，实现"防、控、治"联动发展。建立家庭医生团队 80 支，家庭医生共签约 127941 人、签约率 85.77%，一般人群签约 78766 人、签约率 81.8%，重点人群签约 49175 人、签约率 92.99%，脱贫人口签约 13782 人，签约率 96.58%。全县居民规范化电子健康档案建档率 95.22%，举办健康教育知识讲座及咨询活动共 326 场次，受教育群众 19472 人次。严重精神障碍患者 681 人，规范管理 581 人，规范管理率 85.32%，群众健康保障水平不断提升。二是持续落实全民体检惠民政策。2022 年全民健康体检目标任务 102533 人，2022 年完成全民健康体检 104582 人，完成总目标 102%。三是继续加大巩固脱贫成果，健康扶贫工作与乡村振兴有效衔接，持续推进"先诊疗、后付费""一站式"结算服务，城乡居民住院免收住院押金。全县已脱贫户共计 3959 户 14175 人，实施大病、重病、慢病"三个一批"分类救治，截至目前已救助患大病 148 人，患四类慢病 1409 人，重病兜底保障 51 人，家庭医生签约服务 100%，实现了建档立卡贫困人口享受医疗政策全覆盖。四是基本公共卫生服务项目扎实推进。五是降低抗生素使用频率，做好基本药物制度补助让利，惠及更多基层群众。乡镇卫生院 1—12 月接诊门急诊 152839 人次，输液 16937 人次，共开处方 149568 份，其中抗菌药物处方 14003 份，抗生素使用率 9.36%。乡镇卫生院住院病人 588 人，药品支出 460.831 万元，共计让利 69.12 万元。六是加强基层基础设施建设。2022 年实施项目 6 个，总投资 19111.47 万元。县人民医院急诊急救能力提升及信息化建设项目、县中医院标准化用房续建项目、县公共卫生应急能力提升项目、县综合性托育机构和社区托育设施建设项目、托育园改扩建项目、12 个乡镇卫生院污水处理项目相继建成并投入使用。七是县乡中医馆规范建设稳步推进。2022 年完成了察汗乌苏蒙古族乡中心卫生院、喀拉苏镇卫生院、阿克达拉镇中心卫生院 3 家中医馆建设及县人民医院中医科规范建设工作。八是强化疾病预防与控制工作。

立足县域实际，提升医共体服务水平。

一是持续推进以县人民医院、中医医院为龙头的紧密型医共体建设，医共体共下派医、护、技人员和专家70余人次、开展远程心电、影像会诊456例次，疫情防控监督指导30余次。其中县人民医院专业技术人员230人，下派25人，占比10.87%；县中医医院卫生专业技术人员154人，下派18人，占比11.69%。二是按要求积极申报并开展医学继续教育培训项目，申报自治州级继续医学教育项目12个，包括县人民医院4个、中医医院8个。三是按要求完成基层医学定向招生计划及毕业生管理，2022年农村订单定向医学免费培养招生计划中伊犁州计划招生74名，昭苏县6人。2022年农村订单定向医学毕业生11人，目前正在培训基地参加规范化培训，将充实到各乡镇卫生院。四是不断提高远程医疗服务覆盖面。县人民医院与各卫生院建立远程医疗服务系统，县域内远程医疗服务覆盖率达到100%。2022年县人民医院心电中心完成县对乡远程会诊23例次、影像中心完成县对乡远程会诊196例次。

加强综合监管，抓好重点场所卫生监督执法。

一是对全县各级医疗机构、核酸采样点、疫苗接种点、集中医学观察、医疗废物等场所开展监督检查，开展专项和联合检查236户次，下达监督意见书（督导卡）137份，对存在的问题进行了现场反馈并责令整改。二是各类中小学校、托幼机构82户次，下达卫生监督意见书（督导卡）76份。三是开展公共场所日常卫生监督检查，共检查住宿场所、美容美发、洗浴、商场、娱乐场所等246户次，下达卫生监督意见书186份。四是大力开展医疗行业乱象治理行动，接受非法行医线索举报2起，已移送有关部门处理。2022年以来，累计立案查处案件7件（简易程序3件，一般程序4件），结案5件，罚款25672元。五是依法实施卫生行政许可制度，办理行政许可124个，其中新发50个，延续39个，变更9个，注销24个，关闭2个。从业人员健康证办理2125个，限时办结率100%。六是卫监局联合疾控中心对辖区内存在职业病危害的重点企业开展了摸底调查，下发监督意见书10份，开展职业卫生宣传周活动1次，印发宣传材料120份，宣传受众60余人次。组织开展放射卫生现场审核2家。七是扎实开展"双随机"检查，监督完成率100%，完结率95.4%。

持续强化宣传引导，落实计划生育国策。

大力宣传倡导新型婚育文化。三孩生育政策落地见效，2022 年三孩生育率较上年提高 3.28 个百分点。各项奖励扶助制度和优惠政策全面落实，累计兑现国家、自治区各类奖扶制度资金 1366.39 万元，惠及 5900 户 11267 人。深入开展"一卡通"清理清查，奖励对象资格确认和资金发放准确率达 100%。全员人口数据清查工作顺利完成，出生人口登记准确率、全员信息库人口覆盖率均达到 100%。大力发展托育机构建设，现有托位数 270 个（含在建 150 个），每千人托位数 2 个。

改善老年就医环境，强化健康服务管理。

一是积极开展老年友善医疗机构创建工作，昭苏县人民医院、中医院、喀夏加尔镇卫生院已通过州级初审工作，准备迎接自治区评审。二是积极开展养老诈骗防治宣传工作，各级医疗机构通过义诊活动、家庭医生签约服务等开展宣传活动 34 场次，张贴宣传材料 8000 余份，受教育群众 1 万余人次。三是出动执法人员 78 人次，重点对全县民营医疗机构无行医资质人员擅自开展诊疗、推销老年人保健品等问题开展全覆盖督导 39 场次，截至目前暂未发现相关线索。

持续强化党建统领，加强思想政治建设。

一是不断夯实理论武装，坚持落实支部常态化学习和党委中心组理论学习制度，重点围绕习近平法治思想，党内法规条例，自治区党委十届三次、五次、六次全会精神，州党委、县委工作会议等重要会议精神，组织开展党委理论中心组学习 12 次，党员大会集中学习 43 次。结合主题党日、民族团结一家亲活动，开展"惠民下乡义诊""环境卫生整治"等党员志愿服务活动 30 场次、党课 12 场次。二是班子成员带头落实支部联系点包联工作，参与基层党支部主题党日活动、党员大会、上党课等组织生活，指导推动支部"标准＋示范"建设，帮助党支部理清思路、补齐工作短板、提升工作质量，8 名班子成员累计开展支部包联活动 46 场次。三是加强党员队伍建设。动员 26 名优秀年轻骨干递交入党申请书，培养积极分子 31 名，发展预备党员 7 名，13 名预备党员按期转正。

"90 后"年轻干部、大专及以上学历占比 80% 以上，党员队伍年龄和学历结构得到不断优化。召开全系统"议案促改"警示教育大会 1 场次，针对 3 名干部违反国家法律法规的问题进行了严肃处理，不断加强干部作风建设。四是认真落实党内关心关怀机制。

采取实地走访、电话慰问等方式看望慰问老党员、退休老干部 26 人次，发放慰问资金 3.76 万元。实地走访慰问"访惠聚"工作队 4 场次，开展谈心谈话 5 次，慰问金额 0.5 万元。

始终坚持"安全第一，预防为主"的方针，认真履行安全生产责任制。

一是深入开展安全生产排查整治，消除隐患苗头，开展"全覆盖、地毯式"安全生产检查指导 38 次，发现隐患 156 处，建立责任问题整改台账，抓好整改落实，对整改情况及时回头看。二是组织各医疗机构安全生产负责人分片区进行交叉互评，相互学习，取长补短，不断提升各医疗机构安全生产隐患排查能力，提高安全生产工作的责任与防患意识。三是强化宣传教育，增强意识。各级医疗机构利用电子屏、张贴宣传海报、下乡义诊等多种形式开展宣传教育，发放宣传单 1500 余份，宣传受益群众达 1 万余人次；采取线上＋线下的方式，组织学习习近平总书记关于安全生产重要论述、《中华人民共和国安全生产法》、刘鹤副总理提出的安全生产"十五条"硬措施，观看学习《生命重于泰山》系列专题片 5 场次，常态化开展防灾减灾、消防安全、医疗安全等专题培训 5 场次，培训人员 1200 人次。四是各医疗机构结合自身优势，利用全民健康体检、日常就诊等时机，通过出动宣传车、发放宣传单、悬挂横幅、摆放宣传展板、滚动播放电子屏等方式向广大群众开展"5·12 防震减灾日""6·16 安全生产咨询日""安全生产月"等系列宣传活动，受教育群众约 1 万人次。

说起疫情岁月，卫健委办公室主任郑文强感慨万千。那时，他住在单位，自己做饭吃，精神高度紧张，处于临战状态，随时都有可能出发。一个人身兼数职，哪儿有需要立刻就要赶过去，工作到凌晨是家常便饭。开救护车的司机病了，郑文强又多了一份职业——救护车司机。有天夜里，他开救护车去山区拉病患，因为又累又困，开着车竟然睡着了，差点掉进山沟。大冬天的，他吓得出了一身冷汗，发了半天呆。

昭苏县广大医护人员在疫情期间，没日没夜地用自己的行动诠释初心和使命，用辛勤的付出彰显责任与担当。大家万众一心、众志成城，同舟共济、守望相助，终于打赢疫情防控阻击战，彰显了白衣天使的责任与担当！

2023年4月7日，全国卫生健康工作会议在北京召开。会议总结了2022年全国卫生健康领域取得的成果，对2023年工作作了重要部署，涉及疫情防控、医疗体制改革、医疗卫生服务、爱国卫生运动及健康中国行动、公共卫生、重点人群健康服务、中医药传承创新、卫生健康事业发展保障等八项重点。昭苏卫健委积极响应，2023年上半年的工作做得有声有色，卓有成效。

持续抓好疫情防控工作。一是全县各级各类医疗机构全部正常开展诊疗服务，确保发热门诊（诊室）24小时面向群众接诊，全面保障广大患者健康服务和就诊需求，发热门诊累计接诊1850人次。二是加强重症医疗梯队储备和培训。当前县直两家二级医院共有医师146人、护士280人，其中设置重症医生16人、重症护士48人，重点加强医学专业知识技能培训。全县医疗机构门急诊就诊人数11.7万人次，累计接诊住院患者3万余人次。三是加强重症床位的使用管理，县级两家医院设置总床位385张（ICU床位18张），全面做好患者医疗救治。四是加强抗原检测试剂和药品储备，目前储备抗原检测试剂0.97万份；储备退热、止咳、抗生素、抗病毒等四类药品2.83万盒；中药方剂储备4500服，满足全县群众医疗服务和就医需求。五是充分发挥乡镇、村社区委员会、基层医疗机构"网底"和家庭医生健康"守门人"的作用，根据台账中患有基础疾病、新冠疫苗接种和感染后风险程度进行分类红、黄、蓝标记管理，共管理65岁以上常住老年人8179人，完成率达100%。

扎实开展基本公共卫生服务均等化。持续实施14项国家基本公共卫生服务项目，管理和服务基本到位。截至目前，全县居民建立健康档案人数138794人、建档率94.93%，已管理高血压患者12342人、糖尿病患者2215人、严重精神障碍患者675人、肺结核患者31人，持续开展家庭医生签约服务工作，家庭医生签约123195人，签约率84.27%，其中重点人群签约47249人，签约率91.61%。

有序推进全民体检惠民政策。2023年全县全民健康体检目标任务

102913 人，截至 6 月 20 日已完成 65989 人体检任务，完成总目标的 64%。依托援疆资金支援采取"请进来、走出去、本地学"的形式，开展 4 期疾控、中医适宜技术、医疗、护理、妇幼、卫生监督协管等医疗服务能力提升培训班，累计培训 250 人次，投入援疆资金 52 万元。

继续加大巩固脱贫成果健康扶贫工作与乡村振兴有效衔接。持续推进"先诊疗、后付费""一站式"结算服务，城乡居民住院免收住院押金。全县已脱贫户共计 3959 户 14160 人，实施 33 种大病、四类慢病专项救治，截至目前已救助患大病 168 人、患四类慢病 1446 人，家庭医生签约服务 100%，实现了已脱贫户及低收入群体享受医疗政策全覆盖。

加强医疗基层基础设施建设。续建项目 2 项：总投资 3500 万元的伊犁州昭苏县综合性托育机构及社区托育服务设施建设项目已完成二层主体浇筑，项目计划 9 月底交付使用。总投资 7500 万元的伊犁州昭苏县人民医院急诊急救能力提升及信息化建设项目已完成主体钢构搭建，10 月底交付使用。新建项目 6 项：伊犁州昭苏县妇幼保健院儿童康复中心及信息化建设项目、伊犁州昭苏县人民医院传染病及预检分诊建设项目、伊犁州昭苏县妇幼保健院公共卫生服务中心建设项目、伊犁州昭苏县中医医院二合一卫生服务中心建设项目、伊犁州昭苏县人民医院公共卫生应急能力提升项目、伊犁州昭苏县公共卫生应急设施建设项目，这些项目均已完成招投标工作。

国家基本药物制度顺利实施。基本药物各卫生院门急诊人数 42106 人，输液人数 6653 人、处方数 39990 人、抗菌药物处方 5289 人、住院数 357 人、药品支出 128.473 万元、让利 19.27 万元。

疾病预防与控制工作不断加强。联合教育局、学校开展结核病专项培训 1 场次 182 人参训。组织疾控中心、乡镇卫生院、教育部门组成流感、水痘、手足口病专项指导组，在全县学校、村开展疾病预防宣传活动 15 场次，并指导开展消杀、防控督导。截至目前共计接种新冠疫苗 3531 剂次，0—7 岁儿童免疫规划疫苗接种、非免疫规划疫苗接种率均达到 95% 以上。

加强卫生监督执法工作。一是对全县各级医疗机构的医疗卫生、传染病防治、医废管理等工作开展监督检查，开展专项和联合检查 55 户次，下达监督意见书 40 余份，对存在的问题进行了现场反馈并责令整改。二是检查各类中小学校、托幼机构 39 户次，下达卫生监督意见书 32 份。三是开展公共场所日常卫生监督检查，共检查住宿场所、美容美发、商场、娱乐场所等 58 户次，下达卫生监督意见书 50 份。四是加强规范消毒产品市场秩序，检查零售药店、超市、供药仓库第一类、第二类消毒产品管理 22 户次，下达监督意见书 10 份，责令限期整改。

加强计划生育宣传引导。一是组织开展县"3·15"主题活动，在广场开展计生政策咨询服务。定期组织计划生育兼职成员单位联络员开展三孩生育政策培训会。二是全县各乡镇计生办主任及奖扶工作干部共 20 余人开展计划生育家庭奖励扶助制度互学互查活动，进一步巩固深化计生惠民惠农财政补贴资金"一卡通"发放管理。三是组织召开"全员人口统筹管理系统"数据质量提升活动动员部署会，对全年人口数据清查工作进行安排部署。四是联合团县委、县教育局，在县高级中学开展以"拥抱青春护航成长"为主题的青春期自我保护教育专题讲座，全县 13 所中学 3300 名学生通过录播课堂同步收看了讲座。

未雨绸缪，昭苏卫健委下半年的工作思路缜密而细致。

科学防治，精准施策，持续做好新冠病毒感染"乙类乙管"工作。

一是持续做好发热门诊、门急诊的应开尽开，确保 24 小时保障患者的健康服务和就诊需求。依托医联体和医共体做好分级诊疗，指导协助患者得到及时诊治。二是加强县级综合医院床位和医疗设备配备和药品储备，持续开展重症医学专业知识技能培训，确保重症医务人员队伍稳定。三是以家庭医生签约服务为重点，做好 65 岁以上老年人等特殊人员健康监测和管理，根据重点人群健康风险等级实施分级健康管理，加强疫苗接种、健康教育、健康咨询等分类分级健康服务。

聚焦重点，多措并举，不断提升医疗服务水平。

一是持续推进县域内紧密型医共体建设。由县人民医院、县中医医院分别牵头"西线"和"东线"12 家卫生院，建成管理、服务、责任、利益"四位一体"的紧密型县域医共体，整合资源，实现人、财、物统一管理，下派专业技术骨干到医共体内卫生院开展理论知识和技能培训帮扶，逐步提升基层医疗机构的诊疗技术和水平。二是县域内优势互补、错位发展。促进中医药传承创新发展，坚持中西医并重和优势互补，探索建立符合中医药特点的服务体系、服务模式，发挥中医药的独特优势。三是以医联体建设为载体，提升县级医疗机构业务能力水平。县人民医院积极对接州新华医院，争取更强的帮扶指导，同时加强和州友谊医院、自治区级三甲医院的业务对接，今年重点打造妇产科、儿科、心血管科、呼吸科、普外科、脑外科等 6 个重点科室，筹建专科联盟不少于 9 个；县中医院做好和州中医医院、自治区维吾尔医院、自治区中医院的对接，今年重点打造治未病科、康复科 2 个科室，筹建专科联盟不少于 3 个。

预防为主，医防融合，健全优化公卫服务体系。

一是持续实施 14 项国家基本公共卫生服务项目，建立以村卫生室为基础、乡镇卫生院为枢纽、二级医院为指导"三位一体"的高血压、糖尿病防治医防融合工作体系，实现"防、控、治"联动发展，充分发挥家庭医生签约团队作用，提升群众的健康意识。二是持续巩固和提高国家免疫规划疫苗接种率。确保适龄儿童一类疫苗及时接种率达到 95% 以上，做好流感、水痘、狂犬疫苗等二类疫苗的储备及应急接种工作。三是加强结核病人管理，定期召开联席会议，开展县、乡、村三级结核病防治培训。规范设置 21 个结核病服药点，持续落实结核病患者集中服药＋营养早餐项目，确保规范治疗率达到 95%。四是扎实开展地方病防治工作，有序推进职业病防治工作，积极开展宣传教育，做好健康体检和监测，保障群众健康。

强化培养，激发活力，加强基层医疗机构阵地建设。

一是强化主体责任，健全奖惩机制。发挥各级医疗机构主体责任，分类别、分层次、分批次制订翔实的培训计划，定期组织县级医疗机构专家开展专题讲座，建立和完善医务人员执业资格持证激励机制，不断提升医疗卫生专业技术人才业务水平和能力。二是加强教育培训，提升医疗水平。坚持"请进来＋送出去"相结合的培养方式，以县直医疗机构为依托邀请上级专家每月来昭开展临床带教、业务指导、学术讲座等活动，用好今年援疆培训资金，筛选一批业务骨干及 2022 年表现优秀援伊医务人员赴上级医联体单位或援疆省市进修深造，推进以全科医生为重点的基层医疗卫生机构人才队伍建设。三是加快推进基层医疗机构基础设施建设，改善群众就医环境。根据昭苏县各医疗机构基本情况、服务能力和群众看病就医需求等，继续结合医疗机构设置合理规划。

立德树人，办好人民满意的教育

党的二十届三中全会《决定》提出："紧扣培养担当民族复兴大任的时代新人，完善立德树人机制，推进大中小学思政课一体化改革创新，健全德智体美劳全面培养体系。"持续推进"双减"改革，全面提升课堂教学水平，提高课后服务质量，强化核心素养培养；完善义务教育优质均衡推进机制，深化集团化办学和城乡结对帮扶，促进新优质学校成长，让群众认可的"好学校"越来越多。

党的二十届三中全会《决定》为教育事业指明了方向，要求教育工作者要创新教育模式，注重培养学生的创新精神和实践能力；要通过加强实验教学、开展课外活动、拓展国际视野等方式，让学生在实践中学习，在探索中成长，成为具备全球竞争力的时代新人。

回顾昭苏县教育事业 2022 年走过的路，真是感慨良多。广大师生在疫情期间取得了不错的成绩，尤其是第二中学高考成绩尤为突出，成为教育领域的一个亮点。

以党的建设为引领

制定《2022年教育系统党建工作计划》《昭苏县教育系统党支部标准化规范化建设实施方案》《昭苏县教育系统党建工作示范点实施方案》《昭苏县教育系统党建重点工作推进方案》，明确重点工作任务，细化工作措施，全面推进工作落实见效。召开书记述职评议会1场、民主生活会1场、各党支部组织生活会56场，以行践学能力不断提升。

组织3000名教师进行十九届六中全会和自治区第十次党代会精神专题培训，党员教师"应培尽培"。完善发展党员"双培养"机制，严把发展党员关口，2021年发展预备党员120名，转正党员114名；2022年计划发展党员50名，已发展43名。选优配强学校领导班子，推荐考察干部164人，储备后备干部58名。

组织开展教育系统"喜迎二十大　奋进新时代"微党课、廉政微故事比赛2场次。推进学校党组织标准化规范化建设，选派30名书记校长参加岗前、提升培训，组织2期150人的青年党员骨干暨基层党务工作者培训班，不断提升党员政治素质。深化党建带团建工作机制，开展"党建凝聚奋进力量，合力共促乡村振兴""结对帮扶心连心、民族团结一家亲"等党团日活动645场次。培育创建自治区级中小学党建示范校4所，州级中小学党建示范校1所。

以思政教育为根本

开展县级校长书记素质提升培训23场次，专题研讨29场次。组建"大思政"队伍，108位书记校长、268位德育工作者带头上思政课1673场次，开展思政课交流研讨会、大赛、联片教研活动等52场，各学校主动邀请本地党委主要领导和班子成员到校讲思政课11场次。

始终把意识形态工作放在突出重要位置，召开专题会议20次、研判会 9 次。广大师生持续开展"发声亮剑"19862 人次，集中宣讲"四本白皮书"1106 场次，主题班队会 2330 次。开展"新疆四史"讲解员培训班 1 场，培训师生讲解员 53 人，开展宣讲 686 场。持续开展"民族团结一家亲"暨"三进两联一交友活动"，县四套班子领导带头包联 27 所学校，与 108 名各族学生结对，2937 名教职工与 13199 名学生结对。开展"青春献礼二十大，强国有我新征程"为主题的"开学第一课"1300 次。开展同唱爱国歌曲 365 场次，讲述新中国故事会 382 场次，爱国主义诗歌诵读活动 392 场次。

广泛开展学法活动，召开主题班会 915 次、举办知识讲座 39 次、演讲比赛 32 场次、模拟法庭 18 场次。邀请法制副校长到校上课 162 场次，发放法制宣传资料 6164 份，法律知识征文 957 份，与法同行手抄报 5675 份，致学生一封信 26793 份。创建自治区级德育示范校、依法治校示范校 1 所，州级 17 所，县级 23 所。

以筑牢安全为底线

县委、县政府高度重视校园疫情防控工作，县委、县政府主要领导和教育分管领导定期到学校调研指导校园常态化疫情防控工作，帮助学校协调解决疫情防控中存在的困难和问题。33 名县级领导累计到校开展包联工作 1536 次，10 名乡镇党委书记到校 178 次。

全力保障校园疫情防控物资供应和储备充足，2022 年上半年累计调配学校防疫物资 103.039 万元。定期召开校园疫情防控工作会议，建立校园疫情防控包联、自查、演练、督导机制。各中小学校、幼儿园开展演练 865 场次，开展自查 14 轮，发现问题 493 个，均已整改到位。制定校园周边环境、预防校园欺凌、寄宿制学校管理规定、校园安全大排查方案、信息研判 7 项校园安全长效机制。

联合消防救援大队开展消防实践活动 6 次。围绕消防、交通、危化品、食品、燃气、住宿等方面开展全面安全隐患排查，发现安全隐患 189

个，均已整改到位。联合成员单位对校园周边开展综合治理 4 轮，常态化开展消防、地震、处突、暴恐、公共卫生应急演练 425 场。结合"护校安园"专项行动，联合便民警务站开展应急演练教考练 186 场次。制定《昭苏县教育系统 2022 年度党风廉政建设"一岗双责"任务清单》，召开党风廉政暨意识形态工作研判会 1 次，认真落实"两个责任"。积极践行监督执纪"四种形态"，通报 1 起 16 人，立案 2 人。及时化解社会矛盾，办理信访案件 24 起。

以项目建设为抓手

教育系统 2022 年续建项目 2 个，总投资 2031 万元。新建项目 7 个，总投资 24311 万元。续建改善 9 所学校校园基础设施，已完工；新建第五中学学生宿舍楼 2970 平方米，已完工。新建完成昭苏县第七中学主体施工，正在进行室内外装修；完成 2021 年学前教育发展资金南城区幼儿园项目建设，正在准备设备安装；完成 2022 年"薄改"能力提升资金 8 所学校校舍维修；完成 2022 年园舍维修改造资金 22 所幼儿园园舍维修；完成 2022 年改善普通高中第一中学宿舍楼二层主体施工，正在进行三层主体施工；完成 2022 年现代职业教育质量提升资金职业技术学校图书馆及宿舍楼改造项目主体施工，等待图书等设备进场；完成 2022 年义务教育校舍安全保障长效机制一般债券资金夏特柯尔克孜族乡中心学校运动场建设项目招投标等前期手续办理，正在进行基础施工。完成国家统计联网直报系统报送工作：及时完成 500 万元以上固定资产投资项目入库，本年度完成 500 万元以上固定资产项目新入库项目 4 项，涉及项目资金 23750 万元，截至 2022 年 10 月已完成新（续）建项目入统资金 22382 万元。

完成 2023 年项目谋划储备申报工作：根据昭苏县发展和改革委员会《关于提前谋划申报 2023 年中央预算内项目的通知》，已申报 2023 年中央预算内项目需求 5 个，合计资金 5520 万元；根据昭苏县财政局《关于申报 2023 年新增地方政府债券项目资金需求工作的通知》文件要求，已申报 2023 年地方政府新增一般债券项目需求 6 个，合计预算资金 3.61 亿元，申报需求一般债券资金需求 1.5 亿元。

以加强保障为基础

制定《关于招募 2022 年昭苏县银龄讲学计划实施方案》，招聘 5 人；接收 207 名伊犁师范大学实习生，接收伊犁丝路学院顶岗实习生 106 人；制定《昭苏县关于大学生志愿服务西部计划地方项目的实施方案》，招募到岗 20 人，不断补充新鲜血液。对接引进红云红河烟草（集团）有限责任公司新疆卷烟厂社会资助金 6 万元，对 85 名家庭困难学生进行资助。引进"音乐种子"学生资助资金 4 万元，资助 20 名品学兼优家庭困难学生。拨付学前三年免费教育保障经费 414.31 万元，受益学生 6485 人。拨付城乡义务教育阶段学生各类资助资金 1013.33 万元，受益学生 22551人。落实普通高中两免一补资金 83.8 万元，受益学生 1160 人。落实中职"三免一补"资金 43.9 万元，受益学生 418 人。发放雨露计划助学金 51人 15.3 万元、援疆助学金 41 人 24.6 万元。

以深化改革为契机

制定《昭苏县中小学校幼儿园责任区督学挂牌督导实施方案》，32 名专兼职督学因校施策"把脉问诊"，有效保障督导成效。持续巩固义务教育基本均衡发展成果，顺利通过自治州人民政府对昭苏县义务教育均衡发展第三轮复查验收。制定《昭苏县推动县域义务教育优质均衡发展实施方案（2021—2029）》，推进义务教育向优质均衡发展。研究评估标准和指标体系，开展督导评估指标体系培训，稳步推进学前教育普及普惠发展。配齐配强专兼职教研员队伍 53 人，提升教研工作质效。

积极对接江苏泰州市教育部门，全县 25 所学校与泰州市 29 所对口学校达成结对共建学校。组织 35 名各学科骨干教师、援疆教师开展联片教研"送教下乡"活动，送教 42 节。采取"请进来"的办法对教师进行业务培训，邀请 8 名援疆教师为全县教师开展线上教学专题讲座，邀请伊宁市第 23 中学书记（校长）领航工作室开展送培活动，邀请泰州 15 名专家莅临昭苏县举办教学教研专题讲座，邀请泰州机电高等职业技术学校专业教师到昭苏县职业学校开展专题讲座 2 次。投入 95 万元建设 2 个录播教室和采购 12 套班班通设备；利用专项资金 20 万元建设完成 1 个资源教室。对各学校、教学点进行教学常规视导工作，听评课 544 节。2022 年中考分比 2021 年提高 21.75 分。2022 年高考一批次达 18.16%，增长 5.15%。本科上线率达 54.98%，增长 10.34%。

根据学生的兴趣爱好及特长，开设钻石贴画、跆拳道、花伞、经典诵读、播音主持、马术等社团 337 个，满足学生个性化需求。举行"经典润乡土"主题活动，报送优秀案例 37 件次、视频短片 86 件次。推送"文化润校"乡村书香校园特色学校 2 所。持续开展中华经典诵读活动，在自治区比赛中获奖作品共展播 12 件次。4 所学校作为红色经典文化"第二课堂"和诵读、书法、诗词名家进课堂优秀案例进行展播。

昭苏县教育局坚持"立德树人"的教育理念，以严谨的教学管理、优质的师资力量和科学的教学方法，为学生提供了良好的学习环境。在 2023 年的高考中，昭苏县二中有数十名学生考入双一流大学，实现了历史性的突破。这一成绩不仅展现了学校的教学水平，也反映了昭苏县教育事业的蓬勃发展。

全面提升党建工作质效。充分发挥党委理论学习中心组领学促学作用，构建教育系统理论武装工作"大格局"，班子成员坚持带头听课调研、带头结对包联、带头上党课思政课，深入党建工作联系点解决问题 12 个。

建立"三会一课"日常督查考核工作机制，开展党建基础性工作全覆盖检查指导 3 次，开展党建工作专项检查 5 次。全面推进落实中小学党组织领导的校长负责制，指导审核 65 所学校党组织议事规则和校务会议事规则，为推进中小学校党组织领导的校长负责制建设提供制度保障。

举办党的二十大精神专题培训班，通过"集中＋送学"的方式，1453 名党员教师"应培尽培"，组织开展教育系统"五个好"党支部创建观摩会 3 场、培训会 3 场、考测 2 场次、研讨 1 次，开展"比武争旗"争创"五个好"党支部知识竞赛 1 场次，全面提升学校党建工作水平。持续开展"一支部一品牌"创建活动，聚焦办学成果、质量提升，组织开展中小学党建现场观摩活动 2 场，打造"党建＋红色教育""党建＋校园文化""党建＋优秀传统文化""党建＋思想政治教育"等党建品牌。

坚持立德树人根本任务。全面加强思政理论课教师和思政干部教师两支队伍建设，建立思政一体化结对共建联盟 7 所、思政一体化专业发展团队 7 支，州级思政一体化结对共建联盟 1 所、思政一体化专业发展团队 1 支、思政名师工作室 1 个。108 位书记校长、268 位德育工作者带头上思政课 1078 场次，在全县中小学每周举行"同升国旗·同唱国歌"为主题的升国旗仪式，县四套班子领导带头到校园开展爱国主义教育活动。充分发挥天马博物馆、知青馆、禁毒教育基地、影剧院等育人功能，开展参观和观影活动 35 次。

组织学生按居住小区成立志愿者宣讲队伍，讲述爱国主义精神和身边红色小故事 3869 场，开展爱国主义教育志愿者宣讲活动 1366 场。开展"网上祭英烈"等主题教育活动 907 场次，组织开展"青春向党、强国有我""争做新时代好少年"等主题实践活动 80 场次，大力开展"万名师生话典故讲传承"活动。

深化拓展"三进两联一交友"活动，大力推进各民族优秀文化进班级、进宿舍，召开座谈会 576 场，开展联谊活动 169 次、文体活动 192 场。组织各学校、幼儿园师生利用寒暑假前后 5 天时间，深入学习习近平总书记系列讲话精神、党的二十大及第三次新疆工作座谈会精神等 970 场次。

制定《昭苏县教育系统家校社共育实施方案》，开展家庭教育宣讲 6215 次，解决家长在育儿方面的困惑 713 条。开展教师心理健康教育专题培训 4 次，邀请心理健康教育专家开展沙盘游戏课堂心理咨询培训 2

场次，对 240 名学生进行了沙盘游戏课堂心理咨询。

全面提升教育教学质量。落实常规检查制度，对全县 31 所中小学开展了两轮教学常规视导，全面掌握各校教育教学常规开展情况。组织召开高考、中考质量分析会，对中、高考后段复习工作进一步细化，提出分层复习、高效备考等具体要求。优化《昭苏县义务教育学校联片教研活动实施方案》，组建各学科名师工作室 16 个，开展同课异构 20 节，展示课 2 节，讲座、研讨各 12 场次，开展学科名师工作室专题研训活动及送课活动 23 场次。

30 名名师专家进入"昭苏县学科名师专家库"，制定《昭苏县教师队伍梯度建设培养计划》，通过三级培训周期完成对"骨干力量"和"青年教师"的培养。持续做好学科建设，提升学科教科研活动品质，以国培、区培、县培三级培训为抓手，完成全县 3000 余名教职员工的三级培训台账。

以各级各类"以校为本"小课题申报为指引，以校本培训模式为依托，组织各级各类学科评比活动，推选优秀作品 100 余件参与上级评比。办好州级第九届"苏伊杯"县级选拔赛，14 名教师代表全县参加伊犁州第九届"苏伊杯"教学能力大赛，大力提升教师业务水平。

全面落实"双减"政策。进一步优化课堂教学，以专、兼职教研员为引领，做好学科建设，科学规范"双减"课堂、作业布置等学科常规。紧盯晨读午练晚自习实施，不断指导各校通过优化"晨读午练"内容，做到有目标、有总结、有检查、有反馈，细化管理及实施方案。

切实做好课后托管，根据学生的兴趣爱好及特长，开设经典诵读、播音主持、马术等社团 337 个，第三中学成功申报自治区课后托管培育校。联合文旅、市监等部门开展了 8 次校外培训机构专项治理行动，勒令下达停止办学提醒函 2 份，发布《致全县学生家长的一封信》充分发动家校社作用，全力打击"黑机构"、私自办班等现象。

全面推进语言文字工作。以"牧歌昭苏 书香人家"大阅读活动为抓手，以读书为载体，扎实开展"晨诵经典""师生共读""亲子阅读"等读书活动，评选 2023 年度书香校园 5 个、书香家庭 50 个、读书之星 50 人、读书辅导员 70 人。开展学前儿童普通话能力监测工作，完成

5286 名学前儿童普通话测试和教育部对昭苏县 3 所幼儿园抽检工作，开展 2023 年各级各类学校语言文字工作达标创建活动，完成第一阶段 15 所学校、幼儿园达标工作检查。

联合统战、文旅、住建、市监对社会面用字情况进行检查，发现问题 53 条；组织完成 4 个村 195 名青壮年劳动力（农牧民）国家通用语言文字交流使用能力评估测试。摸排梳理全县 50 岁以下公职人员普通话掌握情况，对各单位、乡镇开展语言文字工作督导检查 2 次。

全面加强教师队伍建设。进一步选优配强学校领导班子，调整优化学校领导班子 118 人，加强学校管理队伍建设。按照招聘程序补聘编外工作人员 31 名，积极争取伊犁师范大学、伊犁丝路学院实习支教大学生 142 名，落实 21 名公费师范生及西部志愿者、5 名银龄讲学教师的服务管理、关心关爱工作，扩充教师队伍数量；落实第二批"组团式"教育援疆计划，19 名援疆教师已在教学一线发挥优势，促进先进教育教学理念引入，培养年轻教师。

全面保障校园安全稳定。组织各学校书记、校长开展校园安全工作部署会议 11 次，制定安全生产、维稳安保、宣传教育等方面工作方案 8 个。13 所学校、幼儿园荣获州级平安校园，17 所学校申请创建州级平安校园、5 所申请学校创建自治区级平安校园。

结合重大节日、关键节点开展安全主题教育，下发告家长一封信 75640 份。定期分析研判安全稳定形势，召开防范化解重大风险推进会 2 次、安全分析研判会议 18 次。组织围绕消防、交通、危化品、燃气、住宿等方面开展全面安全隐患排查，排查整改安全隐患 550 个，督导整改问题 122 个，联合成员单位对校园及周边环境、校外培训机构开展综合治理 3 轮。

联合 200 名警务人员加强校园周边交通秩序大整顿，健全住宿生运输保障机制。定期开展校园欺凌专项摸排，法制副校长开展防范校园欺凌法制讲座 42 场次。落实消防安全隐患排查整改和日常管理制度，完成"生命通道""九小场所"专项整治工作。

持续加强学校危化品管理，组织各学校对学校危化品管理开展自查 4 轮，处理 2019 年收回过期危险化学药品 1247 公斤。严格落实学校食堂安全主体责任，开展食堂醇基燃料管理专项指导3轮，联合市监局开展校园及周边环境综合专项整治4轮。

结合校园实际开展形式多样的防溺水专题宣传，召开主题班会380场次，签订家长（监护人）承诺书25000余份，在辖区河流、湖泊、水库等沿岸设置安全防范设施（警示牌）40个。

全面落实学生资助政策。对11所义务教育学校营养餐就餐情况进行调研，对2023年营养餐资金、家庭经济困难学生生活补助资金进行分配，保证资金的使用准确率。比对2022—2023学年中高职脱贫户家庭在校生数据，落实第七批雨露计划受助学生72人，发放雨露计划助学金21.6万元，摸排确定待发60人；完成2022学年第三批援疆助学金签批、发放工作，共计14人、8.4万元。

通过大数据比对，对全县2023年春季学期各教育阶段七类学生进行核实。2—5月营养餐执行资金为915.93万元、寄宿生生活费补助执行资金为139.93万元、幼儿园伙食补助执行资金为354.25万元，芳芳义务教育家庭经济困难学生生活补助6207人，共计203.16万元。

全面推进项目建设。切实做好续建项目推进工作，完成第五中学宿舍楼及南城区幼儿园建设项目竣工验收；完成2022年义务教育薄弱环节改善与能力提升项目结算送审；完成2020年第四中学续建项目（援疆）建设项目及2021年城乡义务教育校舍安全保障长效机制中央补助资金项目结算审计及剩余资金拨付；完成2022年改善普通高中第一中学宿舍楼主体验收工作；完成夏特柯尔克孜族乡中心学校运动场建设项目看台主体施工，进行塑胶跑道铺设；督促昭苏县第七中学（洪纳海镇中学）建设项目施工进度的跟进。扎实做好新建项目的推进工作，完成夏特柯尔克孜族乡中心小学消防水池、第二中学综合楼项目、2023年园舍维修项目等前期手续办理。申报2023年地方政府新增一般债券项目需求6个，合计预算资金3.61亿元，申报需求一般债券资金需求1.5亿元。完成第三中学综合楼及配套附属设施建设项目育仁楼、栋梁楼拆除工作，完成第一小学运动场、风雨操场及配套设施建设项目初步设计编制及前期手续办理。

昭
苏
·
彩
虹
之
都

　　昭苏县教育局加强师资队伍建设，提升教育软实力，健全师德师风建设长效机制。教育局党委书记许彦云说，教师是教育的灵魂，是推进教育现代化的关键力量。他们通过加强教师培训、优化教师待遇、完善教师评价机制等措施，激发教师的积极性和创造力，为昭苏县教育事业的发展提供有力保障。

第十五章

发挥优势，打造良好营商环境

聚焦招商引资。坚持和用好招商引资关键一招，大力开展全国招商，深化产业链招商，积极开展投资推介，加快项目签约落地，促进先进生产要素向发展新质生产力集聚，为传统产业优化升级和未来产业投入增长做出更大贡献。

聚焦内贸流通和扩大消费。引进和培育重大消费项目，加快现代商贸流通体系建设，优化消费环境，提升消费业态，集聚优质消费资源，持续推进消费品以旧换新和系列促消费活动，扩大消费规模，促进消费升级，打造具有昭苏特色的田园休闲风光城市。

聚焦优化资源配置。更好地发挥市场在资源配置中的决定性作用，加强商务系统行业监管，维护市场秩序，创造更加公平、更有活力的市场环境，实现资源配置效率最优化和效益最大化，激发全社会内生动力和创新活力。

招商引资促融合，枝繁巢暖"引凤栖"

招商引资是地方发展的源头活水，强力突破招商引资，需在优化营商环境上下更大功夫，通过加强诚信政府建设，构建亲清政商关系，增强发展环境吸引力。昭苏县立足丰富的生态资源优势，围绕生态资源和特色农业以及马产业，全面推进农业、文化、旅游项目发展。昭苏商务工信局引进一批符合县域发展规划、产业前景好、带动能力强的绿色产业项目，以满怀激情和良好的精神状态，只争朝夕、不负韶华，加快推进昭苏经济社会高质量发展，为"十四五"发展规划起好步、开好局，助力建设"大美昭苏"。

招商引资成效显著。一是召开昭苏县 2021 年度招商引资表彰总结暨 2022 年度招商引资工作部署会，始终坚持把招商引资作为"一号工程"抓实抓好，积极赴乌鲁木齐、昌吉、博乐等地开展招商推介会 10 场次。二是围绕旅游产业、马产业、中草药、农畜产品精深加工等重点产业，通过精准宣传、以商招商，斯木塔斯水库乐园、"好物疆至"旅游产业园、天马文化产业园综合营地（度假村）项目等一批经济效益好、带动就业强的重点项目落地建设。截至目前，完成招商引资到位资金 17.1 亿元，完成总任务 17 亿元的 100.59%，增速达 36.8%。共实施 37 个项目，其中新建项目 29 个，到位资金 11.93 亿元，续建项目 8 个，到位资金 5.17 亿元；工业经济稳步增长。一是强化帮扶，扎实落实"千人帮千企、服务促发展"活动帮扶措施，实施干部包联企业机制，定期召开联席会议，以问题为导向，积极协调企业在原料供应、资金筹措、用工用电等方面存在的困难问题 31 件，常态化指导企业落实安全生产责任制和疫情防控各项措施，助力企业稳产达效；二是引导鼓励申报项目，积极引导盛康生态面粉企业申报州级"专精特新"企业认定，并纳入州级"专精特新"小巨人培育库。指导昭苏县牧马人、天山香紫苏申报自治区"十四五"第二批技术创新指导计划项目，为后期申请相关技术创新资金做准备。1—11 月实现工业产值 27625.33 万元，同比增长 31.38%，完成工业增加值 7617.41 万元，增速为 4.68%。预计 1—12 月，实现工业产值 28991.64 万元，同比增长 31.13%，预计 1—12 月，完成工业增加值 8000.73 万元，同比增长 10.58%，完成全年任务目标 8000 万元的 100%。

商贸经济扎实开展。一是积极组织家乡好、美连美、国美电器等开展系列惠民促销活动 22 场次，推动 2 家个体完成"个转企"，持续刺激市场活力，拉动市场消费。二是推进农村电商助力乡村振兴，建成县级公共服务中心 1 个、县级分拨中心 1 个、乡镇级服务站 10 个、村级服务站 45 个投入运营，力争年底前电子商务服务网点全覆盖，电商运营中心开展各类电商培训 38 场次 685 人次；电子商务销售中心通过优化线上线下农副产品、旅游纪念品等产品销售推广，组织本地有知名度的网红线上直播带货 50 次，带动本地农特产品销售。1—9 月，完成社会消费品零售总额 8.48 亿元，完成全年目标任务 13.4 亿元的 63.3%；外贸进出口完成 710.08 万美元，完成全年目标任务的 101.44%，增速 29.1%。

淘汰化解落后产能，完善信息基础建设。一是根据《产业结构调整指导目录》《淘汰落后产能工作要点》及自治区生态文明建设及污染防治工作有关要求，制定了昭苏县砖厂淘汰计划表，先后淘汰何涛砖厂、米斯砖厂、华君砖厂等 5 家砖厂，并通过区、州两级验收，产业转型升级取得阶段性成果。二是推进信息化基础设施建设。全力推进 5G 基站信息化基础设施建设。昭苏县目前共有通信基站 318 个，其中已开通 5G 基站 101 个，占比 32%，实现了昭苏县主城区、各政府单位、商超、学校以及部分乡镇的 5G 覆盖，最高下载速率可达到 1Gbps，全县 5G 信号覆盖率（除边境区域）能达到 80% 以上；完成 5G 基站改造 44 个，完成昭苏县第七批普遍服务项目新建站选址 6 个，完成昭苏县江浙大酒店信号联合测试，信息化基础设施现代化水平全面提升。

严格落实安全生产责任制。加大安全生产隐患排查力度，明确企业负责人为安全生产第一责任人，以定期实地走访和电话问询等方式深入了解企业安全生产情况，重点关注重视程度、安全物资、保障措施等方面的情况。实地对员工进行安全生产宣传，学习上级部门有关安全生产的最新文件及工作部署，以不定期抽查的方式，检验学习效果，评估安全生产责任落实情况。累计对行业领域内 15 家工业企业、13 家快递物流企业、12 座加油站进行了安全生产隐患排查 180 余家次，发现安全生产隐患问题 104 条，立即整改 104 条。

疫情防控保障产业链、供应链稳定。一是保存量稳生产，设立商务工信局 24 小时服务电话，建立与企业有效沟通渠道，对涉及的问题诉求及时协调有关部门和属地乡镇解决，并将办理情况及时反馈；对县域 7 家规上企业分析研判，针对盛康生态面粉小麦库存不足问题，快速办理车辆通行证并积极协调调配小麦，保障昭苏县粮食物资稳定；支持葛洲坝水电持续稳定生产，推动纵横、洪海、明强等商砼类企业增订单、稳定生产，充分释放产能。二是做好通行保障。协调调配企业原材料运输车辆，做好企业车辆跨县市作业通行证办理工作，安排 7 人对企业原料运输车辆全程盯控，保障工业企业安全正常生产经营。三是强化油气监测，关注油气市场动态，做好油气市场的监测分析工作，做好油气储运，有效处置突发事件，保证城乡油气市场供应平稳。四是落实疫情防控要求。多次组织分管行业学习《新型冠状病毒感染肺炎疫情防控工作方案（第九版）》及操作手册，同时对行业重点人员核酸检测工作进行再摸排、再细化、再完善，对照网络监管平台提送信息实行电话提醒，限期督促企业人员按时采样。

昭苏县商务工信局副局长童杰说，现在昭苏县的招商环境很好，干部群众心往一处想、劲往一处使，大家都想着发家致富奔小康。这两年随着旅游热，投资酒店和民宿的很多。昭苏要深挖本土特色民宿潜力，加大民宿开发建设力度，规划建设适合不同消费群体、多层次、多元化的精品民宿，力争把昭苏打造成知名的精品民宿示范区。

G219线昭苏至温宿公路开通后，昭苏成为南北疆货物运输的中转站，经济发展潜力巨大。商务工信局目前业务分两大块，一是"请进来"，通过招商推介会将各地的投资商引进来，全力以赴做好服务。二是"走出去"，昭苏的牛羊肉味道鲜美，是涮羊肉和火锅的佳品食材；昭苏的油菜、小麦、甜菜、大蒜等品质很好，市场前景很好，大有可为。

水美则鱼肥，土沃则稻香。昭苏招商引资有四大块：旅游业、农牧业、马产业和城市建设。昭苏县商务工信局深入开展"引大引强引头部"行动，精准绘制产业链招商图谱，分行业、分领域制订招商引资计划。采取产业链招商、驻点招商、以商招商等方式，常态化开展产业链招商，为经济快速发展储备了强劲动能。

深入推进招商引资工作

持续强化招商基础工作。一是突出昭苏县优势资源，遵循延链、补链、强链产业链发展总体思路，聚焦农牧业、旅游产业、马产业、特色种植业及城市建设五大产业板块，精心谋划梳理一批顺应政策需求、手续准备充分、市场前景广阔的优质项目库，为2023年招商引资工作指明方向。二是加快招商引资宣传片的制作，加强与四川时代视鼎文化传媒有限公司沟通对接，协调解决宣传片在制作中遇到的问题，推进昭苏县招商引资宣传片的制作进度，夯实2023年招商引资工作基础。

持续营造良好的营商环境。坚持把企业需求作为"第一服务信号"，将企业发展作为"第一服务目标"，积极营造更加浓厚的亲商重商氛围。以服务促保障，积极帮助企业协调解决项目推进遇到的难点、堵点，全力推进"好物疆至"旅游产业园、斯木塔斯水库乐园、骏川生态牧场养殖基地、联怡马尿综合利用等重点项目建设进度。目前，通过与相关职能部门沟通协调，"好物疆至"旅游产业园项目建设用地电线杆迁移、天马综合营地项目用地手续报批等困难正在积极推进解决当中。

精准实施产业招商。遵循延链、补链、强链产业链发展总体思路，聚焦农牧业、旅游产业、马产业、特色种植业及城市建设五大产业板块抓招商。在农牧业领域，从增强产业基础和提升精深加工能力两方面开展针对性强的招商工作，促进种养殖业结构有序调整，科学压缩传统种养殖规模，合理扩大优势明显的种养殖业比例，促进产业增效、农民增收；在旅游产业领域，遵循"全域化、全季化、全时化"发展思路，依托昭苏独特的资源优势，从注重数量增长向更加注重质量提升上转变，把工作重心放在招引国内外知名冰雪产业龙头企业上，丰富昭苏旅游产业业态、补齐短板，提高旅游品质与内涵，促使全旅游产业链条均衡发展，倒逼旅游行业脱胎换骨、提档升级，带动整体昭苏旅游产业水平迈上新台阶；在马产业领域，遵循"高端化、专业化、宠物化"的产业发展总体要求，引导企业进行产业布局，积极打开东中部地区市场；在特色种植业领域，遵循"有机化、规模化、市场化"发展思路，认真梳理以中草药等为代表的昭苏优势特色种植业，摸清产品特性、比较优势、市场前景、产业规模等要素，指导特色种植业发展壮大；在城市建设领域，践行昭苏城市空间发展规划，通过"城市建设＋旅游业态"模式，超前规划设计，丰富城市功能，更新基础设施，打造宜居宜游宜业的新城市规划建设格局。

加大"走出去、请进来"力度。一是梳理一批符合昭苏县产业发展的企业名单，通过叩门招商、推介招商、委托招商等形式，组织开展外出招商推介活动，重点做好五大产业板块招引、签约未落地项目跟进回访等工作，增强企业投资昭苏信心。二是做好签约项目跟踪工作，加快签约未落地项目的推进，积极促成斯木塔斯抽水蓄能电站、察乡滑雪度假区、葛洲坝水电开发二期、飞马假日酒店等签约项目落地建设。三是立足昭苏县优势资源，邀请企业来昭进行实地考察，使投资企业走进昭苏、了解昭苏、投资昭苏，确保招商引资工作月月有进展、季季有签约、年年有投资的良好循环，进一步推动昭苏县经济高质量发展。

多措并举创新招商方式。一是对接招商任务成员单位摸排了解意向型投资客商，结合前期已掌握的有意向投资的客商资源，梳理汇总计划投资客商清单。对旅游业、马产业、农牧业、特色种植业、城市建设开展专题产业招商，组织开展专题推介会；委托行业协会、区域商会、已落地昭苏企业，帮助开展招商工作，获取招商资源。通过购买服务等方式，拓宽招商引资渠道，提高招商成功率；通过腾讯会议、抖音平台、微信公众号、政府网站、电商平台、投资昭苏 APP 等载体，大力推介招商资讯，召开网络招商推介会，提升网络推介影响力。

推动重大项目建设。积极推动空港交通物流产业园基础设施建设项目、野狼谷国际旅游度假区建设项目、斯木塔斯抽水蓄能电站建设、察汗乌苏乡国际滑雪度假区、飞马度假酒店项目等重大项目推进步伐。力争洽谈项目早签约，签约项目早落地，落地项目早建设，建设项目早投产，逐步形成重大项目快速推进的梯级发展机制，不断壮大实体经济发展的基础，不断激发产业经济发展的活力，助力昭苏经济高质量发展。

深入推进援疆招商。一是通过援疆机制，着手谋划制定全县招商引资产业布局发展规划，组建成立经验丰富、专业程度高的规划编制专家团队，加强与县域行业主管部门对接，尽早拿出一部符合昭苏实际、操作性强的招商产业规划，为今后招商工作指明前进方向。二是通过援疆机制，摸排对接江苏泰州方面曾经从事招商引资、项目工作而现已退休的领导干部，通过返聘方式任命县域"招商大使"。在调查研究的基础上，充分发挥昭苏各类优势资源，提高招商科学化、专业化水平。

稳步提升商贸工作

做好冬季消费升级系列活动。按照《昭苏县 2022 年冬季消费升级系列活动实施方案》具体要求，持续做好暖民心惠民消费券、购车惠民、冰雪律动燃起来、家电下乡惠民等系列活动，促进消费回补升级，全力营造浓厚的消费氛围，激发市场消费活力。截至目前，电子消费券累计领券 23021 张，使用消费券金额 25.032 万元，带动消费金额 105.7721 万元，累计消费 130.8041 万元。活动期间销售汽车 12 辆，共计 80 余万元。

稳步推进社会消费品零售总额增长。着力开展系列旅游活动，宣传、吸引疆内外游客来昭旅游，带动餐饮、生活用品的消费，持续扩大市场活力。一是扎实开展"政银企"会议，开展优惠政策宣传、产品展销等促销售服务活动，认真落实减税降费、定向消费等各项惠企政策，积极争取各类项目扶持资金，助力小微企业发展壮大，推动国美电器、大世界服装城等大型个体 2023 年完成"个转企"，尽早达标入统，稳步扩大和提升规模以上零售企业数量和质量，增强完成指标任务的基础能力。二是定期组织县域内大型商超积极开展消费惠民活动，特别是抓好节假日消费促进活动，开展形式多样的促销让利活动，满足人民群众多元化消费需求，组织汽车经销企业开展各类汽车促销活动，拉动市场消费，促进商贸经济稳步增长。加大定向消费力度，鼓励引导政府部门在已入统企业中采购办公用品、防疫物资、工会福利等，拓宽社会消费品零售市场。

稳定发展外贸工作。一是不断增强存量企业发展外贸经济的能力和水平，积极帮扶德胜生物科技、天山香紫苏等 3 家外贸出口企业，升级加工生产线，建立研发中心，延伸产业链条，提升产品竞争力，提高产品附加值，着力解决企业在生产运行、市场开拓等方面的难点、堵点。二是培育特色品牌，促进外贸经济发展。重点培育天山香紫苏和草原油脂两家外贸出口企业，着力打造拥有自主知识产权、核心竞争能力的出口型龙头企业。三是建立外贸企业的跟踪服务制度。确定重点服务对象，落实由县领导牵头，商务工信局、财政、金融办、税务、人民银行、供电等部门协调一致，深入企业现场办公，积极协调解决外贸企业在市场开拓等方面遇到的困难和问题，破解企业发展难题。

加快推进电子商务进农村综合示范县项目进度。一是巩固培训成果扩大培训力度，利用冬季农闲时间积极对接各个村开展帮扶培训，开辟更多电商从业者带动本地市场活跃度。二是拓展企业销售渠道，助力企业发展，以网络达人宣传和产品推介会等形式提高本县农牧产品知名度和影响力，促进农牧民增收致富。三是加强与各乡镇联系，促进庭院经济发展，使乡镇的蔬菜、家畜等在县域循环流通，促进本县经济发展、提高农牧民生活水平。

全力推动工业经济

促进工业经济提质增效。一是着力培育新的增长点，重点培育昭苏县肉制品生产线建设项目、昭苏县草原油脂精加工建设项目、伊犁联怡生物技术有限公司马尿综合利用建设项目，抢抓项目建设工期，尽早实现入统升规。二是助推存量企业产值提升，帮助盛康面粉达产增效，提高贡献率；鼓励引导政府投资类基建项目、房产项目优先使用本地建材企业，保障企业生产运行持续增长。

狠抓工业经济运行监测。一是强化目标意识，全面梳理并动态掌握企业运营情况，通过3日一次电话走访、1周一次实地走访的方式进行一对一指导，及时解决企业生产经营中的困难问题，帮助企业达产达效、增产增效。二是深入企业调查研究，及时找准疫情所导致的企业生产经营中存在的问题，运用好联席会议机制，研讨疫情对全县工业经济的影响，并协调解决，尽可能降低疫情对企业生产带来的不利影响，保障企业在原料运输、手续办理等方面实现专人专管。

多举措促进工业经济。一是围绕建链、补链、强链工作，认真筛选梳理一批辐射带动强、经济效益高、市场前景好、可操作性强的优质项目库，通过招商引资，招引一批符合昭苏县产业发展的工业项目，为今后的工业经济奠定基础。二是持续做好工业企业安全生产工作，持续全面排查治理安全隐患，提升企业防控重大安全风险的能力。

推进重点项目建设

　　建成骨干冷链物流基地建设项目。2022年完成两栋建筑物主体结构封顶，2023年加快推进新建冷藏库及配套供排水、电力、消防等附属设施建设；购置冷链物流配送车辆、叉车、智能管理系统等，尽早实现投产运营，并做好项目整体移交运营，实施蔬菜、肉类产品贮藏、保鲜，能够营造产业化经营优势，调动农牧民的种植养殖积极性，引导农牧民扩大种植养殖规模，提高种植养殖效益，有利于提高土地的利用率和生产效率。

　　积极推进空港交通物流产业园建设项目。一是继续与县自然资源局紧密对接，做好用地勘测工作，为项目早日落地提供载体；二是推进项目初步设计工作，将可研的设想落实到设计方案中；三是拓宽融资渠道，在积极争取政府专债等各类项目资金的同时，不放弃与各金融机构的合作，多渠道解决项目资金需求。

第十六章

下情上达，为高质量发展"保驾护航"

要把推进信访工作法治化作为全面深化改革的战略任务，进一步推进难点攻坚、依法履职到位，坚定改革信心决心，全面打通"路线图"，着力解决突出问题，强化协调联动，扎实推动各项任务落地落实。要把增强人民群众获得感、幸福感、安全感作为全面深化改革的鲜明立场，进一步畅通信访渠道、解决利益诉求，及时准确反映社情民意，扎实推进人民建议征集，着力解决群众急难愁盼，始终做到"事心双解"，真正把工作做到群众的心坎上。要把有效防范化解矛盾作为全面深化改革的关键环节，进一步提升工作能力、维护社会稳定。

全面深化公安改革，加快形成和提升新质公安战斗力，要着力推进体制机制改革。公安机关要加快构建职能科学、事权清晰、指挥顺畅、运行高效的警务管理体制，加快完善"专业＋机制＋大数据"新型警务运行模式，加快推进"情指行"一体化运行机制建设、智慧公安建设，以新编成、新机制、新手段促进新质公安战斗力生成与提升。要紧紧抓住改革创新的"牛鼻子"，充分发挥科技创新的主导作用，加快推进公安大数据智能化建设，激活培育发展新质公安战斗力的澎湃动能，为建设更高水平的平安中国、法治中国提供有力支撑。要大力推动执法办案管理中心提质增效，推动实现执法办案、监督管理、服务保障一体化运行，切实把中心打造成实战实用实效、好用易用管用的执法办案基地，带动提升整体执法水平。

做好"送上门来的群众工作"

习近平总书记指出："信访是送上门来的群众工作，要通过信访渠道摸清群众愿望和诉求，找到工作差距和不足，举一反三，加以改进，更好为群众服务。"党的二十大报告要求，"要实现好、维护好、发展好最广大人民根本利益"，"畅通和规范群众诉求表达、利益协调、权益保障通道"。

信访工作是党的群众工作的重要组成部分，是了解社情民意的重要窗口。习近平总书记就加强和改进人民信访工作作出系列重要指示和重要论述，形成了习近平总书记关于加强和改进人民信访工作的重要思想，为做好新时代信访工作提供了根本遵循。

在采访中我们了解到，昭苏县信访局推动信访关口前移，让干部多下访、群众少上访。面对来访群众和信访问题，他们坚信"诉求事项有解"，积极探索新方法新路径，决不推卸责任、敷衍了事。

昭苏县信访局以巩固提升"全国信访工作示范县"创建成果为目标，以党的二十大信访稳定工作为主线，扎实开展治理重复信访、化解信访积案专项工作和治理重复信访"百日攻坚"活动，深入推进信访制度改革，狠抓信访矛盾源头治理，全力推动"事要解决"。2022年，全县信访形势总体平稳，未发生赴区进京聚集访，未发生涉访个人极端行为，未发生因信访问题引发的负面炒作。

信访局的工作人员不辞辛劳，在全县各乡镇、各部门对本辖区、本系统各类社会矛盾风险隐患开展拉网式大排查、大化解，特别是针对城乡建设、劳动社保、农业农村、涉法涉诉等领域群众反映强烈的问题，认真细致开展全覆盖滚动式无遗漏的大排查，确保不漏掉一个问题，不放过一个隐患，不留存一个盲点。共排查出社会矛盾 420 余件，主要反映邻里纠纷、家庭纠纷、土地草场纠纷、个人纠纷等问题，相关乡镇、村（社区）均按照"一案一策、一人一册"，全部建立工作台账，落实包案领导，限期化解，确保底数清、情况明，化解率 100%。

信访局的同志迎难而上，解决重点领域信访事项，比如工程款拖欠问题。昭苏县在伊犁河谷经济发展相对滞后，财政收入较低，存在工程项目拖欠工程款问题，加之 2020 年以来的疫情原因，财政压力进一步加大，造成项目建设资金难以到位，产生了工程款拖欠问题。信访局工作人员现场调解处理劳动纠纷，最大限度把纠纷化解在工地、解决在源头，进一步压实了建设方和施工方的责任与义务。针对疑难复杂信访积案，尤其是历史遗留的土地草场纠纷问题，因历时过长，材料缺失一时难以化解，办事人员以极大的耐心和专业精神，帮助群众化解矛盾。

2022 年以来，信访秩序持续好转，群众信访行为更趋理性，春节、冬奥会、冬残奥会、全国两会、党的二十大等重大活动期间信访服务保障任务圆满完成。信访局积极开展"四访"活动，落实领导接访。根据县处级领导每月至少开展一次信访接待活动和乡科级领导每周至少开展一次信访接待活动要求，在重点时期，县、乡两级安排党政领导开展"四访"（接访、约访、下访、回访）活动，2022 年以来，县、乡两级领导共接访 121 批 147 人次，接访案件全部落实化解责任，已全部完成化解工作。信访局的同志搜集各种信息，落实"零报告"制度。落实每日定点定时收集各乡镇、县直部门信访信息，对临时排查收集到的风险隐患问题，经汇总后上报州信访局和县委政法委，并形成专题报告和信访动态上报县委主要领导。对于经常信访的人员，按照"诉求合理的解决问题到位、诉求无理的思想教育到位、生活困难的帮扶救助到位、行为违法的依法处理"原则，推送到各户籍地和相关责任单位，化解稳控。

全县信访工作始终坚持"党委统一领导，政府组织落实、信访工作联席会议协调、信访部门推动、各方齐抓共管"的工作机制，有效整合各方资源力量，凝聚起做好信访工作的强大合力。一是落实信访工作联席会议制度。2022年以来，县委书记、政法委书记共主持召开信访工作联席会议5次，研究涉及信访工作改革发展的重大问题和重要信访事项的处理意见，不断提升信访工作科学化、制度化、规范化水平。二是落实首办责任。进一步健全完善信访事项首办责任制，对受理办理全流程事项闭环管理、精准管控，及时掌握解决问题情况和工作进展，努力在第一时间、第一地点把新发生的问题解决到位，最大限度减少问题积累、防止信访上行。三是夯实基层基础。坚持和发展新时代新疆特色"枫桥经验"，充分发挥基层信访信息员、信访矛盾纠纷一站式调解中心、"品牌调解室"等作用，努力把矛盾解决在基层、把问题化解在当地，切实做到"小事不出村，大事不出镇，矛盾不上交"。目前，已建成县级信访联合接访大厅1个，打造完成"枫桥经验"示范点30个。

昭苏县信访局局长汤之乐说，昭苏县是伊犁州上访人数最少的县，被评为"全国信访工作示范县"。近两年昭苏县充分利用矛盾调解室、司法调解室、群众说事点等多功能工作室，做到"小事不出户，中事不出组，大事不出村，矛盾不上交，就地能化解"的目标。全县各乡镇建立信访工作联席会议和信访信息员工作制度，完善源头化解的工作机制，及时妥善化解矛盾。

昭苏县坚持"党政主导、部门协作、社会参与、群众自治"原则，探索矛盾不上交的机制，全力将矛盾化解在源头，问题解决在基层，力促社会和谐稳定。他们通过"法律七进""以案释法"等方式，引导农牧民运用法治思维和法治方式解决矛盾和问题，信访及时受理率、按期办结率、群众满意率均得到好评。

加强领导，压实责任

　　县委、县政府主要领导亲自过问信访矛盾纠纷排查化解工作，分管领导具体主抓，镇乡村领导时时抓，坚决做到事事有人问，件件有人办，重大疑难信访事件主要领导亲自抓，一站式服务，限时办结，按期办结率100%。信访局坚持工作重心下移，把最优秀的干部下沉到村里去，把干部的责任压实到一线去，把群众工作做到村民的家里去，以住户问访、包联走访、定期巡访三种方式变上访为下访，主动作为解民忧。信访局压实联合接访大厅信访工作领导责任、联合会商、首接首办责任制，服务大厅全天候接待处理群众反映的信访诉求，首问责任人，负责信访问题具体办理、协调处理和跟踪督办，推动群众反映的合理诉求依法依规及时就地解决到位。坚持落实领导包案责任制。对排查梳理出的疑难复杂信访案件，由县领导、乡镇（片区）领导、第一书记、村党支部书记带头包案、带案下访，严格落实包掌握情况、包思想教育、包解决问题、包息诉息访工作责任制，切实压实责任，推动疑难复杂信访案件彻底化解。对摸排出的42件案件，全部实行县、乡、村三级领导包案化解。

贴心服务，联动化解到位

　　昭苏县全面有效落实"一站式接待、一条龙办理、一揽子解决"联合接访工作机制，建立信访部门与政法委、组织部、法院、司法局等部门横向沟通机制，在县联合接访大厅建立"一站式"解困中心，集中接待受理、直接调处、集中会商、协调指导、监督查处信访事项的综合型办事机构。目前，14个单位派驻联合接访大厅。今后，可视群众工作量和信访量具体情况，增减驻厅部门（单位）。建立"责任明晰、调处有力、决策快捷、权力集中、权威高效"的"一站式"解决信访问题的工作实体。实现"访""调"对接、集体联办的大信访格局，真正让群众反映诉求"最多跑一次"、解决问题"最多访一次",最大限度减轻了群众"访累"。充分发挥县级联席会议的职责和功能,今年以来昭苏县已召开5次信访工作联席会议,解决了多起重大疑难信访事项。

乡镇(片区)站所联动。一是乡镇(片区)全面推广信访工作联席会议机制,乡镇(片区)党委主要领导为联席会议召集人,成员由乡镇(片区)分管领导、各村第一书记、支部书记、信访办、群众工作办、各站所等组成,联席会议召集人下设办公室,办公室主任由信访办主任兼任。乡镇(片区)坚持每月至少召开一次联席会议,分析研判本乡镇(片区)信访形势,安排部署信访矛盾隐患排查和落实乡、村两级领导接访、下访工作任务,总结推广乡镇(片区)信访联席会议的经验做法,对提交的信访突出问题和矛盾隐患,及时召集成员站所研究解决方案,落实包案领导、成立专班,明确责任人及办结时限,推动问题及时化解。二是在有条件的乡镇(片区)设置"便民服务大厅",融合人民调解、法律顾问等多种资源,发挥整合优势,打造"一站式办公"工作室,近距离为居民解除困惑、化解难题。对不能化解到位可能再次上访的信访矛盾,提交乡镇(片区)联席会议办公室,通过适时召开联席会议,及时会商协调化解。

村级联席会议网格巷道联动。完善村级联席会议制度,村党支部书记、第一书记为联席会议召集人。村(社区)上下联动,通过联勤巡防、联动指挥、联合执法,促进社会问题早发现早处理,结合访惠聚工作队、民族团结一家亲、上门收集群众困难诉求,通过早派工晚研判,研究解决群众各类诉求。每周召开联席会议分析研判本周的风险、群众急难愁盼、化解措施。推动信访工作源头治理常态长效开展。实现县、乡镇(街道)、村三级工作联动、无缝衔接。提升和完善说事点,建成更多的基层调解品牌"说事点"。选任群众工作经验丰富、善于解决纠纷、热心的"四老"人员、联户长(网格长)、两代表一委员和民间矛盾纠纷调解人担任调解员。全县82个村社区配备94名信访信息员。做到调解服务"零距离",群众可以随时随地到说事点提建议、说问题、谈看法,反映迫切需要解决的问题。

按照新时期新疆特色"枫桥经验"流程图,昭苏深化县、乡、村

"三级联动"，推动形成"村（社）网格调解—村级联席会议—乡镇信访联席会议办公室分流调解—县联席会议办公室会商调解"分层递进式、专群融合式多元化解模式，做实《伊犁州信访矛盾纠纷化解流程图》这一矛盾纠纷化解实战化平台，依托县、乡镇（片区）、村（社区）、网格（巷道）、信息员五级调处网络平台，快速将困难诉求推送至平台，通过平台中的群众诉求受理模块，迅速研判、立案、分流、办理、评价、反馈，形成闭合流程，各类问题落实到人，规定时限内高效办结，推进"三级联动分类销号"机制更加有效运行，形成"共建、共治、共享"的社会治理格局。

扎实做好信访事项化解工作

针对梳理出来的疑难久拖未决的信访案件全部实行县、乡、村三级领导包案制，签订责任书，研究制定切实可行的化解方案，做到按期化解，对于无理缠访的要做好思想疏导和教育稳控工作，坚决杜绝重复访、越级访事件的发生。第一批、第二批交办 3 件重复信访事项已全部化解。

全面做好网上信访案件的承接转办工作，今年以来，网上投诉 37 件次 37 人次，截至目前，及时受理率、按期办结率、群众满意率均为 100%。

严格落实领导接访工作制度，县级领导每月接访一次，乡级领导每周接访一次，村级支部书记随时接访。县级领导共接访 2 批 15 人次，乡镇领导共接访 30 余件次，一批疑难案件得到有效化解。

全面学习和宣传《信访工作条例》

昭苏县利用新闻媒体、零距离、广播、抖音、LED 电子屏、发放宣传册、板报等方式大力宣传《信访工作条例》，提高广大群众的知晓率。积极动员县直单位、乡镇场、村队利用晨会组织学习《信访工作条例》，共开展各类学习活动 100 余场次。信访部门组织专题学习，局领导领学，开展专题学习 20 余场次，有效提高了干部群众的知晓率。

强化研判，加强源头治理

由乡、村（社区）两级群众工作中心落实排查调处工作责任制，以矛盾纠纷网格化管理体系为基础，延伸矛盾纠纷化解工作触角，组织开展全方位、拉网式的排查摸底，坚持普遍排查与重点排查、日常滚动排查和重点敏感时机专项排查相结合，坚持做到早发现、早处置、早预防，确保不留死角。

对排查出的矛盾纠纷、信访诉求进行全方位收集、统筹化管理，汇集到村（社区）群众服务中心集中化解。对疑难问题逐级上报，建立村（社区）每日 1 次研判、乡镇每周 2 次研判、县级每周 1 次研判工作机制，及时把握纠纷苗头，研究解决方案，消灭隐患，并对重大矛盾纠纷随时报告、敏感时期一日一报，实行"零报告"制度，杜绝迟报、漏报、瞒报等现象。

加大督导，严格落实考核奖惩

一是严格落实矛盾纠纷排查考核奖惩机制，将矛盾纠纷排查调处工作情况列入综治责任制考核范畴，加大日常督导检查力度，一般性问题下发提示函，限时整改，未及时整改的下发督办函予以督办，屡督不改的启动三项建议权。二是将配合落实信访工作情况，特别是矛盾纠纷排查化解情况作为重要内容纳入考核范围，对表现突出的干部、联户长、党员给予充分宣传和奖励，年底评先选优晋升优先考虑，充分调动干部群众落实信访工作积极性。

昭苏信访局打通服务群众"最后一公里"，躬行实践把全心全意为人民服务作为硬要求，常态化开展县领导接访约访、带案下访和包案化解信访案件工作，发挥领导干部引导示范作用，高位推动信访积案化解，按照件件有交办、件件有包案、件件有结果的标准，做到"案结事了"。

聚焦高位统筹，拉紧信访工作责任链条。把信访工作置于全县大局大势中谋划推进，县委、县政府扛起主体责任，注重重大问题解决，提高站位抓布局。

一是拉建矛盾过滤网。县乡两级分别建立信访工作联席会议机制并实体化运行，明确县委、县政府职责分工，整合10个乡镇30个重点部门等成员单位的工作力量，形成了条块结合、齐抓共管的信访工作格局，过细过滤各类矛盾纠纷。

二是划定工作责任田。按照"一挂全面挂钩，一挂相对固定"的要求，全面落实县级党政领导联系乡镇工作制度，压实包案责任，做到"不局限于原有调查结论、原有问题定性、原有处理方式，重新调查取证、重新会办处理、重新给出结论"，逐案化解，确保"案结事了"。

三是完善工作新路径。建立县级形势研判机制，县委、县政府定期研究信访问题、部署信访工作，适时对住建、教育、农业农村、水利、卫生等重点领域进行专题研判；建立重要情况函告机制，及时"点对点"通报情况、分析问题、提出建议；建立动态督查机制，常规工作巡查、重点节点督查、复杂案件督办，有效提升工作质效。

坚持精准施策，加大信访问题化解力度。坚持做好信访工作的"减法"运算，以精准的工作举措提升化解效能。

一是用包案求示范带动。落实"一线三包"工作，实行"党政领导包联乡镇、包分管领域、包疑难案件"制度，以上率下，统一思想抓信访，形成头雁示范、雁阵齐飞的工作格局。

二是促攻坚求化解实效。以"治理重复信访、化解信访积案"专项工作为抓手，盯紧重点问题、重点群体，以领导包案为统揽，逐案剖析矛盾焦点和化解难点，一案一策，做到化解方案、化解进度、化解主题的"三明确"，以攻坚之势求化解之效。

三是抓重点求全局推进。始终盯紧重点领域、重点地区、重点群体，牢牢抓住信访工作的主要矛盾，开展"巡回接访"，把重点抓在手上、放在心上、扛在肩上，以管重点、保全局的方式，确保面上工作整体推进。

夯实基层基础，推动一线信访提质增效。坚持民本导向，激发内生资源，紧扣一线服务，切实解决群众最关心、最直接、最现实的问题。

一是基础业务日趋标准化。坚持以标准化提升规范化，组织各条线信访工作人员精准把握标准、主动应用标准、严格执行标准，实现信访事项程序、依据、结果"三个规范"，全力保障群众合法权益。

二是基层接访日益精准化。实行首接首办工作制度，坚持依法分类处理，努力让群众合理诉求"一站式、一次性"得到解决，确保信访服务的精准化和满意度。

三是基层惠民日益现代化。拓宽网上信访渠道，让便民惠民信访工作更加贴近群众，网上信访占比日益提高。同时，通过大数据手段开展矛盾纠纷收集研判，实现化解矛盾在早在小。

党的二十届三中全会对信访工作提出了更高要求，进一步改革和完善信访制度，把加强党对信访工作的全面领导作为深化党的建设制度改革的重大任务，把推进信访工作法治化作为全面推进国家各方面工作法治化的重要内容，把提升矛盾风险防范化解能力水平作为健全社会治理体系、保障国家长治久安的重点环节，不断加强和改进人民信访工作，在全面深化改革、推进中国式现代化的伟大征程中找准信访部门职能定位，践行责任担当。

昭苏县信访局积极学习全会精神，围绕信访工作"135"施工路线图部署，全面落实《信访工作条例》，着力推进信访工作法治化，统筹抓好信访问题源头治理和积案化解，以实绩实效开创新时代信访工作新局面。

用使命和担当筑起金色盾牌

20 世纪 80 年代，有一部风靡一时的电视剧《便衣警察》，里面的主题歌《少年壮志不言愁》让无数听众热血沸腾，成为歌颂人民警察的经典歌曲，吐露出奋战在一线警察的心声：

几度风雨几度春秋

风霜雪雨搏激流

历尽苦难痴心不改

少年壮志不言愁

金色盾牌热血铸就

危难之处显身手

显身手

为了母亲的微笑

为了大地的丰收

……

这些年来，昭苏县公安局广大干警时刻牢记责任和使命，立足本职岗位，忠诚履职担当，继承和发扬革命先烈坚忍不拔、不怕任何艰难险阻的奋斗精神和正义事业必将胜利的革命乐观主义精神，铸造忠诚警魂，以饱满的工作热情、务实的工作作风更好履职，为昭苏县公安事业做出新的更大贡献。

2024 年 8 月 1 日，昭苏县公安局召开党委理论学习中心组第八次（扩大）会议，专题学习党的二十届三中全会精神，并就抓好全会精神的学习宣传贯彻作出动员部署。

全局民辅警深刻领会和把握新时代以来全面深化改革的成功实践和伟大成就，坚定拥护"两个确立"、坚决做到"两个维护"，紧扣推进全面深化公安改革，紧密结合公安工作实际，以更高标准、更大力度推进公安改革，深化智慧公安建设，加快形成和提升新质公安战斗力。

全体民辅警把学习宣传贯彻党的二十届三中全会精神作为当前和今后一个时期重要政治任务，加强组织领导、周密推进，迅速兴起学习宣传贯彻热潮。局领导充分发挥示范带头作用，通过党组织会议、"第一议题"、"三会一课"等方式组织教育引导全警深学细悟、深谋实干，切实找准学习贯彻的结合点、切入点、落脚点。大家坚持对标对表，把牢重点任务，结合习近平总书记关于新时代公安工作的重要论述，抓好全会精神学习贯彻，不断推进公安改革，聚焦推进国家安全体系和能力现代化等重大部署，创新完善维护安全稳定工作体系、服务高质量发展政策举措和法治公安建设制度机制，围绕"专业＋机制＋大数据"新型警务运行模式，加快形成和提升新质公安战斗力，更好地以公安现代化支撑和服务中国式现代化。

维稳安保新胜利　打击犯罪立新功

2024 年 2 月 8 日，昭苏县公安局召开 2023 年度公安工作总结暨表彰大会。回顾年度重点工作，宣读表彰决定，鼓励士气，展望蓝图。副县长、县公安局党委书记、局长李磊出席会议并讲话。

全县公安机关和广大民辅警在县委、县政府和州公安局的坚强领导下，忠诚履职、主动作为，打赢了一场又一场硬仗，维稳安保夺取了新胜利，打击犯罪收获了新战果，治安防控取得了新成效，平安建设水平有了新提升，服务保障展现新作为，公安队伍树立了新形象，有力维护了全县社会大局持续稳定。

李磊掷地有声地说，2024年是中华人民共和国成立75周年，是推动昭苏县高质量发展的关键之年，做好公安工作具有特殊重要意义。全县公安机关和广大民辅警，深入学习贯彻习近平法治思想特别是习近平总书记关于新时代公安工作的重要论述，贯彻落实全国公安厅局长会议精神，坚定拥护"两个确立"、坚决做到"两个维护"，聚焦"保安全、护稳定、防事故、抓治理、固根本、促发展、优法治、强党建"等工作重点，扎实推动公安工作提质增效，为全县高质量发展保驾护航。

县公安局立足新起点、全力抓开局，牢牢把握"公安姓党"的根本政治属性。"公安姓党"，公安机关首先是政治机关，政治建设抓不好，其他一切就无从谈起，要坚持从政治上建设和掌握公安机关，做到绝对忠诚、绝对可靠、绝对纯洁。县公安局把工作重心放到防范化解重大风险上来，以"推进公安工作现代化"为主线、聚焦主责主业，以政治安全为统领，突出重点、综合措施、精准发力，统筹抓好防风险、保安全、护稳定各项措施落实落细落地，着力下好先手棋、打好主动仗，坚决维护昭苏政治社会大局持续稳定。

各级公安干警在调优作风状态中奋勇前行，他们意识到，良好的作风状态，是做好一切工作的前提和必要条件。作风状态好，能使一个部门、一个民警集中全部精力、展现全部能力，做到吾之所向、一往无前。公安局全面落实从严管党治警主体责任，狠抓刚性制度落实，深化爱警暖警措施，加强内部监督制约，不断增强昭苏公安队伍的凝聚力、向心力和战斗力，着力锻造"四个铁一般"新时代昭苏公安铁军。

理思路开新局　下沉基层"出谋划策"

为进一步加强新时代派出所基层基础建设，压紧压实局党委抓基层所队建设主体责任，推动工作落实，昭苏县公安局党委班子下沉一线、蹲点基层，为派出所工作"出谋划策"，破解基层社会治理工作中的难题，促进基层工作提质增效。

工作中，局党委班子成员深入包干派出所，结合当前公安重点工作，详细检查了基层派出所社区警务工作、矛盾纠纷排查化解、案件办理、巡逻防控、道路交通隐患排查、公共安全检查、"三非"人员排查管控等各项基层一线工作开展情况，逐项查找问题短板、寻找不足差距，针对所民警日常工作中和案件办理中遇到的困难疑惑，进行面对面指导和点对点分析，帮助基层所队提高能力、补齐短板，推动工作落实。

班子成员指出，基层派出所要本着"干什么学什么、缺什么补什么"的工作态度，强化政治理论学习和能力素质提升，知重负重，以满腔热情、铆足劲头投入到风险隐患排查和维护社会治安大局稳定当中，以实际行动推动公安事业发展。

基层派出所一要认真谋划2023年第四季度工作思路，紧紧围绕各项重点工作，工作上创新、思想上突破、作风上严明，提升派出所的综合战斗能力。二要强化重点工作，提升基础摸排和动态掌握能力，持续推进辖区重点区域、部位的检查管控，及时查找辖区存在的隐患问题，确保将问题发现在未然、消除在萌芽。三要认真落实"放管服"改革各项措施，改进服务理念，提高基层所队服务效能，为辖区经济建设持续护航，不断提升群众的安全感、幸福感、满意度。四要强化队伍建设，加强队伍政治理论和业务知识的学习，强化规范文明执法，促进队伍能力水平提升，部门负责人严格落实"一岗双责"，细化队伍管理教育，引导全警进一步增强纪律规矩意识、提高执行落实能力，干好"分内事"、种好"责任田"，确保队伍管理不出任何问题。

通过此阶段班子成员"下沉一线、蹲点基层"，面对面与基层民辅警交心交谈，详细了解了基层警情民意，有力促进了派出所各项工作落地见效，解决了一批基层派出所存在的"急难愁盼"问题，进一步掌握了基层派出所困难问题和短板不足，为下一步基层工作质效提升指明了方向、找对了方法、夯实了基础。

风劲好扬帆　蓄势谱新篇

2024年第一季度以来，昭苏县公安局圆满完成了元旦、冰雪旅游节、春节、元宵节、全国两会等维稳安保工作。在全警的辛勤付出下，按照"八个聚集"工作思路，以群众最关心的民生"小案"为抓手，严厉打击各类违法犯罪活动，提速推进规范执法"一提升两攻坚"，扎实开展安全生产治本攻坚三年行动，刑事案件、盗窃案件、电信网络诈骗案件立案数同比下降43.4%、22.2%、83.3%。

第二季度是推动全年承上启下的关键期，是大干快上的黄金期，各部门抢抓机遇、铆足干劲、乘势而上，把"时时放心不下"的责任感转化为"事事心中有底"的行动力，全力抓好各项重点工作推进与落实。

局党委对广大干警提出了更高要求，持续开展纪律作风教育整顿，常态化抓好"开门七件事"（警容风纪、内务卫生、内部安全、警用车辆、警务装备、公务用枪、办案区管理），细化标准、严格考评、定期亮晒。以矛盾纠纷大排查专项行动为抓手，把重点人员、矛盾纠纷、维稳风险、基础排查、公共安全等各项工作落实落细，在6月底前全力把矛盾纠纷解决到位、安全风险管控到位、问题隐患消除到位。抓住重点、工作关键、自身短板，聚力专业打击、风险防控、执法规范三大提升，以业务提档升级助力公安工作高质量发展。抓好党纪学习教育，强化教育训练，全面提升民辅警职业素养和实战本领。要压实从严管党治警责任，紧盯"人车枪弹酒赌毒密网"和"八小时以外"管理，持之以恒正风肃纪，严防队伍发生问题。

为天马文化旅游节保驾护航

2024年7月20日，昭苏县天马旅游文化园内，彩旗飘扬，人声鼎沸，以"七月梦马相约昭苏　走进传说再续神话"为主题的2024新疆伊犁天马文化旅游节在文化园盛大开幕，热情好客的昭苏人民喜迎八方来客，在"天马之乡"共赴一场草原盛会。

开幕式上群星荟萃，文艺演出精彩纷呈，万马奔腾的表演将现场氛围推向高潮。现场观众热血沸腾，激动欢呼，共同见证这场文化视听盛宴。而这一切的背后，昭苏公安民辅警以饱满的热情、顽强的斗志默默守护着盛夏草原的热闹喧嚣……为确保整场活动安全有序进行，昭苏县公安局认真贯彻落实县委、县政府和上级公安机关部署要求，提前谋划、周密部署，全力以赴抓实抓细各项安保工作措施。在天马节筹备期间，局主要领导和班子成员、安保工作协调小组全程参与、现场指挥、全流程指导，多次实地踏勘督导检查，现场部署安保工作，进行整体风险评估，及时排查安全隐患，科学合理部署警力。

针对活动现场安保实际，详细划分了治安巡逻、现场执勤、警务督察、交通疏导、应急保障等安保组，定岗定人、狠抓落实，各执勤组按照"零漏洞、零短板、零事故"总要求，严密落实内围管控、外围疏导、应急处突和交通疏导等各项安保措施，有效排除了活动现场及周边安全隐患。

开幕式期间，执勤民辅警围绕重点部位、重点地区开展巡逻防控。同时，扎实做好活动现场秩序维护工作，引导群众在安全区域内有序、安全、文明观看，及时劝阻可能带来安全隐患的不文明行为，为活动顺利进行筑牢"安全阀"。交警大队紧扣"护安全、保畅通、促和谐"的目标，结合活动分布和历年活动出行的特点规律，深入分析车流量、流向变化，科学安排勤务，在各重点路段、路口以及活动周边做好停车秩序、交通疏导及指挥，全力保障交通正常运行。

安保期间，昭苏公安累计出动警力580余人，出动警车40余辆、警用摩托车10余辆，帮扶游客60余人次。执勤警力严守岗位，密切配合，文明执法，全力做好交通疏导、秩序维护、热情服务群众等各项工作，形成了上下贯通、左右衔接、整体联动、运转高效的安保工作格局，实现了安保工作的高质量推进、高效率落实，全面展现了昭苏公安队伍的良好形象。

英姿飒爽女子骑警队

盛夏的昭苏，风光旖旎，蓝天、白云、雪山、草原、骏马……吸引着全国各地的游客前来观光。在昭苏县乌孙文化广场，昭苏县公安局女骑警们身着制服，个个神采飞扬，她们骑乘一匹匹正宗的伊犁马，正在开展巡逻，路过的游客也纷纷拿出手机拍照。浙江游客赵伟说："昭苏县不愧是'天马之乡'，这里有英姿飒爽的女骑警，为她们的贴心服务点赞。"

昭苏县女子骑警队成立于2013年，肩负城市治安、巡逻、安全保卫、城市管理等任务。自组建以来，骑警队对队员的身高、体重、样貌有着严格的选拔标准，骑乘的马匹选自优秀的伊犁马。目前，骑警队共有21名成员，每年的4月中旬到10月底开展巡逻任务。如今，这支女子骑警队已经成为"牧歌昭苏·天马故乡"对外宣传的一张亮丽的名片。

昭苏县公安局女子骑警队队员古丽曼·多力肯别克说："在景区、城区和重要路段，我们女子骑警队开展治安巡理、文明劝导、游客服务、矛盾化解等工作，及时解决群众、游客的需求，只要在路上看到骑警队，有需求都可以寻求帮助，我们会以心贴心的服务办实打实的事，展现出昭苏县女子骑警队的风采。"

在人们看来，女骑警很风光，但背后却凝结着她们的汗水。女骑警每天都要拿出半天训练，下午要在广场负责巡逻工作。她们亲自备马、套缰绳、下马鞍、挂脚蹬，动作快速而熟练，工作结束后还要刷马、喂料……长时间的骑行让她们双腿酸痛，下马落地的一瞬间甚至站立不稳。

昭苏县是"油菜之乡"，每年6月底，近百万亩油菜花盛开，吸引着大量游客前往观赏。每到这时，女子骑警队都要戴着重重的头盔，身着厚厚的骑装，脚蹬马靴，在油菜花观赏基地执勤点执勤，天气热、客流量大，交通疏导任务格外繁重，一会儿工夫就能让人汗流浃背。结束后，女骑警第一件事便是赶紧脱掉靴子倒汗，汗像水一样不停地从靴中倒出。倒完后，她们再次蹬上马靴。

用心用情，业精于勤，不怕苦、不怕累，全心全意为群众服务，是昭苏县女子骑警队用实际行动践行入警之初的铮铮誓言。

女骑警跨着骏马，或穿梭于车水马龙的街道，或骑行在青山绿水之间。她们英姿勃发，守护着城市安全的同时，也为昭苏县全域旅游保驾护航，与这座美丽的小城一起构成了一道亮丽的风景线。

危难之处显身手　保护群众生命财产安全

2023 年 6 月 27 日 22 时 47 分，经过 5 个小时艰难寻找，昭苏县警方和其他救援力量找到被困深山的两名游客，将他们安全护送下山。

正值旅游旺季，不少驴友选择到山林徒步，游览自然风光，但因山路不熟导致迷路的意外情况也偶有发生。6 月 27 日 17 时 40 分，昭苏警方接到两名游客被困昭苏深山求救的警情。

江西游客黄某、罗某自称他们于 6 月 22 日入山徒步，由于贪看美景在山中越走越深，于 6 月 27 日迷路。因为下大雨，河水暴涨，他们被困在河汉里，很可能被洪水冲走。

因为大山里信号不好，通话时断时续，遇险方位不好确定，警察和牧民只能骑着马沿着河流边走边排查。经过一个多小时的搜寻，他们终于找到遇险游客。

挥旗求救的游客被河流阻隔，河道较宽、水流湍急，救援力量只能骑马寻找狭窄处过河营救。22 时 06 分，救援力量跨河到达游客被困地点，拿出食物让他们补充体能，随后将他们安全转移到山下。

"太感谢了！我们又饿又怕，真怕自己回不去了。"脱困后，黄某、罗某感动地说。

昭苏县公安局副局长刘智勇说，像这样的事情还有很多。有警必出，有困难找警察，在昭苏早已成定律。在昭苏县城，街面上警察24小时在岗，主动接警和被动接警很好地衔接，保障人民群众的生命财产安全。

几年前，喀夏加尔镇有个牧民报警说，他家的牛羊走失了，请求帮忙寻找。刘智勇等人钻山沟、过湿地、翻山越岭，陪着风餐露宿找了两天半，才找到他丢失的牛羊群，挽回经济损失70多万元。那个牧民激动地流下了热泪，随后请人制作了锦旗送到公安局表示感谢。

刘智勇感慨地说，百姓都是通情达理的，警察一心为民，帮他们解决困难，他们就愿意听政府的话，愿意跟党走。

盛夏是昭苏的旅游旺季，各景点峰值游客达到4万多人，为了保障游客安全，干警们不辞辛苦，在必要的路段设置警力疏导交通；他们还在房车宿营地加强警力巡逻，让自驾游的游客安心踏实地休息。遇见将帐篷扎在不安全区域的驴友，警察提醒他们注意安全，将其引导到安全地带扎营。

昭苏县交警大队大队长王磊说，在旅游季节，他们既要维护交通秩序，还要提醒游客注意安全，顺便介绍旅游景点、美食特色，让游客有宾至如归的感觉。因为工作太忙，夫妻都没时间交流，妻子抱怨说，他这是将家当成旅馆了。

城镇派出所所长陆勇鑫告诉我们，这几年昭苏旅游业迅猛发展，游客很多，他们累并快乐着，希望游客开心来、满意走，尽力做好本职工作。有位江苏游客坐上返程的飞机才发现，她价值三万多元的翡翠玉坠落在酒店房间里了。接到报警，派出所民警立刻赶到那家酒店，好一通翻找，没有发现翡翠玉坠。民警找来酒店服务员询问情况。经过一番分析，民警猜测玉坠可能裹在被单里拿去清洗了。果不其然，民警在一堆等待清洗的被单里找到了玉坠。他马上联系失主，跟她仔细核实信息，确认无误后，火速将价值不菲的玉坠快递给失主。失主拿到玉坠，打电话一再道谢，还制作了两面锦旗快递到派出所。

破案有力，挽损暖心

为切实提高人民群众对社会治安的安全感和对公安工作的满意度，2024 年 6 月 7 日，昭苏县公安局在阿克达拉镇塔勒德萨依二村举行退赃大会，进一步彰显公安机关打击违法犯罪、维护治安稳定的坚定信心和决心。

退赃大会上，民警将近期追回的 3 万余元钱款返还给了受害群众。领到返还的财物，群众喜悦之情溢于言表，他们将锦旗送到民警的手里，对公安机关迅速破案、及时追赃表示感谢。

活动中，民警还通报了今年以来昭苏县公安局打击各类侵财类违法犯罪破获案件和追赃挽损情况，并采用通俗易懂的方式，向群众宣传了日常生活中防盗、防骗常识。

鲜红的锦旗既是荣誉和褒奖，更是责任和鞭策。各族民辅警纷纷表示，将继续坚守为民服务的初心、履职尽责的本心，一如既往地急群众之所急、解群众之所需，在一件件实事中为民守护，用忠诚担当履行新时代公安机关使命，以实际行动提升人民群众的安全感和满意度。

昭苏县公安局阿克达拉派出所副教导员吐来克·赛音别克说："我们会继续履职尽责、担当作为，严厉打击侵害群众切身利益的各类违法犯罪行为，守护好人民群众的钱袋子，解民忧、纾民困、保民安，不断提升群众的安全感、满意度。"

长期以来，昭苏县公安局坚持零容忍、零懈怠，全方位向各类违法犯罪发起凌厉攻势，坚定当好人民群众的"守护者"，勇做平安建设的"主力军"，全力净化社会治安环境，重拳出击、利剑出鞘守护人民群众生命财产安全，确保辖区社会治安大局持续安全稳定。

后记 昭苏之恋

乌孙古国，历史悠远。

丝绸之路，文明交汇。

大美昭苏，天地画卷。

雪山巍峨，大河滔滔。

草原辽阔，牛羊成群。

天马奔腾，金雕盘旋。

野花烂漫，彩蝶翩翩。

牧歌悠扬，响彻云霄。

毡房点点，炊烟袅袅。

圣佑庙前，祈祷声声。

夏塔古道，玄奘惊心。

翡翠玉湖，仙女妆镜。

格登山碑，永昭亿世。

昭苏之美，美在山水。

大美昭苏，心中永恒。

四季轮回，风光无限。

　　这是一座历史厚重、传承久远的文化名城；这是一方资源丰饶、生态秀美的宜居乐土；这是一片激情四射、潜力无限的兴业福地。

　　昭苏县位于伊犁州西南部，县域面积 1.12 万平方公里，居住着 27 个民族，享有国家首批生态文明建设示范县、第一批国家全域旅游示范区，"天马之乡""彩虹之都""油菜之乡"等美誉，有夏塔、天马旅游文化园等 A 级景区 18 个。

　　昭苏自古就是古丝绸之路上的重要驿站，也是丝绸之路经济带上的重要节点。G577、G219 纵横交错，与天马机场组成陆空立体交通网络，为昭苏发展注入活力；温昭公路的建成，使昭苏成为连通南北疆的重要枢纽，经济发展迎来新机遇。

　　这里有镌刻历史的古迹遗址。夏塔古城见证了西汉时期的国力鼎盛；夏塔古道是连通南北疆的重要通道；乾隆皇帝御笔亲书的格登山碑是平定叛乱、维护祖国统一的历史物证；清幽肃穆的圣佑庙是新疆境内规模最大、保存最完整的藏传佛教寺庙；小洪纳海草原石人千年守望、历经沧桑，讲述着百转千回的过往。

　　这里有古丝绸之路的文明折射。天马文化、草原文化、游牧文化和现代文明交相辉映、融合发展。这里有屯垦戍边的文化传承，在知青馆探寻红色印记，重温峥嵘岁月。这里有全国唯一的优良天马，它们是草原的灵魂，是草原奔腾的河流与史诗。天马浴河，是蜿蜒河流上跳动的音符；天马踏雪让纯净的雪域充满了灵气。

　　这里有清丽脱俗的自然风光。昭苏草原，辽阔无垠，毡房星罗棋布；湿地公园，天高云淡，候鸟蹁跹；汗腾格里峰千仞攒空，直入云霄；木扎尔特冰川险峻雄伟，撼心动魂；阿合牙孜沟炊烟袅袅，牧歌悠扬；水帘洞蓝松肩雪，松韵流泉；玉湖带雨含烟，似梦似幻。

　　这里有姹紫嫣红的苍茫花海。百万亩油菜花从身边连到山边，从山边连到天边；郁金香随风摇曳，仿若为大地蒙上如梦如幻的轻纱，美得纯粹而温柔；向日葵盛开在天山脚下，犹如凡·高遗落的画板；淡雅清香的紫苏，在蓝天白云的映衬下，交织出一个属于夏天的油画世界。

　　夏塔是国家级森林公园，是集雪山、河流、冰川、峡谷、森林、草原、古道、温泉、湿地于一体的国家 4A 级景区，是中国十大徒步探险最具挑战性、最热门的线路之一。景区先后建成游客中心、停车场、温泉酒店、特色游步道、旅游厕所等基础及配套设施，正在谋划实施道路扩建项目，提升景区接待能力。我们号召天下英才投资建设集咨询、购物、餐饮、休闲于一体的游客服务中心、古道驿站、综合商业街，改造提升温泉疗养设施，打造国家级旅游度假区。

国家 4A 级景区天马旅游文化园是自治区级节庆活动"中国新疆伊犁天马国际旅游节"的举办地，世界优良马种在这里展示，国家仪仗马在这里育成。园区已建成马饲养基地、马术调训基地、马文化展览项目、马术夏令营、草原滑道等基础配套设施，有新疆规模最大、世界上唯一一条建设在草原上的国际化标准赛道。我们号召天下英才打造集萌马乐园、马文化展示、演艺中心于一体的国内顶尖级马的"迪士尼乐园"。

昭苏县冬季雪量大、雪质优、雪期长，是中国最优质的天然滑雪区域之一，独特的地理位置和气候条件，造就了少有的冰雪休闲和冰雪运动环境，是中国极少能实现四季滑雪的区域。昭苏县冰雪训练基地规划总面积约为 87.1 平方公里，具有高差大、雪道长等优势，最大落差超过 1800 米，最长雪道达 13 公里，建成后将成为亚洲高差最大、单条雪道最长的国际滑雪度假区。昭苏县冰雪旅游发展前景辽阔，未来可期，是为天下英才打造的国家级冰雪训练基地、国际级的冰雪度假目的地。

激情四溢的昭苏，以不断拼搏奋进的姿态、得天独厚的生态环境、快速发展的交通区位，诚邀广大投资商共谋发展。

以希望点燃星辰，以愿景化为现实，未来它将璀璨夺目、熠熠生辉。昭苏正蓄势待发，扬帆起航于这片波澜壮阔的星辰大海。